O VERMELHO E O NEGRO

Stendhal

O VERMELHO E O NEGRO

Tradução
Cristina Fernandes
Frank de Oliveira

Principis

Esta é uma publicação Principis, selo exclusivo da Ciranda Cultural
© 2021 Ciranda Cultural Editora e Distribuidora Ltda.

Traduzido do original em francês *Le rouge et le noir*	Produção editorial Ciranda Cultural
Texto Stendhal	Diagramação Linea Editora
Editora Michele de Souza Barbosa	Design de capa Ciranda Cultural
Tradução Cristina Fernandes Frank de Oliveira	Imagens Apostrophe/Shutterstock.com; Flower design sketch gallery/Shutterstock.com; Apostrophe/Shutterstock.com;
Preparação Marcia Duarte Companhone	Yurchenko Yulia/Shutterstock.com; Pavlo S/Shutterstock.com
Revisão Fernanda R. Braga Simon	

Dados Internacionais de Catalogação na Publicação (CIP) de acordo com ISBD

S825v   Stendhal

O vermelho e o negro / Stendhal; traduzido por Cristina Fernandes; Frank de Oliveira. - Jandira, SP : Principis, 2021.
576 p. ; 15,50cm x 22,60cm. - (Clássicos da Literatura Mundial)

Título original: Le Rouge et le Noir
ISBN: 978-65-5552-637-0

1. Literatura francesa. 2. Sociedade. 3. Romance histórico. 4. Relação social. 5. Lembrança. I. Oliveira, Frank de. II. Fernandes, Cristina . III. Título.

2021-0139

CDD 843
CDU 821.133.1-3

Elaborado por Lucio Feitosa - CRB-8/8803

Índice para catálogo sistemático:
1. Literatura Francesa : Ficção 843
2. Literatura Francesa : Ficção 821.133.1-3

1ª edição em 2021
www.cirandacultural.com.br
Todos os direitos reservados.
Nenhuma parte desta publicação pode ser reproduzida, arquivada em sistema de busca ou transmitida por qualquer meio, seja ele eletrônico, fotocópia, gravação ou outros, sem prévia autorização do detentor dos direitos, e não pode circular encadernada ou encapada de maneira distinta daquela em que foi publicada, ou sem que as mesmas condições sejam impostas aos compradores subsequentes.

Sumário

LIVRO UM..9
    Capítulo 1 – Uma pequena cidade...11
    Capítulo 2 – Um prefeito...16
    Capítulo 3 – O bem dos pobres..20
    Capítulo 4 – Um pai e um filho..26
    Capítulo 5 – Uma negociação...31
    Capítulo 6 – O tédio...39
    Capítulo 7 – As afinidades eletivas..48
    Capítulo 8 – Pequenos acontecimentos..59
    Capítulo 9 – Uma noite no campo...67
    Capítulo 10 – Um grande coração e uma pequena fortuna..............76
    Capítulo 11 – Uma noitada...80
    Capítulo 12 – Uma viagem...85
    Capítulo 13 – As meias rendadas...92
    Capítulo 14 – A tesoura inglesa...98
    Capítulo 15 – O canto do galo.. 102
    Capítulo 16 – O dia seguinte 106
    Capítulo 17 – O primeiro-adjunto.. 111
    Capítulo 18 – Um rei em Verrières... 116
    Capítulo 19 – Pensar faz sofrer... 130
    Capítulo 20 – As cartas anônimas.. 139
    Capítulo 21 – Diálogo com um mestre... 144
    Capítulo 22 – Maneiras de agir em 1830... 158
    Capítulo 23 – Aflições de um funcionário.. 171

Capítulo 24 – Uma capital 185

Capítulo 25 – O seminário 193

Capítulo 26 – O mundo ou o que falta ao rico 201

Capítulo 27 – Primeira experiência de vida 212

Capítulo 28 – Uma procissão 216

Capítulo 29 – A primeira promoção 224

Capítulo 30 – Um ambicioso 240

LIVRO DOIS 259

Capítulo 1 – Os prazeres do campo 261

Capítulo 2 – Entrada na sociedade 272

Capítulo 3 – Primeiros passos 281

Capítulo 4 – A mansão de La Mole 285

Capítulo 5 – A sensibilidade e uma grande dama devota 298

Capítulo 6 – Maneira de pronunciar 302

Capítulo 7 – Um ataque de gota 309

Capítulo 8 – Qual condecoração é mais ilustre? 318

Capítulo 9 – O baile 329

Capítulo 10 – A rainha Margarida 339

Capítulo 11 – O império de uma jovem 348

Capítulo 12 – Seria um Danton? 353

Capítulo 13 – Uma conspiração 359

Capítulo 14 – Pensamentos de uma jovem 369

Capítulo 15 – Será uma conspiração? 375

Capítulo 16 – Uma hora da manhã 381

Capítulo 17 – Uma velha espada 388

Capítulo 18 – Momentos cruéis 394

Capítulo 19 – A ópera-bufa 400
Capítulo 20 – O vaso japonês 410
Capítulo 21 – A nota secreta 417
Capítulo 22 – A discussão 423
Capítulo 23 – O clero, os bosques, a liberdade 432
Capítulo 24 – Estrasburgo 442
Capítulo 25 – O ministério da virtude 449
Capítulo 26 – O amor moral 457
Capítulo 27 – Os mais belos cargos da Igreja 461
Capítulo 28 – Manon Lescaut 465
Capítulo 29 – O tédio 470
Capítulo 30 – Um camarote na ópera-bufa 474
Capítulo 31 – Intimidá-la 479
Capítulo 32 – O tigre 485
Capítulo 33 – O inferno da fraqueza 491
Capítulo 34 – Um homem de espírito 497
Capítulo 35 – Uma tempestade 505
Capítulo 36 – Detalhes tristes 511
Capítulo 37 – Um torreão 519
Capítulo 38 – Um homem poderoso 524
Capítulo 39 – A intriga 531
Capítulo 40 – A tranquilidade 536
Capítulo 41 – O julgamento 541
Capítulo 42 549
Capítulo 43 555
Capítulo 44 561
Capítulo 45 569

LIVRO UM

A verdade, a amarga verdade.

Danton

Capítulo 1
Uma pequena cidade

> *Ponha milhares juntos. Menos mal,*
> *Mas a gaiola [fica] menos alegre.*
>
> Hobbes

A pequena cidade de Verrières pode passar por uma das mais bonitas do Franco-Condado[1]. Suas casas brancas com telhados pontudos, vermelhos, estendem-se pela encosta de uma colina, cujos tufos de castanheiros vigorosos marcam as menores sinuosidades. O rio Doubs corre algumas centenas de passos abaixo das fortificações antigas erguidas pelos espanhóis e hoje em ruínas.

O lado norte de Verrières é protegido por uma alta montanha, uma das ramificações da cordilheira do Jura. Os cimos partidos do Verra se

---
[1] Uma das antigas regiões administrativas da França. (N.T.)

cobrem de neve desde os primeiros frios de outubro. Uma forte corrente de água, que desce da montanha e atravessa Verrières antes de se lançar no Doubs, movimenta um grande número de serras de cortar madeira. É uma indústria bem simples, que proporciona um certo bem-estar à maioria dos habitantes, mais camponeses que burgueses. No entanto, não foram as serras que enriqueceram essa pequena cidade. É à fábrica de tecidos estampados, ditos de Mulhouse, que se deve a prosperidade geral que, desde a queda de Napoleão, permitiu a reconstrução da fachada de quase todas as casas de Verrières.

Mal entramos na cidade, ficamos aturdidos com o estrondo de uma máquina barulhenta e de aparência terrível. Vinte martelos pesados, que caem com um ruído que faz tremer o chão, são erguidos por uma roda movimentada pela corrente de água. Cada um dos martelos fabrica, por dia, não sei quantos milhares de pregos. São mulheres jovens, viçosas e bonitas que apresentam aos golpes dos enormes martelos os pedacinhos de ferro que são rapidamente transformados em pregos. Este trabalho, de aparência tão rude, é um dos que mais surpreendem o viajante que adentra pela primeira vez as montanhas que separam a França da Suíça. Se, ao entrar em Verrières, o forasteiro pergunta a quem pertence essa bela fábrica de pregos que ensurdece as pessoas que sobem a rua principal, respondem a ele com um sotaque arrastado: "Ah! É do senhor prefeito".

Mesmo que o viajante permaneça só alguns instantes na rua principal de Verrières, que vai da margem do Doubs até quase o topo da colina, pode apostar cem contra um que verá aparecer um homem alto, de ar atarefado e importante.

Quando ele surge, todos os chapéus se erguem rapidamente. Seus cabelos são grisalhos, e ele se veste de cinza. É cavaleiro de várias ordens, tem testa larga, nariz aquilino e, no todo, não lhe falta ao semblante certa regularidade: até parece, à primeira vista, que ela acrescenta à dignidade do prefeito aquele tipo de atratividade que ainda se pode ter aos quarenta e oito ou cinquenta anos. Mas logo o viajante parisiense se choca com um certo ar de contentamento e autossuficiência misturado a um não sei quê de limitado e pouco inventivo. Percebe-se que o talento do homem se limita a cobrar no prazo exato o que lhe devem e a pagar o mais tarde possível quando é ele que deve a alguém.

Esse é o prefeito de Verrières, o sr. de Rênal. Depois de atravessar a rua com passos graves, ele entra na prefeitura e some da vista do viajante. Cem passos adiante, se continuar o passeio, o forasteiro verá uma casa de aparência muito bonita e, atrás de uma grade de ferro adjacente a ela, jardins magníficos. Mais além está a linha do horizonte formada pelas colinas da Borgonha, que parece feita expressamente para agradar ao olhar. Essa vista faz o viajante esquecer a atmosfera empesteada de pequenos interesses financeiros que começa a asfixiá-lo.

Informam ao forasteiro que essa casa é do sr. de Rênal. É aos lucros gerados por sua grande fábrica de pregos que o prefeito de Verrières deve a linda residência de pedra talhada que está terminando de ser construída. Sua família, dizem, é espanhola, antiga e, segundo parece, estabeleceu-se na região bem antes da conquista de Luís XIV.

Desde 1815 ele se envergonha de ser industrial: 1815 o tornou prefeito de Verrières. Os muros em terraço que sustentam as várias partes do esplêndido jardim, que, de patamar em patamar, desce até o Doubs, também são recompensa da competência do sr. de Rênal no comércio de ferro.

Não espere encontrar na França jardins pitorescos como os que cercam as cidades industriais da Alemanha, Leipzig, Frankfurt, Nuremberg, etc. No Franco-Condado, quanto mais se constroem muros, quanto mais se enfileiram pedras umas sobre as outras em uma propriedade, mais se adquire o direito de merecer o respeito dos vizinhos.

Os jardins do sr. de Rênal, cheios de muros, são ainda mais admirados porque ele comprou, a peso de ouro, alguns pequenos trechos do terreno que ocupam. Por exemplo, a serraria, cuja singular localização no rio Doubs impressionou você ao entrar em Verrières, e na qual você notou o nome Sorel escrito em letras gigantes sobre uma tábua que domina o telhado, ocupava seis anos atrás o espaço onde agora se ergue o muro do quarto terraço dos jardins do sr. de Rênal.

Apesar da sua soberba, o sr. prefeito precisou de muito empenho para com o velho Sorel, camponês duro e teimoso. Teve de pagar-lhe muitos luíses[2] de ouro para conseguir que ele mudasse a serraria de lugar. Quanto ao riacho público que fazia as serras funcionar, o sr. de Rênal, graças ao crédito que tem em Paris, conseguiu que seu curso fosse alterado. Esse favor foi feito a ele após a eleição de 182*.

O sr. prefeito deu a Sorel quatro acres[3] de terra em troca de um, quinhentos passos mais abaixo das margens do Doubs. E, embora essa localização fosse bem melhor para o seu comércio de tábuas de pinho, o sr. Sorel, como o chamam desde que enriqueceu, desvendou o segredo para fazer com que a impaciência e a mania de proprietário que animavam seu vizinho lhe rendessem seis mil francos[4].

É verdade que esse arranjo foi criticado pelas pessoas sensatas da cidade. Certa vez, um domingo, fazia quatro anos, o sr. de Rênal, voltando da igreja em traje de prefeito, viu de longe o velho Sorel, cercado pelos três filhos, olhar para ele e sorrir. O sorriso foi fatal para a alma do sr. prefeito, que a partir de então começou a pensar que poderia ter feito um negócio melhor, pagando menos.

Para merecer consideração pública em Verrières, o essencial é não utilizar, apesar da construção de muitos muros, projetos trazidos da Itália por esses pedreiros que, na primavera, atravessam as gargantas do Jura a caminho de Paris. Uma tal inovação valerá ao imprudente construtor a eterna reputação de não bater bem da cabeça, e ele terá caído para sempre no conceito das pessoas sábias e moderadas que distribuem consideração no Franco-Condado.

---

[2] Luís é uma moeda de ouro que começou a circular em 1640, durante o reinado de Luís XIII. Seu nome deriva do fato de ter em uma face o rosto do rei. Na outra face está o brasão real. (N.T.)

[3] Acre é uma unidade de medida agrária que varia segundo a região em que é usada. Na França, 4 acres equivalem a 13.676 m². (N.T.)

[4] Moeda oficial francesa de 1795 a 2002, quando foi substituída pelo euro. (N.T.)

De fato, essas pessoas sábias exercem na localidade o mais entediante despotismo; é por causa dessa palavra feia que a estada em cidades pequenas é insuportável para quem viveu na grande república chamada Paris. A tirania da opinião, e que opinião!, é tão idiota nas cidadezinhas da França quanto nos Estados Unidos da América.

Capítulo 2
Um prefeito

A importância, senhor, não é nada? O respeito dos tolos, o encantamento das crianças, a inveja dos ricos, o desprezo do sábio.

BARNAVE

Felizmente para a reputação do sr. de Rênal como administrador, foi necessário fazer um imenso muro de arrimo para o passeio público ao longo da colina, a uns trinta metros acima do curso do Doubs, e que deve à sua admirável localização uma das vistas mais pitorescas da França. A cada primavera, as águas da chuva sulcavam o passeio, transformavam--no em barranco e o tornavam impraticável. Este inconveniente, sentido por todos, impôs ao sr. de Rênal a feliz necessidade de imortalizar a sua administração por meio de um muro de seis metros de altura e sessenta ou oitenta metros de comprimento.

O parapeito do muro, que obrigou o sr. de Rênal a fazer três viagens a Paris, pois o penúltimo ministro do interior se havia tornado inimigo mortal do passeio público de Verrières, eleva-se agora um metro e vinte acima do solo. E, como que para desafiar todos os ministros presentes e futuros, está sendo decorado nesse momento com lajes de pedra talhada.

Quantas vezes, sonhando com os bailes de Paris abandonados na véspera, com o peito apoiado contra esses grandes blocos de pedra de um belo cinza-azulado, meu olhar mergulhou no vale do Doubs! Do outro lado, na margem esquerda, serpenteiam cinco ou seis vales no fundo dos quais a visão distingue muitos riachos. Depois de terem corrido de cascata em cascata, vemos que se lançam no Doubs. O sol é bem quente nestas montanhas; quando ele brilha a pino, os devaneios do viajante se abrigam neste terraço com plátanos magníficos. O crescimento rápido e a folhagem azulada das árvores devem-se à terra que o sr. prefeito mandou trazer e colocar atrás do imenso muro de arrimo, pois, apesar da oposição do conselho municipal, ele alargou o passeio em mais de um metro e oitenta (ele é monarquista, e eu, liberal, mesmo assim o louvo por isso). Por isso, na opinião do sr. de Rênal e na do sr. Valenod, feliz diretor do asilo de indigentes de Verrières, o terraço não faz feio em comparação ao de Saint-Germain-en-Laye.

De minha parte, faço uma única crítica ao Passeio da Fidelidade: lemos este nome oficial em quinze ou vinte lugares, em placas de mármore que valeram uma medalha a mais para o sr. de Rênal; o que reprovo no Passeio da Fidelidade é a maneira bárbara com que a autoridade manda cortar e podar ao extremo os vigorosos plátanos. Em vez de imitar, com suas copas baixas, redondas e achatadas, a mais vulgar das árvores de um pomar, seria melhor que tivessem as formas magníficas que vemos nelas na Inglaterra. Mas a vontade do sr. prefeito é tirânica e, duas vezes ao ano, as árvores pertencentes à comunidade são impiedosamente amputadas. Os liberais locais dizem, mas exageram, que a mão do jardineiro oficial se tornou mais rigorosa desde que o sr. vigário Maslon criou o hábito de se apoderar do produto da poda.

Esse jovem vigário foi enviado de Besançon, havia alguns anos, para supervisionar o abade Chélan e outros padres das redondezas. Um velho cirurgião-mor do exército italiano, reformado e morando em Verrières, e que, quando estava na ativa, segundo o sr. prefeito, era jacobino[5] e bonapartista[6], certo dia ousou reclamar com ele da mutilação periódica das belas árvores.

– Gosto da sombra – respondeu o sr. de Rênal, com o ar de altivez conveniente quando se fala com um cirurgião, condecorado com a cruz da Legião de Honra[7]. – Gosto da sombra, mando podar as minhas árvores para que deem sombra, e não imagino que uma árvore seja feita para outra coisa. Ainda mais quando não dá lucro, ao contrário da útil nogueira.

Eis a grande expressão que decide tudo em Verrières: dar lucro. Ela, por si só, representa o pensamento habitual de mais de três quartos dos habitantes.

Dar lucro é a razão que decide tudo nesta cidadezinha que pareceu tão bonita a você. O estrangeiro que chega, seduzido pela beleza dos vales frescos e profundos que a cercam, supõe a princípio que seus habitantes são sensíveis ao belo. Eles falam bastante da beleza da sua região. Não podemos negar que lhe dão importância, mas é porque ela atrai alguns viajantes cujo dinheiro enriquece os donos de hospedaria, e isso, pelo mecanismo dos impostos, enriquece a cidade.

Em um belo dia de outono, o sr. de Rênal caminhava no Passeio da Fidelidade de braços dados com sua esposa. Enquanto ela escutava o marido, que falava com ar grave, seu olhar acompanhava com inquietude os movimentos de três meninos. O mais velho, que podia ter onze anos, aproximava-se demais do parapeito do muro e fazia menção de subir. Uma voz doce pronunciava então o nome Adolphe, e o menino renunciava ao seu projeto ambicioso. A sra. de Rênal parecia uma mulher de trinta anos, mas ainda era bonita.

---

[5] Membro de associação política revolucionária (Clube dos Jacobinos) criada na época da Revolução Francesa. (N.T.)
[6] Partidário de Napoleão Bonaparte, imperador francês de 1804 a 1814 e de março a junho de 1815. (N.T.)
[7] A Ordem Nacional da Legião de Honra é uma condecoração instituída em 1802 por Napoleão Bonaparte como recompensa por méritos militares ou civis à França. (N.T.)

– Esse sujeito de Paris ainda vai se arrepender – dizia o sr. de Rênal com ar ofendido, o rosto mais pálido que de costume. – Tenho alguns amigos no palácio...

No entanto, por mais que eu queira falar sobre a província por duzentas páginas, não cometerei a barbaridade de fazer você sofrer a extensão e os sábios rodeios de um diálogo provinciano.

O tal sujeito de Paris, tão detestado pelo prefeito de Verrières, era o sr. Appert, que, dois dias antes, havia encontrado um jeito de entrar não apenas na prisão e no asilo de indigentes de Verrières, como também no hospital administrado gratuitamente pelo prefeito e pelos principais proprietários locais.

– Mas – disse timidamente a sra. de Rênal –, que mal pode lhe fazer esse senhor de Paris, uma vez que você administra os bens dos pobres com a mais escrupulosa honestidade?

– Ele só veio para fazer críticas, e depois vai publicar artigos nos jornais liberalistas.

– Você nunca lê esses jornais, meu amigo.

– Mas todo mundo fala desses artigos jacobinos; tudo isso nos distrai e nos impede de fazer o bem. Quanto a mim, jamais perdoarei o padre.

Capítulo 3
O bem dos pobres

Um cura virtuoso e sem intriga é uma Providência para a aldeia.

FLEURY

Deve-se saber que o cura de Verrières, um velho de oitenta anos, mas que devia ao ar vivo dessas montanhas uma saúde e um caráter de ferro, tinha o direito de visitar a qualquer hora a prisão, o hospital e até mesmo o asilo de indigentes. Foi precisamente às seis da manhã que o sr. Appert, que havia sido recomendado de Paris ao padre, teve o bom senso de chegar a uma pequena cidade curiosa. E na mesma hora foi à residência paroquial.

Ao ler a carta que lhe escrevera M., marquês de La Mole, par de França e o mais rico proprietário da província, o cura Chélan ficou pensativo.

– Sou velho e amado aqui – disse a si mesmo em voz baixa –, eles não ousariam!

Voltou-se a seguir para o senhor de Paris, com olhos que, apesar da idade, brilhavam com o fogo sagrado que anuncia o prazer de fazer uma boa ação um pouco perigosa:

– Venha comigo, senhor, e, na presença do carcereiro e sobretudo na dos supervisores do asilo de indigentes, não emita opinião alguma sobre o que vamos ver.

O sr. Appert entendeu que lidava com um homem honrado. Seguiu o venerável pároco, visitou a prisão, o hospital, o asilo, fez muitas perguntas e, apesar das estranhas respostas, não se permitiu a menor crítica.

A visita durou várias horas. O padre convidou o sr. Appert para o almoço, mas ele fingiu que precisava escrever algumas cartas: não queria comprometer mais ainda o seu generoso acompanhante. Por volta das três horas, os dois senhores terminaram a inspeção do asilo de indigentes e retornaram à prisão. Ali, encontraram à porta o carcereiro, um gigante de quase dois metros de altura e pernas arqueadas. Sua figura repugnante tornara-se hedionda por causa do terror.

– Ah, senhor! – exclamou ele ao ver o abade. – Este senhor que o acompanha não é o sr. Appert?

– Que importa isso? – indagou o padre.

– É que desde ontem tenho ordem expressa, enviada da parte do senhor governador por um guarda, que deve ter cavalgado a noite toda, de não permitir a entrada do sr. Appert na prisão.

– Eu declaro, sr. Noiroud – disse o padre –, que este viajante que está comigo é o sr. Appert. O senhor reconhece que tenho o direito de entrar na prisão a qualquer hora do dia ou da noite, acompanhado de quem eu quiser?

– Sim, senhor – respondeu o carcereiro em voz baixa, inclinando a cabeça como um buldogue que obedece por medo de levar uma paulada. – Mas eu tenho esposa e filhos, sr. padre; se eu for denunciado, serei despedido. Dependo do meu emprego para viver.

– Eu também não gostaria de perder meu emprego – retrucou o bom pároco, em tom comovido.

– Que diferença! – exclamou o carcereiro. – Todos sabem que o senhor tem oitocentas libras[8] de renda e muitas propriedades...

São esses os fatos que, comentados, exagerados de vinte maneiras diferentes, agitavam havia dois dias todas as paixões odiosas da cidadezinha de Verrières. No momento, serviam de tema para a pequena discussão que o sr. de Rênal travava com a esposa. De manhã, acompanhado pelo sr. Valenod, diretor do asilo de indigentes, ele havia ido à casa do padre para mostrar-lhe seu descontentamento. O religioso não era protegido de ninguém e sentiu a importância das palavras ouvidas.

– Muito bem, senhores! Serei o terceiro cura, de oitenta anos de idade, a ser despedido nesta região. Faz cinquenta e seis anos que estou aqui. Batizei quase todos os habitantes da cidade, que não passava de um vilarejo quando cheguei. Caso jovens todos os dias. No passado, casei os avós deles. Verrières é a minha família. Mas eu disse a mim mesmo, ao ver o forasteiro, "Este homem, vindo de Paris, talvez seja na verdade um liberal, há muitos por aí; mas que mal ele pode fazer aos nossos pobres e aos prisioneiros?".

As reprovações do sr. de Rênal, e sobretudo as do sr. Valenod, diretor do asilo de indigentes, tornaram-se cada vez mais vivas.

– Bem, senhores! Mandem me demitir – exclamou o velho padre, com voz trêmula. – Mesmo assim, continuarei morando na região. Todos sabem que há quarenta e oito anos herdei um campo que me rende oitocentas libras. Viverei desse dinheiro. Não faço economias no meu cargo, senhores, talvez por isso eu não tenha medo quando me ameaçam de perdê-lo.

O sr. de Rênal vivia muito bem com a esposa. Mas, sem saber o que responder à ideia que ela lhe repetiu timidamente, "Que mal esse senhor de Paris pode fazer aos prisioneiros?", ele estava a ponto de se irritar quando ela soltou um grito. O segundo de seus filhos acabara de subir no parapeito do muro do passeio e corria sobre ele, embora o muro ficasse seis metros acima do vinhedo que havia do outro lado. O medo de assustar o filho e

---

[8] Mais uma unidade monetária francesa, com valor correspondente a um peso padrão de prata. (N.T.)

fazê-lo cair impediu que a sra. de Rênal o chamasse. Por fim, o menino, que ria de sua proeza, olhou para a mãe, viu que estava pálida, saltou do muro e correu para perto dela. Foi repreendido com rigor.

Esse pequeno acontecimento mudou o rumo da conversa.

— Faço questão de ter em casa o Sorel, filho do serrador de tábuas – disse o sr. de Rênal. — Ele cuidará dos meninos, que estão ficando endiabrados demais para nós. É um jovem padre ou coisa parecida, um bom latinista, que ajudará os meninos a progredirem, pois tem bom caráter, diz o pároco. Darei a ele trezentos francos, mais alimentação. Eu tinha dúvidas sobre sua moralidade, pois era protegido daquele velho cirurgião da Legião de Honra, que sob pretexto de ser primo dos Sorel se hospedava na casa deles. Talvez o velho fosse um agente secreto dos liberais, dizia que o ar de nossas montanhas fazia bem à sua asma, mas isso não foi provado. Ele participou de todas as campanhas de Bonaparte na Itália, dizem até que assinou contra o império, na época. Esse liberal ensinou latim ao filho do Sorel e deixou para ele os livros que havia trazido consigo. Eu jamais teria sonhado em aproximar o filho do Sorel dos nossos filhos, mas o padre, justamente na véspera da cena que nos indispôs para sempre, disse-me que esse Sorel estuda teologia há três anos, planeja ir para o seminário; então não é um liberal, é um latinista.

O sr. de Rênal continuou, olhando para a esposa com ar diplomático:

— Esse arranjo é conveniente por mais de uma razão. Valenod está todo orgulhoso dos dois cavalos normandos que comprou para sua caleche[9], mas os filhos dele não têm preceptor.

— Ele poderia tomar este de nós.

— Então você aprova minha sugestão? – perguntou o sr. de Rênal, agradecendo à sua mulher com um sorriso pela excelente ideia que ela acabara de ter. — Muito bem, está decidido.

— Ah, meu Deus! Como você toma partido rápido, meu amigo!

---

[9] Modelo de carruagem com quatro rodas e dois assentos descobertos na parte dianteira, puxada por dois cavalos. (N.T.)

– É porque tenho caráter, como bem mostrei ao padre. Não dissimulemos nada, estamos cercados de liberais por aqui. Todos esses vendedores de tecido me invejam, tenho certeza, dois ou três estão ficando ricos. Pois bem! Vou gostar que vejam os filhos do sr. de Rênal passeando acompanhados por um preceptor. Isso vai causar boa impressão. Meu avô contava sempre que, na juventude, teve um preceptor. Ele poderá me custar cem escudos[10], mas vou classificar essa despesa como necessária para manter nossa posição social.

Essa decisão repentina deixou a sra. de Rênal pensativa. Ela era uma mulher alta, benfeita de corpo, que possuía a beleza da região, como se diz nessas montanhas. Tinha um certo ar de simplicidade e juventude no andar. Aos olhos de um parisiense, essa graça ingênua, cheia de inocência e vivacidade, seria até capaz de despertar ideias de doce volúpia. Se tivesse conhecimento da atração que provocava, a sra. de Rênal ficaria bastante envergonhada. Nem faceirice, nem afetação haviam sequer se aproximado de seu coração. Dizia-se que o sr. Valenod, o rico diretor do asilo, a cortejava, mas sem sucesso. Isso dava um brilho singular à virtude dela, pois o sr. Valenod, homem alto e jovem, de corpo forte, rosto corado e grandes suíças pretas, era um desses seres grosseiros, atrevidos e barulhentos que na província são considerados bonitos.

A sra. de Rênal, muito tímida e de caráter aparentemente igual, chocava-se sobretudo pelo movimento contínuo e pelas explosões de voz do sr. Valenod. O afastamento que ela mantinha do que em Verrières é chamado de alegria lhe havia conquistado a reputação de ser orgulhosa da sua origem. Ela nem pensava no assunto, mas sentia-se contente ao ver que os habitantes da cidade a procuravam pouco em casa. Não esconderemos que passava por tola aos olhos das outras senhoras, porque, sem a menor política para lidar com o marido, deixava escapar ótimas ocasiões de fazê-lo comprar

---

[10] Antiga moeda de ouro que saiu de circulação durante a Revolução Francesa. Deu lugar a moedas de prata de cinco francos que os franceses chamavam de escudo. (N.T.)

para ela bonitos chapéus de Paris ou Besançon. Desde que a deixassem passear sozinha em seu belo jardim, nunca se queixava.

Era uma alma ingênua, que jamais havia se atrevido a julgar o marido e admitir que ele a aborrecia. Supunha, sem dizer isso a si mesma, que entre marido e mulher não poderia existir relação mais doce. Amava o sr. de Rênal, em especial quando ele falava de seus planos para os filhos, o primeiro destinado às armas, o segundo, à magistratura, e o terceiro, à igreja. Em resumo, ela considerava o sr. de Rênal menos aborrecido que todos os outros homens que conhecia.

Esse julgamento conjugal era razoável. O prefeito de Verrières devia sua reputação de espirituoso e bem-educado a uma meia dúzia de gracejos que herdara de um tio. O velho capitão de Rênal havia servido, antes da revolução, no regimento de infantaria do duque de Orléans, e, quando ia a Paris, era admitido nos salões do príncipe. Tinha visto a sra. de Montesson, a famosa sra. de Genlis e o sr. Ducrest, inventor do Palácio Real. Tais personagens apareciam com frequência nas anedotas do sr. de Rênal. Mas, pouco a pouco, a lembrança de coisas assim delicadas de contar haviam se tornado trabalhosas para ele e, depois de algum tempo, ele só repetia em grandes ocasiões os gracejos referentes à casa de Orléans. Como era bastante educado, exceto quando se falava de dinheiro, passava, com razão, pela pessoa mais aristocrática de Verrières.

Capítulo 4
Um pai e um filho

E será minha culpa se assim for?
MAQUIAVEL

"Minha mulher tem mesmo cabeça boa!", dizia a si mesmo no dia seguinte, às seis horas da manhã, o prefeito de Verrières, enquanto descia até a serraria do velho Sorel. "Embora eu tenha dito algo a ela, para conservar a superioridade que me cabe, eu não havia pensado que, se não contratasse esse padreco Sorel, que, dizem, sabe latim como um anjo, o diretor do asilo, aquela alma sem repouso, poderia ter a mesma ideia que eu e tirá-lo de mim. Com que ar presunçoso ele falaria do preceptor de seus filhos!... Esse preceptor, contratado por mim, será que vai usar batina?"

O sr. de Rênal estava concentrado nessa dúvida quando avistou ao longe um camponês, homem de quase um metro e oitenta de altura, que, desde cedo, parecia bastante ocupado em medir toras de madeira no caminho à margem do Doubs. O camponês não pareceu satisfeito ao ver a aproximação do sr. prefeito, pois as toras obstruíam o caminho, e deixá-las ali era contra a lei.

O velho Sorel, pois era ele, sentiu-se primeiro surpreso e depois muito contente com a singular proposta que o sr. de Rênal lhe fazia a respeito de seu filho Julien. Mesmo assim, escutou-a com o ar de tristeza insatisfeita e de desinteresse do qual se reveste tão bem a argúcia dos habitantes dessas montanhas. Escravos do tempo da dominação espanhola, eles ainda conservam esse traço fisionômico do pequeno lavrador egípcio.

A resposta de Sorel foi, a princípio, apenas uma longa recitação de todas as fórmulas de respeito que sabia de cor. Enquanto repetia as palavras vãs, com um sorriso de lado que aumentava o ar de falsidade e quase de patifaria que era habitual em sua fisionomia, o espírito ativo do velho camponês procurava descobrir que razão faria um homem tão considerável levar para dentro de casa um inútil como o seu filho. Ele estava insatisfeito com Julien, e era pelo rapaz que o sr. de Rênal lhe oferecia um pagamento inesperado de trezentos francos por ano, mais alimentação e até roupas. Esta última demanda, que o velho Sorel tivera a esperteza de incluir subitamente, também havia sido aceita pelo sr. de Rênal.

A reivindicação surpreendeu o prefeito. "Se Sorel não ficou encantado e satisfeito com a minha proposta, como deveria ter ficado, é claro", pensou ele, "alguém deve ter-lhe feito outras; e quem mais poderia ser senão Valenod?" Foi em vão que o sr. de Rênal pressionou Sorel para fechar acordo na hora. A astúcia do velho camponês recusou com teimosia; ele disse que queria consultar o filho, como se, na província, um pai rico consultasse um filho que não tem nada, a não ser por formalidade.

Uma serraria movida a água é composta de um galpão à beira de um riacho. O telhado é sustentado por uma estrutura apoiada em quatro grossos pilares de madeira. A dois metros e meio ou três metros de altura, no meio do galpão, vê-se uma serra que sobe e desce, enquanto um mecanismo bem simples empurra contra a serra um pedaço de madeira. É uma roda posta em movimento pelo riacho que aciona o mecanismo duplo: o da serra que sobe e desce e o que empurra devagar o pedaço de madeira na direção da serra, que o corta em tábuas.

Ao se aproximar da sua fábrica, o velho Sorel chamou Julien com voz retumbante. Ninguém respondeu. Ele viu apenas os filhos mais velhos, uns gigantes que, armados com pesados machados, cortavam os troncos dos pinheiros que levariam para a serraria. Ocupados em atingir exatamente o traço preto riscado nos troncos, cada golpe de seus machados cortava pedaços enormes. Eles não ouviram a voz do pai. Sorel se dirigiu ao galpão e, ao entrar, procurou em vão por Julien no lugar em que ele deveria estar, ao lado da serra. Avistou-o metro e meio acima do chão, sentado sobre uma das vigas do telhado. Em vez de supervisionar com atenção todo o mecanismo, Julien lia. Nada provocava mais antipatia no velho Sorel que isso. Ele talvez perdoasse a Julien o corpo magro, pouco apropriado para trabalhos que exigiam força, e que era tão diferente do corpo dos seus filhos mais velhos, mas essa mania de leitura lhe era odiosa. Ele próprio não sabia ler.

Chamou Julien duas ou três vezes, inutilmente. A atenção que o rapaz dedicava ao livro, mais que o barulho da serra, impediu-o de escutar a voz terrível do pai. Este, por fim, apesar da idade, saltou com agilidade para cima da árvore submetida à ação da serra, e de lá para a viga transversal que sustentava o telhado. Um golpe violento fez voar para o riacho o livro que Julien segurava. Um segundo golpe, também violento, desferido na cabeça, fez o rapaz perder o equilíbrio. Ele ia despencar uns quatro ou cinco metros, no meio das alavancas da máquina em funcionamento, que o despedaçariam, mas o pai o segurou pela mão esquerda enquanto ele caía.

– Muito bem, preguiçoso! Então você continua a ler seus malditos livros enquanto tem de cuidar da serra? Leia-os à noite, quando vai perder tempo com o padre, ora essa!

Julien, embora aturdido pela força do golpe, e sangrando, aproximou-se do seu posto oficial, ao lado da serra. Tinha lágrimas nos olhos, menos por causa da dor física que pela perda do livro que adorava.

– Desça, animal, quero falar com você.

O barulho da máquina mais uma vez impediu Julien de ouvir a ordem. Seu pai, que havia descido e não quis se dar ao trabalho de subir de novo no mecanismo, foi buscar a longa vara de colher nozes e bateu no ombro dele. Assim que Julien pôs os pés no chão, o velho Sorel começou a empurrá-lo rudemente à sua frente, na direção da casa. "Só Deus sabe o que ele vai fazer comigo!", pensava o jovem. Enquanto andava, olhou com tristeza para o riacho no qual caíra o livro, de todos o seu preferido, *O memorial de Santa Helena*.

Tinha o rosto vermelho e os olhos baixos. Era um rapaz entre dezoito e dezenove anos, de aparência frágil, com traços irregulares, mas delicados, e nariz aquilino. Os olhos, grandes e negros, que em momentos de tranquilidade indicavam reflexão e fogo, estavam nesse instante animados por uma expressão do ódio mais feroz. Os cabelos castanho-escuros, nascidos em linha baixa, deixavam-lhe a testa estreita e, nos momentos de cólera, davam-lhe um ar de malvado. Entre as inumeráveis variedades da fisionomia humana, talvez nenhuma outra se caracterize por uma particularidade tão marcante. Um talhe esbelto e elegante evidenciava mais leveza que vigor. Desde criança, seu ar pensativo demais e a forte palidez tinham feito seu pai imaginar que ele não viveria muito ou que viveria para ser um peso para a família. Objeto de desprezo de todos em casa, ele odiava os irmãos e o pai; nas brincadeiras de domingo, na praça, sempre apanhava.

Havia menos de um ano que sua bela figura começava a lhe arranjar amizades entre as mocinhas. Desprezado por todos como um ser fraco, Julien tinha adorado o velho cirurgião-mor que um dia ousou falar com o prefeito sobre a questão dos plátanos.

O cirurgião, de vez em quando, pagava ao velho Sorel a diária do rapaz, para ensinar-lhe latim e história, ou melhor, o que ele sabia de história: a campanha de 1796 na Itália[11]. Quando morreu, deixou-lhe a cruz da Le-

---

[11] O texto se refere a uma importante campanha das guerras revolucionárias francesas, ocorrida em 1796, quando Napoleão Bonaparte assumiu o comando das tropas e expulsou os austríacos da península Itálica. Depois dessa bem-sucedida campanha, o militar ganhou *status* de herói nacional. (N.R.)

gião de Honra, os atrasados de seu meio-soldo e trinta ou quarenta livros, dos quais o mais precioso acabara de cair no riacho público, desviado do curso pelo sr. prefeito.

Assim que entrou na casa, Julien sentiu a mão forte do pai segurá-lo pelo ombro; tremeu, esperando receber uns sopapos.

– Responda-me sem mentir – gritou-lhe ao ouvido a voz dura do velho camponês, enquanto a mão no ombro o virava como a mão de uma criança vira um soldadinho de chumbo.

Os olhos grandes, pretos e lacrimejantes de Julien ficaram frente a frente com os olhos pequenos, cinza e maus do velho dono da serraria, que parecia querer ler até o fundo da sua alma.

Capítulo 5
Uma negociação

... contemporizando, restitui-nos a situação.

ÊNIO

– Responda-me sem mentir, se puder, cachorro do inferno: de onde você conhece a sra. de Rênal? Quando conversou com ela?

– Nunca conversei com ela – respondeu Julien. – Só vi essa senhora na igreja.

– Mas você ficou olhando para ela, seu malandro descarado?

– Nunca! O senhor sabe que na igreja só vejo Deus – acrescentou Julien com certa hipocrisia, perfeita para, segundo ele, evitar novos cascudos.

– Aí tem coisa – replicou o malicioso camponês, calando-se por um instante. – Mas por você não vou saber de nada, seu hipócrita maldito. Na verdade, vou me livrar de você, e minha serraria não perderá nada com isso. Você conquistou o padre ou outra pessoa que lhe arranjou um bom emprego. Vá fazer sua trouxa, vou levar você para a casa do sr. de Rênal, para trabalhar como preceptor dos meninos.

– O que eu ganho com isso?

– Comida, roupa e trezentos francos de salário.

– Não quero ser um criado doméstico.

– Seu animal, quem falou em ser criado? Acha que eu gostaria que meu filho fosse um criado?

– Mas com quem eu vou comer?

A pergunta desconcertou o velho Sorel, que achou que, se falasse algo, poderia cometer alguma imprudência; ele partiu para cima de Julien e cobriu-o de injúrias, acusando-o de guloso, depois foi consultar os outros filhos.

Julien os viu logo em seguida, cada um apoiado no seu machado, confabulando. Depois de observá-los por um longo tempo, vendo que não conseguia adivinhar nada, ele colocou-se do outro lado da serra, para evitar ser surpreendido. Queria pensar na notícia imprevista que mudaria seu destino, mas sentia-se incapaz de prudência. Sua imaginação estava toda focada no que veria na bela casa do sr. de Rênal.

"Melhor renunciar a tudo isso", pensou ele, "que ser reduzido a comer junto com os criados. Meu pai vai querer me obrigar, mas prefiro morrer. Tenho guardados quinze francos e oito centavos, fujo esta noite. Em dois dias, pegando caminhos onde não há guardas a temer, chegarei a Besançon. Lá eu me alisto como soldado e, se for o caso, vou para a Suíça. Então, adeus, promoções, adeus, ambições, adeus à carreira de padre que me abriria tantas portas."

O horror a fazer as refeições junto com os criados não era algo natural em Julien. Para ganhar fortuna, o rapaz teria sido capaz de coisas bem piores. Tal repugnância viera da sua leitura de *As confissões*[12], de Rousseau. Esta era a única obra que ajudava a sua imaginação a conceber o mundo.

---

[12] Livro autobiográfico do suíço Jean-Jacques Rousseau (1712-1778), importante filósofo do Iluminismo. (N.T.)

A coleção dos boletins do exército e *O memorial de Santa Helena*[13] completavam seu Alcorão. Ele se deixaria matar por esses três livros. Nunca acreditou em outros. Seguindo uma opinião do velho cirurgião-mor, via todos os demais livros do mundo como mentirosos, escritos por tratantes que desejavam se autopromover.

Com alma de fogo, Julien tinha uma dessas memórias incríveis geralmente associadas à estupidez. Para conquistar o velho cura Chélan, do qual sabia que dependia o seu futuro, havia decorado o Novo Testamento inteiro em latim, assim como o livro *Du Pape*, do sr. de Maistre[14], e acreditava tão pouco num quanto no outro.

Como por acordo mútuo, Sorel e seu filho evitaram falar-se nesse dia. Ao entardecer, Julien foi à aula de teologia com o padre, mas achou mais prudente não dizer nada sobre a estranha proposta que tinham feito a seu pai. "Talvez seja uma farsa", pensou, "melhor fingir que esqueci o assunto".

No dia seguinte, de manhã cedo, o sr. de Rênal mandou chamar o velho Sorel, que, depois de se fazer esperar uma ou duas horas, chegou pedindo mil desculpas, entremeadas de outras tantas reverências. Após fazer toda sorte de objeções, Sorel entendeu que o filho faria as refeições com o dono e a dona da casa e, quando houvesse visita, comeria em um cômodo à parte junto com os meninos. Cada vez mais disposto a criar dificuldades à medida que percebia a pressa do sr. prefeito, e cheio de desconfiança e espanto, Sorel exigiu ver o quarto onde o filho dormiria. Era um aposento grande e bem mobiliado, para o qual já estavam transportando as camas dos três meninos.

Tal circunstância foi um raio de luz para o velho camponês. Ele exigiu a seguir ver a roupa que dariam ao filho. O sr. de Rênal abriu a escrivaninha e pegou cem francos.

– Com este dinheiro o seu filho irá ao sr. Durand, o vendedor de tecidos, e mandará fazer um traje preto completo.

---

[13] Revista-livro de memórias do exílio de Napoleão Bonaparte na ilha de Santa Helena. Publicado pela primeira vez em 1823, após a morte de Bonaparte. (N.T.)
[14] Conde Joseph-Marie de Maistre (1753-1821), era favorável à restauração do reino da França e argumentava também a favor da autoridade suprema do papa em assuntos de religião e política. (N.T.)

– E, se eu o tirar da sua casa – disse o camponês, esquecendo de pronto as formas reverenciosas –, o traje preto continuará sendo dele?

– Sem dúvida.

– Muito bem! – exclamou Sorel em tom lento. – Agora só nos falta acertar uma única coisa, o dinheiro que o senhor dará a ele.

– Como assim? – gritou o sr. de Rênal, indignado. – Nós combinamos isso ontem. Eu lhe darei trezentos francos, e já é muito, talvez demais.

– Essa foi a sua oferta, não nego – respondeu o velho Sorel, falando ainda mais lentamente, e, num golpe de gênio que só surpreenderá os que não conhecem os camponeses do Franco-Condado, acrescentou, encarando o sr. de Rênal: – Encontramos oferta melhor em outro lugar.

Diante dessas palavras, a fisionomia do prefeito perturbou-se. Ele logo se controlou e, após uma hábil conversa de duas horas, durante a qual nem uma única palavra foi dita por acaso, a esperteza do camponês venceu a esperteza do homem rico, que não precisa dela para viver. Todas as numerosas cláusulas que deveriam regulamentar a nova existência de Julien foram estabelecidas. Não só o salário foi fixado em quatrocentos francos como ficou acertado que o pagamento seria feito adiantado, no primeiro dia de cada mês.

– Muito bem! Vou lhe dar trinta e cinco francos – disse o sr. de Rênal.

– Para arredondar, um homem rico e generoso como o senhor, nosso prefeito, pode chegar a até trinta e seis francos – sugeriu o camponês com voz macia.

– Que seja – respondeu o sr. de Rênal –, mas acabemos logo com isso.

A raiva deu a ele o tom da firmeza. O camponês viu que era hora de recuar. E assim, por sua vez, o sr. de Rênal avançou. Nunca entregaria os trinta e seis francos do primeiro mês ao velho Sorel, tão ansioso por recebê-los pelo filho. Chegou a pensar que seria obrigado a contar à esposa o papel que desempenhara nessa negociação toda.

– Devolva-me os cem francos que lhe dei – pediu o sr. de Rênal com bom humor. – O sr. Durand me deve alguma coisa. Irei com o seu filho encomendar o traje preto.

Depois desse ato de determinação, Sorel retornou prudentemente às suas falas respeitosas, que duraram cerca de quinze minutos. Por fim, vendo que não tinha mais nada a ganhar, retirou-se. Sua última reverência foi encerrada com estas palavras:

– Vou mandar meu filho vir ao castelo.

Era assim que os governados pelo sr. prefeito chamavam a casa dele quando queriam agradar-lhe.

De volta à serraria, foi em vão que Sorel procurou o filho. Desconfiado do que poderia acontecer, Julien havia saído no meio da noite. Queria deixar a salvo seus livros e a cruz da Legião de Honra. Havia levado tudo para a casa de um jovem comerciante de madeira, seu amigo, chamado Fouqué, que morava na alta montanha que dominava Verrières.

Quando voltou:

– Sabe Deus, seu maldito preguiçoso, se um dia você terá honra o bastante para me pagar de volta o preço da comida que lhe paguei durante tantos anos! – disse-lhe o pai. – Pegue os seus trapos e vá para a casa do sr. prefeito.

Julien, surpreso por não apanhar, apressou-se em partir. Mas, assim que saiu da vista do seu terrível pai, diminuiu o passo. Considerou que seria útil à sua hipocrisia dar uma passada na igreja.

Essa palavra surpreende você? Antes de chegar a essa horrível palavra, a alma do jovem camponês havia precisado percorrer um longo caminho.

Desde a primeira infância, a visão de alguns dragões do 6º Regimento, com mantos brancos compridos e cabeça coberta por capacetes de crinas longas e pretas, que voltavam da Itália e que Julien viu amarrando cavalos na grade da janela da casa do pai, deixou-o encantado com a vida militar. Mais tarde, escutou com arrebatamento relatos sobre a batalha da ponte Lodi, de Arcole, de Rivoli feitos pelo velho cirurgião-mor. Reparou nos olhares inflamados que o velhote lançava para a sua condecoração.

Quando Julien tinha catorze anos, porém, começaram a construir em Verrières uma igreja, que se podia chamar de magnífica para uma cidade tão pequena. Ela possuía quatro colunas de mármore cuja visão deslumbrou o rapaz. As colunas tornaram-se famosas na região por causa do ódio mortal que despertaram entre o juiz de paz e o jovem vigário, enviado de Besançon e que passava por espião da congregação. O juiz de paz quase perdeu seu cargo, pelo menos era essa a opinião geral. Não havia ele ousado criar inimizade com um padre que, a cada quinze dias, ia a Besançon, diziam, para encontrar o sr. bispo?

Nesse meio-tempo, o juiz de paz, pai de numerosa família, proferiu sentenças que pareceram injustas, todas contra os habitantes que liam *Le Constitutionnel*[15]. O bom partido triunfou. Não se tratava, é verdade, de somas acima de três ou cinco francos; mas uma dessas pequenas multas precisou ser paga por um fabricante de pregos, padrinho de Julien. Colérico, o homem gritava: "Que mudança! E dizer que, há vinte anos, o juiz de paz era considerado um sujeito honesto!". O cirurgião-mor, amigo de Julien, já havia morrido.

De repente, Julien parou de falar em Napoleão. Anunciou o projeto de se tornar padre e era visto constantemente na serraria do pai, ocupado decorando uma bíblia latina que o padre lhe tinha emprestado. O bom velho, maravilhado com os progressos do rapaz, passava noites inteiras ensinando teologia a ele. Diante do pároco, Julien só demonstrava sentimentos piedosos. Quem teria adivinhado que o jovem com fisionomia de moça, tão pálido e doce, escondia a resolução inabalável de se expor a mil mortes, desde que ficasse rico?

Para Julien, ficar rico era, em primeiro lugar, sair de Verrières. Ele detestava sua cidade. Tudo que via ali congelava sua imaginação.

Desde menino, havia tido momentos de exaltação. Sonhava, então, com as delícias de ser apresentado a belas mulheres de Paris, de quem chamaria atenção com alguma ação surpreendente. O que o impedia de ser amado por uma delas da mesma maneira como Napoleão, ainda pobre, fora amado pela brilhante sra. de Beauharnais? Durante muitos anos, Julien quase

---

[15] Jornal de oposição ao governo vigente na época. (N.T.)

não passava uma hora de vida sem lembrar que Bonaparte, tenente obscuro e sem fortuna, se fizera dono do mundo com sua espada.

Esse pensamento o consolava de sua infelicidade, que ele acreditava ser grande, e redobrava sua alegria, quando tinha alguma.

A construção da igreja e as sentenças do juiz de paz o esclareceram de uma vez; uma ideia que lhe veio à mente o enlouqueceu por algumas semanas e, por fim, apossou-se dele com a potência da primeira ideia que uma alma apaixonada julga ter inventado.

"Quando Bonaparte ganhou fama, a França tinha medo de ser invadida; o mérito militar era necessário e estava na moda. Hoje, vemos padres de quarenta anos ganhar salários de cem mil francos, três vezes mais que os famosos generais de divisão de Napoleão. Eles precisam de auxiliares. E aqui temos esse juiz de paz, tão sensato, tão honesto até agora, tão velho, que perde a honra por medo de desagradar a um jovem vigário de trinta anos. É preciso ser padre."

Certa vez, em meio à sua recente piedade, depois de dois anos estudando teologia, Julien foi traído pela eclosão súbita do fogo que devorava sua alma. Foi na casa do sr. Chélan, em um jantar de padres durante o qual o abade o havia apresentado como um prodígio de instrução; Julien elogiou Napoleão com furor. Amarrou o braço direito contra o peito, fingindo tê-lo deslocado ao arrastar um tronco de pinheiro, e o manteve nessa posição incômoda durante dois meses. Depois desse castigo aflitivo, perdoou-se. Eis agora o rapaz de dezenove anos, de aparência fraca, a quem ninguém daria mais de dezessete anos, com um pacote pequeno sob o braço, entrando na magnífica igreja de Verrières.

Ele a encontrou sombria e vazia. Por ocasião de uma festa, todas as janelas do edifício tinham sido cobertas com tecido carmesim. Resultava disso, aos raios do sol, um efeito luminoso deslumbrante, de caráter imponente e bastante religioso. Julien estremeceu. Sozinho, na igreja, sentou-se no banco de aparência mais bonita, que ostentava o brasão do sr. de Rênal.

No genuflexório, Julien notou um pedaço de papel impresso, colocado ali como que para ser lido. Ele o aproximou dos olhos e viu:

Detalhes da execução e dos últimos momentos de Louis Jenrel, executado em Besançon no dia...

O papel estava rasgado. No verso podiam ser lidas as duas primeiras palavras de uma frase, que eram: *O primeiro passo.*

– Quem poderá ter colocado isso aqui? – perguntou-se, pensativo, Julien. – Pobre-coitado – acrescentou com um suspiro –, o nome dele termina como o meu... – e amassou o papel.

Ao sair, Julien pensou ter visto sangue perto da pia de água benta; era a água benta, que refletindo o vermelho dos panos nas janelas parecia sangue.

Por fim, Julien sentiu vergonha de seu pavor secreto.

– Serei um covarde? – disse a si mesmo. – Às armas!

Essas palavras, tantas vezes repetidas nos relatos de batalha do velho cirurgião, eram heroicas para Julien. Ele ficou de pé e caminhou depressa até a casa do sr. de Rênal.

Apesar de suas boas resoluções, assim que viu a morada a vinte passos de distância, foi dominado por uma timidez invencível. A grade de ferro estava aberta e lhe pareceu esplêndida, era preciso entrar.

Julien não foi a única pessoa cujo coração ficou perturbado pela sua chegada àquela casa. A extrema timidez da sra. de Rênal a deixou desconcertada com a ideia desse estranho que, em razão de suas funções, estaria constantemente junto dela e dos filhos. Ela estava acostumada a ver seus meninos deitados no quarto. Pela manhã, muitas lágrimas haviam escorrido quando ela havia visto as pequenas camas serem carregadas para o apartamento destinado ao preceptor. Foi em vão que pediu ao marido que a cama de Stanislas-Xavier, o caçula, fosse levada para o seu quarto.

A delicadeza feminina chegava a um grau excessivo na sra. de Rênal. Ela criara na cabeça a imagem desagradável de um ser grosseiro e mal penteado, encarregado de castigar seus filhos unicamente porque sabia latim, uma língua bárbara que faria os meninos ser castigados.

Capítulo 6
O tédio

Não sei mais o que sou, o que faço.
MOZART (*Fígaro*)

Com a vivacidade e a graça que lhe eram tão naturais quando estava longe de olhares masculinos, a sra. de Rênal estava saindo pela porta-balcão do salão que dava para o jardim quando avistou perto da porta de entrada a figura de um jovem camponês ainda quase menino, extremamente pálido e que acabara de chorar. Usava uma camisa branquinha e trazia sob o braço um casaco bem limpo de tecido buclê cor de violeta.

A pele do rosto do camponesinho era tão branca, e os olhos eram tão doces, que o espírito um tantinho romanesco da sra. de Rênal pensou primeiro que talvez fosse uma moça disfarçada que viera pedir algum tipo de ajuda ao sr. prefeito. Teve pena da pobre criatura, parada diante da porta de entrada, evidentemente sem coragem de levar a mão até a campainha.

A sra. de Rênal se aproximou, distraída por um instante da tristeza amarga que lhe causava a chegada do preceptor; Julien, de frente para a porta, não a viu avançar. Estremeceu quando uma voz doce lhe disse perto da orelha:

– O que quer aqui, minha criança?

Julien virou-se depressa e, abalado pelo olhar tão cheio de graça da sra. de Rênal, esqueceu parte de sua timidez. Aturdido pela beleza dela, até esqueceu o que fora fazer ali. A sra. de Rênal tinha repetido a pergunta.

– Vim para ser preceptor, senhora – respondeu por fim, envergonhado das lágrimas, que tentou enxugar como pôde.

A sra. de Rênal ficou espantada; eles estavam bem perto um do outro, olhando-se. Julien nunca tinha visto uma pessoa tão bem vestida, e sobretudo uma mulher com uma pele tão luminosa, dirigir-lhe a palavra com ar tão doce. A sra. de Rênal observou as grossas lágrimas detidas nas faces antes tão pálidas, e agora rosadas, do jovem camponês. Começou a rir de repente, com toda a louca alegria de uma mocinha, zombava de si mesma e não conseguia acreditar na própria felicidade. Então era este o preceptor que ela havia imaginado como um padre sujo e malvestido, que ralharia com os seus filhos e os castigaria!

– Mas... – disse ela por fim – o senhor sabe latim?

Ser tratado de "senhor" deixou Julien tão surpreso que ele refletiu por um instante.

– Sim, senhora – respondeu timidamente.

A sra. de Rênal estava tão feliz que ousou perguntar a Julien:

– O senhor vai castigar muito as pobres crianças?

– Eu, castigá-las? – espantou-se Julien. – Por quê?

– O senhor, então – acrescentou ela após um segundo de silêncio e com voz cada vez mais emocionada –, vai ser bom com os meninos? O senhor me promete isso?

Ser chamado outra vez de "senhor", a sério, e por uma dama tão bem vestida, estava acima de todas as previsões de Julien; em seus devaneios juvenis, dizia a si mesmo que uma senhora decente só se dignaria falar com ele caso estivesse trajando um belo uniforme. A sra. de Rênal, por sua vez, estava completamente desorientada pela formosura da tez, pelos grandes olhos pretos e pelos belos cabelos de Julien, mais encaracolados que de costume, pois para se refrescar ele havia mergulhado a cabeça na fonte pública. Para sua grande alegria, achou que o fatal preceptor tinha o ar tímido de uma mocinha; o preceptor cuja dureza e antipatia ela tanto havia temido para os filhos. Para uma alma tão pacífica quanto a da sra. de Rênal, o contraste entre seus medos e o que tinha diante de si foi um grande acontecimento. Finalmente ela se refez da surpresa. Ficou atônita de encontrar-se assim na porta de sua casa, na companhia de um rapaz quase em mangas de camisa e tão perto dele.

– Vamos entrar, senhor – disse a ele, embaraçada.

Nunca na vida uma sensação tão agradável tinha comovido desse modo a sra. de Rênal; jamais uma aparição tão graciosa havia se sucedido aos temores mais inquietantes. Seus lindos meninos, tão bem cuidados por ela, não cairiam nas mãos de um padre sujo e ranzinza. Assim que entrou no vestíbulo, ela se virou para Julien, que a seguia com timidez. A admiração do rapaz ao olhar para a casa tão bonita foi uma graça a mais para a sra. de Rênal. Ela mal podia acreditar nos próprios olhos; parecia-lhe que um preceptor deveria usar traje preto.

– Então é verdade – disse ela parando de andar e com um medo mortal de ter-se enganado, de tanto que estava feliz –, o senhor sabe latim?

A pergunta chocou o orgulho de Julien e dissipou o encantamento em que estivera nos últimos quinze minutos.

– Sim, senhora – respondeu ele tentando aparentar frieza –, sei latim tão bem quanto o sr. cura, que às vezes tem a bondade de dizer que sei mais que ele.

A sra. de Rênal achou que Julien tinha um ar malvado; ele havia parado a dois passos dela. Ela se aproximou e lhe disse à meia-voz:

– Nos primeiros dias o senhor não castigará meus filhos, mesmo que não saibam as lições, é isso?

O tom doce e quase suplicante de uma dama tão bonita fez Julien esquecer sua reputação de latinista. O corpo da sra. de Rênal estava perto do dele, Julien podia sentir o perfume do vestido de verão da mulher, algo espantoso para um camponês pobre. Ele enrubesceu e afirmou com um suspiro e voz enfraquecida:

– Não tenha receio, senhora, eu a obedecerei em tudo.

Só nesse momento, quando sua inquietação em relação aos filhos se dissipou de vez, foi que a sra. de Rênal se deu conta da extrema beleza de Julien. O desenho quase feminino de seus traços e seu ar de embaraço não pareceram ridículos a uma mulher tão tímida como ela era. O ar masculino que costuma ser necessário à beleza de um homem lhe teria provocado medo.

– Qual é a sua idade, senhor? – indagou ela a Julien.

– Logo farei dezenove anos.

– Meu filho mais velho tem onze anos – disse a sra. de Rênal, tranquilizada. – Ele será quase um amigo seu, e o senhor lhe dará conselhos ajuizados. Uma vez o pai quis bater nele, o menino ficou doente por quase uma semana, e, no entanto, foi apenas uma palmada.

"Que diferença do que acontecia comigo", pensou Julien. "Ontem mesmo meu pai me bateu. Como os ricos são felizes!"

A sra. de Rênal já começava a notar as menores nuanças do que se passava na alma do preceptor; confundiu o movimento de tristeza por timidez e quis encorajá-lo.

– Qual é seu nome, senhor? – perguntou com um sotaque e uma graça cujo charme fascinou Julien, sem que ele se desse conta.

– Eu me chamo Julien Sorel, senhora. Estou trêmulo por entrar pela primeira vez na vida em uma casa estranha. Necessito da sua proteção. Que a senhora me perdoe algumas coisas nos primeiros dias. Nunca fui à escola, era pobre demais; nunca conversei com outros homens que não fossem meu primo, o cirurgião-mor, membro da Legião Estrangeira, e o sr. cura Chélan. Ele lhe dará boas referências a meu respeito. Meus irmãos sempre me bateram; não acredite neles se falarem mal de mim. Perdoe meus erros, senhora, nunca farei nada com má intenção.

Julien ganhava calma enquanto fazia esse longo discurso e examinava a sra. de Rênal. Tal é o efeito da formosura perfeita, quando é natural ao caráter e, ainda mais, quando a pessoa que a ostenta nem sonha ser bonita. Julien, que conhecia muito bem a beleza feminina, teria jurado nesse momento que ela não tinha mais de vinte anos. Teve de repente a ousada ideia de lhe beijar a mão. Logo após teve medo da ideia; um instante depois, pensou: "Seria covardia minha não executar uma ação que pode me ser útil e diminuir o desprezo que provavelmente esta bela dama sente por um pobre operário que acaba de ser tirado da serraria". Talvez Julien tenha se deixado levar pelas palavras "rapaz bonito", que havia seis meses ouvia as moças repetir, aos domingos. Durante esses debates interiores, a sra. de Rênal lhe dirigiu duas ou três palavras de instrução sobre o modo de começar com os meninos. O violento esforço que Julien fazia sobre si mesmo o deixou novamente muito pálido; disse, encabulado:

– Jamais baterei nos seus filhos, senhora. Juro diante de Deus.

Enquanto falava, ousou pegar a mão da sra. de Rênal e levá-la aos lábios. Ela se surpreendeu com o gesto e, refletindo, ficou chocada. Como fazia bastante calor, seu braço estava nu sob o xale, e o movimento de Julien, ao levar sua mão aos lábios, deixara-o descoberto. Ao fim de alguns instantes ela ralhou consigo; pareceu-lhe ter demorado demais para ficar indignada.

O sr. de Rênal, que tinha escutado vozes, saiu de seu gabinete. No mesmo tom majestoso e paternal que usava quando realizava casamentos na prefeitura, disse a Julien:

– É importante que fale com o senhor antes que os meninos o vejam.

Fez Julien entrar em uma sala e reteve a esposa quando ela fez menção de deixá-los a sós. Com a porta fechada, o sr. de Rênal sentou-se, sério.

– O sr. cura me disse que o senhor é um bom sujeito. Todos aqui vão tratá-lo com respeito e, se eu ficar satisfeito, vou ajudá-lo depois a abrir o seu próprio negócio. Não quero que você volte a ver parentes ou amigos;

eles têm modos que não convêm aos meus filhos. Aqui estão os trinta e seis francos do primeiro mês; mas exijo sua palavra de que não dará um único centavo deste dinheiro ao seu pai.

O sr. de Rênal estava com raiva do velho, que, na negociação, tinha sido mais esperto que ele.

– Agora, senhor, pois segundo minhas ordens todos aqui o chamarão de "senhor", o senhor conhecerá as vantagens de viver numa casa de gente de bem. Agora, senhor, não é conveniente que as crianças o vejam com esta roupa. Os criados o viram? – perguntou o sr. de Rênal à mulher.

– Não, meu amigo – respondeu ela, profundamente pensativa.

– Tanto melhor. Vista isto aqui – disse o sr. prefeito ao jovem surpreso, oferecendo-lhe um sobretudo. – Agora vamos à loja do sr. Durand, o vendedor de tecidos.

Mais de uma hora depois, quando o sr. de Rênal entrou em casa com o novo preceptor todo vestido de preto, encontrou a mulher sentada no mesmo lugar. Ela se sentiu tranquilizada pela presença de Julien; ao examiná-lo, esqueceu-se de sentir medo. Julien não estava pensando nela; apesar de desconfiar do destino e dos homens, nesse momento sua alma era a de uma criança. Ele se sentia como se tivesse vivido anos desde o instante em que, três horas antes, estivera trêmulo dentro da igreja. Julien notou o olhar gelado da sra. de Rênal, compreendeu que estava zangada por ele ter ousado beijar-lhe a mão. Mas a sensação de orgulho que lhe dava o contato das roupas tão diferentes das que estava acostumado a vestir o deixava fora de si, e ele desejava tanto esconder sua alegria que todos os seus movimentos tinham algo de brusco e de louco. A sra. de Rênal o fitava com olhar surpreso.

– Seriedade – disse o sr. de Rênal a Julien – é o que o senhor precisa ter para ser respeitado pelos meus filhos e meus criados.

– Senhor – respondeu Julien –, estou constrangido neste traje novo. Eu, pobre camponês, nunca me vesti assim. Se o senhor me der licença, vou para o meu quarto.

– Que tal lhe parece essa aquisição? – indagou o sr. de Rênal à esposa.

Com um movimento quase instintivo, do qual com certeza não se deu conta, a sra. de Rênal ocultou a verdade do marido.

– Não estou tão encantada quanto você com esse camponesinho. As atenções que você dá a ele o transformarão num impertinente que você será obrigado a demitir antes de um mês.

– Que seja! Nós o demitiremos, o que poderá me custar uma centena de francos, mas Verrières estará habituada a ver um preceptor com os filhos do sr. de Rênal. Eu não conseguiria isso se tivesse deixado Julien vestido como um trabalhador braçal. Ao despedi-lo, ficarei, é claro, com o traje preto completo que encomendei. Ele ficará apenas com o traje pronto que comprei no alfaiate e já lhe dei para vestir.

A hora que Julien passou no quarto pareceu um instante à sra. de Rênal. As crianças, a quem já haviam falado do novo preceptor, enchiam a mãe de perguntas. Finalmente, Julien apareceu. Era um outro homem. Seria equivocado dizer que se mostrava sério: era a própria seriedade encarnada. Foi apresentado aos meninos e falou com eles de um modo que espantou até o sr. de Rênal.

– Estou aqui, senhores – disse Julien ao fim de um breve discurso –, para ensinar-lhes latim. Já sabem o que é recitar uma lição. Aqui está a Bíblia Sagrada –, declarou, mostrando-lhes um livro encadernado, de capa preta. – Este volume, especificamente, traz a história de Nosso Senhor Jesus Cristo, é a parte que chamamos de Novo Testamento. Eu os farei recitar lições; façam com que eu recite a minha.

Adolphe, o mais velho dos meninos, tinha pegado o livro.

– Abra-o ao acaso – pediu Julien – e diga a primeira palavra de um parágrafo. Vou recitar de cor o livro sagrado, regra de conduta para todos nós, até que os senhores me interrompam.

Adolphe abriu o livro, leu uma palavra, e Julien recitou a página inteira com a mesma facilidade com que falava francês. O sr. de Rênal olhou para a mulher com ar de triunfo. Os meninos, vendo o assombro dos pais, arregalavam os olhos. Um criado chegou à porta da sala, Julien continuou falando latim. O criado primeiro ficou imóvel, depois sumiu. Logo a criada de quarto da dona da casa e a cozinheira aproximaram-se da porta; Adolphe já havia aberto o livro em oito páginas, e Julien continuava a recitar com a mesma facilidade.

– Ah, meu Deus! Que padrezinho bonito – disse a cozinheira, moça boa, bastante devota.

O amor-próprio do sr. de Rênal inquietou-se; longe de sonhar em examinar o preceptor, ele estava ocupado em procurar na memória algumas palavras em latim; por fim, conseguiu dizer alguns versos de Horácio. Julien não sabia outro latim que o da Bíblia. Respondeu, franzindo as sobrancelhas:

– O santo ministério ao qual me destino me proibiu de ler um poeta tão profano.

O sr. de Rênal citou um bom número de supostos versos de Horácio. Explicou aos filhos quem era Horácio; mas as crianças, cheias de admiração, não prestaram atenção no que o pai falou. Olhavam para Julien.

Os criados continuavam reunidos à porta, e Julien acreditou que era seu dever prolongar a prova:

– Agora – disse ao caçula – o sr. Stanislas-Xavier também vai me indicar uma passagem do livro sagrado.

O pequeno Stanislas, todo orgulhoso, leu a seu jeito a primeira palavra de um parágrafo, e Julien recitou a página inteira. Para que nada faltasse ao triunfo do sr. de Rênal, enquanto Julien recitava, entraram na sala o sr. Valenod, dos belos cavalos normandos, e o sr. Charcot de Maugiron, subprefeito do distrito. Essa cena valeu a Julien o título de "senhor"; nem os criados ousaram recusar a ele tal tratamento.

À noite, Verrières inteira foi à casa do sr. de Rênal para ver a maravilha. Julien respondia a todos com um ar sóbrio e distante. Sua fama se espalhou tão depressa pela cidade que, poucos dias depois, o sr. de Rênal, com medo de que alguém lhe roubasse o preceptor, propôs que ele assinasse um contrato de dois anos.

– Não, senhor – respondeu Julien com frieza. – Se quiser me demitir, serei obrigado a ir embora. Um compromisso que me ligue ao senhor sem obrigá-lo a nada é injusto. Recuso a proposta.

Julien foi tão hábil que, menos de um mês depois de sua chegada à casa, o próprio sr. de Rênal já o respeitava. Com o abade brigado com o sr. de Rênal e o sr. Valenod, não havia ninguém para revelar a antiga paixão de Julien por Napoleão, do qual ele só falava com horror.

Capítulo 7
As afinidades eletivas

Só sabem tocar o coração causando-lhe sofrimento.

UM MODERNO

    Os meninos o amavam. Ele não os amava nem um pouco; seu pensamento estava em outro lugar. Nada que os pirralhos faziam tirava-lhe a paciência. Frio, justo, impassível e, no entanto, amado, era um bom preceptor. Por sua vez, não sentia nada além de ódio e horror pela alta sociedade na qual fora admitido, mas na extremidade menos importante da mesa, é verdade, o que talvez explique o ódio e o horror. Participou de alguns jantares formais, durante os quais mal pôde conter seu ódio por tudo que o cercava. No dia da festa de São Luís, entre outros, o sr. Valenod conduzia a conversa na casa do sr. de Rênal. Julien esteve a ponto de se trair; refugiou-se no jardim, sob pretexto de ir ver os meninos. "Quantos elogios à honestidade", pensou; "parece até que essa é a única virtude; no entanto, que consideração, que respeito desprezível por um homem que evidentemente dobrou e triplicou sua fortuna desde que passou a administrar os bens dos pobres! Aposto que ele ganha até com os fundos destinados às crianças abandonadas, essas coitadas cuja miséria é ainda mais sagrada que a dos outros! Ah! Monstros! Monstros! Eu também sou uma espécie de criança abandonada, odiada por meu pai, por meus irmãos, por toda a minha família."

Alguns dias antes da festa de São Luís, Julien, passeando sozinho e lendo seu breviário em um pequeno bosque chamado Belvedere, que domina o Passeio da Fidelidade, tinha tentado evitar seus dois irmãos, os quais avistara de longe vindo por uma trilha deserta. Tinha sido tão grande a inveja provocada nos trabalhadores grosseiros por seu belo traje preto, pela aparência extremamente limpa do irmão, pelo desprezo sincero que este sentia por eles, que lhe deram uma surra que o deixou desmaiado e ensanguentado. A sra. de Rênal, que passeava com o sr. Valenod e o subprefeito, chegou por acaso ao pequeno bosque; viu Julien no chão e pensou que estivesse morto. Seu susto foi tão grande que deixou o sr. Valenod enciumado.

Ele se alarmou à toa. Julien achava a sra. de Rênal linda, mas a odiava por causa de sua beleza; foi o primeiro obstáculo que quase atrapalhou a sua boa sorte. Julien falava o menos possível com ela, a fim de evitar o encantamento que, no primeiro dia, o fizera beijar-lhe a mão.

Elisa, a criada de quarto da sra. de Rênal, já estava apaixonada pelo jovem preceptor; com frequência, falava dele com sua patroa. O amor de Elisa valeu a Julien o ódio de um dos criados. Certo dia, ele ouviu o homem dizer a Elisa: "Você não conversa mais comigo desde que esse preceptor encardido veio trabalhar aqui". Julien não merecia essa ofensa; mas, por instinto de rapaz bonito, redobrou os cuidados pessoais. O ódio que o sr. Valenod sentia também redobrou. Ele disse em público que era inconveniente tanta vaidade num jovem padre. Em vez de batina, Julien usava o traje preto.

A sra. de Rênal notou que ele começou a conversar mais frequentemente com a srta. Elisa; descobriu que a razão das conversas era a penúria do pequeno guarda-roupa de Julien. Ele possuía tão pouca roupa que era obrigado a mandar lavá-la vezes sem conta fora de casa, e para isso é que Elisa lhe era útil. Essa pobreza extrema, da qual não suspeitava, comoveu a sra. de Rênal; ela sentiu vontade de dar-lhe presentes, mas não ousou fazer isso. Essa resistência interior foi o primeiro sentimento doloroso que Julien lhe causou. Até aquele momento, o nome de Julien e uma sensação de pura alegria e intelectualidade eram sinônimos para ela. Atormentada pela pobreza de Julien, a sra. de Rênal discutiu com o marido a ideia de presenteá-lo com roupas.

– Que tolice! – respondeu ele. – Imagine! Dar presentes a um homem com quem estamos perfeitamente contentes e que trabalha bem para nós? Se ele fosse negligente é que precisaríamos estimular seu zelo.

A sra. de Rênal sentiu-se humilhada diante desse modo de pensar. Jamais teria reparado nisso antes da chegada de Julien. Sempre que via o extremo asseio da roupa simples do jovem padre, pensava: "Pobre rapaz, como consegue viver assim?".

Pouco a pouco, em vez de chocada, ficou com pena por faltar tanta coisa a Julien.

A sra. de Rênal era uma dessas mulheres provincianas que podemos muito bem tomar por tolas nos primeiros quinze dias em que as conhecemos. Ela não tinha experiência de vida e não se preocupava em falar. Dotada de uma alma delicada e soberba, esse instinto de felicidade natural a todos os seres fazia com que, na maior parte do tempo, ela não desse atenção alguma às ações dos personagens grosseiros no meio dos quais o acaso a jogara.

Teria sido notada por sua naturalidade e vivacidade de espírito caso tivesse recebido um mínimo de educação. Mas, na condição de herdeira, havia sido criada por religiosas que adoravam com paixão o Sagrado Coração de Jesus, animadas por um ódio violento aos franceses inimigos dos jesuítas. A sra. de Rênal havia tido o bom senso de logo esquecer, por ser absurdo, tudo o que aprendera no convento, mas não colocou nada no lugar e acabou por não saber nada. As bajulações precoces das quais havia sido objeto em sua qualidade de herdeira de uma grande fortuna e uma tendência decidida pela devoção apaixonada tinham lhe dado uma maneira de viver toda interior. Aparentando a condescendência mais perfeita e uma abnegação voluntária, que os maridos de Verrières citavam como exemplo para suas esposas e que deixava orgulhoso o sr. de Rênal, a conduta habitual de sua alma era, de fato, resultado de um temperamento bastante altivo. Uma princesa, considerada orgulhosa, presta muito mais atenção no que fazem os cavalheiros à sua volta do que a sra. de Rênal, tão doce e modesta na aparência, prestava no que dizia ou fazia seu marido. Até a chegada de Julien, ela só havia se dedicado de verdade aos filhos. Suas doenças sem gravidade, suas dores e suas pequenas alegrias ocupavam toda a sensibilidade dessa alma que, na vida, só tinha adorado a Deus, na época em que estudara no Sagrado Coração de Besançon.

Sem revelar isso a ninguém, uma febrezinha em um dos meninos a deixava quase no mesmo estado como se a criança tivesse morrido. Um riso grosseiro e um dar de ombros, acompanhado de algum provérbio trivial sobre a loucura das mulheres, tinham acolhido as confidências dessas preocupações que a sra. de Rênal fazia ao marido nos primeiros anos de casamento por necessidade de desabafar. Esse tipo de zombaria, sobretudo quando relacionado às doenças dos meninos, era como uma punhalada no coração da sra. de Rênal. Foi isso que ela encontrou no lugar das bajulações solícitas e melosas do convento jesuíta onde passara a juventude. Sua educação foi feita pela dor. Orgulhosa demais para conversar sobre esse gênero de desgosto, mesmo com a sua amiga e prima, a sra. Derville, ela imaginou que todos os homens eram como o seu marido, o sr. Valenod e o subprefeito Charcot de Maugiron. A grosseria, a brutal insensibilidade a tudo que não fosse de interesse monetário, hierárquico ou de distinção e o ódio cego por qualquer raciocínio que os contrariasse pareciam a ela coisa natural ao sexo masculino, como usar botas e chapéu de feltro.

Depois de longos anos, a sra. de Rênal ainda não se acostumara com as pessoas ricas com quem tinha de conviver.

Essa era a razão do sucesso do jovem camponês Julien. Ela encontrou doces prazeres, reluzentes pelo charme da novidade, na simpatia da alma nobre e orgulhosa do rapaz. A sra. de Rênal logo perdoou sua ignorância extrema, que era um encanto a mais, e a rudeza das suas maneiras, que conseguiu corrigir. Ela considerou que valia a pena escutá-lo, mesmo quando falava das coisas mais comuns, mesmo quando se tratava de um pobre cão esmagado, enquanto atravessava a rua, pela carroça a trote de um camponês. O espetáculo desse sofrimento fazia seu marido gargalhar, ao passo que as belas sobrancelhas escuras de Julien se contraíam. A generosidade, a nobreza de alma, a humanidade pouco a pouco lhe pareciam existir apenas no jovem padre. A sra. de Rênal sentiu por ele a simpatia, e até a admiração, que essas virtudes encorajam nas pessoas de bem.

Em Paris, a posição de Julien em relação à sra. de Rênal logo teria sido simplificada. Mas, em Paris, o amor é filho dos romances. O jovem preceptor e sua tímida patroa teriam encontrado em três ou quatro romances, e até mesmo nas cópias do *Gymnase*[16], o esclarecimento de sua posição. Os romances teriam mostrado a eles o papel a desempenhar, o modelo a imitar. E esse modelo, cedo ou tarde, Julien seria forçado a seguir por vaidade, mesmo que sem prazer e talvez com repulsa.

Em uma cidadezinha do Aveyron ou dos Pireneus, o menor incidente teria se tornado decisivo pelo calor do clima. Sob nossos céus mais sombrios, um rapaz pobre, que só é ambicioso porque a delicadeza de seu coração faz com que precise ter alguns prazeres proporcionados pelo dinheiro, vê todos os dias uma mulher de trinta anos, sinceramente ajuizada, ocupada com os filhos, que não vê em romance algum exemplo de conduta. Tudo segue lentamente, tudo se faz devagar nas províncias, é mais natural assim.

Com bastante frequência, pensando na pobreza do jovem preceptor, a sra. de Rênal se compadecia até às lágrimas. Certo dia, Julien a surpreendeu chorando.

---

[16] Théâtre du Gymnase Marie-Bell, fundado em 1820. A princípio, era reservado aos alunos do conservatório de Arte Dramática de Paris. (N.T.)

– Ah! Aconteceu algo de ruim com a senhora?

– Não, meu amigo – respondeu ela. – Chame os meninos, vamos dar um passeio.

A sra. de Rênal tomou-lhe o braço e se apoiou nele de modo que pareceu singular a Julien. Era a primeira vez que ela o chamava de "meu amigo".

Ao final do passeio, Julien notou que sra. de Rênal enrubescia muito. Ela diminuiu o passo.

– Alguém já deve ter lhe contado que sou a única herdeira de uma tia bastante rica que mora em Besançon. – disse ela sem olhar para Julien. – Minha tia me enche de presentes… Meus filhos estão fazendo progressos… tão surpreendentes… que eu gostaria de insistir que o senhor aceitasse um pequeno presente como prova do meu reconhecimento. São apenas alguns luíses para a sua roupa branca. Mas… – Ela enrubesceu mais ainda e parou de falar.

– O que foi, minha senhora? – indagou Julien.

– Seria desnecessário – prosseguiu ela, baixando a cabeça – mencionar isso a meu marido.

– Sou pouco importante, mas não desprezível, e nisso a senhora não pensou – retrucou Julien, parando de andar, com os olhos brilhando de cólera, empertigando-se. – Eu seria menos que um criado se escondesse do sr. de Rênal qualquer coisa relacionada ao meu dinheiro.

A sra. de Rênal ficou aterrada.

– Desde que fui morar na sua casa, o sr. prefeito já me pagou cinco vezes trinta e seis francos. Posso mostrar o meu livro de despesas ao sr. de Rênal e a quem quer que seja, até ao sr. Valenod, que me odeia.

Depois dessa resposta, a sra. de Rênal ficou pálida e trêmula. O passeio terminou sem que nem um nem outro encontrasse um pretexto para retomar o diálogo. O amor pela sra. de Rênal tornou-se cada vez mais impossível no coração orgulhoso de Julien. Quanto à sra. de Rênal, ela o respeitou, o admirou; havia sido castigada. Sob pretexto de compensar a humilhação involuntária que lhe causara, permitiu-se os cuidados mais ternos. Durante oito dias, a novidade dessas maneiras fez a felicidade da sra. de Rênal. O resultado foi acalmar, em parte, a cólera de Julien. Ele estava longe de ver nisso qualquer coisa que parecesse um gosto pessoal.

"É assim que os ricos são", pensava ele. "Eles humilham e depois acreditam que podem compensar tudo com algumas macaquices!"

O coração da sra. de Rênal estava pesado e ainda inocente demais para que, apesar de sua resolução em contrário, não contasse ao marido a oferta que fizera a Julien e o modo como fora rechaçada.

– Como você tolerou uma recusa da parte de um criado? – perguntou o sr. de Rênal, vivamente irritado.

Quando a sra. de Rênal protestou pelo uso da palavra, o prefeito, impassível, continuou:

– Falo, senhora, como falou o finado sr. príncipe de Condé ao apresentar os seus camareiros à sua nova esposa: "Essas pessoas", disse ele, "são nossos criados". Eu li essa passagem essencial das memórias de Besenval[17] para a senhora. Todos os que não são fidalgos, que vivem na sua casa e recebem salário, são seus criados. Vou trocar duas palavras com esse sr. Julien e dar cem francos a ele.

– Ah! – exclamou a sra. de Rênal, trêmula. – Pelo menos não faça isso na frente dos criados!

– Sim, eles poderiam ficar com inveja, e com razão – disse o marido, afastando-se e pensando no montante de dinheiro.

A sra. de Rênal desabou na cadeira, quase desmaiada de pesar. "Ele vai humilhar Julien, por minha culpa!" Sentiu horror ao marido e escondeu o rosto com as mãos. Prometeu-se nunca mais fazer confidências.

Quando viu Julien outra vez, estava trêmula, com o peito tão apertado que não conseguiu pronunciar uma palavra. Em seu embaraço, segurou as mãos dele e apertou-as.

– Ah, meu amigo – disse, por fim –, está contente com o meu marido?

---

[17] Pierre Victor de Besenval de Brünstatt (1722-1794) foi o último comandante do regimento da Guarda Suíça na França. Lutou na Revolução Francesa a soldo da corte real. (N.T.)

– Como não estaria? – respondeu o rapaz com um sorriso amargo. – Ele me deu cem francos.

Ela o encarou, incerta.

– Dê-me o braço – pediu num tom corajoso que Julien nunca tinha ouvido.

Ela ousou ir até o livreiro de Verrières, apesar de sua horrível reputação de liberalista. Ali, escolheu por dez luíses livros que deu aos filhos. Mas ela sabia que eram volumes que Julien desejava. Exigiu que ali mesmo, na loja do livreiro, cada um dos meninos escrevesse seu nome nos livros que lhe cabia na partilha. Enquanto a sra. de Rênal se felicitava pelo tipo de reparação que tivera a audácia de fazer a Julien, o rapaz se espantava com a quantidade de livros que havia na loja. Jamais se atrevera a entrar em um lugar tão profano. Seu coração palpitava. Longe de tentar adivinhar o que se passava no coração da sra. de Rênal, ele imaginava como um jovem estudante de teologia poderia adquirir alguns daqueles volumes. Supôs, finalmente, que seria possível, com alguma habilidade, convencer o sr. de Rênal de que era necessário ensinar aos filhos dele a história de fidalgos famosos nascidos na província. Após um mês de esforços, Julien viu sua ideia dar certo. Tanto que, depois de algum tempo, conversando com o sr. de Rênal, arriscou-se a mencionar uma ação bastante penosa para o nobre prefeito: aumentar a fortuna de um liberal, abrindo uma conta na loja do livreiro. O sr. de Rênal concordava que era sensato dar ao filho mais velho uma ideia geral das várias obras que ele ouviria mencionar nas conversas, quando fosse para a academia militar. Mas Julien via o sr. prefeito se obstinar em não passar disso. Suspeitou de uma razão secreta, mas não tinha como adivinhá-la.

– Andei pensando, senhor – disse ele, um dia –, que não seria conveniente para o nome de um fidalgo como um Rênal constar nos registros sórdidos do livreiro.

O rosto do sr. de Rênal se desanuviou.

– Também seria uma péssima referência – continuou Julien, em tom mais humilde –, para um pobre estudante de teologia, se um dia descobrissem que seu nome está nos registros de um livreiro que aluga livros. Os liberais poderiam me acusar de ter pedido os livros mais infames. Talvez chegassem ao ponto de escrever depois do meu nome os títulos dessas obras perversas.

Julien, no entanto, afastava-se do rumo. Viu a fisionomia do prefeito retomar a expressão de embaraço e aborrecimento. Calou-se. "Agora o peguei", pensou.

Alguns dias depois, na frente do pai, o mais velho dos meninos interrogou Julien sobre um livro anunciado no *La Quotidienne*[18].

– Para evitar qualquer tema de triunfo do partido jacobino – disse o preceptor –, e ao mesmo tempo me oferecer meios para responder ao sr. Adolphe, poderíamos abrir uma conta no livreiro em nome do criado de mais baixa hierarquia na casa.

– A ideia não é má – respondeu o sr. de Rênal com visível satisfação.

– Mas seria preciso especificar que o criado não poderia pegar nenhum romance – argumentou Julien com o ar grave e quase infeliz que cai tão bem em certas pessoas quando elas veem que vão obter um êxito desejado há muito tempo. – Uma vez dentro de casa, esses livros perigosos poderiam corromper as criadas da senhora, e até o próprio criado.

– O senhor se esquece dos panfletos políticos – acrescentou o sr. de Rênal, altivo.

Ele queria esconder a admiração que lhe causava o esperto meio-termo inventado pelo preceptor dos seus filhos.

A vida de Julien compunha-se assim de uma sequência de pequenas negociações. Seu sucesso o ocupava mais que o sentimento de clara preferência que só a ele caberia ler no coração da sra. de Rênal.

A posição moral na qual ele passara a vida toda se renovava na casa do prefeito de Verrières. Ali, como na serraria do pai, desprezava profundamente

---

[18] Jornal monarquista publicado entre 1790 e 1848. (N.T.)

as pessoas com as quais convivia, tinha ódio delas. A cada dia via nos relatos feitos pelo subprefeito, pelo sr. Valenod e por outros amigos que frequentavam a casa, a respeito de coisas que acabavam de ocorrer sob seus olhos, o quanto suas ideias estavam longe da realidade. Uma ação que lhe parecia admirável era exatamente a que atraía a reprovação das pessoas que o cercavam. Seu pensamento era sempre "Que monstros!" ou "Que idiotas!". O engraçado é que, apesar do seu orgulho, muitas vezes ele não compreendia nada do que estavam falando.

Durante a vida, Julien só havia tido conversas sinceras com o velho cirurgião-mor. As poucas ideias que tinha eram relacionadas às campanhas de Napoleão na Itália ou a cirurgias. Sua coragem juvenil gostava de mencionar as circunstâncias das cirurgias mais dolorosas. Ele dizia a si mesmo: "Eu não teria hesitado".

Na primeira vez que a sra. de Rênal tentou conversar com Julien sobre outro assunto que não a educação das crianças, ele começou a falar a respeito de cirurgias. Ela empalideceu e pediu-lhe que calasse.

Julien não conhecia outros temas. E assim, convivendo com a sra. de Rênal, o silêncio mais singular se estabelecia entre eles assim que ficavam sós. Na sala, por mais humilde que fosse a postura dele, ela via em seus olhos um ar de superioridade intelectual voltado a todos que a visitavam. Quando ficava sozinha com ele, notava que se sentia embaraçado. Isso a inquietava, pois seu instinto feminino a fazia entender que tal embaraço não tinha nada de ternura.

Segundo não sei qual ideia tirada de algum relato sobre a boa sociedade, tal como a conhecera o velho cirurgião-mor, assim que as pessoas se calavam em um lugar onde ele estava em companhia de uma mulher, Julien se sentia humilhado, como se o silêncio fosse culpa sua. Essa sensação era cem vezes pior no *tête-à-tête*. Sua imaginação, cheia das noções mais exageradas, mais exaltadas sobre o que um homem deve dizer quando está sozinho com uma mulher, só lhe oferecia nessas horas sugestões inadmissíveis. Sua alma ficava nas nuvens, entretanto ele não conseguia sair do silêncio mais humilhante. Assim, seu ar severo, durante os longos passeios com a sra. de Rênal e as crianças, era aumentado pelos sofrimentos mais cruéis. Julien desprezava-se horrivelmente. Se, por infelicidade, obrigava-se a falar, chegava a dizer as coisas mais ridículas. Para cúmulo da miséria, via e exagerava sua tolice. Mas o que ele não via era a expressão dos seus olhos; eram tão bonitos e anunciavam uma alma tão ardente que, à semelhança dos bons atores, revestiam de encanto o que não tinha nada de encantador. A sra. de Rênal notou que, sozinho com ela, Julien só dizia algo interessante quando, distraído por algum acontecimento imprevisto, não pensava em lhe fazer um elogio. Como os amigos que frequentavam sua casa não a mimavam apresentando-lhe ideias novas e brilhantes, ela se deliciava com os clarões de espírito de Julien.

Desde a queda de Napoleão, qualquer sinal de galanteria foi severamente banido dos hábitos provincianos. As pessoas têm medo de ser vistas com maus olhos. Os patifes buscam apoio na congregação, e a hipocrisia fez os mais belos progressos mesmo nas classes liberais. O tédio duplica. Não resta outro prazer que a leitura e a agricultura.

A sra. de Rênal, rica herdeira de uma tia devota, casada aos dezesseis anos com um bom homem, jamais havia experimentado em sua vida nada que lembrasse, nem de longe, o amor. Apenas seu confessor, o bom cura Chélan, lhe havia falado sobre o amor, a propósito das investidas do sr. Valenod, e pintara um quadro tão repugnante que para ela a palavra representava unicamente a ideia da libertinagem mais abjeta. Ela via como exceção, até mesmo como algo contra a natureza, o amor que havia encontrado no pequeno número de romances que o acaso lhe colocara sob os olhos. Graças a essa ignorância, a sra. de Rênal, perfeitamente feliz, sempre ocupada com Julien, nem pensava em se recriminar.

Capítulo 8
Pequenos acontecimentos

> *Então houve suspiros, mais profundos quanto mais sentidos,*
> *E olhares roubados, mais doces pelo furto,*
> *E rubores rubros, sem transgressão.*
>
> DON JUAN, CANTO I, ESTROFE 74

A doçura angelical que a sra. de Rênal devia ao seu caráter e à sua felicidade atual era alterada apenas quando pensava em Elisa, sua criada de quarto. A moça recebera uma herança, fora se confessar com o cura Chélan e lhe revelara seu projeto de casar-se com Julien. O abade ficou muito feliz com a sorte de seu amigo. Sua surpresa foi grande quando Julien lhe disse, resoluto, que a oferta da srta. Elisa não lhe convinha.

– Cuidado, meu filho, com o que se passa no seu coração – disse o abade, franzindo as sobrancelhas. – Eu o felicito por sua vocação, se é por causa dela que você despreza uma fortuna mais que suficiente. Há cinquenta e seis anos sou pároco de Verrières e, mesmo assim, pelo que parece, vou ser mandado embora. Isso me aflige, ainda que eu tenha uma renda de oitocentas libras. Conto-lhe esses detalhes para que você não tenha ilusões sobre o que o espera quando se tornar padre. Se pensa em cortejar os poderosos, sua perdição eterna está garantida. Você poderá fazer fortuna, mas precisará prejudicar os miseráveis, bajular o subprefeito, o prefeito e os homens importantes e servir às paixões deles. Para um leigo, essa conduta, que no mundo se chama *savoir-vivre*, pode não ser absolutamente incompatível com a salvação. Mas, em nossa condição, é necessário optar; trata-se de fazer fortuna neste mundo ou no outro, não existe meio-termo. Vá, meu caro amigo, reflita e volte em três dias para me dar uma resposta definitiva. Percebo com pesar, no fundo do seu caráter, um ardor sombrio que não me anuncia nem a moderação nem a perfeita renúncia aos atrativos terrenos, necessárias a um padre. Tenho bom augúrio sobre a sua inteligência. Entretanto, permita-me dizer-lhe – acrescentou o abade, com lágrimas nos olhos: – na condição de padre, eu temeria por sua salvação.

Julien tinha vergonha de suas emoções. Pela primeira vez na vida, via-se amado. Chorava de prazer e foi esconder suas lágrimas nos grandes bosques acima de Verrières.

"Por que me encontro neste estado?", perguntou-se, por fim. "Sinto que daria cem vezes a minha vida pelo bom cura Chélan, no entanto ele acaba de me provar que sou um tonto. É sobretudo a ele que quero enganar, e ele adivinha minha intenção. Esse ardor secreto do qual ele fala é o meu projeto de fazer fortuna. Ele me acha indigno de ser padre, justamente quando eu imaginava que o sacrifício de cinquenta luíses de renda lhe daria a mais elevada ideia da minha piedade e da minha vocação."

"No futuro", continuou Julien, "só contarei com as qualidades do meu caráter que já tiverem sido testadas. Quem diria que eu encontraria tanto prazer em derramar lágrimas! Que amaria aquele que prova que sou apenas um tolo!"

Três dias mais tarde, Julien encontrou o pretexto do qual deveria ter se munido desde o primeiro dia. Esse pretexto era uma calúnia, mas o que importa isso? Ele confessou ao abade, com bastante hesitação, que uma razão que não podia lhe explicar, porque prejudicaria um terceiro, desviara-o desde o começo da união projetada. Culpava a conduta de Elisa. O sr. Chélan viu nos modos dele um certo fogo mundano demais, bem diferente do que deveria animar um jovem eclesiástico.

– Meu amigo – disse-lhe o abade –, seja um bom burguês do campo, estimado e instruído, em vez de um padre sem vocação.

Julien respondeu a essas novas advertências muito bem, escolhendo as palavras; encontrou as expressões que um jovem seminarista fervoroso teria usado. Mas o tom com que as pronunciou, mais o ardor mal disfarçado que brilhou em seus olhos, alarmaram o sr. Chélan.

Não se deve pensar mal de Julien. Ele inventava corretamente as palavras de uma hipocrisia cautelosa e prudente. Nada mal para a sua idade. Quanto ao tom e aos gestos, ele tinha vivido com camponeses, privado da visão dos grandes modelos. Na sequência, tão logo lhe foi dado se aproximar desses senhores, tornou-se admirável tanto pelos gestos como pelas palavras.

A sra. de Rênal achou estranho que a fortuna recebida por sua camareira não a tivesse deixado mais feliz. Ela via a moça ir toda hora à casa do abade e voltar com lágrimas nos olhos. Por fim, Elisa lhe falou do projeto de casamento.

A sra. de Rênal pensou ter adoecido. Um tipo de febre a impedia de pegar no sono. Só vivia quando tinha a criada ou Julien em sua presença. Só pensava neles e na felicidade que encontrariam como casal. A pobreza da pequena casa, onde viveriam com cinquenta luíses de renda, pintava-se à sua frente com cores adoráveis. Julien poderia tornar-se advogado em Bray, distrito a uns nove quilômetros de Verrières. Nesse caso, ela o veria de vez em quando.

A sra. de Rênal acreditou sinceramente que iria enlouquecer. Disse isso a seu marido e, finalmente, adoeceu. Na mesma noite, enquanto a criada de quarto a atendia, notou que a moça chorava. Abominava Elisa naquele momento e acabara de tratá-la bruscamente. Pediu-lhe desculpas. As lágrimas de Elisa redobraram, e ela disse que, se a patroa permitisse, contaria tudo sobre sua infelicidade.

– Conte – respondeu a sra. de Rênal.

– Pois bem, senhora, ele me rejeitou. Gente malvada deve ter falado mal de mim para ele, e ele acreditou.

– Quem a rejeitou? – perguntou a sra. de Rênal, mal respirando.

– Quem seria, senhora, senão o sr. Julien? – retrucou a camareira, soluçando. – O sr. abade não conseguiu vencer a resistência dele. Pois o sr. abade acredita que não se deve rejeitar uma moça honesta só porque ela foi criada de quarto. Afinal, o pai do sr. Julien não passa de um carpinteiro. Ele mesmo ganhava a vida como antes de vir trabalhar na casa da senhora?

A sra. de Rênal já não a escutava. O excesso de felicidade quase a impedia de usar a razão. Fez a criada repetir várias vezes que Julien a rejeitara em definitivo, sem ter como voltar atrás e tomar uma resolução mais sensata.

– Farei uma última tentativa – disse à camareira. – Vou conversar com o sr. Julien.

No dia seguinte, após o almoço, a sra. de Rênal entregou-se à deliciosa volúpia de defender a causa de sua rival e de ver a mão e a fortuna de Elisa serem recusadas continuamente durante uma hora.

Pouco a pouco, Julien deixou de lado as respostas compassadas e acabou por responder espirituosamente às sensatas argumentações da sra. de Rênal. Ela não pôde resistir à torrente de felicidade que inundava sua alma depois de tantos dias de desespero. Sentiu-se mal. Quando melhorou e se viu bem instalada em seu quarto, mandou todos sair. Estava profundamente espantada.

"Estarei amando Julien?", perguntou-se, por fim.

Essa descoberta, que em qualquer outro momento a teria feito mergulhar em remorso e agitação profunda, foi para ela um espetáculo singular, mas com algo de indiferença. Sua alma, esgotada por tudo que experimentara, não tinha mais sensibilidade a serviço das paixões.

A sra. de Rênal quis trabalhar e caiu em sono profundo; quando acordou, não sentiu tanto medo quanto deveria sentir. Estava feliz demais para levar qualquer coisa a mal. Ingênua e inocente, essa boa provinciana jamais havia torturado sua alma com a intenção de arrancar-lhe um pouco de sensibilidade a qualquer nova nuança de sentimento ou de infelicidade. Inteiramente absorta, antes da chegada de Julien, pela massa de trabalho que, distante de Paris, é a sorte de uma boa mãe de família, a sra. de Rênal pensava no amor como pensamos na loteria: enganação certa e felicidade buscada pelos tolos.

A sineta do jantar soou. A sra. de Rênal enrubesceu fortemente ao ouvir a voz de Julien, que levava as crianças. Um pouco mais hábil desde que começara a amar, fingiu uma terrível dor de cabeça para explicar seu rubor.

– Assim são todas as mulheres – comentou o sr. de Rênal, com uma risada grosseira. – Sempre há uma peça a ajustar nessas máquinas!

Embora acostumada com esse tipo de zombaria, o tom de voz do marido a chocou. Para se distrair, olhou para o rosto de Julien. Mesmo se ele fosse o homem mais feio, naquele instante ela o teria apreciado.

Sempre atento em copiar os hábitos das pessoas da corte, logo nos primeiros dias de bom tempo da primavera o sr. de Rênal se instalou em Vergy, aldeia que se tornou célebre pela aventura trágica de Gabrielle[19]. A algumas centenas de passos das ruínas pitorescas da antiga igreja gótica, o sr. de Rênal possui um velho castelo com quatro torres e um jardim desenhado como o das Tulherias, com sebes de buxos e alamedas de castanheiros podados duas vezes por ano. Um campo vizinho, com macieiras, servia de passeio. Oito ou dez nogueiras magníficas, no final do pomar, erguiam sua folhagem imensa a quase vinte e cinco metros.

– Cada uma dessas malditas nogueiras – dizia o sr. de Rênal quando sua esposa as admirava – me custa a colheita de meio alqueire. O trigo não cresce à sombra delas.

A vista campestre pareceu nova à sra. de Rênal; sua admiração chegava ao arrebatamento. O sentimento que a animava dava-lhe espírito e

---

[19] Refere-se à tragédia *Gabrielle de Vergy*, de Dormont de Belloy, escrita em 1770 e representada em ópera em 1773. (N.T.)

resolução. Dois dias após a chegada a Vergy, o sr. de Rênal voltou à cidade, por causa de assuntos da prefeitura, e a sra. de Rênal contratou operários por conta própria. Julien lhe havia dado a ideia de fazer um pequeno caminho de areia que circundaria o pomar e passaria sob as nogueiras, assim os meninos poderiam passear logo cedo sem que seus sapatos ficassem molhados de orvalho. A ideia foi posta em ação menos de vinte e quatro horas depois da sua concepção. A sra. de Rênal passou alegremente o dia inteiro com Julien, orientando os trabalhadores.

Quando o prefeito de Verrières retornou da cidade, surpreendeu-se ao ver o caminho pronto. Sua chegada também surpreendeu a sra. de Rênal, que havia esquecido a existência do marido. Durante dois meses ele reclamou da ousadia de terem mandado fazer, sem o consultar, uma obra tão importante. Mas a sra. de Rênal pagou o serviço com seu próprio dinheiro, e isso o consolou um pouco.

Ela passava os dias a correr com os filhos no pomar e a caçar borboletas. Haviam feito grandes capuzes de gaze clara, com os quais apanhavam os pobres lepidópteros. Foi esse o nome bárbaro que Julien ensinou à sra. de Rênal. Pois ela mandou vir de Besançon o belo livro do sr. Godart[20]; e Julien lhe falava sobre os hábitos singulares dos pobres bichos.

As borboletas eram espetadas sem piedade, com alfinetes, em um grande quadrado de papelão arranjado por Julien.

Finalmente surgiu entre a sra. de Rênal e Julien um assunto de conversação; ele não foi mais exposto ao horroroso suplício dos momentos de silêncio.

Eles conversavam sem cessar, com um interesse extremo, embora sempre sobre assuntos bem inocentes. Essa vida ativa, ocupada e alegre era agradável a todos, menos à srta. Elisa, que se achava sobrecarregada de trabalho.

– Nem no carnaval – dizia ela –, quando há baile em Verrières, a patroa se preocupa tanto com o que veste; troca de roupa duas ou três vezes por dia.

---

[20] Jean-Baptiste Godart (1775-1825), entomologista que publicou várias obras sobre borboletas, algumas com ilustrações coloridas. (N.T.)

Como nossa intenção é não adular quem quer que seja, não negaremos que a sra. de Rênal, que tinha uma pele maravilhosa, mandou fazer vestidos que deixavam os braços e o colo à mostra. Seu corpo era benfeito, e esse modo de se vestir lhe caía muitíssimo bem.

– A senhora nunca *esteve* tão jovem – diziam os amigos de Verrières que iam jantar em Vergy. (Esse é um jeito de falar da região.)

Uma coisa inusitada, mas poucos de nós acreditaremos, é que era sem intenção expressa que a sra. de Rênal se dedicava a tantos cuidados. Encontrava prazer nisso. E, sem pensar no assunto, quando não estava caçando borboletas com os meninos e Julien, passava o tempo todo com Elisa costurando vestidos. Sua única ida a Verrières foi ocasionada pelo desejo de comprar novos vestidos de verão que tinham acabado de chegar de Mulhouse.

Levou consigo para Vergy uma jovem parenta sua. Desde seu casamento, a sra. de Rênal aproximara-se pouco a pouco da sra. Derville, que fora sua amiga no Sagrado Coração.

A sra. Derville costumava rir muito do que chamava de ideias loucas da prima. "Sozinha, jamais eu pensaria nisso", dizia. Essas ideias inesperadas, que em Paris chamaríamos de caprichos, envergonhavam a sra. de Rênal como bobagens, quando estava com o marido. Mas a presença da sra. Derville lhe dava coragem. No início, contava seus pensamentos à prima em voz tímida; quando passavam bastante tempo a sós, o espírito da sra. de Rênal se animava, e uma longa manhã solitária passava como um instante e deixava as duas amigas muito alegres. Nessa viagem, porém, a sensata sra. Derville achou a prima menos alegre e muito mais feliz.

Julien, por sua vez, vivia como um menino desde que chegara ao campo, tão feliz correndo atrás de borboletas quanto seus alunos. Depois de tanto embaraço e política hábil, sozinho, longe do olhar dos homens e, por instinto, deixando de temer a sra. de Rênal, entregava-se ao prazer de existir, tão vivo em sua idade, em meio às mais belas montanhas do mundo.

Desde a chegada da sra. Derville, Julien teve a impressão de que ela era sua amiga. Apressou-se a mostrar-lhe a vista que se tem do final da nova alameda sob as nogueiras, que é igual, se não superior, ao que a Suíça e os lagos da Itália podem oferecer de mais admirável. Subindo a colina íngreme que começa a alguns passos dali, logo se chega a grandes precipícios margeados por bosques de carvalhos, que avançam quase até o rio. Foi ao alto desses rochedos escarpados que Julien, feliz, livre, e até algo mais, rei do castelo, conduziu as duas amigas e deliciou-se com a admiração delas pela paisagem sublime.

– Para mim, é como a música de Mozart – afirmou a sra. Derville.

O ciúme dos irmãos e a presença de um pai déspota e mal-humorado haviam estragado para Julien os campos ao redor de Verrières. Em Vergy, ele não tinha essas lembranças amargas. Pela primeira vez na vida, não avistava inimigo algum. Quando o sr. de Rênal estava na cidade, o que acontecia com frequência, Julien ousava ler. Depois de pouco tempo, em vez de ler à noite, e tendo o cuidado de esconder a lâmpada sob um vaso de flores virado de boca para baixo, pôde dormir. De dia, nos intervalos das aulas das crianças, ia aos rochedos com o livro que era sua regra única de conduta e objeto de seus arrebatamentos. Encontrava nele, ao mesmo tempo, felicidade, êxtase e consolo nas horas de desalento.

Certas coisas que Napoleão diz das mulheres, e discussões diversas sobre o mérito dos romances em voga durante seu reinado, deram ao jovem preceptor, pela primeira vez, ideias que qualquer outro rapaz de sua idade já teria tido há tempos.

Os fortes calores chegaram. Tornou-se hábito passar as noites sob uma imensa tília a poucos passos do castelo. A escuridão ali era profunda. Certa noite, Julien falava com animação, deliciando-se com o prazer de conversar tão bem com jovens senhoras. Enquanto gesticulava, tocou a mão da sra. de Rênal, apoiada no encosto de uma dessas cadeiras de madeira pintada que são usadas em jardins.

A mão se retirou depressa. Julien, porém, achou que era seu dever conseguir que a mão não se afastasse quando ele a tocasse. A ideia de um dever a cumprir, e de passar ridículo ou se sentir inferiorizado caso não obtivesse sucesso, afastou no mesmo instante todo o prazer de seu coração.

Capítulo 9
Uma noite no campo

A Didon *do sr. Guérin, esboço encantador.*

STROMBECK

Seus olhares, no dia seguinte, quando reencontrou a sra. de Rênal, eram estranhos. Ele a observava como se fosse uma inimiga com quem tivesse que lutar. Tais olhares, tão diferentes dos da véspera, fizeram a sra. de Rênal perder a cabeça. Tinha sido tão boa com Julien, e ele parecia aborrecido. Não conseguia evitar os olhares dele.

A presença da sra. Derville permitiu que Julien falasse menos e se ocupasse mais com o que tinha em mente. Sua única ocupação, o dia inteiro, foi fortalecer-se com a leitura do livro inspirado, que lhe reanimava a alma.

Ele abreviou as lições dos meninos e, a seguir, quando a presença da sra. de Rênal o fez lembrar que buscava a glória, decidiu ser absolutamente necessário que naquela noite ela permitisse que sua mão permanecesse na dele.

O sol baixando e o momento decisivo se aproximando fizeram o coração de Julien bater de modo estranho. A noite chegou. Ele observou, com uma alegria que lhe tirou um peso enorme do peito, que a escuridão imperaria. O céu carregado de nuvens, trazidas por um vento quente, prenunciava um temporal. As duas amigas passearam até bem tarde. Tudo o que elas faziam nessa noite parecia esquisito para Julien. Elas apreciavam esse clima, que, para certas almas delicadas, parece aumentar o prazer de amar.

Por fim, todos se sentaram, a sra. de Rênal ao lado de Julien, a sra. Derville ao lado da amiga. Preocupado com o que tentaria fazer, Julien não encontrava nada a dizer. A conversa definhava.

"Também estarei trêmulo e infeliz no primeiro duelo que enfrentarei?", perguntou-se Julien, desconfiado demais de si e dos outros para não ver o estado de sua alma.

Em uma angústia mortal, quaisquer outros perigos lhe pareciam preferíveis. Quantas vezes não desejou que acontecesse algo que obrigasse a sra. de Rênal a deixar o jardim e entrar no castelo! A violência que Julien infligia a si próprio era forte demais para que sua voz não se alterasse. Logo a voz da sra. de Rênal também ficou trêmula, mas Julien não percebeu. O apavorante combate entre o dever e a timidez era penoso demais para que ele tivesse condições de observar qualquer coisa. Às nove horas e quarenta e cinco minutos, o relógio do castelo tocou, sem que o rapaz tivesse ousado um gesto. Indignado com sua covardia, Julien pensou: "Quando as dez horas baterem, farei esta noite o que jurei o dia inteiro que faria, caso contrário irei para o meu quarto e meterei uma bala na cabeça".

Após um último instante de espera e ansiedade, durante o qual o excesso de emoção deixou Julien quase fora de si, soaram as dez horas no relógio acima de sua cabeça. Cada batida do sino fatal ecoava em seu peito e causava quase um movimento físico.

Finalmente, enquanto a última batida das dez horas soava, ele estendeu a mão e pegou a da sra. de Rênal, que a puxou de imediato. Sem saber direito o que fazer, Julien pegou-lhe de novo a mão. Apesar de muito emocionado, assustou-se com a frieza glacial da mão que segurava. Apertou-a com força convulsiva. Depois de um último esforço para escapar, a mão por fim aquietou-se na dele.

A alma de Julien inundou-se de felicidade. Não que ele amasse a sra. de Rênal, mas um suplício atroz acabava de cessar. Para que a sra. Derville não notasse nada, ele se sentiu na obrigação de falar. Sua voz saía vibrante e forte. A da sra. de Rênal, ao contrário, traía tanta emoção que sua amiga achou que estava passando mal e lhe sugeriu que entrassem. Julien viu o perigo: "Se a sra. de Rênal entrar em casa, volto à posição terrível na qual fiquei o dia todo. Segurei esta mão por muito pouco tempo para que isso conte como vantagem adquirida".

Assim que a sra. Derville repetiu a sugestão de irem para o salão, Julien apertou com força a mão abandonada na sua.

A sra. de Rênal, que já se levantava, voltou a sentar-se dizendo com voz débil:

– Sinto-me meio mal, é verdade, mas o ar fresco me faz bem.

Tais palavras confirmaram a felicidade de Julien, que nesse momento era intensa: falou, esqueceu-se de fingir, pareceu o mais amável possível às duas amigas que o ouviam. Em contrapartida, ainda havia certa falta de coragem na sua súbita eloquência. Ele temia mortalmente que a sra. Derville, cansada do vento que começava a ficar mais forte e que precedia a tempestade, quisesse ir sozinha para o salão do castelo. Então ele ficaria sozinho com a sra. de Rênal. Julien havia tido, quase por acaso, coragem suficiente para agir. Mas sentia que estava longe de suas forças dizer até a palavra mais simples à sra. de Rênal. Embora ela o repreendesse com leveza, ele seria vencido, e a vantagem que acabara de obter seria aniquilada.

Felizmente para ele, nessa noite os seus discursos tocantes e enfáticos agradaram à sra. Derville, que no geral o considerava desajeitado como um menino e pouco divertido. Quanto à sra. de Rênal, com a mão na de Julien, não pensava em nada; deixava-se viver. As horas passadas sob a grande tília, que a tradição local dizia ter sido plantada por Carlos, o Temerário[21], foram para ela um tempo de felicidade. Ela ouvia, deliciada, os gemidos do vento na espessa folhagem da árvore e o ruído de algumas raras gotas de chuva que começavam a cair sobre as folhas mais baixas. Julien não notou uma circunstância que o teria tranquilizado: a sra. de Rênal fora obrigada a retirar sua mão da dele ao se levantar para ajudar a prima a erguer um vaso de flores que o vento tombara a seus pés, mas, assim que se sentou de novo, segurou a mão dele quase sem dificuldade, como se o gesto já fosse algo comum entre eles.

Meia-noite passara fazia tempo. Era hora de deixar o jardim. Todos se separaram. A sra. de Rênal, transportada pela felicidade de amar, era tão ignorante que quase não se censurou. A felicidade lhe tirou o sono. Um sono de chumbo se apoderou de Julien, exausto dos combates que a timidez e o orgulho haviam travado em seu coração o dia todo.

No dia seguinte, acordaram-no às cinco horas. E, o que teria sido cruel para a sra. de Rênal caso ficasse sabendo disso, dispensou-lhe apenas um breve pensamento. Cumprira seu dever, um dever heroico. Cheio de alegria, trancou com chave a porta do quarto e entregou-se com novo prazer à leitura dos feitos de seu herói.

Quando a sineta do almoço soou, Julien havia esquecido, durante a leitura dos boletins da Grande Armada, todas as vantagens da véspera. Disse a si mesmo em tom leve, enquanto descia para o salão: "Preciso dizer a essa mulher que eu a amo".

Em lugar dos olhares carregados de volúpia que esperava encontrar, deparou com a figura severa do sr. de Rênal, que, chegado de Verrières havia duas horas, não escondia seu descontentamento pelo fato de Julien ter passado a manhã inteira sem se ocupar das crianças. Nada era mais feio que aquele homem importante de mau humor e disposto a demonstrar o que sentia.

---

[21] Carlos I, duque da Borgonha. Também conhecido como Carlos, o Audaz, era da dinastia dos Valois. Reinou de 1464 a 1477. (N.T.)

Cada palavra azeda do marido apertava o coração da sra. de Rênal. Quanto a Julien, estava de tal modo mergulhado em êxtase, ainda tão ocupado das coisas grandiosas que haviam passado sob seus olhos durante horas, que de início mal pôde concentrar sua atenção nas palavras duras que o sr. de Rênal lhe dirigia. Disse por fim, bruscamente:

– Eu me sentia mal.

O tom da resposta teria irritado um homem bem menos suscetível que o prefeito de Verrières. Ele quase mandou o preceptor embora no mesmo instante. Só se conteve porque seguia a máxima de jamais se apressar em assuntos de negócios.

"Esse rapaz tolo", pensou o sr. de Rênal, "criou boa reputação na minha casa, Valenod pode querer contratá-lo, ou então ele se casará com Elisa e, nos dois casos, no fundo do coração, poderá zombar de mim."

Apesar da sabedoria de sua reflexão, o aborrecimento do sr. de Rênal continuou a explodir numa sequência de palavras grosseiras que, pouco a pouco, irritaram Julien. A sra. de Rênal estava a ponto de desmanchar--se em lágrimas. Assim que terminou o almoço, ela pediu a Julien que lhe desse o braço para um passeio e apoiou-se nele com amizade. A tudo que ela lhe dizia o rapaz só respondia, à meia-voz:

– Assim são as pessoas ricas!

O sr. de Rênal caminhava perto deles. Sua presença aumentava a cólera de Julien. Ele percebeu de repente que a sra. de Rênal se apoiava em seu braço de maneira acentuada; sentiu horror disso e afastou-a com violência, soltando o braço.

Felizmente o sr. de Rênal não viu essa nova impertinência, que só foi notada pela sra. Derville; sua amiga chorava. Nesse momento, o sr. de Rênal começou a atirar pedras em uma camponesinha que pegara um caminho proibido e atravessava um canto do pomar.

– Sr. Julien, por favor, modere-se. Pense que todos nós temos instantes de mau humor – disse a sra. Derville apressadamente.

O rapaz encarou-a com frieza, com olhos onde reinava o mais soberano desprezo.

Esse olhar surpreendeu a sra. Derville e a teria surpreendido ainda mais caso ela houvesse adivinhado o real significado de tal expressão: uma vaga esperança da mais atroz vingança. Sem dúvida são momentos de humilhação como esse que criaram os Robespierre[22].

– O seu Julien é violento, ele me dá medo – murmurou a sra. Derville à amiga.

– Ele tem motivo para estar bravo. Depois dos progressos espantosos que fez com os meninos, que importa passar a manhã sem falar com eles? Convenhamos, os homens são bem duros.

Pela primeira vez na vida, a sra. de Rênal sentiu uma espécie de desejo de vingança contra o marido. O ódio extremo que animava Julien contra os ricos iria explodir. Felizmente o sr. de Rênal chamou o jardineiro e, junto com ele, ocupou-se em barrar, com feixes de espinhos, a passagem no canto do pomar. Julien não respondeu com uma só palavra às atenções das quais foi alvo durante o restante do passeio. Mal o sr. de Rênal se afastou, as duas amigas fingiram-se cansadas e pediram-lhe, cada uma, um braço.

Entre as duas mulheres de rosto coberto de rubor e embaraço, a palidez altiva e o ar sombrio e decidido de Julien formavam um estranho contraste. Ele as desprezava e a todos os seus sentimentos ternos.

"Quê!", pensava ele, "menos de quinhentos francos de renda para terminar meus estudos! Ah, eu o mandaria passear!"

Absorto nessas ideias severas, o pouco que se dignava compreender das palavras gentis das duas amigas lhe desagradava, como vazio de sentido, piegas, fraco; em resumo: feminino.

De tanto falar por falar e de tentar manter a conversa viva, a sra. de Rênal acabou por comentar que o marido viera de Verrières porque havia negociado palha de milho com um de seus arrendatários. (Na região, é com palha de milho que os colchões das camas são recheados.)

---

[22] Maximilien Robespierre (1758-1794), jurista e político francês. Um dos principais líderes jacobinos da Revolução Francesa. (N.T.)

— Meu marido não vai mais se juntar a nós — acrescentou calmamente a sra. de Rênal. — Ele, o jardineiro e o criado de quarto vão terminar de trocar a palha de milho dos colchões da casa. Hoje de manhã trocaram a palha das camas do primeiro andar, agora vão trocar do segundo.

Julien mudou de cor. Fitou a sra. de Rênal de um jeito estranho e logo a chamou à parte, apressando o passo. A sra. Derville permitiu que se afastassem.

— Salve-me a vida — pediu o rapaz. — Só a senhora pode fazer isso, pois sabe que o criado de quarto me odeia. Devo confessar-lhe, senhora, que conservo um retrato. Eu o escondi na palha do meu colchão.

Ao ouvir tais palavras, a sra. de Rênal empalideceu.

— Só a senhora pode entrar no meu quarto neste momento. Mexa, disfarçadamente, no canto do colchão perto da janela e encontrará uma caixinha de papelão preto e liso.

— O retrato está na caixa! — disse a sra. de Rênal, mal se aguentando de pé.

Julien percebeu seu ar de desalento e logo se aproveitou.

— Tenho um segundo favor a lhe pedir, senhora. Suplico-lhe que não olhe o retrato, é um segredo meu.

— Um segredo! — repetiu ela, com voz sufocada.

Todavia, apesar de educada entre pessoas orgulhosas da própria fortuna e interessadas apenas em dinheiro, o amor já colocara generosidade em sua alma. Cruelmente ferida, foi com o ar do mais puro altruísmo que a sra. de Rênal fez a Julien as perguntas necessárias para realizar a tarefa a contento.

— Então — disse enquanto se afastava —, é uma caixinha redonda, de papelão preto, bem liso.

— Sim, senhora — respondeu o rapaz com a dureza que o perigo dá aos homens.

Ela subiu até o segundo andar do castelo, pálida como se seguisse para a morte. Para cúmulo da miséria sentiu que estava a ponto de passar mal, mas a necessidade de prestar um serviço a Julien deu-lhe forças.

— Tenho de pegar a caixa — murmurou, redobrando o passo.

Escutou o marido falar com o criado, no quarto de Julien. Felizmente, eles foram para o quarto dos meninos. Ela levantou o colchão e mergulhou a mão na palha com tal violência que esfolou os dedos. Embora fosse bastante sensível às pequenas dores desse tipo, nem teve consciência de que havia se machucado, pois, quase ao mesmo tempo, sentiu o papelão liso da pequena caixa. Pegou-a e desapareceu.

Mal se viu livre do medo de ser surpreendida pelo marido, o horror que a caixinha lhe causava quase a fez passar mal de verdade.

"Julien está apaixonado, e tenho comigo o retrato da mulher que ele ama!"

Sentada em uma cadeira na antecâmara do quarto, a sra. de Rênal viu-se presa a todos os terrores do ciúme. Sua extrema ignorância lhe foi útil nesse momento: a estupefação temperou a dor. Julien apareceu, pegou a pequena caixa sem agradecer, sem dizer nada. Correu para dentro do quarto, onde acendeu fogo e na mesma hora queimou a caixinha. Estava pálido, abalado, exagerava o perigo que acabara de correr.

"O retrato de Napoleão", pensava ele, de cabeça baixa, "encontrado no quarto de um homem que afirma odiar o usurpador! Encontrado pelo sr. de Rênal, tão monarquista e tão irritável! E, para cúmulo da imprudência, no papel branco atrás do retrato, algumas linhas escritas por mim! E que não deixam dúvida alguma sobre o excesso da minha admiração! E cada uma dessas linhas de amor está datada! Anteontem escrevi uma!"

"Minha reputação destruída, arrasada num segundo!", dizia-se em pensamento, vendo queimar a caixa. "E minha reputação é tudo o que tenho, vivo por ela… E, mesmo assim, que vida, meu Deus!"

Uma hora depois, o cansaço e a piedade que sentia por si mesmo o deixaram predisposto à ternura: ao encontrar a sra. de Rênal, pegou-lhe a mão e a beijou com uma sinceridade que jamais tivera. Ela enrubesceu de felicidade e, quase no mesmo instante, rejeitou Julien com a raiva do ciúme. O orgulho do rapaz, ferido tão recentemente, transformou-o em um tolo nesse momento. Viu na sra. de Rênal apenas uma mulher rica; soltou-lhe a mão com desdém e afastou-se. Foi passear no jardim, pensativo, e logo um sorriso amargo apareceu em seus lábios.

"Estou passeando, aqui, tranquilo, como um homem dono do seu tempo! Não me ocupo das crianças! Exponho-me às palavras humilhantes do sr. de Rênal, e ele terá razão." Correu para o quarto dos meninos.

O carinho do caçula, de quem gostava muito, acalmou um pouco sua dor abrasadora.

"Este aqui ainda não me despreza", pensou Julien. Mas logo censurou-se por essa diminuição da dor, como se fosse uma nova fraqueza. "Esses meninos têm carinho por mim assim como teriam por um filhote de cão de caça comprado na véspera."

Capítulo 10

Um grande coração e uma pequena fortuna

Mas a paixão se dissimula tanto que se trai,
Até por seu negrume; assim como o céu mais negro
Prenuncia a forte tempestade.

DON JUAN, CANTO I, ESTROFE 73

O sr. de Rênal, que percorria todos os quartos do castelo, chegou ao quarto dos meninos com os criados que traziam os colchões. Sua entrada repentina foi para Julien a gota de água que faz transbordar o vaso.

Mais pálido e sombrio que o normal, lançou-se contra ele. O sr. de Rênal parou e olhou para os criados.

– Senhor – disse-lhe Julien –, acha que com qualquer outro preceptor os seus filhos teriam alcançado o mesmo progresso que alcançaram comigo?

Se responder que não – prosseguiu o rapaz, sem dar tempo para o sr. de Rênal falar –, como ousa me repreender por negligência?

O sr. de Rênal, apenas refeito do susto, ao ouvir o tom estranho do camponesinho, concluiu que ele devia ter recebido oferta melhor e pediria demissão. A cólera de Julien aumentava à medida que ele falava:

– Saiba que posso viver sem o senhor – acrescentou.

– Lamento vê-lo assim tão agitado – respondeu o sr. de Rênal, balbuciando um pouco.

Os criados estavam a dez passos de distância, ocupados em arrumar as camas.

– Não é disso que preciso, senhor – retrucou o rapaz, fora de si. – Pense na infâmia das palavras que o senhor me dirigiu, ainda por cima na frente das mulheres!

O sr. de Rênal não entendeu o que Julien queria, e um confronto penoso cortava-lhe a alma. Então, Julien, furioso, bradou:

– Sei para onde ir ao sair de sua casa, senhor!

Ao ouvir isso, o sr. de Rênal viu o preceptor instalado na residência do sr. Valenod.

– Muito bem, senhor, aceito a sua exigência – disse por fim com um suspiro, com jeito de quem precisaria chamar um cirurgião para uma dolorosa operação. – A partir de depois de amanhã, que é o primeiro dia do mês, eu lhe darei cinquenta francos por mês.

Julien sentiu vontade de rir e ficou estupefato. Toda a sua fúria desaparecera.

"Não desprezei o bastante esse animal", pensou. "Aqui está, sem dúvida, o melhor pedido de desculpas que uma alma tão baixa é capaz de apresentar."

Os meninos, que assistiam à cena boquiabertos, correram para o jardim a fim de contar à mãe que o sr. Julien estava furioso, mas iria ganhar cinquenta francos por mês.

O preceptor seguiu as crianças por hábito, sem nem olhar para o sr. de Rênal, o que o deixou profundamente irritado.

"Lá se vão cento e sessenta e oito francos por causa do sr. Valenod", pensou o prefeito. "Preciso, sem falta, dizer duas palavras a ele sobre o seu negócio de suprimentos para crianças enjeitadas."

Um instante depois, Julien estava frente a frente com o sr. de Rênal:

– Preciso conversar sobre a minha consciência com o sr. Chélan. Tenho a honra de avisá-lo de que me ausentarei por algumas horas.

– Ah, meu caro Julien – riu o homem, com falsidade –, ausente-se o dia todo, se quiser, e amanhã também, meu bom amigo. Pegue o cavalo do jardineiro para ir a Verrières.

"Lá vai ele dar resposta ao Valenod", disse a si mesmo o sr. de Rênal. "Ele não me prometeu nada, mas é preciso deixar o rapaz esfriar a cabeça."

Julien escapou rapidamente e subiu pelo grande bosque pelos quais se pode ir de Vergy a Verrières. Não queria chegar cedo à casa do sr. Chélan. Longe de desejar envolver-se em uma nova cena de hipocrisia, precisava ter uma visão clara da própria alma e dar atenção à profusão de sentimentos que o agitava.

"Ganhei uma batalha", refletiu assim que se viu no bosque, longe do olhar dos homens; "sim, ganhei uma batalha!"

Essas palavras o fizeram sentir-se em posição favorável e renderam à sua alma alguma tranquilidade.

"Aqui estou eu, com cinquenta francos de salário por mês. Parece que o sr. de Rênal teve muito medo. Mas de quê?"

Meditar sobre o que causara medo ao homem feliz e poderoso contra o qual, uma hora antes, fervia de raiva serenou de vez a alma de Julien. Por um momento ele quase se entregou à encantadora beleza dos bosques que atravessava. No passado, enormes rochas nuas haviam caído na floresta, do lado da montanha. Grandes faias elevavam-se quase à altura dos rochedos, cuja sombra oferecia um delicioso frescor a três passos de locais onde o calor dos raios de sol tornaria impossível fazer uma parada.

Julien descansava um pouco à sombra das rochas e depois continuava a subir. Ao avançar por uma trilha estreita mal demarcada, provavelmente usada apenas por pastores de cabras, logo se encontrou no alto de um rochedo imenso, certo de estar isolado de todos os homens. Essa localização física o fez sorrir, lembrando-o da posição que ansiava alcançar no campo moral. O ar puro das montanhas altas transmitiu-lhe à alma serenidade e até alegria. O prefeito de Verrières continuava a ser, a seus olhos, o representante de todas as pessoas ricas e insolentes da terra. Julien, porém, sentia que o ódio que o agitara, apesar de expresso com violência, não tinha nada de pessoal. Se deixasse de ver o sr. de Rênal, em oito dias já o teria esquecido, assim como seu castelo, seus cães, seus filhos e toda a família. "Eu o forcei, não sei como, a fazer um sacrifício gigante. Imagine! Mais de cinquenta escudos por ano! Um segundo antes me tirei do maior perigo; consegui duas vitórias em um dia. A segunda sem mérito; preciso descobrir o motivo. Mas deixarei para amanhã essa tarefa aborrecida."

De pé sobre o enorme rochedo, Julien olhou para o céu, abrasado pelo sol de agosto. Cigarras cantavam no campo abaixo da rocha; quando elas se calavam, tudo ao redor ficava em silêncio. O rapaz via a seus pés quase cem quilômetros de terreno. De vez em quando, avistava um gavião que havia decolado dos rochedos descrever em silêncio círculos imensos acima da sua cabeça. O olhar de Julien seguia automaticamente a ave de rapina. Seus movimentos tranquilos e possantes o impressionavam: ele invejava tal força, invejava tal isolamento.

Esse fora o destino de Napoleão. Seria o seu um dia?

Capítulo 11
Uma noitada

> *Apesar da frieza, Julia era gentil,*
> *E sua pequena mão trêmula*
> *Afastou-se da dele, mas deixou para trás*
> *Uma suave pressão, arrepiante e delicada,*
> *Leve, tão leve, que deixou dúvida na mente.*
>
> Don Juan, canto I, estrofe 71

Foi necessário, claro, aparecer em Verrières. Quando Julien saiu da casa paroquial, um feliz acaso o fez encontrar o sr. Valenod, a quem logo contou que recebera um aumento de salário.

De volta a Vergy, o rapaz só desceu ao jardim tarde da noite. Sua alma estava fatigada das fortes emoções que vivera durante o dia. "O que direi a elas?", perguntava-se com inquietude, pensando nas senhoras. Nem desconfiava de que sua alma estava precisamente no mesmo nível das pequenas circunstâncias que costumam ocupar o interesse das mulheres. Era frequente que a sra. Derville e até mesmo sua amiga considerassem Julien ininteligível. Ele, por sua vez, só entendia metade do que elas lhe diziam. Esse era o efeito da força, se ouso falar assim, da grandeza dos movimentos da paixão que perturbavam a alma do ambicioso jovem. Para este ser singular, quase todos os dias eram de tempestade.

Ao chegar ao jardim naquela noite, Julien estava disposto a se ocupar das ideias das belas primas. Elas o aguardavam com impaciência. Ele sentou-se no lugar de sempre, ao lado da sra. de Rênal. A escuridão logo se tornou profunda. Julien tentou pegar a mão branca que via perto de si, apoiada no encosto de uma cadeira. Depois de certa hesitação, a mão afastou-se de um modo que indicava contrariedade. O rapaz decidiu aceitar a situação e continuar alegremente a conversa, quando escutou a aproximação do sr. de Rênal.

Julien ainda tinha nos ouvidos as palavras grosseiras da manhã. "Não seria um bom jeito de debochar desse ser, que tem todas as vantagens da fortuna, tomar posse da mão de sua mulher, na presença dele?", perguntou-se em pensamento. "Sim, vou fazer isso, eu, por quem ele demonstrou tanto desprezo."

A partir desse momento, a tranquilidade, tão pouco natural ao caráter de Julien, sumiu de vez. Desejou com ansiedade, sem conseguir pensar em outra coisa, que a sra. de Rênal lhe permitisse segurar a sua mão.

O sr. de Rênal falava de política, colérico. Dois ou três industriais de Verrières estavam decididamente se tornando mais ricos que ele e queriam contrariá-lo nas eleições. A sra. Derville o escutava. Irritado com o discurso do prefeito, Julien aproximou sua cadeira da sra. de Rênal. A escuridão ocultava quaisquer movimentos. O rapaz se atreveu a pousar a mão perto do braço bonito que o vestido deixava descoberto. Ficou perturbado, o pensamento lhe fugiu, aproximou o rosto do lindo braço e ousou encostar os lábios nele.

A sra. de Rênal estremeceu. O marido estava a quatro passos de distância; ela se apressou a dar a mão a Julien e, ao mesmo tempo, afastá-lo um pouco. Enquanto o sr. de Rênal continuava a dizer injúrias contra a ralé dos jacobinos que enriqueciam, Julien cobria de beijos apaixonados, segundo imaginou a sra. de Rênal, a mão que lhe fora entregue. A pobre mulher, porém, tivera a prova, nesse mesmo dia fatal, de que o homem que ela adorava sem admitir amava outra! Durante a ausência de Julien, tornara-se presa de uma infelicidade extrema, que a fizera refletir.

"Será, então, que estou amando?", pensava. "Eu, mulher casada, estarei apaixonada? Nunca senti por meu marido esta loucura sombria que faz com que eu pense apenas em Julien. No fundo, ele não passa de um menino cheio de respeito por mim! Esta loucura será passageira. Que importa ao meu marido os sentimentos que posso ter por esse rapaz? O sr. de Rênal ficaria entediado com as conversas que tenho com Julien, sobre coisas da imaginação. Ele só pensa em negócios. Não tiro nada dele para dar a Julien."

Nenhuma hipocrisia vinha alterar a pureza dessa alma ingênua, extraviada por uma paixão que jamais experimentara. Estava enganada, mas sem saber disso, e, no entanto, o instinto de virtude foi perturbado. Tais eram os combates que a agitavam quando Julien apareceu no jardim. Ela ouviu sua voz, depois o viu sentar-se a seu lado. Sua alma sentiu-se enlevada pela felicidade encantadora que havia quinze dias mais a atemorizava que seduzia. Tudo era novidade para a sra. de Rênal. "Bastam, então, poucos instantes da presença de Julien para que eu esqueça todos os seus erros?", espantou-se ela. Foi quando impediu que ele lhe pegasse a mão.

Os beijos cheios de paixão, que nunca recebera iguais, fizeram-na esquecer de repente que talvez o rapaz amasse outra mulher. Em pouco tempo deixou de considerá-lo culpado. A interrupção da dor dilacerante, filha da suspeita, e a presença de uma felicidade com a qual nunca havia nem sonhado lhe deram transportes de amor e de louca alegria. A noite foi encantadora para todos, menos para o sr. de Rênal, incapaz de esquecer os industriais enriquecidos. Julien não pensava mais na sua sombria ambição, nem em seus projetos tão difíceis de executar. Pela primeira vez na vida, era levado pelo poder da beleza. Perdido em um devaneio vago e doce, tão alheio ao seu caráter, apertando de leve a mão que lhe parecia tão perfeitamente bonita, escutava, distraído, o movimento das folhas da tília agitadas pelo vento noturno ligeiro e os cachorros do moinho do Doubs que latiam ao longe.

Essa emoção, contudo, era um prazer, e não uma paixão. Ao entrar no seu quarto, ele pensava em uma única alegria: a de retomar seu livro favorito. Aos vinte anos, o mais importante é a ideia que se tem do mundo e do efeito que se pode produzir nele.

Depois de um breve momento, porém, Julien abandonou o livro. De tanto pensar nas vitórias de Napoleão, tinha visto algo de novo na sua.

"Sim, venci uma batalha", refletiu, "mas preciso tirar vantagem dela, tenho de esmagar o orgulho desse homem vaidoso enquanto ele está recuado. Isto é Napoleão puro. Vou pedir uma licença de três dias para visitar meu amigo Fouqué. Se ele recusar, insistirei, mas ele irá ceder."

A sra. de Rênal não conseguiu pregar os olhos. Parecia-lhe nunca ter vivido até esse momento. Era-lhe impossível distrair a mente do encantamento de sentir Julien cobrir sua mão de beijos ardentes.

De repente, uma palavra aterradora lhe surgiu: adultério. Tudo o que o mais vil deboche pode imprimir de repulsivo à ideia do amor dos sentidos se apresentou à sua imaginação. Essas ideias queriam manchar, sujar a imagem terna e divina que ela formava de Julien e da felicidade de amá-lo. O futuro pintava-se com cores terríveis. Ela se via desprezível.

O momento foi aterrador. Sua alma chegava a regiões desconhecidas. Na véspera, havia provado uma felicidade inédita. Agora, encontrava-se mergulhada de repente em uma infelicidade atroz. Não tinha ideia alguma de tais sofrimentos, que lhe perturbavam a razão. Por um instante, pensou em confessar ao marido que temia ter-se apaixonado por Julien. Seria um jeito de falar nele. Por sorte, descobriu na memória um preceito que ouvira da tia, na véspera de seu casamento. Tratava-se do perigo de fazer confidências a um marido que, no final das contas, é senhor. No auge da dor, a sra. de Rênal torcia as mãos.

Era levada ao acaso por imagens contraditórias e dolorosas. Ora temia não ser amada, ora a ideia do crime a torturava como se no dia seguinte fosse ser exposta no pelourinho, na praça pública de Verrières, com um cartaz denunciando seu adultério à população.

A sra. de Rênal não tinha experiência alguma de vida. Mesmo totalmente alerta e no exercício da razão, não teria percebido nenhuma diferença entre ser culpada aos olhos de Deus e ser destruída em público pelas terríveis marcas do desprezo geral.

Quando a assustadora ideia do adultério e de toda a indignidade que, em sua opinião, esse crime acarreta lhe dava algum descanso, a sra. de Rênal imaginava a doçura de viver com Julien inocentemente, como no passado. Mas, de súbito, via-se jogada na ideia horrível de que Julien amava outra mulher. Via ainda a palidez do rapaz quando ele tivera medo de perder o retrato da moça, ou de comprometê-la caso o vissem. Pela primeira vez, surpreendera o medo na fisionomia tão tranquila e tão nobre. Julien jamais se emocionara daquele jeito por causa dela ou das crianças. Esse aumento de dor alcançou a mais alta intensidade de infelicidade que a alma humana é capaz de suportar. Sem nem perceber, a sra. de Rênal soltou gritos que acordaram a criada de quarto. De repente, viu aparecer perto de sua cama a claridade de uma luz e reconheceu Elisa.

– Ele ama você? – gritou, desvairada.

A camareira, assustada com o desespero da patroa, felizmente não prestou atenção à pergunta. A sra. de Rênal percebeu sua imprudência.

– Tenho febre – murmurou –, sinto um certo delírio. Fique comigo.

Desperta pela necessidade de se conter, sentiu-se menos infeliz. A razão recuperou o império que o estado sonolento lhe roubara. Para evitar o olhar fixo da criada, pediu-lhe que lesse o jornal. E foi ao som da voz monótona da moça, que lia um longo artigo do *Quotidienne*, que a sra. de Rênal tomou a virtuosa decisão de tratar Julien com frieza total quando o encontrasse de novo.

Capítulo 12
Uma viagem

*Encontramos em Paris pessoas elegantes,
nas províncias pode haver pessoas de caráter.*

SIEYÈS

No dia seguinte, às cinco horas, antes que a sra. de Rênal aparecesse, Julien tinha obtido do marido dela uma licença de três dias. Contra suas expectativas, o rapaz pegou-se desejando revê-la, segurar outra vez sua mão tão bonita. Ele desceu para o jardim, onde a sra. de Rênal se fez esperar por um bom tempo. Mas, se Julien a amasse, teria notado entre as persianas entreabertas do primeiro andar a testa apoiada na vidraça. Ela o observava. Apesar de sua decisão, decidiu ir ao jardim. Sua palidez habitual cedera lugar às mais vivas cores. Essa mulher tão ingênua estava evidentemente agitada. Uma sensação de constrangimento, e até de raiva, alterava-lhe a expressão habitual de profunda serenidade de quem paira acima dos interesses vulgares da vida, que conferia tanto charme à figura celestial.

Julien aproximou-se dela rapidamente. Admirou os belos braços que um xale jogado às pressas deixava entrever. O frescor da manhã parecia aumentar ainda mais a luminosidade da pele que a agitação da noite tornava mais sensível a todas as impressões. A beleza modesta e tocante, e, no entanto, cheia de pensamentos que não se encontram nas classes inferiores, parecia revelar a Julien uma capacidade da sua alma que nunca experimentara. Devotando toda a sua admiração aos encantos que surpreendiam o seu olhar ávido, nem de longe ele pensava no acolhimento amistoso que esperava receber. Ficou, portanto, atônito com a frieza glacial que lhe foi destinada e por meio da qual acreditou captar a intenção de ser posto em seu lugar.

O sorriso de prazer sumiu-lhe dos lábios. Julien lembrou-se da posição que ocupava na sociedade, em especial aos olhos de uma nobre e rica herdeira. Em um instante, não tinha no rosto mais que orgulho e cólera contra si mesmo. Sentia um desprezo violento por ter adiado sua partida por mais de uma hora para receber um tratamento tão humilhante.

"Só um tolo sente raiva dos outros: uma pedra cai porque é pesada", pensou. "Vou ser criança para sempre? Quando foi que contraí o belo hábito da dar minha alma a essas pessoas em troca de dinheiro? Se quero ser estimado por elas e por mim mesmo, preciso mostrar que a minha pobreza pode ser comprada pela riqueza delas, mas que meu coração está a mil léguas da sua insolência, colocado numa esfera alta demais para ser alcançada por suas pequenas demonstrações de desdém ou favor."

Enquanto tais pensamentos se amontoavam na alma do jovem preceptor, sua fisionomia móvel assumia uma expressão de orgulho destroçado e de ferocidade. A sra. de Rênal ficou perturbada. A virtuosa frieza que havia decidido oferecer deu lugar a uma expressão de interesse, e de um interesse avivado pela surpresa da mudança súbita que acabara de ver. As palavras vãs que trocaram pela manhã sobre a saúde ou a beleza do dia secaram nos dois ao mesmo tempo. Julien, cujo julgamento não era importunado por paixão alguma, achou um jeito de demonstrar à sra. de Rênal como eram poucos os laços de amizade entre ambos: não falou nada sobre a viagem que ia fazer, cumprimentou-a e partiu.

Enquanto ela o observava ir, aterrada pela altivez sombria que leu no olhar tão amável na véspera, seu filho mais velho, que veio correndo do fundo do jardim, abraçou-a e disse:

– Estamos de folga. O sr. Julien vai viajar.

Diante dessas palavras, a sra. de Rênal se sentiu assaltada por um frio mortal. Sentia-se infeliz por sua virtude e mais infeliz ainda por sua fraqueza.

Esse novo acontecimento veio ocupar-lhe toda a imaginação. Foi levada para bem longe das sensatas resoluções devidas à noite terrível que passara. Não se tratava mais de resistir a esse amante tão amável, mas de perdê-lo para sempre.

Precisou participar do almoço. Para cúmulo do sofrimento, o sr. de Rênal e a sra. Derville só falaram sobre a viagem de Julien. O prefeito de Verrières havia notado algo de diferente no tom sério usado pelo preceptor para pedir uma licença.

– Esse camponesinho com certeza tem no bolso alguma proposta de alguém. Mas esse alguém, talvez o sr. Valenod, vai se sentir desencorajado pela soma de seiscentos francos pagos por ano. Ontem, em Verrières, devem ter pedido a ele três dias para refletir. E agora de manhã, para não ser obrigado a me dar uma resposta, o senhorzinho partiu para a montanha. Ser obrigado a contar com um miserável operário que banca o insolente, vejam a que ponto chegamos!

"Se meu marido, que ignora que ofendeu Julien profundamente, acredita que ele vai nos deixar, o que devo pensar?", refletiu a sra. de Rênal. "Ah! Está tudo decidido!"

A fim de poder pelo menos chorar em liberdade, sem responder às perguntas da sra. Derville, ela alegou dor de cabeça e foi para a cama.

– Assim são todas as mulheres. Sempre há uma peça a ajustar nessas máquinas – repetiu o sr. de Rênal, antes de se afastar com ar zombeteiro.

Enquanto a sra. de Rênal era mantida presa pelo que existe de mais cruel na paixão terrível em que o acaso a jogara, Julien seguia alegremente seu caminho em meio às maiores belezas que um cenário montanhoso pode oferecer. Tinha de atravessar a grande cadeia de montanhas ao norte de Vergy. O caminho que percorria, elevando-se pouco a pouco entre grandes bosques de faias, desenha ziguezagues infinitos na encosta da alta montanha que tem ao norte o vale do Doubs. Logo os olhares do viajante, passando por sobre as colinas mais baixas que contêm o curso do Doubs na direção sul, estenderam-se até as planícies férteis da Borgonha e do Beaujolais. Embora a alma do jovem ambicioso fosse insensível a esse tipo de beleza, ele não podia deixar de parar de vez em quando para admirar um espetáculo assim tão vasto e imponente.

Alcançou, por fim, o topo da alta montanha. Tinha de passar por ali para chegar, por uma estrada transversal, ao vale solitário onde morava o amigo Fouqué, o jovem madeireiro. Julien não estava com pressa de encontrá-lo, nem a qualquer outro ser humano. Escondido como uma ave de rapina no meio das rochas que coroavam a montanha, podia avistar de longe qualquer pessoa que se aproximasse; descobriu uma pequena gruta no meio da encosta quase vertical de um dos rochedos. Retomou o passo e em pouco tempo se instalou naquele refúgio. "Aqui", pensou com os olhos brilhantes de alegria, "homem algum me fará mal." Teve a ideia de se entregar ao prazer de anotar seus pensamentos, o que era perigoso para ele fazer em qualquer outro lugar. Uma pedra quadrada lhe serviu de mesa. A pena com que escrevia voava. Ele não via nada do que o cercava. Percebeu de repente que o sol se punha atrás das montanhas longínquas do Beaujolais.

– Por que não passar a noite aqui? – perguntou-se em voz alta. – Tenho pão e sou *livre*!

O som dessa palavra grandiosa fez sua alma se exaltar. Sua hipocrisia não lhe permitia ser livre nem mesmo em companhia de Fouqué. Com a cabeça apoiada nas mãos, Julien permaneceu na gruta, mais feliz que jamais fora na vida, agitado por devaneios e pela alegria da liberdade. Distraidamente, viu todos os raios do crepúsculo se apagar, um após o outro. No meio da escuridão imensa, sua alma se perdeu na contemplação do que ele imaginava que encontraria um dia em Paris. Primeiro uma mulher de beleza e gênio superiores aos que se encontram na província. Ele amaria com paixão e seria amado. Caso se separasse dela por alguns instantes, seria para se cobrir de glória e merecer ser ainda mais amado.

Mesmo tendo uma imaginação igual à de Julien, um rapaz educado no meio das tristes verdades da sociedade de Paris teria nesse ponto despertado do seu romance por causa da fria ironia. As grandes ações teriam desaparecido com a esperança de realizá-las, dando lugar à conhecida máxima: quem deixa a amante sozinha arrisca-se a ser enganado duas ou três vezes por dia. O jovem camponês via apenas, entre ele e as ações mais heroicas, a falta de oportunidade.

Uma noite profunda havia substituído o dia, e Julien ainda tinha pela frente uns dez quilômetros de descida até chegar à aldeia onde Fouqué morava. Antes de deixar a pequena gruta, ele acendeu fogo e queimou cuidadosamente tudo o que escrevera.

Surpreendeu bastante o amigo ao bater-lhe à porta à uma hora da madrugada. Encontrou Fouqué ocupado fazendo a contabilidade do seu negócio. Era um homem jovem, alto, malfeito, de grandes traços duros, um nariz infinito e muita bondade oculta pelo aspecto repugnante.

– Você deve ter brigado com o sr. de Rênal para chegar aqui de improviso a uma hora dessas.

Julien lhe contou os acontecimentos da véspera, mas de um modo que lhe era conveniente.

– Fique comigo – convidou Fouqué. – Vejo que conhece bem o sr. de Rênal, o sr. Valenod, o subprefeito de Maugiron, o cura Chélan e entendeu a sagacidade do caráter dessa gente. Já tem condições de ir a leilões. Você sabe aritmética melhor que eu, cuidará da contabilidade para mim. Ganho bastante com o meu comércio. A impossibilidade de fazer tudo sozinho e o medo de chamar para sócio alguém que no fundo seja um pilantra me impedem todos os dias de fechar negócios excelentes. Não faz nem um mês, ajudei Michaud de Saint-Amand a ganhar seis mil francos. Isso porque eu não o via há seis anos e o encontrei por acaso no mercado de Pontarlier. Por que não poderia ter sido você a ganhar os seis mil francos, ou pelo menos três mil? Se naquele dia você estivesse comigo, eu poderia ter coberto o lance pelo lote de madeira, e o teriam deixado para mim. Seja meu sócio.

A oferta irritou Julien, pois era um obstáculo à sua loucura. Durante a ceia, que os dois amigos prepararam juntos como heróis de Homero, visto que Fouqué vivia sozinho, o madeireiro mostrou suas contas a Julien e provou-lhe que o comércio de madeira era vantajoso. Fouqué tinha a mais alta consideração pela inteligência e pelo caráter de Julien.

Quando finalmente se viu a sós em um quartinho de madeira de pinho, Julien refletiu: "É verdade, posso ganhar aqui alguns milhares de francos e depois retomar com mais vantagem o projeto de ser soldado ou padre, segundo a moda que reinar então na França. O dinheiro que eu juntar resolverá quaisquer dificuldades menores. Solitário nesta montanha, terei dissipado um pouco da minha terrível ignorância sobre tantas coisas que ocupam os homens da sociedade. Mas Fouqué renunciou ao casamento e repete sempre que a solidão o torna infeliz. É óbvio que, se ele convida para sócio alguém que não tem um centavo para investir no negócio, é porque espera ter um companheiro que nunca o abandone".

– Enganarei meu amigo? – exclamou Julien, nervoso.

Esse ser, cuja hipocrisia e falta absoluta de simpatia costumavam salvar-lhe a pele, dessa vez não conseguiu suportar a ideia de cometer a menor indelicadeza contra um homem que o prezava.

De repente, porém, Julien sentiu-se feliz. Tinha um motivo para recusar. "Ora, eu perderia covardemente sete ou oito anos! Chegaria assim aos vinte e oito. Mas, nessa idade, Bonaparte já havia realizado grandes feitos. Quando eu tiver ganhado algum dinheiro na obscuridade, vendendo madeira nos mercados e merecendo o favor de alguns malandros subalternos, quem me garante que ainda terei o fogo sagrado com o qual se faz um nome?"

Na manhã seguinte, Julien respondeu com sangue-frio ao bom Fouqué que a questão da sociedade estava encerrada, que sua vocação para o santo ministério dos altares não lhe permitia aceitar a proposta. O madeireiro ficou perplexo.

– Mas você já considerou que pode ser meu sócio ou, se preferir, que posso pagar a você quatro mil francos por ano? E você quer voltar para o seu sr. de Rênal, que despreza você como se fosse lama grudada na sola dos sapatos dele? Quando tiver economizado duzentos luíses, o que o impedirá de ir para o seminário? Digo mais, eu me encarrego de conseguir para você a melhor paróquia da região. Pois – acrescentou Fouqué, baixando a voz – eu forneço lenha ao sr. de ..., ao sr. de ... e ao sr. de ... Vendo a eles carvalho da melhor qualidade que me pagam como madeira comum, mas nunca dinheiro algum foi tão bem empregado.

Nada pôde vencer a vocação de Julien. Fouqué chegou a acreditar que ele estava louco.

No terceiro dia, bem cedo, Julien deixou o amigo e foi passar o dia entre os rochedos da montanha. Reencontrou sua pequena gruta, mas não a paz de espírito. As ofertas do amigo a haviam destruído. Como Hércules, viu-se não entre o vício e a virtude, mas entre a mediocridade seguida por um bem-estar seguro e os sonhos heroicos da juventude. "Não tenho uma firmeza verdadeira", pensou, e era essa dúvida que lhe fazia mais mal. "Não sou feito do mesmo material que os grandes homens, pois temo que oito anos passados a ganhar o pão sejam capazes de me tirar a energia sublime que leva a coisas extraordinárias."

Capítulo 13
As meias rendadas

Um romance: um espelho que transportamos ao longo de um caminho.

Saint-Réal

Quando avistou as ruínas pitorescas da antiga igreja de Vergy, Julien se deu conta de que desde a antevéspera não pensara um só vez na sra. de Rênal. "No dia em que parti, essa senhora me lembrou da distância infinita que nos separa, me tratou como o filho de um operário. Sem dúvida quis me mostrar seu arrependimento por ter me dado a mão na véspera… Mas a mão dela é tão bonita! Que encanto! Que nobreza nos olhares dessa mulher!"

A possibilidade de fazer fortuna como sócio de Fouqué dava uma certa facilidade ao raciocínio de Julien, não mais perturbado pela irritação nem pelo sentimento vivo de sua pobreza e de sua falta de importância diante do mundo. Situado como que em um promontório alto, podia julgar, e dominar, por assim dizer, a extrema pobreza e o relativo conforto que ainda chamava de riqueza. Estava longe de considerar-se filósofo, mas teve lucidez suficiente para se sentir diferente após sua curta viagem pelas montanhas.

Surpreendeu-se com a perturbação exagerada com que a sra. de Rênal ouviu o curto relato da viagem, feito a pedido dela.

Fouqué tivera planos de casamento, amores infelizes. Longas confidências sobre o tema haviam recheado as conversas dos dois amigos. Depois de ter encontrado a felicidade cedo demais, Fouqué percebera que não era o único amado. Essas histórias todas haviam espantado Julien. Ele aprendera muitas novidades. Sua vida solitária, feita de imaginação e desconfiança, tinham-no afastado de tudo o que poderia esclarecê-lo.

Durante a ausência do jovem preceptor, a vida da sra. de Rênal fora uma sequência de suplícios diferentes, todos intoleráveis. Ela estava realmente doente.

– Indisposta como você está, melhor não ir ao jardim esta noite – disse-lhe a prima, quando viu Julien chegar. – O ar úmido vai piorar o seu mal-estar.

A sra. Derville via com perplexidade que a amiga, sempre repreendida pelo marido por seu jeito simples de se vestir, acabava de calçar meias rendadas e delicados sapatinhos vindos de Paris. Durante três dias, a única distração da sra. de Rênal fora modelar e mandar Elisa costurar, às pressas, um vestido de verão em um belo tecido da moda. O vestido ficou pronto logo depois de Julien chegar, e a sra. de Rênal o vestiu na hora. "Está apaixonada, coitada!", pensou a sra. Derville. Compreendeu, então, todos os estranhos sintomas da doença.

Ela viu a prima conversar com Julien. A palidez aparecia depois de um forte rubor. A ansiedade aparecia nos olhos presos aos do jovem preceptor. A sra. de Rênal aguardava a cada momento que ele fosse se explicar, anunciar que iria embora ou que permaneceria. Julien não dizia nada sobre o assunto, no qual nem pensava. Depois de conflitos atrozes, a sra. de Rênal ousou, enfim, perguntar, com voz trêmula que denunciava toda a sua paixão:

– O senhor vai deixar seus alunos para ir trabalhar em outra casa?

Julien espantou-se com a voz insegura e com o olhar da sra. de Rênal. "Essa mulher me ama", pensou; "mas, após esse momento passageiro de fraqueza que seu orgulho condena, e assim que não tiver mais medo de que eu vá embora, seu orgulho voltará." A visão da própria posição passou rápida como um raio pela cabeça de Julien. Ele respondeu, hesitante:

– Seria uma pena deixar meninos tão amáveis e bem-nascidos, mas talvez seja necessário. Cada pessoa tem deveres também para consigo.

Ao pronunciar *bem-nascidos* (uma das expressões aristocráticas que aprendera recentemente), Julien foi assaltado por um profundo sentimento de antipatia.

"Aos olhos dessa mulher", refletiu, "não sou bem-nascido."

Enquanto o escutava, a sra. de Rênal admirava-lhe a capacidade intelectual, a beleza. Tinha o coração atormentado pela possibilidade de partida que Julien deixara entrever. Todos os seus amigos de Verrières que, durante a ausência do preceptor, tinham vindo jantar em Vergy a cumprimentaram, invejosos, pelo homem incrível que seu marido tivera a sorte de descobrir. Não que alguém entendesse alguma coisa dos progressos feitos pelas crianças. O fato de saber a Bíblia de cor, e em latim, enchera os habitantes de Verrières de uma admiração capaz de durar um século.

Julien, sem falar com ninguém, ignorava tudo isso. Se a sra. de Rênal houvesse tido um mínimo de sangue-frio, teria elogiado o preceptor pela reputação conquistada e, com o orgulho restaurado, ele teria sido doce e amável com ela, ainda mais que o vestido novo lhe parecia encantador. A sra. de Rênal, também contente com o vestido e com o que lhe dizia Julien sobre o traje, quis passear pelo jardim. Logo confessou que não estava em condições de andar muito. Havia dado o braço ao viajante e, longe de lhe aumentar as forças, o contato daquele braço a enfraqueceu por completo.

Era noite. Mal se sentaram, Julien, retomando o antigo privilégio, ousou aproximar os lábios de sua linda vizinha e segurar-lhe a mão. Ele pensava nos atrevimentos de Fouqué com suas amantes, não na sra. de Rênal. A expressão *bem-nascidos* ainda pesava em seu coração. Sua mão foi apertada, o que não lhe provocou prazer algum. Longe de sentir-se orgulhoso, ou de pelo menos reconhecer o sentimento que a sra. de Rênal revelava naquela noite por sinais bem evidentes, ele permaneceu insensível à beleza, à elegância, ao frescor femininos. A pureza da alma e a ausência de qualquer emoção odiosa prolongam, sem dúvida, a duração da juventude. Na maioria das mulheres bonitas, é a fisionomia que envelhece primeiro.

Julien mostrou-se mal-humorado a noite inteira. Até então sentira raiva apenas do acaso e da sociedade. Mas, desde que Fouqué lhe oferecera um meio desprezível de ganhar bem, sentia raiva de si mesmo. Imerso em seus pensamentos, embora de vez em quando dissesse qualquer coisa às senhoras, Julien soltou a mão da sra. de Rênal sem nem perceber que o fizera. Tal gesto desorientou a pobre mulher, que viu nele a manifestação de seu destino.

Se tivesse certeza da afeição de Julien, talvez a virtude da sra. de Rênal tivesse encontrado forças contra ele. Tremendo de medo de perdê-lo para sempre, sua paixão a fez pegar de novo a mão que o rapaz deixara apoiada no encosto de uma cadeira. O gesto despertou a ambição de Julien, que desejou ter por testemunha todos os nobres orgulhosos que, sentados à mesa, lhe dirigiam sorrisos complacentes quando o viam em um canto com as crianças. "Esta mulher não pode mais me desprezar", pensou ele. "Sendo assim, devo ser sensível à sua beleza. Devo a mim mesmo tornar-me seu amante." Tal ideia nunca lhe teria vindo à mente antes das ingênuas confidências feitas por seu amigo.

A resolução súbita que acabara de tomar transformou-se em uma distração agradável. Ele refletia: "Preciso ter uma dessas mulheres". Deu-se conta de que teria preferido cortejar a sra. Derville. Não que ela fosse mais agradável, mas sempre o conhecera na posição de preceptor honrado por sua ciência, e não de trabalhador de serraria com um casaco velho sob o braço, como a sra. de Rênal o vira pela primeira vez.

Era precisamente como jovem trabalhador, vermelho de vergonha até o branco dos olhos, parado à porta da casa sem coragem de bater, que a sra. de Rênal o havia considerado mais encantador.

Continuando a analisar sua situação, Julien viu que não deveria tentar conquistar a sra. Derville, que certamente já percebera a afeição que a sra. de Rênal sentia por ele. Forçado a voltar a ela, pensou: "O que sei do caráter dessa mulher? Uma única coisa, que antes da minha viagem eu segurava a sua mão e ela a retirava, agora eu retiro minha mão e ela a pega de volta e aperta. Bela oportunidade de devolver todo o desprezo que ela já demonstrou por mim. Só Deus sabe quantos amantes já teve! Se ela se decidir a meu favor, será por causa da facilidade dos encontros".

É essa, infelizmente, a desgraça do excesso de civilização! Aos vinte anos, a alma de um homem jovem, caso seja educado, está a mil quilômetros da espontaneidade, sem a qual o amor costuma ser apenas a mais entediante das obrigações.

"Mas é minha obrigação conquistar essa mulher", continuou a pequena vaidade de Julien, "pois, se um dia eu ficar rico e alguém me recriminar por ter trabalhado como um reles preceptor, posso dar a entender que aceitei o cargo por amor."

Ele afastou de novo a mão da sra. de Rênal, depois a pegou e apertou. Quando todos retornavam ao salão, por volta da meia-noite, a sra. de Rênal perguntou à meia-voz:

– O senhor vai nos deixar? Vai embora?

Julien respondeu, suspirando:

– Preciso ir, pois a amo com paixão. É um erro... E que erro para um jovem padre!

A mulher do prefeito apoiou-se no braço do preceptor com tanto abandono que seu rosto sentiu o calor do rosto dele.

Os dois tiveram uma noite bem diferente. A sra. de Rênal sentia-se exaltada pela mais elevada volúpia moral. Uma mocinha um tanto coquete que se apaixona cedo acostuma-se com as perturbações do amor; quando chega à idade da verdadeira paixão, o encanto da novidade não existe mais. Como a sra. de Rênal nunca lera romances, todas as nuanças de sua felicidade eram novas para ela. Nenhuma triste verdade vinha enfraquecê-la, nem mesmo o espectro do futuro. Ela se imaginava tão feliz dentro de dez anos quanto nesse momento. A própria ideia da virtude e da fidelidade prometida ao sr. de Rênal, que a havia afligido alguns dias antes, apresentou-se em vão e foi expulsa como uma hóspede indesejada. "Jamais concederei nada a Julien", pensou. "Viveremos no futuro como vivemos há um mês. Será um amigo."

Capítulo 14
A tesoura inglesa

Uma moça de dezesseis anos tinha uma tez de rosa e usava ruge.

POLIDORI

A oferta de Fouqué havia acabado com a felicidade de Julien, que não conseguia se decidir por nenhuma das opções. "Ai de mim! Talvez eu não tenha caráter, teria sido um péssimo soldado napoleônico. Pelo menos minha pequena aventura com a patroa vai me distrair um pouco", pensou.

Felizmente para ele, mesmo nesse pequeno incidente de menor importância o interior de sua alma não transparecia no modo de falar. Julien temia a sra. de Rênal por causa do vestido, tão bonito. O traje lhe parecia ser a última moda em Paris. Seu orgulho não queria deixar nada ao acaso e à inspiração do momento. Depois das confidências de Fouqué e do pouco que lera sobre o amor na Bíblia, fez um plano de campanha bem detalhado. Como, sem admitir isto, estivesse bastante perturbado, pôs o plano por escrito.

Na manhã seguinte, no salão, a sra. de Rênal ficou sozinha com ele por um instante.

– O senhor tem outro nome além de Julien? – perguntou.

Nosso herói não soube o que responder diante de uma pergunta tão lisonjeira. Essa circunstância não estava prevista no seu plano. Sem a tolice de criar um plano, o espírito vivaz de Julien o teria ajudado, e a surpresa teria reforçado a vivacidade de sua resposta.

Ele ficou embaraçado e exagerou no embaraço. A sra. de Rênal logo o perdoou. Viu em tal atitude o efeito de uma candura encantadora.

– O seu preceptorzinho me inspira desconfiança – dizia o sr. de Rênal à esposa, de vez em quando. – Ele tem jeito de quem pensa demais e age politicamente. É um falso.

Julien sentiu-se profundamente humilhado pela infelicidade de não saber o que responder à sra. de Rênal.

"Um homem como eu tem o dever de reparar essa falha", pensou. Aproveitando o momento em que passavam de um aposento a outro, achou que tinha obrigação de beijar a sra. de Rênal.

Nada menos oportuno, nada menos agradável e, para ele e para ela, nada mais imprudente. Quase foram vistos. A sra. de Rênal o considerou louco. Ficou assustada e, sobretudo, chocada. Tal tolice a fez se lembrar do sr. Valenod.

"O que aconteceria se eu estivesse a sós com ele?", pensou. Toda a sua virtude retornou, porque o amor se eclipsava.

Deu um jeito de ter sempre um dos filhos perto de si.

O dia foi aborrecido para Julien, que passou as horas a executar de modo desajeitado seu plano de sedução. Não olhou uma única vez para a sra. de Rênal sem que seu olhar tivesse um porquê. Ao mesmo tempo, não era tolo a ponto de deixar de perceber que não conseguia ser gentil, muito menos sedutor.

A sra. de Rênal não se refazia do espanto de vê-lo tão desajeitado e também tão atrevido. "É a timidez do amor em um homem espirituoso", decidiu por fim, com alegria indescritível. "Talvez ele nunca tenha sido amado por minha rival!"

Depois do almoço, a sra. de Rênal passou para o salão para receber a visita do sr. Charcot de Maugiron, subprefeito de Bray. Ela trabalhava em um tear pequeno e alto de tapeçaria. Foi nessa posição, e em plena luz do dia, que nosso herói achou conveniente avançar sua bota e pressionar o belo pé da sra. de Rênal, cuja meia rendada e o delicado sapato de Paris evidentemente atraíam o olhar do galante subprefeito.

Ela se apavorou. Deixou cair a tesoura, um novelo de lã, as agulhas. O movimento de Julien pôde passar por uma tentativa inábil de impedir a queda da tesoura, que ele vira escorregar. Por sorte a tesourinha de aço inglês se quebrou, e a sra. de Rênal lamentou que o preceptor não estivesse mais perto dela.

– O senhor percebeu antes de mim que a tesoura ia cair; poderia tê-la pegado. Em vez disso, seu zelo resultou em me dar um pontapé.

O subterfúgio enganou o subprefeito, mas não a sra. Derville. "Esse moço tem maneiras terríveis!", pensou ela. "O *savoir-vivre* de uma capital da província não permite esse tipo de erro." A sra. de Rênal encontrou um momento para dizer a Julien:

– Seja prudente; é uma ordem.

Julien percebeu que cometera uma gafe e ficou mal-humorado. Deliberou bastante tempo consigo mesmo para saber se deveria se ofender com a frase "É uma ordem". Foi tolo o bastante para pensar: "Ela poderia dizer que é uma ordem caso se tratasse de algo relacionado à educação dos meninos, mas, respondendo ao meu amor, ela presume igualdade. Não se pode amar sem igualdade...". E todo o seu espírito se perdeu em elaborar lugares-comuns sobre a igualdade. Ele se repetia, com raiva, um verso de Corneille[23] que a sra. Derville lhe ensinara alguns dias antes:

... *O amor*
Cria igualdades e não as procura.

---

[23] Pierre Corneille, um dos maiores dramaturgos franceses do século XVII. (N.T.)

Teimando em desempenhar o papel de um Don Juan, Julien, que nunca tivera uma amante na vida, bancou o sonso o dia todo. Teve uma única ideia boa: descontente consigo mesmo e com a sra. de Rênal, entrou em pânico ao ver a noite se aproximar, quando ficaria sentado ao lado dela, na escuridão. Disse ao sr. de Rênal que ia a Verrières falar com o abade; partiu após o jantar e voltou tarde da noite.

Em Verrières, Julien encontrou o pároco ocupado com a mudança. Fora finalmente demitido, e o vigário Maslon o substituía. O rapaz ajudou o bom abade e teve uma ideia: escrever a Fouqué que a vocação irresistível que sentia pelo santo ministério o impedira de aceitar sua generosa oferta, mas acabara de ver um exemplo tão grande de injustiça que talvez fosse mais vantajoso para a sua salvação não entrar em nenhuma ordem religiosa.

Julien aplaudiu-se por sua esperteza em tirar partido da demissão do pároco de Verrières para deixar uma porta aberta e voltar ao comércio, se a triste prudência vencesse o heroísmo em seu espírito.

Capítulo 15
O canto do galo

Amor em latim é amor;
Do amor vem a morte,
E, antes, o que morde,
Luto, pranto, cilada, desistência, remorso.

BLASON D'AMOUR

Se Julien tivesse um mínimo da habilidade que, gratuitamente, achava ter, poderia ter-se aplaudido no dia seguinte em razão do efeito produzido por sua viagem a Verrières. Sua ausência fizera suas gafes ser esquecidas. Naquele mesmo dia, continuou irritado. À noite, teve uma ideia ridícula e comunicou-a à sra. de Rênal com rara bravura.

Assim que se sentaram no jardim, sem esperar que escurecesse o suficiente, Julien aproximou a boca da orelha dela e, arriscando-se a comprometê-la horrivelmente, falou:

– Senhora, esta noite, às duas horas, irei ao seu quarto. Preciso lhe dizer uma coisa.

O rapaz temia que seu pedido fosse recusado. Seu papel de sedutor pesava-lhe tão terrivelmente que, caso cedesse à sua tendência natural, ficaria trancado no próprio quarto durante dias, mantendo as duas mulheres fora de vista. Entendia que, por sua conduta inadequada na véspera, havia estragado todas as belas aparências do dia precedente, e não sabia mais a que santo apelar.

A sra. de Rênal respondeu com verdadeira indignação, sem exagero algum, ao aviso impertinente que Julien ousou lhe dar. Ele julgou ver desprezo na resposta dada em voz baixa, teve certeza de ouvir as palavras "só faltava essa". Com a desculpa de ter algo a dizer aos meninos, Julien foi ao quarto deles. Na volta, sentou-se ao lado da sra. Derville, longe da sra. de Rênal. Privou-se assim de qualquer possibilidade de segurar-lhe a mão. A conversa fluiu séria, e Julien se saiu muito bem em alguns instantes de silêncio, durante os quais fez sua imaginação trabalhar. "Eu poderia inventar uma bela manobra para forçar a sra. de Rênal a me oferecer os sinais óbvios de afeição que me fizeram acreditar há três dias que ela era minha!"

O rapaz estava extremamente desconcertado diante do estado quase desesperado em que se metera. No entanto, nada o teria deixado mais embaraçado que o sucesso.

Quando se separaram, à meia-noite, seu pessimismo o fez acreditar que era alvo do desprezo da sra. Derville e que sua situação diante da sra. de Rênal não era melhor.

De péssimo humor e bastante humilhado, Julien não dormiu. Estava a mil quilômetros de distância da ideia de renunciar ao fingimento, ao projeto, e de viver o cotidiano com a sra. de Rênal contentando-se, como uma criança, com a felicidade que cada dia traria.

Quebrou a cabeça inventando manobras astuciosas para logo em seguida descartá-las como absurdas. Sentia-se infeliz ao extremo quando o relógio do castelo soou duas horas.

O som o despertou como o canto do galo acordou São Pedro. Viu-se próximo de um acontecimento penoso. Não havia mais pensado na proposta impertinente desde que a fizera, pois fora tão mal recebida!

"Eu disse que iria ao quarto dela às duas horas", refletiu, levantando-se. "Posso ser inexperiente e grosseiro, como cabe ao filho de um camponês e como a sra. de Rênal já deixou bem claro, mas pelo menos não serei fraco."

Julien tinha razão em congratular-se por sua coragem; jamais se impusera uma tarefa mais difícil. Ao abrir a porta, tremia tanto que seus joelhos perderam a força; precisou apoiar-se na parede.

Estava descalço. Foi até o quarto do sr. de Rênal, encostou a orelha na porta e o ouviu roncar. Ficou desolado. Não tinha mais pretexto para não ir ao quarto dela. Mas, por Deus, o que faria lá? Não tinha plano algum e, mesmo que tivesse, estava tão perturbado que não conseguiria levá-lo a cabo.

Por fim, sofrendo mais do que se estivesse caminhando para a morte, entrou no pequeno corredor que levava ao quarto da sra. de Rênal. Abriu a porta com mão trêmula, fazendo um barulho assustador.

Havia luz, uma pequena lamparina acesa na lareira. Uma inesperada e desagradável surpresa. Ao vê-lo entrar, a sra. de Rênal saltou da cama de imediato.

– Infeliz! – exclamou.

Houve pouco de tumulto. Julien esqueceu seus projetos e retornou ao seu papel natural. Desagradar a uma mulher tão encantadora lhe pareceu a pior das desgraças. Respondeu aos protestos dela jogando-se a seus pés e abraçando-lhe os joelhos. Como ela lhe falava com extrema dureza, desatou em lágrimas.

Algumas horas depois, quando Julien saiu do quarto em estilo romanesco, poderíamos dizer que ele não tinha mais nada a desejar. De fato, devia ao amor que tinha inspirado e à impressão imprevista que encantos sedutores lhe haviam causado a conquista de uma vitória que ele não teria alcançado com suas desastradas habilidades.

Nos momentos mais doces, porém, vítima de um orgulho bizarro, fingiu desempenhar ainda o papel de um homem acostumado a subjugar as mulheres. Fez esforços incríveis para estragar o que possuía de gentileza. Em vez de concentrar-se nos arroubos que provocava e nos remorsos que destacavam sua vivacidade, a ideia do dever continuou presente diante dos seus olhos. Ele temia um remorso terrível e um ridículo eterno caso se afastasse do modelo ideal que decidira seguir. Em uma palavra, o que tornava Julien um ser superior era precisamente o que o impedia de desfrutar da felicidade a seus pés. Era como uma mocinha de dezesseis anos, com faces frescas e rosadas, que, para ir ao baile, comete a loucura de usar ruge.

Mortalmente assustada com a aparição de Julien, a sra. de Rênal logo foi presa do mais cruel alarme. O choro e o desespero do rapaz a perturbaram vivamente.

Mesmo quando não tinha mais nada a negar a ele, afastava-o para longe com verdadeira indignação, depois se jogava em seus braços. Nada de ensaiado transparecia em sua conduta. Ela se acreditava condenada sem remissão e procurava esconder-se do inferno cobrindo Julien com as mais abrasadoras carícias. Em outras palavras, nada teria faltado ao nosso herói, nem mesmo uma sensibilidade ardente na mulher que acabara de possuir, caso tivesse sabido desfrutar dela. A partida de Julien não interrompeu nem o arrebatamento que a agitava contra a sua vontade nem os remorsos que a torturavam.

"Meu Deus! Ser feliz, ser amado, é só isso?" Este foi o primeiro pensamento de Julien ao voltar ao seu quarto. Estava no estado de perplexidade e de perturbadora inquietude no qual cai a alma que acaba de obter o que desejava havia tempo. Ela está habituada a desejar, não encontra mais o que desejar, mas ainda não tem recordações. Como um soldado ao retornar de uma parada militar, Julien ocupou-se a repassar com atenção todos os detalhes da sua conduta.

– Será que falhei em alguma coisa que devo a mim mesmo? Desempenhei bem o meu papel? E qual papel? O de um homem acostumado a ser brilhante com as mulheres.

Capítulo 16
O dia seguinte

Ele voltou seus lábios para os dela, e com a mão
Segurou os cachos de seu cabelo agitado pelo vento.

DON JUAN, CANTO I, ESTROFE 170

Felizmente, para glória de Julien, a sra. de Rênal havia estado agitada demais, atônita demais, para perceber a estupidez do homem que, em um instante, tornara-se tudo no mundo para ela.

Ao pedir-lhe para se retirar, vendo o dia amanhecer, exclamou:

– Oh, meu Deus! Se meu marido escutou algum barulho, estou perdida!

Julien, que tinha tempo para criar frases, lembrou-se desta:

– A senhora se lamentaria de deixar esta vida?

– Ah! Muito, neste momento. Mas não lamentaria tê-lo conhecido.

O rapaz achou mais digno ir embora em plena luz do dia e com imprudência, de propósito.

A atenção contínua que ele dedicava a estudar seus menores atos, na louca intenção de parecer um homem experiente, teve uma só vantagem: quando reviu a sra. de Rênal na hora do almoço, sua conduta foi uma obra de arte da prudência.

Quanto a ela, não podia olhar para o rapaz sem corar inteira e não podia viver um momento sem o fitar. Notava sua própria perturbação e, tentando escondê-la, ficava ainda mais perturbada. Julien só ergueu a cabeça para olhá-la uma vez. A princípio a sra. de Rênal admirou-se da prudência dele. Logo depois, vendo que esse único olhar não se repetia, alarmou-se: "Será que não me ama mais? Ai de mim! Sou velha demais para ele, tenho dez anos a mais".

Ao passar da sala de almoço para o jardim, pegou a mão de Julien. Surpreso por essa expressão de amor tão extraordinária, ele a mirou com paixão, pois lhe parecera bem bonita durante o almoço e, de olhos baixos, passara o tempo a detalhar todos os seus encantos. O olhar apaixonado consolou a sra. de Rênal. Não a livrou de todas as inquietações, mas as inquietações a ajudaram a esquecer boa parte do remorso em relação ao marido.

No decorrer do almoço, o marido em questão não percebera nada; mas a sra. Derville, sim. Ela achou que a sra. de Rênal estava a ponto de sucumbir. Durante o dia todo, sua amizade corajosa e incisiva não poupou a prima de meias-palavras destinadas a pintar com cores horrendas o quadro dos perigos que corria.

A sra. de Rênal ardia de vontade de ver-se a sós com Julien. Queria perguntar-lhe se ainda a amava. Apesar da doçura inalterável de seu caráter, mais de uma vez esteve a ponto de dizer à amiga o quanto ela era inoportuna.

À noite, no jardim, a sra. Derville arranjou tão bem as coisas que conseguiu sentar-se entre a prima e Julien. A sra. de Rênal, que imaginara a delícia do prazer de apertar a mão de Julien e levá-la aos lábios, não pôde nem mesmo dirigir-lhe uma palavra.

Tal contratempo aumentou sua agitação. O remorso a devorava. Havia censurado tanto Julien pela imprudência de ter ido procurá-la na noite anterior que tremia de pensar que ele não a procuraria nesta. Saiu cedo do jardim e foi para o seu quarto. Mas, impaciente, acabou indo colar a orelha na porta de Julien. A despeito da inquietação e da paixão que a devoravam, não ousou entrar. Essa ação lhe parecia de uma baixeza extrema, pois serve de tema a um ditado provinciano.

Nem todos os criados tinham se recolhido. A prudência, finalmente, obrigou a sra. de Rênal a voltar para o seu quarto. Duas horas de espera foram dois séculos de tormento.

Mas Julien era fiel demais ao que chamava de *dever* para não cumprir passo a passo o plano elaborado para si mesmo.

Ao soar uma hora, escapou furtivamente do quarto, assegurou-se de que o dono da casa estivesse profundamente adormecido e apareceu no quarto da sra. de Rênal. Nessa noite, foi mais feliz junto de sua amiga, pois pensou menos no papel a desempenhar. Teve olhos para ver e ouvidos para escutar. O que a sra. de Rênal lhe disse sobre a questão da idade contribuiu para aumentar-lhe a segurança.

– Ai de mim, sou dez anos mais velha! Como pode me amar? – repetia ela, porque a ideia a oprimia.

Julien não havia imaginado esse pesar, mas viu que era real e quase esqueceu por completo seu medo de ser ridículo.

A ideia tola de ser visto como um amante subalterno, em razão de seu nascimento obscuro, desapareceu também. À medida que os arrebatamentos de Julien tranquilizavam sua tímida amante, ela readquiria um pouco de felicidade e de capacidade de julgá-lo. Por sorte, nessa noite ele quase não apresentou o ar de cumprir uma obrigação que fizera da noite anterior uma vitória, não um prazer. Caso tivesse percebido que o rapaz desempenhava um papel, essa triste descoberta a teria deixado infeliz para sempre. Ela não teria visto outra coisa que um triste efeito da diferença de idade.

Embora a sra. de Rênal jamais houvesse pensado nas teorias do amor, a diferença de idade é, depois do dinheiro, um dos grandes lugares-comuns das piadas provincianas que falam de amor.

Em poucos dias, Julien, entregue a todo o ardor de sua idade, apaixonou-se perdidamente.

"É preciso admitir", pensava, "que ela tem a bondade de uma alma angelical, e não existe mulher mais bonita."

Ele dispensara quase por completo a ideia de desempenhar um papel. Em um momento de abandono, chegou a confessar a ela suas inquietações. A confidência aumentou ao máximo a paixão que inspirava. "Então não tive uma feliz rival", dizia-se a sra. de Rênal, deslumbrada! Ela ousou interrogá-lo sobre o retrato que o deixara tão aflito. Julien jurou que era de um homem.

Quando a sra. de Rênal teve sangue-frio suficiente para refletir, mal conseguia acreditar que existia uma felicidade tão grande, que jamais imaginara existir.

"Ah!", suspirava, "se tivesse conhecido Julien há dez anos, quando ainda era bonita!"

Julien estava bem longe desses pensamentos. Seu amor ainda era a ambição e a alegria de possuir, ele, pobre ser tão infeliz e desprezado, uma mulher tão nobre e tão linda. Seus gestos de adoração e seus arroubos diante dos encantos de sua amiga terminaram por acalmá-la um pouco em relação à diferença de idade. Se tivesse um pouco mais da experiência de uma mulher de trinta anos que vive em lugares mais civilizados, ela teria temido pela duração de um amor que parecia manter-se exclusivamente pela surpresa e pela fascinação do amor-próprio.

Quando se esquecia da ambição, Julien admirava, arrebatado, até os chapéus e os vestidos da sra. de Rênal. Não se cansava de sentir o seu perfume. Abria seu armário espelhado e passava horas admirando a beleza e a arrumação de tudo o que via. Sua amiga, apoiada nele, observava-o. E ele observava as joias, os tecidos que, na véspera de um casamento, forram o lugar onde ficam expostos os presentes de núpcias.

"Eu poderia ter me casado com um homem assim", a sra. de Rênal pensava, às vezes. "Que alma de fogo! Que vida maravilhosa ao lado dele!"

Julien, por sua vez, nunca estivera tão próximo desses terríveis instrumentos da artilharia feminina. "Impossível que em Paris exista qualquer coisa mais bela!", pensava. Não encontrava objeção alguma à sua felicidade. A admiração sincera e os enlevos de sua amiga com frequência o faziam esquecer a teoria inútil que o tornara tão afetado e quase ridículo nos primeiros momentos desse relacionamento. Houve momentos em que, apesar dos seus hábitos hipócritas, sentia uma doçura extrema em admitir diante da grande dama que o admirava sua ignorância sobre uma série de pequenos costumes. A posição social da amante parecia elevá-lo acima de si mesmo. A sra. de Rênal, no que lhe diz respeito, sentia a mais doce volúpia moral em poder instruir, sobre várias coisas, esse jovem tão inteligente, visto por todos como alguém que um dia chegaria longe. Nem o subprefeito nem o sr. Valenod podiam deixar de admirá-lo, o que a fez considerá-los menos tolos. Quanto à sra. Derville, estava longe de exprimir os mesmos sentimentos. Desesperada diante do que acreditava adivinhar, e vendo que seus sábios conselhos tornavam-se odiosos a uma mulher que, ao pé de letra, perdera a cabeça, foi embora de Vergy sem dar uma explicação que ninguém lhe pediu. A sra. de Rênal derramou algumas lágrimas, e logo lhe pareceu que sua felicidade redobrava. Com a partida da prima, ficava quase o dia inteiro sozinha com seu amante.

Julien se entregava cada vez mais à doce companhia de sua amiga, pois, sempre que passava muito tempo a sós consigo, a proposta de Fouqué vinha atormentá-lo. Nos primeiros dias dessa vida nova, houve momentos nos quais ele, que nunca tinha amado nem sido amado por ninguém, sentia um prazer tão delicioso em ser honesto que esteve a ponto de confessar à sra. de Rênal a ambição que até então fora a essência de sua existência. Quis consultá-la sobre a estranha sensação que a oferta de Fouqué lhe provocara, mas um pequeno acontecimento impediu que fosse sincero.

Capítulo 17
O primeiro-adjunto

Oh, como este amor de primavera lembra
A glória incerta de um dia de abril,
Que agora mostra toda a beleza do sol
E pouco a pouco uma nuvem leva tudo embora!

OS DOIS CAVALHEIROS DE VERONA

Certa tarde, ao pôr do sol, sentado perto da amiga no fundo do pomar, longe dos inoportunos, Julien sonhava profundamente. "Será que esses momentos tão doces vão durar para sempre?", pensava. Sua alma estava ocupada pela preocupação de conseguir um bom cargo; lamentava o grande acesso de fatalidade que põe fim à infância e atrapalha os primeiros anos da juventude sem dinheiro.

– Ah! – exclamou. – Napoleão foi mesmo o homem enviado por Deus para os jovens franceses! Quem vai substituí-lo? O que vão fazer sem ele os infelizes, mesmo os mais ricos que eu, que têm dinheiro suficiente para conseguir uma boa educação, mas não o bastante para comprar um homem aos vinte anos e se lançar numa boa carreira? Não importa o que façamos – acrescentou com um suspiro –, essa lembrança fatal impedirá a nossa felicidade!

Ele viu na hora a sra. de Rênal franzir as sobrancelhas e adotar uma expressão fria e altiva. Este modo de pensar soava para ela mais apropriado a um empregado doméstico. Criada sabendo que era muito rica, parecia tomar como certo que Julien também o fosse. Amava-o mil vezes mais que a vida e não dava importância alguma ao dinheiro.

Julien estava longe de adivinhar tais pensamentos. As sobrancelhas franzidas o trouxeram de volta à realidade. Teve presença de espírito suficiente para mudar a frase e dar a entender à nobre dama, sentada tão perto dele no pomar, que apenas repetia o que escutara durante sua viagem à casa do amigo comerciante de madeira. Era um raciocínio perverso.

– Pois bem, não se misture a esse tipo de gente – disse a sra. de Rênal, mantendo ainda um pouco do ar glacial que, de repente, substituíra a expressão da mais viva ternura.

O franzir das sobrancelhas, ou melhor, o remorso por sua imprudência foi a primeira rachadura na ilusão que dominava Julien. "Ela é boa e doce, sua afeição por mim é verdadeira, mas ela foi criada no campo inimigo", pensou. "Eles devem ter medo principalmente dessa classe de homens corajosos que, depois de obter uma boa educação, não têm dinheiro para seguir uma carreira. O que seria desses nobres se pudéssemos combatê-los com as mesmas armas? Eu, por exemplo, prefeito de Verrières, bem intencionado, honesto assim como, no fundo, é o sr. de Rênal, poria para correr o pároco, o sr. Valenod e todas as suas velhacarias! A justiça triunfaria em Verrières! Os talentos deles não seriam obstáculos para mim. Eles hesitam o tempo todo."

Nesse dia, a felicidade de Julien esteve a ponto de se tornar duradoura. Entretanto, faltou ao nosso herói a ousadia da sinceridade. Era necessário ter coragem de começar uma batalha, mas ali, naquela mesma hora. A sra. de Rênal se assustara com a frase de Julien porque os homens com quem convivia repetiam que a volta de Robespierre era possível sobretudo por causa dos jovens das classes baixas, instruídos demais. A expressão altiva da sra. de Rênal durou algum tempo e pareceu proposital a Julien. É que a repugnância pela frase desajeitada que dissera foi seguida pelo medo de ter dito indiretamente à amante uma coisa desagradável. Esse aborrecimento se refletiu vivamente nos traços tão puros e ingênuos quando ela estava feliz e longe de pessoas entediantes.

Julien não se atreveu mais a abandonar-se aos sonhos. Mais calmo e menos amoroso, considerou que era imprudente ir ver a sra. de Rênal em seu quarto. Seria melhor que ela fosse ao dele. Se algum criado a visse andar pelo castelo, vinte pretextos diferentes poderiam explicar sua conduta.

Mas esse arranjo também tinha inconvenientes. Julien havia recebido de Fouqué os livros que ele, aluno de teologia, jamais poderia ter comprado de um livreiro. Só ousava abri-los de noite. Com frequência preferiria não ter sido interrompido por uma visita, mesmo que, ainda na véspera da cena do pomar, a espera por uma visita o deixasse sem condições de ler.

Julien devia à sra. de Rênal uma maneira diferente de entender os livros. Havia se atrevido a fazer-lhe perguntas sobre uma grande quantidade de pequenas coisas que, quando ignoradas, prejudicam a inteligência de um jovem nascido fora da sociedade, por mais que queiram lhe atribuir talentos naturais.

Essa educação do amor, dada por uma mulher extremamente ignorante, foi uma felicidade. Julien teve acesso direto à sociedade tal como ela é hoje. Seu espírito não foi ofuscado pelo relato do que ela havia sido antes, dois mil anos ou sessenta anos antes, nos tempos de Voltaire e de Luís XV. Para sua indescritível alegria, um véu caiu de seus olhos, e ele finalmente entendia o que se passava em Verrières.

Em primeiro plano, apareceram as complicadas intrigas elaboradas, havia dois anos, com o prefeito de Besançon. Estas eram apoiadas por cartas vindas de Paris, escritas por gente ilustre. Tratava-se de fazer o sr. de Moirod, o homem mais devoto da região, ser o primeiro-adjunto do prefeito de Verrières, e não o segundo.

Ele tinha como concorrente um fabricante bastante rico, que devia terminantemente ocupar o posto de segundo-adjunto.

Julien entendeu, por fim, as meias-palavras que entreouvira quando a alta sociedade da região vinha jantar com o sr. de Rênal. Essa sociedade privilegiada estava ocupada a fundo na escolha do primeiro-adjunto, sem que o restante da cidade e sobretudo os liberais desconfiassem disso. O que justificava a importância da questão era, como todos sabem, que o lado oriental da rua principal de Verrières deveria recuar quase três metros, pois a rua tinha se tornado estrada real.

Ora, o sr. de Moirod era dono de três casas que precisariam recuar. Se ele fosse primeiro-adjunto ou se tornasse prefeito, no caso de o sr. de Rênal ser nomeado deputado, ele fecharia os olhos, e poderiam ser feitas reformas imperceptíveis nas residências que avançam sobre a via pública, o que lhes permitiria continuar onde estavam por mais cem anos. Apesar das reconhecidas piedade e honestidade do sr. de Moirod, todos sabiam que ele seria tolerante, pois tinha muitos filhos. Entre as casas que deveriam recuar, nove pertenciam à nata da sociedade de Verrières.

Aos olhos de Julien, tal intriga era bem mais importante que a história da batalha de Fontenoy[24], cujo nome vira pela primeira vez em um dos livros que Fouqué lhe enviara. Existiam coisas com que cismava Julien desde que começara a frequentar a casa do abade, à noite, havia cinco anos. Mas, como a discrição e a humildade de espírito eram as primeiras qualidades de um aluno de teologia, ele se vira impossibilitado de fazer perguntas.

Certo dia, a sra. de Rênal deu uma ordem ao criado de quarto de seu marido, o inimigo de Julien.

– Mas, senhora, hoje é a última sexta-feira do mês – respondeu o homem em tom peculiar.

– Vá – disse a patroa.

– Ah! – exclamou Julien. – Ele vai ao depósito de feno, antiga igreja reconvertida ao culto. Mas para fazer o quê? Este é um daqueles mistérios que nunca consegui desvendar.

---

[24] Ocorrida em 1745, foi uma vitória da França contra a dinastia de Hanover na Guerra de Sucessão Austríaca. (N.T.)

– É uma instituição muito salutar, mas bem singular – respondeu a sra. de Rênal. – Mulheres não são admitidas. Tudo o que sei é que todos lá se tratam por "você". Por exemplo, o criado vai encontrar o sr. Valenod, e esse homem tão orgulhoso não se incomodará de ser chamado de "você" por Saint-Jean e lhe responderá do mesmo modo. Se quiser saber o que se faz por lá, pedirei detalhes ao sr. de Maugiron e ao sr. Valenod. Pagamos vinte francos por criado para que um dia não nos mandem à guilhotina.

O tempo voava. A lembrança dos encantos de sua amante distraía Julien de sua sombria ambição. A necessidade de não abordar com ela assuntos tristes e racionais, pois eram de partidos contrários, ajudava, sem que ele percebesse, a aumentar a felicidade que lhe devia e a autoridade que ela conquistava sobre ele.

Nas ocasiões em que a presença de crianças inteligentes demais limitava os amantes a falar apenas a linguagem fria da razão, era com uma docilidade perfeita que Julien, observando-a com os olhos brilhando de amor, ouvia suas explicações sobre o mundo como ele é. Várias vezes, no meio da narrativa de uma malandragem qualquer relacionada a uma estrada ou prestação de serviço, a sra. de Rênal se perdia de repente em delírio, e Julien precisava repreendê-la, pois ela se permitia com ele a mesma intimidade que tinha com os filhos. É que havia dias que tinha a ilusão de amá-lo como a um filho. Afinal, não tinha de responder às suas perguntas ingênuas sobre mil coisas simples que um menino bem-nascido já sabia aos quinze anos? Um momento antes, admirava-o como seu mestre. O talento dele chegava a amedrontá-la. Acreditava ver, cada dia mais claramente, o grande homem que esse jovem padre seria um dia. Imaginava-o papa, ou primeiro-ministro, como Richelieu[25].

– Viverei o bastante para ver a sua glória? – perguntava ela ao rapaz.
– Há lugar para grandes homens; a monarquia e a religião precisam deles.

---

[25] Armand-Jean du Plessis, cardeal de Richelieu (1585-1642). Importante político francês, foi primeiro-ministro de Luís XIII. (N.T.)

Capítulo 18
Um rei em Verrières

Vocês servem apenas para ser jogados como um cadáver de povo,
sem alma, cujas veias não têm mais sangue?

Discurso do bispo, na capela de São Clemente

No dia 3 de setembro, às dez horas da noite, um guarda acordou Verrières inteira ao subir a rua principal a galope. Trazia a notícia de que o rei de *** chegaria no domingo seguinte, e era terça-feira. O prefeito autorizava, ou melhor, exigia, a formação de uma guarda de honra. Devia-se demonstrar toda a pompa possível. Um mensageiro foi enviado a Vergy. O sr. de Rênal chegou no meio da noite e encontrou a cidade em polvorosa. Cada um tinha suas expectativas. Os menos ocupados alugavam seus balcões para quem quisesse ver a entrada do rei.

Quem comandaria a guarda de honra? O sr. de Rênal viu na hora como era importante, no interesse das casas sujeitas ao recuo, que o sr. de

Moirod a comandasse. Isso o ajudaria a conquistar o cargo de primeiro-adjunto. Não existia nada a dizer contra a devoção do sr. de Moirod, que estava acima de qualquer comparação. Mas ele nunca montara a cavalo. Era um homem de trinta e seis anos, tímido em tudo, e temia igualmente as quedas e o ridículo.

O prefeito mandou chamá-lo às cinco horas da manhã.

– Veja, senhor, peço seus conselhos como se já ocupasse o cargo no qual todas as pessoas honestas querem vê-lo. Nesta cidade infeliz, as fábricas prosperam, o partido liberal se torna milionário, aspira ao poder, sabe transformar tudo em arma. Vamos consultar o interesse do rei, da monarquia e, acima de tudo, da nossa santa religião. A quem o senhor acha que podemos confiar o comando da guarda de honra?

Apesar do medo terrível que tinha de cavalos, o sr. de Moirod acabou por aceitar a honra como um mártir.

– Saberei adotar um tom conveniente – disse ao prefeito.

Mal e mal sobrava tempo para mandar arrumar os uniformes que sete anos antes haviam servido durante a passagem de um príncipe real.

Às sete horas, a sra. de Rênal chegou de Vergy com Julien e os meninos. Encontrou seu salão cheio de damas liberais que pregavam a união dos partidos e vinham suplicar-lhe que convencesse o marido a conceder alguns lugares aos maridos delas na guarda de honra. Uma das mulheres argumentava que, se seu marido não fosse escolhido, iria à falência de tanto pesar. A sra. de Rênal logo se livrou das solicitantes. Parecia ocupadíssima.

Julien ficou surpreso e principalmente aborrecido por ela fazer mistério sobre o que a agitava tanto. "Eu já previa", pensou amargurado, "o amor sumiu de cena diante da felicidade de receber um rei em casa. Toda essa confusão a deslumbra. Ela vai me amar de novo assim que as ideias de sua casta deixarem de lhe perturbar a mente".

Espantosamente, isso fez o rapaz amá-la mais ainda.

Os tapeceiros começavam a encher a casa. Julien esperou em vão uma oportunidade de dizer algo à amante. Encontrou-a, por fim, quando saía do quarto dele levando um dos seus trajes. Estavam a sós. Ele quis conversar. Ela se afastou, recusando-se a escutá-lo. "Sou idiota por amar uma mulher assim. A ambição a deixa tão louca quanto o marido."

Pois ela estava mais louca ainda. Um de seus maiores desejos, que jamais confessara a Julien por medo de chocá-lo, era vê-lo usar, ainda que por um único dia, outra roupa que não fosse o traje preto e triste de sempre. Com uma engenhosidade verdadeiramente admirável em uma mulher tão simples, conseguiu primeiro com o sr. de Moirod, depois com o subprefeito de Maugiron, que Julien fosse nomeado guarda de honra em prejuízo de cinco ou seis outros rapazes, filhos de fabricantes ricos, e dos quais pelos menos dois eram exemplarmente piedosos. O sr. Valenod, que emprestaria sua caleche para as senhoras mais bonitas da cidade para que seus belos cavalos normandos pudessem ser admirados, consentiu em oferecer uma montaria a Julien, a pessoa que mais odiava. Todos os guardas de honra, porém, possuíam ou tinham pedido emprestado um dos belos trajes azul--celeste com os ombros enfeitados por dragonas prateadas, que haviam brilhado sete anos antes. A sra. de Rênal queria um traje novo, e restavam-lhe apenas quatro dias para enviar a Besançon e receber de volta o uniforme, as armas, o chapéu, etc., tudo o que faz um guarda de honra. O divertido é que ela julgara imprudente mandar fazer o traje de Julien em Verrières. Queria fazer uma surpresa, ao amado e à cidade.

Terminado o trabalho com a guarda de honra e o espírito público, o prefeito teve de ocupar-se de uma grande cerimônia religiosa, pois o rei de *** não queria passar por Verrières sem visitar a famosa relíquia de São Clemente conservada em Bray-le-Haut, um lugarejo a menos de cinco quilômetros da cidade. Era necessário um bom número de clérigos, que foi o mais difícil de arranjar. O sr. Maslon, o novo abade, queria a todo custo evitar a presença do sr. Chélan. Foi em vão, porque o sr. de Rênal o fez ver que isso seria imprudente. O sr. marquês de La Mole, cujos ancestrais foram por longos períodos governadores da província, haviam sido designados para acompanhar o rei de ***. Ele conhecia o abade Chélan havia trinta anos. Com certeza pediria notícias dele quando chegasse a Verrières e, se o encontrasse em desgraça, era o tipo de homem capaz de ir buscá-lo na casinha onde morava acompanhado de todo o cortejo. Que desfeita!

– Ficarei desonrado aqui e em Besançon se ele aparecer comigo – argumentava o abade Maslon. – Um jansenista, meu Deus!

– Não importa o que o senhor diga, meu caro abade, não posso expor a administração de Verrières à chance de receber uma afronta do sr. de La Mole. O senhor não o conhece. Ele age com decoro na corte, mas aqui na província é zombeteiro, burlesco, gosta de embaraçar as pessoas. É capaz, por pura diversão, de nos cobrir de ridículo na frente dos liberais.

Apenas na noite de sábado para domingo, depois de três dias de negociações, o orgulho do abade Maslon dobrou-se diante do medo do prefeito, transformado em coragem. Foi necessário escrever uma carta melosa ao abade Chélan pedindo-lhe que gentilmente aceitasse participar da cerimônia da relíquia em Bray-le-Haut, caso sua idade avançada e suas enfermidades lhe permitissem. O sr. Chélan pediu e obteve um convite para Julien, que o acompanharia na qualidade de subdiácono.

No domingo, desde o início da manhã, milhares de camponeses vindos das montanhas vizinhas inundaram as ruas de Verrières. Fazia um lindo dia de sol. Por volta de três horas, a multidão agitou-se; percebia-se uma grande fogueira acesa em um rochedo a dez quilômetros da cidade. Era um sinal anunciando que o rei acabava de entrar no território do departamento. No mesmo instante, todos os sinos e os repetidos tiros de um velho canhãozinho espanhol pertencente a Verrières demonstraram a alegria pelo importante evento. Metade da população subiu nos telhados das casas. Todas as mulheres estavam nos balcões. A guarda de honra se pôs em movimento. Todos admiravam os uniformes brilhantes, cada um reconhecendo um parente, um amigo. Zombavam do medo do sr. de Moirod, que a cada instante parecia querer levar a mão, prudente, à cabeça da sela. Mas algo fez todos os outros guardas ser esquecidos: o primeiro cavaleiro da nona fila era um moço bonito, magrinho, que a princípio ninguém reconheceu. Logo o grito de indignação de alguns e o silêncio perplexo de outros anunciaram a sensação geral. Reconheceram no rapaz, montando um dos cavalos normandos do sr. Valenod, o pequeno Sorel, filho do carpinteiro. Um brado único ergueu-se contra o prefeito, sobretudo da parte dos liberais. Só porque o operariozinho disfarçado de padre era preceptor dos seus fedelhos ele tinha a audácia de nomeá-lo guarda de honra, em prejuízo dos senhores tais e tais, ricos fabricantes! Uma senhora banqueira comentou que esses senhores deveriam insultar o jovem insolente, nascido sem berço.

– Ele é dissimulado e porta um sabre – comentou um vizinho –, pode ser traiçoeiro o bastante para ferir o rosto de alguém.

Os comentários dos nobres da sociedade eram mais perigosos. As damas perguntavam-se se vinha apenas do prefeito essa enorme inconveniência. Em geral, prestavam justiça ao seu desprezo por pessoas de baixa origem.

Enquanto era alvo de tanto falatório, Julien sentia-se o mais feliz dos homens. Naturalmente audacioso, montava a cavalo melhor que a maioria dos jovens da cidade montanhosa. Via nos olhares das mulheres que falavam sobre ele.

Suas dragonas eram as mais brilhantes, por serem novas. Sua montaria empinava a cada instante. Ele estava no auge da alegria.

Sua felicidade ultrapassou os limites quando, ao passar perto da velha muralha, o barulho de um tiro do pequeno canhão fez seu cavalo saltar para fora da fileira. Por pura sorte ele não caiu, e nesse momento sentiu-se um herói. Era ordenança de Napoleão e atacava uma bateria.

Uma pessoa estava mais feliz que ele. Primeiro, ela o vira passar de uma das janelas da prefeitura. Depois, subindo na caleche e dando uma grande volta, ela chegou a tempo de estremecer quando o cavalo o tirou da posição. Por fim, sua caleche saiu a galope por outra porta da cidade, e ela conseguiu chegar ao caminho por onde o rei passaria, e pôde seguir a guarda real a vinte passos de distância, no meio de uma nobre poeira. Dez mil camponeses gritaram "Viva o rei" quando o prefeito teve a honra de discursar para Sua Majestade. Uma hora depois, todos os discursos já ouvidos, o rei ia entrar na cidade, e o canhãozinho voltou a disparar uma carga de tiros. No entanto, um acidente aconteceu, não com os artilheiros, treinados em Leipzig e Montmirail, mas com o futuro primeiro-adjunto, o sr. de Moirod. Seu cavalo o depositou suavemente no único trecho enlameado da estrada, causando agitação, pois era preciso tirá-lo dali para que a carruagem do rei passasse.

Sua Majestade desceu na bela igreja nova, que, nesse dia, estava enfeitada com todas as suas cortinas carmesim. O rei almoçaria e logo em seguida retornaria à carruagem para ir venerar a célebre relíquia de São Clemente. Assim que Sua Majestade entrou na igreja, Julien galopou até a casa do sr. de Rênal. Suspirando, tirou o bonito uniforme azul-celeste, o sabre e as dragonas e vestiu o traje preto desgastado. Subiu no cavalo e em poucos instantes estava em Bray-le-Haut, situado no topo de uma linda colina. "O entusiasmo multiplica esses camponeses", pensou. "Em Verrières, mal conseguimos nos mover, mas aqui estão mais de dez mil pessoas em volta da antiga abadia." Arruinada em parte pelo vandalismo revolucionário, ela fora magnificamente reformada após a Restauração, e já existiam rumores sobre milagres. Julien reuniu-se ao abade Chélan, que o repreendeu e lhe entregou uma batina e uma sobrepeliz[26]. Vestiu-se rapidamente e seguiu o abade, que ia encontrar o jovem bispo de Agde. Era um sobrinho do sr. de La Mole, recentemente nomeado e que fora encarregado de mostrar a relíquia ao rei. Ninguém conseguiu encontrar o bispo.

O clero se impacientava à espera do seu superior no claustro gótico e sombrio da velha abadia. Vinte e quatro padres haviam sido reunidos para representar a antiga corporação religiosa de Bray-le-Haut, composta por vinte e quatro cônegos antes de 1789[27]. Depois de passarem quarenta e cinco minutos expressando desagrado pela juventude do bispo, os párocos acharam conveniente que o decano fosse avisar o monsenhor de que o rei

---

[26] Veste eclesiástica de tecido branco, leve, usada sobre a batina, que desce até metade do corpo. (N.T.)
[27] Ano de início da Revolução Francesa. (N.T.)

estava para chegar e que já era hora de ir para o coro. A idade avançada do sr. Chélan o tornara decano do grupo. Embora irritado com Julien, fez sinal para que o rapaz o acompanhasse. A sobrepeliz caía bem nele. Por meio de não sei qual toalete eclesiástica, seus belos cachos de cabelo haviam sido alisados. Mas, por um esquecimento que duplicou a irritação do abade, sob as longas dobras da batina de Julien percebiam-se as esporas da guarda de honra.

Quando chegaram aos aposentos do bispo, lacaios pomposos mal se dignaram responder ao velho abade que o monsenhor não estava disponível. Zombaram dele quando tentou explicar que, em sua posição de decano da nobre corporação de Bray-le-Haut, tinha o privilégio de ser recebido a qualquer momento na presença do bispo oficiante.

O temperamento orgulhoso de Julien ficou chocado com a insolência do lacaio. Ele se pôs a percorrer os dormitórios da antiga abadia, tentando abrir todas as portas que encontrava. Uma delas, baixa, cedeu a seus esforços, e Julien viu-se em uma cela, entre os criados de quarto do monsenhor, todos de batina preta e corrente no pescoço. Por causa de seu ar apressado, os criados pensaram que tinha sido enviado pelo bispo e o deixaram passar. Ele deu alguns passos e encontrou-se em uma imensa sala gótica, muito escura, revestida com lambris de carvalho preto; com exceção de uma, todas as janelas em forma de ogiva tinham sido fechadas com tijolos. Nada disfarçava a alvenaria grosseira, que fazia um triste contraste com a magnificência antiga do revestimento de madeira. As duas grandes laterais da sala, célebre entre os antiquários da Borgonha, construída em 1470 por Carlos, o Temerário, para expiar algum pecado, eram guarnecidas por cadeiras ricamente entalhadas de uso específico dos cônegos. Viam-se, entre as madeiras de colorido diverso, representações de todos os mistérios do Apocalipse.

O melancólico esplendor, corrompido pela visão dos tijolos nus e do gesso ainda branco, comoveu Julien. Ele parou, em silêncio. Viu, na outra extremidade do aposento, perto da única janela pela qual o dia penetrava, um espelho portátil com moldura de acaju. Um homem jovem, de batina violeta e sobrepeliz de renda, mas com a cabeça descoberta, estava parado a três passos do espelho. O móvel parecia estranho em tal lugar; sem dúvida, fora trazido da cidade. Julien achou que o rapaz parecia exasperado: com a mão direita, ele fazia gestos de bênção na direção do espelho.

"O que significa isso?", pensou Julien. "Será que esse padre está fazendo uma cerimônia preparatória? Talvez seja o secretário do bispo... Na certa será insolente, como os lacaios... Não importa, vamos lá."

Ele avançou devagar pela sala, sempre com o olhar fixo na única janela e no jovem que continuava a conceder bênçãos com gestos lentos, mas em quantidade infinita, sem parar um instante.

À medida que se aproximava, Julien distinguia melhor seu ar zangado. A riqueza da sobrepeliz enfeitada de renda fez com que ele se imobilizasse sem querer a alguns passos do magnífico espelho.

"Preciso dizer algo", pensou, mas a beleza do aposento o emudecera, e ele já se sentia ofendido de antemão na certeza de que ouviria palavras duras.

O jovem o viu ao espelho, virou-se e, abandonando de repente a expressão de zanga, perguntou em tom doce:

– Então, senhor, conseguiram achá-la?

Julien ficou perplexo. Quando o rapaz virou-se em sua direção, ele viu a cruz peitoral: era o bispo de Agde. "Tão moço, no máximo seis ou oito anos a mais que eu!", pensou.

Ficou com vergonha de estar usando esporas.

– Monsenhor, fui enviado pelo decano da corporação, o sr. Chélan – respondeu com timidez.

– Ah, ele me foi muito bem recomendado – comentou o bispo em um tom que redobrou o encantamento de Julien. – Mas eu lhe peço desculpas, pensei que o senhor fosse a pessoa que traria a mitra[28]. Ela foi mal

---

[28] Tipo de chapéu alto e cônico, com fendas laterais, usado pelo papa e por bispos em algumas cerimônias solenes. (N.T.)

embrulhada em Paris; o tecido de prata ficou horrivelmente estragado na parte de cima. Isso vai causar um efeito muito ruim, e já estou esperando há tempo demais! – concluiu com ar entristecido.

– Monsenhor, vou procurar a mitra, se Vossa Excelência Reverendíssima me der permissão.

Os belos olhos de Julien causaram efeito.

– Vá, senhor – disse o bispo com cativante amabilidade. – Preciso dela o mais rápido possível. Lamento fazer todos ficar à minha espera.

Ao chegar ao meio da sala, Julien virou-se para trás e viu que o bispo voltara a fazer gestos de bênção. "Que será isso?", perguntou-se. "Sem dúvida é alguma preparação eclesiástica necessária para a cerimônia que vai acontecer." Quando entrou na cela onde estavam os criados de quarto, viu a mitra nas mãos deles. De má vontade, os criados cederam ao olhar imperioso de Julien e entregaram-lhe a mitra do monsenhor.

Sentiu orgulho ao carregá-la. Segurando-a com respeito, atravessou a sala a passos bem lentos. Encontrou o bispo sentado à frente do espelho; de vez em quando, a mão direita, apesar de cansada, ainda repetia o gesto de bênção. Julien o ajudou a colocar a mitra. O bispo balançou a cabeça.

– Ah! Não vai cair – comentou, contente. – Pode afastar-se um pouco?

O bispo foi rapidamente até o meio da sala e depois se reaproximou do espelho a passos vagarosos e reassumindo a expressão zangada, enquanto a mão direita voltava a mover-se.

Julien estava imóvel de espanto. Tentava entender, mas não se atrevia. O bispo parou e encarou-o com expressão que perdia rapidamente a gravidade.

– O que me diz da minha mitra, senhor? Está bem assim?

– Está ótima, monsenhor.

– Não está muito para trás? Isso me deixaria com ar de tolo. Mas também não posso usá-la muito para a frente, como um casquete de oficial.

– Ela me parece estar muito bem assim.

– O rei de *** está acostumado com um clero venerável e, com certeza, sério. Eu não gostaria de parecer leviano, sobretudo por causa da minha idade.

E o bispo se pôs de novo a andar e abençoar.

Julien, por fim, ousou entender: "É óbvio, ele está ensaiando para dar a bênção".

Depois de alguns instantes:

– Estou pronto, senhor – disse o bispo. – Vá avisar o decano e os outros senhores.

Logo o abade Chélan, seguido por dois outros padres mais velhos, entraram por uma grande porta magnificamente esculpida, na qual Julien não tinha reparado. Dessa vez ele se manteve em seu lugar, atrás de todo mundo, e só pôde ver o monsenhor por entre os ombros dos padres que se amontoavam à porta.

O bispo atravessou a sala sem pressa. Quando chegou à soleira da porta, os padres alinharam-se em procissão. Após um instante de desordem, a procissão avançou entoando um salmo. O bispo avançava por último, entre o sr. Chélan e outro padre bem idoso. Julien deslizou para perto do monsenhor, como se estivesse colado ao abade Chélan. Seguiram pelos corredores compridos da abadia de Bray-le-Haut, sombrios e úmidos apesar do sol radiante. Chegaram, por fim, ao pórtico do claustro. Julien estava zonzo de admiração pela bela cerimônia. Seu coração era disputado pela ambição que a pouca idade do bispo lhe despertara e pela sensibilidade e gentileza demonstradas pela autoridade religiosa. Essa gentileza era bem diferente daquela do sr. de Rênal, mesmo quando ele estava em seus melhores dias. "Quanto mais alguém sobe rumo ao topo da sociedade, mais encontra maneiras encantadoras", pensou Julien.

Quando estavam entrando na igreja por uma porta lateral, um barulho assustador ressoou nas abóbadas antigas. Julien achou que o teto ia desabar. Era mais uma vez o pequeno canhão que, puxado por oito cavalos a galope, tinha acabado de chegar. E, mal chegara, fora posicionado pelos artilheiros de Leipzig para disparar cinco tiros por minuto, como se os prussianos estivessem à sua frente.

Os estrondos não afetaram Julien, que não sonhava mais com Napoleão e a glória militar. "Tão jovem o bispo de Agde!", pensou. "Mas onde fica Agde? E quanto será que o monsenhor ganha? Duzentos ou trezentos mil francos, talvez."

Os lacaios do bispo surgiram com um pálio magnífico. O sr. Chélan pegou uma das varas, mas na verdade foi Julien que o portou. O monsenhor colocou-se sob o pálio e conseguira adotar um ar envelhecido. A admiração de nosso herói foi enorme. "O que uma pessoa não consegue quando tem astúcia!", pensou ele.

O rei entrou. Julien teve a felicidade de vê-lo bem de perto. O bispo fez uma pregação fervorosa, sem esquecer uma pequena e educada nuança de comoção diante de Sua Majestade.

Não vamos reproduzir a descrição das cerimônias de Bray-le-Haut. Durante quinze dias, elas ocuparam todas as colunas de todos os jornais do departamento. Julien soube, pelo discurso do bispo, que o rei descendia de Carlos, o Temerário.

Mais tarde, Julien foi encarregado de verificar quanto havia custado a cerimônia. O sr. de La Mole, que conseguira um bispado para o sobrinho, havia feito a gentileza de arcar com todos os gastos. Só a cerimônia em Bray-le-Haut custou três mil e oitocentos francos.

Depois do discurso do bispo e da resposta do rei, Sua Majestade posicionou-se sob o pálio, em seguida ajoelhou-se com devoção sobre uma almofada perto do altar. O coro estava rodeado de cadeiras, e as cadeiras estavam dois degraus acima do piso. Era no último degrau que Julien estava sentado, aos pés do sr. Chélan, como um tipo de caudatário próximo de seu cardeal na Capela Sistina, em Roma. Houve um *Te Deum*, nuvens de incenso, tiros infinitos de mosquetes e de artilharia. Os camponeses estavam inebriados de felicidade e fé. Um dia como esse desfaz a obra de cem edições de jornais jacobinos.

Julien estava a seis passos do rei, que rezava com abandono sincero. Notou pela primeira vez um homenzinho de olhar espiritual que portava um traje quase sem enfeites, apenas com um cordão azul-celeste sobre o traje bastante simples. Ele estava mais perto do rei que muitos outros senhores vestindo roupas com tantos bordados dourados que, segundo diria Julien, nem se via o tecido. O jovem soube logo em seguida que aquele era o sr. de La Mole. Julgou-o altivo e até insolente.

"Esse marquês não é polido como o meu belo bispo", pensou. "Ah! Um posto eclesiástico confere amabilidade e sabedoria. Mas o rei veio venerar a relíquia, e não vejo relíquia alguma. Onde estará São Clemente?"

Um padre, a seu lado, explicou-lhe que a venerável relíquia estava no alto da igreja, em uma câmara-ardente.

"O que será uma câmara-ardente?", perguntou-se Julien.

Preferiu não pedir explicações. Sua atenção redobrou.

Em caso de visita de um príncipe soberano, a etiqueta exigia que os padres não acompanhassem o bispo. Mas, ao seguir para a câmara-ardente, o monsenhor de Agde chamou o abade Chélan. Julien ousou ir atrás deles.

Após subirem uma longa escada, chegaram a uma porta extremamente pequena, mas com uma moldura gótica dourada magnífica. A obra parecia ter sido feita na véspera.

Diante da porta encontravam-se reunidas e ajoelhadas vinte e quatro mocinhas, filhas das famílias mais distintas de Verrières. Antes de abrir a porta, o bispo ajoelhou-se entre as jovenzinhas, todas bonitas. Enquanto ele rezava em voz alta, elas lhe admiravam as lindas rendas, a boa graça, a figura jovem e amável. Tal espetáculo fez o nosso herói perder o que lhe restava de razão. Nesse instante, teria lutado de boa-fé em nome da Inquisição. A portinha se abriu de repente. A pequena capela parecia incendiada de luz. Sobre o altar, ardiam mais de mil velas arranjadas em oito fileiras separadas entre si por buquês de flores. O aroma suave do incenso mais puro saía em turbilhão pela porta do santuário. A capela recém-pintada de dourado era pequeníssima, mas bastante alta. Julien reparou que no altar havia velas com quase cinco metros de altura. As mocinhas foram incapazes de conter um grito de admiração. Só as vinte e quatro jovens, os dois religiosos e Julien tinham sido admitidos no pequeno vestíbulo da capela.

Logo chegou o rei, acompanhado pelo sr. de La Mole e seu camareiro-mor. Os guardas reais ficaram do lado de fora, ajoelhados, apresentando as armas.

Sua Majestade se precipitou sobre o genuflexório, mas não se atirou sobre ele. Só então Julien, colado à porta dourada, avistou, por baixo do braço desnudo de uma das moças, a linda estátua de São Clemente usando traje de soldado romano, escondida sob o altar. O santo tinha uma grande ferida no pescoço, da qual parecia escorrer sangue. O artista havia se superado. Os olhos moribundos, mas cheios de graça, estavam semicerrados. Um bigode nascente ornava a boca delicada, que, entreaberta, parecia rezar. Diante de tal visão, a jovem ao lado de Julien se pôs a derramar lágrimas ardentes. Uma das lágrimas caiu sobre a mão dele.

Após um instante de orações no mais profundo silêncio, perturbado apenas pelo som distante dos sinos de todos os vilarejos em um raio de quarenta e oito quilômetros, o bispo pediu ao rei permissão para falar. Fez um discurso comovente pela simplicidade das palavras, mas cujo efeito foi garantido.

– Não esqueçam jamais, jovens cristãs, que viram um dos maiores reis da terra ajoelhado diante dos servidores desse Deus todo-poderoso e terrível. Esses servidores fracos, perseguidos, assassinados aqui na terra, como podem ver pela ferida de São Clemente que ainda sangra, triunfam no céu. As senhoritas vão se lembrar para sempre deste dia, não é mesmo? Detestarão os ímpios. Serão para sempre fiéis a esse Deus tão grande, tão terrível, mas tão bom.

Ao terminar de falar, o bispo levantou-se com autoridade.

– Prometem? – perguntou, estendendo o braço com ar de inspiração.

– Prometemos – responderam as mocinhas, desmanchadas em lágrimas.

– Recebo sua promessa em nome do Deus terrível! – acrescentou o monsenhor com voz de trovão.

Até o rei chorava. Demorou bastante tempo para que Julien tivesse sangue-frio suficiente para indagar onde estavam os ossos do santo enviados de Roma para Filipe, o Bom, duque de Borgonha. Responderam-lhe que estavam ocultos dentro da encantadora figura de cera.

Sua Majestade permitiu que as jovens que o haviam acompanhado à capela portassem uma fita vermelha bordada com a frase *Ódio ao ímpio, adoração perpétua.*

O sr. de La Mole mandou distribuir aos camponeses dez mil garrafas de vinho. De noite, em Verrières, os liberais encontraram uma razão cem vezes melhor que a dos monarquistas para iluminar suas moradas. Antes de partir, o rei visitou o sr. de Moirod.

Capítulo 19
Pensar faz sofrer

> *O grotesco dos acontecimentos cotidianos esconde a verdadeira infelicidade das paixões.*
>
> BARNAVE

Ao recolocar os móveis comuns no quarto que fora ocupado pelo marquês, Julien encontrou uma folha de papel grosso, dobrada em quatro. Leu no pé da primeira página:

A V. Exa. marquês de La Mole, par de França, cavaleiro das ordens do rei", etc., etc. Era uma petição em caligrafia grosseira de um criado.

Senhor Marquês,
   Segui princípios religiosos a minha vida toda. Fui exposto a bombas durante o cerco de Lyon de 93, ano de execrável memória. Comungo.

Vou todos os domingos à missa na igreja paroquial. Nunca faltei com os deveres da Páscoa, mesmo em 93, de execrável memória. Minha cozinheira, antes da revolução eu tinha criadagem, minha cozinheira não preparava carne na sexta-feira. Em Verrières, gozo da consideração geral, e ouso dizer que merecida. Caminho sob o pálio nas procissões, ao lado do sr. abade e do sr. prefeito. Carrego, nas grandes ocasiões, uma vela grande comprada com o meu dinheiro. Os comprovantes disso tudo estão em Paris, no Ministério das Finanças. Peço ao sr. marquês a agência de loteria de Verrières, que como se sabe ficará vaga de uma maneira ou de outra, visto que o titular está muito doente, além de votar mal nas eleições, etc.

De Cholin

À margem da petição havia uma nota assinada por De Moirod e que começava com esta linha: "Tive a honra de falar *hontem* do bom súdito que faz este pedido", etc.

"Até mesmo o idiota do Cholin me mostra o caminho a ser seguido", pensou Julien.

Oito dias após a passagem do rei de *** por Verrières, o que perdurava das inúmeras mentiras, interpretações imbecis, discussões ridículas, etc. das quais haviam sido objeto, sucessivamente, o rei, o bispo de Agde, o marquês de La Mole, as dez mil garrafas de vinho, o pobre Moirod, que, na esperança de receber uma condecoração, só voltou a sair de casa um mês depois do tombo de cavalo, foi a extrema indecência de terem enfiado Julien Sorel, filho de um carpinteiro, na guarda de honra. Era preciso ouvir, sobre o assunto, os ricos fabricantes de tecidos estampados que noite e dia ficavam roucos no café, a propagar a igualdade. Aquela mulher arrogante, a sra. de Rênal, era a autora dessa abominação. A razão? Os belos olhos e a pele viçosa do padrezinho Sorel explicavam tudo.

Pouco depois do retorno a Vergy, Stanislas-Xavier, o caçula dos meninos, teve febre. Na mesma hora a sra. de Rênal caiu em remorso terrível.

Pela primeira vez repreendeu-se fortemente por seu amor. Pareceu entender, como por milagre, a dimensão da falta que cometera. Apesar de profundamente religiosa, até o momento não se dera conta do tamanho do seu crime aos olhos de Deus.

Tempos atrás, no convento do Sagrado Coração, havia amado a Deus com paixão; agora o temia. Os combates que lhe destroçavam a alma eram ainda mais horríveis porque não havia nada de racional no medo que sentia. Julien notou que, em vez de acalmá-la, qualquer racionalização a irritava; ela só via nisso a linguagem do inferno. Entretanto, como o próprio Julien gostava muito do pequeno Stanislas, costumava ser mais bem recebido quando a procurava para falar da doença do menino, que não demorou a se agravar. O remorso contínuo roubou o sono da sra. de Rênal. Ela se fechou em um silêncio feroz; se houvesse aberto a boca, teria sido para confessar seu crime a Deus e aos homens.

– Eu imploro, não fale com mais ninguém – pedia-lhe Julien, quando se encontravam a sós. – Que eu seja o único confidente do seu sofrimento. Se ainda me ama, não diga nada. Suas palavras não podem curar a febre do nosso Stanislas.

O consolo oferecido, porém, não produzia efeito algum. Julien não sabia que a sra. de Rênal metera na cabeça que, para acalmar a ira do Deus ciumento, era necessário odiar o amante ou ver o filho morrer. E, por incapacidade de odiar o amante, sentia-se infeliz.

– Fuja de mim – pediu certo dia a Julien. – Em nome de Deus, vá embora desta casa. É a sua presença aqui que mata o meu filho.

"Deus me castiga", acrescentou em um sussurro. "Ele é justo. Venero sua equidade. Meu crime é monstruoso, e eu vivia sem remorso! Foi o primeiro sinal de que Deus me abandonou. Devo ser punida duplamente."

Julien se comoveu profundamente. Não via ali nem hipocrisia nem exagero. "Ela acredita que está matando o filho porque me ama, e, no entanto, a infeliz me ama mais que ao filho. Não tenho dúvida, é o remorso que a mata, eis a grandeza do sentimento. Mas como posso ter inspirado tal amor, eu, tão pobre, pouco instruído, ignorante, às vezes tão grosseiro nos meus modos?"

Certa noite, o menino piorou. Cerca de duas horas da madrugada, o sr. de Rênal foi vê-lo. A criança, devorada pela febre, estava muito vermelha e não reconheceu o pai. De repente, a sra. de Rênal jogou-se aos pés do marido. Julien viu que ela ia contar tudo e perder-se para sempre.

Felizmente, o gesto estranho incomodou o sr. de Rênal.

– Adeus, adeus! – disse ele, indo embora.

– Não, escute-me! – exclamou a esposa ajoelhada diante do marido, tentando retê-lo. – Você tem de saber a verdade. Sou eu que mato meu filho. Eu lhe dei a vida e agora a tiro dele. O céu me castiga, aos olhos de Deus sou culpada de assassinato. É preciso que eu me perca e me humilhe, talvez este sacrifício acalme o Senhor.

Se o sr. de Rênal tivesse imaginação, adivinharia tudo.

– Ideias romanescas! – disse ao afastar a mulher, que tentava abraçar-lhe os joelhos. – Ideias romanescas, mais nada! Julien, mande chamar o médico assim que amanhecer.

E foi embora se deitar. A sra. de Rênal caiu de joelhos, meio desfalecida. Quando Julien tentou socorrê-la, afastou-o com um gesto convulsivo.

O rapaz ficou petrificado.

"Então é isso o adultério!", pensou. "Será possível que os malandros dos padres... têm razão? Eles, que cometem tantos pecados, teriam o privilégio de conhecer a verdadeira teoria do pecado? Que esquisitice!"

Vinte minutos depois de o sr. de Rênal ter-se retirado, Julien observava a mulher amada, a cabeça apoiada na caminha do filho, imóvel, quase desmaiada. "Aqui está uma mulher de gênio superior, reduzida ao cúmulo da infelicidade porque me ama", pensou.

"As horas avançaram rapidamente. O que posso fazer por ela? Preciso decidir. Não se trata mais de mim, aqui. Que me importam os homens e seus planos dissimulados? O que posso fazer por ela?... Deixá-la? Mas, se a deixo, ficará sozinha entregue à dor mais terrível. O autômato do marido mais a perturba que lhe faz bem. Ele lhe dirá alguma grosseria, pois é grosseiro. Ela pode enlouquecer, atirar-se pela janela."

"Se a abandono, se deixo de cuidar dela, vai confessar tudo. E, sabe-se lá, apesar da herança que ela deve lhe trazer, talvez ele faça um escândalo. Talvez ela revele tudo, meu Deus!, ao p... do abade Maslon, que usa a desculpa da doença do menino para não ir embora daqui, e deve ter uma razão para isso. Na sua dor, com medo de Deus, ela esquece tudo o que sabe do homem e só o enxerga como padre."

– Vá embora – disse de repente a sra. de Rênal, abrindo os olhos.

– Eu daria mil vezes a minha vida para saber o que pode ser melhor para você – respondeu Julien. – Nunca amei tanto você, meu anjo, ou melhor, só agora começo a adorá-la como merece. Que seria de mim longe de você, sabendo que você é infeliz por minha causa? Mas o meu sofrimento não importa. Partirei, sim, meu amor. Mas, se a deixo, se paro de cuidar de você, de me colocar sem cessar entre você e o seu marido, você lhe contará tudo, vai se perder. Pense que será com desonra que ele vai expulsá-la de casa. Verrières inteira e Besançon inteira falarão desse escândalo. A culpa será jogada nas suas costas; você jamais vai se recuperar dessa vergonha...

– É o que eu peço – exclamou a sra. de Rênal, pondo-se de pé. – Se eu sofrer, tanto melhor.

– Mas, com um escândalo abominável desses, você também o fará infeliz!

– Mas eu humilho a mim mesma, jogo-me na lama, e assim, talvez, salve meu filho. Essa humilhação, aos olhos de todos, talvez seja uma penitência pública. Pelo que a minha fraqueza me permite julgar, não seria esse o maior sacrifício que eu poderia fazer a Deus?... Talvez ele aceite minha humilhação e me permita ficar com meu filho! Se houver outro sacrifício mais penoso, fale-me, e eu o faço.

– Deixe que eu me castigue. Eu também sou culpado. Quer que eu me retire para um mosteiro trapista? A austeridade de uma vida assim pode tranquilizar o seu Deus... Ah, céus! Se eu pudesse pegar para mim a doença de Stanislas...

– Ah, você, sim, o ama – disse a sra. de Rênal, atirando-se nos braços de Julien. No mesmo instante, afastou-o, horrorizada. – Acredito em você! Acredito! – continuou, depois de se ajoelhar. – Ah, meu único amigo! Ah, por que você não é o pai de Stanislas? Assim não seria um pecado tão medonho amar você mais que ao seu filho.

– Você me permite ficar, e que daqui para a frente eu a ame apenas como irmão? É a única penitência razoável capaz de acalmar a ira do Altíssimo.

– E eu? – perguntou ela, levantando-se e tomando a cabeça de Julien entre as mãos, mantendo-a a distância, à sua frente. – E eu, amarei você como a um irmão? Está em meu poder amar você como irmã?

Julien se derramou em lágrimas.

– Vou obedecer – disse ele, caindo aos pés dela. – Vou obedecer porque você está mandando, é tudo o que posso fazer. Meu espírito está cego, não vejo que partido tomar. Se eu for embora, você contará tudo a seu marido, perderá a si mesma e a ele. Nunca, depois desse ridículo, o nomearão deputado. Se fico, você me culpará pela morte do seu filho e morrerá de dor. Quer experimentar o efeito da minha partida? Se quiser, eu me penitenciarei do nosso pecado me afastando por oito dias. Vou para onde você quiser que eu vá. Para a abadia de Bray-le-Haut, por exemplo. Mas peço que jure não dizer nada ao seu marido durante a minha ausência. Pense que não poderei mais voltar se você contar tudo a ele.

A sra. de Rênal prometeu. Julien partiu, mas foi chamado de volta ao fim de dois dias.

– É impossível para mim manter meu juramento sem você aqui. Se não estiver sempre por perto, ordenando-me com o olhar que eu fique calada, acabarei contando tudo ao meu marido. Cada hora desta vida abominável me parece durar um dia.

Finalmente o céu teve piedade dessa mãe infeliz. Pouco a pouco Stanislas ficou fora de perigo. Mas o cristal havia trincado, a razão tinha descoberto a dimensão do seu pecado. Ela não conseguiu recuperar o equilíbrio. Os remorsos persistiram e foram o que deveriam ser em um coração tão sincero. Sua vida virou céu e inferno. Inferno quando não via Julien, céu quando estava perto dele. "Não tenho mais ilusões", dizia-lhe, mesmo nos momentos em que ousava se entregar a todo o seu amor. "Estou condenada, irremediavelmente condenada. Você é jovem, cedeu à minha sedução, o céu pode perdoá-lo. Mas eu estou condenada. Sei disso por um sinal exato. Tenho medo. Quem não teria, diante da visão do inferno? No fundo, porém, não me arrependo. Cometeria de novo essa falta se tivesse de cometê-la. Que o céu só não me castigue neste mundo ou por meio dos meus filhos, e já terei mais do que mereço. Mas você, pelo menos, meu Julien, é feliz?", indagava ela em outros momentos. "Acha que amo você o suficiente?"

A desconfiança e o orgulho sofredores de Julien, que tinha sobretudo necessidade de um amor feito de sacrifícios, cederam diante da visão de um sacrifício tão grande, tão inquestionável e demonstrado a cada instante. Ele adorava a sra. de Rênal. "Ela é nobre, e eu, o filho de um operário, mas sou amado... Não sou para ela só um criado de quarto encarregado das funções de um amante." Afastado esse temor, Julien mergulhou em todas as loucuras do amor, em suas incertezas mortais.

Ao ver as dúvidas do rapaz sobre o seu amor, a sra. de Rênal argumentava:

– Que ao menos eu o faça muito feliz durante os poucos dias que temos para passar juntos! Vamos nos apressar, talvez amanhã eu não possa mais ser sua. Se o céu me punir por meio dos meus filhos, será inútil viver apenas para amar você, sem ver que é o meu crime que mata os meninos. Eu não sobreviveria a esse golpe. Mesmo querendo, não conseguiria. Enlouqueceria. Ah, se eu pudesse pegar para mim o seu pecado, como você se ofereceu tão generosamente para pegar a febre de Stanilas!

A grande crise moral mudou a natureza do sentimento que unia Julien à sua amante. Seu amor não se resumia mais à admiração pela beleza, pelo orgulho de possuí-la.

A felicidade deles era agora de uma natureza bem superior. A chama que os devorava tornou-se mais intensa. Tinham arroubos cheios de loucura.

Sua felicidade teria parecido maior aos olhos do mundo. Mas nunca mais encontraram a serenidade deliciosa, a alegria sem nuvens, o deleite fácil dos primeiros dias do seu amor, quando o único medo da sra. de Rênal era não ser amada por Julien. A felicidade deles tinha às vezes o semblante de um crime.

Nos momentos mais felizes e, na aparência, mais tranquilos, a sra. de Rênal de repente apertava a mão de Julien convulsivamente e exclamava:

– Ah! Por Deus! Vejo o inferno! Que suplícios horríveis! Eu bem os mereço.

E ela o abraçava, agarrando-o como a hera se agarra a um muro.

Julien tentava, em vão, acalmar essa alma agitada. A sra. de Rênal segurava-lhe a mão e a cobria de beijos. Depois, caindo em devaneio sombrio, dizia:

– O inferno... o inferno seria uma bênção para mim; eu ainda teria uns dias a passar com ele aqui na terra, mas inferno neste mundo, a morte dos meus filhos... Talvez, a esse preço, meu crime seria perdoado... Ah! Meu Deus, não me conceda a graça por esse preço! As pobres crianças não fizeram nada para ofendê-lo. Eu, eu sou a única culpada: amo um homem que não é meu marido.

A seguir, Julien via a amante passar momentos aparentemente tranquilos. Ela procurava assumir a responsabilidade de tudo, não queria envenenar a vida de quem amava.

Entre a alternância de amor, remorso e prazer, os dias passavam com a rapidez de um relâmpago. Julien perdeu o hábito de refletir.

A srta. Elisa foi a Verrières acompanhar um processo que tinha por lá. Encontrou o sr. Valenod irritadíssimo com Julien. Ela odiava o preceptor e costumava falar disso com o diretor do asilo.

– Eu estaria perdida se lhe contasse a verdade, senhor! – disse um dia ao sr. Valenod. – Os patrões estão sempre de acordo quando se trata de assuntos importantes... Ninguém perdoaria uma pobre doméstica que faz certas confissões...

Depois dessas frases de praxe, abreviadas pela impaciente curiosidade do diretor do asilo, ele ficou a par de notícias terríveis para o seu amor-próprio.

Aquela mulher, a mais distinta da região, que durante seis anos ele havia cercado de tantos cuidados, infelizmente à vista de todo mundo; aquela mulher tão orgulhosa, cujo desdém o fizera corar tantas vezes, tomara como amante um operariozinho disfarçado de preceptor. E, para aumentar o despeito do diretor, a sra. de Rênal adorava o amante.

– E o sr. Julien nem se deu ao trabalho de fazer tal conquista – acrescentou a criada de quarto, com um suspiro. – Nem por causa da patroa ele deixou de lado sua frieza costumeira.

Elisa só tivera certeza no campo, mas acreditava que o caso datava de muito antes.

– Na certa foi por isso que ele se recusou a casar comigo – argumentou com desprezo. – E eu, imbecil, ia desabafar com a sra. de Rênal, pedia a ela que falasse com o preceptor.

Na mesma noite, o sr. de Rênal recebeu da cidade, junto com o jornal, uma carta anônima contando com todos os detalhes o que acontecia em sua casa. Julien o viu empalidecer ao ler a carta escrita em papel azulado e depois lançar-lhe olhares de fúria. Durante toda a noite, o prefeito continuou perturbado. De nada adiantou o preceptor tentar bajulá-lo fazendo perguntas sobre a genealogia das melhores famílias da Borgonha.

Capítulo 20
As cartas anônimas

*Não dê rédea solta aos galanteios: os juramentos
mais sérios são palha para o fogo no sangue.*

A TEMPESTADE

À meia-noite, quando todos saíam do salão, Julien teve tempo de dizer à amante:

– Não vamos nos ver nesta noite. Seu marido suspeita de nós. Posso jurar que a longa carta que ele lia entre suspiros é uma carta anônima.

Por sorte, o rapaz trancou-se à chave em seu quarto. A sra. de Rênal teve a ideia louca de que o aviso era apenas um pretexto para evitá-la. Ela perdeu totalmente a cabeça e, na hora de costume, foi até a porta do quarto dele. Ao ouvir barulho no corredor, Julien apagou a luz no mesmo instante. Tentaram abrir a porta. Seria a sra. de Rênal? Seria um marido ciumento?

No dia seguinte, bem cedo, a cozinheira, que protegia Julien, entregou-lhe um livro que trazia na capa uma frase em italiano: *Guardate alla pagina 130*.

Ele estremeceu diante da imprudência. Buscou a página 130 e encontrou presa nela, com um grampo, a seguinte carta, escrita às pressas, banhada de lágrimas e cheia de erros de ortografia. Como a sra. de Rênal costumava escrever muito bem, Julien se comoveu com esse detalhe e esqueceu um pouco a terrível imprudência.

Você não quis me receber esta noite? Há momentos em que acredito jamais ter lido até o fundo da sua alma. Os seus olhares me assustam. Tenho medo de você. Por Deus! Será que você nunca me amou? Nesse caso, que meu marido descubra o nosso amor e que me tranque numa prisão eterna, no campo, longe dos meus filhos. Talvez Deus queira isso. Morrerei logo. Mas você será um monstro.

Você não me ama? Cansou das minhas loucuras, dos meus remorsos, seu desalmado? Quer me perder? Mostro-lhe um jeito fácil. Vá, mostre esta carta em Verrières, ou melhor, mostre-a ao sr. Valenod. Diga a ele que amo você, não, não fale tal blasfêmia, diga a ele que eu adoro você, que a vida só começou para mim no dia em que vi você, que nem nos momentos mais loucos da minha juventude sonhei com a felicidade que lhe devo, que sacrifiquei minha vida e minha alma por você. E você sabe que sacrifico mais que isso.

Mas o que sabe sobre sacrifícios esse homem? Diga a ele, diga, para irritá-lo, que desafio todas essas pessoas más, e que para mim só existe um desgosto no mundo: ver mudar o único homem que me prende à vida. Que alegria para mim perdê-la, oferecê-la em sacrifício e não mais sentir medo pelos meus filhos!

Não duvide, querido amigo, se existe uma carta anônima, ela vem desse ser odioso que durante seis anos me perseguiu com sua voz grosseira, histórias de saltos a cavalo, arrogância e uma lista interminável dos seus talentos.

Há uma carta anônima? Malvado, era sobre isso que eu queria conversar com você. Mas, não, você fez bem. Abraçando você, talvez pela última vez, eu não teria conseguido conversar friamente, como faço quando estou só. A partir de agora nossa felicidade não será mais tão fácil. Você ficará contrariado com isso? Sim, os dias em que não tiver recebido algum livro interessante do sr. Fouqué. O sacrifício está feito. Amanhã, haja ou não uma carta anônima, direi a meu marido que eu mesma recebi uma carta anônima e que é preciso, sem demora, encontrar uma saída honrosa para você, criar um pretexto honesto e mandá-lo o mais rápido possível para a casa dos seus pais.

Ah, querido amigo, ficaremos separados quinze dias, talvez um mês! Vá, eu lhe faço justiça, você sofrerá tanto quanto eu. Mas, enfim, esse é o único jeito de combater o efeito da carta anônima. Não é a primeira vez que meu marido recebe uma a meu respeito. Ah, como eu ria disso!

O objetivo da minha conduta é fazer meu marido pensar que a carta veio do sr. Valenod. Não duvido de que seja ele o autor. Se você for embora daqui, é importante que fique em Verrières. Vou convencer meu marido a passar quinze dias lá, para provar aos idiotas que não existe problema algum entre mim e ele. Uma vez em Verrières, você deve fazer amizade com todo mundo, até com os liberais. Sei que as senhoras todas irão procurá-lo.

Não brigue com o sr. Valenod nem lhe corte as orelhas, como você disse dia desses. Ao contrário, seja bem gentil com ele. O essencial é que em Verrières acreditem que você vai trabalhar na casa do Valenod, ou de algum outro, para educar crianças.

É isso que meu marido não suportará. Caso ele se conforme, muito bem! Pelo menos você irá morar em Verrières, e eu o verei de vez em quando. Meus filhos, que o amam tanto, o verão. Santo Deus! Sinto que amo mais os meus filhos porque eles amam você. Que remorso! Como isso tudo acabará?... Estou divagando... Enfim, você saberá como se comportar. Seja doce, educado, não despreze as pessoas grosseiras, peço-lhe de joelhos, pois elas serão os juízes do nosso destino. Não duvide um só instante de que meu marido vai pensar de você o que a opinião pública sentenciar.

É você que vai fazer para mim a carta anônima. Arme-se de paciência e uma tesoura. Recorte de um livro as palavras que logo lerá e cole-as na folha de papel azulado que lhe envio agora; ela veio da casa do sr. Valenod. Prepare-se para uma tarefa de busca. Queime as páginas do livro que você mutilar. Se não encontrar as palavras prontas, seja paciente e recorte letra por letra. Para facilitar o seu trabalho, criei uma carta anônima bem curta. Ai de mim, se você não me ama mais, como temo, a minha carta deve lhe parecer longa!

Carta anônima

Senhora,

Todas as suas pequenas ações são conhecidas. Mas as pessoas que têm interesse em reprimi-las já foram avisadas. Pelo resto de amizade que tenho pela senhora, peço-lhe que se afaste de vez do camponesinho. Se for sábia e fizer isso, seu marido acreditará que o aviso que recebeu é falso, e deixaremos que acredite nisso. Pense que conheço seu segredo. Trema, infeliz. A partir de agora, a senhora terá de andar na linha comigo.

Assim que você terminar de colar as palavras que compõem essa carta (reconheceu o jeito de falar do diretor?), ande pela casa, eu o encontrarei.

Irei até a aldeia e voltarei com uma expressão perturbada. Estarei muito perturbada, mesmo. Bom Deus, em que enrascada me meti, e só porque você acha que chegou uma carta anônima! Enfim, com o rosto tenso, entregarei a carta a meu marido, dizendo que a recebi de um desconhecido. Você irá passear com os meninos no bosque e só voltará na hora do jantar.

Do alto dos rochedos você consegue ver a torre do pombal. Se nosso assunto estiver sendo bem resolvido, colocarei lá um lenço branco. Caso contrário, não colocarei nada.

Seu coração, ingrato, será capaz de encontrar um jeito de dizer que me ama antes de sair para esse passeio? Não importa o que aconteça, tenha certeza de uma coisa: não sobreviverei um dia à nossa separação definitiva. Ah, mãe malvada! São duas palavras vãs que escrevi agora, querido Julien. Não as sinto. Só consigo pensar em você neste momento, só as escrevi para que não me condene. Agora que me vejo prestes a perdê-lo, para que dissimular? Sim! Que minha alma lhe pareça atroz, mas que eu não minta diante do homem que adoro! Já fingi demais na vida. Vá, eu o perdoo caso não me ame mais. Não tenho tempo de reler minha carta. Parece-me justo pagar com a vida os dias felizes que passei nos seus braços. Você sabe que eles me custarão muito.

Capítulo 21
Diálogo com um mestre

Infelizmente, nossa fragilidade é a causa, não, nós:
Pois, tal como somos feitas, tal somos nós.

NOITE DE REIS

Foi com prazer infantil que, durante uma hora, Julien juntou as palavras. Quando saía do quarto, encontrou seus alunos e a mãe deles. Ela pegou a carta com uma simplicidade e uma coragem cuja calma o assustou.

– A cola secou bem? – indagou a sra. de Rênal.

"Esta é a mulher que diz enlouquecer de remorso?", pensou Julien. "Quais são seus planos neste momento?" Ele era orgulhoso demais para perguntar, mas talvez jamais a amante o tivesse agradado tanto.

– Se esta história terminar mal, vão tirar tudo de mim – acrescentou ela com o mesmo sangue-frio. – Enterre isto em algum lugar da montanha; poderá ser meu único recurso um dia.

Entregou-lhe um estojo de vidro forrado de couro vermelho, cheio de ouro e alguns diamantes, e disse:

– Agora vá.

A sra. de Rênal beijou os filhos; o caçula, duas vezes. Julien permaneceu imóvel. Ela se afastou a passos rápidos, sem olhar para ele.

Desde que o sr. de Rênal abrira a carta anônima, sua vida tornara-se péssima. A última vez que se sentira tão agitado havia sido em 1816, antes de um duelo que não acontecera por um triz. E, justiça seja feita ao prefeito, a possibilidade de levar um tiro o deixara menos infeliz que agora. Ele examinava a carta em todos os sentidos. "Será letra de mulher?", perguntava-se. Nesse caso, que mulher a teria escrito? Passava em revista todas as que conhecia em Verrières, sem conseguir focar suas suspeitas. Será que um homem ditara a carta? Que homem? Aqui também havia incerteza. O sr. de Rênal era invejado e sem dúvida odiado pela maioria dos seus conhecidos. "Melhor consultar minha mulher", pensou como de hábito, levantando-se da poltrona onde se largara. Mal ficou de pé, deu um tapa na testa e exclamou:

– Por Deus! É dela que preciso desconfiar. Ela é minha inimiga agora.

Seus olhos encheram-se de lágrimas de raiva.

Por uma compensação justa da secura de coração que integra a prática sabedoria provinciana, os dois homens de quem o prefeito mais desconfiava nesse momento eram seus dois amigos mais íntimos.

"Depois deles, tenho talvez dez outros amigos", refletiu. Passou todos em revista, calculando o consolo que cada um poderia lhe dar.

– Todos! Todos sentirão imenso prazer na minha terrível desventura! – esbravejou.

Felizmente considerava-se bastante invejado, e não sem razão. Além da soberba casa na cidade, que o rei de *** acabara de honrar para sempre hospedando-se por uma noite lá, o sr. de Rênal arrumara muito bem o castelo de Vergy. A fachada estava pintada de branco, e as janelas eram guarnecidas por belas venezianas verdes. Ele se consolou um pouco com a ideia de tanta magnificência. O fato é que seu castelo podia ser visto a quase quinze ou vinte quilômetros de distância, para desvantagem das casas de campo ou dos supostos castelos das vizinhanças, que apresentavam a humilde cor cinza deixada pelo tempo.

O prefeito podia contar com as lágrimas e a compaixão de um de seus amigos, o tesoureiro da paróquia. Era um imbecil que chorava por qualquer coisa. Nessa hora, porém, era seu único recurso.

– Que desgraça se compara à minha? – clamou, enraivecido. – Que isolamento!

"Será possível", pensava com amargura esse homem que realmente despertava pena, "que na minha infelicidade não tenho um só amigo a quem pedir conselho? Sinto que vou enlouquecer! Ah! Falcoz! Ah! Ducros!" Estes eram os nomes de dois amigos de infância a quem afastara com sua arrogância nos idos de 1814. Não eram nobres, e o prefeito quis mudar o tom de igualdade em que viviam desde meninos.

Um deles, Falcoz, homem de espírito e de caráter, comerciante de papel em Verrières, havia comprado uma tipografia na capital do departamento e fundado um jornal. A congregação decidira arruiná-lo. O jornal foi condenado, Falcoz perdeu a licença de impressor. Nessas tristes circunstâncias, ele escreveu ao sr. de Rênal pela primeira vez em dez anos. O prefeito de Verrières julgou correto responder como um velho romano: "Se o ministro do rei me desse a honra de me consultar, eu lhe diria: arruíne sem piedade todos os impressores da província, faça da imprensa um monopólio, assim como o tabaco". O prefeito recordou com horror os termos dessa carta a um amigo íntimo, que na ocasião fora admirada por Verrières inteira. "Quem diria que, na minha posição, com minha fortuna e minhas condecorações, eu sentiria falta de Falcoz?", refletiu. Foi entre acessos de cólera, algumas vezes contra si, outras contra tudo que o cercava, que o sr. de Rênal passou a noite. Felizmente, ele não pensou em espionar a esposa.

"Estou acostumado com Louise", pensava. "Ela está a par de todos os meus negócios. Mesmo que eu estivesse livre para me casar amanhã, não encontraria outra para substituí-la." Então, ele se comprazia imaginando que a esposa era inocente. Essa ideia o liberava da obrigação de mostrar-se severo e facilitava sua vida. Quantas mulheres caluniadas não existem no mundo?

– Como! – exclamou de repente, começando a andar a passos convulsivos. – Vou suportar isso como se fosse um joão-ninguém, um pé-rapado, mesmo que ela ria de mim com seu amante? Será preciso que toda Verrières se divirta à custa da minha benevolência? O que não dissemos e dizemos de Charmier? (Um marido reconhecidamente traído da região.) Quando o nome dele é mencionado, todo mundo dá um sorrisinho. É um bom advogado, mas quem se lembra do seu talento com as palavras? "Ah, Charmier", dizem, "o Charmier do Bernard", assim se referem a ele, usando o nome do homem que lhe causa humilhação.

"Agradeço a Deus", pensou o prefeito depois, "por não ter uma filha, assim o castigo que darei à mãe não irá prejudicar o futuro dos meus filhos. Posso surpreender o camponesinho com minha mulher e matar os dois. Nesse caso, a tragédia superaria o ridículo da situação." Essa ideia agradou-lhe e foi considerada em detalhes. "O Código Penal me favorece, e, o que quer que aconteça, nossa congregação e meus amigos do júri me salvarão." Ele examinou sua faca de caça, bem afiada, mas a ideia de sangue lhe deu medo.

"Posso moer a pauladas esse preceptor insolente e expulsá-lo, mas será um escândalo em Verrières e em todo o departamento! Depois da condenação do jornal de Falcoz, quando o redator-chefe saiu da prisão, contribuí para fazê-lo perder o emprego de seiscentos francos. Dizem que esse escrevinhador ousou reaparecer em Besançon, e ele pode me caluniar com habilidade, de modo que eu não possa levá-lo aos tribunais. Levá-lo aos tribunais!... O desaforado vai insinuar de mil maneiras que disse a verdade. Um homem bem-nascido, que tem um cargo como o meu, é odiado por todos os plebeus. Aparecerei nos jornais de Paris, meu Deus! Que desgraça! Ver o antigo sobrenome de Rênal mergulhado na lama do ridículo…

Se algum dia eu viajar, precisarei mudar de nome, imagine! Abandonar o nome que é minha glória e minha força. É o cúmulo da miséria!"

"Se não mato minha mulher e a expulso de casa com desonra, ela vai para a casa da tia em Besançon, e a velha lhe entregará de mão beijada toda a sua fortuna. Minha esposa irá viver em Paris com Julien, todos em Verrières saberão, e continuarei fazendo papel de tolo." O infeliz sr. de Rênal percebeu de repente, pela palidez de sua lâmpada, que o dia raiava. Foi em busca de ar fresco no jardim. Nesse momento, estava quase decidido a não fazer escândalo algum, principalmente porque um escândalo encheria de alegria os seus bons amigos de Verrières.

O passeio pelo jardim o acalmou um pouco. "Não, não me provarei de minha mulher", pensou, "ela é muito útil para mim." Imaginou com horror o que seria de sua casa sem a esposa. O prefeito só tinha uma parente, a marquesa de R..., velha, imbecil e maldosa.

Uma ideia sensata lhe ocorreu, mas a execução exigia uma força de caráter muito superior à que o pobre homem tinha. "Se fico com minha mulher", refletiu, "eu me conheço, algum dia, quando ela me tirar a paciência, vou repreendê-la pelo erro. Louise é orgulhosa, nós brigaremos, e isso acontecerá antes de ela receber a herança da tia. Ah, como vão zombar de mim! Minha mulher ama os meninos, tudo acabará nas mãos deles. Mas eu serei alvo de piadas em Verrières. 'Imaginem', dirão, 'ele nem mesmo se vingou da esposa!' Não seria melhor eu continuar na dúvida e não verificar nada? Atando minhas mãos agora, depois não poderei censurá-la por nada."

No instante seguinte, de novo dominado pelo orgulho ferido, o prefeito lembrou em detalhe as artimanhas citadas no bilhar do Cassino ou do Círculo nobre de Verrières, quando algum gaiato interrompia a partida para debochar de algum marido traído. Como essas brincadeiras lhe pareciam cruéis agora!

"Meu Deus, por que minha mulher não está morta? Assim eu ficaria imune ao ridículo. Por que não sou viúvo? Eu passaria seis meses em Paris, nos melhores círculos sociais." Depois desse momento de alegria que a ideia da viuvez lhe causou, sua imaginação voltou aos meios de descobrir a verdade. À meia-noite, depois que todos dormissem, espalharia uma leve camada de farelo diante da porta de Julien. No dia seguinte, de manhã, veria a impressão de passos?

– Não, de nada adiantaria! – esbravejou. – A malandra da Elisa perceberia, e logo todos na casa saberiam que sou ciumento.

Em uma história contada no Casino, um marido confirmara sua desventura com um pouco de cera em um fio de cabelo que fechava como um selo as portas dos quartos da esposa e do galanteador.

Após horas de incerteza, essa estratégia para esclarecer sua sorte lhe pareceu decididamente a melhor. Imaginava servir-se dela quando, na curva de uma alameda, encontrou a mulher que desejara ver morta.

Ela voltava da aldeia. Tinha ido à missa na igreja de Vergy. Uma tradição bastante incerta aos olhos do frio filósofo, mas na qual ela tinha fé. Afirmava que a igrejinha que hoje servia à comunidade havia sido a capela do castelo do senhor de Vergy. Uma ideia obcecou a sra. de Rênal todo o tempo que passou rezando na igreja. Ela via o marido matando Julien durante uma caçada, como por acidente, e depois a fazia comer o coração dele.

"Meu destino", disse a si mesma, "depende do que ele vai pensar ao me ouvir. Depois desses quinze minutos fatais, talvez não tenhamos outra oportunidade para conversar. Meu marido não é um homem sábio, governado pela razão, caso contrário eu poderia prever, com meu fraco raciocínio, o que ele vai fazer ou dizer. Ele decidirá nosso destino comum, ele tem esse poder. Mas esse destino depende da minha habilidade, da arte de conduzir os pensamentos desse temperamental que fica cego de raiva e não enxerga metade das coisas. Por Deus! Preciso de talento e sangue-frio; onde achá-los?"

Como por encanto, a sra. de Rênal recuperou a calma ao entrar no jardim e ver de longe o marido. O cabelo e os trajes em desalinho indicavam que ele não tinha dormido.

Ela entregou-lhe uma carta já aberta, mas dobrada ao meio. O sr. de Rênal, sem desdobrar o papel, encarou a mulher com olhos desvairados.

– Veja a abominação – disse a sra. de Rênal – que um tipo mal-encarado, que alega conhecer você e lhe dever favores, me entregou outro dia quando eu passava atrás do jardim do tabelião. Exijo uma coisa, que o sr. Julien seja mandado de volta para a casa dos pais, e sem demora.

Ela se apressou em dizer essas palavras, talvez um pouco antes da hora, para se livrar da assustadora perspectiva de precisar dizê-las.

Foi tomada pela alegria ao ver o efeito que tiveram sobre seu marido. Pelo modo fixo como ele a olhava, percebeu que Julien tivera boa premonição. "Em vez de se afligir com a verdadeira desgraça", refletiu a sra. de Rênal, "que gênio, que tato perfeito! E num homem tão jovem, ainda sem experiência alguma! Até onde não chegará no futuro! Lamentavelmente, o sucesso o fará se esquecer de mim.

Esse pequeno ato de admiração pelo homem que adorava acabou com sua perturbação.

Aplaudiu-se por sua estratégia. "Não fui indigna de Julien", pensou, com doce e íntima volúpia.

Sem dizer uma palavra, por medo de se comprometer, o prefeito examinou a segunda carta anônima composta, caso o leitor se lembre, de palavras impressas coladas em papel azulado.

"Zombam de mim de todas as maneiras", pensou, dominado pelo cansaço. "Novos insultos para ler, e sempre por causa da minha mulher!" Ficou a ponto de cobri-la com as mais grosseiras injúrias, mas lembrou-se da futura herança de Besançon e não abriu a boca. Devorado pela necessidade de descarregar a raiva em qualquer coisa, amassou a segunda carta anônima e começou a andar a passos largos; precisava afastar-se da esposa. Instantes depois, voltou para perto dela, mais calmo.

– Trata-se de tomar uma atitude e mandar Julien embora – disse a sra. de Rênal, rapidamente. – Afinal, não passa do filho de um operário. Dê-lhe alguns escudos de indenização. Ele é instruído e logo encontrará outra colocação, na casa do sr. Valenod, por exemplo, ou na do subprefeito de Maugiron, que têm filhos. Assim você não o prejudicará...

– Você fala como a tola que é – exclamou o sr. de Rênal, com uma voz terrível. – Que bom senso se pode esperar de uma mulher? Vocês nunca dão atenção ao que é razoável; como poderiam entender qualquer coisa? Sua indolência e sua preguiça só permitem que vocês cacem borboletas, criaturas fracas que infelizmente temos em nossas famílias!...

A sra. de Rênal o deixou falar, e ele falou bastante. Botou a raiva para fora, como se diz na região.

– Falo como uma mulher ultrajada em sua honra, que é seu bem mais precioso – disse ela, por fim.

Manteve o sangue-frio durante toda a difícil conversa, da qual dependia a possibilidade de continuar a viver sob o mesmo teto que Julien. Procurava as ideias que acreditava mais apropriadas para manobrar a raiva cega do marido. Permanecera insensível a todas as injúrias que lhe haviam sido dirigidas, mal as escutara; sua preocupação era com Julien. "Será que ficará satisfeito comigo?"

– Esse camponesinho que enchemos de atenção e de presentes pode ser inocente – argumentou a sra. de Rênal –, mas não deixa de ser responsável pela primeira afronta que recebo... Quando li a carta abominável, jurei a mim mesma que ele ou eu deixaria a sua casa.

– Quer armar um escândalo para desonrar a mim e a você? Muita gente em Verrières adoraria poder falar mal de você.

– É verdade. As pessoas invejam, no geral, a prosperidade que a sabedoria da sua administração proporciona a você, à sua família e à cidade... Pois bem! Vou mandar Julien pedir férias e passar um mês na casa do comerciante que mora na montanha, digno amigo do operariozinho.

– Não faça nada – retrucou o sr. de Rênal, com muita tranquilidade. – O que eu exijo, antes de tudo, é que você não fale mais com Julien. Você se zangaria e o faria ficar irritado comigo. Sabemos como esse moço é orgulhoso.

– Esse rapaz não tem tato algum. Ele pode ser instruído, como você avaliou, mas no fundo não passa de um verdadeiro camponês. Por mim, fiquei com birra dele depois que se recusou a casar com Elisa, um ótimo partido, com a desculpa de que às vezes ela vai às escondidas visitar o sr. Valenod.

– Ah! – o prefeito levantou as sobrancelhas. – Foi Julien que lhe contou isso?

– Não exatamente. Ele sempre me falou da vocação que o chama para o santo ministério. Mas, acredite, a primeira vocação para essa gentalha é ter pão. Julien deu a entender que não ignorava essas visitas secretas.

– E eu as ignorava! – exclamou o sr. de Rênal, outra vez enraivecido, pesando as palavras. – Na minha casa acontecem coisas que eu ignoro... Como? Houve alguma coisa entre Elisa e Valenod?

– Essa história é antiga, meu amigo. – A sra. de Rênal riu. – E talvez não tenha acontecido nada de mal. Isso foi no tempo que o seu bom camarada Valenod não teria ficado aborrecido se todos em Verrières pensassem que ele e eu tínhamos um amor platônico.

– Pensei nisso uma vez! – esbravejou o prefeito, dando um tapa na própria testa, indo de descoberta em descoberta. – E você não me disse nada?

– Colocar um amigo contra o outro por causa de uma pequena vaidade do nosso caro diretor? Qual dama da sociedade nunca recebeu dele cartas extremamente espirituosas e até mesmo um pouco galantes?

– Valenod escreveu para você?

– Ele escreve bastante.

O sr. de Rênal estufou o peito.

– Mostre-me essas cartas agora, eu ordeno!

– Melhor não – respondeu a sra. de Rênal com uma doçura que chegava quase à indolência. – Eu as mostrarei outro dia, quando você estiver mais calmo.

– Mandei mostrar agora mesmo! – gritou ele, bêbado de ódio, porém mais contente que nas últimas doze horas.

– Você jura que jamais vai brigar com o diretor do asilo por causa das cartas?

– Com briga ou sem briga, posso tirar dele as crianças indigentes. Mas – prosseguiu com fúria – quero as cartas agora! Onde estão?

– Em uma gaveta da minha escrivaninha. Eu não lhe darei a chave.

– Saberei arrombá-la – exclamou o prefeito, correndo para o quarto da esposa.

O sr. de Rênal de fato arrombou, com um bastão de ferro, uma valiosa escrivaninha de acaju vinda de Paris, que ele costumava lustrar com uma ponta do casaco quando acreditava ver alguma mancha na madeira.

A sra. de Rênal tinha subido correndo os cento e vinte degraus do pombal. Amarrou a ponta de um lenço branco em uma das barras de ferro da pequena janela. Sentia-se a mais feliz das mulheres. Com lágrimas nos olhos, olhou para os bosques da montanha. Imaginou que sob as faias frondosas Julien enxergava o sinal feliz. Por um bom tempo ela apurou os ouvidos, depois maldisse o som monótono das cigarras e o canto dos pássaros. Sem esses ruídos inoportunos, um grito de alegria vindo dos rochedos poderia ter chegado até ali. Seu olhar ávido devorava a imensa encosta de um verde escuro e uniforme como um campo, formado pela copa das árvores. "Como ele não tem a ideia de inventar algum sinal para me mostrar que sua felicidade é igual à minha?", perguntou-se, enternecida. Só desceu do pombal quando sentiu medo de que o marido viesse procurá-la.

Encontrou-o furioso, percorrendo as frases medíocres do sr. Valenod, pouco acostumadas a serem lidas com tanta emoção.

Escolheu um momento em que as imprecações do marido lhe permitiram ser ouvida e disse:

– Volto à minha ideia inicial, é conveniente que Julien viaje. Mesmo que tenha talento para o latim, não passa de um camponês frequentemente grosseiro e sem o menor tato. Todo dia, acreditando-se bem educado, ele me dirige cumprimentos exagerados e de mau gosto, que decora de algum romance...

– Ele nunca lê romances – retrucou o sr. de Rênal –, já me certifiquei disso. Acha que sou um chefe de família cego, que ignora o que se passa em sua casa?

– Pois bem! Se não lê em algum lugar esses cumprimentos ridículos, Julien os inventa, o que é ainda pior. Ele deve ter falado de mim nesse tom em Verrières... E, sem ir muito longe – afirmou a sra. de Rênal, como se fizesse uma descoberta –, deve ter falado do mesmo jeito na frente de Elisa, o que é quase como ter falado na frente do sr. Valenod.

– Ah! – exclamou o sr. de Rênal, abalando a mesa e o aposento com um dos maiores socos já dados algum dia. – A carta anônima impressa e as cartas do Valenod foram escritas no mesmo papel!

"Finalmente!...", pensou a sra. de Rênal. Mostrando-se chocada com essa descoberta, e sem ter coragem de acrescentar uma só palavra, foi sentar-se longe, em um divã ao fundo do salão.

A batalha estava ganha; foi necessário muito empenho para impedir o sr. de Rênal de ir falar com o suposto autor da carta anônima.

– Como você não percebe que fazer uma cena diante do sr. Valenod sem ter provas suficientes é a mais completa tolice? Se você é invejado, de quem é a culpa? De seus talentos: sua sábia administração, suas edificações de extremo bom gosto, o dote que eu lhe trouxe e, acima de tudo, a considerável herança que podemos esperar de minha boa tia, herança cuja importância é infinitamente exagerada, fizeram de você o personagem principal de Verrières.

– Você esquece minha origem – disse o prefeito, com um sorrisinho.

– Você é um dos fidalgos mais distintos da província – apressou-se em dizer a sra. de Rênal. – Se o rei fosse livre e pudesse render justiça à sua origem, você com certeza estaria na câmara dos pares, etc. E é nessa posição magnífica que você deseja dar à inveja assunto para comentários? Falar com o sr. Valenod sobre a carta anônima é proclamar em toda Verrières, ou melhor, em Besançon, em toda a província, que esse pequeno-burguês, admitido talvez de modo imprudente na intimidade de um de Rênal, encontrou um modo de ofendê-lo. Se as cartas que você acaba de descobrir provassem que correspondi ao amor do sr. Valenod, você deveria me matar, eu mereceria cem vezes a morte, mas não demonstrar sua ira contra ele. Pense, todos os vizinhos esperam apenas um pretexto para vingar-se da sua superioridade. Lembre que em 1816 você contribuiu para a prisão de certas pessoas. Aquele homem refugiado no seu telhado...

– Penso que você não tem nem consideração nem amizade por mim – exclamou o sr. de Rênal com toda a amargura que essa lembrança lhe despertava. – E eu não fui par!...

– Lembro, meu amigo – prosseguiu a sra. de Rênal sorrindo –, que serei mais rica que você, que sou sua companheira há doze anos e que todos estes títulos me dão direito a opinar, em especial no assunto de hoje. Se você prefere um sr. Julien a mim – acrescentou com desprezo mal disfarçado –, estou pronta para ir passar um inverno na casa da minha tia.

Tais palavras foram ditas com satisfação. Havia nelas uma firmeza que busca cercar-se de polidez. Foi isso que convenceu o sr. de Rênal. Mas, seguindo os costumes provincianos, ele ficou falando ainda um bom tempo, retomando cada argumento da esposa. Ela o deixou falar, pois ainda havia raiva em sua voz. Por fim, duas horas de falatório inútil esgotaram as forças de um homem que passara a noite toda encolerizado. Ele fixou a linha de conduta que seguiria com o sr. Valenod, Julien e até Elisa.

Uma ou duas vezes durante a longa cena, a sra. de Rênal quase sentiu uma ponta de simpatia pelo sofrimento verdadeiro do homem que, durante doze anos, fora seu amigo. Mas as verdadeiras paixões são egoístas. Além disso, ela esperava a cada instante a confissão da carta anônima recebida na véspera, mas tal confissão não ocorreu. Para sua segurança, precisava saber as ideias que a missiva havia sugerido ao homem do qual dependia o seu destino. Pois, na província, os maridos são os donos da opinião. Um marido que reclama se cobre de ridículo, coisa cada vez menos perigosa na França; mas a esposa, se ele não lhe dá dinheiro, desce ao nível de uma operária a quinze vinténs por dia, e, para piorar, as boas almas têm escrúpulos em lhe dar emprego.

Uma odalisca do harém pode, apesar dos pesares, amar o sultão. Ele é todo-poderoso, ela não tem esperança alguma de roubar-lhe a autoridade por meio de subterfúgios. A vingança do senhor é terrível, sangrenta, mas militar, generosa, um golpe de punhal acaba com tudo. É a golpes de desprezo público que um marido assassina a esposa no século XIX, fechando-lhe o acesso a todos os salões.

A sensação de perigo ressurgiu vivamente quando a sra. de Rênal retornou a seu quarto. Ficou chocada com a desordem que viu no aposento: as fechaduras de todos os seus belos e pequenos porta-joias estavam quebradas, várias tábuas do assoalho tinham sido levantadas. "Ele não teria tido piedade de mim", pensou. "Estragar assim o piso de madeira de que ele gosta tanto! Quando um dos filhos entra com os sapatos molhados, ele fica vermelho de raiva. Agora, está estragado para sempre!" A visão de tanta violência afastou depressa um resquício de sentimento de culpa por ter obtido vitória tão rapidamente.

Um pouco antes do toque da sineta anunciando o jantar, Julien chegou com as crianças. À hora da sobremesa, quando os criados se retiraram, a sra. de Rênal disse-lhe secamente:

– Como o senhor comentou comigo que gostaria de passar uns quinze dias em Verrières, o sr. de Rênal decidiu dar-lhe uma folga. Pode ir quando achar melhor. Mas, para que o estudo dos meninos não fique atrasado, todos os dias o senhor receberá as lições deles para corrigi-las.

– Claro que não vou conceder-lhe mais que uma semana – completou o sr. de Rênal, em tom azedo.

Julien viu no rosto do patrão a inquietude de um homem profundamente atormentado.

– Seu marido ainda não tomou partido – disse o rapaz quando, por um momento, ficou a sós com a amante no salão.

A sra. de Rênal relatou sem perda de tempo tudo o que havia feito desde a manhã.

– Contarei mais detalhes à noite – finalizou, rindo.

"Mulheres são perversas", pensou Julien. "Que prazer, que instinto as faz nos enganar?" Em voz alta, argumentou, com certa frieza:

– Você está ao mesmo tempo iluminada e cega pelo seu amor. Sua conduta de hoje foi admirável. Mas será prudente nos encontrarmos esta noite? A casa está cheia de inimigos. Lembre-se do ódio passional que Elisa sente por mim.

– Esse ódio é muito parecido com a apaixonada indiferença que você parece sentir por mim.

– Mesmo indiferente, devo salvá-la do perigo em que a mergulhei. Se por acaso o sr. de Rênal falar com Elisa, com uma só palavra ela pode contar-lhe tudo. Por que ele não se esconderia perto do meu quarto, bem armado...

– O quê! Você não tem coragem? – exclamou a sra. de Rênal, com toda a altivez de uma mulher nobre.

– Não vou me rebaixar a falar da minha coragem – respondeu Julien, friamente. – Seria uma baixeza. Que me julguem pelos fatos. Mas – acrescentou, segurando-lhe a mão – você não imagina como sou ligado a você e como me alegra poder me despedir antes dessa cruel ausência.

Capítulo 22
Maneiras de agir em 1830

A palavra foi dada ao homem para esconder-lhe o pensamento.

Reverendo padre Malagrida

Mal chegou a Verrières, Julien repreendeu-se por ter sido injusto com a sra. de Rênal. "Eu a desprezaria como uma mulherzinha se, por fraqueza, tivesse conduzido mal a cena com o sr. de Rênal! Ela se saiu bem como diplomata, e eu simpatizo com o vencido, que é meu inimigo. Existe em mim algo de pequeno-burguês. Minha vaidade está chocada, porque o sr. de Rênal é um homem! Ilustre e vasta corporação à qual tenho a honra de pertencer. Não passo de um idiota."

O sr. Chélan havia recusado a hospedagem que os liberais mais considerados da região lhe haviam oferecido, após sua destituição do presbitério. Os dois quartos que alugara estavam lotados de livros. Julien, desejando mostrar a Verrières o que era um padre, foi buscar, na serraria do pai, uma dúzia de tábuas de pinho, que ele mesmo carregou nas costas pela rua principal. Tomou emprestadas algumas ferramentas de um antigo camarada e logo construiu uma espécie de estante na qual organizou os livros do sr. Chélan.

– Pensei que você tivesse sido corrompido pela vaidade mundana – disse-lhe o velho padre, chorando de alegria. – Isso compensa aquela sua criancice do uniforme brilhante da guarda de honra, que lhe arranjou tantos inimigos.

O sr. de Rênal mandara Julien ficar na sua casa. Ninguém suspeitou do que havia acontecido. No terceiro dia depois de ter chegado, o rapaz viu entrar no seu quarto ninguém menos que o importante senhor subprefeito de Maugiron. Só após duas horas de conversa insípida e muita lamentação sobre a maldade humana, a pouca integridade dos homens responsáveis pela administração do dinheiro público, os perigos da pobre França, etc., etc. é que Julien descobriu a razão da visita. Já estavam no patamar da escada, e o preceptor, meio caído em desgraça, conduzia com o devido respeito o futuro prefeito de algum feliz departamento, quando este começou a falar da vida de Julien, a elogiar sua moderação em assuntos financeiros, etc., etc. Por fim, o sr. de Maugiron deu-lhe um abraço paternal e lhe fez a proposta de abandonar o sr. de Rênal para trabalhar na casa de um funcionário que tinha filhos para educar e que, como o rei Filipe, agradeceria ao céu não por lhe ter dado filhos, mas por tê-los feitos nascer na vizinhança do sr. Julien. O preceptor receberia oitocentos francos de salário, não mês a mês, o que não é nobre, segundo o sr. de Maugiron, mas por trimestre, e sempre adiantados.

Era a vez de Julien, que durante uma hora e meia aguentara o falatório entediante. Sua resposta foi perfeita. E longa como um sermão. Dava a entender tudo, porém não dizia nada. Nela havia, ao mesmo tempo, respeito pelo sr. de Rênal, veneração pelo povo de Verrières e reconhecimento pelo ilustre subprefeito. O subprefeito, atônito por encontrar alguém mais jesuíta que ele, tentou em vão obter algo de preciso. Julien, encantado, aproveitou a ocasião para se exercitar e recomeçou sua resposta em outros termos. Jamais um ministro eloquente, que quer usar o fim de uma sessão na qual a Câmara parece estar prestes a despertar, disse menos com mais palavras. Mal o sr. de Maugiron saiu, o preceptor começou a rir feito louco. Para aproveitar a inspiração jesuítica, escreveu ao sr. de Rênal uma carta na qual relatava tudo que lhe haviam dito e pedia, humildemente, conselho. "O malandro não disse o nome da pessoa que quer me contratar! Deve ser o sr. Valenod que enxerga no meu exílio em Verrières o efeito de sua carta anônima", pensou.

Enviada a carta, Julien, feliz como um caçador que às seis da manhã, em um belo dia de outono, desemboca em uma planície cheia de caça, foi se aconselhar com o sr. Chélan. Antes de chegar à casa do bom padre, no entanto, o céu, que parecia querer enchê-lo de agrados, pôs no seu caminho o sr. Valenod, de quem não escondeu que tinha o coração destroçado. Um pobre rapaz como ele deveria entregar-se por inteiro à vocação que o céu colocara em seu coração; mas vocação não era tudo neste mundo. Para trabalhar com dignidade na vinha do Senhor, e para não ser indigno de tantos colaboradores sábios, era necessário ter instrução. Era preciso passar dois anos bem dispendiosos no seminário de Besançon. Portanto, era indispensável fazer economia, o que era bem mais fácil com um salário de oitocentos francos trimestrais; com seiscentos francos comia-se cada vez menos. Em contrapartida, o céu, colocando-o perto dos meninos de Rênal, e sobretudo inspirando nele um apego especial pelas crianças, não parecia indicar que seria errado abandonar essa educação por outra?...

Julien alcançou um grau tão alto de perfeição nesse tipo de eloquência que substituiu a rapidez da ação napoleônica, que acabou por aborrecer-se pelo som das próprias palavras.

Ao voltar para casa, encontrou um criado do sr. Valenod, com uniforme de gala, que o procurava pela cidade toda, com um convite para almoçar naquele mesmo dia.

O rapaz nunca entrara na casa desse homem. Poucos dias antes, ficara a imaginar como dar-lhe uma surra de vara sem ser preso pela polícia. Embora o almoço estivesse marcado para uma hora, Julien achou mais respeitoso apresentar-se ao meio-dia e meia no gabinete de trabalho do senhor diretor do asilo. Encontrou-o pavoneando sua importância no meio de uma pilha de caixas. Suas grandes suíças pretas, a quantidade enorme de cabelos, a boina grega de viés no alto da cabeça, o cachimbo imenso, as pantufas bordadas, as grossas correntes de ouro cruzadas no peito e todo o aparato de um financista provinciano não impressionaram Julien, que só pensava na surra que lhe devia.

Ele solicitou a honra de ser apresentado à sra. Valenod, que estava se arrumando e não podia recebê-lo. Para compensar, teve a oportunidade de assistir à toalete do senhor diretor do asilo. Foram a seguir para os aposentos da sra. Valenod, que, com lágrimas nos olhos, lhe apresentou os filhos. A dama, uma das mais distintas de Verrières, tinha um rosto largo de homem, no qual aplicara ruge para essa grande cerimônia. Nela, a senhora expunha todo o *páthos* maternal.

Julien pensava na sra. de Rênal. Sua desconfiança o deixava vulnerável ao tipo de lembrança despertada por contrastes; ficava comovido. Essa disposição foi aumentada pelo aspecto da residência do diretor do asilo. Mostraram-lhe a casa toda. Tudo era magnífico e novo, e contavam-lhe o preço de cada móvel. O rapaz sentia algo de indecoroso ali, um cheiro de dinheiro roubado. Todos na casa, até os empregados, pareciam querer defender-se do desprezo.

O coletor de impostos, o homem dos tributos indiretos, o oficial de polícia e dois ou três outros funcionários públicos chegaram com suas esposas. Seguiram-se alguns liberais ricos. Anunciaram o almoço. Julien, já indisposto, pensou que do outro lado da parede da sala de refeições encontravam-se indigentes cuja porção de carne talvez tivesse sido surrupiada para comprar todo o luxo de mau gosto com que tentavam atordoá-lo.

"Talvez eles estejam com fome bem agora", disse a si mesmo em pensamento. Sua garganta se fechou. Sentiu-se impossibilitado de comer e quase não falou. A situação piorou cerca de quinze minutos depois. Ouviam-se de vez em quando, ao longe, versos de uma canção popular e, é preciso confessar, um tanto indecorosa, que um dos reclusos cantava. O sr. Valenod lançou um olhar para um dos criados com uniforme de gala, que desapareceu, e logo a cantoria cessou. Nesse momento um criado ofereceu a Julien vinho do Reno, em uma taça verde. A sra. Valenod fez questão de observar que cada garrafa da bebida custava nove francos, comprada direto com o produtor. Julien, taça verde na mão, disse ao sr. Valenod:

– Pararam de cantar aquela canção indecente.

– Pararam mesmo – respondeu o diretor, triunfante. – Mandei os vagabundos calar a boca.

Essa frase foi demais para Julien. Ele tinha as boas maneiras de sua nova posição social, mas não o coração. Apesar de toda a sua hipocrisia, exercitada com frequência, sentiu uma grossa lágrima escorrer-lhe pelo rosto.

Tentou escondê-la com o copo verde, mas foi incapaz de enaltecer o vinho do Reno. "Impedi-lo de cantar!", pensou. "Ah, meu Deus! E o Senhor permite isso!"

Por sorte, ninguém percebeu sua compaixão de mau gosto. O cobrador de impostos começara a cantar uma canção realista. Durante o refrão, entoado em coro, a consciência de Julien dizia: "Muito bem, veja a fortuna suja que você pode ter para aproveitar nessas condições e nessa companhia! Talvez consiga um emprego de vinte mil francos, mas, enquanto se entope de carnes, precisará impedir o indigente de cantar. Você oferecerá almoços com o dinheiro que terá roubado da mísera ração do pobre recluso, e durante o seu almoço ele será ainda mais infeliz! Ah, Napoleão! Como era doce o seu tempo, quando se podia fazer fortuna por meio dos perigos da guerra, e não aumentando covardemente a dor de um miserável!".

Confesso que a fraqueza demonstrada por Julien nesse monólogo me faz ter má opinião sobre ele. Seria um digno colega desses conspiradores de luvas amarelas, que planejam mudar todo o jeito de ser de um país, mas não querem se culpar nem pelo mais leve arranhão.

Julien foi violentamente chamado de volta ao seu papel. Não havia sido para ficar pensativo e calado que recebera um convite para almoçar em tão notável companhia.

Um fabricante de tecidos, aposentado, membro correspondente da academia de Besançon e de Uzès, dirigiu-lhe a palavra, de uma ponta à outra da mesa, para perguntar se era verdade o que diziam sobre os surpreendentes progressos nos estudos sobre o Novo Testamento.

Fez-se um silêncio repentino, profundo. Um Novo Testamento em latim surgiu como por encanto nas mãos do sábio membro das duas academias. Após a resposta de Julien, metade de uma frase em latim foi lida ao acaso. Ele começou a recitar: sua memória não falhou, e esse prodígio foi admirado com toda a ruidosa energia do fim de um almoço. O rapaz fitou o rosto iluminado das damas; muitas eram até bonitas. Ele reparou na mulher do cobrador de impostos que cantava e, olhando para ela, falou:

– Na verdade, tenho vergonha de falar tanto tempo em latim diante dessas senhoras. Se o sr. Rubigneau, membro de duas academias, tiver a bondade de ler ao acaso uma frase latina, em vez de responder continuando o texto em latim, tentarei traduzi-la de improviso.

Essa segunda façanha levou sua glória ao máximo.

Havia ali muitos liberais ricos, mas pais felizes de filhos suscetíveis a ganhar bolsas de estudo, e nessa qualidade subitamente convertidos desde a última missão. Apesar desse traço de fina política, nunca o sr. de Rênal quisera recebê-los em sua casa. Aquelas boas pessoas, que só conheciam Julien de reputação e por tê-lo visto a cavalo no dia da chegada do rei de ***, eram suas admiradoras mais fervorosas. "Quando esses idiotas irão se cansar desse estilo bíblico que não entendem?", perguntou-se o rapaz. Ao contrário, tal estilo os divertia por sua estranheza; eles riam. Mas Julien se cansou.

Levantou-se devagar quando soaram as seis horas e falou sobre um capítulo da teologia de Ligório[29], que precisava aprender para apresentá-la no dia seguinte ao abade Chélan.

— Pois a minha profissão — acrescentou em tom agradável — é mandar recitar lições e recitá-las eu mesmo.

Riram muito, fizeram elogios. Esse é o costume em voga na cidade de Verrières. Julien já estava de pé, e todos se ergueram também, contrariando o costume; tal é o poder do prodígio. A sra. Valenod o reteve por mais quinze minutos. Ele precisava ouvir as crianças recitar o catecismo. As crianças fizeram engraçadas confusões, que só ele percebeu e não quis corrigir. "Que ignorância dos princípios básicos da religião!", pensou. Quando achou que já podia ir embora, teve de aturar uma fábula de La Fontaine.

— Esse autor é imoral — disse Julien à sra. Valenod. — Uma certa fábula sobre o sr. Jean Chouart[30] ousa ridicularizar o que há de mais venerável. La Fontaine é vivamente criticado pelos melhores comentadores.

Antes de sair, Julien recebeu quatro ou cinco convites para almoçar. Os convivas, alegres, disseram que ele era uma honra para o departamento. Chegaram a falar em votar em uma pensão paga pelo orçamento municipal para mandá-lo continuar os estudos em Paris.

Enquanto essa ideia imprudente fazia vibrar a sala de almoço, Julien chegou rapidamente ao portão.

— Ah, canalha! Canalha! — disse três ou quatro vezes em voz baixa, dando-se o prazer de respirar ar fresco.

Estava se sentindo um aristocrata naquele momento, logo ele, que durante tanto tempo ficara chocado com o sorriso desdenhoso e a altivez superior que entrevia em todas as gentilezas que lhe faziam na casa do sr. de Rênal. Não pôde impedir-se de perceber a extrema diferença. "Vamos esquecer",

---

[29] Supõe-se que seja uma referência a Santo Afonso Maria de Ligório (1621-1787), italiano, que escreveu vários livros sobre as práticas da vida cristã. (N.T.)

[30] Trata-se da fábula *O cura e o morto*, na qual o autor critica o clero. O termo "sr. Jean Chouart", "*messire* Jean Chouart" no original, é uma forma usada por Jean de La Fontaine (1621-1695) em sua obra para se referir ao órgão sexual masculino. (N.T.)

pensou enquanto se afastava, "que o dinheiro seja roubado dos pobres, que são até impedidos de cantar! Nunca o sr. de Rênal revelaria o preço de cada garrafa de vinho servido a seus convidados. E esse sr. Valenod, ao enumerar suas propriedades quando a esposa está por perto, faz questão de dizer *sua* casa, *seu* domínio".

A sra. Valenod, aparentemente tão sensível ao prazer da propriedade, tinha feito uma cena abominável durante o jantar por causa de um criado que quebrara uma taça, desemparelhando uma de suas dúzias, e respondera com total insolência.

"Que bando!", pensou Julien. "Nem que dessem metade do que roubam eu aceitaria viver com essa gente. Um belo dia eu acabaria me traindo. Seria incapaz de esconder a expressão de desdém que me inspiram."

Segundo as ordens da sra. de Rênal, porém, era necessário que participasse de vários almoços do mesmo tipo. Julien entrou na moda. Perdoaram-lhe o traje de guarda de honra, ou melhor, essa imprudência era a verdadeira causa do seu sucesso. Em pouco tempo, o assunto dominante em Verrières era saber quem ganharia a batalha cujo prêmio era o sábio rapaz: o sr. de Rênal ou o diretor do asilo. Estes senhores formavam com o abade Maslon um triunvirato que, havia anos, tiranizava a cidade. Invejavam o prefeito, os liberais reclamavam dele. Mas no fim das contas o sr. de Rênal era da nobreza, nascido para uma situação de superioridade. Já o pai do sr. Valenod lhe deixara seiscentas libras de renda. O diretor do asilo experimentara a piedade de quem o vira malvestido na juventude, antes de despertar inveja por seus belos cavalos normandos, suas correntes de ouro, suas roupas vindas de Paris e toda a sua prosperidade atual.

Na onda desse mundo novo para Julien, ele acreditou ter encontrado um homem honesto. Era um especialista em geometria, chamava-se Gros e passava por jacobino. Julien, que decidira dizer apenas coisas que ele próprio considerasse falsas, sentia-se obrigado a manter o sr. Gros sob suspeita.

Julien recebia de Vergy grandes pacotes de lições. Aconselhavam-no a visitar o pai com mais frequência, e ele se conformava com essa triste necessidade. Em resumo, estava cuidando bem de sua reputação quando, certa manhã, foi despertado de repente por duas mãos que lhe cobriam os olhos.

Era a sra. de Rênal, que fizera uma viagem até a cidade. Ela deixara os filhos entretidos com um coelho de estimação que também fizera a viagem e subira a escada de quatro em quatro degraus, para chegar ao quarto do preceptor antes deles. Esse momento foi delicioso, mas muito curto. A esposa do prefeito saiu de perto quando as crianças chegaram com o coelho, querendo mostrá-lo ao amigo. Julien acolheu todos bem, até o coelho. Parecia estar reencontrando a sua família. Sentia que amava esses meninos, gostava de conversar com eles. Ficou pasmado com a doçura de sua voz, com a simplicidade e a nobreza dos seus modos. Tinha necessidade de tirar da lembrança todas as ações vulgares, todos os pensamentos desagradáveis no meio dos quais respirava em Verrières. Era sempre o medo de falhar. Sempre o luxo e a miséria agarrando-se pelos cabelos. As pessoas com quem almoçava, a propósito do assado, faziam confidências que as humilhavam e que causavam náusea em quem as ouvia.

– Vocês, da nobreza, têm razão para sentir orgulho – dizia Julien antes de contar à sra. de Rênal detalhes dos almoços que suportara.

– Então você está na moda! – Ela ria com gosto, pensando no ruge que a sra. Valenod aplicava no rosto cada vez que recebia o preceptor. – Acho que a esposa do diretor anda fazendo planos com o seu coração – acrescentava.

O almoço foi delicioso. A presença dos meninos, apesar de parecer incômoda, na verdade aumentava a felicidade geral. Eles não sabiam o que fazer para demonstrar a alegria de rever Julien. Os criados logo contaram que haviam oferecido ao preceptor duzentos francos a mais para educar os filhos do sr. Valenod.

No meio da refeição, Stanislas-Xavier, ainda pálido por causa da grave doença que tivera, perguntou de repente à mãe quanto valiam seus talheres de prata e o pequeno copo em que bebia.

– Por que quer saber isso?

– Quero vendê-los e dar o dinheiro ao sr. Julien para ele não fazer papel de trouxa ficando com a gente.

Julien abraçou-o com lágrimas nos olhos. A mãe chorava copiosamente. O preceptor pôs o menino sobre seus joelhos e explicou-lhe que não devia usar a expressão "fazer papel de trouxa", que era um linguajar de criados. Vendo o prazer que causava à sra. de Rênal, continuou a explicação com exemplos pitorescos que divertiam os meninos.

– Entendi – disse Stanislas –, é o corvo que é bobo e deixa cair seu pedaço de queijo, que a raposa esperta pega.

Louca de alegria, a sra. de Rênal cobria os filhos de beijos, o que não podia ser feito sem que se apoiasse um pouco em Julien.

De repente, a porta se abriu. Era o sr. de Rênal. A fisionomia severa e descontente contrastou de modo estranho com a doce alegria que a sua presença afugentava. A sra. de Rênal empalideceu, sentindo-se incapaz de negar fosse o que fosse. Julien tomou a palavra; com a voz em tom bem alto, pôs-se a contar ao senhor prefeito a ideia de Stanislas de vender seu copinho de prata. Sabia que a história aborreceria o prefeito. Primeiro, o sr. de Rênal franziu as sobrancelhas, como sempre fazia quando mencionavam dinheiro. "A menção desse metal", dizia ele, "é sempre um prefácio para um mandato contra o meu bolso."

Mas ali havia mais que interesse monetário. Havia aumento das suspeitas. O ar de felicidade que animava sua família durante a sua ausência não ajudava a facilitar as coisas para um homem dominado por uma vaidade tão frágil. Quando a esposa elogiou o modo engraçado e espirituoso como Julien ensinava coisas novas aos meninos, o prefeito se irritou.

– Sim! Sim! Eu sei. Ele me torna odioso para os meus filhos. Para ele é fácil ser cem vezes mais amável que eu, que sou o dono da casa. Neste século, tudo parece lançar ódio sobre a autoridade legítima! Pobre França!

A sra. de Rênal não se preocupou com as nuanças do tratamento que o marido lhe dispensava. Acabara de entrever a possibilidade de passar doze horas com Julien. Precisava fazer muitas compras na cidade e declarou que fazia questão de almoçar no restaurante. Por mais que o marido dissesse ou fizesse, ela insistiu. Os meninos ficaram encantados ao ouvir a palavra "restaurante", pronunciada com tanto prazer pela vaidade moderna.

O sr. de Rênal deixou a esposa na primeira loja de novidades em que ela entrou e foi fazer algumas visitas. Voltou para casa mais soturno que pela manhã, convencido de que a cidade inteira falava dele e de Julien. Na verdade, ninguém ainda mencionara em sua presença o teor ofensivo do falatório público. Tudo o que lhe disseram estava ligado a saber se Julien ficaria em sua casa por um salário de seiscentos francos ou se aceitaria os oitocentos francos oferecidos pelo senhor diretor do asilo.

Esse diretor, que encontrou o senhor prefeito na casa de um conhecido, tratou-o friamente. Tal comportamento denotava certa habilidade; havia pouca leviandade na província, e as raras sensações, ali, eram vividas profundamente.

O sr. Valenod era, como se diz em Paris, um presunçoso, o tipo de homem naturalmente atrevido e grosseiro. Sua existência triunfante, desde 1815, reforçara suas belas disposições. Ele reinava em Verrières, por assim dizer, sob as ordens do sr. de Rênal. Mas era mais ativo, não tinha vergonha de nada, metia-se em tudo, sempre, escrevendo, falando, esquecendo as humilhações, sem nenhuma pretensão pessoal, e assim acabara por abalar a confiabilidade do prefeito aos olhos do poder eclesiástico. O sr. Valenod havia, de algum modo, dito aos merceeiros locais: "Indiquem-me os dois mais sonsos dentre vocês"; aos agentes da lei: "Nomeiem os dois mais ignorantes"; aos funcionários da saúde: "Escolham os dois mais charlatões". Depois de reunir os mais descarados de cada profissão, dissera-lhes: "Vamos reinar juntos".

Os modos dessa gente ultrajavam sobremaneira o sr. de Rênal. A grosseria de Valenod não se ofendia com nada, nem mesmo quando o abade Maslon o desmentia publicamente.

No meio dessa prosperidade, contudo, o diretor do asilo precisava consolar-se, com pequenos desaforos, das grandes verdades que, sabia, todo mundo tinha o direito de lhe jogar no rosto. Sua atividade redobrara depois dos temores despertados pela visita do sr. Appert. Fizera três viagens a Besançon; enviava muitas cartas pelo correio, mandava outras por desconhecidos que passavam em sua casa ao cair da noite. Talvez houvesse cometido um erro ao pedir para destituírem o velho cura Chélan; essa ação vingativa fizera com que diversas devotas de bem o vissem como um homem mau. Além disso, esse serviço o deixara em uma dependência absoluta do senhor vigário-geral de Frilair, que lhe passava estranhas incumbências. Sua política estava nesse ponto quando cedera ao prazer de uma carta anônima. Para aumentar seu embaraço, sua esposa havia declarado que queria Julien na casa; sua vaidade estava ferida.

Nessa posição, o sr. Valenod previa uma cena decisiva com seu antigo aliado, o sr. de Rênal. Este lhe dirigia palavras duras, o que não o incomodava. O prefeito, porém, podia enviar uma carta a Besançon, ou mesmo a Paris. O primo de algum ministro podia aparecer de repente em Verrières e assumir o asilo de indigentes. O sr. Valenod considerou aproximar-se dos liberais, por isso convidara vários deles ao almoço de que Julien havia participado. Os liberais o teriam apoiado contra o prefeito. Mas podiam ocorrer eleições, e era evidente demais que o asilo e um voto errado eram incompatíveis. O relato dessa política, adivinhada pela sra. de Rênal, fora feito por Julien, que lhe oferecia o braço enquanto iam de uma loja a outra até chegarem ao Passeio da Fidelidade, onde passaram várias horas, quase tão tranquilos quanto em Vergy.

Nesse meio-tempo, o diretor do asilo procurava evitar uma cena decisiva com seu antigo associado, assumindo um ar audacioso diante dele. Naquela oportunidade, a estratégia funcionou, mas piorou o humor do prefeito.

Jamais a vaidade, envolvida com tudo o que o amor pelo dinheiro pode ter de mais amargo e mesquinho, deixou homem algum em estado pior do que aquele em que se encontrava o sr. de Rênal ao entrar no restaurante. Ao mesmo tempo, jamais seus filhos haviam estado tão alegres e contentes. Tal contraste acabou por irritá-lo ainda mais.

– Pelo visto não tenho mais lugar em minha família! – disse ao entrar, num tom que se propunha imponente.

Como única resposta, a esposa o chamou de lado e afirmou que deveriam afastar Julien. As horas de felicidade que ela passara com o rapaz tinham lhe dado a desenvoltura e a firmeza necessárias para prosseguir com o plano de ação no qual meditava havia quinze dias. O que levara o pobre prefeito de Verrières ao cúmulo da perturbação era saber que zombavam publicamente na cidade do seu amor pelo dinheiro. O sr. Valenod era generoso como um ladrão, mas sempre agira de modo mais prudente que brilhante nas últimas cinco ou seis coletas para a confraria de São José, para a congregação da Virgem, para a congregação do Santíssimo Sacramento, etc., etc., etc.

Os fidalgos de Verrières e dos arredores, habilmente classificados no registro dos frades segundo o valor de suas ofertas, tinham visto muitas vezes o nome do sr. de Rênal ocupar a última linha. Em vão ele dizia que não ganhava nada. O clero não brinca com esse tipo de assunto.

Capítulo 23
Aflições de um funcionário

*O prazer de levantar a cabeça o ano todo é bem pago
por alguns quinze minutos que é preciso aguentar.*

CASTI

Mas deixemos esse homem pequeno com seus pequenos temores. Por que recebeu em sua casa um homem de fibra quando na verdade precisava de alguém com alma de serviçal? Não soube escolher os criados? A marcha habitual do século XIX estabelece que, quando um homem poderoso e nobre encontra um homem de fibra, ele o mate, exile, aprisione ou humilhe de tal forma que o outro cometa a asneira de morrer de desgosto. Por sorte, aqui, ainda não é o homem de fibra que sofre. A grande lástima das cidadezinhas da França e dos governos eleitos, como o de Nova Iorque, é não poder esquecer que existem no mundo homens como o sr. de Rênal. Em uma cidade de vinte mil habitantes, tais homens formam a opinião pública, e a opinião pública é terrível em um país que tem uma Constituição. Um homem dotado de alma nobre, generosa, que teria sido seu amigo, mas que mora a cem léguas, julga você segundo a opinião pública da sua cidade, formada pelos idiotas que o acaso fez nascer nobres, ricos e moderados. Azar de quem for diferente!

Logo depois do jantar, a família de Rênal voltou para Vergy. Dois dias mais tarde, Julien a viu retornar a Verrières.

Mal havia passado uma hora quando, pasmado, Julien descobriu que a sra. de Rênal lhe escondia alguma coisa. Ela interrompia a conversa com o marido assim que ele aparecia e dava mostras de querer que se afastasse. Julien não pensou duas vezes. Tornou-se frio e reservado. A sra. de Rênal percebeu, mas não lhe pediu explicações. "Será que vai me trocar por outro?", pensou o rapaz. "Antes de ontem estávamos tão íntimos! Mas dizem que é assim que as grandes damas agem. São como os reis, que não dão aviso algum ao ministro que, ao voltar para casa, encontra a carta que desgraça sua vida."

Julien reparou que, nas conversas interrompidas de repente com a sua aproximação, o assunto era quase sempre uma casa velha, mas grande e confortável, pertencente ao município de Verrières e situada em frente à igreja, no centro comercial da cidade. "O que pode existir em comum entre essa casa e um novo amante?", indagava-se o preceptor. Em sua aflição, repetia a si mesmo os belos versos de François I, que lhe pareciam novos, pois não fazia nem um mês que os aprendera com a sra. de Rênal. Por quantas juras de amor, por quantas carícias os versos não haviam sido desmentidos!

A mulher sempre varia,
Louco de quem nela se fia.

O sr. de Rênal partiu de repente para Besançon. A viagem foi decidida em duas horas; o prefeito parecia atormentado. Ao voltar, ele jogou sobre a mesa um grande pacote embrulhado em papel cinza.

– Aí está a bobagem que você pediu – disse à esposa.

Uma hora mais tarde, Julien viu o colador de cartazes levar o pacote. Seguiu-o, depressa, pensando: "Vou descobrir o segredo logo ali na primeira esquina".

Esperou, impaciente, o colador passar o pincel largo no verso de um cartaz e colá-lo em uma parede. A curiosidade de Julien viu no papel o anúncio detalhado do aluguel em leilão da grande e velha casa cujo nome sempre aparecia nas conversas do sr. de Rênal com a esposa. A concessão do aluguel estava anunciada para o dia seguinte, às duas horas, no salão municipal, ao apagar da terceira vela. Julien ficou desapontado. Achou o prazo meio curto; como os concorrentes todos teriam tempo de ser avisados? De resto, o cartaz, datado de quinze dias antes e que ele releu inteiro em três lugares diferentes, não lhe esclareceu nada.

Foi visitar a casa para alugar. O porteiro, que não o viu se aproximar, dizia misteriosamente a um vizinho:

– Tolice! Trabalho perdido. O abade Maslon prometeu que ele a teria por trezentos francos. Como o prefeito teimou, o senhor vigário-geral de Frilair o mandou falar com o bispo.

A chegada de Julien pareceu perturbar os dois amigos, que não pronunciaram mais nem uma palavra.

O preceptor não faltou ao leilão do aluguel. Havia uma multidão no salão mal iluminado, mas as pessoas estavam caladas de um jeito estranho. Todos os olhos fitavam fixamente uma mesa na qual Julien viu, sobre um prato de estanho, três tocos de vela acesos. O leiloeiro gritou:

– Trezentos francos, senhores!

– Trezentos francos! Imagine! – comentou um homem em voz baixa ao vizinho; Julien estava entre eles. – A casa vale mais de oitocentos. Quero cobrir esse lance.

– Será o mesmo que cuspir para cima. O que você vai ganhar se indispondo com o abade Maslon, o sr. Valenod, o bispo, o terrível vigário-geral de Frilair e aquela corja toda?

– Trezentos e vinte francos! – gritou o outro.

– Seu animal! – replicou o vizinho. – E bem aqui temos um espião do prefeito – acrescentou, apontando para Julien.

O rapaz se virou para protestar, mas os dois franco-condadenses não estavam mais prestando atenção nele. O sangue-frio dos homens devolveu-lhe o seu. Nesse momento, o último toco de vela se apagou, e a voz cadenciada do leiloeiro alugou a casa, por nove anos, ao sr. de Saint-Giraud, chefe de seção na prefeitura de ***, por trezentos e trinta francos.

Assim que o prefeito deixou o salão, o falatório começou.

– Trinta francos que a imprudência de Grogeot garantiu ao município – disse um.

– Mas o sr. de Saint-Giraud vai se vingar de Grogeot – disse outro. – Ele não vai deixar passar isso.

– Que infâmia! – exclamou um sujeito gordo à esquerda de Julien. – Uma casa pela qual eu teria dado, eu, oitocentos francos para minha fábrica, e ainda teria feito um bom negócio.

– Ora – respondeu-lhe um jovem fabricante liberal –, o sr. de Saint-Giraud não é da congregação? Os quatro filhos dele não têm bolsas? Coitado! A comunidade de Verrières precisa conceder a ele um salário adicional de quinhentos francos, e pronto.

– E pensar que o prefeito não pôde impedi-lo! – remarcou um terceiro. – Porque ele é monarquista, sabemos, mas não rouba.

– Não rouba? – retrucou outro. – Só não vê quem não quer. Todo o dinheiro vai para uma caixa comum e é repartido no fim do ano. Mas aqui está o jovem Sorel; vamos embora.

Julien chegou em casa de mau humor. Encontrou a sra. de Rênal bastante triste.

– Você veio do leilão? – ela perguntou.

– Sim, senhora, onde tive a honra de passar por espião do sr. prefeito.

– Se ele tivesse me dado ouvidos, teria feito uma viagem.

Nesse instante, o sr. de Rênal apareceu; estava sombrio. O almoço se passou em silêncio. O sr. de Rênal ordenou a Julien que fosse com as crianças para Vergy; a viagem foi triste. A sra. de Rênal consolava o marido:

– Você deveria estar acostumado, meu amigo.

À noite, estavam todos em silêncio sentados ao redor da lareira. Os estalos da faia em chamas era a única distração. Era um daqueles momentos de tristeza que acontecem até nas famílias mais unidas. Um dos meninos gritou, com alegria:

– A campainha! A campainha!

– Que diabos! Se for o sr. de Saint-Giraud que veio me incomodar sob o pretexto de me agradecer, vai ser demais! – esbravejou o prefeito. – É ao Valenod que ele deve obrigação, não a mim, mas sou eu que fico comprometido. O que dizer se esses malditos jornais jacobinos publicarem essa história e fizerem de mim um sr. Nonante-cinq[31]?

Naquele momento, um homem bonito, de grandes suíças pretas, entrou na sala atrás do criado.

– Sr. prefeito, eu sou o *signor* Geronimo. Eu trouxe uma carta que o cavaleiro de Beauvaisis, adido da embaixada em Nápoles, me deu para entregar ao senhor, quando parti, há nove dias – anunciou o sr. Geronimo, em tom alegre, olhando para a sra. de Rênal. – O *signor* de Beauvaisis, seu primo e meu bom amigo, disse que a senhora fala italiano.

O bom humor do napolitano transformou a noite tristonha em uma noite alegre. A sra. de Rênal fez questão de servir-lhe o jantar. Pôs a criadagem toda em polvorosa. Queria a qualquer custo distrair Julien da qualificação de espião que ele tivera de escutar duas vezes no mesmo dia. O *signor* Geronimo era um cantor famoso, fazia parte da alta sociedade e, no entanto, era muito alegre, qualidades que, na França, já não são muito compatíveis. Depois da refeição, ele cantou um pequeno *duettino* com a

---

[31] Segundo o tradutor inglês C. S. K. Moncrief (1889-1930), é uma referência, em uma sátira da autoria de Barthélemy (1796-1867), ao juiz marselhês Mérindol, que, em um processo, fez uso da expressão sulista *Nonante-cinq* em vez de *Quatre-vingt-quinze*, como se diz no restante da França. (N.T.)

sra. de Rênal. Contou histórias cativantes. À uma da manhã, os meninos reclamaram quando Julien propôs que fossem dormir.

– Só mais uma história – pediu o mais velho.

– É a minha história, *signorino* – disse o *signor* Geronimo. – Oito anos atrás, assim como você, eu era um jovem aluno do Conservatório de Nápoles. Acho que eu tinha a sua idade, mas não tinha a honra de ser filho do ilustre prefeito da cidade de Verrières.

Essas palavras fizeram o sr. de Rênal suspirar e olhar para a esposa.

– O *signor* Zingarelli – prosseguiu o jovem cantor, acentuando seu sotaque para fazer as crianças rir. – O *signor* Zingarelli era um professor excessivamente severo. Ninguém gostava dele no conservatório, mas ele queria que agíssemos como se gostássemos. Eu saía sempre que possível. Ia ao pequeno teatro de San-Carlino, onde se ouvia uma música dos deuses. Mas, céus!, como fazer para juntar os oito tostões para pagar a entrada? Era um valor alto! – exclamou, e os meninos riram de novo. – O *signor* Giovannone, diretor do San-Carlino, me ouviu cantar. Eu tinha dezesseis anos. "Esse menino é um tesouro", disse ele. "Quer que eu contrate você, caro amigo?", me perguntou o diretor. "Quanto o senhor me pagaria?" "Quarenta ducados por mês." Senhores, são cento e sessenta francos. Pensei ter morrido e ido para o céu. "Mas como", perguntei a Giovannone, "conseguir que o severo Zingarelli me deixe sair?" "*Lascia fare a me.*"

– Deixe por minha conta! – traduziu o mais velho dos meninos.

– Exatamente, meu jovem senhor. O *signor* Giovannone me falou: "Caro, primeiro um contrato". Assinei e ele me deu três ducados. Eu nunca tinha visto tanto dinheiro. Depois ele me disse o que fazer. No dia seguinte, pedi uma audiência ao terrível *signor* Zingarelli. Seu velho criado de quarto me fez entrar. "O que você quer comigo, seu mau elemento?", indagou Zingarelli. "Maestro, arrependo-me dos meus erros", eu disse. "Nunca mais sairei do conservatório pulando a grade de ferro. Vou me aplicar em dobro." "Se eu não temesse estragar a mais bela voz de baixo que já ouvi, eu meteria você no castigo a pão e água por quinze dias, seu atrevido." "Maestro", continuei, "vou ser um exemplo para toda a escola, *credete a me*. Mas peço-lhe um favor. Se alguém vier me chamar para cantar em outro lugar, recuse. Por favor, diga que não pode permitir isso." "Quem diabos você acha que iria querer um patife como você? Pensa que eu deixaria você sair do conservatório algum dia? Está querendo zombar de mim? Retire-se, retire-se!", ordenou ele tentando me dar um chute na b..., "ou cuidado com o castigo a pão e água!" Uma hora mais tarde, o *signor* Giovannone chegou à casa do diretor. "Venho lhe pedir que faça a minha fortuna", disse ele; "ceda-me Geronimo. Se ele cantar no meu teatro, caso minha filha neste inverno." "O que o senhor quer com esse mau elemento?", retrucou Zingarelli. "Não o concedo, você não o terá. Além disso, mesmo que eu consentisse, ele não iria querer deixar o conservatório, acabou de me jurar isso." "Se a questão é a vontade do rapaz", respondeu Giovannone em tom grave, tirando meu contrato do bolso, "*carta canta*! Eis aqui a assinatura dele." Na mesma hora, Zingarelli, furioso, começou a tocar sua sineta. "Expulsem Geronimo do conservatório!", gritava, colérico. Então me expulsaram, e eu ria às gargalhadas. Naquela noite, cantei a ária *del Moltiplico*. Polichinelo quer se casar e conta, nos dedos, os objetos de que precisará para montar casa, e a todo instante se embaralha no cálculo."

– Ah! Senhor, cante essa ária para nós – pediu a sra. de Rênal.

Geronimo cantou, e todos choraram de rir. O napolitano só foi dormir às duas da manhã, deixando a família encantada com suas boas maneiras, sua benevolência e alegria.

No dia seguinte, o sr. e a sra. de Rênal entregaram-lhe as cartas de que necessitava para a corte da França.

"E assim a falsidade impera", pensou Julien. "Eis o *signor* Geronimo que vai para Londres com sessenta mil francos de salário. Sem o *savoir-faire* do diretor do San-Carlino, sua voz divina talvez só tivesse se tornado conhecida e admirada dez anos mais tarde... Eu preferiria ser um Geronimo a ser um Rênal. O cantor não tem tanto prestígio na sociedade, mas não passa pelo desgosto de fazer leilões como o de hoje; sua vida é mais alegre."

Uma coisa abismava Julien: as semanas solitárias passadas em Verrières, na casa do sr. de Rênal, haviam sido para ele uma época de felicidade. Encontrara aborrecimento e pensamentos tristes apenas nos almoços para os quais o convidaram. Sozinho na casa, não pudera ler, refletir sem ser perturbado? Não era arrancado a todo instante de seus brilhantes devaneios pela cruel necessidade de estudar os movimentos de uma alma desprezível, a fim de enganá-la com artimanhas ou palavras hipócritas.

"Estará a felicidade tão perto de mim?... As despesas de uma vida assim são baixas. Posso escolher me casar com Elisa ou ser sócio de Fouqué... Mas o viajante que acaba de subir uma montanha logo se senta no topo e sente um prazer imenso em descansar. Seria ele feliz se o forçassem a descansar para sempre?"

O espírito da sra. de Rênal chegara a pensamentos fatais. Apesar de suas resoluções, confessara a Julien toda a história do leilão do aluguel. "Ele me fará então esquecer todos os meus juramentos!", pensava.

Ela teria, sem hesitação, dado a própria vida para salvar a do marido, caso o visse em perigo. Era uma dessas almas nobres e romanescas, para quem enxergar a possibilidade de uma ação generosa e não a executar torna-se fonte de um remorso semelhante ao de um crime cometido. Havia dias funestos, porém, nos quais era incapaz de afastar a imagem do excesso de felicidade que sentiria se, ficando viúva de repente, pudesse casar-se com Julien.

Ele amava os meninos mais do que o pai os amava. Embora fosse severo, era amado. A sra. de Rênal sabia que, casando-se com Julien, precisaria deixar Vergy, cujas sombras lhe eram tão caras. Ela se via morando em Paris, continuando a dar aos filhos a educação que causava admiração em todo mundo. As crianças, ela, Julien, todos perfeitamente felizes.

Estranho efeito do casamento, tal como o fez o século XIX! O tédio da vida matrimonial com certeza mata o amor, quando o amor precede o casamento. No entanto, diria um filósofo, para as pessoas ricas que não precisam trabalhar, o matrimônio leva ao tédio profundo dos prazeres tranquilos. E é só nas mulheres de alma seca que ele não desperta predisposição para o amor.

A reflexão do filósofo me faz desculpar a sra. de Rênal, mas ninguém a perdoava em Verrières e, sem que ela desconfiasse, a cidade inteira se ocupava do escândalo dos seus amores. Por causa desse grande caso, naquele outono as pessoas se entediaram menos que de costume.

O outono e parte do inverno passaram bem depressa. Foi preciso deixar os bosques de Vergy. A alta sociedade de Verrières começava a se indignar por sua reprovação causar tão pouca impressão sobre o sr. de Rênal. Em menos de oito dias, pessoas austeras, que compensam sua seriedade habitual com o prazer de cumprir esse tipo de missão, fizeram-lhe as sugestões mais cruéis servindo-se dos termos mais amenos.

O sr. Valenod, que jogava pesado, conseguira um emprego para Elisa na casa de uma família nobre e respeitada, na qual havia cinco mulheres. Com medo de não conseguir trabalho durante o inverno, dizia Elisa, pedira apenas cerca de dois terços do ordenado que recebia do sr. prefeito. Por conta própria, a criada tivera a excelente ideia de ir se confessar com o velho cura Chélan e também com o novo padre, a fim de contar aos dois os detalhes dos amores de Julien.

No dia seguinte à sua chegada, às seis horas da manhã, o abade Chélan mandou chamar o rapaz.

– Não lhe pergunto nada – disse o padre – e lhe peço, ou melhor, ordeno, que não me conte nada. Exijo que dentro de três dias você vá para o seminário de Besançon ou para a casa do seu amigo Fouqué, sempre disposto a ajudá-lo a ter uma boa situação financeira. Já previ tudo, arranjei tudo, mas você precisa ir e se manter longe de Verrières por um ano.

Julien ficou calado. Considerava se sua honra deveria sentir-se ofendida com as ações que o sr. Chélan, que afinal nem era seu pai, estava tomando para cuidar dele.

– Amanhã, neste mesmo horário, terei o prazer de revê-lo – respondeu, por fim, ao padre.

O sr. Chélan, que contava vencer sem dificuldade a resistência do rapaz, falou bastante. Assumindo atitude e expressão bem humildes, Julien não abriu mais a boca.

Quando finalmente saiu, correu para prevenir a sra. de Rênal. Encontrou-a em desespero. O marido acabara de conversar com ela com uma certa franqueza. A fraqueza natural de seu caráter, apoiando-se na perspectiva de receber a herança de Besançon, convencera-o a considerá-la totalmente inocente. Ele terminara contando-lhe em que estranho estado havia encontrado a opinião pública de Verrières. Pois o público estava errado, fora enganado pelos invejosos, mas, enfim, o que se podia fazer?

A sra. de Rênal teve por um instante a ilusão de que Julien poderia aceitar a oferta do sr. Valenod e permanecer em Verrières. Mas não era mais a mulher simples e tímida do ano anterior. Sua paixão fatal e seus remorsos haviam-na esclarecido. Ela logo experimentou a dor de provar a si mesma, enquanto ouvia o marido, que uma separação, mesmo que momentânea, era indispensável. "Longe de mim Julien vai recair nos seus ambiciosos projetos, tão naturais quando não se tem nada. E eu, meu Deus! Sou tão rica! E isso é tão inútil para a minha felicidade! Ele irá me esquecer. Amável como é, será amado e amará. Ah! Pobre de mim… Do que posso reclamar? O céu é justo: não tive o mérito de fazer cessar o crime; ele me tira o poder de escolha. Bastava eu conquistar Elisa com dinheiro, nada mais fácil que isso. Não me dei ao trabalho de pensar um só momento, as loucas fantasias de amor absorviam todo o meu tempo. Agora morro.

Ao dar a terrível notícia de sua partida à sra. de Rênal, Julien surpreendeu-se com uma coisa: não encontrou nenhuma objeção egoísta. Era evidente que ela se esforçava para não chorar.

– Precisamos ser firmes, meu amigo.

Ela cortou-lhe uma mecha de cabelo e prosseguiu:

– Não sei o que farei. Mas, se eu morrer, prometa que jamais esquecerá meus filhos. De perto ou de longe, cuide para que sejam homens honestos. Se houver outra revolução, todos os nobres serão degolados, o pai deles talvez tenha de emigrar por causa daquele camponês morto no telhado. Cuide da família... Me dê sua mão. Adeus, meu amigo! Estes são os últimos momentos. Com este grande sacrifício, espero ter em público a coragem de pensar na minha reputação.

Julien esperava uma cena de desespero. A simplicidade dessa despedida o comoveu.

– Não, não recebo assim o seu adeus. Partirei; eles querem, você mesma quer. Mas, três dias depois da minha partida, voltarei à noite para vê-la.

A existência da sra. de Rênal mudou. Julien a amava mesmo, pois tivera sozinho a ideia de revê-la! Sua dor horrível transformou-se em um dos mais fortes momentos de alegria que já tinha vivido. Tudo pareceu ficar fácil. A certeza de rever o amante tirou dos últimos minutos tudo o que possuíam de angustiante. A partir desse instante, a conduta e a fisionomia da sra. de Rênal foram nobres, firmes e perfeitamente adequadas.

O sr. de Rênal voltou cedo. Estava fora de si. Finalmente conversou com a mulher sobre a carta anônima recebida dois meses antes.

– Quero levá-la ao Cassino, mostrar a todos que foi enviada pelo infame do Valenod, que eu tirei da miséria para fazer dele um dos mais ricos burgueses de Verrières. Vou envergonhá-lo em público, depois o desafiarei para um duelo. Isso já é demais.

"Posso ficar viúva, meu Deus!", pensou a sra. de Rênal. Mas, quase ao mesmo tempo, disse a si mesma: "Se não impeço esse duelo, como sei que posso impedir, serei a assassina do meu marido".

Nunca ela havia dominado sua vaidade com tanta habilidade. Em menos de duas horas o convenceu, com argumentos que ele mesmo encontrava, a mostrar-se mais amigo que nunca do sr. Valenod, e se possível recontratar Elisa. A sra. de Rênal precisou de coragem para rever a moça, causa de toda a sua infelicidade. Mas essa ideia vinha de Julien.

Por fim, após ser reconduzido três ou quatro vezes ao rumo certo, o sr. de Rênal teve por si só a ideia, financeiramente bem penosa, de que não haveria nada mais desagradável para ele do que ver Julien, no meio da efervescência e dos falatórios de toda Verrières, ficar na cidade como preceptor dos filhos do sr. Valenod. O interesse óbvio de Julien seria aceitar a oferta do diretor do asilo de indigentes. Pelo contrário, importava à gloria do sr. de Rênal que Julien partisse de Verrières para entrar no seminário de Besançon ou de Dijon. Mas como convencê-lo a ir e como viveria o rapaz por lá?

Vendo-se prestes a sacrificar dinheiro, o sr. de Rênal estava mais desesperado que a esposa. Depois dessa conversa, ela assumira a posição de um homem de fibra que, cansado da vida, toma uma dose de veneno de figueira-brava. Agia como um autômato, por assim dizer, sem se interessar por nada. Como ocorreu com o rei Luís XIV, que, moribundo, disse: "Quando eu *era* rei". Palavras admiráveis!

No dia seguinte, pela manhã, o sr. de Rênal recebeu uma carta anônima. Esta tinha um estilo mais ofensivo. Os termos mais grosseiros aplicáveis à sua posição eram usados em cada linha. Devia ser obra de algum subalterno invejoso. A carta o fez recordar a ideia de duelar com o sr. Valenod. Logo sua coragem o levou a cogitar uma execução imediata. Saiu sozinho e foi ao vendedor de armas comprar duas pistolas, que mandou carregar.

"De fato", pensou, "mesmo que a administração severa do imperador Napoleão ressurgisse no mundo, não fiz nada que me condene por desonestidade. Quando muito fechei os olhos, mas tenho na minha escrivaninha cartas de pessoas importantes que me autorizaram a fazer isso."

A sra. de Rênal ficou apavorada diante da cólera fria do marido, que lhe lembrava a ideia de viuvez que tinha dificuldade em afastar. Fechou-se com ele em um aposento. Durante horas falou em vão, a nova carta anônima o fizera decidir. Finalmente ela conseguiu transformar a coragem de socar o sr. Valenod no desejo de oferecer a Julien seiscentos francos de pensão para que o rapaz passasse um ano no seminário. Amaldiçoando mil vezes o dia em que tivera a ideia fatal de contratar um preceptor para os filhos, o sr. de Rênal esqueceu a carta anônima.

Consolou-se um pouco com uma ideia que não partilhou com a esposa: com habilidade, e aproveitando-se das tendências romanescas do rapaz, esperava conseguir que ele recusasse a oferta do sr. Valenod em troca de uma pequena soma.

A sra. de Rênal teve mais dificuldade para provar a Julien que, sacrificando para conveniência do prefeito a oferta de emprego de oitocentos francos feita publicamente pelo diretor do asilo, ele podia aceitar, sem acanhamento, uma indenização.

– Mas não tive nem por um instante a intenção de aceitar qualquer oferta – dizia Julien. – Você me deixou acostumado a uma vida elegante. A grosseria daquelas pessoas acabaria me matando.

A necessidade cruel, com sua mão de ferro, dobrou a vontade do rapaz. Seu orgulho ofereceu-lhe a ilusão de aceitar apenas como um empréstimo a soma oferecida pelo prefeito de Verrières, assinando em troca uma nota promissória com juros e validade de cinco anos.

A sra. de Rênal ainda tinha alguns milhares de francos escondidos em uma pequena gruta da montanha. Ofereceu-os, trêmula, sentindo que seriam recusados com fúria.

– Você quer estragar a lembrança do nosso amor? – perguntou Julien.

Finalmente o preceptor deixou Verrières. O sr. de Rênal estava felicíssimo; no momento fatal de receber o dinheiro, o sacrifício foi demais para o rapaz, que recusou. O prefeito abraçou o preceptor, os olhos cheios de lágrimas. Julien pediu-lhe um atestado de boa conduta, e ele, no seu entusiasmo, não encontrou termos magníficos o bastante para exaltar o bom comportamento do rapaz. Nosso herói tinha cinco luíses de economia e pretendia pedir mais cinco ao amigo Fouqué.

Estava muito emocionado. No entanto, a uma légua de Verrières, onde deixava tanto amor, não pensou em mais nada além da alegria de conhecer uma capital, um grande centro militar como Besançon.

Durante a curta ausência de três dias, a sra. de Rênal foi enganada por uma das mais cruéis decepções do amor. Sua vida era tolerável. Existia entre ela e a infelicidade extrema o último encontro que teria com Julien. Contava as horas, os minutos que os separavam. Por fim, na noite do terceiro dia, ouviu ao longe o sinal combinado. Depois de passar por mil perigos, Julien apareceu à sua frente.

A partir desse instante, a sra. de Rênal teve um único pensamento: era a última vez que o via. Em vez de corresponder ao entusiasmo do amante, mais parecia um cadáver animado. Quando se forçava a dizer que o amava, soava desajeitada, quase como se dissesse o contrário. Nada a distraía da ideia cruel de separação eterna. O desconfiado Julien acreditou por um instante já ter sido esquecido. Suas palavras, em tom irritado por causa disso, foram acolhidas por grossas lágrimas escorrendo em silêncio e apertos de mão quase convulsivos.

– Por Deus, como quer que eu acredite em você? – respondia Julien aos frios protestos da amiga. – Você demonstraria cem vezes uma amizade mais sincera pela sra. Derville ou por uma simples conhecida.

Petrificada, a sra. de Rênal não sabia o que responder.

– É impossível ser mais infeliz... Espero morrer logo... Sinto meu coração congelar...

Essas foram as frases mais longas que o rapaz pôde obter.

Quando o amanhecer se aproximou e tornou a partida necessária, as lágrimas da sra. de Rênal secaram de repente. Ela observou Julien prender uma corda com nós na janela sem dizer nada, sem corresponder aos seus beijos. Em vão o amante lhe dizia:

– Pois chegamos ao estado que você sempre quis. A partir de agora, viverá sem remorso. À menor indisposição dos seus filhos, não os verá mais à beira do túmulo.

– É uma pena você não poder abraçar Stanislas – ela respondeu com frieza.

Julien ficou atônito com os abraços sem calor daquele cadáver vivo; não pensou em outra coisa durante léguas. Sua alma estava pesarosa e, antes de passar a montanha, enquanto pôde avistar o campanário da igreja de Verrières, virou-se várias vezes para trás.

Capítulo 24
Uma capital

Quanto barulho, quanta gente atarefada!
Quantas ideias de futuro em uma cabeça de vinte anos!
Quanta distração para o amor!

BARNAVE

Finalmente ele avistou, sobre uma montanha distante, muralhas pretas. Era a fortaleza de Besançon. "Que diferença para mim", suspirou, "se eu chegasse a esta nobre cidade para ser subtenente em um dos regimentos encarregados de defendê-la!"

Besançon não é apenas uma das cidades mais bonitas da França; tem também pessoas ricas em afabilidade e inteligência; mas Julien não passava de um camponesinho e não tinha como aproximar-se de homens ilustres.

Pegara na casa de Fouqué um traje burguês, e foi vestido com ele que atravessou as pontes levadiças. Com a mente cheia de histórias do cerco de 1674[32], quis ver, antes de fechar-se no seminário, as muralhas e a fortaleza. Duas ou três vezes quase foi preso pelas sentinelas; entrava em recantos interditados ao público pelo gênio militar, a fim de vender todos os anos doze ou quinze francos de feno.

A altura das muralhas, a profundidade dos fossos e o ar terrível dos canhões o mantiveram ocupado por muitas horas, até que passou diante do grande café, no bulevar. Ficou paralisado de admiração. Por mais que lesse a palavra "café" escrita em letras grandes acima das duas portas imensas, não acreditava em seus olhos. Venceu a timidez e ousou entrar. Viu-se em uma sala de trinta ou quarenta passos de comprimento, no mínimo seis metros de altura. Nesse dia, tudo o encantava.

Duas partidas de bilhar estavam em andamento. Os garçons anunciavam o número de pontos, os jogadores corriam ao redor das mesas rodeadas por observadores. Jorros de fumo saíam de todas as bocas, cercando todos com uma nuvem azulada. A estatura dos homens, os ombros arredondados, o andar pesado, as suíças enormes, os casacos longos que os cobriam, tudo atraía a atenção de Julien. Esses nobres filhos da antiga Bisontium falavam gritando, davam-se ares de guerreiros terríveis. Julien admirava tudo, imóvel. Pensava na imensidão e na magnificência de uma grande capital como Besançon. Não sentia a menor coragem de pedir uma xícara de café a um daqueles homens de olhar altivo que anunciavam os pontos do bilhar.

A moça do balcão, porém, notou a charmosa figura do jovem burguês do campo que, parado a três passos do aquecedor, com um pacote pequeno sob o braço, observava o busto do rei, em belo gesso branco. A mocinha, nascida no Franco-Condado, bonita e bem arrumada como é necessário para valorizar um café, já havia chamado duas vezes com uma vozinha que procurava ser ouvida apenas por Julien:

– Senhor! Senhor!

Ele viu olhos grandes e azuis, gentis, e percebeu que a moça o chamava.

---

[32] Operação militar para libertar a região do domínio espanhol. (N.T.)

Aproximou-se depressa do balcão e da bela senhorita, como se marchasse na direção do inimigo. Nesse grande movimento, deixou cair o pacote.

Que pena o nosso provinciano causaria nos jovens estudantes de Paris, que aos quinze anos já sabem entrar em um café com elegância! Mas esses estudantes, tão cheios de estilo aos quinze anos, aos dezoito tornam-se vulgares. A timidez apaixonada encontrada na província às vezes é superada e então ensina a querer. "Aproximando-me da moça tão bonita que se dignara dirigir-me a palavra, preciso lhe dizer a verdade", pensou Julien, que se tornava corajoso à força da timidez dominada.

– Senhora, é a primeira vez na vida que venho a Besançon. Eu gostaria de pagar para comer um pão e beber um café.

A moça sorriu de leve e depois corou. Temia, pelo rapazinho bonito, a atenção irônica e as brincadeiras dos jogadores de bilhar. Ele se assustaria e não voltaria mais.

– Sente-se aqui perto de mim – disse ela, indicando uma mesa de mármore quase escondida pelo enorme balcão de mogno que se estendia pelo salão.

Quando a moça se debruçou sobre o balcão, Julien teve a oportunidade de observar-lhe o corpo soberbo. Todas as suas ideias mudaram. A bela senhorita acabava de colocar em sua mesa uma xícara, açúcar e um pãozinho. Ela hesitava em chamar um garçom para servir o café, intuindo que com a chegada do garçom sua conversa com o rapaz provinciano terminaria.

Julien, pensativo, comparava a beldade loira e alegre a certas recordações que costumavam agitá-lo. A ideia da paixão da qual fora objeto tirou-lhe quase toda a timidez. A moça bonita tinha apenas um instante; ela entendeu o olhar de Julien.

– A fumaça dos cachimbos vai fazê-lo tossir. Venha tomar o café da manhã aqui, amanhã, antes da oito. Nesse horário, quase sempre estou sozinha.

– Qual é o seu nome? – ele perguntou, com o sorriso acariciante da timidez vencida.

– Amanda Binet.

— Permite que eu lhe mande, em uma hora, um pacote do tamanho deste aqui?

A bela Amanda refletiu um pouco.

— Estou sob vigilância. O que o senhor pede pode me comprometer. Mas vou escrever meu endereço num cartão, que o senhor colocará no pacote. Pode enviá-lo então, sem medo.

— Eu me chamo Julien Sorel — disse o rapaz. — Não tenho nem parentes nem amigos em Besançon.

— Ah! — exclamou a mocinha, sorrindo. — Entendo. Veio para a Escola de Direito?

— Infelizmente, não. Mandaram-me para o seminário.

Uma expressão de total desânimo nublou o rosto de Amanda. Ela criou coragem e chamou um garçom, que pôs café na xícara de Julien sem nem olhar para ele.

A moça recebia dinheiro no balcão. Julien estava orgulhoso de ter ousado conversar com ela.

Começou uma discussão em uma das mesas de bilhar. Gritos e desmentidos dos jogadores, ecoando no imenso salão, faziam uma barulheira que aturdiu o jovem provinciano. Amanda tinha ar sonhador e baixara o olhar.

— Se quiser, senhorita, posso dizer que sou seu primo — disse Julien de repente, seguro de si.

O ar de autoridade agradou a Amanda. "Não é um boboca qualquer", pensou. Depois, olhando em volta para ver se ninguém se aproximava, falou em voz alta:

— Eu sou de Genlis, que fica perto de Dijon. Diga que também é de Genlis, que é primo da minha mãe.

— Vou me lembrar disso.

— Todos os dias, às cinco horas, durante o verão, os senhores seminaristas passam aqui na frente do café.

— Se estiver pensando em mim, segure um buquê de violetas na mão quando eu passar.

Amanda o olhou, surpresa. O olhar transformou a coragem de Julien em temeridade. Mas ele corou ao afirmar:

– Sinto que a amo com um amor violento.

– Então fale mais baixo – ela pediu, assustada.

O rapaz tentou se lembrar das frases de um volume avulso de *A nova Heloísa*[33], que havia encontrado em Vergy. Sua memória lhe foi útil. Depois de uns dez minutos, recitava trechos de *Heloísa* à srta. Amanda, encantada. Ele estava feliz com sua bravura quando, de repente, a bela do Franco-Condado assumiu uma expressão glacial. Um de seus amantes surgira à porta do café.

O homem se aproximou do balcão, assobiando e bamboleando os ombros; olhou para Julien. Este, cuja imaginação era sempre extremada, no mesmo instante pensou em um duelo. Empalideceu, afastou a xícara, adotou um ar destemido e encarou o rival com firmeza. Como o rival em questão baixou a cabeça e serviu-se familiarmente de um copo de aguardente no balcão, com um olhar Amanda ordenou que Julien desviasse o olhar. Ele obedeceu e, durante dois minutos, permaneceu imóvel à mesa, pálido, resoluto, pensando apenas no que aconteceria a seguir; sentia-se muito bem. O rival espantara-se com o olhar de Julien; depois de tomar a aguardente num único gole, disse algo a Amanda, enfiou as mãos nos bolsos laterais da sobrecasaca de tecido grosso e, assobiando e encarando o jovem provinciano, foi até uma das mesas de bilhar.

Julien ficou furioso, mas não sabia como mostrar-se insolente. Deixou seu pacote na mesa e aproximou-se da mesa de bilhar com andar gingado. Em vão a prudência lhe dizia: "Com um duelo logo após a chegada a Besançon, a carreira eclesiástica vai para o brejo".

– E daí? Ninguém poderá dizer que não enfrentei um atrevido – murmurou para si mesmo.

---

[33] Referência à obra *Julia, ou a nova Heloísa*, de Jean-Jacques Rousseau, lançado em 1761. Grande sucesso de vendas, é um romance epistolar inspirado na história de Abelardo e Heloísa, na qual o amor deve ceder lugar a uma renúncia sublime. (N.T.)

Amanda viu a coragem dele; fazia um belo contraste com suas maneiras ingênuas. Em um instante, preferiu o provinciano ao homem de sobrecasaca. Ficou de pé e, fingindo seguir com o olhar alguém que passava na rua, colocou-se entre Julien e a mesa de bilhar.

– Não olhe atravessado aquele senhor; é meu cunhado.

– E daí? Ele me encarou feio.

– Quer me fazer infeliz? Claro que meu cunhado o encarou, talvez até venha falar com o senhor depois. Eu disse que o senhor é um parente da minha mãe e que acabou de chegar de Genlis. Ele é do Franco-Condado e nunca foi além de Dole, pela estrada da Borgonha. Pode dizer a ele o que quiser, sem medo.

Julien continuou hesitante. A moça continuou a falar rapidamente, sua imaginação de balconista fornecendo-lhe uma porção de mentiras:

– Com certeza ele o encarou, mas foi justo quando me perguntou quem o senhor era. Ele é rude com todo mundo, não quis insultá-lo.

O olhar de Julien acompanhava o suposto cunhado. Viu o homem apostar no jogo da mesa de bilhar mais distante e ouviu-lhe a voz grave gritar em tom ameaçador: "Eu cuido disso!". Julien passou ligeiro por trás da srta. Amanda, rumo ao bilhar. Ela o segurou pelo braço.

– Primeiro me pague.

"Está certo", pensou Julien. "Ela tem medo de que eu saia sem pagar." Amanda estava tão agitada quanto ele, e muito corada. Deu-lhe o troco o mais lentamente possível, repetindo em voz baixa:

– Saia agora do café, caso contrário não vou mais gostar do senhor. E eu bem que gosto do senhor.

Julien deixou o café, mas sem pressa. "Não é meu dever ir encarar por minha vez o grosseirão e desafiá-lo?", perguntava-se. Essa incerteza o reteve por uma hora na calçada em frente ao café, de vigia. Como o homem não apareceu, ele foi embora.

Estava em Besançon havia menos de duas horas e já conquistara um arrependimento. O velho cirurgião-mor lhe havia dado um dia, apesar da gota, algumas aulas de esgrima. Isso era tudo que Julien tinha a serviço de sua raiva. Tal embaraço não teria sido nada se ele soubesse como se irritar sem dar socos. Caso se pegassem a murros, seu rival, um tipo enorme, o encheria de pancadas e o largaria no chão.

"Para um pobre-diabo como eu, sem protetor e sem amigos, não existe diferença entre um seminário e uma prisão", refletiu Julien. "Preciso guardar meu traje burguês em alguma hospedaria e voltar a vestir o hábito preto. Se algum dia eu conseguir sair do seminário por algumas horas, poderei muito bem usar meus trajes civis para rever a srta. Amanda." O raciocínio era lógico, mas o rapaz passou diante de vários albergues e não se atreveu a entrar em nenhum.

Por fim, quando passava em frente ao Hotel dos Embaixadores, seu olhar inquieto encontrou o de uma mulher obesa, ainda jovem, corada, de ar alegre e feliz. Aproximou-se dela e contou-lhe sua história.

– Claro, meu belo padrezinho – disse a hoteleira. – Guardarei o seu traje civil e mandarei até escová-lo de vez em quando. Neste clima, é preciso arejar bem as roupas.

A mulher pegou uma chave e conduziu Julien até um quarto, recomendando-lhe que listasse o que estava deixando no hotel.

– Por Deus, como o senhor fica bem nesse hábito, padre Sorel! – elogiou a hoteleira quando o viu entrar na cozinha. – Vou mandar servir um bom jantar para o senhor. – E acrescentou, em voz baixa: – Para o senhor só vai custar vinte soldos, em vez dos cinquenta que todo mundo paga. É preciso economizar o seu dinheiro.

– Tenho dez luíses – retrucou Julien, orgulhoso.

– Bom Deus, não fale tão alto! – aconselhou a mulher obesa, alarmada. – Tem muita gente má em Besançon. Vão roubar tudo do senhor em um piscar de olhos. A propósito, nunca entre nos cafés, estão cheios de pilantras.

– Sem dúvida – murmurou ele, a quem tais palavras davam o que pensar.

– Venha apenas ao meu estabelecimento; mando fazer café para o senhor. Lembre que o senhor sempre terá aqui uma boa amiga e uma boa refeição por vinte soldos. Espero que goste da oferta. Vá para a mesa, eu mesma vou servi-lo.

– Não tenho fome; estou muito nervoso. Saindo daqui, vou para o seminário.

A hoteleira só o deixou partir depois de lhe encher os bolsos de provisões. Finalmente Julien tomou o rumo do lugar terrível. Da porta do hotel, a mulher obesa lhe indicara o caminho.

Capítulo 25
O seminário

Trezentos e trinta e seis almoços por oitenta e três centavos, trezentos e trinta e seis jantares a trinta e oito centavos, chocolate para quem merece, quanto se pode ganhar com a submissão?

O Valenod de Besançon

Ele avistou de longe a cruz de ferro dourada sobre a porta. Aproximou-se devagar, as pernas pareciam perder as forças. "Eis o inferno na terra, de onde não poderei sair!" Finalmente, tocou o sino. As badaladas ressoaram como em um lugar desabitado. Só depois de dez minutos um homem pálido, vestido de preto, veio abrir a porta. Julien o fitou e logo baixou o olhar. O porteiro tinha uma fisionomia peculiar. A pupila saliente dos olhos verdes arredondava-se como a de um gato; os contornos imóveis das pálpebras assinalava a impossibilidade de qualquer simpatia; os lábios finos formavam um semicírculo sobre dentes saltados. Tal rosto, embora não revelasse o crime, indicava a total insensibilidade que inspira mais terror aos jovens. O único sentimento que o olhar rápido de Julien adivinhou no rosto alongado e devoto foi um desprezo profundo por tudo o que desejassem lhe contar e que não fosse do interesse do céu.

Julien levantou o olhar com esforço e, com uma voz que as batidas do coração tornavam trêmula, explicou que desejava falar com o sr. Pirard, diretor do seminário. Sem abrir a boca, o homem de preto fez um sinal para que ele o seguisse. Subiram dois andares por uma escada larga, com corrimão de madeira, cujos degraus tortos inclinavam-se para o lado oposto ao da parede e pareciam a ponto de desmoronar. Uma pequena porta, encimada por uma grande cruz de cemitério em madeira pintada de preto, foi aberta com dificuldade. O porteiro o fez entrar em um aposento escuro e de teto baixo, com as paredes caiadas de branco, cobertas por grandes quadros escurecidos pelo tempo. Julien foi deixado ali, sozinho. Ele estava apavorado, o coração batia violentamente. Teria ficado feliz se tivesse coragem de chorar. Um silêncio de morte reinava no edifício.

Ao fim de quinze minutos que lhe pareceram um dia inteiro, a figura sinistra do porteiro reapareceu na soleira da porta no outro lado do cômodo e, sem se dignar de falar, fez a ele sinal para avançar. Julien entrou em um aposento ainda maior que o primeiro e muito mal iluminado. As paredes também eram caiadas, mas não havia móveis. Apenas no canto perto da porta o rapaz viu de relance uma cama de madeira, duas cadeiras de palha e uma pequena poltrona de tábuas de pinho sem almofada. Na outra extremidade do cômodo, perto de uma janelinha de vidros amarelados, enfeitada com vasos de flores murchas, avistou um homem sentado de frente para uma mesa, vestindo uma batina esfarrapada. O homem parecia zangado enquanto trocava e destrocava de lugar, sobre a mesa, pequenos quadrados de papel nos quais escrevia algumas palavras. Ele não notou a presença de Julien, que ficou parado no meio do aposento, onde o porteiro o deixara antes de sair e fechar a porta.

Dez minutos passaram. O homem malvestido continuava a escrever. A emoção e o pavor de Julien eram tais que ele se sentiu prestes a desmaiar. Um filósofo teria dito, enganando-se, talvez: é violenta a impressão da feiura sobre uma alma feita para amar o que é belo.

O homem que escrevia ergueu a cabeça. Julien só notou isso depois de um momento, mas, mesmo quando notou, continuou paralisado, como que ferido de morte pelo olhar terrível do qual era objeto. Seus olhos perturbados mal conseguiram distinguir um rosto comprido e todo coberto de manchas vermelhas, com exceção da testa, que era de uma palidez mortal. Entre as faces vermelhas e a testa branca, brilhavam dois olhinhos pretos feitos para amedrontar até o mais corajoso. Os vastos contornos da testa eram marcados por cabelos grossos, lisos e pretos como azeviche.

– Vai se aproximar ou não? – o homem perguntou, por fim, impaciente.

Julien avançou aos poucos, inseguro, prestes a cair e pálido como nunca. Parou a três passos da mesa de madeira coberta de pequenos quadrados de papel.

– Mais perto – ordenou o homem.

Ele avançou e estendeu a mão, como se quisesse se apoiar em algo.

– Seu nome?

– Julien Sorel.

– O senhor chegou muito atrasado – disse o homem, de novo fitando-o com um olhar terrível.

Julien não suportou tal olhar. Estendeu a mão como para se segurar em algo e desabou no chão.

O homem tocou uma sineta. Julien, que perdera apenas a visão e a força para se mover, ouviu passos que se aproximavam.

Foi carregado até a pequena poltrona de madeira. Ele escutou o homem terrível dizer ao porteiro:

– Talvez seja epilético. Era só o que faltava.

Quando Julien conseguiu abrir os olhos, o homem de faces vermelhas continuava a escrever. O porteiro sumira. "Preciso ter coragem e esconder o que sinto", pensou nosso herói, nauseado; "se me acontece um acidente, Deus sabe o que pensarão de mim." Finalmente o homem parou de escrever e olhou de esguelha para Julien.

– O senhor está bem o bastante para falar?
– Sim, senhor – respondeu o rapaz, com voz fraca.
– Ah, ótimo.

O homem de preto levantou-se parcialmente e procurou, com impaciência, uma carta na gaveta da mesa de pinho, que rangia ao ser aberta. Ele a encontrou, voltou a sentar-se, devagar, e encarou Julien como se fosse arrancar o pouco de vida que lhe restava.

– O senhor me foi recomendado pelo sr. Chélan, o melhor padre da diocese, o mais virtuoso de todos e meu amigo há trinta anos.
– Ah! É com o abade Pirard que tenho a honra de conversar – gemeu Julien.
– É o que parece – replicou o diretor do seminário, encarando-o com mau humor.

Um brilho rápido passou por seus olhinhos pretos, seguido de um movimento involuntário dos músculos no canto da boca. Era a fisionomia de um tigre saboreando com antecedência o prazer de devorar a presa.

– A carta de Chélan é curta – resmungou, como se falasse sozinho. – *Intelligenti pauca*[34]: nos tempos atuais, não é bom escrever muito.

Ele leu:

"Eu lhe recomendo Julien Sorel, desta paróquia, que batizei há vinte anos. É filho de um carpinteiro rico, mas que não lhe dá nada. Julien será um operário notável na vinha do Senhor. Memória e inteligência não lhe faltam, e sabe refletir. Será duradoura a vocação dele? Será sincera?"

– Sincera! – repetiu o abade Pirard, espantado, encarando Julien com expressão um pouco mais dotada de humanidade. – Sincera! – repetiu outra vez, baixando a voz e retomando a leitura.

---

[34] Equivalente em latim da máxima "Para bom entendedor, meia palavra basta". (N.T.)

"Peço uma bolsa de estudos para Julien Sorel. Ele vai merecê-la, passando pelos exames necessários. Ensinei a ele um pouco de teologia, a velha e boa teologia dos Bossuet, dos Arnault, dos Fleury[35]. Se o rapaz não lhe convier, mande-o de volta. O diretor do asilo de indigentes, que o senhor conhece bem, ofereceu-lhe oitocentos francos para ser preceptor dos seus filhos. Estou espiritualmente tranquilo, graças a Deus. Estou me acostumando ao terrível golpe. *Vale et me ama*[36]".

Abrandando a fala conforme lia a assinatura, pronunciou com um suspiro o nome *Chélan*.

– Ele está tranquilo – afirmou. – Sua virtude merecia essa recompensa. Que Deus a conceda a mim, quando for a minha hora.

O abade Pirard olhou para cima e fez o sinal da cruz. À visão desse sinal sagrado, Julien sentiu diminuir o horror profundo que o congelara desde que entrara no prédio.

– Tenho aqui trezentos e vinte e um aspirantes ao santo ofício – disse o padre em tom severo, mas não maldoso. – Apenas sete ou oito me foram recomendados por homens como o abade Chélan. Ou seja, dos trezentos e vinte e um, o senhor é o nono. Mas a minha proteção não é nem favor nem fraqueza, é cuidado e severidade redobrados contra os vícios. Vá trancar a porta.

Julien esforçou-se para andar sem tropeçar e cair. Notou que uma pequena janela, vizinha à porta de entrada, tinha vista para o campo. A visão das árvores lhe fez bem, como se tivesse avistado bons amigos.

– *Loquerisne linguam latinam?*[37] – perguntou-lhe o diretor do seminário.

– *Ita, pater optime*[38] – respondeu Julien, voltando um pouco a si.

Depois da última meia hora, com certeza nenhum homem no mundo lhe parecia menos excelentíssimo que o sr. Pirard.

---

[35] Teólogos do século XVII. Defendiam o catolicismo e as Sagradas Escrituras de ataques de filósofos que propunham que a Bíblia fosse considerada estritamente um documento histórico. (N.T.)
[36] Expressão de despedida: "Adeus, queira-me bem". (N.T.)
[37] O senhor fala latim? (N.T.)
[38] Sim, excelentíssimo padre. (N.T.)

A conversa prosseguiu em latim. A expressão no olhar do velho padre suavizou-se.

Julien recuperou parte do sangue-frio. "Como sou fraco", pensou, "me deixar impressionar por aparências de virtude! Esse homem não deve passar de um velhaco como o abade Maslon." Congratulou-se por ter escondido quase todo o seu dinheiro dentro das botas.

O abade Pirard submeteu Julien a um exame de teologia e surpreendeu-se com a extensão de seus conhecimentos. Sua surpresa aumentou quando o interrogou especificamente sobre as Sagradas Escrituras. Mas, quando fez perguntas sobre as doutrinas dos Padres da Igreja, percebeu que o rapaz mal ouvira falar dos nomes de São Jerônimo, Santo Agostinho, São Boaventura, São Basílio, etc., etc.

"Eis aqui a tendência fatal ao protestantismo que sempre censurei em Chélan", refletiu o abade Pirard. "Um conhecimento profundo, profundo demais, das Sagradas Escrituras."

(Julien acabara de falar, sem ser interrogado sobre o assunto, da verdadeira época em que tinham sido escritos o Gênesis, o Pentateuco, etc.)

"A que leva essa discussão infinita sobre as Sagradas Escrituras, senão ao exame pessoal, ou seja, ao mais horroroso protestantismo?", indagou-se o padre. "E, ao lado dessa ciência imprudente, nada sobre os Padres da Igreja para compensar essa tendência."

O espanto do diretor do seminário, porém, ultrapassou os limites quando, ao interrogar Julien sobre a autoridade do papa e esperando ouvir as máximas da antiga Igreja francesa, o rapaz recitou o livro do sr. de Maistre inteirinho.

"Que homem singular, o Chélan", pensou o abade Pirard. "Será que apresentou o livro ao rapaz para que risse dele?"

Em vão interrogou Julien para saber se acreditava verdadeiramente na doutrina do sr. de Maistre. O rapaz respondia apenas com a memória. A partir desse momento, Julien sentiu-se bem relaxado, dono de si. Depois de um longo exame, pareceu-lhe que a severidade do sr. Pirard com ele era mera afetação. De fato, sem os princípios de austera gravidade que, em quinze anos, impusera aos alunos de teologia, o diretor do seminário teria abraçado Julien em nome da lógica, tais eram a clareza, a precisão e a nitidez de suas respostas.

"Eis aqui um espírito ousado e são", refletiu, "mas *corpus debile*[39]".

– O senhor tem esses desmaios com frequência? – perguntou em francês, apontando para o chão.

– Essa foi a primeira vez. O rosto do porteiro me deixou assustado – respondeu o rapaz, corando como uma criança.

O abade Pirard quase sorriu.

– Um efeito das vãs pompas mundanas, eu diria. O senhor parece habituado a rostos risonhos, verdadeiros teatros da mentira. A verdade é sisuda. Mas nossa tarefa aqui neste mundo também não é austera? Cuide para que a sua consciência fique de sobreaviso contra essa fraqueza: sensibilidade demais diante das graças vãs da aparência.

Voltando ao latim com evidente prazer, o diretor prosseguiu:

– Se o senhor não me tivesse sido recomendado pelo abade Chélan, eu lhe falaria na linguagem vã deste mundo ao qual parece que o senhor está acostumadíssimo. A bolsa integral que o senhor solicita, eu lhe digo, é a coisa mais difícil do mundo de obter. Mas, se não pudesse conseguir uma bolsa no seminário, o abade Chélan teria merecido muito pouco por cinquenta e seis anos de trabalho apostólico.

Depois dessas palavras, o abade Pirard recomendou que Julien não entrasse em nenhuma sociedade ou congregação secreta sem o seu consentimento.

– Eu lhe dou minha palavra de honra – prometeu o rapaz, de coração aberto como um homem de bem.

O diretor do seminário sorriu pela primeira vez.

– Essa expressão não é usada aqui, pois lembra demais a honra vã das pessoas mundanas, que as leva a cometer tantos pecados e, às vezes, até

---

[39] Corpo fraco. (N.T.)

crimes. O senhor me deve santa obediência em virtude do parágrafo 17 da bula *Unam Ecclesiam*[40] de São Pio V. Sou seu superior eclesiástico. Nesta casa, caríssimo filho, ouvir é obedecer. Quanto dinheiro você tem?

"É agora", pensou Julien. "Por isso me chamou de caríssimo filho."

– Trinta e cinco francos, meu pai.

– Faça uma lista detalhada de como gasta esse dinheiro, pois o senhor prestará contas a mim.

A sofrida sessão havia durado três horas. Julien foi chamar o porteiro.

– Instale Julien Sorel na cela número 103 – ordenou o abade Pirard ao homem.

Por consideração, dava ao rapaz um alojamento próprio.

– Leve a mala dele – acrescentou.

Julien baixou o olhar e reconheceu sua mala, bem à sua frente. Tinha olhado para ela durante três horas sem a reconhecer.

A cela número 103 era um quartinho quadrado de dois metros e quarenta centímetros de comprimento, no último andar do edifício. A vista dava para as muralhas, e além delas via-se a bela planície separada da cidade pelo rio Doubs.

– Que linda paisagem! – exclamou Julien.

Falando assim, não percebia o que suas palavras exprimiam. As sensações violentas pelas quais passara durante o pouco tempo em que estava em Besançon haviam esgotado suas forças. Ele sentou-se perto da janela na única cadeira de madeira da cela e logo caiu em sono profundo. Não ouviu o sino do jantar, nem o da bênção. Fora esquecido.

Quando os primeiros raios de sol o acordaram na manhã seguinte, viu-se deitado no chão.

---

[40] Estudiosos dizem que essa é uma invenção do autor; o papa Pio V não escreveu bula alguma iniciada por essas palavras. (N.T.)

Capítulo 26
O mundo ou o que falta ao rico

Estou só sobre a terra, ninguém se digna de pensar em mim. Todos os que vejo enriquecer têm uma ousadia e uma dureza de coração que não sinto em mim. Eles me odeiam por causa de minha bondade natural. Ah! Logo morrerei, seja de fome, seja de tristeza por ver homens tão duros.

Young

Apressou-se a escovar a roupa e descer, estava atrasado. Um bedel o recriminou com severidade. Em vez de se justificar, Julien cruzou os braços sobre o peito.

– *Peccavi, pater optime.*[41]

---
[41] Pequei, excelentíssimo padre. (N.T.)

Sua resposta e seu gesto foram um grande sucesso. Os seminaristas mais astutos perceberam que estavam lidando com alguém que já conhecia alguns princípios do ofício. A hora do recreio chegou. Julien viu-se no centro da curiosidade geral. Mas encontraram nele apenas reserva e silêncio. Seguindo as máximas que se impusera, considerou inimigos os seus trezentos e vinte e um colegas. A seus olhos, a pessoa mais perigosa de todas era o abade Pirard.

Poucos dias depois, Julien precisou escolher um confessor. Apresentaram-lhe uma lista.

"Por Deus, por quem me tomam?", pensou. "Acham que não sei reconhecer uma armadilha?" Escolheu o abade Pirard.

Sem que Julien desconfiasse de nada, essa ação foi decisiva. Um seminarista bem novinho, nativo de Verrières, que desde o primeiro dia havia se declarado seu amigo, disse-lhe que teria sido mais prudente escolher o sr. Castanède, subdiretor do seminário.

– O abade Castanède é inimigo do sr. Pirard, suspeito de jansenismo – cochichou-lhe o seminarista.

Todos os primeiros passos dados por nosso herói, que julgava estar agindo com prudência, foram errôneos, como havia sido a escolha do confessor. Enganado pela presunção de um homem imaginativo, tomava as suas intenções como fatos e se considerava um hipócrita consumado. Sua loucura chegava a ponto de recriminar-se por seu sucesso na arte da fraqueza.

"Ah, esta é minha única arma!", pensava. "Em outra época, seria por meio de palavras diante do inimigo que eu ganharia meu pão."

Satisfeito com sua conduta, Julien olhava ao redor e via por toda a parte a aparência da mais pura virtude.

Oito ou dez seminaristas viviam em odor de santidade, tinham visões de Santa Teresa e de São Francisco, quando este recebeu os estigmas sobre o monte Alverne, nos Apeninos. Mas isso era um grande segredo, escondido pelos amigos. Esses pobres jovens visionários estavam quase sempre na enfermaria. Uma centena de outros juntava uma aplicação infatigável a uma fé robusta. Dedicavam-se a ponto de adoecer, mas sem aprender grande coisa. Dois ou três se distinguiam por um talento verdadeiro e, dentre outros, um chamado Chazel. Mas Julien mantinha distância deles, e vice-versa.

O restante dos trezentos e vinte e um seminaristas compunha-se de seres grosseiros que pareciam não entender muito bem as palavras em latim que repetiam ao longo do dia. Quase todos eram filhos de camponeses e achavam melhor ganhar o pão de cada dia recitando algumas palavras em latim que arando a terra. Foi a partir dessas observações que, desde os primeiros dias, Julien acreditou que faria progressos rápidos. "Em qualquer ofício é preciso haver pessoas inteligentes, pois existe um trabalho a ser feito", refletia ele. "A serviço de Napoleão, eu teria sido sargento. Entre esses futuros padres, serei vigário-geral."

"Todos esses pobres-diabos, trabalhadores desde a infância, antes de vir para cá viviam à base de leite coalhado e de pão preto", acrescentava em pensamento. "Em seus casebres, comiam carne só cinco ou seis vezes por ano. Assim como os soldados romanos que consideravam a guerra tempo de repouso, esses camponeses grosseiros se encantam com as delícias do seminário."

No olhar apagado deles, Julien lia apenas uma necessidade física satisfeita após o almoço, um prazer físico esperado antes da refeição. Essas eram as pessoas do meio das quais era preciso se destacar. Mas o que Julien não sabia, o que não lhe disseram, era que alcançar o primeiro lugar nos vários cursos de dogma, história eclesiástica, etc., etc., lecionados no seminário era, aos olhos deles, um pecado esplêndido.

Desde Voltaire, desde o governo das duas câmaras, que no fundo não passa de desconfiança e exame pessoal e dá ao espírito dos povos o mau hábito de desconfiar, a Igreja da França parece ter entendido que os livros são os seus verdadeiros inimigos. A submissão do coração é o mais importante. Ir bem nos estudos, mesmo das coisas sagradas, levanta suspeitas, e com razão. Quem vai impedir o homem superior de passar para o outro lado como Sieyès ou Grégoire[42]? A Igreja, amedrontada, apega-se ao papa como a única chance de salvação. Só o papa pode tentar dar fim ao exame pessoal, por meio das pompas piedosas das cerimônias da sua corte, impressionando o espírito entediado e doente das pessoas mundanas.

Descobrindo aos poucos essas verdades diversas, que todas as palavras ditas dentro de um seminário tendem a desmentir, Julien caía em melancolia profunda. Estudava bastante e conseguia aprender rapidamente coisas úteis a um padre, muito falsas a seus olhos, pelas quais não alimentava interesse algum. Achava que não havia outra coisa a fazer.

"Será que todos me esqueceram?", perguntava-se. Ele não sabia que o sr. Pirard havia recebido e atirado ao fogo algumas cartas timbradas de Dijon, nas quais, apesar da forma e do estilo corretíssimos, vibrava a paixão mais viva. Grandes remorsos pareciam lutar contra esse amor. "Melhor assim", pensava o abade Pirard, "pelo menos o rapaz não amou uma mulher sem religião."

Certo dia, o diretor do seminário abriu uma carta meio apagada pelas lágrimas; era um adeus eterno. "Finalmente", dizia a missiva a Julien, "o céu me concedeu a graça de odiar não o autor do meu pecado, ele será sempre o que tenho de mais precioso no mundo, mas o meu pecado em si. O sacrifício está feito, meu amigo. E não sem lágrimas, como você pode ver. Prevaleceu a salvação daqueles a quem dedico a minha vida, aqueles que você tanto amou. Um Deus justo, mas terrível, não poderá mais vingar nos filhos o pecado da mãe. Adeus, Julien, seja justo com os homens."

O final da carta estava quase ilegível. A mulher dava um endereço de Dijon, embora esperasse que o rapaz nunca respondesse, ou que pelo menos ele usasse palavras que uma dama com a virtude restaurada pudesse ler sem corar.

---

[42] Emmanuel-Joseph Sieyès (1748-1836) e Henri Grégoire (1750-1831) eram padres e políticos, apoiadores ativos da Revolução Francesa por meios de seus escritos e sermões. (N.T.)

A melancolia de Julien, auxiliada pela comida medíocre que o empresário dos almoços fornecia ao seminário por oitenta e três centavos, começava a influenciar sua saúde, quando certa manhã Fouqué apareceu de repente no quarto dele.

– Finalmente consegui entrar. Vim cinco vezes a Besançon, sem reclamar, para ver você. Dei sempre com a cara na porta. Coloquei alguém vigiando a entrada do seminário. Por que diabos você nunca sai?

– É uma provação que me impus.

– Estou achando você muito mudado. Finalmente o vejo de novo. Dois belos escudos de cinco francos acabam de me mostrar que sou um idiota por não os ter oferecido quando vim pela primeira vez.

A conversa dos amigos não tinha fim. Julien mudou de cor quando Fouqué disse:

– A propósito, a mãe dos seus alunos virou uma grande devota, sabia?

Fouqué falou daquele jeito desprendido que deixa uma impressão singular na alma apaixonada, abalando os seus mais íntimos interesses sem que ninguém perceba.

– Sim, meu amigo, entregou-se à devoção mais exaltada. Dizem que ela faz peregrinações. Mas, para vergonha eterna do abade Maslon, que espionou o pobre sr. Chélan por tanto tempo, a sra. de Rênal o ignora. Ela prefere se confessar em Dijon ou Besançon.

– Ela vem a Besançon – murmurou Julien, com o rosto ficando vermelho.

– Sim, com frequência – respondeu Fouqué, com ar de interrogação.

– Você tem aí um exemplar do *Constitutionnel*?

– O que você disse?

– Perguntei se você tem algum exemplar do *Constitutionnel* – repetiu Julien, em tom de voz muito tranquilo. – Aqui eles custam trinta tostões cada.

– Ora, ora! Até no seminário há liberais! Pobre França! – exclamou Fouqué, imitando a voz hipócrita e doce do abade Maslon.

Essa visita teria causado uma profunda impressão no nosso herói se, no dia seguinte, uma palavra dita pelo seminarista de Verrières, que ele considerava tão menino, não o tivesse ajudado a fazer uma importante descoberta. Desde que Julien entrara no seminário, sua conduta havia sido uma sequência de erros. Ele zombava de si mesmo com amargura.

Na verdade, as ações importantes de sua vida eram sabiamente conduzidas, mas Julien não cuidava dos detalhes, e os malandrões do seminário reparam apenas nos detalhes. Sendo assim, já ganhara fama de "espírito forte". Fora traído por um conjunto de pequenas atitudes.

Aos olhos dos outros, era culpado de um vício grave: ele pensava, julgava por si mesmo, em vez de seguir cegamente a autoridade e o exemplo. O abade Pirard não o tinha socorrido em momento algum; não lhe dirigira a palavra uma única vez fora do tribunal da penitência, onde, para completar, mais ouvia que falava. A situação teria sido bem diferente se Julien tivesse escolhido o abade Castanède como confessor.

Assim que Julien percebeu sua loucura, não se aborreceu mais. Quis conhecer toda a extensão do mal e, para conseguir isso, saiu um pouco do silêncio altivo e obstinado com o qual afastava os camaradas. Foi então que se vingaram dele. Sua vontade de aproximação foi acolhida por um desprezo que beirava a zombaria. Julien reconheceu que, desde sua entrada no seminário, não havia passado uma única hora, em especial durante os recreios, que não resultasse em consequências positivas ou negativas para ele, que não tivesse aumentado o número dos seus inimigos ou conquistado a benevolência de algum seminarista sinceramente virtuoso ou menos grosseiro que os outros. O mal a reparar era imenso. A partir desse momento, a atenção de Julien ficou sempre alerta. Era necessário criar um caráter novo.

Os movimentos dos olhos, por exemplo, deram-lhe muito trabalho. Não é por acaso que se anda olhando para o chão nesses lugares. "Que presunção a minha, em Verrières!", dizia-se Julien. "Eu acreditava viver, mas estava só me preparando para a vida. Agora finalmente estou no mundo, tal como o encontrarei até o final da minha missão, cercado por verdadeiros inimigos. Como é difícil esta hipocrisia a cada minuto! É pior que os trabalhos de Hércules. O Hércules dos tempos modernos é Sisto V, há quinze anos seguidos enganando, com sua modéstia, quarenta cardeais que o viram vivo e altivo durante toda a juventude."

"Então a ciência não vale nada aqui!", refletia Julien, ressentido. "Os progressos no dogma, na história sagrada, etc., só importam na aparência. Tudo o que dizemos sobre o assunto serve para fazer cair na armadilha tolos como eu. Ai de mim! Meu único mérito consistia nos meus rápidos progressos, no meu modo de assimilar essas asneiras. Será que, no fundo, lhes dão o devido valor? Será que as julgam, como faço? E eu fui um tonto por me orgulhar! Os primeiros lugares que sempre conquisto serviram apenas para me arranjar inimigos ferozes. Chazel, que sabe mais do que eu, sempre enfia nas suas composições alguma bobagem que o manda para o quinquagésimo lugar; se ele fica em primeiro, é por distração. Ah! Uma palavra, uma só palavra do sr. Pirard teria sido útil para mim!"

A partir do momento em que Julien se desenganou, os exercícios de piedade contemplativa, como rezar o terço cinco vezes por semana, os cânticos ao Sagrado Coração, etc., etc., que lhe pareciam mortalmente entediantes, tornaram-se momentos de ação dos mais interessantes. Refletindo seriamente sobre si mesmo, buscando sobretudo não exagerar a própria capacidade, Julien não quis, logo de início, ser como os seminaristas que serviam de modelo aos outros, fazendo a cada instante ações significativas, ou seja, provando um tipo de perfeição cristã. No seminário, existe um jeito de comer um ovo quente que anuncia os progressos feitos na vida devota.

O leitor, que talvez sorria, quem sabe se lembre de todas as faltas cometidas pelo abade Delille[43] ao comer um ovo durante o almoço na residência de uma dama importante da corte de Luís XVI.

---

[43] Segundo Jacques Delille (1738-1813), quando se termina de comer um ovo quente, não se deve pôr no prato a casca inteira, é preciso quebrá-la antes. Não foi ele que cometeu as gafes, apenas as relatou. (N.T.)

Primeiro Julien procurou atingir o *non culpa*, o estado do jovem seminarista cuja atitude, maneira de mover os braços, os olhos, etc. não indicam nada de mundano, mas ainda não mostram o ser absorto pela ideia da outra vida e pelo "puro nada" desta aqui.

O tempo todo Julien via, escritas a carvão nas paredes dos corredores, frases como "O que são sessenta anos de provações se compararmos uma eternidade de delícias com uma eternidade de óleo fervente no inferno?" Ele não as desprezava mais. Entendeu que precisava tê-las o tempo todo diante dos olhos. "O que vou fazer do resto da minha vida?", perguntava-se. "Venderei aos fiéis um lugar no céu. Como esse lugar pode tornar-se visível para eles? Pela diferença entre a minha aparência e a de um laico."

Após meses de treino ininterrupto, Julien ainda tinha ar pensativo. Seu jeito de mexer os olhos e a boca não indicava a fé implícita e pronta a acreditar em tudo e a tudo suportar, mesmo pelo martírio. Era com raiva que ele se via vencido nesse quesito pelos camponeses mais grosseiros. Havia boas razões para que estes não apresentassem ar pensativo.

Que esforços fazia Julien para ter a fisionomia de fé ardente e cega, pronta a acreditar em tudo e tudo sofrer, encontrada tão frequentemente nos conventos da Itália e da qual Guercino[44] deixou a nós, laicos, belos exemplos em quadros religiosos!

Nos dias de festas importantes, serviam salsicha com chucrute aos seminaristas. Os vizinhos de mesa observaram que Julien se mostrava insensível a essa felicidade. Esse foi um de seus primeiros crimes. Os colegas viram na sua atitude um traço odioso da mais estúpida hipocrisia. Nada lhe granjeou mais inimigos. "Vejam esse burguês, vejam esse desdenhoso que finge desprezar a melhor comida, salsicha com chucrute!", diziam. "Que coisa feia! Que orgulhoso! Maldito!"

"Ai de mim! A ignorância desses jovens camponeses, meus camaradas, é para eles uma enorme vantagem", ponderava Julien quando se sentia

---

[44] Giovanni Francesco Barbieri (1591-1666), mais conhecido como *Guercino*, foi um pintor do Barroco italiano. Suas obras estão no Louvre e em outros museus famosos. (N.T.)

desencorajado. "Quando chegam ao seminário, o professor não precisa livrá-los desse número espantoso de ideias mundanas que trago comigo e podem ser lidas no meu rosto, não importa o que eu faça."

Ele estudava, com atenção próxima da inveja, os mais toscos camponesinhos que chegavam ao seminário. Assim que lhes tiravam a roupa rústica e os vestiam com o hábito preto, sua educação se limitava a um respeito imenso e sem limites pelo dinheiro líquido e certo, como se diz no Franco-Condado.

É a maneira sacramental e heroica de exprimir a ideia sublime de dinheiro vivo.

A felicidade, tanto para esses seminaristas como para os heróis dos romances de Voltaire, consiste principalmente em comer bem. Julien descobria em quase todos um respeito inato pelo homem que veste uma roupa de tecido fino. Tal sentimento estima a justiça distributiva, tal como nos é concedida nos tribunais, por seu valor e mesmo abaixo do seu valor. "O que podemos ganhar", costumavam repetir entre si, "ao pregar contra um figurão?"

Essa é a palavra usada nos vales do Jura para falar de um homem rico. Imaginem o respeito dele pelo mais rico de todos: o governo!

Não sorrir com respeito só de ouvir o nome do senhor prefeito é, aos olhos dos camponeses do Franco-Condado, uma imprudência. E a imprudência do pobre é rapidamente punida com a falta de pão.

Depois de quase ter sido sufocado pela sensação de desprezo nos primeiros tempos, Julien acabou por sentir pena. Já acontecera com a maioria dos pais de seus colegas: chegar ao seu casebre em uma noite de inverno e não encontrar nada, nem pão, nem castanhas, nem batatas. "Então não é de espantar que, para eles, o homem feliz é aquele que termina de comer bem e tem uma roupa boa para vestir!", pensava Julien. "Meus camaradas têm vocação firme, isto é, veem na vida religiosa uma longa continuidade desta felicidade: comer bem e ter uma roupa quente no inverno."

Aconteceu de Julien escutar um jovem seminarista, dotado de imaginação, dizer a um companheiro:

– Por que não posso ser papa como Sisto V, que era guardador de porcos?

– Só elegem papas italianos – respondeu o amigo. – Mas com certeza vão sortear entre nós postos de vigários, cônegos, talvez até de bispos. O sr. P..., bispo de Châlons, é filho de um fabricante de barris, a mesma profissão do meu pai.

Um dia, no meio de uma lição de dogma, o abade Pirard mandou chamar Julien. O pobre rapaz ficou feliz de poder sair da atmosfera física e moral na qual estava mergulhado.

Encontrou no sr. diretor o mesmo acolhimento que tanto lhe metera medo no dia de sua chegada ao seminário.

– Explique para mim o que está escrito nesta carta de baralho – disse o sr. Pirard, com um olhar que o fez ter vontade de afundar no chão.

Julien leu: "Amanda Binet, café da Girafa, antes das oito horas. Dizer que é de Genlis e primo da minha mãe".

Ele viu o tamanho do perigo. A polícia do abade Castanède lhe roubara o endereço.

– No dia em que vim para cá, estava com medo – respondeu, mirando a testa do diretor, pois não conseguia suportar seu olhar amedrontador. – O sr. Chélan tinha me dito que este é um lugar de delações e de maldades de todos os tipos, que aqui a espionagem e a denúncia entre camaradas são encorajadas. O céu quis assim, para mostrar a vida tal como ela é aos jovens padres, e inspirar neles desagrado pelas coisas do mundo e suas pompas.

– É para cima de mim que o senhor vem com essas frases? – enfureceu-se o abade Pirard. – Que descarado!

– Em Verrières – continuou Julien, friamente –, meus irmãos me batiam quando sentiam inveja de mim...

– Aos fatos! Aos fatos! – gritou o diretor, quase fora de si.

Sem se mostrar intimidado, Julien continuou sua narrativa.

– No dia em que cheguei a Besançon, por volta do meio-dia, senti fome e entrei em um café. Meu coração estava cheio de repugnância pelo lugar profano, mas pensei que ali o almoço seria mais barato que num albergue.

Uma senhora que parecia ser a dona do café teve pena do meu ar ingênuo. "Besançon está cheio de gente má", ela me disse, "temo pelo senhor. Se lhe acontecer algo de ruim, conte comigo, mande alguém me procurar antes das oito horas. Se os porteiros do seminário se recusarem a me mandar um recado seu, diga que é meu primo e nascido em Genlis"...

– Essa sua conversa fiada será verificada – esbravejou o abade Pirard, que, incapaz de permanecer parado, andava de um lado para outro do aposento. – Volte para sua cela!

O abade acompanhou Julien e o trancou a chave. O rapaz logo se pôs a revirar sua mala, no fundo da qual havia escondido a carta de baralho fatal. Não faltava nada na mala, mas algumas coisas estavam fora de lugar; e, no entanto, a chave estava sempre com ele. "Ainda bem que, durante o tempo em que estive cego, nunca aceitei a permissão para sair que o sr. Castanède me ofereceu tantas vezes, com uma bondade que só agora entendo", refletiu Julien. "Se eu tivesse tido a fraqueza de trocar de roupa e ir visitar a bela Amanda, estaria perdido. Em desespero para se aproveitar de uma informação como essa, me denunciaram."

Duas horas mais tarde, foi chamado de novo.

– Você falou a verdade – disse o diretor do seminário, em tom um pouco menos severo. – Mas guardar um endereço desses é uma imprudência cuja gravidade o senhor nem imagina. Pobre criança! Daqui a uns dez anos, talvez, ela poderá prejudicá-lo.

Capítulo 27
Primeira experiência de vida

*O tempo presente, grande Deus, é a arca do Senhor.
Infeliz aquele que a tocar.*

DIDEROT

O leitor nos permitirá oferecer poucos fatos claros e precisos sobre essa época da vida de Julien. Não que eles nos faltem, ao contrário. Mas talvez o que ele viu no seminário seja sombrio demais para as cores discretas que procuramos manter nestas páginas. Os contemporâneos que sofrem por certas coisas lembram-se delas apenas com um horror que paralisa qualquer prazer, mesmo o de ler uma história.

Julien não era bem-sucedido em suas tentativas de gestos hipócritas. Caiu em momentos de desgosto e até mesmo de desencorajamento total. O menor auxílio vindo de fora teria bastado para animá-lo, e a dificuldade a superar não teria parecido tão grande. Mas ele estava só, como um barco abandonado no meio do oceano. "E, mesmo que eu obtenha sucesso", pensava, "passar toda uma vida em tão má companhia! Glutões que só pensam na omelete com toicinho que vão devorar no almoço, ou padres como o Castanède, para os quais nenhum crime é terrível demais! Eles chegarão ao poder, mas a que preço, meu Deus!"

"Sempre leio que a vontade do homem é poderosa, mas será suficiente para superar tamanho desgosto? A tarefa dos grandes homens foi fácil, por pior que fosse o perigo eles o consideravam belo. Mas quem além de mim pode entender a feiura que me cerca?"

Esse foi o momento mais difícil da vida de Julien. Seria tão fácil para ele alistar-se em um dos belos regimentos alocados em Besançon! Poderia tornar-se professor de latim, pois precisava de pouco para manter-se! Mas, então, nada de carreira, nada de futuro para sua imaginação: seria o mesmo que morrer. Eis os detalhes de um dos seus tristes dias.

"Em minha presunção, tantas vezes me aplaudi por ser diferente dos outros jovens camponeses! Pois bem, já vivi o bastante para ver que a diferença gera o ódio", disse a si mesmo certa manhã. Essa grande verdade acabara de ser demonstrada por um de seus mais espinhosos fracassos. Julien havia passado oito dias agradando a um aluno que vivia em odor de santidade. Ele caminhava com o rapaz pelo pátio, ouvindo com submissão tolices de dar sono. De repente chegou uma tempestade, trovões ressoaram, e o santo aluno o empurrou para longe com grosseria, exclamando:

– Escute aqui, neste mundo é cada um por si. Não quero ser queimado por um raio! Deus pode fulminá-lo por ser um ímpio, por ser como um Voltaire!

Com os dentes cerrados de ódio e os olhos abertos voltados para o céu riscado por raios, Julien esbravejou:

– Eu merecia ser afogado se pegasse no sono durante a tempestade! Vamos tentar conquistar outro pedante.

Tocou a sineta para a aula de história sagrada do abade Castanède.

Aos jovens camponeses, que temiam o trabalho pesado e a pobreza de seus pais, o abade Castanède ensinava aquele dia que esse ser terrível aos olhos deles, o governo, só tinha poder real e legítimo em virtude da delegação do vigário de Deus sobre a terra.

– Tornem-se dignos das bondades do papa pela santidade da sua vida, por sua obediência. Sejam como um cajado nas mãos dele – orientava o abade – e alcançarão um cargo excelente no qual darão ordens como chefes, longe de qualquer controle. Um cargo permanente, com um terço do salário pago pelo governo, dois terços pagos pelos fiéis instruídos pelos seus sermões.

Saindo da aula, o abade Castanède parou no pátio e disse aos alunos que o cercavam:

– Sobre um pároco, pode-se dizer que o cargo vale tanto quanto vale o homem. Eu mesmo conheci paróquias nas montanhas que tinham rendimentos maiores que os de paróquias na cidade. Havia muito dinheiro, sem contar os leitões gordos, os ovos, a manteiga fresca e outras vantagens oferecidas. Lá o pároco está sempre em primeiro lugar: não há um bom almoço para o qual não seja convidado e onde não seja festejado, etc.

Assim que o abade Castanède retirou-se para os seus aposentos, os alunos dividiram-se em grupos. Julien não pertencia a nenhum; foi deixado de lado como uma ovelha desgarrada. Viu, em todos os grupos, um aluno lançar uma moeda para o alto e, se ele acertasse no jogo de cara ou coroa, seus colegas concluíam que logo conseguiriam uma paróquia rica.

Em seguida, começaram as histórias. Um certo padre jovem, ordenado apenas um ano atrás, depois de ter dado um coelho à criada de um velho padre, fora chamado para ser vigário; pouco tempo depois, tornou-se pároco ao substituir o velho padre, que tinha morrido rapidamente. Outro conseguira ser nomeado sucessor na paróquia de um burgo bastante rico só por ajudar o idoso pároco paralítico durante as refeições, cortando-lhe o frango no prato com elegância.

Os seminaristas, como quaisquer jovens em todas as profissões, exageravam o efeito dessas pequenas estratégias que têm algo de extraordinário e impressionam a imaginação.

"Preciso me acostumar com essas conversas", pensava Julien. Quando não falavam sobre salsichas e párocos velhos, os rapazes se distraíam com a parte mundana das doutrinas eclesiásticas, com desentendimentos entre bispos e governadores, prefeitos e párocos. Julien via aparecer a ideia de um segundo Deus, mas de um Deus bem mais temível e poderoso que o outro. Esse segundo Deus era o papa. Comentava-se, em tom de voz baixo e quando se tinha certeza de que o abade Pirard não estava por perto, que, se o papa não se dava ao trabalho de nomear todos os governadores e prefeitos da França, era porque já havia dado essa tarefa ao rei da França, nomeando-o filho mais velho da Igreja.

Foi mais ou menos nessa época que Julien julgou poder tirar partido do livro *Du Pape*, do sr. de Maistre. Sim, ele surpreendeu os colegas, mas de novo cometeu um erro. Os outros seminaristas não gostaram de ver as suas opiniões próprias expostas de um jeito melhor. O abade Chélan fora imprudente com Julien como fora consigo. Depois de ensinar-lhe o hábito de raciocinar corretamente e de não se deixar levar por palavras vãs, esquecera de dizer-lhe que, para as pessoas que recebem pouca consideração, esse hábito é um crime, pois qualquer bom raciocínio é ofensivo.

A facilidade de expressão de Julien foi, portanto, considerada um novo crime. Seus camaradas, de tanto se ocupar dele, conseguiram demonstrar todo o horror que ele inspirava dando-lhe o apelido de Martinho Lutero; especialmente, diziam, por causa da lógica infernal que o deixava tão orgulhoso.

Muitos jovens seminaristas tinham cores mais frescas e podiam passar por mais encantadores que Julien. Este, porém, tinha mãos brancas e era incapaz de esconder certos hábitos de asseio meticuloso. Isto era um fator negativo no triste edifício em que o destino o havia jogado. Os camponeses sujos entre os quais vivia declararam que ele era muito relaxado. Temos medo de cansar o leitor com o relato dos mil infortúnios do nosso herói. Por exemplo, os seminaristas mais fortes quiseram adotar o costume de surrá-lo, e ele foi obrigado a armar-se de um compasso de ferro e anunciar, mas só por meio de sinais, que não hesitaria em usá-lo. Em um relatório de espionagem, gestos não são tão convincentes quanto as palavras.

Capítulo 28
Uma procissão

Todos os corações estavam comovidos. A presença de Deus parecia ter descido às ruas estreitas e góticas, enfeitadas por toda a parte com tapetes e cobertas de areia pelos fiéis.

YOUNG

Mesmo se fazendo de pequeno e tonto, Julien não agradava a ninguém, era diferente demais. "Entretanto, todos os professores são inteligentes e foram escolhidos entre muitos outros", refletia o rapaz. "Como eles não apreciam a minha humildade?". Apenas um parecia abusar da sua disposição de acreditar em tudo e parecer um perfeito idiota. Era o abade Chas-Bernard, diretor de cerimônias da catedral, que havia quinze anos aguardava um prometido cargo de cônego; enquanto esperava, dava aulas de eloquência sacra no seminário. Na época da sua cegueira, este era um dos cursos no qual Julien costumava ser o primeiro da turma. Por causa disso, o abade Chas lhe mostrara amizade e, depois das aulas, oferecia-lhe naturalmente o braço para darem algumas voltas no jardim.

"Aonde ele quer chegar?", indagava-se Julien. Via com estranheza que, durante horas, o abade Chas falava sobre todos os paramentos litúrgicos que havia na catedral: dezessete vestes sacerdotais enfeitadas com galões, além das vestes de luto. Esperavam muito da idosa presidente de Rubempré. A dama de noventa anos de idade conservava, havia pelo menos setenta anos, seus trajes de núpcias, feitos com maravilhosas sedas de Lyon com relevos bordados a ouro.

– Imagine, meu amigo – dizia o abade Chas parando de andar de repente e arregalando os olhos –, que os trajes param em pé sozinhos, de tanto ouro. Todos em Besançon acreditam que, pelo testamento da presidente, o tesouro da catedral ganhará mais dez vestes sacerdotais, sem contar quatro ou cinco mantos para as cerimônias mais solenes. Vou mais longe – acrescentava, baixando o tom da voz. – Tenho razões para acreditar que a presidente vai nos deixar oito magníficos castiçais de prata dourada, supostamente comprados na Itália por Carlos, o Temerário, duque da Borgonha, cujo ministro predileto foi antepassado dela.

"Mas aonde esse homem quer chegar com tanta conversa fiada?", pensava Julien. "Essa preparação estratégica está durando um século, e nada vem à tona. Ele deve desconfiar muito de mim! É mais esperto que todos os outros, que não demoram quinze dias para deixar transparecer seu objetivo secreto. Eu até entendo, a ambição deste aqui sofre há quinze anos!"

Certa noite, durante a lição de armas, Julien foi chamado aos aposentos do abade Pirard, que lhe disse:

– Amanhã é a solenidade de *Corpus Domini*[45]. O abade Chas-Bernard precisa que o senhor o ajude a enfeitar a catedral. Vá e obedeça.

O diretor do seminário o chamou de volta e acrescentou, em tom compadecido:

---

[45] *Corpus Christi*. (N.T.)

— Cabe ao senhor decidir se aproveitará a ocasião para passear pela cidade.

— *Incedo per ignes*[46] — respondeu Julien.

No dia seguinte, logo cedo, ele se dirigiu à catedral, de cabeça baixa. A aparência das ruas e a agitação que começava a reinar na cidade lhe fizeram bem. Por toda a parte, enfeitavam a fachada das casas para a passagem da procissão. Todo o tempo passado no seminário pareceu a Julien um instante mínimo. Seu pensamento estava em Vergy e na bela Amanda, que ele poderia encontrar, pois o café não ficava muito distante. Ele viu de longe o abade Chas-Bernard na porta de sua amada catedral. Era um homem obeso, de rosto alegre e franco; naquele dia, sentia-se triunfante.

— Estava à sua espera, meu filho! — gritou assim que o avistou ao longe. Seja bem-vindo. Nossa jornada será longa e penosa. Vamos nos fortalecer com uma primeira refeição; a segunda será às dez horas, durante a missa solene.

— Desejo, senhor, não ficar um minuto sozinho — disse Julien, sério. — Queira notar que cheguei um minuto antes das cinco horas — acrescentou, mostrando o relógio acima de suas cabeças.

— Ah, aquela cambada do seminário lhe mete medo? Você é bondoso em pensar nela. Por acaso um caminho é menos belo porque há espinhos nos arbustos que o margeiam? Os viajantes seguem em frente e deixam os espinhos maus para trás, choramingando. No mais, mãos à obra, meu amigo, mãos à obra!

O abade Chas estava certo ao afirmar que a jornada seria penosa. Uma grande cerimônia fúnebre havia acontecido na véspera, na catedral, e nada pudera ser preparado de antemão. Era preciso, em uma única manhã, revestir todos os pilares góticos das três naves com um tecido adamascado vermelho com nove metros de largura. O senhor bispo mandara vir de Paris quatro tapeceiros, mas sozinhos não dariam conta de tudo; e, em

---

[46] Tenho inimigos anônimos. (N.T.)

vez de encorajar os colegas de Besançon, eles pioravam sua falta de jeito com zombarias.

Julien percebeu que precisaria subir nas escadas, e sua agilidade lhe foi bastante útil. Os tapeceiros da cidade ficaram por conta dele. O abade Chas, encantado, observava-o saltar de escada em escada. Quando todos os pilares terminaram de ser recobertos pelo adamascado, surgiu a questão de colocar cinco enormes buquês de plumas sobre o grande dossel acima do altar-mor. Um rico capitel de madeira dourada era sustentado por oito altas colunas torcidas em mármore italiano. Mas, para chegar ao centro do dossel, acima do tabernáculo, era necessário caminhar sobre uma antiga cornija de madeira, talvez carcomida, a doze metros de altura.

O aspecto da cornija de madeira acabou com a brilhante alegria dos parisienses. Eles ficaram olhando de baixo, discutindo muito, mas sem subir. Julien pegou os buquês de plumas e subiu correndo a escada. Colocou-os no meio do ornamento em forma de coroa, no centro do dossel. Quando desceu da escada, o abade Chas-Bernard o abraçou.

– *Optime!* – exclamou o bom padre. – Vou contar isso ao monsenhor.

A refeição das dez horas foi alegre. O abade Chas-Bernard nunca tinha visto a sua igreja tão linda.

– Caro discípulo – disse ele a Julien –, minha mãe alugava cadeiras nesta venerável basílica, de modo que fui praticamente criado dentro deste grande edifício. O Terror de Robespierre nos arruinou. Mas, aos oito anos que eu tinha na época, já ajudava nas missas particulares, e era nos dias de missa que me davam de comer. Ninguém sabia dobrar uma veste sacerdotal como eu, nunca os galões ficavam amassados. Desde que Napoleão restabeleceu o direto de culto, tenho a felicidade de cuidar de tudo nesta venerável metrópole. Cinco vezes por ano meus olhos a veem decorada com esses ornamentos tão belos. Mas jamais ela esteve tão resplandecente, jamais o adamascado foi tão bem colocado como hoje, tão alinhado nos pilares.

"Finalmente ele vai me contar seu segredo", pensou Julien, "agora que começou a falar de si, a desabafar." No entanto, nada de imprudente foi dito pelo homem obviamente exaltado. "Ele trabalhou tanto, e mesmo assim está feliz, o bom vinho não foi desperdiçado. Que homem! Que exemplo para mim! Ganhou o prêmio." (Uma expressão popular que Julien herdara do velho cirurgião.)

Quando soou o *Sanctus* da missa solene, o rapaz quis vestir uma sobrepeliz para seguir o bispo na grandiosa procissão.

– E os ladrões, meu amigo, e os ladrões! – exclamou o abade Chas. – Não pensou neles? A procissão vai sair, a igreja ficará deserta. Nós ficaremos de vigia, o senhor e eu. Poderemos nos dar por felizes se no final levarem apenas alguns pedaços do belo tecido na base das pilastras. Mais um presente da sra. de Rubempré. O adamascado pertenceu ao famoso conde, bisavô dela, e tem ouro puro, meu caro amigo, nada aqui é falso! – acrescentou, exaltado, falando ao pé do ouvido de Julien. – O senhor fica encarregado da inspeção da ala norte; não saia de lá. Eu ficarei com a ala do meio e a grande nave. Cuidado com os confessionários: é neles que os espias dos ladrões esperam o momento em que viramos as costas.

Assim que o padre parou de falar, soaram as onze horas e quarenta e cinco minutos. O grande sino bateu forte; o som alto, forte e solene das badaladas comoveu Julien. Sua imaginação alçou voo.

O aroma dos incensos e das pétalas de rosas jogadas diante do Santíssimo Sacramento pelas crianças vestidas de São João o deixou ainda mais exaltado.

Os sons graves do sino deveriam ter despertado em Julien a ideia do trabalho de vinte homens recebendo como pagamento cinquenta centavos e talvez a ajuda de uns quinze ou vinte fiéis. Ele deveria ter pensado no desgaste das cordas, do vigamento, do perigo do sino em si, que cai a cada dois séculos, e refletir sobre um jeito de baixar o salário dos sineiros, ou de pagá-los com alguma indulgência ou outra graça tirada dos tesouros da Igreja, que não prejudicasse sua bolsa de dinheiro.

Em lugar dessas sábias reflexões, porém, a alma de Julien, estimulada pelos sons vigorosos e plenos, errava em espaços imaginários. Ele jamais daria um bom padre ou um grande administrador. As almas que se comovem assim são boas, no máximo, para criar artistas. Aqui se revela claramente a presunção de Julien. Talvez cinquenta entre seus colegas de seminário, atentos à realidade da vida por meio do ódio público e do jacobinismo que lhes mostram de emboscada atrás de cada arbusto, ao ouvirem o sino da catedral, teriam pensado apenas no salário dos sineiros. Teriam examinado, com o prodígio de Barême[47], se o grau de emoção do público valia o dinheiro pago aos sineiros. Se Julien se preocupasse com os interesses materiais da catedral, sua imaginação, lançando-se para além do alvo, teria pensado em economizar quarenta francos na produção da cerimônia, mas não se lembraria de evitar um gasto de vinte e cinco centavos.

Enquanto no belíssimo dia a procissão percorria Besançon lentamente, parando nos fulgurantes repositórios erguidos por todas as autoridades rivais entre si, a igreja permanecia em profundo silêncio. Uma semiescuridão e um agradável frescor reinavam ali dentro, junto com o perfume das flores e dos incensos.

O silêncio, a solidão profunda e o frescor das compridas naves tornavam ainda mais doces os devaneios de Julien. Ele não temia ser perturbado pelo abade Chas, ocupado em outra parte do edifício. Sua alma havia quase abandonado seu invólucro mortal, que caminhava a passos lentos na ala norte confiada à sua vigilância. Estava ainda mais tranquilo porque verificara que não havia ninguém nos confessionários além de algumas mulheres devotas; seus olhos contemplavam sem enxergar.

Sua distração, porém, foi em parte vencida pela aparência de duas mulheres muito elegantes que estavam ajoelhadas, uma no confessionário, a outra perto da primeira, sentada em uma cadeira. Ele as olhava sem ver. No entanto, fosse por um vago sentimento dos seus deveres, fosse por admiração pelas roupas nobres e simples das duas damas, percebeu que não

---

[47] François-Bertrand Barême (1638-1703), matemático francês, autor de uma das obras fundadoras da ciência da contabilidade. (N.T.)

havia padre no confessionário. "É estranho que, sendo tão devotas, essas mulheres não estejam de joelhos diante de algum repositório", pensou, "ou no mínimo na primeira fila de algum balcão, caso sejam da alta sociedade. Que corte perfeito desses vestidos! Que graciosos!" Julien diminuiu o passo para observá-las melhor.

A dama que estava no confessionário virou um pouco a cabeça ao escutar o som dos passos do rapaz no meio de tanto silêncio. De repente, soltou um gritinho e sentiu-se mal.

Perdeu as forças e tombou para trás. A amiga, que estava perto, correu a socorrê-la. Nesse momento, Julien viu os ombros da mulher que caía. Um colar de grandes pérolas finas em fios trançados, que ele conhecia muito bem, chamou-lhe a atenção. Seu estado alterou-se ao reconhecer os cabelos da sra. de Rênal. Era ela! A dama que sustentava a cabeça da amiga e tentava impedi-la de cair era a sra. Derville. Julien, fora de si, correu. A queda da sra. de Rênal teria levado para o chão também sua amiga se o rapaz não as tivesse amparado. Ele viu o rosto pálido da sra. de Rênal, absolutamente desfalecida, flutuando sobre seu ombro. Ajoelhado, ajudou a sra. Derville a apoiar a encantadora cabeça no encosto de uma cadeira de palha.

A sra. Derville voltou-se e o reconheceu.

– Afaste-se, senhor, afaste-se! – ordenou, a voz cheia de cólera. – É importante que ela não o veja de novo. Sua presença deve causar-lhe horror. Ela era tão feliz antes de conhecê-lo! A sua conduta é atroz. Afaste-se, vá embora, se ainda tiver alguma decência.

A última frase foi dita com tanta autoridade, e Julien estava tão fraco naquele momento, que ele obedeceu. "Ela sempre me odiou", disse a si mesmo, pensando na sra. Derville.

No mesmo instante, o canto anasalado dos primeiros padres da procissão ressoou no interior da igreja. Estavam voltando. O abade Chas-Bernard chamou Julien mais de uma vez, sem ser escutado. Por fim, pegou-o pelo braço atrás de uma pilastra, onde Julien se refugiara, meio morto. Queria apresentá-lo ao bispo.

– Está passando mal, meu filho? – indagou o padre ao vê-lo tão pálido e quase incapaz de andar. – Acho que trabalhou demais. – Ofereceu-lhe o braço. – Venha comigo; sente-se neste banco perto da pia de água benta, atrás de mim. Vou escondê-lo. – Estavam ao lado da grande porta. – Fique tranquilo, ainda temos dez minutos antes de o monsenhor aparecer. Trate de ficar bem. Quando ele passar, eu levantarei o senhor, pois, apesar da idade, ainda sou forte e vigoroso.

Mas, quando o bispo passou, Julien tremia tanto que o abade Chas renunciou à ideia de apresentá-lo.

– Não se aflija demais; surgirá outra oportunidade – disse a ele.

À noite, o padre mandou levar para a capela do seminário quinze quilos de velas grandes economizadas, segundo afirmou, pelos cuidados de Julien, que as apagara sem demora. Nada mais longe da verdade. O pobre rapaz estava ele mesmo apagado. Desde que vira a sra. de Rênal, não conseguira pensar em mais nada.

Capítulo 29
A primeira promoção

Ele conheceu seu século, conheceu seu distrito e é rico.

LE PRÉCURSEUR[48]

Julien ainda não havia despertado do devaneio profundo em que o encontro na catedral o mergulhara quando, certa manhã, o severo abade Pirard mandou chamá-lo.

– O abade Chas-Bernard me escreveu, elogiando o senhor. Estou contente com a sua conduta, de modo geral. O senhor é imprudente demais e até mesmo insensato, embora não pareça. No entanto, até agora, o coração é bom e também generoso; o espírito é superior. Resumindo, vejo no senhor uma centelha que não deve ser negligenciada.

"Após quinze anos de trabalho, estou prestes a sair desta casa. Meu crime é ter deixado os seminaristas ao próprio livre-arbítrio e não ter nem

---
[48] Jornal de Lyon, com tendências liberais, fundado em 1821. (N.T.)

protegido nem desservido essa sociedade secreta da qual o senhor me falou no confessionário. Antes de ir embora, quero fazer algo pelo senhor. Eu teria agido dois meses antes, porque o senhor merece, mas houve aquela denúncia fundamentada sobre o endereço de Amanda Binet, encontrado na sua cela. Nomeio o senhor explicador do Novo e do Velho Testamento."

Julien, em um arroubo de reconhecimento, pensou em se ajoelhar e agradecer a Deus. Cedeu, porém, a um impulso mais sincero. Aproximou-se do abade Pirard, pegou-lhe a mão e levou-a aos lábios.

– O que é isso? – exclamou o diretor do seminário com ar zangado; mas o olhar de Julien dizia bem mais que o gesto.

O padre o encarou com espanto, como um homem que, havia muitos anos, perdera o costume de encontrar emoções delicadas. Tal atenção traiu o diretor; sua voz se alterou.

– Sim, meu filho, eu me afeiçoei a você. Foi contra a minha vontade; tenho o céu por testemunha. Eu deveria ser justo e não sentir amor nem ódio por ninguém. A sua carreira será dolorosa. Vejo em você alguma coisa que desagrada a pessoas vulgares. A inveja e a calúnia o perseguirão. Não importa para onde a Providência o leve, os seus colegas nunca o olharão sem o odiar e, se fingirem amá-lo, será para traí-lo melhor. Para isso só existe um remédio: peça ajuda a Deus, que deu a você, como castigo por sua presunção, essa necessidade de ser odiado. Que a sua conduta seja pura; é o único recurso que vejo à sua disposição. Se você se apegar à verdade com unhas e dentes, cedo ou tarde os seus inimigos não terão como atacá-lo.

Fazia tanto tempo que Julien não escutava uma voz amiga que é preciso perdoar-lhe uma fraqueza: ele se desmanchou em lágrimas. O abade Pirard abriu-lhe os braços. Foi um doce momento para ambos.

Julien estava louco de alegria. Essa promoção era a primeira que conseguia. As vantagens eram imensas. Para imaginá-las, é preciso ter sido condenado a passar meses inteiros sem um momento de solidão, em contato imediato com camaradas no mínimo importunos, no máximo intoleráveis. Só os gritos deles seriam suficientes para levar a desordem a uma organização delicada. A alegria barulhenta daqueles camponeses bem alimentados e vestidos não bastava a si mesma; só se acreditava completa quando eles gritavam com toda a força dos pulmões.

Agora, Julien jantava sozinho, ou quase, uma hora mais tarde que os outros seminaristas. Tinha uma chave para o jardim e podia passear por lá quando estava deserto.

Para sua grande surpresa, Julien notou que o odiavam menos, sendo que ele havia previsto o contrário, um ódio redobrado. O desejo secreto de que não lhe dirigissem a palavra, que era evidente demais e lhe granjeara tantos inimigos, deixou de ser um sinal de ridícula arrogância. Aos olhos das criaturas grosseiras que o cercavam, isso era agora um sentimento justo de dignidade. O ódio diminuiu sensivelmente, sobretudo entre os mais jovens colegas que se tornaram seus alunos, os quais ele tratava com muita cortesia. Pouco a pouco, passou até a ter partidários; tornou-se de mau gosto chamá-lo de Martinho Lutero.

Mas qual a necessidade de nomear os amigos seus inimigos? Tudo era feio e, quanto mais verdadeiro o quadro, mais feio era. São esses, porém, os únicos professores de moral que o povo tem, e sem eles o que seria do povo? Poderá o jornal, algum dia, substituir o padre?

Depois da promoção de Julien ao novo posto, o diretor do seminário nunca mais conversou com ele sem testemunhas. Havia prudência nessa conduta, tanto para o mestre como para o discípulo. Mas havia, sobretudo, provação. O princípio invariável do severo jansenista Pirard era: "Um homem tem mérito a seus olhos? Coloque obstáculos no caminho para tudo o que ele deseja, tudo o que faz. Se o mérito for real, o homem saberá derrubar ou contornar os obstáculos".

Era temporada de caça. Fouqué teve a ideia de mandar para o seminário um cervo e um javali em nome dos pais de Julien. Os animais mortos foram colocados no corredor entre a cozinha e o refeitório. Foi lá que todos os seminaristas os viram quando foram almoçar. Foram objeto de grande curiosidade. O javali, apesar de bem morto, amedrontava os mais jovens, que tocavam suas presas. Durante oito dias, não se falou de outra coisa.

Esse presente, que situava a família de Julien na fatia da sociedade que deve ser respeitada, desferiu um golpe mortal na inveja. Foi uma superioridade consagrada pela fortuna. Chazel e os mais distintos dos seminaristas tentaram uma aproximação, quase chegando a reclamar por não terem sido avisados de que seus pais eram ricos, fazendo-os assim faltar com o devido respeito ao dinheiro.

Houve um recrutamento do qual Julien foi dispensado por sua qualidade de seminarista. Isso o comoveu profundamente. "Agora fica para trás, para sempre, o instante no qual, vinte anos antes, uma vida heroica teria começado para mim!"

Ele passeava sozinho no jardim do seminário quando escutou a conversa dos pedreiros que trabalhavam no muro do claustro.

– Muito bem, vamos ter de partir. Tem recrutamento de novo.

– Nos tempos do outro, isso seria bom! Um pedreiro virava oficial, depois general; a gente viu isso acontecer.

– Mas veja agora! Só os vagabundos vão. Quem tem alguma coisa continua na região.

– Quem nasce miserável continua miserável. É assim!

– Sim, sim... Mas é verdade o que dizem, que o outro morreu? – perguntou um terceiro operário. – São os ricos que dizem isso, claro! O outro metia medo neles.

– Que diferença, como havia obras no tempo dele! E dizer que foi traído pelos seus marechais! Que gente mais traidora!

Essa conversa consolou um pouco Julien. Ele se afastou e repetiu, com um suspiro:

– "O único rei de que o povo se lembra!"[49]

---

[49] Paul-Philippe Gudin de la Brenellerie (1738-1820) escreveu esse verso, usado para exaltar o rei Henrique IV (1553-1610) na obra de Michel de Cubières (1752-1820). O verso completo é "O único rei de quem os pobres se lembram". (N.T.)

Chegou a época dos exames. Julien brilhou e reparou que o próprio Chazel procurava demonstrar todo o seu saber.

No primeiro dia, os examinadores nomeados pelo famoso vigário-geral de Frilair ficaram contrariados por toda hora terem que atribuir o primeiro lugar, ou no mínimo o segundo, ao tal de Julien Sorel, que lhes disseram ser o preferido do abade Pirard. No seminário, apostaram que Julien ficaria em primeiro lugar na lista do exame geral, o que lhe daria a honra de jantar com o monsenhor bispo. Porém, no fim de uma sessão sobre os Padres da Igreja, um examinador esperto, depois de interrogar Julien sobre São Jerônimo e sua paixão por Cícero, começou a falar sobre Horácio, Virgílio e outros autores profanos. Sem que seus amigos soubessem, Julien tinha decorado várias passagens de obras desses autores. Embalado por seu sucesso, esqueceu-se do lugar onde estava e, a pedidos reiterados do examinador, recitou e parafraseou com ardor odes de Horácio. Depois de deixá-lo se comprometer durante vinte minutos, de repente o examinador mudou de tom e censurou-o com azedume pelo tempo que havia perdido com estudos profanos, pelas ideias inúteis ou criminosas que enfiara na cabeça.

– Sou um tolo, e o senhor tem toda a razão – disse Julien com ar modesto, reconhecendo a estratégia engenhosa da qual fora vítima.

A armadilha criada pelo examinador foi considerada desprezível, até mesmo no seminário. Isso não impediu o sr. de Frilair, homem hábil que havia organizado tão sabiamente a rede da congregação de Besançon e cujas cartas para Paris faziam tremer juízes, o governador e até os oficiais da guarnição, de escrever com a força do próprio punho o número 198 ao lado do nome de Julien. Tinha o prazer de mortificar assim o jansenista Pirard, seu inimigo.

Havia dez anos, a maior preocupação do sr. de Frilair era afastar o diretor do seminário. O abade Pirard, seguindo ele mesmo o plano de conduta que indicara a Julien, era sincero, devoto, não se metia em intrigas, cumpria seus deveres. Mas o céu, em sua cólera, lhe havia dado um temperamento irritadiço, feito para sentir profundamente as injúrias e o ódio. Nenhuma das ofensas que lhe dirigiam era ignorada por sua alma ardente. Cem vezes teria pedido demissão, mas acreditava-se útil no cargo em que a Providência o colocara. "Impeço o progresso do jesuitismo e da idolatria", ele dizia a si mesmo.

Na época dos exames, já fazia uns dois meses que o abade Pirard havia conversado com Julien. Mesmo assim, ficou doente por oito dias, quando, ao receber a carta oficial com o resultado do concurso, viu o número 198 ao lado do nome do aluno que considerava como a glória do seminário. O único consolo para o severo padre foi concentrar sobre Julien todos os seus meios de vigilância. Foi com enorme alegria que descobriu que o rapaz não estava com raiva, não tinha planos de vingança e não se sentia desencorajado.

Algumas semanas depois, Julien estremeceu ao receber uma carta com carimbo de Paris. "Finalmente", pensou, "a sra. de Rênal se lembrou de suas promessas." Um senhor que assinava Paul Sorel e que se dizia seu parente remetia-lhe uma letra de câmbio de quinhentos francos. E acrescentava que, se continuasse a estudar com sucesso os bons autores latinos, uma soma igual lhe seria enviada a cada ano.

– É ela! É a sua bondade! – murmurou Julien, cheio de ternura. – Ela quer me consolar... Mas por que não me escreveu uma só palavra amiga?

Ele estava enganado sobre o remetente da carta. A sra. de Rênal, orientada por sua amiga, a sra. Derville, continuava entregue a remorsos profundos. Contra a própria vontade, ainda pensava com frequência na singular criatura que abalara sua vida, mas não se permitia escrever para ele.

Se falássemos a linguagem do seminário, poderíamos reconhecer um milagre no envio dos quinhentos francos e dizer que o céu usara o sr. de Frilair para agraciar Julien com esse presente.

Doze anos antes, o então abade de Frilair chegara a Besançon com um baú de viagem pequeno, o qual, segundo diziam, continha toda a sua fortuna. Ele era agora um dos homens mais ricos do departamento. No decorrer de sua prosperidade, comprara metade de um terreno; a outra metade do terreno coube, por herança, ao marquês de La Mole. Essa era a origem de um longo processo entres esses dois personagens.

Apesar de sua vida brilhante em Paris e da proximidade que tinha com a corte, o senhor marquês de La Mole sentia que era perigoso lutar, em Besançon, contra um poderoso vigário que fazia e desfazia prefeitos e governadores. Em vez de pedir uma gratificação de cinquenta mil francos, disfarçada sob um nome qualquer autorizado pelo orçamento, e de deixar para o abade de Frilair o mísero processo de cinquenta mil francos, o marquês se zangou. Ele acreditava ter razão, muita razão!

Ora, se é possível dizê-lo, qual é o juiz que não tem um filho ou pelo menos um primo para ajudar a crescer na vida?

Para esclarecer os mais cegos, oito dias depois de a primeira sentença ser dada, o abade de Frilair usou a carruagem do monsenhor bispo para ir pessoalmente entregar a cruz da Legião de Honra a seu advogado. O sr. de La Mole, aturdido com a ação de seu adversário e sentindo seus próprios advogados perder a força, pediu conselhos ao abade Chélan, que o pôs em contato com o sr. Pirard.

Na época da nossa história, esse contato já durava anos. O diretor do seminário empenhara sua personalidade forte no caso. Encontrando-se sempre com os advogados do marquês, estudou a causa, considerou-a justa e tornou-se abertamente defensor do marquês de La Mole contra o todo-poderoso vigário-geral. Este se sentiu ultrajado por tal insolência, ainda por cima vinda de um jansenista!

– Vejam como é essa nobreza da corte que se acha tão poderosa! – dizia aos íntimos o abade de Frilair. – Além de enviar uma mísera cruz ao seu agente em Besançon, vai deixá-lo ser simplesmente demitido. Enquanto isso, pelo que me disseram, o nobre par não passa uma semana sem exibir suas condecorações no salão do chanceler, quem quer que seja ele.

Apesar de toda a atividade do abade Pirard, e embora o sr. de La Mole estivesse sempre em bons termos com o ministro da justiça e sobretudo com seus funcionários, tudo o que ele havia conseguido, depois de seis anos, fora não perder totalmente o processo.

Sem interromper sua correspondência com o diretor do seminário, em razão do caso que ambos seguiam com paixão, o marquês acabou por gostar do tipo de mente dele. Pouco a pouco, a despeito da enorme distância de suas posições sociais, a correspondência entre os dois assumiu um tom de amizade. O abade Pirard dizia ao marquês que queriam obrigá-lo, por meio de humilhações, a pedir demissão. Com a raiva inspirada pela estratégia infame usada contra Julien, ele contou a história ao marquês.

Apesar de muito rico, o grande senhor não era avarento. Nunca havia conseguido fazer o diretor do seminário aceitar nem mesmo o reembolso dos gastos com o correio ocasionados pelo processo. Decidiu então mandar quinhentos francos ao aluno preferido do abade Pirard.

O sr. de La Mole se deu ao trabalho de escrever de próprio punho a carta de remessa. Isso o fez pensar no padre.

Um dia, este recebeu um bilhete que, com urgência, pedia-lhe que fosse sem demora a uma estalagem nos arredores de Besançon. Lá ele encontrou um agente do sr. de La Mole.

– O sr. marquês me encarregou de lhe trazer sua caleche – disse-lhe o homem. – Ele espera que, depois de ler esta carta, o senhor decida partir para Paris em quatro ou cinco dias. Vou empregar o tempo que o senhor me indicar a visitar as terras do marquês no Franco-Condado. Depois disso, no dia que for mais conveniente para o senhor, iremos a Paris.

A carta era curta:

"Livre-se, meu caro senhor, das intrigas provincianas, venha respirar um ar mais tranquilo em Paris. Eu lhe envio minha caleche, que tem ordens para esperá-lo durante quatro dias. Eu mesmo estarei à sua espera em Paris até terça-feira. Preciso apenas de um 'sim' de sua parte, senhor, para aceitar em seu nome uma das melhores paróquias nas cercanias de Paris. O mais rico dos seus futuros paroquianos jamais o viu, mas lhe é mais devotado do que o senhor pode crer, e é o marquês de La Mole."

Sem se dar conta, o severo abade Pirard amava o seminário povoado de inimigos e ao qual, durante quinze anos, devotara todos os seus pensamentos. A carta do sr. de La Mole foi para ele como o aparecimento de um cirurgião encarregado de fazer uma cirurgia cruel e necessária. Sua demissão era certa. Marcou um encontro com o agente para dali a três dias.

Durante quarenta e oito horas, sofreu a febre da incerteza. Finalmente, escreveu ao sr. de La Mole. Depois, compôs uma carta para o monsenhor bispo, uma obra-prima em estilo eclesiástico, mas um tanto longa. Seria difícil encontrar frases mais irrepreensíveis, emanando um respeito mais sincero. E, no entanto, a carta, destinada a fazer o sr. de Frilair passar momentos difíceis diante do seu superior, articulava todas as razões de queixas graves, detalhando até as pequenas e medíocres intrigas que, depois de serem suportadas com resignação durante seis anos, forçavam o padre a deixar a diocese.

Roubavam a lenha de sua lareira, envenenavam seu cachorro, etc., etc.

Terminada a carta, mandou acordar Julien, que, como os outros seminaristas, às oito da noite já estava dormindo.

– Você sabe onde é a casa episcopal? – perguntou-lhe o abade Pirard, em belo estilo latino. – Leve esta carta ao monsenhor. Não vou esconder que estou enviando você para o meio dos lobos. Abra os olhos, seja todo ouvidos. Não minta nas suas respostas, mas tenha em mente que a pessoa que o interrogar talvez sinta alguma alegria em poder prejudicá-lo. Meu filho, sinto-me à vontade para lhe oferecer essa experiência antes de deixá-lo, pois não omito que esta carta contém meu pedido de demissão.

Julien ficou paralisado. Amava o abade Pirard. Era inútil ouvir a voz da prudência: "Depois da partida deste homem honesto, o partido do Sagrado Coração vai me rebaixar e talvez me expulsar".

Ele não podia pensar em si. O que o embaraçava era uma frase que desejava lapidar, mas realmente não se sentia capaz de fazer isso.

– Então, meu amigo, não vai partir?

– É que dizem, senhor – começou Julien, timidamente –, que durante a sua longa administração o senhor não economizou nada. Tenho seiscentos francos.

Lágrimas o impediram de continuar.

– Eu me lembrarei disso – respondeu com frieza o ex-diretor do seminário. – Agora vá à casa do bispo, já é tarde.

Quis o acaso que naquela noite o sr. abade de Frilair estivesse de serviço no salão episcopal; o monsenhor estava jantando na prefeitura. Foi então ao próprio sr. de Frilair que Julien entregou a carta, mas ele não o conhecia.

Com assombro, o rapaz viu o padre abrir descaradamente a carta endereçada ao bispo. O belo rosto do vigário-geral logo assumiu uma expressão que mesclava surpresa e contentamento, e redobrada gravidade. Enquanto ele lia, Julien, impressionado por sua boa aparência, teve tempo de examiná-lo. Sua fisionomia pareceria mais sóbria sem a delicadeza extrema denotada em certos traços e que quase chegaria a indicar falsidade se o dono do belo rosto descuidasse por um instante de sua expressão. O nariz bem avançado formava uma única e perfeita linha reta e, por infelicidade, dava ao distinto perfil uma semelhança irremediável com a fisionomia de uma raposa. De resto, o sr. de Frilair, que parecia tão absorto na demissão do sr. Pirard, vestia-se com uma elegância que agradou bastante a Julien, que nunca a vira em nenhum outro padre.

Só mais tarde Julien soube qual era o talento especial do vigário-geral. Ele sabia divertir o bispo, um velhote afável, feito para viver em Paris, que via Besançon como um local de exílio. O bispo enxergava muito mal e adorava peixe. O abade de Frilair tirava as espinhas dos peixes que serviam ao monsenhor.

Julien observava em silêncio o padre que relia a carta de demissão quando, de repente, a porta se abriu com um estrondo. Um lacaio, ricamente vestido, passou depressa. Julien virou-se para a porta e avistou um velhinho usando uma cruz peitoral. Curvou-se em sinal de respeito. O bispo dirigiu-lhe um sorriso benévolo e passou. O belo sr. de Frilair o seguiu, e Julien ficou sozinho no salão, à vontade para admirar a magnificência piedosa.

O bispo de Besançon, homem de espírito sofrido, mas não apagado pelas longas misérias da emigração, tinha mais de setenta e cinco anos e se inquietava pouquíssimo com o que aconteceria dentro de dez anos.

– Quem é o seminarista de olhar fino que vi ao passar pelo salão? – perguntou o bispo. – Segundo as minhas regras, ele não deveria estar dormindo a esta hora?

– Esse aí está bem acordado, monsenhor, eu lhe garanto, e ele trouxe uma grande novidade: a demissão do único jansenista que sobrou na sua diocese. Aquele terrível abade Pirard finalmente entendeu como é que a banda toca.

– Muito bem! – O bispo riu. – Desafio o senhor a substituí-lo por outro à altura dele. E, para mostrar-lhe o valor desse homem, vou convidá-lo para o jantar de amanhã.

O vigário-geral quis escorregar algumas palavras sobre a escolha do sucessor. O prelado, pouco disposto a falar de negócios, interrompeu-o:

– Antes de admitir o outro, vamos tentar saber por que este se demitiu. Mande entrar o seminarista. A verdade está na boca das crianças.

Julien foi chamado. "Vou ficar no meio de dois inquisidores", pensou. Nunca se sentira tão corajoso.

Assim que ele entrou, dois criados de quarto, mais bem vestidos que o sr. Valenod, despiam o monsenhor. O prelado, antes de entrar no assunto do abade Pirard, achou por bem interrogar Julien sobre seus estudos. Falou um pouco de dogma e surpreendeu-se. Logo abordou as humanidades, Virgílio, Horácio, Cícero. "Estes nomes me valeram o número 198", pensou Julien, "não tenho mais nada a perder, vou tentar brilhar". E ele brilhou. O prelado, um excelente humanista, ficou encantado.

No jantar, na prefeitura, uma jovem, merecidamente famosa, havia recitado o poema da Madalena[50]. O bispo começou a falar de literatura e rapidamente esqueceu o abade Pirard e todos os assuntos de trabalho para discutir, com o seminarista, se Horácio era rico ou pobre. O prelado citou várias odes, mas às vezes sua memória era preguiçosa, e no mesmo instante Julien recitava a ode inteira, com ar modesto. O que impressionou o bispo foi ver que Julien mantinha o tom da conversação; dizia vinte ou trinta versos em latim como se falasse do que acontecia no seu seminário. Falaram bastante tempo de Virgílio, de Cícero. Por fim, o prelado não pôde deixar de elogiar o jovem seminarista.

– Impossível ter feito melhores estudos.

– Monsenhor, o seu seminário pode lhe oferecer cento e noventa e sete alunos bem menos indignos da sua aprovação – disse Julien.

– Como assim? – espantou-se o bispo.

– Posso provar oficialmente o que tive a honra de lhe dizer, monsenhor. No exame anual do seminário, respondendo precisamente sobre as matérias que, neste momento, me valem a aprovação do monsenhor, fiquei em 198º lugar.

– Ah, então o senhor é o preferido do abade Pirard! – exclamou o bispo, rindo e olhando para o abade de Frilair. – Era de se esperar, mas essa é uma guerra limpa. – Ele se dirigiu a Julien: – Não é verdade, meu amigo, que mandaram acordá-lo para vir aqui?

– Sim, monsenhor. Saí do seminário sozinho apenas uma vez na vida, para ajudar o abade Chas-Bernard a enfeitar a catedral, no dia de *Corpus Christi*.

– *Optime*, então foi o senhor que deu prova de coragem colocando os buquês de plumas no dossel? Todo ano sinto arrepios por causa desses buquês; tenho medo de que me custem a vida de um homem. Meu amigo,

---

[50] Poema de Delphine Gay (1804-1855), poetisa francesa contemporânea de Stendhal. (N.T.)

o senhor irá longe. Mas não quero interromper sua carreira, que será brilhante, matando o senhor de fome.

Por ordem do bispo, trouxeram biscoitos e vinho de Málaga, aos quais Julien fez justiça, e o abade de Frilair, ainda mais, pois sabia que seu superior gostava que comessem com alegria e apetite.

O bispo, cada vez mais contente com seu fim de noite, falou um pouco sobre história eclesiástica. Viu que Julien não entendia do assunto. O prelado fez, então, comentários sobre o estado moral do Império Romano sob o domínio dos imperadores do século de Constantino. O fim do paganismo fora acompanhado por um estado de inquietude e dúvida que, no século XIX, desola os espíritos tristes e entediados. O monsenhor notou que Julien mal conhecia o nome de Tácito.

O rapaz respondeu com candura, para surpresa do prelado, que esse autor não constava da biblioteca do seminário.

– Que bom saber disso – alegrou-se o bispo. – O senhor me tirou de uma situação embaraçosa. Há dez minutos procuro um modo de agradecer-lhe pela noite agradável que me proporcionou, de forma bastante imprevista. Eu não esperava encontrar um doutor em um aluno do meu seminário. Embora o presente não seja muito canônico, quero oferecer-lhe um Tácito.

O prelado mandou buscar oito volumes soberbamente encadernados e escreveu, acima do título do primeiro, um cumprimento em latim para Julien Sorel. O bispo se gabava de ser bom latinista e acabou dizendo, em tom sério, que contrastava bastante com o do restante da conversa:

– Meu bom rapaz, se o senhor for ajuizado, receberá um dia a melhor paróquia da minha diocese, não muito distante do meu palácio episcopal. Mas o senhor precisa ter juízo!

Com os oito livros debaixo do braço, quando soava a meia-noite, Julien deixou a residência do bispo, impressionado.

O monsenhor não havia dito uma única palavra sobre o abade Pirard. O que mais impressionara o rapaz fora a cortesia extrema do bispo. Jamais imaginara tanta urbanidade nos modos unida a um ar de dignidade tão natural. O que mais o impactou foi o contraste com o sombrio sr. Pirard, que o aguardava com impaciência.

– *Quid tibi dixerunt?*[51] – indagou o padre com voz forte, assim que o avistou.

Julien começou a se enrolar traduzindo para o latim o discurso do bispo.

– Fale em francês. Repita todas as palavras do monsenhor, sem acrescentar nem tirar nada – ordenou o abade Pirard no seu tom duro, com modos profundamente deselegantes.

Ao folhear os soberbos Tácitos, cujas páginas de bordas douradas pareciam horrorizá-lo, comentou:

– Que estranho presente de um bispo para um jovem seminarista!

Eram duas da madrugada quando, depois de um relato bem detalhado, ele permitiu que seu aluno predileto voltasse para o quarto.

– Deixe o primeiro volume do Tácito comigo, o que tem a dedicatória do bispo. Essa linha escrita em latim será o seu para-raios nesta casa, depois que eu for embora. *Erit tibi, fili mi, successor meus tanquam leo quoerens quem devoret.*[52]

Na manhã seguinte, Julien reparou que havia algo de estranho no modo como os camaradas falavam com ele. Mostrou-se mais reservado que de costume. "Eis o efeito da demissão do abade Pirard", pensou. "A demissão dele já é do conhecimento de todos, e sabem que sou seu predileto." As maneiras dos camaradas deveriam ser insultuosas, mas não eram. Ao contrário, havia ausência de ódio no olhar de todos os que Julien encontrava ao longo dos dormitórios. "O que será que isso significa?", perguntou-se. "Deve ser alguma armadilha; preciso ser cauteloso." Foi o jovem seminarista de Verrières que finalmente lhe disse, rindo:

– *Cornelii Tacitus opera omnia.*[53]

---

[51] O que lhe disseram? (N.T.)
[52] Porque para você, meu filho, meu sucessor será como um leão furioso, à procura de alguém para devorar. (N.T.)
[53] Obras completas de Cornélio Tácito. (N.T.)

Quando essas palavras se espalharam, todos fizeram questão de ir cumprimentar Julien não apenas pelo magnífico presente que ganhara do bispo, mas também pela conversa de duas horas com a qual fora honrado. Até os menores detalhes eram conhecidos. A partir desse momento, não houve mais inveja. Fizeram-lhe a corte descaradamente. O abade Castanède, até a véspera tão insolente com ele, tomou-o pelo braço e o convidou para o café da manhã.

Por uma fatalidade do caráter de Julien, a insolência dos colegas grosseiros o magoara muito; sua baixeza lhe causou desgosto e nenhum prazer.

Por volta de meio-dia, o abade Pirard deixou seus alunos, não sem antes lhes passar um sermão austero:

— Os senhores querem as honras do mundo, as vantagens sociais, o prazer de comandar, de zombar das leis e de ser impunemente insolente com todo o mundo? Ou querem a salvação eterna? Até os menos adiantados dos senhores precisam apenas abrir os olhos para distinguir os dois caminhos.

Bastou que o ex-diretor saísse do seminário para que os devotos do Sagrado Coração fossem entoar um *Te Deum* na capela. Ninguém levou a sério o sermão do sr. Pirard.

— Ele devia estar mal-humorado por causa da demissão. — diziam por todos os cantos. Nenhum seminarista teve a simplicidade de acreditar na demissão voluntária de um posto que dava acesso a tantos fornecedores graúdos.

O abade Pirard instalou-se na mais bela hospedaria de Besançon e, a pretexto de negócios que não tinha, passou dois dias lá.

O bispo o convidara para jantar e, a fim de agradar ao vigário-geral de Frilair, procurou fazê-lo brilhar. Estavam na sobremesa quando chegou de Paris a estranha notícia de que o abade Pirard fora nomeado para a magnífica paróquia de N..., a dezenove quilômetros da capital. O monsenhor parabenizou-o sinceramente. Viu na história toda uma jogada boa que o deixou de bom humor e aumentou a boa opinião que tinha sobre os talentos do padre. Deu-lhe um magnífico certificado em latim e impôs silêncio ao abade de Frilair, que se permitia alguns protestos.

À noite, o monsenhor levou sua admiração à casa da marquesa de Rubempré. Foi uma grande novidade para a alta sociedade de Besançon. Perderam-se em conjeturas sobre esse favor extraordinário. Já viam o abade Pirard elevado a bispo. Os mais astutos imaginaram o sr. de La Mole no cargo de ministro e se permitiram, nesse dia, sorrir dos ares imperiais que o abade de Frilair exibia em sociedade.

Na manhã seguinte, todos os olhares seguiam o abade Pirard pelas ruas. Os comerciantes puseram-se à porta de suas lojas quando ele foi visitar os advogados do marquês. Pela primeira vez, foi recebido polidamente. O severo jansenista, indignado com tudo o que via, conversou longamente com os advogados que havia selecionado para o marquês de La Mole, depois partiu para Paris. Teve a fraqueza de dizer a dois ou três amigos de colégio, que o acompanharam até a caleche cujo brasão admiraram, que, após ter administrado o seminário por quinze anos, ia embora de Besançon com quinhentos e vinte francos de economias. Os amigos o abraçaram, chorando, e comentaram entre si: "O bom padre poderia ter se poupado de contar essa mentira, ridícula demais".

As pessoas vulgares, cegas pelo amor ao dinheiro, não compreendiam que era na sua sinceridade que o abade Pirard havia encontrado a força necessária para lutar sozinho, durante seis anos, contra Marie Alacoque[54], o Sagrado Coração de Jesus, os jesuítas e o seu bispo.

---

[54] Marguerite-Marie Alacoque (1647-1690), freira que recebeu famosas aparições do Sagrado Coração de Jesus na cidade francesa de Paray-le-Monial, onde existe hoje a basílica do Sagrado Coração. Foi canonizada em 1920. (N.T.)

Capítulo 30
Um ambicioso

*Resta apenas uma nobreza, o título de duque; marquês
é ridículo, mas à palavra duque as cabeças se viram.*

EDINBURGH REVIEW[55]

O marquês de La Mole recebeu o abade Pirard sem nenhum daqueles salamaleques de grão-senhor, tão corteses, mas tão impertinentes, para quem os compreende. Teria sido tempo perdido, e o marquês estava ocupado demais com seus negócios para perder tempo.

Havia seis meses empenhava-se para fazer o rei e a nação aceitar um certo ministério que, por reconhecimento, o tornaria duque.

Por longos anos, o marquês solicitava, inutilmente, a seu advogado de Besançon um trabalho compreensível e preciso sobre seus processos no

---

[55] Revista escocesa liberal, publicada entre 1802 e 1929. (N.T.)

Franco-Condado. Mas como o famoso advogado poderia explicá-los se nem ele mesmo os entendia?

O papelzinho que o padre lhe entregou explicava tudo.

– Meu caro padre – disse o marquês, depois de gastar menos de cinco minutos com fórmulas de cortesia e perguntas sobre assuntos pessoais –, meu caro padre, no meio de minha pretensa prosperidade, me falta tempo para tratar seriamente de duas pequenas coisas bastante importantes: minha família e meus negócios. Cuido muito bem da fortuna da minha casa, posso levá-la longe. Cuido dos meus prazeres, que devem vir em primeiro lugar, pelo menos a meu ver – acrescentou, para surpresa do sr. Pirard.

Embora fosse um homem experiente, o padre ficou espantado de ver um velhote falar com tanta franqueza de seus prazeres.

– Existe trabalho em Paris, sem dúvida – continuou o grão-senhor –, mas empoleirado no quinto andar, e, assim que me aproximo de um homem, ele vai para um apartamento no segundo andar e sua esposa começa a dar festas. Como consequência disso, ele só trabalha e se esforça para ser ou parecer ser um homem da alta sociedade. Esta é sua única preocupação, desde que tenha o que comer. Falando especificamente dos meus processos, ou melhor, de cada processo em particular, tenho advogados que se matam de trabalhar; um deles morreu de problemas no pulmão, anteontem. Mas, para os meus negócios em geral, o senhor acreditaria que, há três anos, desisti de encontrar um homem que, embora a meu serviço, se dignasse levar a sério o que faz? A propósito, tudo isso não passa de um preâmbulo.

O marquês fez uma pausa e prosseguiu:

– Tenho estima pelo senhor e ouso acrescentar que, embora o esteja vendo pela primeira vez, gosto do senhor. Aceitaria ser meu secretário, com rendimentos de oito mil francos ou até o dobro? Eu ainda sairia ganhando, juro, e ainda me encarrego de garantir a sua bela paróquia para o dia em que nosso acordo não for mais conveniente para nós.

O padre recusou a oferta. Mas, perto do final da conversa, o grande embaraço do marquês lhe sugeriu uma ideia.

– Deixei no meu seminário um pobre rapaz que, se não me engano, vai ser rudemente perseguido. Se não fosse um simples religioso, já estaria *in pace*. Até o momento o jovem só sabe latim e a Sagrada Escritura, mas não é impossível que um dia desenvolva grande talento para fazer pregações ou orientação de almas. Ignoro o que ele fará, mas possui um fogo sagrado, pode chegar longe. Eu pretendia entregá-lo ao nosso bispo, se acaso viesse a nós algum que tivesse um pouco da sua maneira de ver os homens e os negócios.

– De onde é esse seu rapaz?

– Dizem que é filho de um carpinteiro das nossas montanhas, mas acho que talvez seja o filho bastardo de alguém rico. Eu o vi receber uma carta anônima com uma letra de câmbio de quinhentos francos.

– Ah! É o Julien Sorel.

– Como o senhor sabe o nome dele? – indagou o abade Pirard, espantado, corando por ter feito tal pergunta.

– Isso é algo que não lhe direi – respondeu o marquês.

– Pois bem! – exclamou o padre. – O senhor poderia tentar contratá-lo como seu secretário. Ele tem energia, é inteligente. Resumindo, vale a pena experimentar.

– Por que não? – disse o marquês. – Mas será que ele é alguém que aceitaria suborno do chefe de polícia ou de algum outro para espionar minha casa? Esta é minha única objeção.

Depois que o abade Pirard deu as melhores referências sobre Julien, o marquês pegou uma nota de mil francos.

– Mande este dinheiro para Julien Sorel. Peça-lhe que venha.

– Vê-se bem que o senhor vive em Paris – observou o padre. – O senhor não conhece a tirania que pesa sobre nós, pobres provincianos, especialmente sobre os padres que não são amigos dos jesuítas. Eles não deixarão Julien Sorel partir, arranjarão os pretextos mais ardilosos, responderão que ele está doente, que o correio extraviou as cartas, etc., etc.

– Qualquer dia desses conseguirei uma carta do ministro para o bispo – adiantou o marquês.

– Quase me esqueço de um porém– disse o padre. – Esse rapaz, ainda que de origem modesta, é altivo. Ele não terá utilidade alguma se ferirem seu orgulho. O senhor o transformaria em um tonto.

– Isso me agrada – disse o marquês. – Farei do jovem um companheiro para o meu filho. Será o bastante?

Passado algum tempo, Julien recebeu uma carta com caligrafia desconhecida e carimbo de Châlons. Nela havia uma ordem de pagamento para um comerciante de Besançon e a recomendação de ir para Paris, sem demora. A letra trazia uma assinatura falsa, mas ao abri-la o rapaz estremeceu: uma folha de árvore caiu a seus pés. Era o sinal combinado com o abade Pirard.

Menos de uma hora depois, Julien foi chamado à casa do bispo, onde foi acolhido com bondade paternal. Citando Horácio, o monsenhor o cumprimentou sutilmente pelo destino que o aguardava em Paris e, em retribuição, esperava esclarecimentos; Julien não pôde esclarecer nada, porque de nada sabia, e o bispo o tratou com consideração. Um dos padrezinhos do bispado escreveu ao prefeito, que se apressou a levar pessoalmente um passaporte assinado, mas no qual o nome do viajante estava em branco.

Antes da meia-noite Julien estava na casa de Fouqué, cujo bom senso o deixou mais surpreso que encantado com o futuro à espera de seu amigo.

– Isso vai acabar em um cargo no governo, que obrigará você a fazer algo que poderá ser considerado desprezível pelos jornais – afirmou o eleitor liberal. – Será por meio da sua ruína que terei notícias suas. Lembre que, mesmo financeiramente falando, é melhor ganhar cem luíses em um bom comércio de madeira, do qual se é dono, do que ganhar quatro mil francos de um governo, nem que fosse o do rei Salomão.

Julien viu em sua fala apenas a pequenez de espírito de um burguês provinciano. Finalmente ele estaria no palco dos grandes acontecimentos. A felicidade de ir para Paris, que ele imaginava povoada de pessoas espertas, intrigantes, muito hipócritas, mas ao mesmo tempo corteses como o bispo de Besançon e o bispo de Agde, ofuscava sua visão. Insinuou para o amigo que a carta do abade Pirard o impedia de exercer o livre-arbítrio.

No dia seguinte, por volta do meio-dia, Julien chegou a Verrières como o mais feliz dos homens: esperava rever a sra. de Rênal. Antes de mais nada foi visitar seu primeiro benfeitor, o bom abade Chélan. Foi recepcionado com severidade.

– Acha que me deve alguma obrigação? – perguntou o padre, sem responder à sua saudação. – O senhor vai almoçar comigo; enquanto isso alguém lhe alugará outro cavalo, e o senhor partirá de Verrières sem encontrar ninguém.

– Ouvir é obedecer – respondeu Julien em tom de seminarista, e dali por diante conversaram apenas sobre teologia e a beleza do latim.

Julien montou no cavalo, percorreu cinco quilômetros, avistou um bosque e, sabendo que ninguém o observava, entrou no meio das árvores. Ao pôr do sol, despachou a montaria. Mais tarde, entrou na casa de um camponês, que aceitou vender-lhe uma escada e carregá-la até o pequeno bosque que domina o Passeio da Fidelidade em Verrières.

– Sou um pobre recruta rebelde… ou um contrabandista – disse o camponês ao se despedir de Julien. – Mas o que me importa? Minha escada foi bem paga, e eu mesmo já aprontei muita coisa nesta vida.

A noite estava bem escura. Cerca de uma hora da manhã, Julien entrou em Verrières carregando a escada. Assim que possível, desceu para o leito da corrente d'água que atravessa os magníficos jardins do sr. de Rênal, contida entre dois muros, em uma profundidade de três metros. Julien subiu facilmente com a escada. "Como os cachorros vão me acolher?", indagou-se. "Esta é a questão." Os cães latiram e avançaram, mas ele assobiou baixinho, e os animais lhe fizeram festa.

Subindo de terraço em terraço, embora todas as grades estivessem fechadas, Julien chegou com facilidade à janela do quarto de dormir da sra. de Rênal, a qual, do lado do jardim, estava a dois ou três metros do chão.

As folhas de madeira da janela tinham uma pequena abertura em forma de coração, que Julien conhecia bem. Para sua grande tristeza, as pequenas aberturas não estavam iluminadas pela luz da lamparina que costumava ficar acesa à noite.

"Por Deus!", pensou o rapaz. "Será que a sra. de Rênal não está nesse quarto, esta noite? Onde terá ido dormir? A família está em Verrières, pois os cães estão aqui. Mas, se eu entrar no quarto às escuras, posso encontrar o próprio sr. de Rênal, ou um estranho, e então, que escândalo!"

O mais prudente seria ir embora, mas esta ideia horrorizou Julien. "Se eu der de cara com um estranho, fujo correndo, abandono a escada. Mas, se for ela, como vai me receber? Ela mergulhou no arrependimento e na mais profunda devoção, não tenho dúvida. Mas, enfim, ainda deve ter alguma lembrança de mim, pois me mandou uma carta recentemente." Este raciocínio lhe foi decisivo.

Com o coração disparado, mas determinado a morrer ou a vê-la, jogou pedrinhas na janela. Nenhuma resposta. Apoiou a escada ao lado da janela e bateu com o punho na folha de madeira mais próxima: primeiro de leve, depois mais forte. "Mesmo nesta escuridão podem me acertar um tiro de espingarda", pensou. Tal pensamento transformou a louca empreitada em questão de honra.

"Não tem ninguém no quarto esta noite, ou, se tiver alguém, já acordou", concluiu. "Então não preciso me preocupar, é só tomar cuidado para não ser ouvido pelas pessoas que dormem nos outros quartos."

Desceu, encostou a escada em uma das folhas de madeira da janela e subiu de novo. Passando a mão pela abertura em forma de coração, teve a sorte de encontrar rapidamente o arame preso ao gancho que fechava a folha. Puxou o arame. Foi com alegria indescritível que sentiu que nada mais prendia a folha de madeira, que cedeu ao seu esforço. "Tenho de abri-la bem devagar e fazer com que a minha voz seja reconhecida." Ele abriu a folha para poder passar a cabeça e repetiu, em voz baixa:

– É um amigo.

Apurou os ouvidos e assegurou-se de que nada perturbava o silêncio profundo no quarto. E, decididamente, nada de lamparina acesa, nem mesmo uma luz bem fraca na prateleira da lareira. Mau sinal.

"Cuidado com a espingarda!", Julien refletiu. Em seguida, atreveu-se a bater na vidraça. Não teve resposta. Bateu mais forte. "Se eu precisar quebrar o vidro, que seja." Ao bater com mais força, acreditou vislumbrar, no meio da extrema escuridão, algo como uma sombra clara que atravessava o quarto. Depois, não teve dúvida, avistou uma sombra que parecia se aproximar com extrema lentidão. De repente, viu uma face que se apoiava no vidro através do qual ele espiava para dentro.

Julien estremeceu, afastou-se um pouco. Mas a noite estava tão escura que, mesmo a pouca distância, era impossível confirmar se o rosto era da sra. de Rênal. Ele temeu um primeiro grito de alarme. Ouviu os cães rondar o pé da escada e ganir baixinho.

– Sou eu – repetiu elevando o tom de voz –, um amigo.

Sem resposta; o fantasma branco tinha desaparecido.

– Por favor, abra, preciso falar-lhe, estou muito infeliz! – e ele batia tentando quebrar a vidraça.

Um barulhinho seco se fez ouvir; o fecho da janela cedeu; ele a empurrou e saltou rapidamente para dentro do quarto.

O fantasma branco estava se afastando; ele lhe agarrou os braços; era uma mulher. Todas as suas ideias de coragem desapareceram. "Se for ela, o que vai dizer?" O que aconteceu com ele quando percebeu diante de um grito abafado que era a sra. de Rênal?

Ele a abraçou; ela tremia e mal tinha forças para afastá-lo.

– Infeliz! O que está fazendo?

Com dificuldade, sua voz convulsiva conseguiu articular essas palavras. Julien viu nisso a mais verdadeira indignação.

– Venho vê-la após catorze meses de uma separação cruel.

– Saia, deixe-me imediatamente. Ah, sr. Chélan, por que me impediu de lhe escrever? Eu teria evitado esse horror. – Ela o rechaçou com uma força verdadeiramente extraordinária. – Eu me arrependo do meu crime; o céu se dignou iluminar-me – repetia com voz entrecortada. – Saia! Fuja!

– Depois de catorze meses de infortúnio, certamente não vou deixá-la sem ter lhe falado. Quero saber tudo o que fez. Ah, eu a amei o suficiente para merecer essa confiança... Quero saber tudo.

Esse tom de autoridade teve influência sobre o coração da sra. de Rênal, ainda que contra a vontade dela.

Julien, que a abraçava com intensidade e resistia aos esforços dela para se libertar, parou de apertá-la nos braços. Esse movimento tranquilizou um pouco a sra. de Rênal.

– Vou tirar a escada – disse ele – para não nos comprometer se algum criado, acordado pelo barulho, fizer uma ronda.

– Ah, saia, saia, pelo contrário – ela disse, com uma raiva verdadeira. – Que me importam os homens? É Deus que vê a cena horrível que você me proporciona e que vai me punir por isso. O senhor abusa covardemente dos sentimentos que eu tinha para consigo, mas que não tenho mais. Está ouvindo, sr. Julien?

Ele tirava a escada bem devagar para não fazer barulho.

– Seu marido está na cidade? – ele perguntou, não para desafiá-la, mas levado pelo velho hábito.

– Por favor, não fale assim comigo, ou vou chamar meu marido. Já sou muito culpada por não o ter expulsado, aconteça o que acontecer. Tenho pena do senhor – ela disse, tentando ferir seu orgulho, que ela sabia ser muito irritável.

A recusa em tratá-lo com familiaridade, a maneira brusca de romper um vínculo tão terno, e com o qual ele ainda contava, levaram quase ao delírio o ímpeto de amor de Julien.

– Quê? É possível que não me ame mais? – ele disse com uma daquelas expressões vindas do coração, tão difíceis de ouvir a sangue-frio.

Ela não respondeu; quanto a ele, chorava amargamente. De fato, não tinha mais forças para falar.

– Portanto, fui completamente esquecido pelo único ser que alguma vez me amou! De que adianta viver de agora em diante? – Toda a sua coragem o abandonara, ainda que não precisasse mais temer o perigo de encontrar um homem; tudo havia desaparecido de seu coração, exceto o amor.

Ele chorou por muito tempo em silêncio. Pegou sua mão, ela quis retirá--la; e, ainda assim, depois de alguns movimentos quase convulsivos, ela desistiu e permitiu que ele a segurasse. A escuridão era extrema; ambos estavam sentados na cama da sra. de Rênal.

"Que diferença do que era há catorze meses!", pensou Julien, e suas lágrimas redobraram. "Assim a ausência certamente destrói todos os sentimentos humanos!"

– Queira me contar o que lhe aconteceu – disse Julien por fim, constrangido com seu silêncio e com a voz entrecortada pelas lágrimas.

– Sem dúvida – respondeu a sra. de Rênal com voz áspera, cuja entonação tinha algo de seco e reprovador para Julien –, meus desvarios eram conhecidos na cidade, na época de sua partida. Tinha havido tanta imprudência em suas atitudes! Algum tempo depois, quando eu estava desesperada, o respeitável sr. Chélan veio me ver. Foi em vão que por muito tempo ele quis obter uma confissão. Um dia, ele teve a ideia de me levar àquela igreja em Dijon, onde fiz minha primeira comunhão. Lá, atreveu-se a ser o primeiro a me falar... – A sra. de Rênal foi interrompida por suas lágrimas. – Que momento de vergonha! Confessei tudo. Esse homem tão bom não quis me oprimir com o peso de sua indignação: ficou preocupado comigo. Naquela época, escrevia-lhe todos os dias cartas que não ousava enviar; escondia-as com cuidado e, quando estava muito infeliz, fechava--me em meu quarto e as relia. Finalmente, o sr. Chélan conseguiu que eu as entregasse a ele... Algumas, escritas com um pouco mais de cautela, lhe tinham sido enviadas; você não me respondia.

– Nunca, juro, recebi uma carta sua no seminário.

– Santo Deus, quem as terá interceptado?

– Imagine minha dor, antes do dia em que a vi na catedral. Não sabia se ainda estava viva.

– Deus me deu a graça de entender quanto pequei para com ele, para com meus filhos, para com meu marido – resumiu a sra. de Rênal. – Ele nunca me amou como eu achava então que você me amasse...

Julien correu para seus braços, realmente sem controle e fora de si. Mas a sra. de Rênal o repeliu, continuando com suficiente firmeza:

– Meu respeitável amigo sr. Chélan fez-me compreender que, ao casar-me com o sr. de Rênal, tinha devotado a ele todas as minhas afeições, mesmo aquelas que não conhecia e que nunca tinha experimentado antes de uma ligação fatal... Desde o grande sacrifício dessas cartas, que me eram tão caras, minha vida transcorreu, se não feliz, pelo menos com suficiente tranquilidade. Não a perturbe; seja um amigo para mim... o melhor dos meus amigos. – Julien cobriu-lhe as mãos de beijos; ela sentiu que ele ainda estava chorando. – Não chore, você me faz sofrer muito... Diga-me, e quanto a você, o que fez? – Julien não conseguia falar. – Quero saber como era sua vida no seminário – ela repetiu –, depois irá embora.

Sem pensar no que estava contando, Julien falou das inúmeras intrigas e dos ciúmes que encontrara de início, depois de sua vida mais tranquila desde que fora nomeado explicador.

– Foi então que – acrescentou –, depois de um longo silêncio, que sem dúvida pretendia fazer-me compreender o que tanto vejo hoje, que você já não me amava mais e que eu me tornara indiferente para você... – a sra. de Rênal apertou-lhe as mãos. – Foi então que você me enviou uma quantia de quinhentos francos.

– Nunca – disse a sra. de Rênal.

– Era uma carta selada de Paris e assinada por Paul Sorel, a fim de afastar todas as suspeitas.

Surgiu uma pequena discussão sobre a possível origem dessa carta. A posição moral mudou. Sem perceber, a sra. de Rênal e Julien tinham abandonado o tom solene; eles haviam retornado àquele de uma terna amizade. Mal conseguiam se ver tão profunda era a escuridão, mas o som da voz dizia tudo. Julien passou-lhe o braço em volta da cintura; este movimento trazia muitos perigos. Ela tentou afastar o braço de Julien, que, com muita habilidade, chamou sua atenção naquele momento para uma circunstância interessante do relato. O braço ficou como que esquecido e permaneceu na posição que ocupava.

Depois de muitas conjeturas sobre a origem da carta de quinhentos francos, Julien retomara a narrativa; ele ficava um pouco mais no controle de si mesmo ao falar de sua vida passada, que, comparada ao que estava acontecendo com ele naquele momento, lhe interessava tão pouco. Sua atenção concentrou-se por completo em como sua visita iria terminar.

– Você precisa ir embora – ela dizia de vez em quando, com ligeira inquietação.

– Que vergonha para mim se for mandado embora! Será um remorso a envenenar toda a minha vida – dizia para si mesmo. – Ela nunca mais me escreverá. Sabe Deus quando voltarei a este lugar!

A partir desse momento, tudo o que havia de celestial na posição de Julien desapareceu rapidamente de seu coração. Sentado ao lado de uma mulher que ele adorava, quase a estreitando nos braços, naquele quarto onde tinha sido tão feliz, em meio a uma escuridão profunda, percebendo muito bem que havia um momento ela chorava, sentindo pelo movimento de seu peito que ela soluçava, teve a infelicidade de se tornar um político frio, quase tão calculista e tão frio como quando, no pátio do seminário, via-se como alvo de uma piada de mau gosto vinda de um colega mais forte que ele. Julien prolongava seu relato e falava sobre a vida miserável que levara desde que deixara Verrières.

– Assim – dizia para si mesma a sra. de Rênal –, depois de um ano de ausência, quase totalmente privado de marcas de lembrança, enquanto eu o esquecia, ele só se ocupava com os dias felizes que encontrara em Vergy.

Seus soluços redobraram. Julien viu o sucesso de seu relato. Entendeu que deveria tentar o último recurso: de repente, chegou à carta que acabara de receber de Paris.

– Pedi ao monsenhor bispo a autorização para me afastar.

– O quê? Não vai voltar para Besançon? Está nos deixando para sempre?

– Sim – respondeu Julien em tom decidido. – Sim, abandono um lugar onde sou esquecido até por quem mais amei na vida, e o deixo para nunca mais o rever. Vou para Paris...

– Está indo para Paris?! – exclamou bastante alto a sra. de Rênal.

Sua voz estava quase sufocada pelas lágrimas e mostrava todo o excesso de sua perturbação. Julien precisava daquele incentivo: ia dar um passo que poderia decidir tudo contra ele; e, diante dessa exclamação, não enxergando nada, ele ignorava absolutamente o efeito que conseguia produzir. Não hesitou mais; o medo do remorso dava-lhe todo o controle sobre si. Acrescentou friamente, levantando-se:

– Sim, senhora, estou deixando-a para sempre, seja feliz. Adeus.

Deu alguns passos em direção à janela; já a estava abrindo. A sra. de Rênal lançou-se em sua direção e jogou-se em seus braços.

Assim, após três horas de diálogo, Julien conseguiu o que desejara com tanta paixão durante as duas primeiras. Tivessem chegado um pouco antes, o retorno aos sentimentos ternos e o eclipse do remorso na sra. de Rênal teriam sido uma felicidade divina; assim obtidos com arte, não eram mais que um prazer. Julien queria absolutamente, contra a vontade de sua amante, acender a lamparina.

– Quer, então – ele lhe disse –, que não me reste mais nenhuma lembrança de tê-la visto? Será que o amor que sem dúvida está nesses olhos encantadores se perderá para mim? A brancura dessa linda mão me será invisível? Pense que talvez eu vá ficar longe de você por um longo tempo!

A sra. de Rênal nada conseguia opor a essa ideia, que a fazia se derreter em lágrimas. Mas o amanhecer estava começando a desenhar vivamente os contornos dos pinheiros na montanha a leste de Verrières. Em vez de ir embora, Julien, embriagado de prazer, pediu à sra. de Rênal para passar o dia todo escondido em seu quarto e só partir na noite seguinte.

– E por que não? – ela respondeu. – Essa recaída fatal me tira toda estima por mim mesma e faz meu infortúnio para sempre. – Ela o apertava contra o peito. – Meu marido não é mais o mesmo, tem suspeitas; pensa que o enganei em todo esse caso, e está muito ressentido comigo. Se ele ouvir o menor ruído, estou perdida, ele vai me expulsar como uma mulher infeliz que sou.

– Ah, eis uma frase do sr. Chélan – disse Julien. – Você não teria falado assim comigo antes dessa partida cruel para o seminário; você me amava então!

Julien foi recompensado pelo sangue-frio com que fizera essa afirmação: viu a amante esquecer rapidamente o perigo que a presença do marido a fazia correr para pensar no perigo muito maior de ver Julien duvidar de seu amor. O dia avançava rapidamente e iluminava com intensidade o quarto; Julien redescobriu todas as voluptuosidades do orgulho quando pôde ver de novo em seus braços e quase a seus pés aquela mulher encantadora, a única que ele amara e que poucas horas antes estava totalmente tomada pelo medo de um Deus terrível e pelo amor a seus deveres. As resoluções fortalecidas por um ano de constância não tinham conseguido resistir diante de sua coragem.

Logo um barulho foi ouvido na casa; algo em que a sra. de Rênal não havia pensado veio perturbá-la.

– Aquela malvada Elisa vai entrar no quarto. O que fazer com essa escada enorme? – ela disse ao amante. – Onde a esconder? Vou levá-la para o sótão – gritou de repente com certa descontração.

– Mas é preciso passar pelo quarto do criado – Julien disse, espantado.

– Vou deixar a escada no corredor, chamarei o criado e lhe darei uma ordem.

– Pense em preparar uma explicação para o caso de ele perceber a escada ao passar pelo corredor.

– Sim, meu anjo – disse a sra. de Rênal, beijando-o. – Quanto a você, pense em se esconder debaixo da cama muito rapidamente se, durante minha ausência, Elisa entrar aqui.

Julien ficou surpreso com essa repentina alegria. "Então", pensou ele, "a aproximação de um perigo material, longe de perturbá-la, devolve-lhe a alegria, porque ela esquece o remorso! Mulher verdadeiramente superior! Ah, eis um coração no qual é glorioso reinar!" Julien estava encantado.

A sra. de Rênal pegou a escada; era obviamente muito pesada para ela. Julien foi em seu auxílio; admirava sua figura elegante, que estava longe de anunciar força, quando de repente, sem ajuda, ela pegou a escada e a ergueu como se fosse uma cadeira. Levou-a rapidamente para o corredor do terceiro andar, onde a deixou encostada na parede. Chamou o criado e, para lhe dar tempo de se vestir, subiu ao pombal. Cinco minutos depois, ao retornar ao corredor, não encontrou mais a escada. O que acontecera com ela? Se Julien estivesse fora da casa, esse perigo dificilmente a teria afetado. Mas, nesse momento, se seu marido visse aquela escada! Aquele incidente poderia ser abominável. A sra. de Rênal corria por todo lado. Finalmente, ela descobriu a escada sob o telhado para onde o criado a levara e a escondera. Essa circunstância singular, no passado, a teria deixado alarmada.

"O que isso importa para mim?", ela pensou. "O que pode acontecer em vinte e quatro horas, quando Julien tiver ido embora? Não será tudo horror e remorso para mim?"

Tinha como vaga ideia a obrigação de abandonar a vida, mas que importava? Depois de uma separação que ela acreditara ser para sempre, ele voltara para ela, ela o via novamente, e o que ele havia feito para chegar até ela demonstrava muito amor!

Ao narrar o evento da escada para Julien:

– O que direi ao meu marido – lhe disse – se o criado lhe contar que encontrou a escada? – Ela imaginou por um momento. – Levarão vinte e quatro horas para encontrar o camponês que a vendeu para você. – E, jogando-se nos braços de Julien, envolvendo-o com um movimento convulsivo: – Ah! Morrer, morrer assim! – ela gritou, cobrindo-o de beijos. – Mas você não deve morrer de fome – disse, rindo.

– Venha. Primeiro, vou escondê-lo no quarto da sra. Derville, que fica sempre trancado. – Ela foi vigiar no final do corredor, e Julien passou correndo. – Cuidado para não abrir se alguém bater – disse ela, trancando a porta. – Em todo caso, seriam apenas as crianças brincando.

– Faça-os vir para o jardim, sob a janela – disse Julien. – Deixe-me ter o prazer de vê-los, faça-os falar.

– Sim, sim – gritou para ele a sra. de Rênal, afastando-se.

Ela logo voltou com laranjas, biscoitos, uma garrafa de vinho de Málaga; tinha-lhe sido impossível roubar pão.

– O que seu marido está fazendo? – disse Julien.

– Está tratando de negócios com os camponeses.

Mas tinham soado as oito horas, havia muito barulho na casa. Se não vissem a sra. de Rênal, ela seria procurada por toda parte; ela foi obrigada a deixá-lo. Logo voltou, contrariando todas as precauções, trazendo-lhe uma xícara de café. Temia que ele morresse de fome. Depois do almoço, conseguiu conduzir as crianças para baixo da janela do quarto da sra. Derville. Ele os achou bem crescidos, mas haviam adquirido um ar vulgar, ou então suas ideias haviam mudado.

A sra. de Rênal lhes falou de Julien. O mais velho respondeu com amizade e pesar pelo ex-preceptor; já os mais novos, pelo jeito, praticamente o haviam esquecido.

O sr. de Rênal não saiu naquela manhã; ficava pela casa, subindo e descendo sem parar, ocupado em fazer negócios com os camponeses, a quem vendia sua colheita de batatas. Até o jantar, a sra. de Rênal não dispôs de nenhum momento para se dedicar a seu prisioneiro. Quando o jantar foi servido, teve a ideia de roubar um prato de sopa quente para ele. Enquanto se aproximava sem fazer barulho da porta do quarto que ele ocupava, carregando cuidadosamente o prato, ela se viu cara a cara com o criado que havia escondido a escada pela manhã. Naquele momento, ele também avançava em silêncio pelo corredor, como se estivesse ouvindo. Provavelmente Julien havia caminhado de forma imprudente. O criado se afastou, um pouco confuso. A sra. de Rênal entrou impetuosamente no quarto em que estava Julien; esse encontro o fez estremecer.

– Você está com medo – ela lhe disse. – Eu enfrentaria todos os perigos do mundo e sem pestanejar. Só temo uma coisa: o momento em que estarei sozinha depois de sua partida. – E ela o deixou apressadamente.

"Ah", pensou Julien exultante, "o remorso é o único perigo temido por essa alma sublime!"

Finalmente, a noite chegou. O sr. de Rênal foi ao Cassino. Sua mulher tinha anunciado uma terrível enxaqueca, retirou-se para seus aposentos, apressou-se em mandar Elisa embora e levantou-se bem rápido para ir abrir a porta para Julien.

Ele estava realmente morrendo de fome. A sra. de Rênal foi à despensa buscar pão. Julien ouviu um grito alto. A sra. de Rênal voltou e lhe disse que, entrando na despensa escura, ao se aproximar de um armário onde o pão ficava guardado e estender a mão, havia tocado o braço de uma mulher. Fora Elisa quem dera o grito ouvido por Julien.

– O que ela estava fazendo ali?

– Roubava uns doces, ou então nos espionava – disse a sra. de Rênal com total indiferença. – Mas felizmente encontrei um patê e um pão grande.

– O que há aí, então? – disse Julien, apontando para os bolsos do avental dela.

A sra. de Rênal havia esquecido que, desde o jantar, eles estavam cheios de pão.

Julien a abraçou com a mais intensa paixão; nunca ela lhe parecera tão bonita.

"Mesmo em Paris", pensou, confuso, "não poderia encontrar melhor caráter. Ela tinha toda a falta de jeito de uma mulher pouco acostumada a esse tipo de cuidado, e ao mesmo tempo a coragem verdadeira de um ser que não teme os perigos de outra ordem e bem diferentemente terríveis."

Enquanto Julien tomava a sopa com grande apetite e sua amante brincava com ele sobre a simplicidade da refeição, pois ela tinha horror de falar a sério, a porta do quarto foi de repente sacudida com força. Era o sr. de Rênal.

– Por que se trancou? – gritava ele.

Julien só teve tempo de deslizar para baixo do sofá.

– O quê? Está completamente vestida – disse o sr. de Rênal, entrando; está ceando, e trancou a porta!

Em dias normais, essa pergunta, combinada com toda a aridez do casamento, teria incomodado a sra. de Rênal, mas ela percebeu que o marido só precisaria se curvar um pouco para avistar Julien, pois o sr. de Rênal havia se jogado na cadeira que Julien ocupara momentos antes, em frente ao sofá.

A enxaqueca serviu de desculpa para tudo. Enquanto o marido lhe contava longamente os incidentes da partida que ganhara no bilhar do Cassino – "uma partida de dezenove francos, não é pouca coisa!", acrescentou ele –, ela viu o chapéu de Julien em uma cadeira, três passos à frente deles. Seu sangue-frio redobrou, ela começou a se despir e, em determinado momento, passando rapidamente por trás do marido, jogou um vestido na cadeira com o chapéu.

O sr. de Rênal finalmente saiu. Ela pediu a Julien que recomeçasse o relato de sua vida no seminário.

– Ontem eu não o estava ouvindo; só pensava, enquanto você falava, em conseguir mandá-lo embora.

Ela era a própria imprudência. Eles falavam muito alto; e deviam ser duas da manhã quando foram interrompidos por uma violenta batida à porta. Era novamente o sr. de Rênal.

– Abra rápido, há ladrões na casa! – disse ele. – Saint-Jean encontrou a escada deles esta manhã.

– É o fim de tudo – gritou a sra. de Rênal, atirando-se nos braços de Julien. – Ele vai nos matar a nós dois; não acredita em ladrões. Vou morrer em seus braços, mais feliz em minha morte que fui em vida. – Ela não respondia ao marido, que se zangava, e beijava Julien apaixonadamente.

– Salve a mãe de Stanislas – ele lhe disse com o olhar de quem dá uma ordem. – Vou pular para o pátio pela janela do gabinete e correr para o jardim. Os cachorros me reconheceram. Faça uma trouxa com minhas roupas e jogue-as no jardim assim que puder. Nesse ínterim, deixe que arrombem a porta. Sobretudo, nada de confissões. Eu a proíbo de fazê-las; é melhor para ele ter suspeitas que certezas.

– Você vai se matar ao pular! – foi sua única resposta e sua única preocupação.

Ela foi com ele até a janela do gabinete; ocupou-se, então, em esconder suas roupas. Por fim, abriu a porta para o marido, que fervia de raiva. Ele olhou o quarto, o gabinete, sem dizer uma palavra, e desapareceu. As roupas de Julien lhe foram atiradas, ele as agarrou e correu rapidamente para a parte de baixo do jardim, do lado do Doubs. Enquanto corria, ouviu o silvo de uma bala e logo em seguida o som de um tiro de espingarda.

"Não é o sr. de Rênal", pensou. "Atira muito mal para isso." Os cães corriam em silêncio a seu lado. Um segundo tiro aparentemente quebrou a pata de um deles, pois ele começou a soltar ganidos terríveis. Julien saltou o muro de um terraço, andou encoberto uns cinquenta passos e começou a fugir em outra direção. Ouviu vozes que chamavam umas às outras e viu distintamente o criado, seu inimigo, dar um tiro de espingarda. Um fazendeiro também veio atirar do outro lado do jardim, mas Julien já havia chegado à margem do Doubs, onde se vestia.

Uma hora depois, ele estava a uma légua de Verrières, na estrada para Genebra. "Se houver alguma suspeita", pensou Julien, "é a caminho de Paris que me procurarão."

LIVRO DOIS

Ela não é bonita,
não usa ruge algum.

Sainte-Beuve

Capítulo 1
Os prazeres do campo

O rus quando ego te adspiciam!

Virgílio

— O senhor sem dúvida vem esperar a diligência de Paris — disse o dono de um albergue onde ele parou para almoçar.

— A de hoje ou a de amanhã, pouco me importa — disse Julien.

A diligência chegou quando ele se fazia de indiferente. Havia dois lugares livres.

— O quê? É você, meu pobre Falcoz — disse o viajante que chegava dos lados de Genebra àquele que subia na carruagem ao mesmo tempo que Julien.

— Achei que tivesse se instalado nas proximidades de Lyon — disse Falcoz —, em um vale delicioso perto do Ródano.

— Muito bem instalado. Estou fugindo.

– Como assim? Está fugindo? Você, Saint-Giraud? Com essa cara de homem correto, você já cometeu algum crime? – disse Falcoz, rindo.

– Acredite, é isso mesmo. Fujo da vida abominável que se leva na província. Como sabe, gosto do frescor dos bosques e da tranquilidade campestre; muitas vezes você me acusou de ser romântico. Nunca quis ouvir falar de política na vida, e a política me repele.

– Mas de que partido você é?

– Nenhum, e é essa a minha perdição. Aqui está toda a minha política: adoro música, pintura; um bom livro é um acontecimento para mim; vou fazer quarenta e quatro anos. O que me resta para viver? Quinze, vinte, trinta anos no máximo? Ora, acredito que em trinta anos os ministros serão um pouco mais habilidosos, mas também tão honestos quanto os de hoje. A história da Inglaterra serve de espelho para nosso futuro. Sempre haverá um rei que desejará aumentar suas prerrogativas; sempre a ambição de se tornar deputado, a glória e as centenas de milhares de francos ganhos por Mirabeau impedirão os ricos da província de dormir: chamarão a isso de ser liberal e de amar o povo. Sempre o desejo de se tornar um nobre ou cavalheiro da câmara tomará conta dos conservadores. Na barca do Estado, todos querem cuidar da manobra, porque ela é bem paga. Portanto, nunca haverá um lugarzinho pobre para o passageiro simples?

– De fato, de fato, deve ser muito agradável para seu caráter tranquilo. Foram as últimas eleições que o obrigaram a deixar sua província?

– Meu problema vem mais de longe. Eu tinha, há quatro anos, quarenta anos e quinhentos mil francos; tenho quatro anos mais hoje e provavelmente menos cinquenta mil francos, que perderei com a venda do meu castelo de Monfleury perto do Ródano, muito bem localizado.

"Em Paris, eu estava cansado dessa comédia perpétua, a que somos obrigados pelo que você chama de civilização do século XIX. Tinha sede de bonomia e de simplicidade. Compro um terreno nas montanhas perto do Ródano, nada tão bonito sob o céu.

"O vigário da aldeia e os fidalgotes da vizinhança me cortejam durante seis meses; sirvo um jantar para eles. 'Deixei Paris', lhes digo, 'para não ouvir mais falar de política pelo resto da vida. Como podem ver, não assino nenhum jornal. Quanto menos cartas o carteiro me traz, mais feliz eu fico'.

"Não era o que o vigário esperava; logo passei a ser objeto de mil pedidos indiscretos, assédios, etc. Queria dar aos pobres duzentos ou trezentos francos por ano; as pessoas me pedem esse valor para associações piedosas: a de São José, a da Virgem, etc. Recuso, então recebo cem insultos. Faço a besteira de me irritar com isso. Não posso mais sair pela manhã para apreciar a beleza de nossas montanhas sem encontrar algum transtorno que me tira dos meus devaneios e desagradavelmente me faz lembrar os homens e sua maldade. Nas procissões de preces públicas, por exemplo, de cujo canto gosto (provavelmente é uma melodia grega), meus campos não são mais abençoados, porque, diz o vigário, pertencem a um ímpio. Morre a vaca de uma velha camponesa devota, ela diz que é por causa da proximidade de um lago que pertence a mim, ímpio filósofo vindo de Paris, e oito dias depois encontro todos os meus peixes com a barriga para cima, envenenados com cal. As manifestações de pirraça me cercam em todas as suas formas. O juiz de paz, homem honesto, mas que teme pelo seu lugar, nunca me dá razão. A paz dos campos é um inferno para mim. Uma vez que viram que fui abandonado pelo vigário, chefe da congregação da aldeia, e que não sou amparado pelo capitão aposentado, líder dos liberais, todos caíram sobre mim, até o pedreiro que eu sustentava havia um ano, até o carpinteiro que queria me enganar impunemente ao consertar meus arados.

"Para ter apoio e vencer, portanto, alguns de meus processos, torno-me liberal; mas, como você diz, chegam essas malditas eleições, pedem meu voto..."

– Para um estranho?

– De forma alguma, para um homem que conheço muito bem. Recuso, terrível imprudência! A partir desse momento, eis que passo a ter também os liberais em meu encalço, minha posição se torna insuportável. Creio que, se tivesse ocorrido ao vigário me acusar de ter assassinado minha criada, teria havido vinte testemunhas dos dois partidos que iriam jurar que viram o crime ser cometido.

– Você quer viver no campo sem servir às paixões dos vizinhos, sem nem ouvir suas tagarelices. Que erro!...

– Enfim, está reparado. Monfleury está à venda, perco cinquenta mil francos se for preciso, mas estou muito feliz, estou saindo desse inferno de hipocrisia e de aborrecimentos. Procurarei a solidão e a paz rural no único lugar onde elas existem na França: em um quarto andar, com vista para os Champs-Elysées. E ainda estou pensando se não vou começar minha carreira política, no bairro de Roule, devolvendo o pão abençoado à paróquia.

– Tudo isso não lhe teria acontecido sob Bonaparte – disse Falcoz, com os olhos brilhando de indignação e de pesar.

– É verdade, mas por que seu Bonaparte não conseguiu se manter em seu lugar? Tudo que sofro hoje foi ele que o fez.

Aqui a atenção de Julien redobrou. Ele compreendera desde a primeira palavra que o bonapartista Falcoz era o antigo amigo de infância do sr. de Rênal por ele repudiado em 1816, e o filósofo Saint-Giraud devia ser irmão daquele chefe de gabinete da prefeitura de ... que sabia como fazer com que as casas das comunas fossem avaliadas a baixo custo para ele.

– E tudo isso foi seu Bonaparte que o fez – continuou Saint-Giraud. – Um homem honesto, inofensivo, com quarenta anos e quinhentos mil francos não pode se estabelecer no campo e ali encontrar paz; seus sacerdotes e seus nobres o expulsam.

– Ah, não fale mal dele! – exclamou Falcoz. – Nunca a França esteve tão elevada na estima do povo como durante os treze anos em que ele reinou. Nesse tempo, havia grandeza em tudo o que se fazia.

– Seu imperador, que o diabo o carregue – continuou o homem de quarenta e quatro anos –, só foi excelente em seus campos de batalha e quando restaurou as finanças, por volta de 1802. O que significa toda a sua conduta desde então? Com seus camareiros, sua pompa e suas recepções nas Tulherias, ele reeditou todas as patetices monárquicas. Se corrigida, ela poderia ter durado mais um século ou dois. Os nobres e padres quiseram voltar à situação antiga, mas não têm o punho de ferro necessário para impor isso ao público.

– Essa é bem a linguagem de um antigo impressor!

– Quem me expulsa da minha terra? – continuou o impressor com raiva. – Os padres, que Napoleão chamou por sua concordata em vez de tratá-los como o Estado trata os médicos, os advogados, os astrônomos, vendo neles apenas cidadãos, sem se preocupar com a maneira como procuram ganhar a vida. Haveria cavalheiros insolentes hoje se seu Bonaparte não tivesse feito barões e condes? Não, a moda deles passou. Depois dos padres, foram os pequenos nobres do interior que mais me irritaram e me forçaram a me tornar liberal.

A conversa era interminável; esse assunto ocupará a França ainda por meio século. Como Saint-Giraud sempre repetisse que era impossível viver no campo, Julien timidamente propôs o exemplo do sr. de Rênal.

– Por Deus, meu jovem, essa é boa! – gritou Falcoz. – Ele se fez um martelo para não ser uma bigorna, um terrível martelo, aliás. Mas eu o vejo ser superado pelo Valenod. Conhece esse patife? Esse é o verdadeiro. O que dirá seu sr. de Rênal ao se ver destituído qualquer dia desses, com o Valenod sendo colocado em seu lugar?

– Ele ficará cara a cara com seus crimes – disse Saint-Giraud. – Então conhece Verrières, meu jovem? Pois bem, Bonaparte, que o diabo o carregue com suas velharias monárquicas, tornou possível o reinado dos Rênal e dos Chélan, que deu origem ao reinado dos Valenod e dos Maslon.

Essa conversa sobre uma política sombria surpreendia Julien e o distraía de seus devaneios voluptuosos.

Ele foi pouco sensível à primeira imagem de Paris, percebida a distância. Os sonhos quiméricos sobre seu destino futuro tiveram de lutar com a lembrança ainda presente das vinte e quatro horas que acabara de viver em Verrières. Jurava a si mesmo nunca abandonar os filhos de sua amante e deixar tudo para protegê-los se as impertinências dos padres nos trouxessem a república e as perseguições aos nobres.

O que teria acontecido na noite de sua chegada a Verrières se, ao encostar a escada na janela do quarto de dormir da sra. de Rênal, tivesse encontrado o cômodo ocupado por um estranho ou pelo sr. de Rênal?

Mas também que delícias, nas primeiras duas horas, quando sua amante queria sinceramente mandá-lo embora e ele defendia sua causa, sentado ao lado dela no escuro! Uma alma como a de Julien é acompanhada por lembranças como essas pela vida inteira. O resto da conversa já se confundia com os primeiros períodos de seu amor, catorze meses antes.

A carruagem parou, despertando Julien de seu devaneio profundo. Eles tinham acabado de entrar no pátio dos Correios, na rua J.-J. Rousseau.

– Quero ir para o castelo de Malmaison – disse ele a um cabriolé que se aproximou.

– A essa hora, senhor, para quê?

– Que lhe importa? Vamos.

Toda verdadeira paixão pensa apenas nela. Por isso, parece-me, as paixões são tão ridículas em Paris, onde o vizinho pretende sempre que se pensa demais nele. Vou abster-me de contar os ímpetos de Julien em Malmaison. Ele chorou. O quê? Apesar dos feios muros brancos construídos nesse ano e que cortam esse parque em pedaços? Sim, senhor; para Julien, como para a posteridade, não havia nada entre Arcole, Sainte-Hélène e Malmaison.

À noite, Julien hesitou muito antes de ir ao teatro. Ele tinha ideias estranhas sobre esse lugar de perdição.

Uma profunda desconfiança o impediu de admirar a Paris viva; só se emocionava com os monumentos deixados por seu herói.

"Eis-me aqui, portanto, no centro da intriga e da hipocrisia! Aqui reinam os protetores do abade de Frilair."

Na noite do terceiro dia, a curiosidade levou a melhor sobre o plano de ver tudo antes de se apresentar ao abade Pirard. Este explicou-lhe em tom frio o tipo de vida que o esperava na casa do sr. de La Mole.

– Se depois de alguns meses você não for útil, retornará ao seminário, mas pela porta certa. Ficará instalado na casa do marquês, um dos maiores nobres da França. Usará o hábito preto, mas como um homem que está de luto, não como um clérigo. Exijo que três vezes por semana siga seus estudos teológicos em um seminário onde irei apresentá-lo. Todos os dias, ao meio-dia, você vai se instalar na biblioteca do marquês, que pretende empregá-lo para escrever cartas para julgamentos e outros assuntos. O marquês escreve, em duas palavras, à margem de cada carta que recebe, o tipo de resposta a ser dada. Garanti que, ao cabo de três meses, você estará em condições de dar essas respostas, de modo que, das doze que apresentar para a assinatura do marquês, ele possa assinar oito ou nove. À noite, às oito horas, você colocará o escritório em ordem e às dez estará livre. Pode ser – continuou o abade Pirard – que alguma velha senhora ou algum homem de fala macia possa dar-lhe um vislumbre de imensas vantagens ou, de maneira bastante grosseira, oferecer-lhe ouro para que lhe mostre as cartas recebidas pelo marquês...

– Ah, senhor! – exclamou Julien corando.

– É notável – disse o abade com um sorriso amargo – que, pobre como é, e depois de um ano de seminário, ainda lhe restem essas virtuosas indignações. Você deve ter sido muito cego! Poderia ser a força do sangue? – disse o abade em voz baixa e como se falasse consigo mesmo. – O que é notável – acrescentou, olhando para Julien – é que o marquês o conhece... Não sei como. Para começar, ele lhe dá cem luíses de salário. É um homem que age apenas por capricho, esse é o defeito dele; discutirá com você por coisas insignificantes. Se ele ficar satisfeito, seu salário pode subir posteriormente para oito mil francos. Mas você precisa saber – retomou o abade em tom azedo – que ele não está lhe dando todo esse dinheiro pelos seus lindos olhos. Trata-se de ser útil. Em seu lugar, eu falaria muito pouco e, sobretudo, nunca falaria do que não conheço. Ah! – disse o abade. – Recolhi algumas informações para você; estava me esquecendo da família do senhor de La Mole. Ele tem dois filhos, uma filha, e um filho de dezenove anos, elegante por excelência, uma espécie de louco, que nunca sabe ao meio-dia o que vai fazer às duas horas. Tem inteligência, bravura; lutou na Guerra da Espanha. O marquês espera, não sei por quê, que você se torne amigo do jovem conde Norbert. Eu disse que você era um grande latinista; talvez ele espere que ensine ao filho algumas frases prontas, sobre Cícero e Virgílio. Em seu lugar, eu nunca deixaria esse belo jovem zombar de mim; e, antes de ceder aos seus avanços perfeitamente educados, mas um tanto estragados pela ironia, faria com que os repetisse para mim mais uma vez. Não vou esconder de você que o jovem conde de La Mole deve desprezá-lo antes de tudo porque você é apenas um pequeno-burguês. Um de seus antepassados era da corte e teve a honra de ter a cabeça decepada na praça de Grève, em 26 de abril de 1574, por uma intriga política. Você, você é o filho de um carpinteiro de Verrières e, além disso, assalariado do pai dele. Avalie bem essas diferenças e estude a história dessa família no Moreri; todos os bajuladores que jantam com eles de vez em quando fazem o que chamam de alusões delicadas. Tome cuidado como você responde às brincadeiras do conde Norbert de La Mole, chefe de esquadrão de hussardos e futuro par de França, e não venha reclamar comigo depois.

– Parece-me – disse Julien, corando muito – que nem deveria responder a um homem que me despreza.

– Você não tem ideia desse desprezo; ele só se mostrará por meio de elogios exagerados. Se você fosse um tolo, poderia ser pego nisso; se quer fazer fortuna, deveria se deixar enganar.

– No dia em que tudo isso não me convier mais – disse Julien –, passarei por ingrato se voltar para a minha pequena cela número 103?

– Sem dúvida – respondeu o abade –, todos os simpatizantes da casa o caluniarão, mas então irei aparecer. *Adsum qui feci*. Direi que é de mim que vem essa resolução.

Julien ficou desgostoso com o tom amargo e quase malicioso que notou no senhor Pirard; aquele tom estragava completamente sua última resposta.

O fato é que o abade tinha um escrúpulo de consciência por gostar de Julien, e era com uma espécie de terror religioso que se envolvia tão diretamente no destino de outra pessoa.

– Você conhecerá, ainda – acrescentou ele com a mesma má vontade, como se cumprisse um dever doloroso –, você conhecerá a senhora marquesa de La Mole. Ela é uma mulher loira, alta, devota, arrogante, perfeitamente educada e ainda mais insignificante. É filha do velho duque de Chaulnes, muito conhecido por seus preconceitos de nobreza. Essa grande senhora é uma espécie de resumo, em alto-relevo, do que basicamente constitui o caráter das mulheres da categoria dela. Ela não esconde o fato de que ter tido ancestrais que foram para as Cruzadas é a única vantagem que leva em conta. O dinheiro só chega muito tempo depois. Isso o surpreende? Não estamos mais na província, meu amigo.

"Você verá no salão dela vários grandes nobres falando sobre nossos príncipes com um tom de leveza singular. Quanto à senhora de La Mole, ela abaixa a voz por respeito sempre que cita um príncipe e especialmente uma princesa. Não o aconselharia a dizer na frente dela que Filipe II ou Henrique VIII eram monstros. Eles foram REIS, o que lhes dá direitos inalienáveis a respeito de todos e principalmente a respeito de seres sem nascimento, como você e eu. No entanto – acrescentou o sr. Pirard –, somos padres, pois ela o considerará assim; como tal, ela nos vê como criados necessários para sua salvação."

– Senhor – disse Julien –, parece-me que não vou ficar muito tempo em Paris.

– Muito bem dito; mas observe que não há fortuna para homens como nós, exceto por meio dos grandes senhores. Com essa coisa indefinível, pelo menos para mim, que existe no seu caráter, se você não fizer fortuna, será perseguido; não lhe resta meio-termo. Não se deixe enganar. Os homens veem que não lhe agradam ao falar com você; em um país social como este, você estará condenado ao infortúnio se não conseguir se fazer respeitar.

"O que você teria se tornado em Besançon sem esse capricho do marquês de La Mole? Um dia, você entenderá a singularidade do que ele faz por você e, se você não for um monstro, terá uma gratidão eterna a ele e à família dele. Quantos pobres padres, mais eruditos que você, viveram anos em Paris, com os quinze vinténs da missa e os dez vinténs de suas argumentações na Sorbonne!... Lembre-se do que eu lhe disse, no inverno passado, sobre os primeiros anos desse mau sujeito que é o cardeal Dubois. Seu orgulho por acaso o faz crer que seria mais talentoso que ele? Eu, por exemplo, um homem tranquilo e medíocre, esperava morrer no meu seminário; tive a infantilidade de me apegar a isso. Pois bem, eu ia ser destituído quando pedi demissão. Sabe qual era a minha fortuna? Tinha quinhentos e vinte francos de capital, nem mais nem menos; nenhum amigo, apenas dois ou três conhecidos. O sr. de La Mole, que eu nunca tinha visto, me tirou desse mau momento; ele só teve de dizer uma palavra, e me foi dada uma paróquia em que todos os fiéis são pessoas ricas, acima de vícios grosseiros, e a renda me envergonha, de tão desproporcional que é em relação ao meu trabalho. Só falei com você por muito tempo para colocar um pouco de chumbo nessa cabeça.

"Mais uma palavra: tenho a infelicidade de ser irascível; é possível que você e eu paremos de falar um com o outro. Se a altivez da marquesa ou as brincadeiras de mau gosto do filho dela tornam essa casa decididamente insuportável para você, aconselho-o a terminar seus estudos em algum seminário a trinta léguas de Paris, e mais ao norte que ao sul. Há mais civilização e menos injustiça no norte. E – acrescentou, baixando a voz –, devo admitir, a vizinhança dos jornais de Paris assusta os pequenos tiranos. Se continuarmos a ter prazer em nos vermos e a casa do marquês não lhe convier, eu lhe oferecerei o lugar de meu vigário e compartilharei com você metade do que rende essa paróquia. Devo-lhe isso e muito mais – acrescentou, interrompendo os agradecimentos de Julien –, pela oferta singular que me fez em Besançon. Se, em vez de quinhentos e vinte francos, eu não tivesse nada, você me teria salvo."

O abade havia perdido seu tom de voz cruel. Para sua grande vergonha, Julien sentiu as lágrimas encher seus olhos; ele estava morrendo de vontade de se jogar nos braços do amigo; não pôde deixar de lhe dizer, com o ar mais viril que era capaz de afetar:

– Fui odiado por meu pai desde o berço; foi um dos meus grandes infortúnios; mas não vou mais reclamar do acaso, pois encontrei no senhor um pai.

– Certo, certo – disse o abade, constrangido. Depois, encontrando bem a propósito uma frase de um diretor de seminário: – Nunca diga "acaso", meu filho, diga sempre "Providência".

O fiacre parou; o cocheiro levantou a aldrava de bronze de uma porta imensa: era a Mansão de La Mole. E, para que os transeuntes não pudessem duvidar disso, essas palavras podiam ser lidas em um mármore preto acima da porta.

Essa ostentação desagradou a Julien. Eles têm tanto medo dos jacobinos! Veem um Robespierre e sua charrete atrás de cada sebe; muitas vezes dão vontade de rir, e assim exibem sua casa, para que os canalhas a reconheçam em caso de tumulto e a saqueiem. Partilhou seu pensamento com o abade Pirard.

– Ah, pobre criança, em breve você será meu vigário. Que ideia espantosa lhe ocorreu!

– Não acho nada tão simples – disse Julien.

A gravidade do porteiro e, acima de tudo, a limpeza do pátio haviam despertado sua admiração. Era um lindo dia de sol.

– Que arquitetura magnífica! – disse ao amigo.

Era uma daquelas mansões com fachada muito insípida do Faubourg Saint-Germain, construída na época da morte de Voltaire. Moda e beleza nunca estiveram tão distantes uma da outra.

Capítulo 2
Entrada na sociedade

> *Lembrança ridícula e comovente: o primeiro salão onde se foi aos dezoito anos sozinho e sem apoio! O olhar de uma mulher bastava para me intimidar. Quanto mais eu queria agradar, mais esquisito me tornava. Tinha as ideias mais falsas em relação a tudo; ou confiava sem motivo, ou via em um homem um inimigo porque ele tinha me olhado com ar sério. Mas então, em meio aos terríveis infortúnios da minha timidez, como um dia belo era belo!*
>
> Kant

Julien parou abismado no meio do pátio.

– Assuma então um ar razoável – disse o abade Pirard. – Ideias horríveis lhe ocorrem, e então você passa a ser apenas uma criança! Onde está o *nil mirari* de Horácio? (Nunca se entusiasmar.) Lembre-se de que esse povo de lacaios, vendo-o instalado aqui, procurará zombar de você; verão em você um igual injustamente colocado acima deles. Sob a capa da bonomia, dos bons conselhos, do desejo de orientá-lo, tentarão fazê-lo cometer alguma grande asneira.

– Eu os desafio – disse Julien mordendo o lábio, e reassumiu toda a sua desconfiança.

Os salões que esses cavalheiros atravessaram no primeiro andar, antes de chegarem ao gabinete do marquês, parecer-lhe-iam, ó meu leitor, tão tristes quanto magníficos. Se lhe fossem oferecidos como são, você se recusaria a habitá-los; são a pátria do bocejo e do raciocínio triste. Eles redobraram o encantamento de Julien. "Como se pode ficar infeliz", ele pensou, "quando se habita um lugar tão magnífico?"

Por fim, esses cavalheiros chegaram ao mais feio dos cômodos desse soberbo apartamento: dificilmente a luz se fazia ali; estava lá um homenzinho magro, com olhar vivo e de peruca loira. O abade voltou-se para Julien e o apresentou. Era o marquês. Julien teve grande dificuldade em reconhecê-lo, de tão educado que o achou. Ele não era mais o grande nobre, de aparência tão altiva, da abadia de Bray-le-Haut. Pareceu a Julien que sua peruca tinha cabelo demais. Com a ajuda desse sentimento, ele não ficou de forma alguma intimidado. O descendente do amigo de Henrique III pareceu-lhe, a princípio, ter um ar um tanto mesquinho. Era bastante magro e se agitava muito. Mas ele logo percebeu que o marquês tinha uma polidez ainda mais agradável com o interlocutor que a do próprio bispo de Besançon. A audiência não durou três minutos. Ao sair, o abade disse a Julien:

– Você olhou para o marquês como se estivesse pintando um quadro. Não sou um especialista no que essas pessoas chamam de polidez, logo você saberá mais que eu a respeito; mas, enfim, a ousadia de seu olhar me pareceu pouco educada.

Tinham subido de volta para o fiacre; o cocheiro parou perto do bulevar; o abade introduziu Julien em uma série de grandes salões. Julien percebeu que não havia móveis. Estava olhando para um magnífico relógio dourado, que representava um tema muito indecente, segundo ele, quando um cavalheiro bastante elegante se aproximou com ar risonho. Julien fez uma meia reverência.

O cavalheiro sorriu e colocou a mão em seu ombro. Julien se assustou e deu um salto para trás. Corou de raiva. O abade Pirard, apesar de seu ar grave, riu até às lágrimas. O cavalheiro era um alfaiate.

– Devolvo-lhe a liberdade por dois dias – disse-lhe o abade ao partir. – Só então poderá ser apresentado à sra. de La Mole. Um outro o guardaria como a uma menina, nesses primeiros momentos de sua estada nessa nova Babilônia. Perca-se imediatamente, se tiver de se perder, e serei libertado da fraqueza que tenho de pensar em você. Depois de amanhã, de manhã, esse alfaiate vai lhe trazer duas roupas; você dará cinco francos ao rapaz que os experimentará em você. Afora isso, não deixe que esses parisienses conheçam o som da sua voz. Se disser uma palavra, eles descobrirão o segredo para rir de você. É o talento deles. Depois de amanhã, esteja em minha casa ao meio-dia... Vamos, perca-se... Estava esquecendo: vá pedir botas, camisas, um chapéu nestes endereços.

Julien olhou para a escrita dos endereços.

– É a letra do marquês – disse o abade. – É um homem ativo que tudo prevê e que prefere fazer a mandar. Ele o mantém próximo a ele para que você o poupe desse tipo de trabalho. Você terá inteligência suficiente para executar bem todas as coisas que esse homem ativo lhe indicará por meias palavras? Assim será o futuro: tome cuidado!

Julien entrou, sem dizer uma palavra, nas lojas dos profissionais indicados nos endereços; notou que era recebido com respeito, e o sapateiro, ao escrever seu nome no livro de registro, colocou Sr. Julien de Sorel.

No cemitério de Père-Lachaise, um cavalheiro muito prestativo, e ainda mais liberal em suas opiniões, ofereceu-se para indicar a Julien o túmulo do marechal Ney[56], que uma política sábia priva da honra de um epitáfio. Mas,

---

[56] Michel Ney (1769-1815), comandante instituído marechal por Napoleão Bonaparte, foi acusado de traição ao regime de Luís XVIII e condenado à execução por fuzilamento após a Restauração Francesa. (N.T.)

ao se separar desse liberal, que com lágrimas nos olhos quase o abraçava, Julien não tinha mais seu relógio. Foi enriquecido com essa experiência que dois dias depois, ao meio-dia, ele se apresentou ao abade Pirard, que o olhou muito.

– Você vai virar talvez um enfatuado – disse o abade severamente.

Julien parecia um jovem forte, em luto pesado; na verdade estava muito bem, mas o bom abade era ele próprio provinciano demais para ver que Julien ainda tinha aquele movimento de ombros que na província denota ao mesmo tempo elegância e importância.

Vendo Julien, o marquês julgou seus encantos de maneira tão diferente da do bom abade que lhe disse:

– Teria alguma objeção a que o sr. Sorel tivesse aulas de dança?

O abade ficou petrificado.

– Não – ele finalmente respondeu. – Julien não é um padre.

Subindo dois a dois os degraus de uma pequena escada escondida, o marquês foi ele mesmo instalar nosso herói em um bonito sótão que dava para o imenso jardim da mansão. Perguntou-lhe quantas camisas havia encomendado.

– Duas – respondeu Julien, intimidado ao ver tão grande nobre descer a esses detalhes.

– Muito bem – retomou o marquês com ar sério e com certo tom imperativo e breve, que deu o que pensar a Julien! – Pegue mais vinte e duas camisas. Aqui está o primeiro quarto do seu ordenado.

Descendo do sótão, o marquês chamou um homem idoso:

– Arsène – disse ele –, você servirá ao sr. Sorel.

Poucos minutos depois, Julien se viu sozinho em uma magnífica biblioteca; foi um momento delicioso. Para não ser surpreendido em sua emoção, foi esconder-se em um cantinho escuro; dali contemplou com deleite a lombada brilhante dos livros. "Poderei ler tudo isso", disse a si mesmo. "E como eu iria me aborrecer aqui? O senhor de Rênal se julgaria desonrado para sempre pela centésima parte do que o marquês de La Mole acaba de fazer por mim. Mas vamos ver as cópias a serem feitas."

Terminada a obra, Julien ousou olhar os livros; quase enlouqueceu de alegria ao encontrar uma edição de Voltaire. Correu para abrir a porta da biblioteca, a fim de não ser surpreendido. Permitiu-se então o prazer de abrir cada um dos oitenta volumes. Lindamente encadernados, eles eram a obra-prima do melhor profissional de Londres. Não precisou muito para levar ao auge a admiração de Julien.

Uma hora depois, o marquês entrou, olhou as cópias e percebeu com espanto que Julien estava escrevendo *isso* com um "s", ou seja, *iso*. "Tudo o que o abade me falou sobre sua ciência seria simplesmente um conto!"

O marquês, muito desanimado, disse-lhe gentilmente:

– Não está seguro de sua ortografia?

– É verdade – disse Julien, sem pensar no erro que estava cometendo; sentia-se comovido com a gentileza do marquês, que o fazia lembrar o tom rude do sr. de Rênal.

"Toda essa experiência como pequeno abade do Franco-Condado é perda de tempo", pensou o marquês. "Mas eu precisava muito de um homem confiável!"

– Essa palavra se escreve com dois "ss" – disse-lhe o marquês. Quando terminar suas cópias, procure no dicionário as palavras de cuja grafia não esteja seguro.

Às seis horas, o marquês mandou chamá-lo e olhou com evidente pena para as botas de Julien:

– Tenho de reconhecer uma falha minha: não lhe disse que todos os dias às cinco e meia você tem de se vestir.

Julien olhou-o sem entender.

– Quero dizer, colocar meias. Arsène o lembrará disso; por hoje, apresentarei escusas em seu nome.

Após essas palavras, o sr. de La Mole fez Julien passar para um salão resplandecente de dourados. Em ocasiões semelhantes, o sr. de Rênal nunca deixara de redobrar o passo para ter a vantagem de sair primeiro pela porta. A mesquinha vaidade de seu ex-patrão fez Julien pisar no pé do marquês e o machucou muito por causa da gota.

"Ah! Além de tudo, é desequilibrado", disse a si mesmo. Ele o apresentou a uma mulher alta e de aspecto imponente. Era a marquesa. Julien a achou impertinente, um pouco como a sra. de Maugiron, a subprefeita do distrito de Verrières, quando ela compareceu ao jantar no dia de São Carlos. Um pouco perturbado com a extrema magnificência do salão, Julien não ouviu o que o sr. de La Mole dizia. A marquesa mal dignou-se olhar para ele. Havia alguns homens, entre os quais Julien reconheceu com indescritível prazer o jovem bispo de Agde, que se dignara de falar com ele alguns meses antes na cerimônia de Bray-le-Haut. Esse jovem prelado sem dúvida ficou assustado com os ternos olhos de Julien que se fixaram nele movidos pela timidez, mas não se deu ao trabalho de reconhecer aquele provinciano.

Os homens reunidos naquela sala pareciam a Julien ter algo de triste e constrangido; as pessoas falavam baixo em Paris e não exageravam nas pequenas coisas.

Um jovem bonito, de bigode, muito pálido e muito esguio, entrou por volta das seis e meia; tinha uma cabeça muito pequena.

– Sempre fazendo-se esperar – disse a marquesa, cuja mão ele beijou.

Julien entendeu que era o conde de La Mole. Ele o achou simpático logo ao primeiro contato. "É possível", perguntou-se, "que esse seja o homem cujas piadas ofensivas devem me expulsar desta casa?" Examinando o conde Norbert, Julien notou que ele usava botas e esporas. "E eu devo estar de sapatos, aparentemente como alguém inferior."

As pessoas se sentaram à mesa. Julien ouviu a marquesa, que dizia uma frase severa, elevando um pouco a voz. Quase ao mesmo tempo, viu uma jovem, extremamente loira e muito bem afeiçoada, que veio sentar-se à sua frente. Ela também não lhe agradou; no entanto, olhando-a com atenção, considerou que nunca tinha visto olhos tão bonitos; mas eles anunciavam uma grande frieza de alma. Na sequência, Julien descobriu que eles tinham a expressão de tédio que examina, mas que se lembra da obrigação de ser imponente. "A sra. de Rênal, no entanto, tinha olhos lindos", pensou. "O mundo os elogiava; mas eles não tinham nada em comum com esses."

Julien não tinha bastante vivência para distinguir que era o fogo da vivacidade que brilhava de vez em quando nos olhos da srta. Mathilde, como ouviu que a chamavam. Quando os olhos da sra. de Rênal se animavam, era pelo fogo das paixões, ou pelo efeito de uma indignação generosa diante do relato de alguma ação maliciosa. Quase no final da refeição, Julien encontrou uma palavra para expressar o tipo de beleza dos olhos da senhorita de La Mole. "Eles são brilhantes", disse a si mesmo. Além disso, ela se parecia cruelmente com a mãe, que lhe desagradava cada vez mais, então parou de olhar para ela. Em contrapartida, o conde Norbert parecia-lhe admirável em todos os sentidos. Julien ficou tão seduzido que nem imaginava ter ciúme e odiá-lo por ser mais rico e mais nobre que ele.

Julien achou que o marquês parecia entediado. Quando chegou o segundo prato, ele disse ao filho:

– Norbert, peço-lhe a gentileza de olhar pelo sr. Julien Sorel, que acabo de agregar ao meu serviço e de quem pretendo fazer um homem, se *iso* for possível. Ele é meu secretário – disse o marquês ao vizinho – e escreve *isso* com um "s" só.

Todos olharam para Julien, que acenou com a cabeça um pouco acentuadamente para Norbert; mas em geral seu olhar agradou.

O marquês devia ter falado sobre o tipo de educação que Julien havia recebido, pois um dos convidados o atacou sobre Horácio.

"Foi precisamente falando de Horácio que fui bem-sucedido com o bispo de Besançon", disse Julien para si mesmo. "Aparentemente eles só conhecem esse autor."

Daquele momento em diante, ele assumiu o controle de si mesmo. A mudança foi facilitada porque ele acabara de decidir que a srta. de La Mole nunca seria uma mulher a seus olhos. Desde o seminário, fazia pouco-caso dos homens e dificilmente se deixava intimidar por eles. Teria desfrutado de todo o seu sangue-frio se a sala de jantar fosse mobiliada com menos magnificência. Eram, na verdade, dois espelhos de quase dois metros e meio de altura cada um, nos quais ele às vezes olhava para seu interlocutor falando de Horácio, que assim pareciam torná-lo mais imponente. Suas frases não eram muito longas para um provinciano. Tinha belos olhos, cuja timidez trêmula ou feliz, quando havia respondido bem, redobrava o brilho. Ele foi considerado agradável. Esse tipo de exame criava um pouco de interesse em um jantar sério. O marquês, por meio de um sinal, induziu o interlocutor de Julien a pressioná-lo. "Seria possível que ele soubesse alguma coisa!", pensou ele.

Julien respondeu inventando suas ideias e perdeu o suficiente de sua timidez não para mostrar sagacidade, algo impossível para quem não conhece a língua usada em Paris, mas para ter ideias novas, embora apresentadas sem graça nem propósito, e com isso os outros viram que ele sabia latim perfeitamente.

O adversário de Julien era um acadêmico das Inscrições, que por acaso sabia latim; considerou Julien um ótimo humanista, não teve mais medo de fazê-lo corar e procurou realmente embaraçá-lo. No calor da luta, Julien finalmente esqueceu os magníficos móveis da sala de jantar, passou a expor sobre os poetas latinos ideias que o interlocutor não tinha lido em lugar nenhum. Homem honesto, ele prestou homenagem ao jovem secretário. Felizmente, iniciou-se uma discussão sobre a questão de saber se Horácio era pobre ou rico: um homem amável, voluptuoso e despreocupado, que escrevia versos para se divertir, como Chapelle, o amigo de Molière e de La Fontaine; ou algum pobre-diabo de um poeta laureado que seguia a corte fazendo odes para o aniversário do rei, como Southey, o acusador de lorde Byron. Falou-se sobre o estado da sociedade sob Augusto e sob George IV; em ambas as épocas, a aristocracia era todo-poderosa; mas, em Roma, ela se viu arrancada do poder por Mecenas, que era apenas um simples cavaleiro; e, na Inglaterra, ela havia reduzido George IV à quase condição de um doge de Veneza. Essa discussão pareceu tirar o marquês do torpor em que o tédio o mergulhara no início do jantar.

Julien não entendia todos aqueles nomes modernos, como Southey, lorde Byron, George IV, que ouvia pronunciar pela primeira vez. Mas não escapou a ninguém que, sempre que se tratava de fatos ocorridos em Roma, e cujo conhecimento pudesse ser deduzido das obras de Horácio, de Marcial, de Tácito, etc., ele tinha uma superioridade incontestável. Julien agarrou-se sem cerimônia a várias ideias que aprendera com o bispo de Besançon, na famosa discussão que tivera com esse prelado; e elas não foram as menos apreciadas.

Quando se cansaram de falar de poetas, a marquesa, que tinha por lei admirar tudo o que divertia o marido, dignou-se olhar para Julien.

– Os modos desajeitados desse jovem padre talvez escondam um homem culto – disse para a marquesa o acadêmico que estava perto dela; e Julien ouviu alguma coisa.

As frases prontas combinavam bastante com a mente da dona da casa; ela adotou esta última sobre Julien e ficou contente por ter convidado o acadêmico para jantar. "Ele diverte o sr. de La Mole", ela pensou.

Capítulo 3
Primeiros passos

Esse imenso vale repleto de luzes cintilantes e de tantos milhares de homens deslumbra minha visão. Ninguém me conhece, todos são superiores a mim. Minha cabeça se perde.

"Poemi dell' av", Reina

No dia seguinte, bem cedo, Julien fazia cópias de cartas na biblioteca, quando a srta. Mathilde entrou por uma pequena porta de serviço, muito bem escondida por lombadas de livros. Enquanto Julien admirava essa invenção, a srta. Mathilde parecia muito surpresa e bastante contrariada por deparar com ele ali. Com papelotes no cabelo, Julien achou que ela tinha uma aparência dura, altiva e quase masculina. A srta. de La Mole tinha o segredo de roubar livros da biblioteca do pai sem que ele desse por isso. A presença de Julien tornava inútil a incursão daquela manhã, o que a aborrecia ainda mais porque viera buscar o segundo volume de *A princesa da Babilônia*, de Voltaire, digno complemento de uma educação eminentemente monárquica e religiosa, obra-prima do Sacré-Coeur! Essa pobre garota, de dezenove anos, já precisava do estímulo do espírito para se interessar por um romance.

O conde Norbert apareceu na biblioteca por volta das três horas; vinha estudar um jornal, para poder falar de política à noite, e ficou muito feliz por encontrar Julien, de cuja existência havia se esquecido. Foi irrepreensível para com ele; convidou-o para montar a cavalo.

– Meu pai nos deu folga até o jantar.

Julien compreendeu esse "nos" e achou muito simpático.

– Meu Deus, senhor conde – disse Julien –, se se tratasse de cortar uma árvore de vinte e cinco metros de altura e fazer dela tábuas, eu faria bem, ouso dizer; mas andar a cavalo só me aconteceu seis vezes na vida.

– Pois bem, será a sétima – disse Norbert.

No fundo, Julien lembrava-se da entrada do rei de *** em Verrières e acreditava montar muito bem um cavalo. Mas, no caminho de volta do Bosque de Boulogne, bem no meio da Rua do Bac, ele caiu, tentando de repente evitar um cabriolé, e ficou coberto de lama. Foi bom para ele ter duas roupas. Ao jantar, o marquês, querendo falar com ele, pediu-lhe notícias de seu passeio; Norbert se apressou em responder em termos gerais.

– O senhor conde é muito gentil comigo – retomou Julien. – Agradeço-lhe e reconheço todo o valor disso. Ele se dignou dar-me o cavalo mais manso e mais bonito; mas no final não podia prender-me a ele e, por falta dessa precaução, caí bem no meio daquela rua comprida, perto da ponte.

A srta. Mathilde tentou em vão disfarçar uma gargalhada, mas em seguida sua indiscrição exigiu detalhes. Julien saiu-se com grande simplicidade; ele tinha graça sem mesmo saber disso.

– Esse padrezinho vai longe – disse o marquês ao acadêmico. – Um simples provinciano em uma situação como essa! É o que nunca se viu nem nunca será visto novamente; e ele ainda conta sua desgraça na frente das senhoras!

Julien deixou os ouvintes de tal forma à vontade sobre seu infortúnio que, ao final do jantar, quando a conversa geral já havia tomado outro rumo, a srta. Mathilde fez perguntas ao irmão sobre os detalhes dos infelizes acontecimentos. Como as perguntas se arrastavam e Julien encontrava várias vezes seu olhar, ousou responder diretamente, embora não fosse questionado, e os três acabaram rindo, como teriam feito três jovens moradores de uma aldeia no fundo de um bosque.

No dia seguinte, Julien assistiu a duas aulas de teologia e depois voltou para transcrever uma vintena de cartas. Encontrou instalado perto dele na biblioteca um jovem, vestido com muito apuro, mas cujo porte era mesquinho e a fisionomia denotava inveja.

O marquês entrou.

– O que faz aqui, sr. Tanbeau? – ele disse ao recém-chegado em tom severo.

– Eu pensei... – respondeu o jovem, sorrindo baixinho.

– Não, senhor, não pensou. Foi uma tentativa, mas infeliz.

O jovem Tanbeau levantou-se furioso e desapareceu. Era sobrinho do amigo acadêmico da sra. de La Mole; destinava-se às letras. O acadêmico conseguira que o marquês o tomasse por secretário. Tanbeau, que trabalhava em uma sala remota, sabendo do favor de que Julien era objeto, quis compartilhá-lo e, pela manhã, viera instalar sua escrivaninha na biblioteca.

Às quatro horas, Julien ousou, após alguma hesitação, aparecer na casa do conde Norbert. Este estava prestes a montar a cavalo e ficou constrangido, pois era perfeitamente educado.

– Acho – disse a Julien – que em breve você irá tomar aulas no picadeiro; e depois de algumas semanas terei o maior prazer em montar a cavalo com você.

– Queria ter a honra de agradecer-lhe a gentileza que teve em relação a mim; acredite, senhor – acrescentou Julien com ar muito sério –, que tenho consciência de tudo o que lhe devo. Se o seu cavalo não se machucou por causa da minha falta de jeito ontem, e se ele estiver livre, gostaria de montá-lo agora.

– Como quiser, meu caro Sorel, por sua própria conta e risco. Suponha que eu tenha feito todas as objeções exigidas pela prudência; a questão é que são quatro horas, não temos tempo a perder.

Uma vez que ele estava a cavalo:

– O que se deve fazer para não cair? – perguntou Julien ao jovem conde.

– Muitas coisas – respondeu Norbert, rindo alto. – Por exemplo, inclinar o corpo para trás.

Julien partiu em grande trote. Estavam na praça Luís XVI.

– Ah, jovem imprudente – disse Norbert –, há carros demais, e ainda dirigidos por incautos! Uma vez no chão, os tílburis irão passar sobre seu corpo; eles não correrão o risco de machucar a boca de seu cavalo parando-o bruscamente.

Vinte vezes Norbert viu Julien prestes a cair; mas enfim o passeio terminou sem acidentes. Ao voltar para casa, o jovem conde disse à irmã:

– Apresento a você um homem temerário e ousado.

No jantar, conversando com o pai de uma ponta da mesa à outra, fez justiça à ousadia de Julien; isso era tudo que alguém poderia elogiar em seu jeito de cavalgar. De manhã, o jovem conde ouvira as pessoas que cuidavam dos cavalos no pátio falar da queda de Julien, zombando dele de forma ultrajante.

Apesar de tanta gentileza, Julien logo se sentiu perfeitamente isolado no meio daquela família. Todos os costumes pareciam-lhe singulares, e ele não se adaptava a nenhum. Suas gafes faziam a alegria dos criados.

O abade Pirard havia partido para sua paróquia. "Se Julien é um caniço fraco, que morra; se é um homem de bom coração, que ele se vire sozinho", pensava ele.

Capítulo 4
A mansão de La Mole

O que faz ele aqui?
Estaria satisfeito?
Pensaria agradar?

RONSARD

Se tudo parecia estranho a Julien, no nobre salão da mansão de La Mole, aquele jovem, pálido e vestido de preto, parecia por sua vez muito incomum para as pessoas que se dignavam de notá-lo. A sra. de La Mole propôs ao marido enviá-lo em alguma missão nos dias em que receberiam certas pessoas para jantar.

– Quero levar a experiência até o fim – respondeu o marquês. – O abade Pirard afirma que estamos errados em atingir o amor-próprio das pessoas que admitimos junto a nós. Contamos apenas com o que resiste, etc. Esse é impróprio apenas por seu rosto desconhecido; além disso, é um surdo-mudo.

"Para que eu possa me orientar nisso", Julien disse a si mesmo, "devo anotar os nomes e uma palavra sobre o caráter dos personagens que vejo chegar a este salão." Colocou na primeira linha cinco ou seis amigos da casa, que invariavelmente o cortejavam, acreditando que ele estava protegido por um capricho do marquês. Eram pobres-coitados, mais ou menos triviais; mas deve ser dito, para o louvor dessa classe de homens como a encontramos hoje nos salões da aristocracia, que eles não eram igualmente triviais para todos. Alguns se deixariam ser maltratados pelo marquês, mas teriam se revoltado contra uma palavra áspera dirigida a eles pela sra. de La Mole.

Havia muito orgulho e muito tédio no fundo do caráter dos donos da casa; estavam bastante acostumados a insultar para aliviar o tédio, e em consequência disso não podiam esperar ter amigos verdadeiros. Mas, exceto em dias chuvosos e em momentos de tédio feroz, que eram raros, eles sempre foram considerados de uma perfeita polidez.

Se os cinco ou seis aduladores que demonstravam uma amizade tão paternal com Julien tivessem abandonado a mansão de La Mole, a marquesa teria sido exposta a grandes momentos de solidão; e, aos olhos das mulheres dessa categoria, a solidão é terrível: o emblema da desgraça.

O marquês era perfeito para a esposa; ele cuidava para que seu salão estivesse suficientemente abastecido; não por seus pares, pois ele achava que os novos colegas não eram nobres o suficiente para vir até sua casa como amigos, assim como não eram divertidos o suficiente para ali serem admitidos como subalternos.

Só muito mais tarde Julien penetrou nesses segredos. A política dirigente que mantém as casas burguesas só é abordada naquelas da classe do marquês em momentos de aflição.

Tal ainda é, mesmo neste século entediado, o império da necessidade de se divertir que, mesmo nos dias de jantares, mal o marquês deixava o salão, todos debandavam. Desde que não se zombasse de Deus, nem dos padres, nem do rei, nem das pessoas distintas, nem dos artistas protegidos pela corte, nem de tudo o que está estabelecido; desde que não se falasse bem nem de Béranger, nem dos jornais da oposição, nem de Voltaire, nem de Rousseau, nem de tudo que se permite falar quem não tem papas na língua; desde que, acima de qualquer coisa, nunca se falasse de política, podia-se discorrer livremente sobre tudo.

Não há cem mil escudos de renda nem condecoração que possam lutar contra tal carta de princípios de salão. A mais leve ideia vívida parecia grosseria. Apesar do bom-tom, da polidez perfeita, da vontade de ser agradável, o tédio era visível em todas as fisionomias. Os jovens que vinham apresentar seus cumprimentos, com medo de falar de algo que suscitasse a suspeita de um pensamento, ou de trair alguma leitura proibida, calavam-se após algumas palavras muito elegantes sobre Rossini e sobre como estava o tempo.

Julien observou que a conversa costumava ser mantida viva por dois viscondes e cinco barões que o sr. de La Mole conhecera na emigração. Esses cavalheiros gozavam de uma renda de seis a oito mil libras; quatro eram partidários de *La Quotidienne*, e três, de *La Gazette de France*. Um deles tinha de contar todos os dias alguma história sobre o Castelo, em que a palavra admirável não era poupada. Julien notou que ele tinha cinco cruzes, os outros em geral tinham apenas três.

Em contrapartida, viam-se na antessala dez lacaios de libré, e toda a noite tomava-se sorvete ou chá a cada quinze minutos; e, à meia-noite, uma espécie de ceia com champanhe.

Esse era o motivo que às vezes fazia Julien ficar até o fim; afora isso, ele mal compreendia que se pudesse ouvir seriamente as conversas corriqueiras daquele salão tão magnificamente dourado. Às vezes, olhava para os interlocutores, para ver se eles próprios não escarneciam do que diziam. "O meu sr. de Maistre, que conheço de cor, fala cem vezes melhor", pensou, "e mesmo assim é muito enfadonho."

Julien não era o único a notar a asfixia moral. Alguns se consolavam tomando muito sorvete; os outros, pelo prazer de dizer o resto da noite: "Estou saindo da mansão de La Mole, onde fiquei sabendo que a Rússia, etc.".

Julien soube, por um dos aduladores, que ainda não fazia seis meses que a sra. de La Mole recompensara uma assiduidade de mais de vinte anos tornando o pobre barão Le Bourguignon prefeito, ele que era subprefeito desde a Restauração.

Esse grande evento reavivou o zelo de todos aqueles cavalheiros; antes, eles teriam ficado com raiva por muito pouco; agora não se zangavam com nada. Raramente a falta de consideração era direta, mas Julien já surpreendera, à mesa, dois ou três pequenos diálogos curtos entre o marquês e sua mulher, cruéis para com os que estavam colocados perto deles. Esses nobres personagens não disfarçavam o sincero desprezo por qualquer coisa que não fosse oriunda das pessoas que viajavam nas carruagens do rei. Julien observou que a palavra "cruzada" era a única que dava à sua figura a expressão de uma seriedade profunda, misturada com respeito. O respeito ordinário tinha sempre uma nuança de bajulação.

Em meio a essa magnificência e a esse tédio, Julien não se interessava por mais nada a não ser o sr. de La Mole; com prazer, ele o ouviu protestar um dia que era totalmente contrário à promoção desse pobre Le Bourguignon. Era uma atenção para a marquesa: Julien sabia a verdade pelo abade Pirard.

Em uma manhã em que o padre trabalhava com Julien, na biblioteca do marquês, no eterno processo de Frilair:

– Senhor – disse Julien de repente –, jantar todos os dias com a sra. marquesa é um de meus deveres ou é uma gentileza que eles têm para comigo?

– É uma honra insigne! – retrucou o abade, escandalizado. Jamais o sr. N..., o acadêmico, que há quinze anos faz uma corte assídua, conseguiu obter isso para seu sobrinho, o sr. Tanbeau.

– Essa é a parte mais penosa do meu trabalho para mim, senhor. Ficava menos entediado no seminário. Às vezes, vejo a sra. de La Mole bocejar, embora ela deva estar acostumada com a amabilidade dos amigos da casa. Fico com medo de dormir. Por favor, consiga para mim a permissão para ir jantar por quarenta vinténs em algum albergue obscuro.

O abade, verdadeiro novo-rico, era muito sensível à honra de jantar com um grande senhor. Enquanto tentava fazer com que Julien entendesse esse sentimento, um leve ruído os fez virar a cabeça. Julien viu a srta. de La Mole, que estava ouvindo. Ele corou. Ela tinha ido pegar um livro e ouvira tudo, mas teve alguma consideração por Julien. "Este não nasceu de joelhos", pensou ela, "como esse velho padre. Meu Deus, como ele é feio!"

No jantar, Julien não se atrevia a olhar para a srta. de La Mole, mas ela teve a gentileza de lhe dirigir a palavra. Naquele dia, esperava-se muita gente, e ela insistiu para que ele ficasse. As moças em Paris não gostam de pessoas de certa idade, especialmente quando se vestem de maneira descuidada. Julien não precisava de muita sagacidade para perceber que os colegas do sr. Le Bourguignon, que permaneceram no salão, costumavam ter a honra de ser o objeto comum das troças da srta. de La Mole. Naquele dia, houvesse afetação de sua parte ou não, ela foi cruel com os chatos.

A srta. de La Mole era o centro de um pequeno grupo que se formava quase todas as noites por trás da imensa *bergère* da marquesa. Estavam lá o marquês de Croisenois, o conde de Caylus, o visconde de Luz e dois ou três outros jovens oficiais, amigos de Norbert ou de sua irmã. Esses cavalheiros estavam sentados em um grande sofá azul. Na ponta do sofá oposta àquela ocupada pela brilhante Mathilde, Julien estava silenciosamente instalado em uma pequena cadeira de palha, bastante baixa. Esse modesto posto era invejado por todos os bajuladores; Norbert mantinha ali decentemente o jovem secretário do pai, dirigindo-lhe a palavra ou fazendo alusão a ele uma ou duas vezes por noite. Naquele dia, a srta. de La Mole perguntou-lhe qual seria a altura da montanha em que ficava a cidadela de Besançon. Julien não soube dizer se essa montanha era mais alta ou mais baixa que Montmartre. Frequentemente, ele ria com vontade do que era dito naquele pequeno grupo; mas ele não se sentia capaz de inventar algo parecido. Era como uma língua estrangeira que ele entendia, mas que não conseguia falar.

Os amigos de Mathilde estavam naquele dia em contínua hostilidade com as pessoas que chegavam àquele vasto salão. Os amigos da casa eram de início preferidos, porque eram mais conhecidos. Podemos julgar se Julien estava atento; tudo lhe interessava, e a substância das coisas, e a maneira de brincar a respeito.

– Ah, aqui está o sr. Descoulis – disse Mathilde. – Ele não tem mais peruca; ele gostaria de chegar à prefeitura pelo gênio? Exibe aquela testa careca que diz estar cheia de pensamentos elevados.

– É um homem que conhece o mundo inteiro – disse o marquês de Croisenois. – Ele também vai à casa de meu tio, o cardeal. É capaz de contar uma mentira para cada um de seus amigos por anos a fio, e tem duzentos ou trezentos amigos. Sabe como cultivar a amizade; é o talento dele. Como pode ver, às sete da manhã, no inverno, ele já está todo enlameado na porta de um dos amigos. Ele se zanga de vez em quando e escreve sete ou oito letras sobre a zanga. Então se reconcilia e tem sete ou oito cartas para os ímpetos de amizade. Mas é na manifestação franca e sincera do homem honesto que nada guarda no coração que ele mais brilha. Essa manobra aparece quando ele tem algum favor a pedir. Um dos grandes vigários de meu tio é admirável quando relata a vida do sr. Descoulis desde a Restauração. Vou trazê-lo aqui.

– Ora, eu não acreditaria nessas palavras; é o ciúme do ofício entre a arraia-miúda – disse o conde de Caylus.

– O sr. Descoulis terá um nome na história – redarguiu o marquês. – Ele realizou a Restauração com o abade de Pradt e os srs. Talleyrand e Pozzo di Borgo.

– Esse homem lidou com milhões – disse Norbert –, e não consigo imaginá-lo vindo aqui para embolsar os epigramas de meu pai, que muitas vezes são abomináveis. "Quantas vezes você traiu seus amigos, meu caro Descoulis?", ele estava gritando com ele outro dia, de uma ponta da mesa à outra.

– Mas é verdade que ele traiu? – disse a srta. de La Mole. – Quem não traiu?

– Quê? – disse o conde de Caylus a Norbert. Você tem em sua casa o sr. Sainclair, aquele famoso liberal; e que diabos ele vem fazer aqui? Devo me aproximar dele, conversar com ele, fazê-lo falar; dizem que ele tem muito humor.

– Mas como sua mãe vai recebê-lo? – disse o sr. de Croisenois. – Ele tem ideias tão extravagantes, tão generosas, tão independentes...

– Vejam – disse a srta. de la Mole –, eis o homem independente curvando-se quase até o chão diante do sr. Descoulis e pegando-lhe a mão. Quase achei que a levaria aos lábios.

– Descoulis deve ser melhor com o poder do que pensamos – resumiu o sr. de Croisenois.

– Sainclair vem aqui para ser da Academia – disse Norbert. – Veja como ele cumprimenta o barão L ***, Croisenois.

– Seria menos baixo ajoelhar-se – redarguiu o sr. de Luz.

– Meu caro Sorel – disse Norbert –, você, que tem inteligência, mas que veio de suas montanhas, tente nunca saudar alguém como faz esse grande poeta, mesmo que seja Deus Pai.

– Ah, aqui está o homem sagaz por excelência, o barão Bâton – disse a sra. de La Mole, imitando um tanto a voz do lacaio que acabava de anunciá-lo.

– Acho que até seus serviçais zombam dele. Que nome, barão Bâton[57]! – disse o sr. de Caylus.

– "Que importa o nome?", ele nos dizia outro dia – respondeu Mathilde. – Imagine o duque de Bouillon[58] anunciado pela primeira vez. Falta ao público, em relação a mim, só um pouco de hábito...

Julien saiu da vizinhança do sofá. Ainda pouco sensível às simpáticas delicadezas de uma zombaria leve para rir de um gracejo, ele achava que ela

---

[57] A palavra significa bastão. Então teríamos "Barão Bastão". (N.T.)
[58] Equivalente a "bolha". (N. T.)

devia se basear na razão. Via nas afirmações daqueles jovens apenas o tom de difamação geral e ficava chocado com isso. Seu puritanismo provincial ou inglês chegava ao ponto de ver inveja nisso, no que estava certamente enganado. "O conde Norbert", pensava, "a quem vi fazer três rascunhos de uma carta de vinte linhas a seu coronel, ficaria muito feliz se tivesse escrito uma página como a do sr. Sainclair na vida."

Passando despercebido por causa de sua pouca importância, Julien aproximou-se de vários grupos em sucessão; ele seguia o barão Bâton de longe e queria ouvi-lo. Esse homem tão sagaz parecia preocupado, e Julien só o viu sossegar quando ele encontrou três ou quatro frases espirituosas. Pareceu a Julien que esse tipo de mente precisava de espaço.

O barão não conseguia dizer palavras; ele precisava de pelo menos quatro frases de seis linhas cada para ser brilhante.

– Esse homem disserta, ele não fala – alguém disse atrás de Julien.

Ele se virou e corou de prazer quando ouviu chamar o nome do conde Chalvet. É o homem mais fino do século. Julien muitas vezes encontrara seu nome no *Memorial de Santa Helena* e nos trechos de história ditados por Napoleão. O conde Chalvet foi breve em sua fala; seus traços eram relâmpagos justos, vivos e profundos. Se ele falava de um caso, a discussão imediatamente dava um passo à frente. Trazia fatos; era um prazer ouvi-lo. Além disso, na política ele era um cínico descarado.

– Sou independente – dizia ele a um senhor que exibia três medalhas, das quais aparentemente ele estava zombando. – Por que as pessoas querem que eu tenha hoje a mesma opinião de seis semanas atrás? Nesse caso, minha opinião seria meu tirano.

Quatro jovens sérios, que o rodeavam, fizeram uma careta; esses senhores não gostam do tipo brincalhão. O conde viu que tinha ido longe demais. Felizmente, viu o honesto sr. Balland, tartufo da honestidade. O conde começou a falar com ele: as pessoas se aproximaram, compreenderam que o pobre Balland ia ser imolado. Por força da moral e da moralidade, embora horrivelmente feio, e depois dos primeiros passos na sociedade difíceis de relatar, o sr. Balland casou-se com uma mulher muito rica, mas que morreu; depois, com uma segunda mulher muito rica, que quase não se vê na sociedade. Desfruta com toda a humildade de sessenta mil libras de renda e tem ele próprio bajuladores. O conde Chalvet falou-lhe de tudo isso, sem piedade. Logo havia um círculo de trinta pessoas ao redor deles. Todos sorriam, até os jovens sérios, a esperança do século.

"Por que ele vem à casa do sr. de La Mole, onde ele é obviamente o bobo de todos?", pensou Julien. Ele se aproximou do abade Pirard para lhe perguntar.

O sr. Balland se esquivou.

– Bom – disse Norbert –, eis que se vai um dos espiões de meu pai; agora só resta o coxo do Napier.

"Seria essa a chave do enigma?", pensou Julien. "Mas, nesse caso, por que o marquês recebe o sr. Balland?"

O severo abade Pirard fazia uma careta a um canto do salão quando ouviu os lacaios anunciar.

– Então é uma caverna – ele dizia como Basílio. – Só vejo chegar malucos.

É porque o severo padre não sabia o que a alta sociedade reúne. Mas, por meio de seus amigos jansenistas, tinha ideias muito precisas sobre esses homens que só chegam aos salões por sua extrema delicadeza a serviço de todos os partidos, ou por sua escandalosa fortuna. Por alguns minutos naquela noite, ele respondeu de coração aberto às ansiosas perguntas de Julien, depois parou, lamentando sempre ter dificuldade em falar sobre todos e imputando a si mesmo o pecado. Bilioso, jansenista e acreditando no dever da caridade cristã, sua vida na sociedade era uma luta.

– Que cara esse abade Pirard tem! – disse a srta. de La Mole, enquanto Julien se aproximava do sofá.

Julien irritou-se, mas ela tinha razão, o sr. Pirard era sem dúvida o homem mais honesto do salão, mas seu rosto cheio de borbulhas, que se agitavam com as contorções de sua consciência, tornava-o hediondo naquele momento. "Depois disso, como acreditar nas fisionomias?", pensou

Julien. "É no momento em que a delicadeza do abade Pirard lhe reprova algum pecadilho que ele assume um aspecto atroz; enquanto na figura desse Napier, um espião conhecido de todos, lê-se uma felicidade pura e tranquila." O abade Pirard tinha, no entanto, feito grandes concessões ao seu partido; ele havia contratado um criado e estava muito bem vestido.

Julien notou algo estranho no salão: foi um movimento de todos os olhos em direção à porta e um súbito meio silêncio. O lacaio anunciou o famoso barão de Tolly, para o qual as eleições acabavam de dirigir todos os olhares. Julien se adiantou e o viu muito bem. O barão presidia um colégio eleitoral e teve a brilhante ideia de desprezar os quadradinhos de papel com os votos de um dos partidos. Mas, para compensar, ele os substituiu, na mesma medida, por outros pedacinhos de papel com um nome que lhe agradava. Essa manobra decisiva foi notada por alguns eleitores que se apressaram em cumprimentar o barão de Tolly. O bom homem ainda estava pálido por causa desse grande caso. Espíritos malvados tinham pronunciado as palavras "trabalhos forçados". O sr. de La Mole o recebeu com frieza. O pobre barão logo foi embora.

– Se ele nos deixa tão rápido, é para ir à casa do sr. conde – disse o conde Chalvet, e as pessoas riram.

No meio de alguns grandes senhores mudos e dos intrigantes, quase todos malucos, mas todos pessoas espirituosas, que naquela noite compareciam sucessivamente no salão do sr. de La Mole (falava-se dele para um ministério), o pequeno Tanbeau fazia sua estreia. Se ainda não tinha uma visão afinada, compensava, como veremos, com a energia das palavras.

– Por que não condenar esse homem a dez anos de prisão? – ele estava dizendo no momento em que Julien se aproximou de seu grupo. – Os répteis devem ser confinados no fundo da masmorra; deve-se fazê-los morrer na sombra, caso contrário seu veneno se exacerba e se torna mais perigoso. De que adianta multá-lo em mil escudos? Ele é pobre, sim, tanto melhor; mas seu partido vai pagar por ele. Seria necessária uma multa de quinhentos francos e dez anos na masmorra.

"Santo Deus! Quem é o monstro de que falam?", pensou Julien, admirando o tom veemente e os gestos espasmódicos do colega. O rosto magro e repuxado do sobrinho favorito do acadêmico mostrava-se horrível naquele momento. Julien logo soube que se tratava do maior poeta da época.

– Ah, monstro! – exclamou Julien à meia voz, e lágrimas generosas molharam seus olhos. "Ah, seu patife!", ele pensou. "Farei com que engula essas palavras. Aqui estão, no entanto, as crianças abandonadas do partido do qual o marquês é um dos líderes! E esse ilustre homem que ele calunia, quantas cruzes, quantas sinecuras não teria acumulado se tivesse se vendido, não digo ao vulgar ministério do sr. de Nerval, mas a algum daqueles ministros passavelmente honestos que temos visto se sucederem?"

O abade Pirard fez um sinal para Julien a distância; o sr. de La Mole acabara de lhe dizer alguma coisa. Mas quando Julien, que naquele momento ouvia com os olhos baixos os gemidos de um bispo, ficou finalmente livre e conseguiu aproximar-se do amigo, encontrou-o monopolizado por aquele pequeno e abominável Tanbeau. Esse pequeno monstro o odiava como fonte dos favores de Julien e vinha lhe fazer a corte.

"Quando a morte nos livrará dessa velha podridão?" Era nesses termos, com energia bíblica, que o homenzinho de letras falava do respeitável lorde Holland naquele momento. Seu mérito era conhecer muito bem a biografia dos homens vivos, e ele acabara de fazer uma rápida revisão de todos os homens que poderiam aspirar a qualquer influência sob o reinado do novo rei da Inglaterra.

O abade Pirard passou para um salão vizinho; Julien o seguiu:

– O marquês não gosta de escrevinhadores, aviso; é sua única antipatia. Saiba latim, grego se puder, história dos egípcios, persas, etc., isso irá honrá-lo e protegê-lo como um erudito. Mas não escreva uma página em francês, e principalmente sobre assuntos sérios e acima de sua posição na sociedade; ele o chamará de escrevinhador e o verá com maus olhos. Como, vivendo na casa de um grande nobre, você não conhece a frase do duque de Castries sobre d'Alembert e Rousseau: "Essa gente quer raciocinar sobre tudo e não tem mil escudos de renda"?

"Tudo se sabe", pensou Julien, "aqui como no seminário!" Havia escrito oito ou dez páginas bastante enfáticas: era uma espécie de elogio histórico do velho cirurgião-mor que, dizia, fizera dele um homem. "E esse caderninho", Julien disse a si mesmo, "sempre esteve trancado!" Subiu para seu quarto, queimou o manuscrito e voltou para o salão. Os patifes brilhantes o haviam deixado; apenas os homens com condecorações permaneciam.

Em torno da mesa, que acabava de ser servida, estavam de sete a oito mulheres muito nobres, muito devotas e muito afetadas, com idades entre trinta e trinta e cinco anos. A brilhante marechal de Fervaques entrou, desculpando-se pela hora tardia. Já passava da meia-noite; ela foi sentar-se ao lado da marquesa. Julien ficou profundamente comovido; ela tinha os olhos e o olhar da sra. de Rênal.

O grupo da srta. de La Mole ainda seguia animado. Ela estava ocupada com seus amigos em zombar do infeliz conde de Thaler. Ele era o único filho daquele famoso judeu, célebre pelas riquezas que havia adquirido emprestando dinheiro a reis para guerrear contra os povos. O judeu acabava de morrer deixando para seu filho cem mil escudos por mês, e um nome infelizmente muito conhecido. Essa posição singular exigiria simplicidade de caráter ou muita força de vontade.

Infelizmente, o conde era apenas um homem bom, cheio de todos os tipos de pretensão que lhe eram inspirados por seus bajuladores.

O sr. de Caylus afirmava que lhe tinham incutido a vontade de propor casamento à srta. de La Mole (que o marquês de Croisenois, que seria duque com cem mil libras de renda, estava cortejando).

– Ah, não o acuse de ter uma vontade – disse Norbert com pena.

O que mais faltava àquele pobre conde de Thaler era a capacidade de querer. Por esse lado de seu caráter, ele seria digno de ser um rei. Seguindo constantemente os conselhos de todos, não tinha coragem de seguir nenhum conselho até o fim.

– Seu semblante por si só teria sido suficiente – dizia a srta. de La Mole – para lhe inspirar uma eterna alegria.

Era uma mistura singular de preocupação e desapontamento; mas de vez em quando se podia muito bem distinguir nele claramente impulsos de importância e daquele tom agudo que deve ter o homem mais rico da França, especialmente se ele é muito bem afeiçoado e ainda não completou trinta e seis anos.

– Ele é timidamente insolente – dizia o sr. de Croisenois.

O conde de Caylus, Norbert e dois ou três jovens de bigode zombaram dele o quanto quiseram, sem que ele suspeitasse, e finalmente o dispensaram quando deu uma hora:

– São seus famosos cavalos árabes que estão esperando por você na porta com o tempo que está fazendo? – Norbert disse a ele.

– Não. É uma parelha nova bem menos cara – respondeu o sr. de Thaler. – O cavalo da esquerda me custa cinco mil francos, e o da direita vale apenas cem luíses; mas eu lhe imploro que acredite que ele só é atrelado à noite. Isso ocorre porque seu trote é perfeitamente semelhante ao do outro.

A reflexão de Norbert fez o conde pensar que era decente para um homem como ele ter paixão por cavalos e que não devia deixar os seus se molhar. Ele partiu, e os cavalheiros saíram um momento depois, zombando dele.

"Então", pensou Julien, ao ouvi-los rir na escada, "vi o outro extremo da minha situação! Não tenho uma renda de vinte luíses, e me vi lado a lado com um homem que ganha vinte luíses por hora, e riram dele... Uma tal visão cura a inveja."

Capítulo 5

A sensibilidade e uma grande dama devota

Uma ideia um pouco vívida tem ali ar de grosseria, tanto se está acostumado com palavras sem alívio. Ai de quem inventa enquanto fala!

FAUBLAS

Depois de vários meses de provações, eis onde estava Julien no dia em que o administrador da casa lhe deu o terceiro quarto do seu salário. O sr. de La Mole o encarregara de acompanhar a administração de suas terras na Bretanha e na Normandia. Julien fazia viagens frequentes para lá. Ele era o principal encarregado da correspondência relativa ao famoso processo com o abade de Frilair. O sr. Pirard o instruíra.

Com base nas curtas notas que o marquês rabiscava nas margens dos papéis de todo tipo que lhe eram dirigidos, Julien redigia cartas que eram quase todas assinadas.

Na escola de teologia, seus professores reclamavam de sua pouca assiduidade, mas mesmo assim o consideravam um de seus alunos mais destacados. Esses diferentes trabalhos, cumpridos com todo o ardor da ambição sofredora, rapidamente haviam privado Julien das cores frescas que trouxera da província. Sua palidez era um mérito aos olhos dos jovens seminaristas, seus companheiros; ele os achava muito menos perversos, muito menos submissos diante de um escudo que os de Besançon; julgavam que ele sofria dos pulmões. O marquês tinha lhe dado um cavalo.

Temendo ser visto em suas corridas de cavalos, Julien lhes havia dito que o exercício lhe fora prescrito pelos médicos. O abade Pirard o havia levado a várias associações de jansenistas. Julien ficou surpreso; em sua mente, a ideia de religião estava inextricavelmente ligada à de hipocrisia e à esperança de ganhar dinheiro. Admirou aqueles homens piedosos e severos que não pensam no orçamento. Vários jansenistas tinham se ligado a ele por amizade e davam-lhe conselhos. Um novo mundo se abria diante dele. Ele conheceu entre os jansenistas um certo conde Altamira, que tinha quase um metro e oitenta de altura, um liberal condenado à morte em seu país e devoto. Esse estranho contraste, a devoção e o amor pela liberdade, impressionou-o.

Julien era um pouco frio com o jovem conde. Norbert achara que ele respondia muito fortemente às piadas de alguns de seus amigos. Julien, que uma ou duas vezes fora inconveniente, decidira nunca mais dirigir a palavra à srta. Mathilde. As pessoas sempre eram perfeitamente educadas com ele na mansão de La Mole; mas ele se sentia diminuído. Seu bom senso da província explicava esse efeito pelo provérbio vulgar: tudo que é novo é belo.

Talvez ele fosse um pouco mais clarividente que nos primeiros dias, ou o primeiro encantamento produzido pela urbanidade parisiense já houvesse passado.

Assim que parava de trabalhar, tornava-se presa de um tédio mortal; é o efeito insensibilizante de uma polidez admirável, mas tão comedida, tão perfeitamente graduada de acordo com as posições, que caracteriza a alta sociedade. Um coração um pouco sensível enxerga o artifício.

Sem dúvida, pode-se censurar a província por um tom comum ou não tão educado; mas as pessoas respondem com um pouco mais de paixão. A autoestima de Julien nunca foi ferida na mansão de La Mole; mas muitas vezes, no final do dia, ele sentia vontade de chorar. Na província, um garçom se interessará por você se você sofrer um acidente ao entrar em seu café; mas, se esse acidente oferecer algo desagradável à autoestima, ele, lamentando-se por você, repetirá dez vezes a palavra que o tortura. Em Paris, tem-se a atenção de se esconder para rir, mas você é sempre um estranho.

Vamos passar ao largo de uma série de pequenas aventuras que teriam tornado Julien ridículo se ele não tivesse estado de alguma forma abaixo do ridículo. Uma sensibilidade louca o fazia cometer milhares de asneiras. Todos os seus prazeres eram de precaução: ele atirava com a pistola todos os dias, era um dos bons alunos dos mais famosos mestres de armas. Assim que tinha um momento, em vez de usá-lo para ler como outrora costumava fazer, corria à equitação e perguntava pelos cavalos mais cheios de vícios. Nos passeios com o instrutor, quase sempre caía do cavalo.

O marquês considerava-o excelente pelo seu trabalho obstinado, pelo seu silêncio, pela sua inteligência e, aos poucos, confiou-lhe a continuação de todos os negócios um tanto difíceis de resolver. Às vezes, quando sua ambição elevada lhe dava alguma folga, o marquês conduzia os negócios com sagacidade; estando bem informado, fazia negócios com felicidade. Comprava casas, bosques; mas facilmente ficava de mau humor. Dava centenas de luíses, mas fazia questão de centenas de francos. Homens ricos e de bom coração procuram diversão nos negócios, não resultados. O marquês precisava de um chefe de gabinete que colocasse uma ordem clara e fácil de entender em todos os seus assuntos financeiros.

A sra. de La Mole, embora tivesse caráter comedido, às vezes zombava de Julien. O imprevisto produzido pela sensibilidade é o horror das grandes damas; é o antípoda das conveniências. Por duas ou três vezes, o marquês tomara seu partido: se é ridículo no seu salão, triunfa no escritório. Julien, por sua vez, achava que descobrira o segredo da marquesa. Ela se dignava interessar-se por tudo desde que se anunciasse o barão de La Joumate. Ele era um ser frio, com uma fisionomia impassível. Era baixo, magro, feio, muito bem vestido, passava a vida no castelo e, em geral, não falava nada sobre nada. Essa era sua maneira de pensar. A sra. de La Mole teria sido apaixonadamente feliz, pela primeira vez em sua vida, se pudesse tê-lo feito marido de sua filha.

Capítulo 6
Maneira de pronunciar

Sua elevada missão é julgar com calma os pequenos acontecimentos da vida cotidiana das pessoas. Sua sabedoria deve evitar as grandes irritações decorrentes de pequenas causas, ou de eventos que a voz do renome transfigura, levando-os para longe.

Gratius

Para um recém-chegado, que por altivez nunca fazia perguntas, Julien não cometeu grandes asneiras. Um dia, empurrado para dentro de um café na Rua Saint-Honoré por um aguaceiro repentino, um homem alto com uma sobrecasaca de castorina, surpreso com seu olhar sombrio, olhou-o, por sua vez, absolutamente como fizera antes, em Besançon, o amante da srta. Amanda.

Julien muitas vezes se censurara por ter deixado passar esse primeiro insulto, por sofrer esse olhar. Ele pediu uma explicação. O homem de sobrecasaca imediatamente dirigiu-lhe os insultos mais sujos: todos os que estavam no café os rodearam; os transeuntes paravam em frente à porta. Como precaução provinciana, Julien sempre carregava pequenas pistolas; sua mão agarrava-as no bolso com um movimento convulsivo. No entanto, ele foi sábio e limitou-se a repetir ao homem de minuto a minuto:

– Senhor, seu endereço? Eu o desprezo.

A constância com que ele se agarrava a essas seis palavras acabou por impressionar a multidão.

– Santo Deus! É preciso que o outro que está falando lhe dê seu endereço.

O homem de sobrecasaca, ouvindo essa decisão muitas vezes repetida, jogou cinco ou seis cartões de visita em direção a Julien. Felizmente, nenhum o acertou no rosto: ele havia jurado usar as pistolas no caso de ser atingido. O homem foi embora, não sem se voltar de vez em quando para ameaçá-lo com o punho e lhe dirigir xingamentos.

Julien se viu banhado em suor.

– Com que então está nas mãos do último dos homens me levar a esse ponto! – disse para si mesmo com raiva. – Como matar essa sensibilidade tão humilhante?

Onde conseguir uma testemunha? Ele não tinha um amigo. Tinha vários conhecidos, mas todos, regularmente, ao fim de seis semanas de relacionamento, se afastavam dele. "Sou antissocial e aqui estou cruelmente punido", ele pensou. Por fim, teve a ideia de procurar um ex-tenente do 96º batalhão, chamado Liéven, pobre-diabo com quem costumava exercitar-se nas armas. Julien foi sincero com ele.

– Concordo em ser sua testemunha – disse Liéven –, mas com uma condição: se você não machucar seu homem, lutará comigo logo a seguir.

– Concordo – disse Julien encantado, e foram procurar o sr. C. de Beauvoisis no endereço indicado nos cartões, no final do Faubourg Saint-Germain.

Eram sete da manhã. Só depois de se fazer anunciar é que Julien pensou que aquele bem poderia ser o jovem parente da sra. de Rênal, outrora empregado da embaixada de Roma ou de Nápoles e que dera uma carta de recomendação ao cantor Geronimo.

Julien entregara a um criado um dos cartões jogados no dia anterior e outro seu.

Ele e sua testemunha foram obrigados a esperar longos três quartos de hora; por fim, foram conduzidos a um apartamento de admirável elegância. Encontraram um jovem alto, vestido como uma boneca; suas feições ofereciam a perfeição e a insignificância da beleza grega. Sua cabeça, notavelmente estreita, exibia uma pirâmide de cabelos do mais belo tom de loiro. Tinham sido enrolados com muito cuidado, sem nenhum fio de cabelo ultrapassando o outro. "Foi para enrolar o cabelo assim", pensou o tenente do 96º, "que esse maldito camarada nos fez esperar." O roupão matizado, as calças adequadas para a manhã, tudo, até as pantufas bordadas, estava correto e maravilhosamente arrumado. Sua fisionomia, nobre e vazia, anunciava ideias convenientes e raras: o ideal do homem amável, o horror ao imprevisto e ao gracejo, muita seriedade.

Julien, a quem seu tenente do 96º explicara que esperar tanto tempo, depois de ter rudemente jogado o cartão em sua cara, era uma ofensa adicional, entrou repentinamente no aposento do sr. de Beauvoisis. Ele pretendia ser insolente, mas gostaria ao mesmo tempo de demonstrar refinamento.

Ficou tão impressionado com a gentileza dos modos do sr. de Beauvoisis, com seu ar ao mesmo tempo compassado, importante e satisfeito consigo mesmo, com a admirável elegância daquilo que o rodeava, que perdeu num piscar de olhos qualquer ideia de ser insolente. Não era o homem do dia anterior. Seu espanto foi tanto por deparar com um ser tão distinto, em vez do personagem rude que conhecera no café, que não conseguiu encontrar uma única palavra. Apresentou um dos cartões que haviam sido jogados contra ele.

– É o meu nome – disse o homem elegante, para quem a roupa preta de Julien, às sete da manhã, inspirava pouca consideração. – Mas não entendo, palavra de honra...

A maneira de pronunciar essas últimas palavras devolveu a Julien um pouco de seu humor.

– Venho me bater contra o senhor. – E ele explicou de uma vez toda a situação.

O sr. Charles de Beauvoisis, depois de ter pensado bem a respeito, ficou suficientemente satisfeito com a roupa preta de Julien. "É de Staub, isso está claro", pensou enquanto o ouvia falar. "Esse colete é de bom gosto, essas botas são lindas; mas, em contrapartida, esse traje preto logo de manhã!... Deve ser para melhor escapar da bala."

Assim que se deu essa explicação, voltou a uma polidez perfeita e quase em pé de igualdade com Julien. O colóquio foi bastante longo, e o assunto, delicado; mas, no final, Julien não pôde negar as evidências. O jovem bem-nascido que ele tinha diante de si não se parecia em nada com o personagem rude que o insultara no dia anterior.

Julien experimentava uma relutância invencível em ir embora, prolongava a explicação. Observava a suficiência do cavaleiro de Beauvoisis. Fora assim que ele se nomeara ao falar de si mesmo, chocado por Julien o chamar simplesmente de senhor.

Ele admirava sua gravidade, misturada a uma certa fatuidade modesta, mas que nunca o abandonava nem por um único momento. Ficou surpreso com a sua maneira de mover a língua ao pronunciar as palavras... Mas, enfim, por tudo isso, não havia o mínimo motivo para duelar com ele.

O jovem diplomata se oferecia para duelar com grande elegância, mas o ex-tenente do 96º, sentado por uma hora com as pernas afastadas, as mãos nas coxas e os cotovelos estendidos, decidiu que seu amigo sr. Sorel não fora feito para buscar uma querela com um homem porque alguém tinha roubado a esse homem seus cartões de visita.

Julien estava saindo de muito mau humor. A carruagem do cavaleiro de Beauvoisis esperava por ele no pátio, em frente à escadaria; por acaso, Julien ergueu os olhos e reconheceu no cocheiro o homem do dia anterior.

Vê-lo, puxá-lo pela grande jaqueta, derrubá-lo da cadeira e atingi-lo com chicotadas foi questão de instantes. Dois lacaios queriam defender seu camarada; Julien recebeu socos, no mesmo momento engatilhou uma de suas pistolas e disparou contra eles; eles fugiram. Foi tudo questão de um minuto.

O cavaleiro de Beauvoisis desceu a escadaria com a mais agradável gravidade, repetindo com sua pronúncia de grande senhor:

– O que é isso? O que é isso?

Ele estava obviamente muito curioso, mas a importância diplomática não lhe permitia demonstrar mais interesse. Quando soube do que se tratava, a altivez disputou em seus traços com o sangue-frio ligeiramente divertido que nunca deve deixar o rosto de um diplomata.

O tenente do 96º percebeu que o sr. de Beauvoisis queria lutar: quis diplomaticamente também preservar para seu amigo as vantagens da iniciativa.

– Desta feita – exclamou –, há razões para um duelo!

– Eu diria o mesmo – falou o diplomata. – Esse patife está despedido – disse ele aos lacaios. – Que um outro suba.

A porta do carro foi aberta: o cavaleiro estava absolutamente determinado a fazer as honras a Julien e a sua testemunha. Foram procurar um amigo do sr. de Beauvoisis, que indicou um lugar tranquilo. A conversa no caminho foi realmente boa. Não havia nada incomum, exceto o diplomata vestido de roupão.

"Esses cavaleiros, embora muito nobres", pensou Julien, "não são enfadonhos como as pessoas que vão jantar no sr. de La Mole. E entendo por que", acrescentou ele um momento depois, "eles se permitem ser indecentes". Falavam de dançarinas que o público aplaudira em um balé exibido na véspera. Aqueles senhores faziam alusão a histórias picantes que Julien e sua testemunha, o tenente do 96º, desconheciam completamente. Julien não caiu na besteira de fingir conhecê-los; confessou voluntariamente sua ignorância. Essa franqueza agradou ao amigo do cavaleiro; ele lhe contou as histórias em detalhes, e muito bem.

Uma coisa surpreendeu infinitamente Julien. Um altar que estava sendo construído no meio da rua para a procissão de *Corpus Christi* fez parar por um instante a carruagem. Aqueles cavalheiros se permitiram vários gracejos; o padre, segundo eles, era filho de um arcebispo. Nunca na casa do marquês de La Mole, que queria ser duque, alguém tinha se atrevido a dizer algo assim.

O duelo terminou em um instante: Julien levou um tiro no braço; eles o prenderam firmemente com lenços; molharam-no com conhaque, e o cavaleiro de Beauvoisis implorou com polidez a Julien que lhe permitisse levá-lo para casa, na mesma carruagem que o trouxera. Quando Julien indicou a mansão de La Mole, houve uma troca de olhares entre o jovem diplomata e seu amigo. O fiacre de Julien estava lá, mas ele achava a conversa daqueles cavalheiros infinitamente mais divertida que a do bom tenente do 96º.

"Céus! Um duelo, é só isso!", pensou Julien. "Estou muito feliz por ter reencontrado aquele cocheiro! Qual seria a minha desgraça se tivesse de suportar de novo aquele insulto em um café!" A conversa divertida mal tinha sido interrompida. Julien então entendeu que afetação diplomática é boa para alguma coisa. "O tédio não é, portanto, inerente", pensou, "em uma conversa entre pessoas nobres de nascimento! Fazem piadas sobre a procissão de *Corpus Christi*, ousam contar anedotas muito escabrosas com detalhes pitorescos. Eles absolutamente carecem apenas de raciocínio sobre política, e essa falta é mais que compensada pela graça de seu tom e pela perfeita precisão de suas expressões." Julien sentiu uma forte inclinação por eles. Ficaria muito feliz em vê-los com frequência!

Assim que foram embora, o cavaleiro de Beauvoisis correu a buscar informações: elas não eram das melhores.

Ele estava muito curioso para conhecer seu homem; poderia decentemente lhe fazer uma visita? As poucas informações que conseguiu obter não foram de natureza encorajadora.

– Isso tudo é horrível! – disse ele à sua testemunha. – É impossível que eu tenha lutado com um simples secretário do sr. de La Mole, e ainda mais pelo fato de meu cocheiro ter roubado meus cartões de visita.

– É certo que haveria em tudo isso uma possibilidade de ridículo.

Naquela mesma noite, o cavaleiro de Beauvoisis e seu amigo disseram em todos os lugares que esse sr. Sorel, além de ser um jovem perfeito, era filho natural de um amigo íntimo do marquês de La Mole. Esse fato passou sem dificuldade. Uma vez estabelecido isso, o jovem diplomata e seu amigo dignaram-se fazer algumas visitas a Julien durante os quinze dias que ele passou no quarto. Julien confessou-lhes que só havia ido à ópera uma vez na vida.

– É espantoso – disseram-lhe –, todos vão até lá. Sua primeira saída deve ser para assistir a *Le Comte Ory*.

Na ópera, o cavaleiro de Beauvoisis o apresentou ao famoso cantor Geronimo, que fazia então muito sucesso.

Julien estava quase cortejando o cavaleiro; essa mistura de respeito por si mesmo, de importância misteriosa e de fatuidade de jovem o encantava. Por exemplo, o cavaleiro gaguejava um pouco, porque tivera a honra de ver muitas vezes um grande senhor que tinha esse defeito. Julien jamais encontrara reunidos em um só ser o ridículo que diverte e a perfeição dos modos que um pobre provinciano deve procurar imitar.

Ele era visto na ópera com o cavaleiro de Beauvoisis; essa conexão fez com que seu nome fosse citado.

– Pois bem – disse a ele um dia o sr. de La Mole –, você é então o filho natural de um rico cavalheiro do Franco-Condado, meu amigo íntimo?

O marquês interrompeu Julien, que quis protestar dizendo não ter contribuído de forma alguma para dar crédito àquele rumor.

– O sr. de Beauvoisis não quis ter duelado com o filho de um carpinteiro.

– Eu sei, eu sei – disse o sr. de La Mole. – Cabe a mim agora dar substância a essa história, que me convém. Mas tenho um favor a lhe pedir, e que lhe custará apenas meia hora do seu tempo: todos os dias na ópera, às onze e meia, vá ver as pessoas bonitas no vestíbulo, na saída da alta sociedade. Algumas vezes, ainda vejo em você alguns maneirismos da província; seria preciso se libertar deles. Além disso, não é mau conhecer, pelo menos de vista, grandes personagens para com os quais um dia poderei dar-lhe alguma missão. Passe na bilheteria para identificar-se e pegar as entradas que lhe foram reservadas.

Capítulo 7
Um ataque de gota

*E fui promovido, não por mérito,
mas porque meu patrão sofria de gota.*

BERTOLOTTI

O leitor talvez esteja surpreso com esse tom livre e quase amigável; esquecemo-nos de dizer que havia seis semanas o marquês estava retido em casa por um ataque de gota.

A srta. de La Mole e sua mãe estavam em Hyères, junto da mãe da marquesa. O conde Norbert só via o pai por alguns instantes; eles eram muito bons um com o outro, mas não tinham nada a se dizer mutuamente. O sr. de La Mole, reduzido a Julien, ficou surpreso ao ver que ele tinha ideias. Pedia que lesse os jornais para ele. Logo o jovem secretário foi capaz de escolher as passagens interessantes. Havia um novo jornal que o marquês abominava; ele havia jurado nunca o ler e falava sobre isso todos os dias.

Julien ria. O marquês, irritado com os dias atuais, fez com que ele lesse Tito Lívio para ele; a tradução improvisada do texto latino o divertia.

Um dia, o marquês disse naquele tom de polidez excessiva que muitas vezes deixava Julien impaciente:

– Permita-me, meu caro Sorel, que lhe dê de presente um traje azul: quando lhe for conveniente vesti-lo e vir até mim, você será, aos meus olhos, o irmão mais novo do conde de Chaulnes, isto é, o filho do meu amigo, o velho duque.

Julien não entendeu muito bem do que se tratava; naquela mesma noite, experimentou uma visita com o traje azul. O marquês o tratou como a um igual. Julien tinha um coração capaz de sentir a verdadeira polidez, mas não fazia ideia das nuanças. Ele teria jurado, diante dessa fantasia do marquês, que era impossível ser recebido por ele com mais respeito. "Que talento admirável!", Julien disse a si mesmo. Quando se levantou para sair, o marquês pediu desculpas por não poder acompanhá-lo por causa da gota.

Essa ideia singular ocupou Julien: "Ele estaria zombando de mim?", ele pensou. Foi pedir conselho ao abade Pirard, que, menos educado que o marquês, só respondeu sibilando e falando de outra coisa. Na manhã seguinte, Julien se apresentou ao marquês, de traje preto, com sua pasta e as cartas para assinar. Foi recebido à maneira antiga. À noite, com o traje azul, foi um tom completamente diferente e absolutamente tão educado quanto no dia anterior.

– Como você não fica muito entediado com as visitas que tem a gentileza de fazer a um pobre velho doente – disse-lhe o marquês –, deveria conversar com ele sobre todos os pequenos incidentes de sua vida, mas com franqueza e sem pensar em mais nada senão contar de forma clara e divertida. Porque devemos nos divertir – continuou o marquês. – Isso é tudo o que há de real na vida. Um homem não pode salvar minha vida na guerra todos os dias, ou me dar de presente um milhão todos os dias; mas, se eu tivesse Rivarol aqui ao lado da minha espreguiçadeira todos os dias, ele me tiraria uma hora de sofrimento e tédio. Eu o conheci bem em Hamburgo durante a emigração.

E o marquês contou a Julien as anedotas de Rivarol com os hamburgueses, que se juntavam em quatro para entender um dito espirituoso.

O senhor de La Mole, reduzido à companhia desse pequeno padre, quis incentivá-lo, atiçando o orgulho de Julien. Como lhe estava sendo solicitada a verdade, Julien resolveu contar tudo, mas calando sobre duas coisas: a admiração fanática por um nome que irritava o marquês e a incredulidade perfeita que não ficava bem para um futuro pároco. Seu pequeno incidente com o cavaleiro de Beauvoisis veio muito a propósito. O marquês ria até às lágrimas da cena no café da Rua Saint-Honoré, com o cocheiro que lhe lançava insultos sujos. Foi a época de uma franqueza perfeita nas relações entre o patrão e o protegido.

O sr. de La Mole interessou-se por esse personagem singular. No início, ele acolhia os ridículos de Julien, para se divertir com eles; logo ele encontrou mais interesse em corrigir gentilmente as falsas maneiras de ver daquele jovem. "Os outros provincianos que chegam a Paris admiram tudo", pensou o marquês. "Este odeia tudo. Eles têm muita afetação, ele não a tem suficientemente, e os tolos o consideram um tolo."

O ataque de gota foi prolongado pelos frios fortes do inverno e durou vários meses.

"Alguém se apega a um belo cão de raça", disse o marquês a si mesmo. "Por que tenho tanta vergonha de me apegar a esse pequeno padre? Ele é original. Eu o trato como um filho; e daí? Qual é o problema? Essa fantasia, se durar, vai me custar um diamante de quinhentos luíses em meu testamento."

Depois que o marquês compreendeu o caráter firme de seu protegido, todos os dias o encarregava de algum novo negócio.

Julien percebeu com consternação que acontecia àquele grande senhor dar-lhe ordens contraditórias sobre o mesmo assunto. Isso poderia comprometê-lo seriamente. Julien já não trabalhava com ele sem trazer um registro no qual anotava as decisões, e o marquês as rubricava. Julien contratara um auxiliar que transcrevia as decisões relativas a cada caso em um registro específico. Esse registro também incluía cópias de todas as cartas.

A princípio, essa ideia pareceu o cúmulo do ridículo e do tédio. Mas, em menos de dois meses, o marquês percebeu as vantagens dela. Julien sugeriu-lhe contratar um empregado que estava deixando a casa de um banqueiro e que registraria em duplicado todos os recibos e todas as despesas das terras que Julien estava encarregado de administrar.

Essas medidas esclareceram tanto seus próprios negócios aos olhos do marquês que ele pôde se dar o prazer de empreender duas ou três novas especulações sem a ajuda de seu testa de ferro que o estava roubando.

– Pegue três mil francos para você – disse um dia ao seu jovem secretário.

– Senhor, minha conduta pode ser caluniada.

– Então, de que você precisa? – retomou o marquês, irritado.

– Que o senhor escreva de próprio punho essa decisão no registro; essa nota me dará uma soma de três mil francos. De resto, foi o abade Pirard quem teve a ideia de toda essa contabilidade.

O marquês, com a expressão entediada do marquês de Moncade ouvindo os relatos do sr. Poisson, seu administrador, escreveu a decisão.

À noite, quando Julien aparecia de traje azul, nunca tratavam de negócios. As gentilezas do marquês eram tão lisonjeiras para a autoestima ainda sofrida de nosso herói que logo, contra a sua vontade, ele sentiu uma espécie de apego por aquele velho amável. Não que Julien fosse sensível, como se ouve falar em Paris, mas não era um monstro, e ninguém, desde a morte do velho cirurgião-mor, tinha falado com ele tão gentilmente. Percebeu com espanto que o marquês tinha com seu amor-próprio cuidados de polidez que ele nunca encontrara no velho cirurgião. Finalmente entendeu que o cirurgião estava mais orgulhoso de sua condecoração que o marquês de seu cordão azul. O pai do marquês era um grande senhor.

Um dia, no final de uma audiência matinal, de traje preto e a negócios, Julien divertiu o marquês, que o deteve por duas horas e queria absolutamente dar-lhe algumas notas de banco que seu testa de ferro acabara de lhe trazer da bolsa.

– Espero, senhor marquês, não me desviar do profundo respeito que lhe devo, implorando-lhe que me permita dizer uma palavra.

– Fale, meu amigo.

– Que o senhor marquês digne-se de aceitar minha recusa desse presente. Não é para o homem de traje preto que ele está endereçado, e isso estragaria totalmente os modos que se tem a bondade de tolerar no homem de traje azul.

Ele se curvou com grande respeito e saiu sem olhar.

Essa atitude divertiu o marquês. Ele contou isso naquela noite ao abade Pirard.

– Devo finalmente lhe confessar uma coisa, meu querido abade. Conheço o nascimento de Julien e o autorizo a não guardar segredo para mim sobre essa confidência.

"Seu procedimento nesta manhã foi nobre", pensou o marquês, "e estou enobrecendo-o." Algum tempo depois, o marquês finalmente conseguiu sair.

– Vá passar dois meses em Londres – disse a Julien. – Os correios extraordinários e outras pessoas lhe levarão as cartas recebidas por mim com minhas anotações. O senhor elaborará as respostas e as enviará de volta para mim, colocando cada carta em sua resposta. Calculei que o atraso será de apenas cinco dias.

Correndo pela diligência na estrada de Calais, Julien se surpreendia com a futilidade dos supostos negócios para os quais estava sendo enviado.

Não diremos com que sentimento de ódio e quase horror ele tocou o solo inglês. Conhecemos sua louca paixão por Bonaparte. Ele via em cada oficial um *sir* Hudson Lowe, em cada grande senhor um lorde Bathurst, ordenando as infâmias de Santa Helena e recebendo a recompensa por dez anos de ministério.

Em Londres, ele finalmente experimentou a alta fatuidade. Ele se ligou a jovens senhores russos que o iniciaram.

– Você está predestinado, meu caro Sorel – disseram-lhe –, você tem naturalmente aquela expressão fria e a mil léguas da sensação presente que tanto procuramos nos atribuir.

– Você não entendeu seu século – disse-lhe o príncipe Korasoff. – Faça sempre o contrário do que se espera de você. Eis aí, realmente, a única religião da época. Não seja louco nem afetado, pois então loucuras e afetações seriam esperadas de você, e o preceito não seria mais cumprido.

Julien se cobriu de glória um dia no salão do duque de Fitz-Folke, que o convidou a ele e ao príncipe Korasoff para jantar. Esperou-se por uma hora. O comportamento de Julien em meio às vinte pessoas que o aguardavam ainda é citado entre os jovens secretários da embaixada em Londres. Sua expressão era impagável.

Ele queria ver, apesar dos dândis seus amigos, o famoso Philippe Vane, o único filósofo que a Inglaterra tivera desde Locke. Ele o encontrou completando seu sétimo ano de prisão. "A aristocracia não brinca neste país", pensou Julien. "Além disso, Vane é desonrado, vilipendiado, etc."

Julien o achou alegre; a raiva da aristocracia o deixava menos entediado. "Eis", Julien disse a si mesmo, saindo da prisão, "o único homem alegre que vi na Inglaterra."

"A ideia mais útil para os tiranos é a de Deus", Vane lhe dissera... Suprimimos o resto do sistema por ser cínico.

Em seu retorno:

– Que ideia divertida me traz da Inglaterra? – perguntou o sr. de La Mole... – Ele se manteve calado. – Que ideia traz, divertida ou não? – retomou o marquês ansiosamente.

– Primeiro – disse Julien –, o inglês mais sábio fica louco uma hora por dia; ele é visitado pelo demônio do suicídio, que é o deus do país. Segundo, espírito e talento perdem vinte e cinco por cento de seu valor quando desembarcam na Inglaterra. Terceiro, nada no mundo é tão belo, admirável, comovente como as paisagens inglesas.

– Agora é minha vez – disse o marquês. –Primeiro, por que foi dizer, no baile do embaixador russo, que há na França trezentos mil jovens de vinte e cinco anos que desejam ardentemente a guerra? Acha que isso é agradável para os reis?

– Não sabemos o que fazer quando falamos com nossos grandes diplomatas – disse Julien. – Eles têm a mania de começar discussões sérias. Se nos limitamos aos lugares-comuns dos jornais, passamos por idiotas. Se nos permitimos algo real e novo, eles ficam espantados, não sabem o que responder e, no dia seguinte, às sete horas, fazem com que o primeiro-secretário da embaixada lhe diga que você foi inconveniente.

– Nada mau – disse o marquês, rindo. – Além disso, aposto, senhor homem profundo, que não adivinhou o que foi fazer na Inglaterra.

– Perdoe-me – retomou Julien. – Fui lá jantar uma vez por semana com o embaixador do rei, que é o mais educado dos homens.

– Você foi buscar esta condecoração – disse o marquês. – Não quero fazê-lo tirar seu traje preto e estou acostumado com o tom mais divertido que usei com o homem de traje azul. Até novo aviso, entenda isto: quando eu vir esta condecoração, você será o filho mais novo do meu amigo duque de Chaulnes, que, sem o suspeitar, está empregado na diplomacia há seis meses. Repare – acrescentou o marquês, com ar muito sério, interrompendo o agradecimento – que de modo algum quero tirá-lo de sua condição. É sempre um erro e uma desgraça tanto para o protetor como para o protegido. Quando as minhas provações o aborrecerem, ou quando já não me convier, pedirei uma boa paróquia para você, como a do nosso amigo abade Pirard, e nada mais – acrescentou o marquês em tom muito seco.

Essa condecoração acalmou o orgulho de Julien; ele falou muito mais. Viu-se muito menos vezes ofendido e tomado como ponto de mira por aquelas opiniões suscetíveis de alguma explicação pouco polida e que, em uma conversa animada, podem escapar a todos.

A condecoração rendeu-lhe uma visita singular; foi a do sr. barão de Valenod, que vinha a Paris para agradecer ao ministério seu baronato e chegar a um entendimento com ele. Ele seria nomeado prefeito de Verrières para substituir o sr. de Rênal.

Julien riu muito, por dentro, quando o sr. de Valenod lhe fez entender que acabavam de descobrir que o sr. de Rênal era jacobino. O fato é que, em uma reeleição que se preparava, o novo barão era o candidato do ministério, e no grande colégio do departamento, na verdade muito conservador, era o sr. de Rênal quem recebia o apoio dos liberais.

Foi em vão que Julien tentou descobrir algo sobre a sra. de Rênal; o barão pareceu lembrar-se da antiga rivalidade deles e se mostrou impenetrável. Acabou pedindo a Julien o voto de seu pai nas eleições que estavam por acontecer. Julien prometeu escrever.

– O senhor deveria, senhor cavalheiro, me apresentar ao marquês de La Mole.

"De fato, eu deveria", pensou Julien. "Mas um patife desses!..."

– Na verdade – respondeu ele –, tenho muito pouca importância na mansão de La Mole para assumir a responsabilidade de apresentar.

Julien contava tudo ao marquês: à noite, falou-lhe sobre a reivindicação de Valenod, bem como sobre suas ações e gestos desde 1814.

– Não só – retomou o sr. de La Mole, com ar muito sério – o senhor me apresentará o novo barão amanhã como o convido para jantar depois de amanhã. Será um dos nossos novos prefeitos.

– Nesse caso – retomou Julien friamente –, peço o cargo de diretor do asilo de mendicidade para meu pai.

– Muito bem – disse o marquês, retomando o ar alegre. – Concedido. Achei que viria com lições de moral. Está começando a aprender.

O sr. de Valenod informou a Julien que o titular da loteria de Verrières acabava de falecer: Julien achou agradável dar esse lugar ao sr. de Cholin, aquele velho imbecil cuja petição ele havia recolhido uma vez no quarto do sr. de La Mole. O marquês riu muito da petição que Julien recitou, fazendo-o assinar a carta que solicitava esse lugar ao ministro das Finanças.

Assim que o sr. de Cholin foi nomeado, Julien soube que o lugar havia sido solicitado pela câmara do departamento para o sr. Gros, o famoso geômetra: esse homem generoso tinha apenas mil e quatrocentos francos de renda, e a cada ano emprestava seiscentos francos ao titular que acabara de falecer, para ajudá-lo a criar a sua família.

Julien ficou surpreso com o que fizera.

"Não é nada", disse a si mesmo, "terei de fazer bem mais injustiças se quiser ter sucesso, e ainda saber como escondê-las sob belas palavras sentimentais: pobre senhor Gros! Ele é quem merecia a condecoração, mas sou eu quem a tem, e devo agir na direção do governo que a deu para mim."

Capítulo 8

Qual condecoração é mais ilustre?

Sua água não me refresca, disse o gênio sequioso.
– No entanto, é o poço mais fresco de todo o Diar Békir.

PELLICO

Um dia, Julien voltava da encantadora terra de Villequier, às margens do Sena, que o sr. de La Mole via com interesse porque, de todas as suas, era a única que teria pertencido ao famoso Boniface de La Mole. Encontrou na mansão a marquesa e sua filha, recém-chegadas de Hyères.

Julien era um dândi agora e entendia a arte de viver em Paris. Agiu com perfeita frieza para com a srta. de La Mole. Parecia não ter guardado nenhuma lembrança dos tempos em que ela tão alegremente lhe pedia detalhes sobre seu jeito de cair do cavalo.

A srta. de La Mole o achou mais adulto e pálido. Seu porte e sua figura não tinham mais nada de provinciano; não era assim com sua conversa: ainda se notava nela algo de muito sério, de muito afirmativo. Apesar dessas qualidades razoáveis, graças a seu orgulho ele não tinha nada de subalterno; sentia-se apenas que ainda considerava muitas coisas como importantes. Mas via-se que era homem para sustentar o que dizia.

– Falta-lhe leveza, mas não inteligência – disse a srta. de La Mole ao pai, brincando com ele sobre a condecoração que dera a Julien. – Meu irmão a pediu ao senhor durante dezoito meses, e é um La Mole!

– Sim. Mas Julien tem o inesperado, algo que nunca aconteceu ao La Mole de que está me falando.

O sr. duque de Retz foi anunciado.

Mathilde sentiu-se tomada por um bocejo irresistível; ela reconhecia as antigas douraduras e os antigos frequentadores regulares do salão paterno. Fazia para si mesma uma imagem perfeitamente entediante da vida que iria retomar em Paris. Mesmo assim, em Hyères, sentia saudades de Paris.

"E, no entanto, tenho dezenove anos!", ela pensou. "'Esse é o tempo da felicidade', dizem todos esses imbecis com bordas douradas." Ela estava olhando oito ou dez volumes de novos poemas, acumulados durante a viagem à Provença, no console do salão. Tinha a infelicidade de ser mais inteligente que os srs. de Croisenois, de Caylus, de Luz e seus outros amigos. Imaginou tudo o que iriam lhe contar sobre o lindo céu da Provença, a poesia, o sul, etc., etc.

Aqueles lindos olhos, nos quais respirava o mais profundo tédio e, pior ainda, o desespero de encontrar prazer, detiveram-se em Julien. Pelo menos, ele não era exatamente como todo mundo.

– Senhor Sorel – disse ela naquela voz viva e curta, que não tem nada de feminino, que as jovens da classe alta empregam. – Senhor Sorel, vai ao baile do sr. de Retz nesta noite?

– Senhorita, não tive a honra de ser apresentado ao sr. duque. – (Dir-se-ia que essas palavras e esse título machucavam a boca do orgulhoso provinciano.)

– Ele encarregou meu irmão de levá-lo com ele; e, se fosse lá, poderia dar detalhes sobre as terras de Villequier; fala-se em ir lá na primavera. Gostaria de saber se o castelo está habitável e se os arredores são tão bonitos como dizem. Existem tantas reputações usurpadas!

Julien não respondia.

– Vá ao baile com meu irmão – acrescentou ela em tom bastante seco.

Julien curvou-se respeitosamente. "Portanto, mesmo no meio do baile, devo prestar contas a todos os membros da família. Não sou pago como homem de negócios?" Seu mau humor acrescentou: "Sabe Deus se o que vou dizer à filha não vai contrariar os planos do pai, do irmão, da mãe! É uma verdadeira corte de um príncipe soberano. Teria de ser de uma nulidade perfeita ali e, no entanto, não dar a ninguém o direito de reclamar."

"Como não gosto dessa garota!", pensou enquanto observava a srta. de La Mole caminhar, posto que sua mãe a tinha chamado para apresentá-la a várias senhoras, suas amigas. Ela exagera todas as modas, o vestido lhe cai dos ombros... ela está ainda mais pálida que antes da viagem... Que cabelos sem cor, de tão loiros que são. Parece que a luz passa através deles. Que altivez nesse jeito de saudar, nesse olhar! Que gestos de rainha!"

A sra. de La Mole acabava de chamar o irmão no momento em que ele deixava o salão. O conde Norbert abordou Julien:

– Meu caro Sorel – disse ele –, onde quer que eu o pegue à meia-noite para o baile do sr. de Retz? Ele me encarregou expressamente de levá-lo.

– Sei muito bem a quem devo tanta gentileza – respondeu Julien, fazendo uma reverência até o chão.

Seu mau humor, não podendo nada reprovar no tom de polidez e mesmo de interesse com que Norbert lhe falara, começou a se manifestar na resposta que ele, Julien, tinha dado àquelas palavras amáveis. Via nela um toque de baixeza.

À noite, ao chegar ao baile, ficou impressionado com a magnificência da mansão de Retz. O pátio de entrada estava coberto por um enorme toldo de brim avermelhado com estrelas douradas: nada poderia ser mais elegante. Embaixo dessa tenda, o pátio fora transformado em um bosque de laranjeiras e loureiros-rosas em flor. Como havia sido tomado o cuidado de enterrar suficientemente os vasos, os loureiros e as laranjeiras pareciam brotar do solo. O caminho que as carruagens percorriam era coberto de saibro.

O conjunto pareceu extraordinário ao nosso provinciano. Ele não tinha ideia de tamanha magnificência; em um instante, sua imaginação excitada estava a mil léguas do mau humor. Na carruagem, chegando ao baile, Norbert estava feliz, e Julien via tudo sombrio; mal entraram no pátio, os papéis se inverteram.

Norbert era sensível a apenas alguns detalhes que, em meio a tanta magnificência, não tinham podido ser cuidados. Ele estimava o gasto de tudo e, quando atingia um total elevado, Julien percebeu que ele se mostrava quase invejoso e ficava cada vez mais irritado.

Já ele chegou seduzido, admirado e quase tímido por força da emoção no primeiro dos salões onde as pessoas dançavam. Todos se espremiam na porta do segundo, e a multidão era tão grande que ficava impossível avançar. A decoração desse segundo salão representava a Alhambra de Granada.

– Ela é a rainha do baile, é preciso admitir – disse um jovem de bigode, cujo ombro tocava no peito de Julien.

– A srta. Fourmont, que foi a mais bonita durante todo o inverno – respondia-lhe o vizinho –, perceba que caiu para o segundo lugar: olhe para seu ar singular.

– Realmente, ela usa todos os meios para agradar. Veja, veja aquele sorriso gracioso quando ela aparece sozinha nessa contradança. É, pode acreditar, impagável.

– A srta. de La Mole parece ser senhora do prazer que seu triunfo lhe traz, do qual tem plena consciência. Parece que ela tem medo de agradar a quem fala com ela.

– Muito bem! Essa é a arte de seduzir.

Julien se esforçou em vão para avistar aquela mulher atraente; sete ou oito homens mais altos que ele o impediam de vê-la.

– Há muita coqueteria nessa reserva tão nobre – retomou o jovem de bigode.

– E aqueles grandes olhos azuis que se abaixam tão lentamente quando parece que estão prestes a se trair – continuou o vizinho. – De fato, nada poderia ser mais habilidoso.

– Veja como perto dela a linda Fourmont parece comum – disse um terceiro.

– Esse ar de reserva quer dizer: quão amável eu seria com você se você fosse o homem digno de mim!

– E quem pode ser digno da sublime Mathilde? – disse o primeiro. – Algum príncipe soberano, bonito, espirituoso, elegante, um herói na guerra, e com no máximo vinte anos.

– O filho natural do imperador da Rússia... a quem, em favor desse casamento, se faria uma soberania; ou simplesmente o conde de Thaler, com seu ar de camponês vestido...

A porta ficou desimpedida, e Julien pôde entrar.

"Já que ela é considerada tão marcante aos olhos desses janotas, vale a pena eu estudá-la", pensou. "Vou entender o que é perfeição para essas pessoas."

Enquanto ele procurava por ela, Mathilde olhou para ele. "Meu dever me chama", Julien disse a si mesmo; mas só havia mau humor em sua expressão. A curiosidade o fazia avançar com um prazer que o vestido bem abaixo dos ombros de Mathilde aumentou muito rapidamente, aliás de modo pouco elogioso para seu amor-próprio. "A beleza dela tem juventude", ele pensou. Cinco ou seis jovens, entre os quais Julien reconheceu os que ouvira à porta, estavam entre ele e ela.

– O senhor, que passou aqui todo o inverno – ela disse –, não é verdade que este baile é o mais bonito da temporada?

Ele não respondia.

– Essa quadrilha de Coulon me parece admirável; e essas mulheres dançam de maneira perfeita.

Os jovens se voltaram para ver quem era o homem feliz de quem se queria absolutamente ter uma resposta. Ela não foi encorajadora.

– Não posso ser um bom juiz, senhorita; passo a vida escrevendo: é o primeiro baile dessa magnificência que vejo.

Os jovens de bigode ficaram escandalizados.

– O senhor é um homem sábio, senhor Sorel – ela continuou com interesse mais marcante. – Vê todos esses bailes, todas essas festas, como um filósofo, como J.-J. Rousseau. Essas loucuras o impressionam sem o seduzir.

Uma palavra acabava de extinguir a imaginação de Julien e de expulsar todas as ilusões de seu coração. Sua boca assumiu a expressão de um desdém talvez um pouco exagerado.

– J.-J. Rousseau – respondeu ele – é aos meus olhos apenas um tolo quando pensa em julgar a alta sociedade; ele não a entendia e carregava em si o coração de um lacaio arrivista.

– Ele escreveu *O contrato social* – disse Mathilde em tom de veneração.

– Enquanto prega a república e a derrubada das dignidades monárquicas, esse arrivista se embriaga de felicidade se um duque muda o rumo de sua caminhada após o jantar para acompanhar um de seus amigos.

– Ah, sim, o duque de Luxemburgo em Montmorency acompanha um sr. Coindet do lado de Paris... – retomou a srta. de La Mole com o prazer e o abandono do primeiro gozo de pedanteria.

Ela estava embriagada com seu conhecimento, como o acadêmico que descobriu a existência do rei Feretrius. O olhar de Julien permaneceu penetrante e severo. Mathilde tinha tido um momento de entusiasmo; a frieza de seu parceiro a desconcertou profundamente. Ela ficou ainda mais surpresa, pois era ela quem costumava produzir esse efeito nos outros.

Nesse momento, o marquês de Croisenois avançava apressadamente em direção à srta. de La Mole. Ele ficou por um momento a três passos dela, sem conseguir entrar por causa da multidão. Olhava para ela, rindo do obstáculo. A jovem marquesa de Rouvray estava perto dele: era prima de Mathilde. Ela deu o braço ao marido, com quem casara havia duas semanas. O marquês de Rouvray, também muito jovem, exibia aquele amor simplório que leva um homem que, fazendo um casamento de conveniência arranjado apenas por notários, encontra uma pessoa perfeitamente bela. O sr. de Rouvray seria duque após a morte de um tio muito velho.

Enquanto o marquês de Croisenois, incapaz de penetrar na multidão, olhava para Mathilde com ar risonho, ela fixava seus grandes olhos, de um azul celeste, nele e nos que estavam à sua volta.

"O que poderia ser mais chato", ela disse a si mesma, "que todo aquele grupo! Ali está Croisenois, que pretende se casar comigo; é gentil, educado e tem maneiras perfeitas como o sr. de Rouvray. Sem o tédio que eles causam, esses cavalheiros seriam muito adoráveis. Ele também vai me seguir no baile com esse ar teimoso e contente. Um ano depois do casamento, minha carruagem, meus cavalos, meus vestidos, meu castelo a vinte léguas de Paris, tudo isso será o melhor possível, exatamente o que é preciso para fazer morrer de inveja uma aventureira, uma condessa de Roiville por exemplo; e depois?..."

Mathilde entediava-se na esperança. O marquês de Croisenois conseguiu se aproximar e falar com ela, mas ela sonhava sem o ouvir. O som de suas palavras se misturava para ela com o zumbido do baile. Ela seguia maquinalmente o olhar de Julien, que havia se afastado com ar respeitoso, mas orgulhoso e insatisfeito. Ela viu em um canto, longe da multidão que a circulava, o conde Altamira, condenado à morte em seu país, que o leitor já conhece. Sob Luís XIV, uma de seus parentes se casara com um príncipe de Conti; essa lembrança o protegia um pouco da polícia da congregação.

"Só vejo a sentença de morte a distinguir um homem", pensou Mathilde. "É a única coisa que não se compra. Ah, eis uma bela frase que acabei de dizer a mim mesma! Que pena que ela não tenha me vindo durante uma conversa." Mathilde gostava muito de trazer para a conversa uma boa frase feita com antecedência; mas ela também tinha muita vaidade para não se encantar consigo mesma. Um ar de felicidade substituiu a aparência de tédio em suas feições. O marquês de Croisenois, que ainda estava lhe falando, achou ter visto nisso um sucesso e redobrou a verbosidade.

"O que uma pessoa maldosa poderia objetar à minha frase?", pensava Mathilde. "Eu responderia ao crítico: um título de barão, de visconde, isso se pode comprar; uma condecoração é dada. Meu irmão acabou de tê-la; o que ele fez? Uma promoção se obtém. Dez anos na guarnição, ou um parente ministro da Guerra, e o indivíduo se torna chefe de esquadrão, como Norbert. Uma grande fortuna!... é ainda o mais difícil e, em consequência, o mais meritório. Isso é engraçado! É o oposto de tudo o que os livros dizem... Pois bem, pela fortuna, um se casa com a filha do sr. Rothschild. Realmente, minha frase tem profundidade. A sentença de morte ainda é a única coisa que ninguém se lembra de solicitar."

– Conhece o conde Altamira? – disse ela ao sr. de Croisenois.

Ela parecia voltar de muito tempo longe, e essa pergunta tinha tão pouco a ver com tudo o que o pobre marquês vinha lhe dizendo havia cinco minutos que sua simpatia ficou desconcertada. Ele era, no entanto, um homem inteligente e muito conhecido como tal.

"Mathilde é incomum", pensou ele. "É um inconveniente, mas ela dá uma posição social tão boa ao marido! Não sei como esse marquês de La Mole consegue; ele está ligado ao que há de melhor em todos os partidos; é um homem que não pode afundar. Além disso, essa singularidade de Mathilde pode ser vista como inteligência. Com um nascimento nobre e muita fortuna, o gênio não é de forma alguma ridículo, e aliás que distinção! Além disso, quando quer, ela tem essa mistura de espírito, caráter e oportunidade que torna a amabilidade perfeita..."

– Como é difícil fazer bem duas coisas ao mesmo tempo – o marquês respondeu a Mathilde com ar vazio e como se estivesse recitando uma lição: – Quem não conhece o pobre Altamira? – E ele lhe contou a história de sua conspiração fracassada, ridícula, absurda.

– Muito absurda! – disse Mathilde, como se falasse consigo mesma. – Mas ele agiu. Quero ver o homem; traga-o para mim – ela disse ao marquês, muito chocado.

O conde Altamira era um dos admiradores mais declarados do ar altivo e quase impertinente da srta. de La Mole; ela era, segundo ele, uma das pessoas mais bonitas de Paris.

– Que linda ficaria em um trono! – disse ele ao sr. de Croisenois; e se deixou levar sem dificuldade.

Não faltam pessoas no mundo que queiram estabelecer que nada é pior que uma conspiração; isso cheira a jacobino. E o que poderia ser mais feio que o jacobino malsucedido?

O olhar de Mathilde zombava do liberalismo de Altamira com o sr. de Croisenois, mas ela o ouvia com prazer.

"Um conspirador no baile é um bom contraste", ela pensou. Ela encontrou nele, com seu bigode preto, a cara do leão quando descansa; mas logo percebeu que sua mente tinha apenas uma atitude: utilidade, a admiração pela utilidade.

Exceto o que poderia dar a seu país o governo das duas Câmaras, o jovem conde achava que nada era digno de sua atenção. Ele deixou com alegria Mathilde, a pessoa mais atraente do baile, porque viu entrar um general peruano.

Perdendo a esperança na Europa, o pobre Altamira estava reduzido a pensar que, quando os estados da América do Sul fossem fortes e poderosos, eles poderiam devolver à Europa a liberdade que Mirabeau lhe outorgou.

Um turbilhão de rapazes de bigode se aproximou de Mathilde. Ela vira muito bem que Altamira não se deixara seduzir e ficou ressentida com sua partida; viu os olhos negros dele brilhar enquanto falava com o general peruano. A srta. de La Mole olhava para os jovens franceses com aquela seriedade profunda que nenhuma de suas rivais conseguia imitar. "Qual deles", ela pensou, "poderia fazer condenar à morte, mesmo supondo que todas as chances lhe fossem favoráveis?"

Esse olhar singular lisonjeava aqueles que tinham pouca inteligência, mas preocupava os outros. Eles temiam a explosão de alguma frase dura e de resposta difícil.

"Um nascimento nobre confere uma centena de qualidades cuja ausência me ofenderia: vejo isso pelo exemplo de Julien", pensou Mathilde. "Mas sufoca as qualidades da alma que fazem alguém ser condenado à morte."

Nesse momento, alguém dizia perto dela:

– Esse conde Altamira é o segundo filho do príncipe de San Nazaro-Pimentel; foi um Pimentel que tentou salvar Conradin, decapitado em 1268. É uma das famílias mais nobres de Nápoles.

"Aí está", disse Mathilde a si mesma, "o que prova bem minha máxima: o nascimento nobre tira a força de caráter, sem a qual alguém não se faz condenar à morte! Portanto, estou predestinada a dizer disparates nesta noite. Já que sou apenas uma mulher como qualquer outra, bem, é preciso dançar."

Ela cedeu às súplicas do marquês de Croisenois, que havia uma hora pedia um galope. Para se distrair de seu infortúnio na filosofia, Mathilde quis ser perfeitamente atraente; o sr. de Croisenois estava encantado.

Mas nem a dança, nem a vontade de agradar a um dos homens mais bonitos da corte, nada foi capaz de distrair Mathilde. Era impossível ter mais sucesso. Ela era a rainha do baile; ela via isso, mas com frieza.

"Que vida apagada vou passar com um ser como Croisenois!", pensava quando ele a levava de volta para seu lugar uma hora depois… "Onde está o prazer para mim", acrescentou com tristeza, "se, depois de seis meses de ausência, não o encontro no meio de um baile que faz a inveja de todas as mulheres de Paris? E, novamente, estou cercada pela homenagem de uma sociedade que não posso imaginar mais bem composta. Não há burgueses aqui, exceto alguns pares, talvez um ou dois como Julien. E, no entanto", acrescentou com tristeza crescente, "que vantagens o destino me deu: ilustração, fortuna, juventude! Ai de mim, tudo, exceto felicidade.

"As minhas vantagens mais duvidosas ainda são aquelas de que eles me falaram a noite toda. A inteligência, acredito, porque obviamente assusto todos eles. Se ousam abordar um assunto sério, após cinco minutos de conversa ficam totalmente sem fôlego e como se estivessem fazendo uma grande descoberta sobre algo que lhes venho repetindo há uma hora. Sou bonita, tenho essa vantagem pela qual madame de Staël teria sacrificado tudo, mas o fato é que estou morrendo de tédio. Há alguma razão para que eu fique menos entediada quando mudar meu nome para o do marquês de Croisenois?

"Mas, meu Deus!", ela já sentia vontade de chorar, "ele não é um homem perfeito? É a obra-prima da educação deste século; não se pode olhá-lo sem que ele encontre algo agradável e até espiritual para lhe dizer; ele é valente... Mas esse Sorel é singular", pensou, e seus olhos mudaram da expressão sombria para um ar raivoso. "Eu o avisei que precisava falar-lhe, e ele não se digna reaparecer!"

Capítulo 9

O baile

O luxo dos trajes, o brilho das velas, os perfumes: tantos braços lindos, tantos lindos ombros! Buquês! Árias de Rossini que encantam, pinturas de Ciceri! Estou fora de mim!

Viagens de Useri

– Está de mau humor – disse-lhe a marquesa de La Mole. – Previno-a de que isso não é de bom-tom em um baile.

– Só estou com dor de cabeça – respondeu Mathilde com ar desdenhoso. – Está muito calor aqui.

Nesse momento, como que para justificar a srta. de La Mole, o velho barão de Tolly sentiu-se mal e caiu; foi necessário levá-lo dali. Falou-se em apoplexia; foi um acontecimento desagradável.

Mathilde não ligou para isso. Era uma posição assumida por ela nunca olhar para os velhos e para todos os seres reconhecidos por dizerem coisas tristes.

Foi dançar para escapar da conversa sobre apoplexia, o que de nada adiantou.

"Mas o sr. Sorel não vem", ela disse a si mesma novamente depois de ter dançado. Estava quase o procurando com os olhos quando o viu em outro salão. Surpreendentemente, ele parecia ter perdido aquele tom de frieza impassível que lhe era tão natural; não tinha mais um ar inglês."Ele está conversando com o conde Altamira, meu condenado à morte!", disse Mathilde para si mesma. "Seus olhos estão cheios de um fogo sombrio; parece um príncipe disfarçado; seu olhar redobrou de orgulho."

Julien se aproximava do local onde ela estava, ainda conversando com Altamira; ela o olhava fixamente, estudando suas feições para ali buscar aquelas qualidades elevadas que podem valer para um homem a honra de ser condenado à morte.

Quando ele passou perto dela:

– Sim – dizia ele ao conde Altamira –, Danton era um homem!

"Ó céus! Ele seria um Danton?", disse Mathilde para si mesma. "Mas ele tem um rosto tão nobre, e esse Danton era tão horrivelmente feio, um açougueiro, acho."

Julien ainda estava muito perto dela. Ela não hesitou em chamá-lo; para uma jovem, ela tinha a consciência e o orgulho de fazer uma pergunta extraordinária.

– Danton não era um açougueiro? – ela lhe perguntou.

– Sim, aos olhos de algumas pessoas – Julien respondeu com a expressão do mais mal disfarçado desprezo e o olhar ainda inflamado pela conversa com Altamira –, mas infelizmente para os bem-nascidos era advogado em Méry-sur-Seine. Quer dizer, senhorita – acrescentou ele, com ar perverso –, que ele começou como vários pares que vejo aqui. É verdade que Danton tinha uma desvantagem enorme aos olhos da beleza: ele era muito feio.

Estas últimas palavras foram ditas rapidamente, com um ar extraordinário e certamente muito pouco polido.

Julien esperou por um momento, com a parte superior do corpo ligeiramente curvada e com um ar orgulhosamente humilde. Ele parecia estar dizendo: "Sou pago para responder a você e vivo do meu salário". Não se dignava erguer os olhos para Mathilde. Ela, com seus lindos olhos extraordinariamente abertos e fixos nele, parecia sua escrava. Finalmente, à medida que o silêncio continuava, ele olhou para ela como um criado olha para seu mestre, a fim de receber ordens. Embora seus olhos encontrassem em cheio os de Mathilde, ainda fixos nele com um olhar estranho, ele se afastou com pressa evidente.

"Ele, que é realmente tão bonito", Mathilde disse finalmente para si mesma, saindo de seu devaneio, "fazer um tal elogio da feiura! Não olha para si mesmo! Ele não é como Caylus ou Croisenois. Esse Sorel tem algo do ar que meu pai assume quando imita Napoleão tão bem no baile." Ela havia se esquecido completamente de Danton. "Decididamente, nesta noite estou entediada."

Agarrou o braço do irmão e, para seu desgosto, forçou-o a dar uma volta pelo baile. Ocorreu-lhe a ideia de acompanhar a conversa entre o condenado à morte e Julien.

A multidão era enorme. Porém, ela conseguiu se juntar a eles quando, dois passos à sua frente, Altamira se aproximava de uma bandeja para pegar um sorvete. Ele estava conversando com Julien, o corpo meio virado. Ele viu um braço em um traje bordado pegar um sorvete ao lado do dele. O bordado pareceu despertar sua atenção; ele se virou completamente para ver a figura a quem aquele braço pertencia. Instantaneamente, aqueles olhos tão nobres e ingênuos assumiram uma leve expressão de desdém.

– Vê esse homem – disse ele em voz baixa para Julien –, é o príncipe de Araceli, embaixador de ***. Esta manhã, ele pediu minha extradição a seu ministro das Relações Exteriores da França, o sr. de Nerval. Veja, ali está ele, embaixo, jogando *whist*. O sr. de Nerval está bastante disposto a me entregar, pois nós também lhes entregamos dois ou três conspiradores em 1816. Se eu for entregue ao meu rei, serei enforcado em vinte e quatro horas. E será algum daqueles cavalheiros bonitos de bigode que virá prender-me.

– Os infames! – gritou Julien, meio alto.

Mathilde não perdia uma sílaba da conversa. O tédio desaparecera.

– Não tão infames – disse o conde Altamira. – Falei-lhe sobre mim para impressioná-lo com uma imagem vívida. Veja o príncipe de Araceli; a cada cinco minutos, ele lança um olhar para seu Velocino de Ouro; não se cansa de observar esse penduricalho em seu peito. Esse pobre homem no fundo não passa de um anacronismo. Cem anos atrás, o Velocino era uma grande honra, mas então teria passado bem acima de suas pretensões. Hoje, entre as pessoas bem-nascidas, é preciso ser um Araceli para se encantar por ele. Ele teria enforcado uma cidade inteira para obtê-lo.

– Foi a esse preço que o obteve? – Julien disse com ansiedade.

– Não exatamente – respondeu Altamira com frieza. – Ele pode ter mandado jogar no rio cerca de trinta ricos proprietários de terras de seu país, que passavam por liberais.

– Que monstro! – Julien disse.

A senhorita de La Mole, inclinando a cabeça com o mais vivo interesse, estava tão perto dele que seu lindo cabelo quase lhe tocava o ombro.

– Você é bem jovem – respondia Altamira. – Eu lhe dizia que tenho uma irmã casada na Provença; ela ainda é bonita, boa, gentil; é uma excelente mãe de família, fiel a todos os seus deveres, piedosa e não devota.

"Aonde ele quer chegar com isso?", pensava a srta. de La Mole.

– Ela é feliz – continuou o conde Altamira. – Ela o era em 1815. Então, eu fiquei escondido na casa dela, em suas terras perto de Antibes; pois bem, no momento em que soube da execução do marechal Ney, ela começou a dançar!

– É possível? – disse Julien, aterrorizado.

– É o espírito de partido – continuou Altamira. – Não há mais paixões reais no século XIX: é por isso que ficamos tão entediados na França. Cometem-se as maiores crueldades, mas sem crueldade.

– O que é pior! – disse Julien. – Pelo menos, quando se cometem crimes, deve-se cometê-los com prazer: eles só têm isso de bom, e não se pode nem mesmo justificá-los um pouco a não ser por esse motivo.

A srta. de La Mole, esquecendo completamente o que devia a si mesma, havia se colocado quase inteiramente entre Altamira e Julien. O irmão, que lhe dava o braço, acostumado a lhe obedecer, olhou para o outro lado do salão e, para disfarçar, fingia estar barrado pela multidão.

– Você tem razão – disse Altamira. – Fazemos tudo sem prazer e sem nos lembrarmos, até crimes. Posso lhe mostrar neste baile talvez dez homens que seriam amaldiçoados como assassinos. Eles esqueceram seu crime, e a sociedade, também. Muitos deles se desmancham em lágrimas quando seu cachorro quebra a pata. No Père-Lachaise, quando jogamos flores em seu túmulo, como dizem com tanta graça em Paris, nos informam de que eles reuniam todas as virtudes dos valentes cavaleiros, e falamos das grandes ações de seu bisavô que viveu sob Henrique IV. Se, apesar dos bons ofícios do príncipe de Araceli, eu não for enforcado, e se algum dia eu gozar da minha fortuna em Paris, quero fazer com que jante com oito ou dez honrados e impenitentes assassinos. Você e eu nesse jantar seremos os únicos puros de sangue, mas serei desprezado e quase odiado, como um monstro sanguinário e jacobino, e você, desprezado simplesmente como um homem do povo que se imiscui em meio a boas companhias.

– Nada mais verdadeiro – disse a srta. de La Mole.

Altamira mirou-a espantado, Julien não se dignou olhá-la.

– Observe que a revolução à frente da qual eu me encontrei – continuou o conde Altamira – não teve sucesso, apenas porque eu não quis fazer rolar três cabeças e distribuir aos nossos partidários sete a oito milhões que se encontravam em um cofre do qual eu tinha a chave. Meu rei, que hoje arde de vontade de me enforcar, e que antes da revolta me tratava com intimidade, teria me condecorado com o grande cordão de sua ordem se eu tivesse feito rolar aquelas três cabeças e distribuído o dinheiro daquele cofre, porque eu teria obtido pelo menos um meio sucesso, e meu país teria tido uma constituição tal como... Assim caminha o mundo, é um jogo de xadrez.

– Então – retomou Julien, os olhos em chamas –, o senhor não conhecia o jogo; agora...

– Eu faria rolar cabeças, você quer dizer, e não seria um girondino como me fez entender outro dia?... Vou responder-lhe – disse Altamira com tristeza – quando você tiver matado um homem em um duelo, que é muito menos feio que o mandar executar por um carrasco.

– Na minha opinião – disse Julien –, quem quer o fim quer os meios; se, em vez de ser um átomo, eu tivesse algum poder, enforcaria três homens para salvar a vida de quatro.

Seus olhos expressavam o fogo da consciência e o desprezo pelos vãos julgamentos dos homens; encontraram os da srta. de La Mole muito próximos a ele, e esse desprezo, longe de se transformar em um ar gracioso e civilizado, pareceu redobrar.

Ela ficou profundamente chocada; mas não estava mais em seu poder esquecer Julien; afastou-se ressentida, arrastando o irmão para longe.

"Devo pegar um pouco de ponche e dançar muito", ela disse para si mesma. "Quero escolher o que há de melhor e brilhar a todo custo. Vejamos, aqui está aquele famoso e atrevido conde de Fervaques."

Ela aceitou seu convite; eles dançaram. "Trata-se de ver", ela pensou, "qual dos dois será o mais atrevido, mas, para que eu possa zombar completamente dele, tenho de fazê-lo falar." Logo todo o resto dos presentes dançava apenas para disfarçar. Ninguém queria perder uma das réplicas picantes de Mathilde. O sr. de Fervaques ficava perturbado e, encontrando apenas palavras elegantes em vez de ideias, fazia caretas; Mathilde, que estava de mau humor, foi cruel com ele e arranjou um inimigo. Ela dançou até o amanhecer e finalmente se retirou, terrivelmente cansada. Mas, na carruagem, o pouco de força que lhe restava ainda era usado para deixá-la triste e infeliz. Ela havia sido desprezada por Julien e não podia desprezá-lo.

Julien estava no auge da felicidade. Inconscientemente encantado com a música, as flores, as belas mulheres, a elegância geral e, mais que tudo, por sua imaginação que sonhava com distinções para ele e liberdade para todos.

– Que lindo baile! – disse ele ao conde. – Nada falta nele.

– Falta o pensamento – respondeu Altamira.

E seu semblante denunciava esse desprezo, que só não foi mais picante porque se vê que a polidez impõe o dever de ocultá-lo.

– O senhor está aqui, senhor conde. O pensamento é também conspirador, não é verdade?

– Estou aqui por causa do meu nome. Mas nos seus salões detesta-se o pensamento. Ele não deve subir acima de um verso de opereta: então é recompensado. Mas o homem que pensa, se tem energia e novidade em suas tiradas, é chamado de cínico por vocês. Não foi assim que um dos seus juízes chamou a Courier? Vocês o colocaram na prisão, assim como fizeram com Béranger. Tudo que valha alguma coisa, pelo espírito, em seu país, a congregação joga para a polícia correcional; e a boa sociedade aplaude.

"É porque sua velha sociedade preza acima de tudo as conveniências... Vocês nunca vão se elevar acima da bravura militar; terão figuras como Murat, e nunca como um Washington. Só vejo vaidade na França. Um homem que improvisa ao falar chega com facilidade a uma tirada imprudente, e o dono da casa se considera desonrado."

Quando essas palavras eram ditas, a carruagem do conde, que trazia Julien de volta, parou em frente à mansão de La Mole. Julien estava apaixonado por seu conspirador. Altamira lhe fizera este belo elogio, obviamente resultante de uma profunda convicção: "Você não tem a leviandade francesa e entende o princípio da utilidade". Acontece que, apenas dois dias antes, Julien tinha visto *Marino Faliero*, uma tragédia do sr. Casimir Delavigne.

"Israel Bertuccio não tem mais caráter que todos aqueles nobres venezianos?", disse a si mesmo nosso plebeu rebelde. "E, no entanto, são pessoas cuja nobreza comprovada remonta ao ano 700, um século antes de Carlos Magno, enquanto tudo o que havia de mais nobre nessa noite no baile do sr. de Retz remonta, e ainda mancando, apenas até o século XIII. Pois bem, no meio desses nobres venezianos, tão grandes por nascimento, é de Israel Bertuccio que nos lembramos.

"Uma conspiração anula todos os títulos dados pelos caprichos sociais. Nela, um homem imediatamente assume a posição que lhe compete por sua maneira de considerar a morte. A própria mente perde seu império...

"O que seria Danton hoje, neste século dos Valenod e dos Rênal? Nem mesmo o substituto do procurador do rei...

"O que estou dizendo? Ele teria se vendido à congregação; seria ministro, porque enfim esse grande Danton roubou. Mirabeau também se vendeu. Napoleão roubou milhões na Itália, sem o que teria sido rapidamente barrado pela pobreza, como Pichegru. Só La Fayette nunca roubou. Devemos roubar, devemos nos vender?", pensou Julien. Esta pergunta o fez parar de repente. Ele passou o resto da noite lendo a história da Revolução.

No dia seguinte, enquanto escrevia suas cartas na biblioteca, ainda pensava apenas na conversa com o conde Altamira.

"Na verdade", disse a si mesmo após um longo devaneio, "se esses liberais espanhóis tivessem comprometido o povo com crimes, eles não teriam sido varridos com essa facilidade. Eram crianças orgulhosas e falantes... como eu!", bradou Julien de repente, como se acordasse assustado.

"O que eu fiz de difícil que me dá o direito de julgar os pobres-diabos que finalmente, uma vez na vida, ousaram, começaram a agir? Sou como um homem que, ao sair da mesa, grita: 'Amanhã não vou jantar; o que não me impedirá de ser forte e alegre como sou hoje'. Quem sabe qual é a sensação de estar no meio do caminho de uma grande ação?..." Esses pensamentos elevados foram perturbados pela chegada inesperada da srta. de La Mole, que entrou na biblioteca. Ele estava tão animado por sua admiração pelas grandes qualidades de Danton, de Mirabeau, de Carnot, que souberam não ser derrotados, que seus olhos pousaram na srta. de La Mole, mas sem pensar nela, sem a cumprimentar, quase sem a ver. Quando finalmente seus grandes olhos muito abertos notaram sua presença, seu olhar se apagou. A srta. de La Mole percebeu isso com amargura.

Em vão ela lhe pediu um volume da *História da França* de Vély, colocado na prateleira mais alta, o que obrigou Julien a ir buscar a maior das duas escadas. Julien tinha aproximado a escada; procurara o volume, tinha-o dado a ela, sem ainda conseguir pensar nela. Enquanto subia a escada, preocupado, bateu com o cotovelo em um dos espelhos da biblioteca; os cacos, caindo no chão, finalmente o acordaram. Ele se apressou em se desculpar com a srta. de La Mole; quis ser educado, mas não passou disso. Mathilde percebeu claramente que o incomodara e que ele preferia pensar no que o ocupava antes de ela chegar a falar com ela. Depois de olhar muito para ele, ela se afastou lentamente. Julien a observou caminhar. Ele desfrutava do contraste da simplicidade de seu traje atual com a elegância magnífica do dia anterior. A diferença entre os dois rostos era quase igualmente impressionante. Essa jovem, tão altiva no baile do duque de Retz, tinha nesse momento quase um olhar suplicante. "Realmente", Julien pensou, "esse vestido preto faz a beleza de sua cintura brilhar ainda mais. Ela tem o porte de uma rainha; mas por que está de luto? Se eu perguntar a alguém a causa desse luto, se verá que estou fazendo mais uma besteira." Julien emergira completamente das profundezas de seu entusiasmo. "Devo reler todas as cartas que escrevi esta manhã; sabe Deus as palavras omitidas e as bobagens que vou encontrar nelas." Enquanto lia a primeira das cartas com atenção forçada, ele ouviu o farfalhar de um vestido de seda bem perto dele; virou-se rapidamente; a srta. de La Mole encontrava-se a dois passos de sua mesa; ela estava rindo. Essa segunda interrupção deixou Julien irritado.

Para Mathilde, ela acabara de sentir profundamente que não significava nada para aquele jovem; a risada era para esconder seu constrangimento; ela conseguira.

— Obviamente, está pensando em algo muito interessante, senhor Sorel. Não é alguma história curiosa sobre a conspiração que nos trouxe a Paris o conde Altamira? Diga-me o que é; estou morrendo de vontade de saber; serei discreta, juro!

Ela ficou surpresa com esta frase quando se ouviu pronunciá-la. Que coisa, ela estava implorando a um subordinado! Como seu embaraço aumentasse, ela acrescentou com um tom superficial:

— O que poderia ter tornado você, geralmente tão frio, um ser inspirado, uma espécie de profeta de Michelangelo?

Essa pergunta viva e indiscreta, ao ferir profundamente Julien, devolveu-lhe toda a sua loucura.

– Danton fez a coisa certa ao roubar? – disse ele abruptamente e com uma expressão que se tornava cada vez mais feroz. – Deveriam os revolucionários do Piemonte e da Espanha comprometer o povo com crimes? Dar às pessoas, mesmo sem mérito, todos os lugares no exército, todas as condecorações? As pessoas que teriam recebido essas condecorações não temeriam o retorno do rei? O tesouro de Turim deveria ser saqueado? Em outras palavras, senhorita – disse ele, aproximando-se dela com um ar terrível –, o homem que quer expulsar a ignorância e o crime da terra deve passar como a tempestade e fazer o mal como por acaso?

Mathilde teve medo, não conseguiu sustentar seu olhar e deu dois passos para trás. Ela o olhou por um momento; então, envergonhada de seu medo, com um passo ligeiro, deixou a biblioteca.

Capítulo 10
A rainha Margarida

Amor! Em que loucura nos fazes encontrar o prazer?

CARTAS DE UMA FREIRA PORTUGUESA

Julien releu suas cartas. Quando a sineta do jantar se fez ouvir, ele pensou: "Como devo ter sido ridículo aos olhos dessa boneca parisiense! Que insensatez dizer-lhe o que eu realmente pensava! Mas talvez não tenha sido uma insensatez tão grande assim. A verdade, na ocasião, era digna de mim. E por que tinha ela de me interrogar sobre assuntos tão íntimos? Foi indiscrição de sua parte. Uma inconveniência. Minhas ideias a respeito de Danton não têm nada a ver com o serviço pelo qual o pai dela me paga".

Chegando à sala de jantar, Julien se distraiu de seu mau humor pelo profundo luto da srta. de La Mole, que o impressionou principalmente pelo fato de nenhum outro membro da família estar vestido de preto.

Após a refeição, viu-se inteiramente livre do assomo de entusiasmo que o obcecara durante todo o dia. Por sorte, o acadêmico que sabia latim participara do jantar. "Esse homem rirá menos de mim", pensou, "se, como presumo, minha pergunta sobre o luto da srta. de La Mole for uma indiscrição."

Mathilde o observava com uma expressão singular.

"Aí está a garridice das mulheres desta terra, tal como a sra. de Rênal me descreveu", pensou Julien. "Não fui gentil com ela esta manhã, não cedi à sua vontade de tagarelar. Passo a valer mais a seus olhos. Sem dúvida, o diabo não perde nada com isso. Oportunamente, sua altivez desdenhosa saberá se vingar. Vejo seu lado pior. Que diferença daquilo que perdi! Que natureza encantadora! Que ingenuidade! Eu podia ler seus pensamentos; via-os nascer; só tinha por rival, em seu coração, o medo da morte de seus filhos. Era uma afeição razoável e natural, amável até para mim, que era seu alvo. Fui um tolo. A ideia que eu fazia de Paris me impediu de apreciar devidamente essa mulher sublime. Que diferença, meu Deus! E o que encontro aqui? Vaidade seca e altaneira, todas as nuanças do amor-próprio e nada mais."

Levantavam-se da mesa.

"Não posso permitir que me tomem o acadêmico", disse Julien para si mesmo.

Aproximou-se dele quando saíam para o jardim, assumiu um ar doce e submisso e partilhou seu furor pelo sucesso de *Hernani*.

– Se ainda estivéssemos no tempo das ordens secretas de prisão… – disse ele.

– Nesse caso, ele não teria ousado – resmungou o acadêmico, com um gesto à Talma.

A propósito de uma flor, Julien citou alguns versos das *Geórgicas* de Virgílio e concluiu que nada se podia comparar à poesia do abade Delille. Em suma, bajulou o acadêmico de todas as maneiras. Depois, com o ar mais inocente do mundo:

– Suponho – disse ele – que a srta. de La Mole herdou de algum tio, pelo qual está de luto.

– Como? – espantou-se o acadêmico, parando de repente. – O senhor é íntimo da família e ignora sua loucura? Na verdade, é bem estranho que a mãe dela lhe permita tal comportamento; mas, cá entre nós, não é exatamente pela força do caráter que se brilha nesta casa. A srta. Mathilde a tem por todos eles e os governa. Hoje é 30 de abril! – O acadêmico estacou, observando Julien com expressão finória. E Julien retribuiu com o sorriso mais sagaz que conseguia esboçar.

"Que relação pode existir entre governar uma casa inteira, vestir um traje preto e o 30 de abril?", perguntou-se Julien. "Talvez eu seja mais tolo do que pensava."

– Confesso... – disse ao acadêmico, continuando a interrogá-lo com o olhar.

– Vamos dar uma volta pelo jardim – propôs o outro, entrevendo com entusiasmo a oportunidade de desfiar uma longa narrativa elegante. – Ora, mas então o senhor não sabe o que aconteceu em 30 de abril de 1574?

– Onde? – perguntou Julien, espantado.

– Na Praça de Grève.

Julien estava tão perplexo que esse nome não lhe lembrou coisa alguma. A curiosidade e a expectativa de uma história trágica, tão em consonância com seu caráter, punham-lhe nos olhos aquele brilho que um narrador adora perceber na pessoa que o escuta. O acadêmico, encantado por encontrar ouvidos virgens, contou em detalhe como, em 30 de abril de 1574, o rapaz mais bonito do século, Boniface de La Mole, e seu amigo Annibal de Coconasso, fidalgo piemontês, tiveram a cabeça cortada na Praça de Grève. La Mole era o amante adorado da rainha Margarida de Navarra.

– E note – prosseguiu o acadêmico – que a srta. de La Mole se chama Mathilde-Marguerite. – La Mole era ao mesmo tempo o favorito do duque d'Alençon e o amigo íntimo do rei de Navarra, depois Henrique IV, marido de sua amante. Na terça-feira gorda de 1574, a corte se achava em

Saint-Germain com o pobre rei Carlos IX, que estava à beira da morte. La Mole quis raptar os príncipes seus amigos, que a rainha-mãe Catarina de Médici mantinha prisioneiros no castelo. Atacou as muralhas de Saint-Germain com duzentos cavaleiros. O duque d'Alençon teve medo, e La Mole foi entregue ao carrasco. Todavia, o que mais afeta a srta. Mathilde, conforme ela própria me confessou há sete ou oito anos, quando tinha apenas doze, é a cabeça, a cabeça! – E o acadêmico ergueu os olhos ao céu.

– Sim, o que a abalou nessa catástrofe política foi que a rainha Margarida de Navarra, escondida em uma casa da Praça de Grève, ousou mandar pedir ao carrasco a cabeça de seu amante! Na noite seguinte, à meia-noite, subiu com a cabeça em sua carruagem e foi ela própria sepultá-la em uma capela situada aos pés da colina de Montmartre.

– Será possível? – exclamou Julien, impressionado.

– A srta. Mathilde despreza o irmão porque, como o senhor deve ter notado, ele não se preocupa de modo algum com essa história e não põe luto no dia 30 de abril. É por causa desse suplício e para lembrar a amizade íntima entre de La Mole e Coconasso (o qual, como italiano que era, se chamava Annibal) que todos os homens da família trazem esse nome. – E o acadêmico acrescentou em voz baixa: – O tal Coconasso foi, no dizer do próprio Carlos IX, um dos mais cruéis assassinos do 24 de agosto de 1572. Mas como é possível, meu caro Sorel, que ignore esses fatos, você, comensal desta casa?

– Então foi por isso que, durante o jantar, a srta. de La Mole chamou o irmão duas vezes pelo nome de Annibal. Pensei ter ouvido mal.

– Ela quis recriminá-lo. Coisa estranha a marquesa tolerar semelhantes manias! O marido dessa bela jovem vai ter de suportar muita coisa...

Cinco ou seis frases satíricas vieram em seguida. A satisfação e a indiscrição que faiscavam nos olhos do acadêmico chocaram Julien. "Parecemos dois criados falando mal dos patrões", pensou ele. "Mas nada me espanta da parte desse homem de academia."

Um dia, Julien surpreendeu-o de joelhos diante da marquesa de La Mole, pedindo-lhe emprego como cobrador de impostos sobre o tabaco para um sobrinho da província. À noite, uma criadinha de quarto da srta. de La Mole, que fazia a corte a Julien, como outrora Elisa, sugeriu-lhe que o luto de sua patroa não era para atrair olhares; essa bizarrice estava enraizada em seu caráter. Ela amava realmente o tal La Mole, amante adorado da rainha mais inteligente de seu século e que morreu para devolver a liberdade a seus amigos. E que amigos! O primeiro príncipe de sangue e Henrique IV.

Acostumado à perfeita naturalidade que caracterizava a conduta da sra. de Rênal, Julien só via afetação em todas as mulheres de Paris; e, por pouco que fosse propenso à tristeza, não achava nada para lhes dizer. A srta. de La Mole era exceção.

Começava a não tomar mais por secura de coração o tipo de beleza adornado pela fidalguia do porte. Tinha longas conversas com a srta. de La Mole, que às vezes, após o jantar, passeava com ele pelo jardim, sob as janelas abertas do salão. Ela lhe disse um dia que estava lendo a história de d'Aubigné e Brantôme. "Estranha leitura", pensou Julien. "Tanto mais que a marquesa não a deixa ler os romances de Walter Scott!"

Um dia ela lhe contou, com aqueles olhos brilhantes de prazer que desnudam a sinceridade da admiração, a história de uma jovem do reinado de Henrique III, que acabara de ler nas *Memórias* de L'Estoile: descobrindo a infidelidade do marido, ela o apunhalou.

O amor-próprio de Julien estava lisonjeado. Uma pessoa cercada de tanto respeito e que, no dizer do acadêmico, governava toda a casa, dignava-se falar-lhe com modos que quase lembravam a amizade.

"Eu me enganei", foi logo pensando Julien. "Não era familiaridade, pois sou apenas um confidente de tragédia, era necessidade de falar. Essa gente me considera sábio. Vou ler Brantôme, d'Aubigné, L'Estoile. Poderei questionar algumas das histórias que a srta. de La Mole me conta. Quero me livrar desse papel de confidente passivo."

Pouco a pouco, suas conversas com aquela jovem de porte tão altaneiro e ao mesmo tempo tão descontraído foram se tornando mais interessantes. Ele esquecia seu triste papel de plebeu revoltado. Achava-a inteligente e mesmo sensata. Suas opiniões, no jardim, eram bem diferentes daquelas que emitia no salão. Às vezes, mostrava por ele um entusiasmo e uma franqueza que contrastavam vivamente com sua maneira de ser, orgulhosa e fria.

— As guerras da Liga são os tempos heroicos da França — disse-lhe ela um dia, com olhos faiscantes de gênio e exaltação. — Nessa época, as pessoas se batiam por aquilo que desejavam, para dar vitória a seu partido, e não para ganhar uma mísera condecoração, como no tempo de seu imperador. Convenha em que havia então menos egoísmo e pequenez. Ah, amo aquele século!

— Cujo herói foi Boniface de La Mole — observou ele.

— Pelo menos, amaram-no como é doce ser amado. Que mulher, atualmente, não sentiria horror em tocar a cabeça de seu amante decapitado?

A sra. de La Mole chamou sua filha. A hipocrisia, para ser útil, deve ocultar-se; e Julien, como se vê, tinha feito à srta. de La Mole uma meia confidência sobre sua admiração por Napoleão.

"Eis a enorme vantagem que têm sobre nós", pensou Julien, agora sozinho no jardim. "A história de seus antepassados os põe acima dos sentimentos vulgares, e eles não precisam ficar pensando sempre na sobrevivência! Que miséria!", acrescentou, com azedume. "Sou indigno de raciocinar sobre esses grandes interesses. Minha vida não passa de uma sequência de hipocrisias, pois não tenho mil francos de renda para comprar pão."

— Em que pensa, senhor? — perguntou Mathilde, que voltava correndo.

Julien estava farto de se desprezar. Por orgulho, confessou francamente seus pensamentos. Enrubesceu a olhos vistos ao falar de sua pobreza a uma pessoa tão rica. Mas tentou deixar claro, pelo tom de voz orgulhoso, que não pedia nada. Nunca parecera tão belo a Mathilde; ela percebeu no rapaz um ar de sensibilidade e franqueza que frequentemente lhe faltava.

Menos de um mês depois, Julien passeava no jardim do palácio de La Mole; mas seu rosto não tinha mais a dureza e a petulância filosófica que seu perpétuo sentimento de inferioridade lhe conferia. Acabara de levar até a porta do salão a srta. de La Mole, que alegava ter machucado o pé ao correr com o irmão.

"Ela se apoiou em meu braço de uma forma bem singular!", pensou Julien. "Estarei iludido ou ela gosta mesmo de mim? Escuta-me com uma expressão tão terna, mesmo quando lhe confesso todas as dores de meu orgulho! Ela, sempre tão desdenhosa para com os demais! No salão, ficariam espantados vendo essa fisionomia. Com toda a certeza, ela não exibe um ar tão doce e bom para mais ninguém."

Julien procurava não exagerar essa estranha amizade. Ele próprio a comparava a uma paz armada. Todos os dias, quando se encontravam, diziam a si mesmos, antes de retomar o tom quase íntimo da véspera: "Hoje seremos amigos ou inimigos?". Julien compreendera que se deixar ofender impunemente, uma única vez, por aquela jovem orgulhosa colocaria tudo a perder. "Se devo me prejudicar, não é melhor que o faça logo, defendendo os justos direitos de meu orgulho, em vez de repelir as marcas de desprezo que imediatamente se seguiriam ao menor abandono daquilo que devo à minha dignidade pessoal?"

Várias vezes, em dias de mau humor, Mathilde tentava assumir para com ele o tom de uma grande dama; fazia-o com rara finura, mas Julien a rechaçava rudemente.

Certa feita, ele a interrompeu de súbito:

– A srta. de La Mole tem alguma ordem para o secretário de seu pai? – perguntou-lhe. – Ele deve ouvir suas ordens e executá-las com respeito; mas, quanto ao resto, não precisa dizer uma palavra à senhorita. Não é pago para lhe comunicar seus pensamentos.

Esse modo de ser e as singulares dúvidas de Julien fizeram desaparecer o tédio que ele encontrava regularmente naquele salão tão magnífico, mas onde sentia medo de tudo e onde não convinha pilheriar com nada.

"Seria divertido se ela me amasse! Mas, quer me ame ou não", continuava Julien, "tenho por confidente íntima uma jovem esperta, diante da qual vejo a casa toda tremer, e mais que qualquer outro o marquês de Croisenois. Esse rapaz tão polido, tão delicado, tão valente, que reúne todas as vantagens de nascimento e fortuna, das quais uma única me deixaria o coração à vontade, está loucamente apaixonado e deverá desposá-la. Quantas cartas o sr. de La Mole não me fez escrever a dois tabeliães para discutir o contrato! E eu, subalterno de pena na mão, aqui mesmo neste jardim, duas horas depois, triunfo aquele rapaz tão amável: pois, enfim, as preferências são óbvias, diretas. Talvez também ela odeie nele o futuro marido. É orgulhosa o bastante para isso. E as condescendências que recebo dela, obtenho-as na qualidade de confidente subalterno.

"Mas não, ou estou louco ou essa jovem me corteja; quanto mais me mostro frio e respeitoso para com ela, mais sou procurado. Isso poderia ser um ato proposital, uma afetação; mas vejo seus olhos se animando quando apareço de improviso. Saberão as mulheres de Paris fingir a tal ponto? Que me importa? Tenho a vantagem da aparência, aproveitemos a aparência! Meu Deus, como ela é bonita! Seus grandes olhos azuis me agradam tanto, vistos de perto e do modo como me fitam! Que diferença entre esta primavera e a do ano passado, quando eu vivia infeliz e me sustentando à força de caráter, no meio daqueles trezentos hipócritas malévolos e sujos! Eu era quase tão malévolo quanto eles."

Nos dias de desconfiança, pensava: "Essa jovem zomba de mim. Entrou em conluio com o irmão para me mistificar. No entanto, parece desprezar tanto a fraqueza desse irmão! 'Ele é valente, mais nada', disse-me ela. 'Não lhe ocorre um pensamento que ouse contrariar a moda. Sou eu que devo sempre tomar sua defesa.' Uma moça de dezenove anos! Nessa idade, pode-se permanecer o tempo todo fiel à hipocrisia adotada?

"Em contrapartida, quando a srta. de La Mole fixa em mim seus grandes olhos azuis com aquela expressão singular, o conde Norbert sempre se afasta. Isso me parece suspeito; não deveria ficar indignado ao ver que a irmã dá tanta atenção a um criado de sua casa? Sim, ouvi o duque de Chaulnes falar assim a meu respeito." A essa lembrança, a cólera tomava o lugar de qualquer outro sentimento. "Será que esse duque maníaco aprecia o linguajar antigo?

"Pois bem", continuava Julien, com um olhar de tigre. "Eu a terei, eu fugirei em seguida, e ai daquele que tentar impedir minha fuga!"

Essa ideia se tornou a única preocupação de Julien; não conseguia pensar em outra coisa. Seus dias voavam como horas.

A todo instante, procurando tratar de algum assunto sério, seu pensamento se desgarrava e ele volvia a si um quarto de hora depois com o coração palpitante, a cabeça transtornada e perguntando-se: "Ela me ama?".

Capítulo 11
O império de uma jovem

Admiro sua beleza, mas temo seu espírito.

MÉRIMÉE

Se Julien tivesse passado a examinar o que acontecia no salão no tempo que perdia exagerando a beleza de Mathilde ou se insurgindo contra a altivez natural de sua família, que ela esquecia por ele, compreenderia a razão de seu império sobre tudo quanto a rodeava. Se alguém desagradava à srta. de La Mole, ela sabia puni-lo com uma ironia tão sóbria, tão bem escolhida, tão adequada na aparência e lançada no momento certo que a ferida inchava a cada instante, sempre que a vítima a remoía. Aos poucos, ia se tornando atroz para o amor-próprio ofendido. Como não valorizasse muitas coisas que eram objeto de cupidez para o resto da família, aos olhos desta a srta. de La Mole parecia estar sempre controlada. Os salões da aristocracia só são agradáveis de mencionar quando se está longe deles;

e somente nos primeiros dias é que a polidez, por si mesma, tem algum valor. Julien o sabia: depois do primeiro deslumbramento, a primeira perplexidade. "A polidez", concluía ele, "é simplesmente a ausência da cólera que a má-educação produziria." Mathilde se entediava com frequência e provavelmente se entediaria em qualquer outra parte. Por isso, afiar um epigrama era para ela uma distração e um autêntico prazer.

Foi talvez para ter vítimas um pouco mais divertidas que seus avós, o acadêmico e os cinco ou seis outros subalternos que lhe faziam a corte que ela começou a dar esperanças ao marquês de Croisenois, ao conde de Caylus e a dois ou três outros jovens da mais alta distinção. Eles não passavam, para Mathilde, de novos alvos de epigramas.

Confessaremos pesarosamente, pois amamos Mathilde, que ela recebera cartas de vários deles e respondera a algumas. Mas apressamo-nos a acrescentar que essa personagem era exceção aos costumes do século. Em geral, não é de falta de prudência que se pode acusar as alunas do nobre Convento do Sacré-Coeur.

Um dia, o marquês de Croisenois devolveu a Mathilde uma carta das mais comprometedoras, que ela lhe escrevera na véspera. O marquês achava que, com esse gesto largo de prudência, faria avançar em muito sua conquista. No entanto, era justamente do risco que Mathilde gostava em sua correspondência. Sentia prazer em pôr sua sorte em jogo. Não lhe dirigiu a palavra por seis semanas.

Divertia-se com as cartas daqueles jovens. Mas, a seu ver, todas se pareciam: era sempre a paixão mais profunda, mais melancólica.

– Todos são o mesmo homem perfeito, pronto a partir para a Palestina – desabafava ela com a prima. – Já viu coisa mais insípida? E são essas as cartas que vou receber a vida inteira! Só mudam de vinte em vinte anos, conforme a ocupação em moda. Deviam ser mais coloridas no tempo do Império. Naquela época, os jovens de sociedade viam e praticavam ações realmente grandes. O duque de N***, meu tio, lutou na batalha de Wagram.

— Que grau de inteligência é necessário para desferir um golpe de sabre? E, quando desferem, como falam sem parar sobre isso! — retrucou a srta. de Sainte-Hérédité, a prima de Mathilde.

— Pois olhe, esses relatos me agradam muito. Participar de uma verdadeira batalha, uma batalha de Napoleão, onde se matavam dez mil soldados, isso é mostra de coragem! Expor-se ao perigo eleva a alma e a poupa do tédio em que meus pobres adoradores parecem mergulhados. E saiba que esse tédio é contagioso. Qual deles pensa em fazer algo de extraordinário? Querem minha mão: que grande façanha! Sou rica, e meu pai enriquecerá seu genro. Ah, se ele encontrasse um que fosse ao menos um pouco divertido!

Como se vê, a maneira exuberante, incisiva e pitoresca de Mathilde encarar o mundo prejudicava sua linguagem. Às vezes, uma única palavra que ela proferia soava chocante aos ouvidos de seus amigos, tão refinados. Quase reconheciam que, se não estivesse na moda, seu jeito de falar seria um pouco colorido demais para a delicadeza feminina.

De seu lado, ela se mostrava um tanto injusta para com os belos cavalheiros que enxameavam o Bosque de Bolonha. Via o futuro não com terror (isso seria um sentimento muito vivo), mas com um desânimo bem raro em sua idade.

Que poderia ela desejar? Fortuna, berço, inteligência e beleza haviam, como se comentava e a própria Mathilde reconhecia, sido acumulados sobre ela pelas mãos do acaso.

Tais eram os pensamentos da herdeira mais cobiçada do bairro de Saint-Germain quando ela começou a sentir prazer nos passeios com Julien. Espantou-se com o orgulho do rapaz; admirou a desenvoltura daquele pequeno-burguês. "Não lhe custaria tornar-se bispo como o abade Maury", pensou.

Logo a resistência sincera e nada teatral com que nosso herói acolhia várias de suas ideias intrigou-a; refletia sobre ela; contava à amiga os mínimos detalhes das conversas e reconhecia que nunca lograva entendê-las por completo.

Certa vez, uma ideia lhe ocorreu de repente: "Tenho a felicidade de amar", pensou, com um arroubo de alegria indescritível. "Estou amando, estou amando, não há dúvida! Onde uma jovem da minha idade, bela e inteligente, encontrará sensações senão no amor? Por mais que tente, jamais amarei Croisenois, Caylus e *tutti quanti*. Eles são perfeitos, talvez perfeitos demais; e me aborrecem."

Repassou mentalmente todas as histórias de paixão que havia lido em *Manon Lescaut*, *A nova Heloísa*, *As cartas portuguesas* de uma freira, etc., etc. Só lhe interessavam, é claro, as paixões desenfreadas, pois o amor superficial era indigno de uma jovem de sua idade e de sua estirpe. Só se permitia dar o nome de amor ao sentimento heroico que vicejava na França ao tempo de Henrique III e Bassompiérre. Esse amor não cedia covardemente aos obstáculos, longe disso: incentivava os grandes feitos. "Que falta de sorte para mim não existir mais uma corte verdadeira como a de Catarina de Médici ou a de Luís XIII! Sinto-me no nível de tudo quanto é mais ousado e mais grandioso. Que não faria eu de um rei valoroso como Luís XIII suspirando a meus pés! Eu o levaria à Vendeia, como diz frequentemente o barão de Tolly, e de lá ele reconquistaria seu trono; então, adeus, Constituição... E Julien me ajudaria. Que lhe falta? Nome e fortuna. Ele conquistaria um nome e faria fortuna.

"Não falta nada a Croisenois e, no entanto, ele jamais será na vida senão um duque meio antiquado, meio liberal, uma criatura indecisa sempre afastada dos extremos e, por isso, sendo o segundo em toda parte.

"Que grande ação não é extrema no momento em que a realizamos? Quando realizada é que parece possível aos olhos das pessoas comuns. Sim, o amor com todos os seus milagres irá reinar em meu coração; sinto isso pelo fogo que me anima. É um favor que o céu me devia. Ele não acumulou em vão, sobre um único ser, todas as vantagens. Minha felicidade será digna de mim. Nenhum de meus dias se assemelhará monotonamente ao anterior. Já há grandeza e audácia em amar um homem colocado tão longe de mim por sua posição social. Hum… vejamos: continuará esse homem a me merecer? Ao primeiro sinal de fraqueza que encontrar nele, eu o abandonarei. Uma jovem de minha estirpe, com o caráter cavalheiresco que me atribuem" (era uma frase de seu pai) "não deve se portar como uma tola.

"E não seria o papel de tola que eu desempenharia se amasse o marquês de Croisenois, reproduzindo a felicidade de minhas primas, que desprezo completamente? Sei de antemão tudo que me diria o pobre marquês, tudo que eu lhe responderia. Um amor que faz bocejar? Ora, mais vale ser uma beata. Eu teria uma cerimônia de assinatura de contrato como a de minha prima mais moça, com meus avós se comovendo caso não ficassem aborrecidos por causa de uma última cláusula acrescentada, na véspera, pelo tabelião da parte contrária."

Capítulo 12
Seria um Danton?

> *A sede de ansiedade, tal era o caráter da bela Margarida de Valois, minha tia, que cedo se casou com o rei de Navarra, hoje rei da França com o nome de Henrique IV. A necessidade de arriscar constituía todo o segredo do caráter dessa princesa amável; daí suas brigas e reconciliações com os irmãos desde que tinha dezesseis anos. Ora, que pode arriscar uma mocinha? Seu bem mais precioso: a reputação, a consideração de toda a sua vida.*
> Memórias do duque de Angoulême, filho natural de Carlos IX

"Entre Julien e mim, nada de contrato, nada de tabeliães; tudo é heroico, tudo será fruto do acaso. Tirante a nobreza, que lhe falta, vejo o amor de Margarida de Valois pelo jovem La Mole, o homem mais distinto de seu tempo. Acaso tenho culpa de que os rapazes da corte se mostrem tão ferrenhos partidários das conveniências e empalideçam à simples ideia da menor aventura um pouco arriscada? Uma viagenzinha à Grécia ou à

África é para eles o cúmulo da audácia, embora só saibam andar em grupo. Quando se veem sós, morrem de medo, não da lança do beduíno, mas do ridículo, e esse medo os desnorteia.

"Meu pequeno Julien, ao contrário, só gosta de agir sozinho. Nunca ocorre, a esse ser privilegiado, a mais vaga ideia de pedir ajuda ou socorro a ninguém! Julien despreza os outros, e é por isso que não o desprezo.

"Se, com sua pobreza, Julien fosse nobre, meu amor não passaria de uma tolice vulgar, de uma aliança má e desigual; eu não a quereria. Ele não teria o que caracteriza as grandes paixões: a enormidade do obstáculo a vencer e a sombria incerteza da aventura."

A srta. de La Mole se ocupou a tal ponto com essas magníficas ideias que no dia seguinte, sem o perceber, elogiava Julien ao marquês de Croisenois e ao irmão. E tamanha eloquência chegou a irritá-los.

– Tome cuidado com esse rapaz tão cheio de energia – advertiu o irmão. – Se a Revolução recomeçar, ele nos mandará a todos para a guilhotina.

Mathilde preferiu não responder e apressou-se a zombar do irmão e do marquês de Croisenois por causa do pavor que a energia lhes inspirava. Essa atitude da parte deles era, no fundo, apenas o medo de deparar com o imprevisto, o medo de não saber o que fazer diante do inesperado...

– Sempre, sempre, senhores, o medo do ridículo, monstro que por desgraça morreu em 1816.

"Não há mais ridículo", sentenciava o sr. de La Mole, "em um país onde existem dois partidos." Sua filha captara bem essa ideia.

– Assim, senhores – disse ela aos inimigos de Julien –, sentirão medo a vida inteira e ainda ouvirão: "Não era um lobo, era apenas a sombra de um lobo".

Mathilde deixou-os em seguida. A frase do irmão a tinha assustado, deixando-a muito inquieta. Mas, já no dia seguinte, via nela o mais belo dos elogios.

"Neste século, onde toda energia morreu, a dele os intimida. Vou citar a Julien as palavras de meu irmão. Quero saber que resposta me dará.

Mas escolherei um dos momentos em que seus olhos brilham. Então, não conseguirá mentir. Seria um Danton!", acrescentou, após um longo e indistinto devaneio. "Pois bem, e se a Revolução recomeçasse? Que papéis desempenhariam Croisenois e meu irmão? Já está antecipadamente escrito: resignação sublime. Seriam carneiros heroicos, deixando-se degolar sem dizer palavra. Só receariam, ao morrer, que aquilo fosse de mau gosto. Meu Julien estouraria os miolos do jacobino que o viesse prender, mesmo não tendo esperança alguma de se salvar. Ele não receia o mau gosto."

Essa última reflexão deixou-a pensativa; trazia-lhe lembranças penosas e tirou-lhe todo o entusiasmo. Evocava as pilhérias dos senhores de Caylus, de Croisenois, de Luz e do irmão, que censuravam unanimemente em Julien suas maneiras de padre humilde e hipócrita.

"Mas", continuou ela logo em seguida, com os olhos brilhando de alegria, "a amargura e a frequência de seus gracejos provam, a despeito deles, que Julien é o homem mais distinto que vimos neste inverno. Que importam seus defeitos, seus ridículos? Julien tem grandeza, e eles ficam chocados com isso – eles que, de resto, são tão bons e tão indulgentes. Sim, é pobre e estudou para padre; eles são comandantes de esquadrão e não precisaram estudar; é mais cômodo. Malgrado todas as desvantagens de sua eterna roupa preta e de sua fisionomia sacerdotal, que ele precisa ter, pobre rapaz, para não morrer de fome, seu mérito os assusta, nada é mais evidente. A fisionomia sacerdotal, ele a perde logo que ficamos alguns minutos a sós. E, quando aqueles senhores dizem uma palavra que julgam fina e imprevista, seu primeiro olhar não é para Julien? Já notei isso. No entanto, sabem que ele jamais lhes dirige a palavra, a não ser quando interrogado. Só fala comigo, pois acredita que tenho a alma elevada. E só responde às objeções deles na medida exata para ser polido, reassumindo em seguida a atitude respeitosa. Comigo, discute horas a fio e não se sente seguro de suas ideias quando lhe faço a mínima objeção. Enfim, durante todo este inverno não nos ofendemos, exceto com algumas palavras para chamar a atenção. Pois bem, meu pai, homem superior que aumentará em muito a fortuna de nossa casa, respeita Julien. Os demais o odeiam, mas ninguém o despreza, exceto as amigas beatas de minha mãe."

O conde de Caylus tinha ou fingia uma grande paixão por cavalos; passava a vida em sua cavalariça e às vezes almoçava lá. Essa paixão intensa, acrescida ao hábito de nunca rir, assegurava-lhe bastante consideração entre os amigos: era a águia daquele pequeno círculo.

Quando se reuniu no dia seguinte ao grupo que cercava a poltrona da sra. de La Mole, sem a presença de Julien, o sr. de Caylus, apoiado por Croisenois e por Norbert, atacou vivamente a boa opinião que Mathilde fazia do rapaz, isso sem nenhuma provocação e quase no exato momento em que avistou a jovem. Ela compreendeu de longe a intenção do sr. de Caylus e ficou encantada.

"Estão de conluio", pensou, "contra um homem de gênio que não tem dez luíses de renda e só pode lhes responder quando o interrogam. Têm medo dele sob sua roupa preta. Como seria se Julien exibisse dragonas?"

Mathilde nunca se mostrara tão brilhante. Desde os primeiros ataques, cobriu Caylus e seus aliados de sarcasmos incisivos. E, quando o fogo das zombarias daqueles brilhantes oficiais se extinguiu, disse ao sr. de Caylus:

– Se amanhã algum fidalgote das montanhas do Franco-Condado descobrir que Julien é seu filho natural, der-lhe um nome e alguns milhares de francos, em seis semanas ele ostentará bigodes como os seus, meus senhores. Como os senhores, dentro de seis meses será oficial dos hussardos. Então, a grandeza de seu caráter não parecerá mais ridícula. Vejo-o, senhor duque futuro, reduzido a esta antiga e má razão: a superioridade da nobreza de corte sobre a nobreza de província. E que lhe restará se eu o pressionar ainda mais, se eu tiver a malícia de dar por pai a Julien um duque espanhol prisioneiro de guerra em Besançon no tempo de Napoleão, que por escrúpulo de consciência o reconheça em seu leito de morte?

Os senhores de Caylus e de Croisenois consideraram de muito mau gosto todas essas suposições de nascimento ilegítimo. Foi só o que viram no raciocínio de Mathilde.

Por mais submisso que fosse Norbert, as palavras da irmã eram tão claras que ele assumiu um ar grave, totalmente inadequado, convém dizer, à sua fisionomia sorridente e bondosa. Ousou proferir algumas palavras.

– Está doente, meu amigo? – retrucou-lhe Mathilde, fingindo uma expressão séria. – Não deve se sentir bem para responder a zombarias com moral. Moral, você? Anda pleiteando um cargo de prefeito?

Mathilde não tardou a esquecer o ar irritado de Caylus, o mau humor de Norbert e o desespero silencioso do sr. de Croisenois. Tinha de se decidir a respeito de uma ideia fatal que se apossara de sua alma.

"Julien é bastante sincero comigo", ponderou. "Em sua idade, com uma fortuna insignificante, infeliz devido a uma ambição devoradora, ele precisa de uma amiga. Sou talvez essa amiga; mas não vejo amor em Julien. Com a audácia de seu caráter, ele me teria falado sobre isso."

Essa incerteza, essa discussão consigo mesma que desde então passou a ocupar os momentos de Mathilde, e para a qual, toda vez que Julien lhe falava, ela descobria novos argumentos, expulsou por completo o tédio ao qual era tão sujeita.

Filha de um homem inteligente que poderia tornar-se ministro e prestar bons serviços ao clero, a srta. de la Mole fora, no convento do Sacré-Coeur, objeto das lisonjas mais exageradas. Semelhante desgraça nunca é compensada. Persuadiram-na de que, por causa de todas essas vantagens de nascença, fortuna, etc., ela devia ser mais feliz que as outras. Tal é a fonte do tédio e das loucuras dos príncipes.

Mathilde não conseguira escapar à funesta influência dessa ideia. Com dez anos de idade, por mais inteligente que se seja, é difícil resistir às bajulações de um convento inteiro, sobretudo quando parecem ser bem fundamentadas.

Tão logo decidiu que amava Julien, não se aborreceu mais. Diariamente, congratulava-se por ter decidido arranjar uma grande paixão. "Esse divertimento tem seus perigos", pensava ela. "Melhor assim, mil vezes melhor! Sem uma grande paixão, eu enlanguescia de tédio na mais bela fase da vida, dos dezesseis aos vinte anos. Já perdi meus mais lindos anos, obrigada, por toda diversão, a ouvir as tolices das amigas de minha mãe, que em Coblentz, em 1792, não eram tão severas quanto suas tiradas de hoje."

Era quando essas grandes incertezas agitavam Mathilde que Julien não compreendia os longos olhares que pousavam sobre ele. Via mais frieza ainda nas maneiras do conde Norbert e um novo acesso de arrogância nos modos dos srs. de Caylus, de Luz e de Croisenois. Mas já estava acostumado a esse dissabor, que ocorria quase sempre depois de uma reunião em que ele havia brilhado mais do que convinha à sua posição. Sem o tratamento especial que Mathilde lhe dispensava e a curiosidade que sentia pelo grupo, evitaria seguir até o jardim aqueles brilhantes jovens de bigodes quando, após o jantar, eles iam para lá na companhia da srta. de La Mole.

"Sim, não há como me iludir, ela me olha de um modo bem peculiar", dizia-se Julien. "Mas, mesmo quando seus belos olhos azuis fixos em mim se dilatam com o maior abandono, leio neles um fundo de julgamento, sangue-frio e maldade. Será isso amor? Que diferença do olhar da sra. de Rênal!"

Uma tarde, após o jantar, Julien, que seguira o sr. de La Mole até seu escritório, voltou rapidamente ao jardim. Como se aproximasse, descuidado, do grupo de Mathilde, surpreendeu algumas palavras pronunciadas em voz alta. Ela atormentava o irmão. Julien ouviu seu nome pronunciado distintamente duas vezes. Apresentou-se; um silêncio profundo se fez de repente, e foram inúteis todos os esforços para quebrá-lo. A srta. de La Mole e o irmão estavam animados demais para encontrar outro tema de conversa. Os srs. de Caylus, de Croisenois, de Luz e um de seus amigos pareceram a Julien feitos de gelo. Ele se afastou.

Capítulo 13
Uma conspiração

*Observações desconexas e encontros casuais
tornam-se provas concludentes aos olhos do homem
de imaginação, se ele tem algum fogo na alma.*

SCHILLER

No dia seguinte, surpreendeu outra vez Norbert e a irmã falando dele. À sua chegada, como na véspera, fez-se um silêncio de morte. Suas desconfianças não encontraram mais limites. "Esses jovens amáveis resolveram divertir-se comigo? Não há como negar, isso é muito mais provável, muito mais natural que uma pretensa paixão da srta. de La Mole por um pobre-diabo secretário. E mais: essas pessoas têm paixões? Mistificar é o seu forte. Invejam minha pobre e insignificante superioridade de palavras. Ter inveja é mais uma de suas fraquezas. Tudo se explica nesse sistema. A srta. de La Mole dá a entender que me distingue, mas só para me oferecer como espetáculo a seu pretendente."

Essa suspeita cruel mudou toda a posição moral de Julien, encontrando em seu coração um começo de amor que ele não teve trabalho em sufocar. Esse amor tinha por base apenas a rara beleza de Mathilde, ou melhor, seus modos de rainha e seu vestuário admirável. A esse respeito, Julien era ainda um novo-rico. Uma mulher jovem da alta-roda é, segundo se diz, o que mais admiração causa a um camponês inteligente, quando ele se aproxima das primeiras classes da sociedade. Não era, pois, o caráter de Mathilde que fizera Julien sonhar nos dias precedentes. Ele tinha senso bastante para compreender que não conhecia aquele caráter. Tudo o que via talvez fosse mera aparência.

Por exemplo, era do conhecimento geral que Mathilde nunca faltaria à missa nos domingos; quase todos os dias ela acompanhava a mãe à igreja. Se no salão da mansão de La Mole algum atrevido esquecesse seu lugar e se permitisse uma alusão pouco lisonjeira aos interesses verdadeiros ou supostos do trono ou do altar, Mathilde assumiria imediatamente uma seriedade glacial. Seu olhar, sempre tão vivo, reproduziria a soberba impassível de um antigo retrato de família.

Mas Julien descobrira que ela tinha sempre no quarto uma ou duas das obras mais filosóficas de Voltaire. Ele próprio surrupiava às vezes alguns volumes da luxuosa edição magnificamente encadernada. Afastando um pouco os volumes uns dos outros, disfarçava a ausência do que retirava; mas em breve percebeu que havia outra pessoa lendo Voltaire. Recorreu a uma astúcia de seminário: colocou alguns fios de cabelo sobre os volumes que imaginava poderem interessar à srta. de La Mole. Eles desapareciam por semanas inteiras.

O sr. de La Mole, impaciente com o seu livreiro, que só lhe envia memórias apócrifas, encarregou Julien de comprar todas as novidades um tanto picantes. Mas, para que o veneno não se disseminasse pela casa, o secretário recebeu ordem de colocar esses livros em uma pequena estante instalada no próprio quarto do marquês. Ele logo notou que, por menos que esses livros novos fossem hostis aos interesses do trono e do altar, não tardavam a desaparecer. E, com certeza, não era Norbert que os lia.

Julien, exagerando sua constatação, acreditava que a srta. de La Mole possuía a duplicidade de Maquiavel. Essa suposta perversidade era um atrativo a seus olhos, quase o único encanto moral que ela tinha. O aborrecimento da hipocrisia e das frases pudicas lançava-o nesse excesso.

Julien dava mais largas à sua imaginação do que se deixava levar por seu amor.

Foi depois de abismar-se em devaneios acerca da elegância do talhe da srta. de La Mole, do fino gosto dos seus vestidos, da brancura de suas mãos, da beleza de seus braços, da desenvoltura de seus movimentos, que ele se sentiu apaixonado. Então, para que não faltasse nada ao encanto, julgou-a uma Catarina de Médici. Nada podia ser mais profundo ou celerado no caráter que lhe atribuía. Era o ideal dos Maslon, dos Frilair e dos Castanède, tão admirados por ele na juventude. Em suma, aquele era, a seu ver, o ideal de Paris.

Haverá algo mais grotesco que descobrir profundeza ou perversidade no caráter parisiense?

"Sim, esse trio deve estar se divertindo à minha custa", pensava Julien. Pouco conheceríamos de seu caráter se não surpreendêssemos a expressão tenebrosa e gélida nos olhares com que respondia aos de Mathilde. Uma amarga ironia repeliu as provas de amizade que a srta. de La Mole, atônita, ousou arriscar duas ou três vezes.

Ferido por essa súbita excentricidade, o coração da jovem, naturalmente frio, entediado, sensível às mostras de espírito, tornou-se tão apaixonado quanto estava em sua natureza sê-lo. Mas também havia muito orgulho no caráter de Mathilde, e o nascimento de um afeto que fazia depender de outro toda a sua felicidade foi acompanhado de uma tristeza sombria.

Julien já tinha aprendido muito desde sua chegada a Paris para não perceber que aquela não era a tristeza seca do tédio. Em vez de se mostrar ansiosa, como antes, por festas, espetáculos e distrações de todos os gêneros, a jovem os evitava.

A música cantada por franceses aborrecia muito Mathilde; entretanto, Julien, que se impunha o dever de assistir à saída da ópera, notou que ela aparecia por lá sempre que possível. Ele julgou perceber que a jovem perdera um pouco da medida perfeita que brilhava em todas as suas ações. Mathilde respondia algumas vezes a seus amigos com chacotas ultrajantes, de uma energia mordaz. Julien tinha a impressão de que ela se esquivava do marquês de Croisenois. "Esse rapaz deve amar loucamente o dinheiro para não dar o fora nessa moça, por mais rica que seja", pensava Julien. E, indignado com os ultrajes desferidos contra a dignidade masculina, redobrou de frieza para com ela. Por várias vezes, chegava a lhe dar respostas pouco delicadas.

Por mais resolvido que estivesse a não se enganar com as demonstrações de interesse de Mathilde, estas eram tão evidentes certos dias, e Julien, que começava a abrir os olhos, achava-a tão linda que algumas vezes ficava embaraçado.

"A habilidade e a magnanimidade desses jovens da alta sociedade acabarão por triunfar sobre a minha falta de experiência", pensou. "Devo partir e pôr um fim a tudo isso." O marquês acabava de confiar-lhe a administração de algumas pequenas propriedades que possuía no baixo Languedoc. Uma viagem se fazia necessária: o sr. de La Mole, com certa dificuldade, concordou que ele partisse. Exceto em assuntos de muita importância, Julien se tornara para ele um outro eu.

"Afinal de contas, eles não me apanharam", pensava Julien enquanto se preparava para a viagem. "As brincadeiras que a srta. de La Mole faz com esses senhores podem ser reais ou somente destinadas a inspirar-me confiança, mas me divertem. Se não há conspiração contra o filho do carpinteiro, a srta. de La Mole é um enigma, mas um enigma tanto para o marquês de Croisenois quanto para mim. Ontem, por exemplo, seu mau humor era bem real, e eu tive a satisfação de tirar partido de um moço que é tão nobre e tão rico quanto eu sou pobre e plebeu. Esse é um dos meus mais belos triunfos; ele me alegrará no banco da diligência, enquanto eu estiver atravessando as planícies do Languedoc."

Mantivera em segredo sua partida, mas Mathilde sabia tão bem quanto Julien que ele iria deixar Paris no dia seguinte e ficaria longe por muito tempo. Alegou uma forte dor de cabeça, que o ar abafado do salão agravava. Passeou muito no jardim e atormentou a tal ponto com suas zombarias Norbert, o marquês de Croisenois, Caylus, de Luz e alguns outros jovens que tinham jantado no Palácio de La Mole que eles se viram forçados a ir embora. Olhava para Julien de uma maneira estranha.

"Seu olhar talvez seja uma comédia", pensou Julien. "Mas que dizer dessa respiração entrecortada, dessa perturbação toda? Ora, e quem sou eu para julgar tais coisas? Temos aqui o que há de mais sublime, de mais requintado entre as mulheres de Paris. Essa respiração sôfrega, que quase senti na pele, ela sem dúvida a estudou com Léontine Fay, de quem tanto gosta."

Tinham ficado sós; a conversa ia esmorecendo. "Não, Julien não sente nada por mim", pensava Mathilde, verdadeiramente infeliz.

Quando ele se despediu, ela apertou seu braço com força:

– Esta noite o senhor receberá uma carta minha – disse-lhe ela com uma voz tão alterada que o som era irreconhecível.

Essa circunstância abalou imediatamente Julien.

– Meu pai – continuou ela – tem uma justa estima pelos serviços que o senhor lhe presta. É preciso que não parta amanhã; arranje um pretexto.

E afastou-se, correndo.

Seu porte era encantador. Não poderia haver um pé mais bonito; ela corria com uma graça que maravilhou Julien; mas seria possível adivinhar seu segundo pensamento depois que ela desapareceu?

Ele ficou irritado com o tom imperativo que ela dera às palavras "é preciso". Também Luís XV, moribundo, sentira-se profundamente ofendido com a expressão "é preciso", que seu primeiro médico deixara escapar inadvertidamente, e Luís XV não era um novo-rico.

Uma hora depois, um criado entregou uma carta a Julien; era nada mais, nada menos que uma declaração de amor.

"Não há muita afetação no estilo", disse Julien para si mesmo, tentando com suas observações literárias estancar a alegria que lhe contraía as faces e o forçava a rir, malgrado seu.

— Aí está! — bradou ele de súbito, pois a paixão era demasiado forte para ser refreada. — Eu, um pobre plebeu, recebo uma declaração de amor de uma grande dama! Nada mau para mim — acrescentou, contendo a alegria o mais possível. — Consegui preservar a dignidade de meu caráter. Não lhe disse que a amava. — Pôs-se a estudar a forma das letras; a srta. de La Mole tinha uma bela caligrafia ao estilo inglês. Ele precisava de uma ocupação física qualquer para se distrair de uma alegria que beirava o delírio.

"Sua partida me obriga a falar... Estaria acima de minhas forças não tornar a vê-lo."

Um pensamento acudiu a Julien como uma descoberta, interrompendo o exame que ele fazia da carta de Mathilde e redobrando sua alegria.

— Deixei o marquês de Croisenois para trás — exclamou —, eu, que só falo coisas sérias! E ele é tão bonito! Tem bigodes, um uniforme vistoso e sempre encontra meios de dizer, no momento certo, uma frase inteligente e espirituosa.

Julien gozou um instante delicioso; ia e vinha pelo jardim, louco de felicidade.

Mais tarde, subiu ao seu escritório e se fez anunciar ao marquês de La Mole, que felizmente não saíra. Provou-lhe sem dificuldade, exibindo alguns papéis selados vindos da Normandia, que precisava examinar os processos normandos e teria então de adiar a partida para o Languedoc.

— É bom mesmo que não parta — disse-lhe o marquês assim que terminaram de falar de negócios. — Gosto de vê-lo por perto.

Julien saiu; a frase o comovera.

"E eu vou seduzir sua filha! Tornar talvez impossível o casamento de Mathilde com o marquês de Croisenois, casamento que é o encanto de seu futuro: se ele não é duque, sua filha pelo menos teria o privilégio de ficar sentada diante do rei e da rainha."

Julien ainda pensou em partir para o Languedoc, apesar da carta de Mathilde e da desculpa que dera ao marquês. Mas esse lampejo de virtude logo se extinguiu.

– Como sou bom! – disse para si mesmo. – Eu, um plebeu, com dó de uma família dessa importância! Eu, a quem o duque de Chaulnes chama de criado! Como o marquês aumenta sua imensa fortuna? Vendendo suas ações quando sabe, na corte, que no dia seguinte talvez haja um golpe de Estado. Eu, banido para a última fila por uma sorte madrasta, eu, a quem a Providência deu um coração nobre, mas não mil francos de renda (ou seja, não deu pão)! Sim, literalmente, não deu pão! Vou recusar um prazer que se oferece? Uma fonte límpida que vem estancar minha sede no deserto escaldante da mediocridade, que a duras penas atravesso? Por Deus, seria uma idiotice! Cada um por si neste deserto de egoísmo que se chama vida.

Lembrou-se de alguns olhares repassados de desprezo que lhe dirigiam tanto a sra. de La Mole quanto, principalmente, as damas suas amigas.

O prazer de vencer o marquês de Croisenois veio consolidar a derrota daquele arroubo de virtude.

– Como eu gostaria que ele se aborrecesse! – disse Julien. – Com que segurança eu lhe desferiria agora um golpe de espada! – E fez o gesto de um golpe em segunda. – Antes disso, eu era um insolente que abusava de um pouco de coragem. Depois dessa carta, sou seu igual. Sim – prosseguiu com uma volúpia infinita, falando compassadamente –, os méritos do marquês e os meus foram avaliados, e o pobre carpinteiro do Jura levou a melhor. Bem, eis aqui minha resposta. Mas não pense, srta. de La Mole, que esqueço minha condição. Vou fazê-la compreender e sentir que é pelo filho de um carpinteiro que a senhora atraiçoa um descendente do famoso Guy de Croisenois, companheiro de São Luís na cruzada.

Julien não conseguia controlar seu júbilo. Foi obrigado a descer ao jardim. Em seu quarto, onde se trancara, parecia-lhe que ia sufocar.

— Eu, pobre camponês do Jura — ia repetindo sem cessar —, eu, condenado a exibir sempre este triste traje negro! Ai, vinte anos antes teria usado uniforme como eles! Então, um homem como eu estaria morto ou seria general aos trinta e seis anos.

Aquela carta, que ele cerrava na mão, conferia-lhe o porte e os ares de um herói.

— Agora, é certo, com esta roupa preta, aos quarenta anos e recebendo cem mil francos de salário anual, ganharei o cordão azul, como o sr. bispo de Beauvais. Pois bem — continuou, rindo como Mefistófeles —, tenho mais talento que eles; sei escolher o uniforme de meu século. — E Julien sentiu redobrar sua ambição e seu apego ao hábito eclesiástico. — Quantos cardeais de nascimento mais humilde que o meu governaram! Meu compatriota Granvelle, por exemplo.

Aos poucos, a agitação de Julien foi se acalmando, e a prudência voltou a prevalecer. Murmurou então, como seu mestre Tartufo, cujo papel sabia de cor:

Para mim, essas palavras são um artifício honesto...
Não confiarei em frases tão doces
Antes que alguns de seus favores, pelos quais anseio,
Venham corroborar tudo que me disseram.
 — *Tartufo*, ato IV, cena V.

— Tartufo também se perdeu por uma mulher... e mais era Tartufo. Minha resposta vai ser mostrada a outros? Para isso há remédio — acrescentou ele, pronunciando lentamente e no tom da ferocidade que se contém. — Vou começá-la com as frases mais exuberantes da carta da sublime Mathilde. Sim, mas quatro lacaios do sr. de Croisenois caem sobre mim e me arrancam o original... Não, isso não, pois estou bem armado e tenho o hábito, como se sabe, de atirar contra lacaios. Um deles, porém, é corajoso e me ataca. Prometeram-lhe cem napoleões. Mato-o ou deixo-o ferido logo de saída, não há escolha. Jogam-me na prisão, de acordo com a lei; compareço perante a polícia correcional e me mandam, por sentença de juízes íntegros e justos, fazer companhia em Poissy aos srs. Fontan e Magallon. Lá, dormirei no meio de quatrocentos velhacos esfarrapados... E sentirei piedade por eles – exclamou, levantando-se de repente. – E há piedade pelas pessoas do Terceiro Estado, quando são detidas?

Essa frase foi o derradeiro suspiro de seu reconhecimento ao sr. de La Mole, que até ali o atormentara, embora involuntariamente.

– Calma, senhores fidalgos, compreendo esse golpezinho de maquiavelismo; o abade Maslon ou o sr. Castanède do seminário não teriam feito melhor. Os senhores me roubarão a carta provocadora, e eu serei a segunda edição do coronel Caron em Colmar.

"Um instante, senhores, vou enviar a carta fatal ao sr. abade Pirard, em um pacote bem lacrado. Ele é um homem honesto, jansenista, e por isso mesmo protegido contra as seduções do dinheiro. Sim, mas ele abre as cartas... Não, é a Fouqué que a enviarei."

Temos que concordar, o olhar de Julien era atroz, sua fisionomia era odiosa; ela respirava o crime em sua forma mais pura. Aquele homem infeliz estava em guerra com toda a sociedade.

– Às armas! – exclamou Julien. E transpôs de um salto os degraus do patamar do palácio. Entrou no cartório do escrivão, ao fim da rua, assustando-o.

– Copie – ordenou, entregando-lhe a carta da srta. de La Mole.

Enquanto o escrivão trabalhava, ele próprio escreveu a Fouqué; pedia-lhe que guardasse um depósito precioso.

"Mas", disse consigo, interrompendo-se, "a censura do correio abrirá minha carta e lhe entregará a que você está procurando... Nada disso." Foi comprar uma enorme Bíblia em um livreiro protestante, escondeu bem a carta de Mathilde na encadernação, mandou embrulhar tudo e despachou o pacote pela diligência, dirigido a um dos agentes de Fouqué, cujo nome ninguém em Paris conhecia.

Em seguida, voltou risonho e lépido para a mansão de La Mole.

– Agora é conosco! – exclamou, trancando-se no quarto e tirando a roupa.

"Como assim, senhorita?", ele escrevia a Mathilde. "Então foi a srta. de La Mole quem, pelas mãos de Arsène, lacaio de seu pai, mandou entregar uma carta muito sedutora a um pobre carpinteiro do Jura, sem dúvida para zombar de sua simplicidade?" E transcreveu as frases mais claras da carta que acabara de receber.

Sua prudência faria honra à diplomacia cautelosa do sr. cavalheiro de Beauvoisis. Eram apenas dez horas; Julien, ébrio de felicidade e da sensação de seu poder, tão novo para um pobre-diabo, entrou na ópera italiana. Ouviu cantar seu amigo Geronimo. Jamais a música o exaltara a tal ponto. Ele era um deus.

Capítulo 14
Pensamentos de uma jovem

Quantas perplexidades! Quantas noites passadas em claro! Bom Deus, vou me tornar desprezível? Ele mesmo vai me desprezar. Mas ele parte, ele se afasta.

ALFRED DE MUSSET

    Não fora sem luta que Mathilde resolvera escrever. Qualquer que tivesse sido o início de seu interesse por Julien, não tardou que esse interesse dominasse o orgulho que, desde que ela se conhecia, reinava sozinho em seu coração. Aquela alma altaneira e fria era arrebatada pela primeira vez por um sentimento apaixonado. Mas, se este dominava o orgulho, continuava preso aos hábitos do orgulho. Dois meses de combates e de sensações novas renovaram por assim dizer todo o seu ser moral.

    Mathilde acreditava vislumbrar a felicidade. Essa visão, que tem tanto poder sobre as almas corajosas, ligadas a um espírito superior, precisou lutar muito contra a dignidade e todos os apegos a deveres vulgares. Um dia, ela entrou no quarto de sua mãe às sete horas da manhã, pedindo-lhe permissão para se refugiar em Villequier. A marquesa nem se dignou responder e aconselhou-a a voltar para a cama. Esse foi o último esforço da sabedoria comum e da deferência às ideias recebidas.

O medo de agir mal e contrariar os ditames considerados sagrados pelos Caylus, de Luz e Croisenois tinha pouco domínio sobre sua alma; tais criaturas não lhe pareciam ter sido feitas para compreendê-la; ela os consultaria se fosse o caso de comprar uma carruagem ou um terreno. Seu verdadeiro terror era que Julien ficasse aborrecido com ela.

E se Julien também tivesse apenas a aparência de um homem superior?

Mathilde odiava a falta de caráter, essa era sua única objeção aos jovens bonitos que a cercavam. Quanto mais elegantemente zombavam de quem se desviava da moda ou pensasse segui-la seguindo-a mal, mais se perdiam aos olhos dela.

"Eles são bravos e só. Mas até que ponto?", perguntava-se a jovem. São bravos para duelar. Mas o duelo não passa de uma cerimônia. Tudo é estabelecido com antecedência, até o que se vai dizer ao cair. Estendido na relva e com a mão no coração, é preciso perdoar generosamente o adversário e murmurar uma palavra para uma beldade muitas vezes imaginária ou que vai ao baile no dia da tragédia para não levantar suspeitas.

Que dizer de alguém que enfrenta o perigo à frente de um esquadrão faiscante de aço, mas não o perigo solitário, singular, imprevisto e realmente feio?

– Ai – dizia Mathilde a si mesma –, era na corte de Henrique III que se encontravam homens grandes pelo caráter e também pelo nascimento! Se Julien tivesse servido em Jarnac ou Moncontour, eu não teria mais dúvidas. Naqueles tempos de vigor e força, os franceses não eram bonecos. O dia da batalha era quase o de menor perplexidade. A vida deles não era aprisionada, como uma múmia egípcia, em um invólucro comum a todos e sempre o mesmo. Sim – acrescentou ela –, havia mais coragem real em retirar-se sozinho às onze horas da noite, saindo do Palácio de Soissons, onde morava Catarina de Médici, do que em correr para Argel hoje. A vida de um homem era uma série de acasos. Agora a civilização afugentou o acaso e não há mais o imprevisto. Se o imprevisto aparece em ideias, não há epigramas suficientes para ele; se aparece em eventos, nenhuma covardia está acima de nosso medo. Qualquer loucura que o medo possa provocar em nós é desculpável. Século degenerado e enfadonho! O que Boniface de La Mole teria dito se, erguendo a cabeça decepada para fora do túmulo, visse, em 1793, dezessete de seus descendentes se deixando prender como carneiros, apenas para ser guilhotinados dois dias depois? A morte era certa, mas não seria de bom-tom se defender e matar pelo menos um ou dois jacobinos. Ah, nos tempos heroicos da França, no século de Boniface de La Mole, Julien teria sido chefe de esquadrão; e meu irmão, um padre jovem, de modos convenientes, com sabedoria nos olhos e razão nos lábios.

Alguns meses antes, Mathilde desesperava de encontrar alguém um pouco diferente do padrão. Achara alguma felicidade ao permitir-se escrever para alguns rapazes da sociedade. Essa ousadia, tão inconveniente, tão perigosa para uma jovem, poderia desonrá-la aos olhos do sr. de Croisenois, do duque de Chaulnes, seu avô, e de toda a mansão Chaulnes, a qual, vendo desfeito o casamento planejado, iria querer saber o motivo. Na época, quando escrevia uma dessas cartas, Mathilde não conseguia dormir. Mas essas cartas eram apenas respostas.

Nessa, ela se atrevia a dizer que amava. Tomava a iniciativa (que palavra terrível!) de escrever a um homem das camadas mais baixas da sociedade.

Essa circunstância garantia, em caso de descoberta, uma desonra eterna. Qual das frequentadoras de sua mãe ousaria defendê-la? Que frase poderiam lhe dar a repetir para amortecer o golpe do terrível desprezo dos salões?

Falar já era amedrontador, mas escrever! "Há coisas que não se escrevem", gritou Napoleão ao saber da capitulação de Baylen. E fora Julien quem lhe contara essa história, como se lhe ensinasse antecipadamente uma lição!

Mas tudo isso ainda não era nada; a angústia de Mathilde tinha outras causas. Esquecendo o efeito horrível na sociedade, a mancha indelével e repassada de desprezo, pois ela ultrajava sua casta, Mathilde ia se dirigir a um ser de natureza muito diferente da dos Croisenois, dos de Luz, dos Caylus.

A profundidade, o mistério do caráter de Julien já seriam assustadores mesmo que a relação entre os dois fosse normal. E ela iria fazer daquele homem seu amante, talvez seu dono!

"Quais serão suas pretensões, caso tenha poder absoluto sobre mim? Ora, direi como Medeia: 'Em meio a tantos perigos, ainda me resta EU!'"

Julien não tinha nenhuma veneração pela nobreza de sangue, acreditava ela. Pior ainda, talvez não a amasse nem um pouco!

Nesses últimos momentos de dúvidas cruéis, as ideias de orgulho feminino vieram à tona.

– Tudo deve ser diferente no destino de uma jovem como eu! – exclamou Mathilde, com impaciência. Então, o orgulho que nela fora insuflado desde o berço se levantou contra a virtude. Foi nesse momento que a partida de Julien precipitou tudo.

(Felizmente, esses personagens são muito raros.)

À noite, já bem tarde, Julien teve a malícia de mandar descer um baú muito pesado para a portaria; pediu a ajuda do criado que cortejava a camareira da srta. de La Mole.

"Esse expediente talvez seja inútil", disse a si mesmo. "Mas, se der certo, ela achará que fui embora." E adormeceu, muito satisfeito com essa pilhéria. Mathilde não fechou os olhos.

No dia seguinte, muito cedo, Julien saiu da mansão sem ser visto, mas voltou antes das oito horas.

Mal entrara na biblioteca e a srta. de La Mole apareceu à porta. Ele lhe entregou sua resposta. Achou de seu dever falar-lhe; nada era mais conveniente, pelo menos, mas a srta. de La Mole não quis ouvi-lo e desapareceu. Julien ficou encantado, pois não saberia o que lhe dizer.

"Se tudo isso não for um jogo combinado com o conde Norbert, sem dúvida foram meus olhares frios que acenderam o amor barroco que essa moça de alta linhagem ousa sentir por mim. Eu seria um pouco mais idiota do que deveria caso me desse licença para gostar dessa grande boneca loira." Tal raciocínio o deixou mais frio e calculista do que nunca.

"Na batalha que se aproxima", acrescentou ele, "o orgulho do nascimento será como uma colina alta, fazendo as vezes de fortaleza entre mim e ela. É ali que deverei manobrar. Fiz muito mal permanecendo em Paris; o adiamento de minha partida me rebaixa e me expõe, caso tudo isso seja apenas um jogo. Que perigo havia em partir? Eu riria deles se eles rissem de mim. Se o interesse dela por mim é real, eu centuplicaria esse interesse."

A carta da srta. de La Mole dera a Julien o prazer da vaidade a tal ponto que, enquanto ria do que estava acontecendo com ele, esquecera-se de pensar seriamente na conveniência de partir.

Era uma fatalidade de seu caráter ser ele extremamente sensível aos próprios defeitos. Ficou muito aborrecido com este e mal pensara na incrível vitória que havia precedido esse pequeno fracasso quando, por volta das nove horas, a srta. de La Mole apareceu na soleira da porta da biblioteca, atirou-lhe uma carta e fugiu.

– A meu ver, este será um romance por escrito – disse ele, pegando-a. – Quando o inimigo der um passo em falso, simularei frieza e virtude.

Mathilde lhe pedia uma resposta decisiva com uma altivez que aumentou sua alegria interior. Julien se deu o prazer de mistificar, por duas páginas, as pessoas que gostariam de zombar dele e foi também recorrendo a uma pilhéria que anunciou, no final da resposta, sua decisão de partir na manhã seguinte.

Terminada a carta, decidiu: "Vou entregá-la no jardim". E desceu. Observou a janela do quarto da srta. de La Mole.

Ela estava no primeiro andar, ao lado do quarto de sua mãe, mas havia um grande piso intermediário.

O primeiro andar era tão alto que, caminhando pela alameda das tílias com a carta na mão, Julien não podia ser visto da janela da srta. de La Mole. A abóbada formada pelas tílias, muito bem podadas, interceptava a vista.

– Mas o que é isto? – exclamou Julien, de mau humor. – Outra imprudência! Se alguém resolveu zombar de mim, ser visto com uma carta na mão só ajudará meus inimigos.

O quarto de Norbert ficava exatamente em cima do de sua irmã, e, se Julien saísse da abóbada formada pelos galhos podados das tílias, o conde e seus amigos poderiam acompanhar todos os seus movimentos.

A srta. de La Mole apareceu atrás da vidraça; ele acenou com a carta; ela acenou com a cabeça. Julien correu de volta a seus aposentos e encontrou por acaso, na escada principal, a bela Mathilde, que agarrou sua carta com a maior desenvoltura e de olhos risonhos.

"Quanta paixão havia nos olhos da pobre sra. de Rênal", pensou Julien, "quando, mesmo depois de seis meses de relações íntimas, ela ousava receber uma carta minha! Se não me falha a memória, nunca me fitou com olhos sorridentes."

Julien, contudo, não se exprimiu tão claramente no resto de sua resposta. Teria vergonha da futilidade dos motivos?

"Mas também que diferença", acrescentou para si mesmo, "na elegância do traje matinal, na graciosidade do porte! Ao ver a srta. de La Mole a trinta passos de distância, um homem de gosto refinado logo adivinharia a posição que ela ocupa na sociedade. Eis o que se pode chamar de mérito inconfundível."

Enquanto pilheriava assim, Julien ainda não admitia a totalidade de seus pensamentos; a sra. de Rênal não tinha nenhum marquês de Croisenois para incensá-la. Seu único rival era aquele ignóbil subprefeito, o sr. Charcot, que se autodenominava Maugiron porque não havia mais Maugirons.

Às cinco horas, Julien recebeu uma terceira carta, atirada da porta da biblioteca. A srta. de La Mole fugiu novamente.

– Que mania de escrever – murmurou ele, rindo – quando podemos conversar sem obstáculos! O inimigo quer minhas cartas, não há dúvida, e quer muitas! Não se apressou em abrir aquela. "Mais frases elegantes", pensou; mas, ao abri-la, empalideceu. Havia apenas oito linhas:

"Preciso falar com você e tem de ser esta noite. Quando soar uma hora, esteja no jardim. Pegue a grande escada do jardineiro que fica junto do poço; encoste-a na minha janela e suba ao meu quarto. Haverá luar: não importa."

Capítulo 15
Será uma conspiração?

*Ah, quão cruel é o intervalo entre um grande plano concebido
e sua execução! Quantos terrores vãos! Quantas hesitações!
Trata-se da vida. Trata-se de muito mais que isso: da honra!*

SCHILLER

"Isso está ficando sério", pensou Julien. "E um pouco claro demais", acrescentou depois de refletir. "Ora! Essa bela jovem pode falar comigo na biblioteca com uma liberdade que, graças a Deus, é completa; o marquês, com medo de que eu lhe mostre contas, nunca vem aqui. Ora! O senhor de La Mole e o conde Norbert, as únicas pessoas que entram aqui, estão ausentes a maior parte do dia; pode-se facilmente observar o momento de seu retorno à mansão, e a sublime Mathilde, por cuja mão um príncipe soberano não seria muito nobre, quer que eu cometa uma imprudência abominável!

"É claro que querem fazer com que eu me perca ou, no mínimo, zombar de mim. Primeiro, queriam fazer com que eu me perdesse com minhas cartas; mas elas são prudentes. Eles precisam de uma ação mais clara que a luz do dia. Esses lindos cavalheiros também me acham muito estúpido ou muito vaidoso. Diabos! Pelo mais belo luar do mundo, subir assim por uma escada para um primeiro andar de oito metros de altura! Terão tempo de me ver, até mesmo das mansões vizinhas. Eu estarei muito belo na minha escada!" Julien subiu até seus aposentos e começou a fazer a mala, assobiando. Estava determinado a ir embora e a nem mesmo responder.

Mas essa sábia resolução não lhe dava paz de espírito.

"Se por acaso", disse a si mesmo de repente, "depois de fechada a mala, Mathilde agisse de boa-fé! Então, eu desempenharia, a seus olhos, o papel de um covarde perfeito. Não tenho nascimento, preciso de grandes qualidades, dinheiro sonante, sem suposições complacentes, bem comprovadas por ações que falam por si…"

Ficou pensando por um quarto de hora.

"Qual era a utilidade de negar isso?", pensou finalmente. "Serei um covarde aos olhos dela. Estou perdendo não apenas a pessoa mais brilhante da alta sociedade, como todos disseram no baile do duque de Retz, mas também o prazer divino de me ver sacrificar o marquês de Croisenois, filho de um duque, e que será ele próprio duque. Um jovem encantador que tem todas as qualidades que me faltam: espírito de oportunidade, nascimento, fortuna… Esse remorso vai me perseguir por toda a vida, não por ela, há tantas amantes!

"… Mas só há uma honra!", disse o velho Don Diègue, "e aqui, clara e nitidamente, recuo ante o primeiro perigo que me é oferecido; pois aquele duelo com o sr. de Beauvoisis não passou de uma piada. Isto aqui é bem diferente. Posso levar um tiro à queima-roupa por um criado, mas isso é o menor perigo; posso ser desonrado.

"Isso está ficando sério, meu rapaz", acrescentou com uma alegria e um sotaque gascões. "Há honra implicada. Jamais um pobre-diabo, atirado pelo acaso numa posição tão humilhante como a minha, encontrará de novo uma oportunidade como essa; terei boas ocasiões, mas nunca como essa…"

Refletiu por muito tempo, andava com passos apressados, parando repentinamente de vez em quando. Havia sido colocado em seu quarto um magnífico busto de mármore do cardeal Richelieu, que contra sua vontade atraía seus olhares. Aquele busto parecia olhar para ele com severidade, como se o censurasse pela falta daquela ousadia que deve ser tão natural ao caráter francês.

"No seu tempo, grande homem, eu teria hesitado?

"Na pior das hipóteses", Julien disse a si mesmo por fim, "suponhamos que tudo isso seja uma armadilha, seria muito sórdida e muito comprometedora para uma jovem. Sabemos que não sou homem de me calar. Então, terão de me matar. Isso era bom em 1574, na época de Boniface de La Mole, mas hoje nunca ousariam. Essas pessoas não são mais as mesmas. A srta. de La Mole é tão invejada! Quatrocentos salões ressoariam amanhã com sua vergonha, e com que prazer!

"Os criados comentam entre si sobre preferências marcantes das quais sou objeto, eu sei, eu ouvi…

"Em contrapartida, suas cartas!… Podem pensar que as tenho comigo. Surpreendido no quarto dela, eles as tiram de mim. Vou lidar com dois, três, quatro homens, o que sei eu? Mas esses homens, onde os conseguirão? Onde encontrar subalternos discretos em Paris? A justiça os assusta… Por Deus! Os Caylus, os Croisenois, até mesmo os de Luz. Esse momento, e a figura idiota que farei no meio deles, será o que os terá seduzido. Cuidado com o destino de Abelardo, sr. secretário!

"Pois bem, senhores, vocês ficarão com minhas marcas, vou golpear no rosto, como os soldados de César em Farsália… Quanto às cartas, posso colocá-las em lugar seguro."

Julien fez cópias das duas últimas, escondeu-as em um volume do belo Voltaire da biblioteca e levou ele mesmo as originais ao correio.

Quando voltou:

"Em que loucura vou me meter!", pensou com surpresa e terror. Ele havia passado um quarto de hora sem olhar de frente para sua ação na noite seguinte.

"Mas, se eu recusar, desprezo a mim mesmo na sequência! Essa ação será por toda a vida um grande motivo de dúvida, e, para mim, tal dúvida é o mais amargo dos infortúnios. Não experimentei isso com o caso do amante de Amanda? Acho que me perdoaria mais facilmente por um crime muito claro; uma vez confessado, eu pararia de pensar nele.

"O quê? Teria estado em rivalidade com um homem que possui um dos nomes mais bonitos da França, e eu mesmo, com alegria de coração, teria me declarado seu inferior! No fundo, seria covardia não ir. Essa palavra decide tudo", exclamou Julien, levantando-se..., "Além disso, ela é muito bonita!

"Se isso não é uma traição, que loucura ela está fazendo por mim!... Se for uma farsa, Deus que me ajude! Senhores, cabe a mim tornar a brincadeira séria, e assim farei.

"Mas e se amarrarem meus braços quando eu entrar no quarto? Eles podem ter colocado ali alguma máquina engenhosa!

"É como um duelo", disse a si mesmo, rindo. "Para tudo há defesa, diz meu mestre de esgrima, mas o bom Deus, que quer que acabemos com isso, faz com que um dos dois se esqueça de parar. Além disso, aqui está com que responder a eles." Sacou suas pistolas de bolso; embora estivessem bem preparadas, carregou-as de novo.

Ainda havia muitas horas de espera; para passar o tempo, Julien escreveu a Fouqué: "Meu amigo, só abra a carta anexa em caso de acidente, se ouvir falar que algo estranho me aconteceu. Então, apague os nomes próprios do manuscrito que estou lhe enviando e faça oito cópias que enviará aos jornais de Marselha, Bordéus, Lyon, Bruxelas, etc.; dez dias depois, imprima este manuscrito e envie a primeira cópia para o sr. marquês de La Mole; e, duas semanas depois, jogue as outras cópias à noite nas ruas de Verrières".

Essa pequena memória justificativa, arranjada em forma de conto, que Fouqué só deveria abrir em caso de acidente, Julien a fez o menos comprometedora possível para a srta. de La Mole, mas pintou sua posição com muita precisão.

Julien estava terminando de fechar seu pacote quando o sino do jantar tocou; ele fez seu coração palpitar. Sua imaginação, preocupada com a história que acabara de compor, estava repleta de pressentimentos trágicos. Ele se via agarrado por criados, amarrado e conduzido a um porão com uma mordaça. Ali, um criado o manteria à vista, e, se a honra da nobre família exigisse que a aventura tivesse um fim trágico, seria fácil terminar tudo com aqueles venenos que não deixam rastros; então eles diriam que ele havia morrido de doença e que havia sido levado morto para seu quarto.

Tal como um dramaturgo que é tomado pela própria história, Julien sentia realmente muito medo ao entrar na sala de jantar. Olhava para todos aqueles criados de uniforme completo. Estudava-lhes a fisionomia.

"Quais tinham sido escolhidos para a expedição daquela noite?", pensava. "Nesta família, as memórias da corte de Henrique III são tão presentes, tantas vezes relembradas, que, acreditando-se indignados, terão mais decisão que os outros personagens da sua categoria." Ele olhou para a srta. de La Mole tentando ler em seus olhos os planos de sua família; ela estava pálida, o rosto lembrava por completo uma fisionomia da Idade Média. Ele nunca a tinha visto tão grandiosa; ela era realmente linda e imponente. Ele quase se apaixonou. "*Pallida morte futura*", disse a si mesmo (sua palidez anuncia seus grandes desígnios).

Em vão, depois do jantar, ele fingiu dar um longo passeio no jardim; a srta. de La Mole não apareceu. Falar com ela teria libertado seu coração de um grande peso naquele momento.

Por que não admitir? Estava assustado. Como estava determinado a agir, rendeu-se sem vergonha àquele sentimento.

"Desde que, quando chegar a hora de agir, eu encontre a coragem de que preciso", dizia a si mesmo, "que importa o que eu possa sentir agora?" Ele foi reconhecer a situação e o peso da escada.

"É um instrumento", pensou, rindo, "do qual é meu destino me servir! Tanto aqui como em Verrières. Que diferença! Na época", acrescentou com um suspiro, "eu não precisava suspeitar da pessoa para a qual me expunha. Que diferença também quanto ao perigo!

"Se eu tivesse sido morto nos jardins do sr. de Rênal, não haveria desonra para mim. Facilmente teriam tornado minha morte inexplicável. Aqui, que histórias abomináveis não serão contadas nos salões do palácio de Chaulnes, de Caylus, de Retz, etc., em toda parte, enfim. Serei um monstro na posteridade.

"Por dois ou três anos", continuou ele rindo e zombando de si mesmo. Mas essa ideia o aniquilava. "E eu, onde poderão me justificar? Supondo que Fouqué imprima meu panfleto póstumo, será apenas mais uma infâmia. O quê? Sou recebido em uma casa e, em pagamento da hospitalidade que recebo, das gentilezas com que me tratam, imprimo um panfleto sobre o que acontece ali! Ataco a honra das mulheres! Ah! Antes, mil vezes, que me julguem idiota!"

Aquela noite foi terrível.

Capítulo 16

Uma hora da manhã

> *O jardim era muito grande, desenhado havia alguns anos com muito bom gosto. Mas as árvores tinham mais de um século. Havia algo de campestre ali.*
>
> Massinger

Ele estava prestes a escrever uma contraordem a Fouqué quando soaram as onze horas. Ruidosamente, deu a volta na fechadura do quarto, como se tivesse se trancado lá. De maneira furtiva, foi observar o que estava acontecendo em toda a casa, em especial no quarto andar, habitado pelos criados. Não havia nada de extraordinário ali. Uma das camareiras da sra. de La Mole organizara um serão, os criados tomavam ponche alegremente. "Esses que riem assim", pensou Julien, "não devem fazer parte da expedição noturna; seriam mais sérios."

Por fim, ele foi se colocar em um canto escuro do jardim. Se o plano deles é se esconder dos criados da casa, farão chegar por cima dos muros do jardim as pessoas encarregadas de me surpreender.

"Se o sr. de Croisenois coloca algum sangue-frio em tudo isso, deve achar menos comprometedor para a jovem com quem quer se casar que eu seja surpreendido antes de entrar no quarto dela."

Ele fez um reconhecimento militar e muito exato. "Trata-se da minha honra", pensou. "Se caio em alguma asneira, não será desculpa aos meus próprios olhos dizer a mim mesmo: 'Não tinha pensado nisso'."

O tempo estava de tal forma calmo que causava desespero. Por volta das onze horas, a lua surgiu, e à meia-noite e meia ela iluminava a fachada da mansão que dava para o jardim.

"Ela está louca", Julien disse a si mesmo. Quando deu uma hora, ainda havia luz nas janelas do conde Norbert. Julien nunca tivera tanto medo na vida; via apenas os perigos da empreitada, sem nenhum entusiasmo.

Foi pegar a enorme escada, esperou por cinco minutos para dar tempo para uma contraordem e, à uma hora e cinco, encostou a escada na janela de Mathilde. Subiu devagar, pistola na mão, surpreso por não ser atacado. Quando se aproximou da janela, ela se abriu silenciosamente:

– Enfim, senhor – disse-lhe Mathilde com grande emoção. – Há uma hora que acompanho seus movimentos.

Julien estava muito envergonhado, não sabia como se comportar, não tinha amor nenhum. No seu constrangimento, achou que deveria ousar, tentou beijar Mathilde.

– Não! – disse ela, afastando-o com um empurrão.

Muito feliz por ter sido repelido, apressou-se em olhar em volta: a lua estava tão brilhante que as sombras que ela formava no quarto da srta. de La Mole eram negras. "Pode muito bem haver homens escondidos lá sem que eu os veja", pensou ele.

– O que tem no bolso lateral do casaco? – disse Mathilde, encantada por encontrar um assunto sobre o qual conversar. Ela experimentava um sofrimento estranho; todos os sentimentos de contenção e de timidez, tão naturais a uma jovem bem-nascida, haviam retomado seu império e a lançavam ao suplício.

– Tenho todo tipo de armas e pistolas – respondeu Julien, não menos contente por ter algo a dizer.

– É preciso remover a escada – disse Mathilde.

– É enorme, pode quebrar os vidros do salão de baixo ou da sobreloja.

– Não é preciso quebrar os vidros – retomou Mathilde, tentando em vão adotar o tom de uma conversa comum. – Poderia, parece-me, baixar a escada por meio de uma corda presa ao primeiro degrau. Sempre tenho um estoque de cordas em casa.

"Eis uma mulher apaixonada!", pensou Julien. "Ela ousa dizer que ama! Tanto sangue-frio e tanta sabedoria em tomar precauções indicam-me suficientemente que não estou triunfando sobre o sr. de Croisenois como tolamente acreditei; mas simplesmente que sou seu sucessor. A propósito, o que isso importa para mim? Eu a amo? Triunfo sobre o marquês no sentido de que ele ficará muito zangado por ter um sucessor, e mais ainda por ser eu seu sucessor. Com que altivez ele me olhava ontem à noite no Café Tortoni, fingindo não me reconhecer! Com que ar malicioso me saudou depois, quando não pôde mais evitar!"

Julien tinha amarrado a corda ao primeiro degrau da escada, descia devagar e se inclinava bem para fora da varanda para evitar que tocasse nas vidraças. "Belo momento para me matarem", pensou ele, "se alguém estiver escondido no quarto de Mathilde." Mas um profundo silêncio continuava a reinar em toda parte.

A escada tocou o chão, Julien conseguiu colocá-la na platibanda de flores exóticas ao longo da parede.

– O que dirá minha mãe – falou Mathilde – ao ver suas lindas plantas todas esmagadas!... Precisamos jogar a corda – acrescentou ela com grande sangue-frio. Se a vissem subindo de volta para a varanda, seria uma circunstância difícil de explicar.

– E no meu caso, como faço para ir embora? – disse Julien em um tom brincalhão, imitando a língua crioula. (Uma das camareiras da casa nascera em Santo Domingo.)

– Pode sair pela porta – disse Mathilde, encantada com a ideia. "Ah, como esse homem é digno de todo o meu amor!", ela pensou.

Julien acabara de deixar cair a corda no jardim; Mathilde apertou-lhe o braço. Ele pensou que fora agarrado por um inimigo e se virou rapidamente, sacando um punhal. Ela achara que tinha ouvido uma janela se abrir. Eles permaneceram imóveis e sem respirar. A lua os iluminava por completo. Como o barulho não se repetiu, ficaram tranquilos.

Então o constrangimento recomeçou; era grande dos dois lados. Julien certificou-se de que a porta estava fechada com todos os ferrolhos; pensou mesmo em olhar embaixo da cama, mas não ousou; um ou dois lacaios poderiam ter sido instalados ali. Por fim, temeu uma reprovação futura de sua prudência e olhou.

Mathilde havia caído em todas as angústias da mais extrema timidez. Tinha horror à sua posição.

– O que fez com minhas cartas? – disse finalmente.

"Que boa oportunidade para confundir esses senhores se eles estiverem bisbilhotando e evitar a batalha!", pensou Julien.

– A primeira está escondida em uma grande Bíblia protestante que a diligência da noite passada está levando para bem longe daqui.

Ele falava muito distintamente ao entrar nesses detalhes, para que pudesse ser ouvido por pessoas que poderiam estar escondidas em dois grandes armários de mogno que ele não ousara abrir.

– As outras duas estão nos correios e seguem o mesmo caminho da primeira.

– Meu Deus! Por que todas essas precauções? – disse Mathilde, surpresa.

"Que motivo eu teria para mentir?", pensou Julien, e confessou todas as suas suspeitas a ela.

– Então essa é a causa da frieza de suas cartas! – exclamou Mathilde, com um toque mais de loucura que de ternura.

Julien não percebeu essa nuança. O tratamento mais direto, e portanto mais íntimo, o fez enlouquecer, ou pelo menos suas suspeitas desapareceram; ele se atreveu a estreitar nos braços a linda jovem, que lhe inspirava tanto respeito. Ele foi apenas parcialmente afastado.

Recorreu à memória, como outrora em Besançon com Amanda Binet, e recitou várias das mais belas frases de *A nova Heloísa*.

– Você tem coração de homem – ela respondeu sem dar muita atenção às frases. – Quis testar sua bravura, admito. Suas primeiras suspeitas e sua resolução mostram que é ainda mais intrépido do que eu pensava.

Mathilde esforçava-se por tratá-lo com intimidade; obviamente estava mais atenta a essa estranha maneira de falar que ao conteúdo das coisas que dizia. Esse tratamento direto, despojado do tom de ternura, não dava nenhum prazer a Julien. Ele se espantava com a ausência da felicidade; finalmente, para senti-la, teve de recorrer ao raciocínio. Ele se via estimado por aquela jovem tão orgulhosa e que nunca fazia elogios irrestritos; com esse raciocínio, ele alcançou certa satisfação para seu amor-próprio.

Não era, é verdade, aquele prazer da alma que às vezes encontrara com a sra. de Rênal. Não havia nada de terno em seus sentimentos desde aquele primeiro momento. Era a mais viva felicidade de ambição, e Julien era acima de tudo ambicioso. Falou novamente das pessoas de que suspeitava e das precauções que havia inventado. Enquanto falava, pensava em maneiras de tirar proveito de sua vitória.

Mathilde, ainda muito envergonhada e aparentemente horrorizada com o que fizera, parecia encantada por encontrar assunto para uma conversa. Falaram sobre como se encontrar novamente. Julien ficou encantado com a inteligência e a bravura que mais uma vez exibira durante essa discussão. Lidavam com pessoas muito clarividentes, o pequeno Tanbeau certamente era um espião, mas Mathilde e ele também eram ousados.

O que poderia ser mais fácil do que se encontrar na biblioteca para combinar tudo?

– Posso aparecer sem levantar suspeitas em todas as partes da mansão – acrescentou Julien –, e quase até no quarto da sra. de La Mole. – Era absolutamente necessário cruzá-lo para chegar ao de sua filha. Se Mathilde achava melhor ele chegar sempre por uma escada, seria com o coração embriagado de alegria que ele se exporia a esse leve perigo.

Ao ouvi-lo falar, Mathilde ficou chocada com esse ar de triunfo.

"Ele é, portanto, meu senhor!", disse para si mesma. Já então ela era presa do remorso. Sua razão odiava a insigne loucura que acabava de cometer. Se pudesse, teria aniquilado a si mesma e a Julien. Quando às vezes a força de sua vontade silenciava o remorso, sentimentos de timidez e de pudor sofredor a deixavam muito infeliz. Ela não tinha de forma alguma previsto o estado terrível em que se encontrava.

"Porém, devo falar com ele", dizia a si mesma no final. "Assim é o uso, falar para seu amante." E assim, para cumprir um dever, e com uma ternura que estava muito mais nas palavras que usava que no som da sua voz, ela contou as várias resoluções que tinha tomado relativas a ele naqueles últimos dias.

Havia decidido que, se ele ousasse chegar a seu quarto com a ajuda da escada do jardineiro, conforme lhe fora prescrito, ela seria toda dele. Mas nunca se diz em tom mais frio e educado coisas tão ternas. Até então aquele encontro estava gelado. Era fazer do amor o ódio. Que lição de moral para uma jovem imprudente! Valia a pena perder seu futuro por um momento como aquele?

Depois de longas incertezas, que poderiam ter soado a um observador superficial como o efeito do mais decidido ódio, de tal forma os sentimentos que uma mulher deve a si mesma tinham dificuldade de ceder até mesmo a uma vontade tão firme, Mathilde acabou por ser para ele uma amante gentil.

Na verdade, esses ímpetos eram um pouco deliberados. O amor apaixonado era ainda mais um modelo imitado que uma realidade.

A srta. de La Mole acreditava estar cumprindo um dever para consigo e para com seu amante.

"O pobre rapaz", disse a si mesma, "tem sido extremamente corajoso, deve estar feliz, ou então é a mim que falta dignidade." Mas ela gostaria de resgatar com uma eternidade de infortúnio a necessidade cruel em que se encontrava.

Apesar da terrível violência que estava causando a si mesma, esteve perfeitamente no controle de suas palavras.

Nenhum arrependimento, nenhuma censura veio estragar aquela noite que parecia mais singular que feliz para Julien. Que diferença, grande Deus, de sua última estada de vinte e quatro horas em Verrières!

"Essas belas maneiras parisienses descobriram o segredo de estragar tudo, até o amor", disse a si mesmo em sua extrema injustiça.

Ele se entregava a essas reflexões de pé em um dos grandes armários de mogno em que fora obrigado a entrar aos primeiros ruídos vindos do aposento vizinho, que era o da sra. de La Mole. Mathilde acompanhou a mãe à missa, as mulheres logo deixaram o aposento, e Julien escapou facilmente antes que elas voltassem para terminar seus trabalhos.

Ele montou em seu cavalo e procurou os lugares mais solitários em uma das florestas próximas a Paris. Estava mais surpreso que feliz. A felicidade que, de vez em quando, vinha ocupar-lhe a alma era como a de um jovem segundo-tenente que, depois de uma ação espantosa, acaba de ser nomeado coronel pelo general-comandante; ele se sentia elevado a uma altura imensa. Tudo o que estava acima dele no dia anterior mostrava-se agora ao seu lado ou bem abaixo. A felicidade de Julien aumentou à medida que ele se afastava.

Se nada havia de terno em sua alma, era porque, por estranha que parecesse a palavra, Mathilde, em toda a sua conduta com ele, cumprira um dever. Nada houve de imprevisto para ela em todos os acontecimentos daquela noite, exceto o infortúnio e a vergonha que ela encontrara, em vez de toda aquela felicidade completa de que falam os romances.

"Eu estaria errada? Não sinto amor por ele?", ela se perguntava.

Capítulo 17
Uma velha espada

Agora pretendo ser sério – está na hora,
Já que o riso hoje em dia é considerado muito sério.
Uma brincadeira de vício pela virtude é chamada de crime.

Don Juan, cap. XIII

Ela não apareceu no jantar. À noite, foi ao salão por um momento, mas não olhou para Julien. Esse comportamento lhe pareceu estranho. "Mas", pensou ele, "não conheço seus hábitos; ela me dará uma boa razão para tudo isso". No entanto, agitado pela mais extrema curiosidade, ele estudava a expressão dos traços de Mathilde; não conseguiu deixar de admitir que ela tinha um ar frio e maldoso. Obviamente, não era a mesma mulher que, na noite anterior, tivera ou fingira ter ímpetos de felicidade muito excessivos para serem verdadeiros.

No dia seguinte, e no outro, a mesma frieza de sua parte: ela não olhava para ele, ignorava sua existência. Julien, devorado pela mais aguda ansiedade, estava a mil léguas dos sentimentos de triunfo que o haviam animado no primeiro dia. "Poderia ser, por acaso" disse a si mesmo, "um retorno à virtude?" Mas esta palavra era muito burguesa para a altiva Mathilde.

"Nas situações normais da vida, ela dificilmente acredita na religião", pensou Julien. "Ela a ama como muito útil aos interesses de sua casta. Mas, por pura delicadeza, não pode ela se culpar vivamente pelo erro que cometeu?" Julien acreditava que era seu primeiro amante.

"Mas", dizia a si mesmo em outros momentos, "devemos admitir que nada há de ingênuo, simples, terno em toda a sua maneira de ser; nunca a vi mais altiva. Será que ela me despreza? Seria digno dela se culpar pelo que fez por mim, só pela baixeza de meu nascimento."

Enquanto Julien, cheio desses preconceitos extraídos dos livros e das memórias de Verrières, perseguia a quimera de uma amante terna que não pensa mais na própria existência desde que fez a felicidade de seu amante, a vaidade de Mathilde se enfurecia com ele.

Como não ficava entediada havia dois meses, ela não temia mais o tédio; assim, sem poder duvidar minimamente do mundo, Julien perdera sua maior vantagem.

"Arranjei um senhor!", dizia para si mesma a srta. de La Mole, presa do mais negro desgosto. "Ele felizmente se sente honrado; mas, se eu levar sua vaidade ao limite, ele se vingará tornando conhecida a natureza de nossas relações." Mathilde nunca tivera amante e, nessa circunstância da vida que dá algumas ternas ilusões até às almas mais secas, estava tomada pelas mais amargas reflexões.

"Ele tem um imenso domínio sobre mim, já que reina por meio do terror e pode me punir com uma dor excruciante se eu o levar ao limite." Esta ideia por si só era suficiente para levar a srta. de La Mole a ultrajá-lo. A coragem era a primeira qualidade de seu caráter. Nada poderia lhe proporcionar mais agitação e curá-la de um profundo tédio, que a todo momento renascia, do que a ideia de que estava decidindo em um jogo de cara ou coroa toda a sua existência.

No terceiro dia, como a srta. de La Mole insistisse em não olhar para ele, Julien seguiu-a depois do jantar e, obviamente contra a vontade dela, até a sala de bilhar.

– Bem, senhor, acredita então que adquiriu direitos muito poderosos sobre mim – ela lhe disse com raiva mal contida –, já que, em oposição à minha obviamente declarada vontade, pretende falar comigo?... Sabia que ninguém no mundo jamais ousou tanto?

Nada era tão interessante quanto o diálogo desses dois amantes. Sem suspeitar, tinham um pelo outro sentimentos do mais vivo ódio. Como nem um nem outro tinha caráter transigente, embora tivessem hábitos de boa companhia, logo passaram a declarar claramente um ao outro que estavam em conflito para sempre.

– Juro a você um segredo eterno – disse Julien. – Acrescentaria mesmo que nunca mais lhe dirigiria a palavra se a sua reputação não pudesse sofrer com essa mudança tão marcante. – Ele se curvou respeitosamente e saiu.

Cumpriu sem muita dificuldade o que acreditava ser um dever; estava longe de se acreditar muito apaixonado pela srta. de La Mole. Sem dúvida, não a amava três dias antes, quando havia se escondido no grande armário de mogno. Mas tudo mudou rapidamente em sua alma no momento em que ele se viu para sempre em conflito com ela.

Sua memória cruel começou a retraçar para ele as menores circunstâncias daquela noite que, na realidade, o havia deixado tão frio.

Na própria noite que se seguiu à declaração de eterno conflito, Julien quase enlouqueceu ao ser obrigado a admitir para si mesmo que amava a srta. de La Mole.

Lutas terríveis se seguiram a essa descoberta: todos os seus sentimentos tinham sido remexidos.

Dois dias depois, em vez de se mostrar orgulhoso diante do sr. de Croisenois, quase o teria abraçado, desatando a chorar.

O hábito da desgraça deu-lhe um vislumbre de bom senso; decidiu partir para o Languedoc, fez as malas e foi ao correio.

Sentiu-se desfalecer quando, ao chegar ao escritório do correio, foi-lhe dito que, por uma coincidência singular, havia um lugar no dia seguinte na diligência de Toulouse. Marcou a passagem e voltou à mansão de La Mole para anunciar sua partida ao marquês.

O sr. de La Mole havia saído. Mais morto que vivo, Julien foi esperá-lo na biblioteca. Como teria fica ao encontrar ali a srta. de La Mole?

Ao vê-lo surgir, ela assumiu um ar de maldade sobre o qual era impossível enganar-se.

Levado pela desgraça, perplexo pela surpresa, Julien teve a fraqueza de dizer-lhe, no tom mais terno e vindo da alma:

– Então não me ama mais?

– Tenho horror de ter me entregado ao primeiro que chegou – disse Mathilde, chorando de raiva de si mesma.

– Ao primeiro que chegou! – gritou Julien, e lançou-se para uma velha espada da Idade Média, que ficava guardada na biblioteca como uma curiosidade.

Sua dor, que ele acreditava ser extrema no momento em que dirigira a palavra à srta. de La Mole, tinha aumentado cem vezes pelas lágrimas de vergonha que a via derramar. Ele teria sido o mais feliz dos homens se pudesse matá-la.

No momento em que acabava de tirar a espada, com alguma dificuldade, de sua bainha antiga, Mathilde, feliz com a nova sensação, avançou orgulhosa em sua direção; suas lágrimas haviam secado.

A ideia do marquês de La Mole, seu benfeitor, apresentou-se fortemente a Julien.

"Eu mataria a filha dele", disse a si mesmo. "Que horror!" Fez um movimento para deitar fora a espada. "Certamente", pensou ele, "ela vai cair na gargalhada ao ver esse movimento melodramático." Ele devia a essa ideia o retorno de todo o seu sangue-frio. Olhou com curiosidade para a lâmina da velha espada, como se tivesse procurado nela alguma mancha de ferrugem, depois a recolocou na bainha e, com a maior tranquilidade, depositou-a novamente no prego de bronze dourado que a sustentava.

Todo esse movimento, muito lento no final, durou um bom minuto; a srta. de La Mole o olhava espantada.

– Então, estive prestes a ser morta pelo meu amante! – disse a si mesma.

Essa ideia a transportava para os melhores tempos do século de Carlos IX e de Henrique III.

Ela estava imóvel diante de Julien, que acabava de recolocar no lugar a espada. Olhava para ele com olhos em que já não havia ódio. É preciso admitir que ela estava muito atraente naquele momento; certamente nunca uma mulher se parecera menos com uma boneca parisiense (esta palavra era a grande objeção de Julien às mulheres daquela terra).

"Vou voltar a ter alguma fraqueza por ele", pensou Mathilde. "E imediatamente ele se consideraria meu senhor e mestre, depois de uma recaída e no exato momento em que acabo de falar com ele com tanta firmeza." E fugiu.

– Meu Deus, como ela é linda! – disse Julien ao vê-la correr. – Eis aí o ser que correu para os meus braços com tanta fúria há menos de oito dias... E esses momentos nunca mais vão voltar! E é por minha culpa! E, na hora de uma ação tão extraordinária, tão interessante para mim, eu não fui sensível!... Devo admitir que nasci com um caráter muito vulgar e infeliz.

O marquês apareceu; Julien se apressou em anunciar-lhe sua partida.

– Para onde? – disse o sr. de La Mole.

– Para o Languedoc.

– Não, por favor, você está reservado para destinos mais altos. Se for, será para o Norte... mesmo, em termos militares, fique de prontidão na mansão. Prometa-me nunca estar mais de duas ou três horas ausente. Posso precisar de você a qualquer momento.

Julien fez uma reverência e retirou-se sem dizer uma palavra, deixando o marquês muito surpreso. Ele não estava em condições de falar; trancou-se em seu quarto. Lá, ele foi capaz de exagerar livremente toda a atrocidade de seu destino.

"Então", pensou ele, "nem posso me afastar! Só Deus sabe quantos dias o marquês me manterá em Paris. Bom Deus, o que será de mim? E não há um amigo que eu possa consultar: o abade Pirard não me deixaria terminar a primeira frase; o conde Altamira sugeriria que eu me juntasse a alguma conspiração.

"E no entanto estou louco, eu sinto isso; estou louco!

"Quem poderá me guiar? O que será de mim?"

Capítulo 18
Momentos cruéis

> *E ela me confessa! Detalha até as menores circunstâncias! Seu olhar tão belo, fixo no meu, pinta o amor que ela sentiu por outro homem!*
>
> SCHILLER

A srta. de La Mole, encantada, pensava apenas na felicidade de ter estado a ponto de ser morta. Chegou a dizer a si mesma:

"Ele é digno de ser meu senhor, pois esteve a ponto de me matar. Quantos belos jovens na sociedade teriam que se fundir para alcançar tal movimento de paixão?

"É preciso admitir que ele estava muito bonito no momento em que subiu na cadeira para recolocar a espada exatamente na posição pitoresca que o tapeceiro decorador lhe atribuiu! Afinal, não fui tão louca em amá-lo."

Naquele instante, se algum meio honesto de restabelecer a relação tivesse se apresentado, ela o teria agarrado com prazer. Julien, trancado em seu quarto com duas voltas na chave, era dominado pelo mais violento desespero. Em suas ideias malucas, ele pensava em se jogar a seus pés. Se, em vez de se manter escondido em um lugar afastado, houvesse vagado no jardim e na mansão para se manter ao alcance das ocasiões, talvez tivesse, em um único instante, transformado na mais viva felicidade seu terrível infortúnio.

Mas o tato, de que lhe censuramos a ausência, teria excluído o movimento sublime de pegar a espada, que naquele momento o tornara tão bonito aos olhos da srta. de La Mole. Esse capricho, favorável a Julien, durou o dia todo; Mathilde fazia para si mesma uma imagem encantadora dos breves momentos em que o amara; ela se arrependia deles.

"De fato", dizia a si mesma, "minha paixão por esse pobre rapaz só durou a seus olhos uma hora depois da meia-noite, quando o vi chegar pela escada com todas as suas pistolas no bolso lateral do casaco, até as oito da manhã. Foi um quarto de hora depois, ouvindo a missa em Sainte-Valère, que comecei a pensar que ele se julgaria meu senhor e que poderia muito bem tentar me fazer obedecer em nome do terror."

Depois do jantar, a srta. de La Mole, longe de fugir de Julien, falou com ele e de certa forma instou-o a segui-la até o jardim; ele obedeceu. Faltava-lhe essa provação. Mathilde cedia, sem se dar conta, ao amor que novamente passava a sentir por ele. Tinha extremo prazer em caminhar a seu lado; era com curiosidade que olhava para aquelas mãos que pela manhã tinham pego a espada para matá-la.

Depois de tal ação, depois de tudo o que havia acontecido, não havia como duvidar de sua antiga conversa.

Gradualmente, Mathilde começou a falar com ele com íntima confiança sobre o estado de seu coração. Ela encontrava um prazer singular nesse tipo de conversa; passou a relatar a ele os movimentos fugazes de entusiasmo que experimentara pelo sr. de Croisenois, pelo sr. de Caylus…

– O quê? Pelo sr. de Caylus também? – exclamou Julien. E todo o ciúme amargo de um amante abandonado explodia nessas palavras. Mathilde compreendeu-o e não se ofendeu.

Ela continuou a torturar Julien, detalhando seus sentimentos de outrora da maneira mais pitoresca e com a ênfase da mais íntima verdade. Ele podia ver que ela estava descrevendo algo que parecia estar vendo diante de seus olhos. Sentiu a dor de perceber que, enquanto falava, ela fazia descobertas em seu próprio coração.

O infortúnio do ciúme não pode ir mais longe.

Suspeitar que um rival é amado já é muito cruel, mas ver a mulher que você adora confessar em detalhes o amor que ele inspira é, sem dúvida, o cúmulo da dor.

Oh, como eram punidos, naquele momento, os movimentos de orgulho que tinham levado Julien a achar-se superior aos Caylus, aos Croisenois! Com que infelicidade íntima e sentida ele exagerava suas mínimas vantagens! Com que ardente boa-fé ele desprezava a si próprio!

Mathilde lhe parecia adorável; qualquer palavra é fraca para expressar o excesso de sua admiração. Enquanto caminhava ao seu lado, ele olhava disfarçadamente para suas mãos, seus braços, seu porte majestoso. Estava prestes a cair aos seus pés, esmagado pelo amor e pela desgraça, gritando: "Piedade!"

"E essa pessoa tão bela, tão superior a tudo, que uma vez me amou, é o sr. de Caylus a quem ela sem dúvida amará em breve!"

Julien não podia duvidar da sinceridade da srta. de La Mole; a ênfase da verdade era muito evidente em tudo o que ela dizia. Para que não faltasse absolutamente nada em seu infortúnio, houve momentos em que, à força de lidar com os sentimentos que experimentara de uma vez pelo sr. de Caylus, Mathilde passou a falar dele como se agora o amasse. Certamente, havia amor no seu jeito de se expressar, Julien percebia isso com clareza.

Se o interior de seu peito tivesse sido inundado com chumbo derretido, ele teria sofrido menos. Como, tendo chegado àquele excesso de infortúnio, o pobre rapaz poderia ter adivinhado que era por estar falando com ele que a srta. de La Mole sentia tanto prazer em repensar as veleidades de amor que experimentara outrora pelo sr. de Caylus ou pelo sr. de Luz?

Nada poderia expressar as angústias de Julien. Ele ouvia as confidências detalhadas do amor que ela sentia pelos outros nessa mesma alameda de tílias onde, poucos dias antes, ele esperara dar uma hora para entrar no seu quarto. Um ser humano não pode suportar a infelicidade em um grau tão alto.

Esse tipo de intimidade cruel durou oito longos dias. Mathilde às vezes parecia buscar as oportunidades de falar com ele, às vezes não evitava essas ocasiões. E o assunto da conversa para o qual os dois pareciam retornar com uma espécie de volúpia cruel era o relato dos sentimentos que ela experimentara pelos outros: contava-lhe sobre as cartas que escrevera, lembrava-lhe até as palavras delas, recitava frases inteiras para ele. Nos últimos dias, ela parecia olhar para Julien com uma espécie de alegria maligna. As dores dele eram um grande prazer para ela.

Vemos que Julien não tinha experiência de vida, nem mesmo tinha lido romances; se ele tivesse sido um pouco menos desastrado e dito com algum sangue-frio àquela jovem, por ele tão adorada e que lhe fazia confissões tão estranhas: "Admita que, embora eu não valha todos esses senhores, sou eu quem você ama…", talvez ela ficasse feliz em ver que ele adivinhava suas intenções; pelo menos o sucesso teria dependido inteiramente da graça com que Julien expressasse essa ideia e do momento que escolhesse para isso. De qualquer forma, saía-se bem, e com vantagens para ele, de uma situação que se tornaria monótona aos olhos de Mathilde.

– E você já não me ama, a mim, que a adoro! – Julien disse a ela um dia, dominado pelo amor e pela infelicidade. Essa tolice era a maior que podia cometer.

Essas palavras destruíram em um piscar de olhos todo o prazer que a srta. de La Mole sentia ao falar com ele sobre o estado de seu coração. Ela estava começando a se surpreender com o fato de que, depois do ocorrido, ele não se ofendesse com seus relatos. Chegou a imaginar, quando ele lhe fez esse comentário estúpido, que talvez ele não a amasse mais.

"O orgulho deve ter extinguido seu amor", disse a si mesma. "Ele não é homem de se ver impunemente preterido por gente como Caylus, de Luz, Croisenois, que admite serem tão superiores a ele. Não, não vou mais vê-lo aos meus pés!"

Nos dias anteriores, na ingenuidade de seu infortúnio, Julien muitas vezes elogiava sinceramente as brilhantes qualidades desses cavalheiros; chegava a exagerá-las. Essa nuança não havia de forma alguma escapado à srta. de La Mole, que estava espantada com isso, mas não conseguia adivinhar a causa. A alma frenética de Julien, ao elogiar um rival que ele acreditava ser amado, simpatizava com sua felicidade.

Sua frase, tão franca, mas tão estúpida, veio mudar tudo em um instante: Mathilde, certa de ser amada, desprezou-o perfeitamente.

Ela estava caminhando com ele na hora dessas frases infelizes; deixou-o, e seu último olhar expressava o mais terrível desprezo. Voltando ao salão, não olhou para ele por toda a noite. No dia seguinte, esse desprezo ocupava todo o seu coração; já não se tratava do movimento que, durante oito dias, a fizera sentir tanto prazer em tratar Julien como o amigo mais íntimo; a visão dele lhe era desagradável. A sensação de Mathilde chegou à repugnância; nada poderia expressar o excesso de desprezo que ela sentia ao encontrá-lo diante de seus olhos.

Julien não entendia nada do que se passara durante oito dias no coração de Mathilde, mas discerniu o desprezo. Teve o bom senso de aparecer na frente dela o mais raramente possível e nunca lhe dirigir o olhar.

Mas não foi sem um sofrimento mortal que ele de alguma forma se privou de sua presença. Acreditou sentir que seu infortúnio ainda estava aumentando.

"A coragem do coração de um homem não pode ir mais longe", dizia a si mesmo.

Ele passava a vida em uma pequena janela no sótão da mansão; a persiana era fechada com cuidado, e de lá ao menos ele podia ver a srta. de La Mole quando ela aparecia no jardim.

Como sofria quando, depois do jantar, a via passear com o sr. de Caylus, o sr. de Luz ou algum outro por quem ela lhe confessara alguma veleidade de amor que outrora sentira!

Julien não fazia ideia de tamanha infelicidade; ele estava prestes a gritar; essa alma tão firme estava finalmente transtornada de alto a baixo.

Qualquer pensamento estranho à srta. de La Mole tornara-se odioso para ele; era incapaz de escrever as mais simples cartas.

– Você está louco – disse-lhe o marquês.

Julien, tremendo diante da possibilidade de ele adivinhar o que se passava, falou em doença e conseguiu se fazer acreditar. Felizmente, o marquês brincou com ele no jantar sobre sua próxima viagem: Mathilde entendeu que ela podia ser bastante longa. Julien já fugia dela havia vários dias, e os jovens tão brilhantes que tinham tudo o que faltava a esse ser tão pálido e tão sombrio, outrora amado por ela, não tinham mais o poder de tirá-la de seu devaneio.

"Uma moça comum", disse a si mesma, "teria procurado o homem que ela prefere entre aqueles jovens que atraem todos os olhares em um salão; mas uma das características do espírito superior é não arrastar seu pensamento na trilha traçada pela vulgaridade.

Companheira de um homem como Julien, a quem falta apenas a fortuna que tenho, chamarei continuamente a atenção e não passarei despercebida na vida. Bem longe de temer constantemente uma revolução como minhas primas, que por medo do povo não se atrevem a repreender um postilhão que as conduz mal, terei a certeza de desempenhar um papel, e um grande papel, porque o homem que escolhi tem caráter e ambição sem limites. O que falta para ele? Amigos? Dinheiro? Eu lhe dou." Mas seu pensamento tratava Julien um pouco como um ser inferior, que fazemos com que nos ame quando queremos.

Capítulo 19
A ópera-bufa

Oh, como esta fonte de amor se assemelha
À glória incerta de um dia de abril,
Que agora mostra toda a beleza do sol,
E aos poucos uma nuvem leva embora

SHAKESPEARE

Ocupada com o futuro e com o papel singular que esperava, Mathilde logo começou a se arrepender das discussões áridas e metafísicas que frequentemente tinha com Julien. Cansada de pensamentos tão elevados, ela também às vezes lamentava os momentos de felicidade que experimentara com ele. Essas últimas lembranças não apareciam sem remorso; em certos momentos, sentia-se dominada por elas.

"Mas, se alguém tem uma fraqueza", disse a si mesma, "é digno de uma moça como eu não esquecer seus deveres, exceto por um homem de mérito.

Não se deve dizer que foram seus belos bigodes ou sua graça em cavalgar que me seduziram, mas, sim, suas profundas discussões sobre o futuro que aguarda a França, suas ideias sobre a semelhança que os acontecimentos que virão sobre nós podem ter com a Revolução de 1688 na Inglaterra. Fui seduzida", respondeu ela com remorso, "sou uma mulher fraca, mas pelo menos não fui deslumbrada como uma boneca pelas vantagens externas.

"Se houver uma revolução, por que Julien Sorel não desempenharia o papel de Roland e eu o da sra. Roland? Gosto mais desse papel que do de Madame de Staël: a imoralidade da conduta será um obstáculo em nosso século. Certamente, ninguém vai me culpar por uma segunda fraqueza; eu morreria de vergonha."

Os devaneios de Mathilde não eram todos tão sérios, é preciso admitir, como os pensamentos que acabamos de transcrever.

Ela olhava para Julien, encontrava uma graça encantadora em suas mínimas ações.

"Sem dúvida", pensava, "consegui destruir nele até a menor ideia que tem dos direitos.

"O ar de infelicidade e de profunda paixão com que o pobre rapaz me disse aquelas palavras de amor há oito dias o prova bem; devo admitir que fui bem absurda ao me zangar com uma fala em que brilhavam tanto respeito, tanta paixão. Não sou sua mulher? A palavra era bem natural e, é forçoso admitir, muito agradável. Julien ainda me amava depois das conversas eternas, nas quais só lhe tinha falado, e com muita crueldade, concordo, de veleidades de amor que o tédio da vida que levo tinha me inspirado por aqueles jovens da sociedade dos quais ele tem tanto ciúme. Ah, se ele soubesse quão pouco perigosos eles são para mim! Como perto dele eles me parecem ocos e todos cópias uns dos outros!"

Enquanto fazia essas reflexões, Mathilde desenhava linhas a lápis aleatoriamente em uma folha de seu álbum. Um dos perfis que acabava de completar a surpreendeu, a encantou: ele se parecia com Julien de uma maneira impressionante.

– É a voz do céu! Eis um dos milagres do amor – exclamou ela com entusiasmo. – Sem perceber, fiz o retrato dele.

Ela fugiu para seu quarto, fechou-se ali, dedicou-se muito, procurou seriamente pintar o retrato de Julien, mas não conseguiu; o perfil traçado ao acaso se mostrou sempre o mais semelhante. Mathilde ficou maravilhada com ele, viu nisso uma prova evidente de grande paixão.

Só deixou bem tarde seu álbum, quando a marquesa mandou chamá-la para ir à ópera italiana. Ela teve apenas uma ideia: procurar Julien com os olhos para fazer com que a mãe o convidasse para acompanhá-las.

Ele não apareceu; essas senhoras só tiveram pessoas vulgares em seu camarote. Durante todo o primeiro ato da ópera, Mathilde sonhou com o homem que amava com os ímpetos da mais viva paixão; mas, no segundo ato, uma máxima de amor cantada, é preciso admitir, sobre uma melodia digna de Cimarosa penetrou seu coração. A heroína da ópera dizia: "Devo castigar-me pelo excesso de adoração que sinto por ele, eu o amo demais!".

Assim que ouviu essa cantilena sublime, tudo o que existia no mundo desapareceu para Mathilde. Falavam com ela, ela não respondia; a mãe a repreendia, ela mal conseguia olhá-la. Seu êxtase atingiu um estado de exaltação e de paixão comparável aos movimentos mais violentos que havia alguns dias Julien tinha experimentado por ela. A cantilena, cheia de graça divina, sobre a qual era cantada a máxima que parecia aplicar-se de maneira tão marcante à sua situação, ocupava todos os momentos em que ela não pensava diretamente em Julien. Graças ao seu amor pela música, ela foi naquela noite como costumava ser a sra. de Rênal, sempre pensando em Julien. O amor feito de raciocínio tem mais inteligência, sem dúvida, que o amor verdadeiro, mas tem apenas momentos de entusiasmo; ele se conhece muito bem, julga-se a si mesmo o tempo todo; longe de desencaminhar um pensamento, é construído apenas com a força dos pensamentos.

De volta para casa, apesar de tudo o que a sra. de La Mole disse, Mathilde fingiu estar com febre e passou parte da noite a repetir essa cantilena ao piano. Cantava a letra da famosa ária que a encantara:

Devo punirmi, devo punirmi,
Se troppo amai, etc.

O resultado daquela noite de loucura foi que ela acreditou ter conseguido triunfar sobre seu amor. (Esta página prejudicará o infeliz autor de mais de uma maneira. Almas geladas o acusarão de indecência. Não é um insulto às jovens pessoas que brilham nos salões de Paris supor que apenas uma entre elas possa se mostrar suscetível aos movimentos de loucura que degradam o caráter de Mathilde. Esse personagem é totalmente imaginário, e até mesmo imaginado bem fora dos hábitos sociais que entre todos os séculos garantirão uma posição tão distinta à civilização do século XIX.

Não é a prudência que falta às jovens que enfeitaram os bailes neste inverno.

Nem creio que se possa acusá-las de desprezar demais uma fortuna brilhante, cavalos, belas terras e tudo o que garante uma posição agradável na sociedade. Longe de verem apenas tédio em todas essas vantagens, elas são em geral o objeto dos desejos mais constantes, e, se há paixão nos corações, é por elas.

Também não é o amor que cuida da sorte dos jovens dotados de algum talento como Julien; eles se prendem com um abraço invencível a um círculo e, quando esse círculo faz fortuna, todas as coisas boas da sociedade chovem sobre eles. Ai do homem de estudo que não pertence a nenhum círculo: ele será censurado até mesmo por sucessos pequenos bastante incertos, e a alta virtude triunfará roubando-o. Ei, senhor, um romance é um espelho que passeia em uma grande estrada. Tanto reflete a seus olhos o azul do céu como a lama dos atoleiros da estrada. E o homem que carrega o espelho no alforje será acusado por você de ser imoral! Seu espelho mostra a lama, e você culpa o espelho! Em vez disso, culpe o grande caminho onde está o atoleiro e ainda mais o inspetor de estradas que deixou a água estagnar e o atoleiro se formar.

Agora que está bem compreendido que o caráter de Mathilde é impossível em nosso século, não menos prudente que virtuoso, tenho menos medo de irritar continuando o relato das loucuras dessa amável moça.)

Ao longo de todo o dia seguinte, ela procurou oportunidades para garantir seu triunfo sobre sua louca paixão. Seu grande objetivo era desagradar a Julien em tudo; mas nenhum de seus movimentos lhe escapou.

Julien estava muito infeliz e, sobretudo, muito agitado para adivinhar uma manobra de paixão tão complicada, menos ainda podia ver tudo o que ela tinha de favorável para ele. Havia sido vítima dela. Nunca, talvez, seu infortúnio tinha sido tão excessivo. Suas ações eram tão pouco dirigidas por sua mente que, se algum triste filósofo lhe tivesse dito "Pense rapidamente em aproveitar as disposições que lhe serão favoráveis. Nesta espécie de amor de raciocínio, que se vê em Paris, o mesmo jeito de ser não pode durar mais de dois dias", ele não teria entendido. Mas, por mais exaltado que estivesse, Julien tinha honra. Seu primeiro dever era a discrição; ele entendeu. Pedir conselho, falar de seu sofrimento ao primeiro que chegasse teria sido uma felicidade comparável à do infeliz que, cruzando um deserto ardente, recebe do céu uma gota de água gelada. Ele conhecia o perigo, tinha medo de responder com uma torrente de lágrimas ao indiscreto que o interrogasse; trancou-se em seus aposentos.

Viu Mathilde passear por muito tempo no jardim; quando ela finalmente foi embora, ele desceu até lá; aproximou-se de uma roseira onde ela havia colhido uma flor.

A noite estava escura; ele pôde se entregar a todo o seu infortúnio sem medo de ser visto. Era óbvio para ele que a srta. de La Mole amava um daqueles jovens oficiais com quem acabava de falar tão alegremente. Ela amara a ele, Julien, mas conhecera sua falta de mérito.

"E, de fato, tenho muito poucos!", Julien disse a si mesmo com plena convicção. "No geral, sou um ser bem trivial, bem vulgar, bem enfadonho para os outros, bem insuportável para mim mesmo." Ele estava mortalmente desgostoso com todas as suas boas qualidades, com todas as coisas que amara com entusiasmo; e, nesse estado de imaginação subvertida, empenhava-se em julgar a vida com sua imaginação. Este erro é de um homem superior.

Várias vezes a ideia de suicídio se apresentou a ele; essa imagem estava cheia de encantos, era como um delicioso descanso; era o copo de água gelada oferecido ao desgraçado que, no deserto, morre de sede e de calor.

– Minha morte vai aumentar o desprezo que ela tem por mim! – exclamou ele. – Que lembrança vou deixar!

Tendo caído nesse último abismo de desgraças, o ser humano só tem como recurso a coragem. Julien não tinha gênio suficiente para dizer a si mesmo: "É preciso ousar". Mas, ao olhar pela janela do quarto de Mathilde, viu pelas persianas que ela apagava a luz: imaginou aquele quarto encantador que ele tinha visto, ó dor, uma vez na vida. Sua imaginação não ia além.

Deu uma hora. Ouvir o som da sineta e dizer a si mesmo: "Vou subir com a escada", foi só um momento.

Foi um lampejo de gênio; boas razões surgiram aos montes.

"Posso ser mais infeliz?", disse para si mesmo. Correu para a escada, o jardineiro a prendera com uma corrente. Com a ajuda do cão de uma de suas pequenas pistolas, que ele quebrou, Julien, animado nesse momento por uma força sobre-humana, torceu um dos elos da corrente que prendia a escada; conseguiu soltá-la em poucos minutos e colocou-a contra a janela de Mathilde.

"Ela vai ficar com raiva, lançar-me todo o seu desprezo, que importa? Dou-lhe um beijo, um último beijo, subo para meu quarto e me mato... meus lábios vão tocar sua face antes que eu morra!"

Subiu a escada voando, bateu na persiana; alguns instantes depois, Mathilde ouviu, quis abrir a persiana, a escada se opôs: Julien se agarrou ao gancho de ferro destinado a manter a persiana aberta e, correndo o risco de cair mil vezes, sacudiu com violência a escada e conseguiu deslocá-la um pouco. Mathilde conseguiu abrir a persiana.

Ele se jogou no quarto mais morto que vivo:

– Então é você! – ela disse, precipitando-se em seus braços...

Quem poderá descrever o excesso de felicidade de Julien? O de Mathilde foi quase igual. Ela falava com ele contra si mesma, denunciava-se a ele.

– Castigue-me por meu orgulho atroz – disse ela, apertando-o nos braços de modo a sufocá-lo; você é meu senhor, sou sua escrava, devo implorar seu perdão de joelhos por querer me rebelar. – Ela deixou os braços dele para cair a seus pés. – Sim, você é meu senhor – ela lhe disse ainda ébria de felicidade e de amor. – Reine sobre mim para sempre, castigue severamente sua escrava quando ela quiser se revoltar.

Em outro momento, ela se desvencilhou de seus braços, acendeu a vela, e Julien teve muita dificuldade em impedi-la de cortar um lado inteiro do cabelo.

– Quero lembrar-me – disse-lhe ela – de que sou sua serva: se algum dia um orgulho execrável vier me desencaminhar, mostre-me este cabelo e diga: "Já não é uma questão de amor, não se trata mais da emoção que sua alma possa estar sentindo agora, você jurou obedecer, sua honra exige que obedeça".

Mas é mais sensato suprimir a descrição de um tal grau de desvario e de felicidade.

A virtude de Julien foi igual à sua felicidade.

– Devo descer pela escada – disse a Mathilde quando viu surgir o amanhecer nas distantes chaminés do lado leste, além dos jardins. – O sacrifício que me imponho é digno de você. Privo-me de algumas horas da felicidade mais surpreendente que uma alma humana pode saborear. É um sacrifício que faço em nome da sua reputação: se conhece o meu coração, compreende a violência que faço a mim mesmo. Você será sempre para mim o que é neste momento? Mas a honra fala, é o suficiente. Saiba que, quando do nosso primeiro encontro, nem todas as suspeitas foram dirigidas aos ladrões. O sr. de La Mole mandou colocar guardas no jardim. O sr. de Croisenois está rodeado de espiões, sabe-se o que ele faz todas as noites...

Diante dessa ideia, Mathilde deu uma gargalhada. Sua mãe e uma criada foram despertadas; imediatamente falaram com ela através da porta. Julien a olhou, ela empalideceu ao repreender a criada e não se dignou dirigir a palavra à mãe.

— Mas, se elas tiverem a ideia de abrir a janela, verão a escada! — disse Julien.

Apertou-a mais uma vez nos braços, atirou-se na escada e escorregou em vez de descer; em um momento, estava no chão.

Três segundos depois, a escada estava sob a alameda de tílias, e a honra de Mathilde, salva. Julien, voltando a si, viu-se todo sangrando e quase nu: havia se machucado ao se deixar escorregar sem precaução.

O excesso de felicidade havia devolvido a ele toda a energia de seu caráter: se vinte homens tivessem se apresentado, atacá-los sozinho, naquele momento, teria sido apenas um prazer a mais. Felizmente, sua virtude militar não foi posta à prova: ele deitou a escada em seu lugar de costume; recolocou a corrente que a prendia; não se esqueceu de apagar a marca que a escada deixara na platibanda de flores exóticas sob a janela de Mathilde.

Na escuridão, ao passar a mão pela terra fofa para se certificar de que a marca estava totalmente apagada, sentiu algo cair em suas mãos: era o cabelo de Mathilde que ela havia cortado e jogava para ele.

Ela estava na janela.

— Isso é o que sua serva lhe envia — ela disse em voz suficientemente alta —, é o sinal de uma obediência eterna. Renuncio ao exercício da minha razão. Seja meu senhor.

Julien, derrotado, esteve a ponto de pegar novamente a escada e subir para o quarto dela. Ao final, a razão foi mais forte.

Entrar de novo na mansão vindo do jardim não foi fácil. Ele conseguiu forçar a porta de um porão; tendo entrado na casa, foi obrigado a arrombar a porta de seu quarto o mais silenciosamente possível. Em sua confusão, tinha deixado, no quartinho que acabara de abandonar tão rapidamente, até a chave que estava no bolso do casaco. "Tomara", ele pensou, "que ela se preocupe em esconder todos esses restos mortais!"

Por fim, o cansaço prevaleceu sobre a felicidade e, ao nascer do sol, ele caiu em um sono profundo.

A sineta do almoço teve grande dificuldade em acordá-lo; ele apareceu na sala de jantar. Logo depois, Mathilde entrou. O orgulho de Julien teve um momento muito feliz ao ver o amor que brilhava nos olhos daquela pessoa tão bela e rodeada de tantas homenagens; mas logo houve motivo para temor em sua prudência.

A pretexto do pouco tempo que dispunha para cuidar do penteado, Mathilde arrumara os cabelos para que Julien percebesse na primeira olhada toda a extensão do sacrifício que ela fizera por ele ao cortá-lo na noite anterior. Se um rosto tão bonito pudesse ter sido estragado por alguma coisa, Mathilde teria conseguido; um lado inteiro de seu lindo cabelo loiro acinzentado fora cortado a meia polegada de sua cabeça.

Na hora do almoço, todo o jeito de ser de Mathilde respondeu a essa primeira imprudência. Dir-se-ia que ela mesma se encarregava de deixar que todos soubessem da louca paixão que sentia por Julien. Felizmente, naquele dia, o sr. de La Mole e a marquesa estavam muito ocupados com algumas condecorações que iam ser concedidas, e nas quais o sr. de Chaulnes não estava incluído. Quase no final da refeição, aconteceu a Mathilde, que falava com Julien, de chamá-lo de meu senhor. Ele corou até o branco dos olhos.

Fosse por acaso ou de propósito da parte da sra. de La Mole, Mathilde não esteve sozinha por um único instante naquele dia. À noite, ao passar da sala de jantar para o salão, ela ainda assim encontrou o momento de dizer a Julien:

– Poderá julgar que é um pretexto da minha parte? Mamãe acabou de decidir que uma de suas criadas de quarto vai começar a dormir nos meus aposentos.

Aquele dia passou como um relâmpago. Julien estava no auge da felicidade. A partir das sete da manhã do dia seguinte, ele estava instalado na biblioteca; esperava que a srta. de La Mole se dignasse aparecer lá; havia escrito uma carta infinita para ela.

Ele só a viu muitas horas depois, no almoço. Ela estava naquele dia vestida com o maior dos cuidados: um artifício maravilhoso se encarregara de esconder o lugar do cabelo cortado. Ela olhou para Julien uma ou duas vezes, mas com um olhar polido e calmo; não era mais o caso de chamá-lo de meu senhor.

O espanto de Julien o impedia de respirar... Mathilde se reprovava por quase tudo que fizera para ele.

Pensando nisso com maturidade, ela decidira que ele era uma pessoa, se não totalmente vulgar, pelo menos não digno o suficiente para merecer todas as loucuras estranhas que ousara por ele. No geral, ela dificilmente pensava no amor; naquele dia, estava cansada de amar.

Para Julien, os movimentos de seu coração foram os de menino de dezesseis anos. A dúvida terrível, o espanto, o desespero o ocuparam alternadamente durante aquele almoço que lhe pareceu ter uma duração eterna.

Assim que pôde levantar-se decentemente da mesa, ele, mais que correr, precipitou-se para a estrebaria, selou ele mesmo seu cavalo e partiu a galope; temia desonrar-se por alguma fraqueza.

"Devo matar meu coração à força de fadiga física", disse a si mesmo enquanto galopava nos bosques de Meudon. "O que fiz, o que disse para merecer tamanha desgraça?"

"É preciso não fazer nada, não dizer nada hoje", pensou ao voltar à mansão, "estar morto em termos físicos tanto como estou moralmente. Julien já não vive, é seu cadáver que ainda se agita."

Capítulo 20
O vaso japonês

Seu coração não compreende de início todo o excesso de sua desgraça; ele está mais preocupado que comovido. Mas, à medida que a razão retorna, sente a profundidade de seu infortúnio. Todos os prazeres da vida se encontram aniquilados para ele, que só pode sentir as pontas agudas do desespero que o dilaceram. Mas de que adianta falar sobre dor física? Que dor sentida apenas pelo corpo é comparável a essa?

Jean-Paul

A sineta anunciava a hora do jantar. Julien só teve tempo de se vestir; encontrou Mathilde no salão, que instava o irmão e o sr. de Croisenois a não irem passar a noite em Suresnes, na casa da sra. marechala de Fervaques.

Teria sido difícil ser mais sedutora e mais amável com eles. Depois do jantar, apareceram os srs. de Luz, de Caylus e vários de seus amigos. Dir-se-ia que a srta. de La Mole havia retomado, com o culto da amizade fraterna, o das conveniências mais precisas. Embora o tempo estivesse bom naquela noite, ela insistiu em não ir ao jardim; não queria que ninguém se afastasse da poltrona onde a sra. de La Mole estava instalada. O sofá azul foi o centro do grupo, como no inverno.

Mathilde estava aborrecida com relação ao jardim, ou pelo menos ele parecia perfeitamente tedioso para ela: estava ligado à memória de Julien.

A infelicidade estreita o espírito. Nosso herói cometeu a tolice de parar perto daquela cadeirinha de palha, que outrora tinha sido a testemunha de triunfos tão brilhantes. Nesse dia, ninguém falou com ele; quase não notaram sua presença, ou, pior ainda, aqueles entre os amigos da sra. de La Mole que estavam sentados ao seu lado na ponta do sofá pareciam estar de costas para ele, pelo menos era essa a sua impressão.

"É uma desgraça essa corte", ele pensou. Quis estudar por um momento as pessoas que pretendiam oprimi-lo com seu desdém. O tio do sr. de Luz tinha um grande cargo junto do rei, daí resultou que esse belo oficial colocasse no início da sua conversa, com cada interlocutor que surgia, esta peculiaridade picante: o tio partira às sete horas para Saint-Cloud, e à noite pretendia dormir lá. Esse detalhe era trazido com toda a aparência de bonomia, mas vinha sempre.

Observando o sr. de Croisenois com o olhar severo da infelicidade, Julien notou a extrema influência que esse amável e bom jovem atribuía às causas ocultas. Chegava ao ponto de ficar triste e de mau humor, via-se associar um acontecimento pouco importante a uma causa simples e bastante natural.

"Há um pouco de loucura nisso", Julien disse a si mesmo. "Esse personagem tem uma relação notável com o imperador Alexandre, como me descreveu o príncipe Korasoff." Durante o primeiro ano de sua estada em Paris, o pobre Julien, que deixava o seminário deslumbrado com os dotes tão novos para ele de todos aqueles amáveis jovens, só pudera admirá-los. O caráter verdadeiro deles estava apenas começando a se desenhar diante de seus olhos.

"Estou desempenhando um papel indigno aqui", pensou de repente. Tratava-se de deixar sua cadeirinha de palha de uma forma que não fosse muito desastrada. Quis inventar, solicitava algo novo de uma imaginação totalmente ocupada com outras coisas. Era preciso recorrer à memória, mas a sua era, deve-se admitir, não muito rica em recursos desse tipo; o pobre rapaz ainda tinha muito pouca desenvoltura, então foi de uma maneira totalmente inábil, notada por todos, que ele se levantou para deixar o salão. O infortúnio estava muito óbvio em todo o seu jeito de ser. Por três quartos de hora, havia desempenhado o papel de um subalterno intruso de quem ninguém se deu ao trabalho de esconder o que pensava dele.

As observações críticas que acabara de fazer sobre seus rivais, no entanto, impediram-no de encarar seu infortúnio de maneira muito trágica; ele tinha, para sustentar seu orgulho, a lembrança do que acontecera na antevéspera. "Quaisquer que sejam suas vantagens sobre mim", pensou ele, entrando no jardim sozinho, "Mathilde não era para nenhum deles o que duas vezes na minha vida ela se dignou ser para mim."

Sua sabedoria não foi além disso. Não entendia absolutamente o caráter da pessoa singular que o acaso acabava de tornar a senhora absoluta de toda a sua felicidade.

No dia seguinte, continuou a matar de cansaço tanto a si mesmo quanto o seu cavalo. À noite, não tentou mais se aproximar do sofá azul, ao qual Mathilde era fiel. Percebeu que o conde Norbert nem mesmo se dignou olhar para ele ao encontrá-lo em casa. "Deve estar praticando uma estranha violência consigo mesmo", pensou. "Ele é naturalmente muito educado."

Para Julien, dormir teria sido a felicidade. Apesar do cansaço físico, lembranças muito sedutoras começavam a invadir toda a sua imaginação. Não teve o talento de ver que, com suas grandes corridas de cavalos nos bosques ao redor de Paris, agindo apenas sobre si mesmo e de forma alguma sobre o coração ou a mente de Mathilde, deixava ao acaso a definição de seu destino.

Parecia-lhe que uma coisa traria um alívio infinito à sua dor: seria falar com Mathilde. No entanto, o que ousaria dizer a ela?

Era com isso que certa manhã, às sete horas, ele sonhava profundamente quando de repente a viu entrar na biblioteca.

– Sei, senhor, que deseja falar comigo.

– Bom Deus! Quem lhe disse isso?

– Eu sei. Que diferença faz? Se não tem honra, pode me perder, ou pelo menos tentar; mas esse perigo, que não creio ser real, certamente não me impedirá de ser sincera. Não o amo mais, senhor. Minha imaginação louca me enganou...

Diante desse golpe terrível, perdido de amor e de infelicidade, Julien tentou se justificar. Nada poderia ser mais absurdo. Alguém se justifica por desagradar? Mas a razão não tinha mais nenhum controle sobre suas ações. Um instinto cego o incitava a retardar a decisão de seu destino. Pareceu-lhe que, enquanto falasse, nada estaria acabado. Mathilde não ouvia suas palavras, o som delas a irritava; não imaginava que ele teria a ousadia de interrompê-la.

Os remorsos da virtude e do orgulho a deixavam igualmente infeliz naquela manhã. De certa forma, estava arrasada com a terrível ideia de ter dado direitos sobre ela a um padrezinho, filho de um camponês.

"É quase", dizia a si mesma nos momentos em que exagerava sua desgraça, "como se eu tivesse uma fraqueza censurada por um dos lacaios."

Em personagens ousados e orgulhosos, há apenas um passo entre a raiva contra si mesmo e a raiva contra os outros; os ímpetos de fúria são, nesse caso, um prazer vivo.

Em um instante, a srta. de La Mole chegou ao ponto de oprimir Julien com as mais duras marcas de desprezo. Ela tinha inteligência infinita, que triunfava na arte de torturar os amores-próprios e infligir feridas cruéis a eles.

Pela primeira vez na vida, Julien se via submetido à ação de um espírito superior animado contra ele pelo mais violento ódio. Muito longe de sonhar em se defender, naquele momento ele passou a desprezar a si mesmo. Ouvindo-se dominado por marcas de desprezo tão cruéis e calculadas com tanto engenho para destruir qualquer boa opinião que pudesse ter de si, pareceu-lhe que Mathilde tinha razão e que ainda não dizia o bastante.

Quanto a ela, encontrou um prazer de orgulho delicioso em punir dessa forma a ela e a ele pela adoração que sentira alguns dias antes.

Não precisava inventar e pensar pela primeira vez nas coisas cruéis que dirigia a ele com tanta complacência. Apenas repetia aquilo que havia oito dias o advogado do partido contrário ao amor dizia a seu coração.

Cada palavra aumentava em cem vezes a terrível desgraça de Julien. Ele queria fugir; a srta. de La Mole segurou-o pelo braço com autoridade.

– Digne-se de notar – ele lhe disse – que está falando muito alto. Será ouvida do cômodo ao lado.

– Que importa? – respondeu a srta. de La Mole com orgulho. – Quem se atreverá a me dizer que me ouve? Quero curar para sempre seu pequeno amor-próprio de quaisquer ideias que possa ter imaginado sobre mim.

Quando Julien conseguiu sair da biblioteca, estava tão surpreso que sentia menos sua infelicidade.

– Pois bem, ela não me ama mais – repetiu para si mesmo, falando em voz alta como que para se conscientizar de sua situação. – Parece que ela me amou por oito ou dez dias, e eu a amarei por toda a vida. É bem possível, ela não era nada! Nada para o meu coração há poucos dias!

Os prazeres do orgulho inundavam o coração de Mathilde; ela tinha, portanto, sido capaz de romper para sempre! Triunfar de forma tão completa sobre uma inclinação tão poderosa a faria perfeitamente feliz.

"Assim, esse homenzinho vai entender, de uma vez por todas, que ele não tem e nunca terá nenhuma influência sobre mim." Ela estava muito feliz por realmente não sentir mais amor naquele momento.

Depois de uma cena tão atroz, tão humilhante, em um ser menos apaixonado que Julien, o amor se tornou impossível. Sem se afastar por um só instante do que devia a si mesma, a srta. de La Mole tinha lhe dito aquelas coisas desagradáveis, tão bem calculadas que podem parecer uma verdade, mesmo quando recordadas a sangue-frio.

A conclusão que Julien tirou no primeiro momento de uma cena tão surpreendente foi que Mathilde tinha um orgulho infinito. Ele acreditava firmemente que tudo estava acabado para sempre entre eles, mas, no dia seguinte, na hora do almoço, mostrou-se desajeitado e tímido na frente dela. Era um defeito pelo qual não tinha sido possível culpá-lo até então. Tanto nas pequenas como nas grandes coisas, ele sabia claramente o que tinha de fazer e o que queria fazer, e punha isso em prática.

Naquele dia, depois do almoço, como a sra. de La Mole lhe pedia uma brochura sediciosa, mas bastante rara, que seu pároco lhe trouxera em segredo pela manhã, Julien, tirando-a de cima de um console, deixou cair um velho vaso de porcelana azul, feio a não mais poder.

A sra. de La Mole levantou-se com um grito de angústia e foi examinar de perto as ruínas de seu amado vaso.

– Era do Japão antigo – disse ela –, veio de minha tia-avó abadessa de Chelles; foi presente dos holandeses ao regente duque de Orleães, que o havia dado à filha...

Mathilde acompanhara os movimentos da mãe, tão absorta ao ver aquele vaso azul quebrado, que lhe parecia horrivelmente feio. Julien estava em silêncio e não muito perturbado; viu a srta. de La Mole muito perto dele.

– Esse vaso – disse-lhe ele – está destruído para sempre. Assim é com um sentimento que outrora foi dono do meu coração. Rogo-lhe que aceite minhas desculpas por todas as loucuras que ele me fez fazer. – E saiu.

– Na verdade, se poderia dizer – falou a sra. de La Mole quando ele ia embora – que esse sr. Sorel está orgulhoso e feliz com o que acaba de fazer.

Essas palavras ressoaram diretamente no coração de Mathilde.

"É verdade", disse a si mesma, "minha mãe adivinhou bem, esse é o sentimento que o anima." Só então a alegria com a cena que lhe fizera no dia anterior cessou. "Bem, acabou tudo", continuou com aparente calma.

"Resta-me um grande exemplo; esse erro é terrível, humilhante! Ele me valerá como sabedoria para o resto da vida."

"O que eu não disse de verdade?", pensou Julien. "Por que o amor que eu sentia por essa louca ainda me atormenta?"

Esse amor, longe de se apagar como ele esperava, fez rápidos progressos.

"Ela é maluca, é verdade", disse a si mesmo, "mas é menos adorável? É possível ser mais bonita? Tudo o que a mais elegante civilização pode apresentar de alegres prazeres não foi reunido como desejado na srta. de La Mole?" Essas lembranças da felicidade passada se apoderaram de Julien e rapidamente destruíram todo o trabalho da razão.

A razão luta em vão contra memórias desse tipo; suas tentativas severas apenas aumentam seu charme.

Vinte e quatro horas depois de o vaso antigo do Japão ter sido quebrado, Julien era decididamente um dos homens mais infelizes.

Capítulo 21
A nota secreta

*Porque tudo o que conto vi; e, se pude me enganar
ao vê-lo, é claro que não o engano ao lhe contar.*

CARTA AO AUTOR

O marquês mandou chamá-lo; o sr. de La Mole parecia rejuvenescido, seus olhos brilhavam.

– Falemos um pouco da sua memória – disse a Julien. – Afirmam que é prodigiosa! Seria capaz de memorizar quatro páginas e ir recitá-las em Londres? Mas sem mudar uma palavra!...

O marquês amarfanhava bem-humorado o *La Quotidienne* do dia e tentava em vão dissimular um ar muito sério que Julien nunca vira nele, mesmo quando se tratava do processo Frilair.

Julien já tinha traquejo suficiente para sentir que deveria acreditar no tom superficial que lhe era mostrado.

– Essa edição do *La Quotidienne* pode não ser muito divertida; mas, se o senhor marquês permitir, amanhã de manhã terei a honra de lhe recitá-la na íntegra.

– O quê? Até os anúncios?

– Exatamente, e sem faltar uma palavra.

– Dá-me sua palavra de honra? – retomou o marquês com súbita gravidade.

– Sim, senhor. Só o medo de faltar a ela poderia perturbar minha memória.

– É que me esqueci de lhe fazer esta pergunta ontem. Não estou lhe pedindo o juramento de nunca repetir o que vai ouvir; conheço-o muito bem para lhe fazer tal insulto. Responsabilizei-me por você, vou levá-lo a um salão onde doze pessoas vão se reunir; você tomará nota do que cada uma vai dizer.

"Não se preocupe, não será uma conversa confusa; cada um falará em sua vez, não quero dizer com ordem", acrescentou o marquês, retomando o ar fino e leve que lhe era tão natural. "Enquanto falarmos, você escreverá cerca de vinte páginas; vai voltar aqui comigo, vamos reduzir essas vinte páginas a quatro. São essas quatro páginas que você vai recitar para mim amanhã de manhã, em vez de toda a edição do *La Quotidienne*. Em seguida, você partirá imediatamente; terá de viajar pela diligência do correio como um jovem que viaja a lazer. Seu objetivo consistirá em não ser notado por ninguém. Chegará junto de um personagem importante. Aí, precisará de mais habilidade. Trata-se de enganar todos que o rodeiam; pois entre seus secretários e criados haverá pessoas vendidas aos nossos inimigos e que vigiam a passagem de nossos agentes para interceptá-los. Você terá uma carta de recomendação insignificante.

"No momento em que Sua Excelência o vir, você vai tirar este meu relógio que estou lhe emprestando para a viagem. Guarde-o consigo e dê-me o seu.

"O próprio duque se dignará de escrever, com base no seu ditado, as quatro páginas que você terá aprendido de cor.

"Isso feito, mas não antes, veja bem, você poderá, se Sua Excelência o questionar, falar sobre a sessão à qual vai assistir.

"O que o impedirá de ficar entediado ao longo da viagem é que, entre Paris e a residência do ministro, haverá pessoas que não pediriam nada melhor que dar um tiro de espingarda no senhor padre Sorel. Portanto, sua missão estará terminada, e vejo nisso um grande atraso; porque, meu caro, como saberemos de sua morte? Seu zelo não pode ir tão longe a ponto de nos informar.

"Corra imediatamente para comprar trajes completos", o marquês continuou sério. "Entre na moda de dois anos atrás. Esta noite, é preciso que você tenha uma aparência desleixada. Ao viajar, pelo contrário, estará como de costume. Isso o surpreende; sua desconfiança adivinha algo? Sim, meu amigo, um dos veneráveis personagens que você vai ouvir opinar é muito capaz de enviar informações, por meio das quais poderão muito bem lhe dar, no mínimo, ópio à noite, em alguma boa pousada onde você terá pedido para cear."

– É melhor – disse Julien – andar trinta léguas a mais e não seguir o caminho direto. Trata-se de Roma, suponho...

O marquês assumiu um ar de altivez e descontentamento que Julien não vira nele desde Bray-le-Haut.

– Isso é o que saberá, senhor, quando eu achar conveniente lhe dizer. Não gosto de perguntas.

– Esta não era uma – retomou Julien efusivamente. – Juro-lhe, senhor, estava pensando em voz alta, estava procurando em minha mente o caminho mais seguro.

– Sim, parece que sua mente estava muito distante. Lembre-se sempre de que um embaixador, e ainda mais da sua idade, não deve ter a aparência de quem força confiança.

Julien ficou muito mortificado; ele estava errado. Seu amor-próprio procurava uma desculpa e não conseguia encontrar.

– Compreenda, então – acrescentou o sr. de La Mole –, que sempre se apela ao coração quando se faz alguma tolice.

Uma hora depois, Julien estava na antessala do marquês com uma atitude subalterna, roupas antigas, uma gravata de branco questionável e algo de pedante em toda a aparência.

Ao vê-lo, o marquês desatou a rir e só então a justificativa de Julien foi completa.

"Se este jovem me trair", pensou o sr. de La Mole, "em quem posso confiar? E, no entanto, quando se age, é preciso confiar em alguém. Meu filho e seus brilhantes amigos da mesma espécie têm coração e lealdade por cem mil; se tivessem de lutar, pereceriam nos degraus do trono. Eles sabem tudo... exceto isso que é necessário no momento. Ao diabo se eu vir um deles que pode memorizar quatro páginas e viajar cem léguas sem ser rastreado. Norbert saberia se fazer matar como seus ancestrais; também é o mérito de um recruta..."

O marquês caiu em um profundo devaneio:

"E ainda para se fazer matar", disse a si mesmo com um suspiro, "talvez esse Sorel saberia fazer isso tão bem quanto ele..."

– Vamos entrar na carruagem – disse o marquês, como que para afugentar uma ideia indesejável.

– Senhor – disse Julien –, enquanto arrumavam este traje para mim, memorizei a primeira página do *La Quotidienne* de hoje.

O marquês pegou o jornal. Julien recitou sem errar uma única palavra.

"Ótimo", pensou o marquês, bastante diplomático naquela noite. "Durante esse tempo, o jovem não percebe as ruas por onde passamos."

Chegaram a um grande salão de aparência bastante triste, em parte forrado de madeira, em parte, de veludo verde. No meio do salão, um lacaio carrancudo terminava de arrumar uma grande mesa de jantar, que depois transformou em mesa de trabalho por meio de um imenso pano verde manchado de tinta, despojo de algum ministério.

O dono da casa era um homem enorme, cujo nome não foi mencionado; Julien viu nele a fisionomia e a eloquência de alguém que está digerindo.

A um sinal do marquês, Julien permaneceu na extremidade da mesa. Para disfarçar, começou a aparar penas. Contou sete interlocutores com o canto do olho, mas só conseguia vê-los por trás. Dois pareciam-lhe dirigir-se ao sr. de La Mole em pé de igualdade; os outros soavam mais ou menos respeitosos.

Um novo personagem entrou sem ser anunciado. "Isso é singular", pensou Julien, "não anunciam as pessoas neste salão. Será que essa precaução é em minha homenagem?" Todos se levantaram para receber o recém--chegado. Ele se vestia com a mesma distinção de três outras pessoas que já estavam no salão. Falava-se muito baixo. Para julgar o recém-chegado, Julien teve de se ater ao que suas feições e seu comportamento podiam lhe revelar. Ele era baixo e atarracado, corado, olhos brilhantes e sem outra expressão senão a da maldade de um javali.

A atenção de Julien foi fortemente desviada pela chegada quase imediata de um ser totalmente diferente. Era um homem alto e muito magro, que usava três ou quatro coletes. Seu olhar era acariciador; seu gesto, educado.

"É exatamente o semblante do velho bispo de Besançon", pensou Julien. Esse homem obviamente pertencia à Igreja, não aparentava mais de cinquenta ou cinquenta e cinco anos, e sua expressão era a mais paternal possível.

O jovem bispo de Agde apareceu e ficou muito surpreso quando, ao passar em revista os presentes, seus olhos pousaram em Julien. Ele não lhe dirigira a palavra desde a cerimônia de Bray-le-Haut. Seu olhar surpreso deixou Julien embaraçado e irritado.

"Vejam só!", este último disse a si mesmo, "conhecer um homem sempre vai resultar em azar para mim? Todos esses grandes senhores que nunca vi não me intimidam em nada, mas o olhar desse jovem bispo me congela! É preciso admitir que sou um ser muito singular e muito infeliz."

Um homem baixinho e extremamente sinistro logo entrou com estrondo e começou a falar da porta; tinha a tez amarelada e parecia um pouco maluco. Assim que esse orador implacável chegou, grupos se formaram, aparentemente para evitar o tédio de ouvi-lo.

Afastando-se da lareira, as pessoas se aproximaram da extremidade da mesa ocupada por Julien. Seu esforço para se mostrar discreto tornou-se cada vez mais embaraçado; afinal, por mais que quisesse, não poderia deixar de ouvir e, por menor que fosse a sua experiência, entendia toda a importância das coisas que falavam sem nenhum disfarce; como as altas personagens que ele tinha aparentemente diante de seus olhos queriam que elas permanecessem secretas!

Julien já havia cortado, o mais lentamente possível, cerca de vinte penas; esse recurso iria lhe falhar. Ele buscava em vão uma ordem nos olhos do sr. de La Mole; o marquês havia se esquecido dele.

"O que estou fazendo é ridículo", Julien disse a si mesmo, aparando as penas. "Mas pessoas com fisionomia tão medíocre e encarregadas por outros ou por si mesmas de interesses tão grandes devem ser muito suscetíveis. Meu olhar infeliz tem algo questionador e pouco respeitoso, que sem dúvida os irritaria. Se eu definitivamente abaixar meus olhos, parecerei estar recolhendo suas palavras.

Seu constrangimento era extremo; ouvia coisas estranhas.

Capítulo 22
A discussão

A República – para um que, hoje, sacrificaria tudo pelo bem público, há milhares e milhões que conhecem apenas seus prazeres, sua vaidade. As pessoas são consideradas em Paris por sua carruagem, não por sua virtude.

NAPOLEÃO, MEMORIAL

O lacaio entrou apressado, dizendo:

– O senhor duque de ***.

– Cale-se, não passa de um tolo – disse o duque, entrando. Disse esta frase tão bem e com tanta majestade que, contra a sua vontade, Julien achou que saber irritar-se com um lacaio era toda a ciência desse grande personagem. Julien ergueu os olhos e imediatamente os baixou. Havia adivinhado tão bem a importância do recém-chegado que tremia, receando que seu olhar fosse uma indiscrição.

O duque era um homem de cinquenta anos, vestido como um dândi e caminhando como que por molas. Tinha a cabeça estreita, com nariz grande, e um rosto adunco e proeminente; teria sido difícil parecer mais nobre e mais insignificante. Sua chegada determinou a abertura da sessão.

Julien foi vivamente interrompido em suas observações fisionômicas pela voz do sr. de La Mole.

– Apresento-lhes o sr. padre Sorel – dizia o marquês. – Ele é dotado de memória surpreendente; há apenas uma hora falei com ele sobre a missão da qual poderia ser encarregado e, para dar uma prova de sua memória, ele decorou a primeira página do *La Quotidienne*.

– Ah, notícias estrangeiras desse pobre N... – disse o dono da casa. Pegou o jornal com avidez e, olhando para Julien com ar amável, à força de tentar ser importante, disse: – Fale, senhor.

O silêncio foi profundo; todos os olhares se fixaram em Julien. Ele recitou tão bem que, ao final de vinte linhas:

– Basta – disse o duque.

O homenzinho com cara de javali sentou-se. Era o presidente, pois, mal se instalou no lugar, mostrou a Julien uma mesa de jogo e fez sinal para que a trouxesse para perto dele. Este se instalou ali com o que era preciso para escrever. Contou doze pessoas sentadas ao redor do pano verde.

– Sr. Sorel – disse o duque –, vá para a próxima sala. O senhor será chamado.

O dono da casa assumiu um ar muito preocupado.

– As portas das janelas não estão fechadas – disse ele a meia-voz ao vizinho.

– Não adianta ficar olhando pela janela – gritou tolamente para Julien.

"Pelo menos estou metido em uma conspiração", pensou. "Felizmente, não é uma daquelas que levam à Praça de Grève. Mesmo que haja perigo, devo isso e muito mais ao marquês. Ficaria feliz se me fosse dado reparar toda a dor que minhas loucuras um dia possam lhe causar!"

Enquanto pensava nas suas loucuras e em sua infelicidade, ele olhava aqueles lugares para nunca mais os esquecer. Só então se lembrou de que não tinha ouvido o marquês dizer ao lacaio o nome da rua e que mandara buscar um fiacre, o que nunca acontecia com ele.

Julien foi deixado com suas reflexões por um longo tempo. Ele estava em um salão forrado de veludo vermelho com grandes tranças douradas. Em cima do aparador, havia um grande crucifixo de marfim e, sobre a lareira, o livro do papa, do sr. de Maistre, com as bordas douradas e magnificamente encadernado. Julien o abriu para não dar a impressão de estar ouvindo. De vez em quando, falavam muito alto no cômodo ao lado. Finalmente, a porta se abriu, e ele foi chamado.

– Pensem, senhores – dizia o presidente –, que agora estamos falando perante o duque de ***. – Este senhor – disse ele apontando para Julien – é um jovem levita, devotado à nossa causa sagrada, e que repetirá facilmente, com a ajuda de sua memória surpreendente, até mesmo nossos menores discursos. O senhor tem a palavra – disse ele, apontando para o personagem de aparência paternal que usava três ou quatro coletes.

Julien achou que teria sido mais natural nomeá-lo o cavalheiro dos coletes. Ele pegou um papel e escreveu muito.

(Aqui o autor gostaria de colocar uma página de pontos. – Isso seria de mau gosto – disse o editor – e, para um escrito tão frívolo, carecer de graça é morrer.

– A política – responde o autor – é uma pedra presa ao pescoço da literatura e que, em menos de seis meses, a submerge. A política em meio a interesses de imaginação é um tiro de pistola no meio de um concerto. Esse barulho é dilacerante, sem ser enérgico. Não combina com o som de nenhum instrumento. Essa política ofenderá mortalmente metade dos leitores e irritará a outra metade, que a achou muito mais especial e enérgica no jornal matutino...

– Se suas personagens não falam de política – continua o editor –, elas não são mais os franceses de 1830, e seu livro não é mais um espelho, como pretende...)

A ata de Julien tinha vinte e seis páginas; o que aqui está é uma amostra muito pálida, porque era preciso, como sempre, eliminar os ridículos, cujo excesso teria parecido odioso ou pouco verossímil (ver *La Gazette des Tribunaux*).

O homem de coletes e ar paternal (talvez fosse um bispo) sorria com frequência, e então seus olhos, rodeados de pálpebras flutuantes, assumiam um brilho singular e uma expressão menos indecisa que de costume. Esse personagem, que foi o primeiro a falar na frente do duque ("mas qual duque?", Julien disse a si mesmo), aparentemente para expor opiniões e exercer as funções de advogado-geral, pareceu a Julien cair na incerteza e na ausência de conclusões decididas pelas quais com frequência esses magistrados são censurados. No decorrer da discussão, o duque chegou a repreendê-lo por isso.

Depois de várias frases de moralidade e filosofia indulgente, o homem dos coletes disse:

– A nobre Inglaterra, liderada por um grande homem, o imortal Pitt, gastou quarenta bilhões de francos para frustrar a revolução. Se esta assembleia me permite abordar com alguma franqueza uma ideia triste, a Inglaterra não entendeu suficientemente que, com um homem como Bonaparte, quando acima de tudo tínhamos apenas uma coleção de boas intenções para lhe opor, apenas os meios sociais eram decisivos...

– Ah, novamente o elogio do assassinato! – disse o dono da casa, preocupado.

– Poupe-nos de suas homilias sentimentais – gritou o presidente com raiva; seus olhos de javali brilhavam de forma feroz. – Continue – disse ao homem dos coletes.

As faces e a testa do presidente tornaram-se cor de púrpura.

– A nobre Inglaterra – retomou o relator – está hoje esmagada, porque todo inglês, antes de pagar seu pão, é obrigado a pagar os juros dos quarenta bilhões de francos que foram empregados contra os jacobinos. Ela não tem mais um Pitt...

— Ela tem o duque de Wellington — disse uma figura militar que assumiu um ar muito importante.

— Silêncio, senhores — exclamou o presidente. — Se ainda estivermos discutindo, terá sido inútil trazer o sr. Sorel.

— Sabemos que o senhor tem muitas ideias — disse o duque com ar cortante, olhando para o interruptor, ex-general de Napoleão.

Julien viu que essa fala aludia a algo pessoal e muito ofensivo. Todo mundo sorriu; o general desertor pareceu indignado de raiva.

— Não existe mais Pitt, senhores — retomou o relator com o ar desanimado de quem se desespera em trazer à razão aqueles que o escutam. — Havia um novo Pitt na Inglaterra; não se engana uma nação duas vezes pelos mesmos meios...

— É por isso que um general vitorioso, um Bonaparte, é doravante impossível na França — gritou o interruptor militar.

Dessa vez, nem o presidente nem o duque ousaram zangar-se, embora Julien tenha acreditado ler em seus olhos que tinham muita vontade disso. Eles baixaram o olhar, e o duque se contentou em suspirar de modo a ser ouvido por todos.

Mas o relator ficara de mau humor.

— Estão com pressa de me ver terminar — disse ferozmente, deixando totalmente de lado aquela polidez sorridente e aquela linguagem toda comedida que Julien acreditava ser a expressão de seu caráter. — Estão com pressa de me ver terminar; não levam em consideração os esforços que faço para não ofender os ouvidos de ninguém, não importa o tamanho que tenham. Pois, senhores, serei breve.

"E direi em palavras bem vulgares: a Inglaterra não tem mais um centavo a serviço da boa causa. Mesmo que Pitt retornasse, com todo o seu gênio não teria sucesso em enganar os pequenos proprietários de terras ingleses, pois eles sabem que apenas a breve campanha de Waterloo custou, somente a eles, um bilhão de francos. Visto que queremos frases claras — acrescentou o relator, cada vez mais exaltado —, eu lhes direi: ajudem-se por si mesmos, pois a Inglaterra não tem um guinéu ao seu serviço, e, quando a Inglaterra não paga, a Áustria, a Rússia e a Prússia, que só têm coragem e nenhum dinheiro, não podem travar contra a França mais que uma ou duas campanhas.

"Pode-se esperar que os jovens soldados reunidos pelo jacobinismo sejam derrotados na primeira campanha, talvez na segunda; mas na terceira, mesmo que eu passe por um revolucionário aos seus olhos avisados, na terceira vocês terão os soldados de 1794, que não eram mais os camponeses arregimentados de 1792."

Aqui, a interrupção partiu de três ou quatro pontos ao mesmo tempo.

– Senhor – disse o presidente a Julien –, vá passar a limpo na sala ao lado o início da ata que anotou.

Julien saiu com grande pesar. O relator acabava de abordar probabilidades que eram objeto de suas meditações habituais.

"Estão com medo de que eu ria deles", pensou. Quando ele foi chamado de volta, o sr. de La Mole dizia, com um tom sério, que para Julien, que o conhecia, parecia muito agradável:

– Sim, senhores, é sobretudo desse povo infeliz que podemos dizer: "Será ele Deus, mesa ou bacia?".

– Ele será Deus! – exclamou o fabulista. – É a vocês, senhores, que essa fala tão nobre e tão profunda parece pertencer. Ajam por si mesmos, e a nobre França reaparecerá mais ou menos como nossos ancestrais a fizeram e como nossos olhos ainda a viram antes da morte de Luís XVI.

"A Inglaterra, pelo menos seus nobres senhores, odeia tanto quanto nós o ignóbil jacobinismo: sem o ouro inglês, Áustria, Rússia e Prússia só podem travar duas ou três batalhas. Isso bastará para realizar uma ocupação feliz como a que o sr. de Richelieu desperdiçou tão estupidamente em 1817? Creio que não."

Aqui houve uma interrupção, mas sufocada pelo pedido de silêncio de todos. Ela partiu novamente do ex-general imperial, que desejava obter a condecoração do cordão azul e queria marcar presença entre os editores da nota secreta.

– Eu acho que não – retomou o sr. de La Mole após o tumulto.

Ele insistia no uso do pronome "eu", com uma insolência que encantou Julien. "Eis uma bela jogada", disse a si mesmo, fazendo sua pena voar quase tão rápido quanto a fala do marquês. Com uma palavra bem empregada, o sr. de La Mole aniquilou as vinte campanhas daquele desertor.

– Não é só ao estrangeiro – continuou o marquês no tom mais comedido – que podemos dever uma nova ocupação militar. Toda essa juventude que escreve artigos inflamados no *Globe* lhe dará três ou quatro mil jovens capitães, entre os quais podem estar um Kléber, um Hoche, um Jourdan, um Pichegru, mas menos bem-intencionado.

– Não soubemos como glorificá-lo – disse o presidente. – Tínhamos de mantê-lo imortal.

– Por último, deve haver dois partidos na França – retomou o sr. de La Mole –, mas dois partidos não somente no nome, dois partidos muito claros e bem definidos. Saibamos quem é preciso esmagar. De um lado, jornalistas, eleitores, opinião pública, enfim, a juventude e todos que a admiram. Enquanto ela fica atordoada com o barulho de suas palavras vazias, temos a vantagem definitiva de consumir o orçamento.

Aqui houve, novamente, uma interrupção.

– O senhor – disse o sr. de La Mole ao interruptor com admirável altivez e desenvoltura – não consome, se a palavra o ofende, o senhor devora quarenta mil francos do orçamento do Estado e oitenta mil que recebe da lista civil.

"Bem, senhor, já que me força a fazê-lo, ousadamente o tomo como exemplo. Como seus nobres ancestrais que seguiram São Luís na cruzada, o senhor deveria, por esses cento e vinte mil francos, nos mostrar pelo menos um regimento, uma companhia, o que estou dizendo!, meia companhia, nem que fossem apenas cinquenta homens prontos para lutar e devotados à boa causa, à vida e à morte. O senhor só tem lacaios que, em caso de revolta, ao senhor mesmo amedrontariam.

"O trono, o altar, a nobreza podem perecer amanhã, enquanto os senhores não tiverem criado em cada departamento uma força de quinhentos homens devotados; mas digo devotados não só com toda a bravura francesa, mas também com a constância espanhola.

"Metade dessa tropa terá de compor-se de nossos filhos, nossos sobrinhos, verdadeiros fidalgos, em suma. Cada um deles terá a seu lado não um pequeno-burguês tagarela, pronto para usar o laço tricolor se 1815 apresentar-se novamente, mas um camponês bom, simples e franco como Cathelineau. Nosso fidalgo o terá doutrinado; ele será seu irmão adotivo, se possível. Que cada um de nós sacrifique um quinto de nossa renda para formar essa pequena e dedicada tropa de quinhentos homens por departamento. Então, os senhores poderão contar com uma ocupação estrangeira. Jamais o soldado estrangeiro penetrará nem até Dijon, se não tiver certeza de encontrar quinhentos soldados amigos em cada departamento.

"Os reis estrangeiros só o ouvirão quando o senhor anunciar a eles vinte mil fidalgos prontos para pegar em armas e abrir-lhes os portões da França. Esse serviço é difícil, dirão. Senhores, nossa cabeça está por esse preço. Entre a liberdade de imprensa e nossa existência como fidalgos, há uma guerra de morte. Tornem-se proprietários de fábricas, camponeses ou peguem sua espingarda. Sejam tímidos se quiserem, mas não sejam estúpidos; abram seus olhos.

"Formem seus batalhões, eu diria a vocês com a canção dos jacobinos; então haverá algum nobre Gustavo-Adolfo que, tocado pelo perigo iminente do princípio monárquico, se precipitará a trezentas léguas de seu país e fará por vocês o que Gustavo fez pelos príncipes protestantes. Querem continuar falando sem agir? Daqui a cinquenta anos, haverá apenas presidentes de repúblicas na Europa, e não um rei. E com essas três letras, R, E, I, vão embora os padres e os fidalgos. Só vejo candidatos cortejando maiorias conspurcadas.

"Pode-se dizer que a França não tem neste momento um general credenciado, conhecido e amado por todos, que o exército está organizado apenas no interesse do trono e do altar, que lhe foram tirados todos os antigos soldados, enquanto cada um dos regimentos prussiano e austríaco tem cinquenta suboficiais que viram o fogo.

"Duzentos mil jovens pertencentes à pequena burguesia são apaixonados pela guerra..."

– Chega de verdades desagradáveis – disse em tom grave um personagem sério, aparentemente importante nas dignidades eclesiásticas, pois o sr. de La Mole sorria agradavelmente em vez de ficar zangado, o que foi um grande sinal para Julien.

– Chega de verdades desagradáveis. Resumamos, senhores: o homem a quem se trata de cortar uma perna gangrenada erraria se dissesse ao cirurgião: esta perna doente está muito sadia. Permitam-me a expressão, senhores, o nobre duque de *** é nosso cirurgião...

"Eis enfim a grande palavra pronunciada", pensou Julien. "É em direção a ... que vou galopar nesta noite."

Capítulo 23
O clero, os bosques, a liberdade

A primeira lei de todo ser é se preservar, é viver. Vocês semeiam cicuta e afirmam ver amadurecer espigas!

MAQUIAVEL

O personagem sério continuava. Era possível ver que sabia. Expunha com eloquência gentil e moderada, da qual Julien gostou muito, estas grandes verdades:

– Primeiro, a Inglaterra não tem um guinéu ao nosso serviço; economia e Hume estão na moda lá. Mesmo os Santos não nos darão dinheiro, e o sr. Brougham rirá de nós.

"Segundo, é impossível obter mais de duas campanhas dos reis da Europa sem o ouro inglês; e duas campanhas não bastarão contra a pequena burguesia.

"Terceiro, há necessidade de formar um partido armado na França, sem o qual o princípio monárquico da Europa não arriscará nem mesmo essas duas campanhas.

"O quarto ponto, que me atrevo a lhes propor como óbvio, é este: impossibilidade de formar um partido armado na França sem o clero. Digo-lhes com ousadia, porque vou lhes provar isso, senhores. É preciso dar tudo ao clero.

"Primeiro, porque, cuidando de seu negócio dia e noite, e guiado por homens de alta capacidade estabelecidos longe das tempestades a trezentas léguas de suas fronteiras..."

– Ah, Roma, Roma! – gritou o dono da casa...

– Sim, senhor, Roma! – respondeu o cardeal com orgulho. – Sejam quais forem as brincadeiras mais ou menos engenhosas que estavam na moda quando vocês eram jovens, direi em voz alta, em 1830, que o clero, guiado por Roma, é o único que fala ao povo humilde.

– Cinquenta mil padres repetem as mesmas palavras no dia indicado pelos chefes, e o povo, que, afinal, fornece os soldados, será mais tocado pela voz de seus padres que por todos os pequenos versos do mundo... (Esta personalidade despertou murmúrios.)

– O clero tem um talento superior ao seu – retomou o cardeal, erguendo a voz. – Todos os passos que vocês deram em direção a esse ponto capital, para ter um partido armado na França, foram feitos por nós. Aqui apareceram fatos... Quem enviou oitenta mil espingardas para a Vendeia?..., etc., etc.

"Enquanto o clero não tiver seus bosques, ele não tem nada. Durante a primeira guerra, o ministro das Finanças escreveu aos seus agentes que não havia mais dinheiro, exceto para os padres. Basicamente, a França não acredita, e adora a guerra. Quem quer que a dê a ela será duplamente popular, porque fazer a guerra é matar de fome os jesuítas, para falar como o vulgo; fazer a guerra é livrar esses monstros de orgulho, os franceses, da ameaça da intervenção estrangeira."

O cardeal era ouvido com simpatia...

– O sr. de Nerval teria que deixar o ministério – disse ele. – O nome dele irrita desnecessariamente.

Diante dessa afirmação, todos se levantaram e falaram ao mesmo tempo. "Vão me mandar sair de novo", pensou Julien; mas o próprio ajuizado presidente havia se esquecido da sua presença e existência.

Todos os olhares procuravam um homem que Julien reconheceu. Era o sr. de Nerval, o primeiro-ministro, que ele vira no baile do sr. duque de Retz.

A desordem chegou ao auge, como dizem os jornais ao falar da Câmara. Ao cabo de um longo quarto de hora, o silêncio restabeleceu-se em parte.

Então o sr. de Nerval levantou-se e, adotando o tom de um apóstolo, falou:

– Não vou lhes dizer – disse com voz singular – que não tenho apego ao ministério. Foi-me demonstrado, senhores, que meu nome dobra a força dos jacobinos ao fazer com que muitos moderados voltem-se contra nós. Eu ficaria, portanto, feliz em me retirar, mas os caminhos do Senhor são visíveis para poucos; porém – acrescentou, olhando fixamente para o cardeal –, tenho uma missão. O céu me disse: "Você levará sua cabeça a um cadafalso ou restabelecerá a monarquia na França e reduzirá as Câmaras ao que era o Parlamento sob Luís XV". E isso, senhores, eu o farei.

Calou-se e sentou-se. Fez-se um grande silêncio.

"Eis aí um bom ator", pensou Julien. Ele estava errado, como de costume, ao assumir que as pessoas eram muito inteligentes. Exaltado pelos debates de uma noite tão animada e, sobretudo, pela sinceridade da discussão, naquele momento o sr. de Nerval acreditava na sua missão. Com grande coragem, esse homem não tinha bom senso.

Soou meia-noite durante o silêncio que se seguiu à bela frase "eu o farei". Julien achou que o som do relógio tinha algo de imponente e fúnebre. Ficou comovido.

A discussão logo recomeçou com crescente energia e, acima de tudo, com incrível ingenuidade. "Essas pessoas vão fazer com que eu seja envenenado",

Julien pensava em certos momentos. "Como se pode dizer essas coisas na frente de um plebeu?"

Soaram as duas horas, e a conversa ainda continuava. O dono da casa estava dormindo havia muito tempo; o senhor de La Mole foi obrigado a tocar a campainha para que fossem renovadas as velas. O sr. de Nerval, o ministro, saíra à uma e quinze, não sem antes ter estudado muitas vezes o rosto de Julien no espelho que o ministro tinha a seu lado. Sua partida parecera deixar todos à vontade.

Enquanto as velas eram renovadas, o homem dos coletes sussurrou para seu vizinho:

– Sabe Deus o que esse homem vai dizer ao rei! Pode muito bem nos fazer parecer ridículos e estragar nosso futuro.

"Deve-se admitir que há nele uma arrogância bem rara, e até descaramento, em se apresentar aqui. Ele vinha aqui antes de chegar ao ministério; mas a pasta muda tudo, afoga todos os interesses de um homem. Ele deve ter sentido isso."

Mal o ministro saíra, o general de Bonaparte fechara os olhos. Nesse momento, ele falou de sua saúde, de seus ferimentos, consultou o relógio e saiu.

– Poderia apostar – disse o homem dos coletes – que o general corre atrás do ministro; ele vai se desculpar por ter sido visto aqui e fingir que está nos liderando.

Quando os criados meio adormecidos terminaram de renovar as velas:

– Vamos finalmente deliberar, senhores – disse o presidente. – Não vamos mais tentar nos persuadir uns aos outros. Pensemos no teor da nota que em quarenta e oito horas estará diante dos olhos de nossos amigos lá fora. Falou-se dos ministros. Agora que o sr. de Nerval nos deixou, podemos dizer: "Que nos importam os ministros?" Faremos com que aceitem o que quisermos.

O cardeal aprovou com um sorriso fino.

– Nada poderia ser mais fácil, parece-me, que resumir nossa posição – disse o jovem bispo de Agde com o ardor concentrado e constrangido do mais exaltado fanatismo.

Até então, ele havia mantido silêncio; seu olhar, que Julien havia observado, a princípio suave e calmo, inflamara-se após a primeira hora de discussão. Agora, sua alma transbordava como lava do Vesúvio.

– De 1806 a 1814, a Inglaterra teve apenas uma falha – disse ele –, foi a de não agir direta e pessoalmente sobre Napoleão. Assim que esse homem nomeou duques e auxiliares de corte, assim que restabeleceu o trono, terminou a missão que Deus lhe confiara; ele não servia mais senão para ser imolado. As Sagradas Escrituras nos ensinam em mais de um lugar como acabar com os tiranos. – Aqui, houve várias citações em latim.

"Hoje, senhores, não é mais um homem que é preciso sacrificar, mas Paris. Toda a França copia Paris. Qual é a utilidade de armar seus quinhentos homens por departamento? Empresa arriscada que nunca vai terminar. De que adianta misturar a França à coisa que é pessoal em Paris? Só Paris, com seus jornais e seus salões, causou o mal. Que a nova Babilônia pereça.

"Entre o altar e Paris, é preciso acabar com isso. Essa catástrofe está até mesmo nos interesses mundanos do trono. Por que Paris não se atreveu a protestar sob Bonaparte? Perguntem isso ao canhão de Saint-Roch…"

* * *

Somente às três da manhã Julien saiu com o sr. de La Mole.

O marquês estava envergonhado e cansado. Pela primeira vez, ao falar com Julien, houve súplica em sua voz. Solicitou-lhe a palavra de honra de nunca revelar os excessos de zelo, essa foi sua expressão, de que o acaso acabava de torná-lo testemunha.

– Só conte ao nosso amigo do exterior se ele insistir seriamente em conhecer nossos jovens malucos. O que importa para eles que o Estado seja derrubado? Serão cardeais e se refugiarão em Roma. Nós, em nossos castelos, seremos massacrados pelos camponeses.

A nota secreta que o marquês redigiu com base na grande ata de vinte e seis páginas, escrita por Julien, só ficou pronta às quatro horas e quarenta e cinco minutos.

– Estou morrendo de cansaço – disse o marquês –, e você pode ver bem isso por esta nota, à qual falta clareza no final. Estou mais infeliz com isso que com qualquer outra coisa que fiz na vida. Escute, meu amigo – acrescentou ele –, vá descansar por algumas horas e, por medo de que seja sequestrado, vou trancá-lo no seu quarto.

No dia seguinte, o marquês levou Julien a um castelo isolado, bem longe de Paris. Lá, havia hóspedes singulares, que Julien julgou serem padres. Ele recebeu um passaporte que tinha um nome falso, mas que finalmente indicava o verdadeiro propósito da viagem que sempre fingira ignorar. Ele entrou sozinho em uma carruagem.

O marquês não se preocupava de forma alguma com sua memória: Julien havia recitado várias vezes a nota secreta, mas tinha muito medo de que ele fosse interceptado.

– Acima de tudo, procure não aparentar ser um tolo que viaja para matar o tempo – disse-lhe, com amizade, ao deixar o salão. – Talvez houvesse mais de um falso irmão em nossa assembleia na noite passada.

A viagem foi rápida e muito triste. Assim que Julien sumiu da vista do marquês, esqueceu-se da nota secreta e da missão, para pensar apenas no desprezo de Mathilde.

Em um vilarejo algumas léguas além de Metz, o agente do correio veio dizer-lhe que não havia cavalos. Eram dez horas da noite. Julien, muito contrariado, pediu a ceia. Passou pela porta e, imperceptivelmente, aparentando naturalidade, entrou no pátio das estrebarias. Não viu nenhum cavalo ali.

"No entanto, o ar daquele homem era singular", Julien disse a si mesmo. "Seu olho rude estava me examinando."

Ele começava, como podemos ver, a não acreditar exatamente no que lhe diziam. Pensava em fugir depois do jantar e, para sempre aprender alguma coisa sobre o país, saiu do quarto para ir se aquecer no fogo da cozinha. Qual não foi a sua alegria em encontrar ali o *signor* Geronimo, o famoso cantor!

Instalado em uma poltrona que tinha mandado colocar perto do fogo, o napolitano gemia bem alto e falava mais para si mesmo que para os vinte camponeses alemães que o cercavam, maravilhados.

– Essas pessoas estão me arruinando – gritou para Julien. – Prometi cantar em Mainz amanhã. Sete príncipes soberanos vieram para me ouvir. Mas vamos tomar um pouco de ar fresco – acrescentou com ar significativo.

Quando estava a cem passos na estrada, e fora da possibilidade de ser ouvido:

– Sabe do que se trata? – disse a Julien. – Esse agente dos correios é um patife. Enquanto caminhava, dei alguns vinténs a um garoto que me contou tudo. Existem mais de doze cavalos em uma estrebaria na outra extremidade do vilarejo. Querem atrasar algum correio.

– Sério? – disse Julien com ar inocente.

Não bastava descobrir a fraude, era preciso partir: foi isso que Geronimo e seu amigo não conseguiram.

– Vamos esperar o dia – disse por fim o cantor. – Estão desconfiados de nós. Talvez estejam observando a mim e a você. Amanhã de manhã, pedimos um bom desjejum; enquanto o preparam, vamos dar um passeio, fugimos, alugamos cavalos e chegamos ao próximo posto dos correios.

– E quanto a suas bagagens? – disse Julien, que pensava que talvez o próprio Geronimo pudesse ter sido enviado para interceptá-lo.

Foi preciso cear e ir dormir. Julien ainda dormia seu primeiro sono quando foi acordado em sobressalto pela voz de duas pessoas que conversavam em seu quarto, sem constrangimento.

O vermelho e o negro

Ele reconheceu o agente dos correios, armado com uma lanterna de furta-fogo. A luz estava direcionada para o cofre da carruagem, que Julien mandara levar para seu quarto. Ao lado do agente do correio, estava um homem que vasculhava tranquilamente o cofre aberto. Julien viu apenas as mangas do casaco, pretas e muito justas.

"É uma batina", disse para si mesmo, e devagar pegou as pequenas pistolas que colocara sob o travesseiro.

– Não tenha medo de que ele acorde, senhor padre – disse o agente do correio. – O vinho que lhe foi servido foi aquele que o senhor mesmo preparou.

– Não encontro nenhum vestígio de papéis – respondeu o padre. – Muito linho, essências, pomadas, amenidades; ele é um jovem do século, ocupado com seus prazeres. Em vez disso, o emissário deve ser o outro, que finge falar com sotaque italiano.

Essas pessoas se aproximaram de Julien para remexer nos bolsos de seu traje de viagem. Ele ficou muito tentado a matá-los como ladrões. Nada menos perigoso pelas consequências. Teve um grande desejo de fazer isso...

"Eu seria um tolo", concluiu, "comprometeria minha missão."

– Suas roupas revistadas não são de um diplomata – disse o padre. Ele foi embora e fez bem.

"Se viesse mexer na minha cama, desgraçado dele!", Julien disse a si mesmo. "Ele pode muito bem vir e me apunhalar, e isso eu não permitiria."

O padre virou a cabeça, Julien semicerrou os olhos. Qual não foi o seu espanto! Era o abade Castanède! Na verdade, embora as duas pessoas tivessem tentado falar baixinho, parecera-lhe, desde o início, reconhecer uma das vozes. Julien foi tomado por um desejo desproporcional de purgar a terra de um de seus patifes mais covardes...

"Mas a minha missão!", disse para si mesmo.

O padre e seu acólito partiram. Quinze minutos depois, Julien fingiu acordar. Chamou e acordou toda a casa.

– Estou envenenado – gritou ele –, sinto dores terríveis! – Ele queria um pretexto para ir em auxílio de Geronimo. Encontrou-o meio asfixiado pelo láudano contido no vinho.

Julien, temendo alguma artimanha desse tipo, tinha ceado com chocolate trazido de Paris. Não conseguiu acordar Geronimo o suficiente para persuadi-lo a ir embora.

– Ainda que me dessem todo o reino de Nápoles – disse o cantor –, eu não renunciaria neste momento ao prazer de dormir.

– Mas os sete príncipes soberanos!

– Eles que esperem.

Julien saiu sozinho e chegou sem maiores incidentes junto do grande personagem. Perdeu uma manhã inteira solicitando em vão uma audiência. Felizmente, por volta das quatro horas, o duque quis tomar ar. Julien o viu sair a pé; não hesitou em abordá-lo e pedir-lhe uma esmola. Quando se aproximou do grande personagem, tirou o relógio do marquês de La Mole e mostrou-o com afetação.

– Siga-me de longe – disse-lhe, sem olhar para ele.

A um quarto de légua de distância, o duque de repente entrou em uma pequena *Café-hauss*. Foi em um quarto dessa estalagem da pior classe que Julien teve a honra de recitar suas quatro páginas ao duque. Quando terminou, foi-lhe dito:

– Comece de novo e vá mais devagar.

O príncipe fez anotações.

– Caminhe até a estação de correios vizinha. Abandone seus pertences e sua carruagem aqui. Vá a Estrasburgo da melhor forma que puder e, no dia 22 do mês – ainda era dia 10 –, esteja ao meio-dia e meia nesta mesma *Café-hauss*. Só saia daqui a meia hora. Silêncio!

Foram as únicas palavras que Julien ouviu. Bastaram para penetrá-lo com a maior admiração. "Essa é a maneira", pensou ele, "de tratar os assuntos; o que esse grande estadista diria se ouvisse as tagarelices apaixonadas de três dias atrás?"

Julien levou dois dias para chegar a Estrasburgo. Parecia-lhe que não tinha nada para fazer lá. Fez um grande desvio. "Se esse demônio do abade Castanède me reconheceu, não é homem que perderá facilmente meu rastro... E que prazer para ele zombar de mim e fazer minha missão falhar!"

O abade Castanède, chefe de polícia da assembleia em toda a fronteira norte, felizmente não o reconhecera. E os jesuítas de Estrasburgo, embora muito zelosos, nunca sonharam em observar Julien, que, com sua condecoração e sua sobrecasaca azul, tinha o ar de um jovem soldado muito ocupado consigo.

Capítulo 24
Estrasburgo

Fascinação! Você tem do amor toda a sua energia, todo o seu poder de experimentar a infelicidade. Seus prazeres encantadores, seus doces gozos estão sozinhos além de sua esfera. Eu não podia dizer ao vê-la dormir: ela é toda minha, com sua beleza angelical e suas doces fraquezas! Ei-la entregue ao meu poder, como o céu a fez em sua misericórdia para encantar um coração humano.

Ode de Schiller

Forçado a passar oito dias em Estrasburgo, Julien procurou distrair-se com ideias de glória militar e devoção à pátria. Estava apaixonado, então? Ele nada sabia disso; em sua alma embriagada, só encontrava Mathilde, senhora absoluta tanto de sua felicidade como de sua imaginação. Ele precisava de toda a energia de seu caráter para se manter acima do desespero. Estava além de suas forças pensar em algo que não tivesse nenhuma relação com a srta. de La Mole. A ambição, os simples sucessos da vaidade outrora o distraíam dos sentimentos que a sra. de Rênal lhe inspirara. Mathilde havia absorvido tudo; ele a encontrava por toda parte no futuro.

Por todos os lados, nesse futuro, Julien via a falta de sucesso. Aquele ser que vimos em Verrières, tão cheio de presunção, tão orgulhoso, tinha caído em um ridículo excesso de modéstia.

Três dias antes, ele teria matado com prazer o abade Castanède; e se, em Estrasburgo, uma criança tivesse brigado com ele, teria dado razão a ela. Repensando nos adversários, nos inimigos que encontrara na vida, sempre achava que ele, Julien, estivera errado.

Era porque agora tinha como inimigo implacável aquela imaginação poderosa, outrora incessantemente empregada para pintar para ele tão brilhantes sucessos no futuro.

A solidão absoluta da vida de viajante aumentava o domínio dessa imaginação sombria. Que tesouro um amigo não teria sido!

"Mas", dizia a si mesmo, "há um coração batendo por mim? E, quando eu tiver um amigo, a honra não exigirá um silêncio eterno?"

Vagava tristemente a cavalo pelos arredores de Kehl; é um vilarejo às margens do Reno, imortalizado por Desaix e Gouvion Saint-Cyr. Um camponês alemão mostrava-lhe os riachos, os caminhos, as ilhotas do Reno aos quais a coragem desses grandes generais conferiu notoriedade. Julien, conduzindo o cavalo com a mão esquerda, usava a direita para estender o magnífico mapa que adorna as *Memórias* do marechal Saint-Cyr. Uma exclamação de alegria o fez levantar a cabeça.

Era o príncipe Korasoff, o amigo de Londres, que lhe revelara alguns meses antes as primeiras regras da alta fatuidade. Fiel a essa grande arte, Korasoff, que chegara a Estrasburgo no dia anterior, e uma hora depois a Kehl, e que na vida não tinha lido uma linha sobre o cerco de 1796, começou a explicar tudo a Julien. O camponês alemão olhou para ele espantado, pois sabia francês o suficiente para distinguir os enormes erros em que o príncipe incorria. Julien estava a mil léguas das ideias do camponês; olhava com espanto para aquele belo rapaz, admirava sua graça em montar a cavalo.

"O feliz personagem!", pensou. "Como suas calças estão bem; com que elegância seu cabelo é cortado! Ah, se eu fosse assim, depois de ter me amado por três dias, talvez ela não sentisse aversão por mim."

Quando o príncipe terminou seu cerco a Kehl:

– Você parece um trapista – disse a Julien –, está exagerando o princípio da gravidade que lhe ensinei em Londres. Aparências tristes não podem ser de bom-tom; o que você precisa é parecer entediado. Se está triste, é porque algo lhe está faltando, algo que não deu certo para você. É mostrar-se inferior. Se está entediado, pelo contrário, é porque aquilo que deveria lhe agradar lhe é inferior. Entenda, então, meu caro, como é grave o engano.

Julien jogou um escudo no camponês, que os ouvia de boca aberta.

– Pois bem – disse o príncipe –, há elegância, um nobre desdém! Muito bem. – E pôs seu cavalo para correr. Julien o seguiu, cheio de estúpida admiração.

"Ah, se eu tivesse sido assim, ela não teria preferido Croisenois a mim!" Quanto mais sua razão ficava chocada com os ridículos do príncipe, mais ele se desprezava por não os admirar e se considerava infeliz por não os ter. A aversão a si mesmo não podia ir mais longe.

O príncipe, achando-o decididamente triste:

– Ah, meu caro – disse-lhe ao entrarem em Estrasburgo –, você perdeu todo o seu dinheiro ou estaria apaixonado por alguma pequena atriz?

Os russos copiam os costumes franceses, mas sempre com um atraso de cinquenta anos. Eles estão agora no século de Luís XV.

Essas brincadeiras sobre o amor trouxeram lágrimas aos olhos de Julien:

"Por que eu não deveria consultar esse homem tão gentil?", disse a si mesmo de repente.

– Sim, meu caro – disse ao príncipe –, você me vê em Estrasburgo muito apaixonado e até abandonado. Uma mulher encantadora, que mora em uma cidade próxima, atirou-me para cá depois de três dias de paixão, e essa mudança está me matando.

Ele pintou para o príncipe, com nomes falsos, as ações e o caráter de Mathilde.

– Não termine – disse Korasoff. – Para lhe dar confiança no seu médico, vou terminar a confidência. O marido dessa jovem goza de uma fortuna enorme, ou então ela própria pertence à mais alta nobreza do país. Ela tem de se orgulhar de alguma coisa.

Julien acenou com a cabeça; já não tinha coragem de falar.

– Muito bem – disse o príncipe –, aqui estão três remédios um tanto amargos que você vai tomar sem demora.

"Primeiro, ver todos os dias a sra... como você a chama?"

– Sra. de Dubois.

– Que nome! – disse o príncipe, explodindo em gargalhadas. – Mas, desculpe, é sublime para você. Trata-se de ver a sra. de Dubois todos os dias. Acima de tudo, não se mostre diante dela frio e melindrado; lembre-se do grande princípio do seu século: seja o oposto do que se espera de você. Mostre-se exatamente como era oito dias antes de ser homenageado com as bondades dela.

– Ah, eu era tranquilo então – gritou Julien em desespero –, achava que tinha pena dela...

– A borboleta se queima na luz da vela – continuou o príncipe –, uma comparação tão antiga quanto o mundo.

"Primeiro, você a verá todos os dias.

"Segundo, você vai cortejar uma mulher da sociedade, mas sem dar a impressão de paixão, está ouvindo? Não vou esconder de você, seu papel é difícil; representa uma farsa e, se adivinharem que faz isso, estará perdido."

– Ela tem tanta inteligência, e eu, tão pouca! Estou perdido – disse Julien com tristeza.

– Não, você está apenas mais apaixonado que eu pensava. A sra. de Dubois está profundamente ocupada consigo, como todas as mulheres que receberam do céu muita nobreza ou muito dinheiro. Ela olha para si mesma em vez de olhar para você, então não o conhece. Durante os dois ou três acessos de amor que se permitiu por você, com grande esforço da imaginação, viu em você o herói com que sonhava, e não quem você é realmente...

"Mas, que diabos, tudo isso são coisas elementares, meu caro Sorel. Será você de fato um colegial?...

Santo Deus! Vamos entrar nesta loja; aqui está um colarinho preto charmoso; poder-se-ia dizer que foi feito por John Anderson, da Burlington-Street. Faça-me o favor de pegá-lo e de jogar longe esse ignóbil cordão preto que você tem no pescoço.

"Ah, a propósito", continuou o príncipe, saindo da principal loja de passamanaria de Estrasburgo", qual é o círculo social da sra. de Dubois? Bom Deus! Que nome! Não se zangue, meu caro Sorel, é mais forte que eu... Quem você vai cortejar?"

– Uma mulher por demais recatada, filha de um comerciante riquíssimo do mercado de meias. Ela tem os olhos mais lindos do mundo, que me agradam infinitamente. Sem dúvida, ela ocupa o primeiro lugar na região; mas, em meio a toda a sua grandeza, enrubesce a ponto de ficar desconcertada se alguém lhe fala de comércio e de lojas. E, infelizmente, o pai dela era um dos comerciantes mais famosos de Estrasburgo.

– Se lhe falam de indústria, então – disse o príncipe, rindo –, você terá certeza de que sua beldade pensa nela, e não em você. Esse ridículo é divino e muito útil, impedirá que você tenha o menor momento de loucura perto dos lindos olhos dela. O sucesso é certo.

Julien pensava na sra. marechala de Fervaques, que costumava ir muito à mansão de La Mole. Era uma bela estrangeira que se casara com o marechal um ano antes da morte dele. Toda a sua vida parecia não ter outro objetivo senão fazer as pessoas esquecer que ela era filha de um industrial, e, para ser alguma coisa em Paris, colocara-se à frente da virtude.

Julien admirava sinceramente o príncipe; o que ele não teria dado para ter seus ridículos! A conversa entre os dois amigos foi interminável; Korasoff ficou encantado: nunca um francês o ouvira por tanto tempo.

"Então eu finalmente vim", disse o príncipe, encantado consigo, "para me fazer ouvir dando aulas aos meus mestres!"

– Estamos de acordo – repetiu ele pela décima vez a Julien –, sem sombra de paixão quando você falar com a bela jovem, filha do comerciante de meias de Estrasburgo, na presença da sra. de Dubois. Pelo contrário, paixão ardente ao escrever. Ler uma carta de amor bem escrita é o maior prazer para uma mulher puritana; é um momento de relaxamento. Ela não encena uma farsa, ela ousa escutar seu coração; portanto, duas cartas por dia.

– Nunca, nunca! – disse Julien, desanimado. – Prefiro ser espancado em um almofariz a compor três frases. Sou um cadáver, meu caro, não espere mais nada de mim. Deixe-me morrer na beira da estrada.

– E quem está falando em compor frases? Tenho em minha mala seis volumes de cartas de amor escritas à mão. Há uma para cada tipo de mulher; eu as tenho para a maior virtude. Kalisky não fez a corte em Richemond-la-Terrasse, você sabe, a três léguas de Londres, à mais linda quacre de toda a Inglaterra?

Julien estava menos infeliz quando deixou o amigo às duas da manhã.

No dia seguinte, o príncipe mandou chamar um copista e, dois dias depois, Julien tinha cinquenta e três cartas de amor bem numeradas, destinadas à virtude mais sublime e à mais triste.

– Não são cinquenta e quatro – disse o príncipe – porque Kalisky foi rechaçado; mas que lhe importa ser maltratado pela filha do vendedor de meias, já que você só quer agir sobre o coração da sra. de Dubois?

Todos os dias eles cavalgavam: o príncipe estava encantado com Julien. Sem saber como lhe demonstrar sua repentina amizade, acabou oferecendo-lhe a mão de uma de suas primas, uma rica herdeira de Moscou.

– E, depois de casado – acrescentou –, minha influência e essa condecoração que você tem o tornam coronel em dois anos.

– Mas essa condecoração não foi dada por Napoleão; está longe disso.

– Que importância tem? – disse o príncipe. – Não foi ele que a inventou? Ainda é de longe a primeira na Europa.

Julien esteve a ponto de aceitar, mas seu dever chamou-o de volta para perto do grande personagem. Ao deixar Korasoff, prometeu escrever. Recebeu a resposta à nota secreta que trouxera e correu para Paris, mas mal ficou sozinho por dois dias seguidos e a ideia de deixar a França e Mathilde pareceu-lhe uma tortura pior que a morte.

"Não vou me casar com os milhões que Korasoff me oferece", disse a si mesmo, "mas seguirei seus conselhos.

"Afinal, a arte da sedução é sua profissão; ele só pensa nesse assunto há mais de quinze anos, pois tem trinta. Não se pode dizer que lhe falta inteligência; ele é fino e cauteloso; entusiasmo e poesia são impossíveis nesse personagem; é um procurador; ainda mais razão para que não se engane.

"É preciso, vou cortejar a sra. de Fervaques.

"Ela pode me aborrecer um pouco, mas vou olhar para aqueles olhos que são tão bonitos e que se parecem muito com os que mais me amaram no mundo.

"É estrangeira; um novo caráter a ser observado.

"Estou louco, estou me afogando, tenho de seguir o conselho de um amigo, e não acreditar em mim mesmo."

Capítulo 25
O ministério da virtude

Mas, se eu tiver esse prazer com tanta cautela e circunspecção, não será mais um prazer para mim.

Lope de Vega

Mal regressou a Paris e, ao deixar o gabinete do marquês de La Mole, que pareceu muito desconcertado com as notícias que lhe apresentavam, nosso herói correu até a casa do conde Altamira. Além da vantagem de ser um condenado à morte, esse belo estranho unia muita gravidade e a felicidade de ser um devoto; esses dois méritos e, mais que tudo, o nascimento nobre do conde convinham totalmente à sra. de Fervaques, que o via muito.

Julien confessou-lhe gravemente que estava muito apaixonado por ela.

– É a mais pura e elevada virtude – respondeu Altamira, apenas um pouco jesuítico e enfático. – Há dias em que entendo cada uma das palavras que ela usa, mas não entendo a frase inteira. Muitas vezes, ela me passa a ideia de que não sei francês tão bem quanto dizem. O fato de você conhecê-la fará com que seu nome seja pronunciado; isso lhe dará prestígio na sociedade. Mas vamos à casa de Bustos – disse o conde Altamira, que era um homem metódico. – Ele cortejou a sra. marechala.

D. Diego Bustos pediu que lhe explicassem longamente o caso, sem dizer nada, como um advogado em seu escritório. Tinha o rosto robusto de um monge, com bigodes pretos e uma gravidade sem igual; de resto, um bom carbonaro.

– Entendo – disse finalmente a Julien. – A marechala de Fervaques teve amantes, não teve? Assim, tem alguma esperança de sucesso? Eis a questão. Devo lhe dizer que, da minha parte, falhei. Agora que não estou mais melindrado, penso comigo mesmo: ela costuma ser temperamental e, como lhe contarei daqui a pouco, não é incapaz de uma vingança.

"Não encontro nela aquele temperamento bilioso que é próprio do gênio e que se projeta sobre todas as ações como um verniz de paixão. Ao contrário, é ao jeito fleumático e calmo dos holandeses que ela deve sua rara beleza e suas cores tão frescas."

Julien estava impaciente com a lentidão e a fleuma inabalável do espanhol; de vez em quando, contra a sua vontade, alguns monossílabos lhe escapavam.

– Vai me ouvir? – D. Diego Bustos disse-lhe gravemente.

– Perdoe a *furia francese*; sou todo ouvidos – disse Julien.

– A marechala de Fervaques é, portanto, bastante afeita ao ódio; ela persegue impiedosamente pessoas que nunca viu, advogados, pobres-diabos de escritores que fizeram canções como Collé, sabe?

Tenho a mania
De amar Marote, etc.

E Julien teve de aguentar a citação completa. O espanhol ficava muito à vontade ao cantar em francês.

Essa divina canção nunca foi ouvida com mais impaciência. Quando terminou:

– A marechala – disse D. Diego Bustos – fez destituir o autor dessa canção:

Um dia o amante no cabaré...

Julien estremeceu só com a ideia de que o outro quisesse cantá-la. Contentou-se em analisá-la. Realmente, era ímpia e pouco decente.

– Quando a marechala ficou zangada com essa canção – disse D. Diego, eu a fiz observar que uma mulher de sua posição não deveria ler todas as bobagens que são publicadas. Quaisquer que sejam o progresso que a piedade e a seriedade possam fazer, sempre haverá literatura de cabaré na França. Quando a sra. de Fervaques fez com que tirassem do autor, um pobre-diabo a meio soldo, um emprego de mil e oitocentos francos, eu lhe disse: "Cuidado, você atacou esse versejador com suas armas, ele pode responder com suas rimas. Ele fará uma canção sobre a virtude. Os salões dourados serão para você; as pessoas que gostam de rir repetirão seus epigramas". Sabe, senhor, o que a marechala me respondeu? "Pelo amor do Senhor, toda Paris me veria caminhar para o martírio; seria um espetáculo novo na França. As pessoas aprenderiam a respeitar a qualidade. Seria o dia mais feliz da minha vida." Nunca seus olhos estiveram mais bonitos.

– E ela os tem lindos – gritou Julien.

– Vejo que está apaixonado... Portanto – retomou D. Diego Bustos gravemente –, ela não tem a constituição biliosa que leva à vingança. Se ela gosta de prejudicar, no entanto, é porque é infeliz; suspeito que haja uma infelicidade interior. Ela não seria uma puritana cansada do seu papel?

O espanhol olhou para ele em silêncio por um longo minuto.

– Esse é o ponto principal – acrescentou gravemente –, e é disso que pode tirar alguma esperança. Pensei muito nisso durante os dois anos em que fui seu muito humilde servo. Todo o seu futuro, senhor que está apaixonado, depende deste grande problema: ela é uma puritana cansada do seu papel e malvada por ser infeliz?

– Ou então – disse Altamira, finalmente saindo de seu silêncio profundo –, terá sido isso que eu lhe disse vinte vezes? Simplesmente a vaidade francesa; é a memória do pai dela, o famoso negociante de tecidos, que faz a infelicidade desse caráter naturalmente morno e seco. Só haveria uma felicidade para ela, a de viver em Toledo e ser atormentada por um confessor que lhe mostraria o inferno aberto todos os dias.

Na saída de Julien:

– Altamira me falou que você é um dos nossos – disse-lhe D. Diego, ainda mais sério. – Um dia, você vai nos ajudar a recuperar nossa liberdade, então quero ajudá-lo nesse pequeno divertimento. É bom que conheça o estilo da marechala; aqui estão quatro cartas escritas por ela.

– Vou copiá-las – exclamou Julien – e trazê-las de volta.

– E ninguém nunca saberá pelo senhor uma palavra do que dissemos?

– Nunca, por minha honra! – exclamou Julien.

– Então, que Deus o ajude! – acrescentou o espanhol. E silenciosamente acompanhou Altamira e Julien até a escada.

Essa cena animou um pouco nosso herói; ele esteve a ponto de sorrir.

– E aqui está o devoto Altamira – disse a si mesmo –, ajudando-me em um caso de adultério!

Durante toda a grave explanação de D. Diego Bustos, Julien ficara atento às horas marcadas pelo relógio da mansão de Aligre.

A hora do jantar estava chegando, então ele iria ver Mathilde de novo! Voltou e vestiu-se com muito cuidado.

"Primeira tolice", disse a si mesmo enquanto descia as escadas: "a orientação do príncipe deve ser seguida à risca."

Voltou a seus aposentos e vestiu o mais simples dos trajes de viagem.

"Agora", pensou, "a questão são os olhares". Eram apenas cinco e meia e jantava-se às seis. Teve a ideia de descer para o salão, que encontrou vazio. Ao ver o sofá azul, comoveu-se até às lágrimas; logo suas faces ficaram ardentes.

"Preciso dominar essa sensibilidade estúpida", disse a si mesmo com raiva. "Ela me trairia." Pegou um jornal para manter a compostura e foi três ou quatro vezes do salão ao jardim.

Foi tremendo e bem escondido por um grande carvalho que se atreveu a erguer os olhos para a janela da srta. de La Mole. Estava hermeticamente fechada; ele esteve a ponto de cair, e ficou por muito tempo encostado no carvalho; então, com um passo cambaleante, foi ver novamente a escada do jardineiro.

A corrente, que ele forçara em certas circunstâncias, infelizmente tão diferentes, não tinha sido reparada. Levado por um movimento de loucura, Julien pressionou-a contra os lábios.

Após vagar por muito tempo do salão para o jardim, Julien sentiu-se terrivelmente cansado; foi um primeiro êxito que sentiu intensamente.

"Meus olhos se apagarão e não me trairão!" Aos poucos, os convivas foram chegando à sala; a porta nunca se abria sem causar uma perturbação mortal no coração de Julien.

As pessoas se sentaram à mesa. Por fim, a srta. de La Mole apareceu, ainda fiel ao seu hábito de se fazer esperar. Corou muito ao ver Julien; não tinha sido informada de sua chegada. Seguindo a recomendação do príncipe Korasoff, Julien olhou para as mãos dela; estavam tremendo. Ele próprio perturbado para além de toda expressão por essa descoberta, ficou feliz o suficiente por parecer apenas cansado.

O sr. de La Mole elogiou-o. A marquesa dirigiu-lhe a palavra um momento depois e cumprimentou-o por sua aparência de cansaço. Julien não parava de dizer a si mesmo: "Não devo olhar muito para a srta. de La Mole, mas meus olhos também não devem fugir dela. Devo parecer o que eu realmente era oito dias antes do meu infortúnio..." Ele tinha motivos para estar satisfeito com o êxito e permaneceu no salão. Atento pela primeira vez à dona da casa, esforçou-se por fazer os outros falar, de modo a manter a conversa viva.

Sua polidez foi recompensada: por volta das oito horas, a sra. marechala de Fervaques foi anunciada. Julien escapou e logo reapareceu vestido com o maior cuidado. A sra. de La Mole agradeceu-lhe imensamente esse sinal de respeito e quis manifestar-lhe sua satisfação falando da sua viagem à sra. de Fervaques. Julien se instalou junto à marechala para que seus olhos não fossem vistos por Mathilde. Assim colocado, de acordo com todas as regras da arte, a sra. de Fervaques foi para ele o objeto da mais espantada admiração. A primeira das cinquenta e três cartas que o príncipe Korasoff lhe dera de presente começava com uma tirada sobre esse sentimento.

A marechala anunciou que estava indo à ópera-bufa. Julien correu para lá; encontrou o cavalheiro de Beauvoisis, que o levou a um camarote de fidalgos da câmara, bem ao lado do camarote da sra. de Fervaques. Julien olhava constantemente para ela.

"Devo", disse a si mesmo ao voltar à mansão, "manter um diário de cerco; do contrário, esqueceria meus ataques." Ele se forçou a escrever duas ou três páginas sobre esse assunto enfadonho e, coisa admirável, conseguiu assim quase não pensar na srta. de La Mole.

Mathilde quase o esquecera durante a viagem dele. "Afinal, ele é apenas um ser comum", ela pensou, "seu nome sempre me lembrará do maior erro da minha vida. Devemos retornar de boa-fé às ideias vulgares de sabedoria e honra; uma mulher tem tudo a perder ao esquecê-las." Ela se mostrou disposta a finalmente permitir a conclusão do acordo com o marquês de Croisenois, há tanto tempo preparado. Ele estava radiante de alegria; ficaria bem espantado se lhe dissessem que havia uma resignação por trás do modo de sentir de Mathilde, que tão orgulhoso o deixava.

Todas as ideias da srta. de La Mole mudaram quando viu Julien.

"Na verdade, esse é meu marido", disse a si mesma. "Se volto de boa-fé às ideias de sabedoria, é obviamente com ele que devo me casar."

Esperava ver um ar de infelicidade por parte de Julien; estava preparando suas respostas: sem dúvida, quando saísse do jantar, ele tentaria dirigir-lhe algumas palavras. Longe disso, ele permaneceu firme no salão, seus olhos nem se voltaram para o jardim, Deus sabe com que dificuldade! "É melhor ter essa explicação imediatamente", pensou a srta. de La Mole. Foi ao jardim sozinha, Julien não apareceu. Mathilde veio passear perto das portas-balcões do salão; ela o viu muito ocupado descrevendo para a sra. de Fervaques os velhos castelos em ruínas que coroam as encostas das margens do Reno e lhes conferem tanta personalidade. Ele estava começando a manejar a frase sentimental e pitoresca que é chamada de espírito em certos salões.

O príncipe Korasoff teria ficado muito orgulhoso se estivesse em Paris: esta noite era exatamente o que ele havia previsto.

Ele teria aprovado a conduta que Julien teve nos dias seguintes.

Uma intriga entre os membros do governo oculto tornaria disponíveis algumas condecorações; a marechala de Fervaques exigiu que seu tio-avô fosse um cavaleiro da ordem. O marquês de La Mole tinha a mesma pretensão para o sogro; eles uniram esforços, e a marechala ia quase todos os dias à mansão de La Mole. Foi por ela que Julien soube que o marquês seria ministro: ele estava oferecendo à camarilha um plano muito engenhoso para aniquilar a Constituição, sem comoção, em três anos.

Julien poderia ter esperança de um bispado se o sr. de La Mole chegasse ao ministério; mas aos seus olhos todos esses grandes interesses estavam como que cobertos por um véu. Sua imaginação via-os apenas vagamente e, por assim dizer, a distância. O terrível infortúnio que fazia dele um maníaco mostrava-lhe todos os interesses da vida em sua maneira de ser com a srta. de La Mole. Calculou que, depois de cinco ou seis anos de cuidados, ele conseguiria se fazer amar novamente.

Essa cabeça tão fria, como podemos ver, havia descido a um estado de completa irracionalidade. De todas as qualidades que um dia o distinguiram, apenas um pouco de firmeza permanecia. Materialmente fiel ao plano de conduta ditado pelo príncipe Korasoff, todas as noites ele se colocava bem perto da poltrona da sra. de Fervaques, mas não conseguia encontrar uma palavra a dizer.

O esforço que fez para parecer curado aos olhos de Mathilde absorvia todas as forças de sua alma; permanecia ao lado da marechala como um ser que apenas vive; mesmo seus olhos, assim como na extrema dor física, haviam perdido todo o brilho.

Como a maneira de ver as coisas da sra. de La Mole nunca foi mais que uma contraprova das opiniões desse marido que poderia torná-la duquesa, há vários dias ela levava às alturas o mérito de Julien.

Capítulo 26
O amor moral

Também havia, é claro, em Adeline
Aquele calmo polimento patrício no trato,
Do qual nunca se pode transpor a linha equinocial
De qualquer coisa que a Natureza expressaria:
Assim como um mandarim não encontra nada esplêndido,
Pelo menos seus modos sofrem para não adivinhar
Que qualquer coisa que ele veja pode agradar grandemente.

DON JUAN, CAP. XIII, EST. 84

"Há um pouco de loucura na maneira como toda essa família vê as coisas", pensou a marechala. "Estão entusiasmados com seu jovem padre, que só sabe ouvir, com olhos bastante belos, é verdade."

Julien, por seu lado, encontrava nos modos da marechala um exemplo quase perfeito daquela calma patrícia que exala uma polidez exata e ainda mais a impossibilidade de qualquer emoção forte. O imprevisto nos movimentos, a falta de autocontrole, teriam escandalizado a sra. de Fervaques quase tanto quanto a ausência de majestade para com seus inferiores. O menor sinal de sensibilidade teria soado a seus olhos como uma espécie de embriaguez moral da qual é preciso se envergonhar e que prejudica muito o que uma pessoa de posição elevada deve a si mesma. Sua grande felicidade era falar sobre a última caçada do rei, e seu livro preferido eram *As memórias do duque de Saint-Simon*, especialmente quanto à parte genealógica.

Julien conhecia o lugar que, de acordo com a disposição das luzes, combinava com o tipo de beleza da sra. de Fervaques. Ele se instalava nele com antecedência, mas tinha o grande cuidado de virar a cadeira para não ver Mathilde. Admirada com essa constância em se esconder dela, um dia ela deixou o sofá azul e foi trabalhar perto de uma mesinha ao lado da cadeira da marechala. Julien podia vê-la bem de perto por baixo do chapéu da sra. de Fervaques. Aqueles olhos, que dispunham de seu destino, assustaram-no a princípio, depois o tiraram violentamente de sua apatia costumeira; ele falou e muito bem.

Dirigia a palavra à marechala, mas seu único objetivo era agir sobre a alma de Mathilde. Ficou de tal forma animado que a sra. de Fervaques acabou por não entender mais o que ele dizia.

Era um primeiro mérito. Se Julien tivesse tido a ideia de complementá-lo com algumas frases de mística alemã, de alta religiosidade e de jesuitismo, a marechala o teria classificado desde o início entre os homens superiores, chamados a regenerar o século.

"Como ele é de muito mau gosto", a srta. de La Mole disse a si mesma, "para falar tanto tempo e com tanto ardor à sra. de Fervaques, não vou mais ouvi-lo." Ao longo do final daquela noite, ela manteve sua palavra, embora com dificuldade.

À meia-noite, quando pegou o castiçal da mãe para acompanhá-la ao quarto, a sra. de la Mole parou na escada para fazer um completo elogio a Julien. Mathilde, por ficar de mau humor, não conseguia pegar no sono. Uma ideia a acalmou: "O que eu desprezo ainda pode ser um homem de grande mérito aos olhos da marechala".

Quanto a Julien, ele agira, estava menos infeliz; seu olhar tombou por acaso na pasta de couro da Rússia em que o príncipe Korasoff havia trancado as cinquenta e três cartas de amor que lhe dera de presente. Julien viu a nota no final da primeira carta: "Enviamos a nº 1 oito dias após a primeira vista".

– Estou atrasado! – exclamou Julien –, pois há muito tempo que vejo a sra. de Fervaques.

Imediatamente, ele começou a transcrever essa primeira carta de amor; era uma homilia repleta de frases sobre a virtude, de um tédio mortal; Julien teve a felicidade de adormecer na segunda página.

Poucas horas depois, o sol forte o surpreendeu debruçado na mesa. Um dos momentos mais dolorosos de sua vida era, ao acordar a cada manhã, o de tomar consciência de sua infelicidade. Naquele dia, ele terminou de copiar a carta quase rindo.

"É possível", disse a si mesmo, "que tenha existido um jovem para escrever assim!" Contou várias frases de nove linhas. Na parte inferior do original, viu uma anotação a lápis.

Essas cartas são levadas pessoalmente: a cavalo, de gravata preta e sobrecasaca azul. A carta é entregue ao porteiro com ar contrito; profunda melancolia no olhar. Se perceber alguma criada de quarto, deve limpar os olhos furtivamente. Dirigir a palavra à criada de quarto.

Tudo isso foi executado fielmente.

"O que estou fazendo é muito ousado", pensou Julien ao deixar a mansão de Fervaques, "mas tanto pior para Korasoff. Atrever-se a escrever a uma virtude tão célebre! Serei tratado com o maior desprezo e nada me divertirá mais. É, basicamente, a única farsa a que posso ser sensível. Sim, cobrir de ridículo esse ser odioso, a quem chamo eu, vai me divertir. Se acreditasse em mim mesmo, cometeria algum crime para me distrair."

Durante um mês, o momento mais lindo da vida de Julien era quando ele colocava o cavalo de volta na estrebaria. Korasoff proibira-o expressamente de olhar, sob qualquer pretexto, para a amante que o havia abandonado. Mas o andar daquele cavalo que ela conhecia tão bem, a maneira como Julien batia com o chicote na porta da estrebaria para chamar um homem, às vezes atraíam Mathilde por trás da cortina de sua janela. A musselina era tão leve que Julien podia ver através dela. Olhando de alguma forma por baixo da aba do chapéu, notava a silhueta de Mathilde sem lhe ver os olhos.

"Portanto", dizia a si mesmo, "ela não pode ver os meus, e isso não é olhar para ela.

À noite, a sra. de Fervaques foi para ele exatamente como se não tivesse recebido a dissertação filosófica, mística e religiosa que, pela manhã, ele entregara ao porteiro com tanta melancolia. No dia anterior, o acaso havia revelado a Julien a forma de ser eloquente; ajeitou-se de modo a poder ver os olhos de Mathilde. Ela, por sua vez, um instante após a chegada da marechala, deixou o sofá azul: era desertar de seus companheiros habituais. O sr. de Croisenois pareceu consternado com esse novo capricho; sua dor óbvia privou Julien daquilo que seu infortúnio tinha de mais atroz.

Esse acontecimento imprevisto em sua vida o fez falar como um anjo; e como o amor-próprio desliza até mesmo em corações que servem de templo à mais augusta virtude:

"A sra. de La Mole tem razão", disse a marechala a si mesma enquanto subia de volta na carruagem. "Esse jovem sacerdote tem distinção. Minha presença deve tê-lo intimidado nos primeiros dias. Na verdade, tudo o que encontramos nesta casa é muito superficial; vejo apenas virtudes auxiliadas pela velhice, e que precisavam muito dos gelos da idade. Esse jovem deve ter sabido ver a diferença; ele escreve bem, mas temo que esse pedido para esclarecê-lo com meus conselhos que ele me faz em sua carta seja, no fundo, apenas um sentimento que ignora a si próprio.

"No entanto, quantas conversões começaram assim! O que me faz augurar muito esta é a diferença de seu estilo em comparação com o dos jovens cujas cartas tive a ocasião de ver. É impossível não reconhecer uma unção, uma profunda seriedade e muita convicção na prosa desse jovem levita; ele parece ter a doce virtude de Massillon."

Capítulo 27
Os mais belos cargos da Igreja

Serviços! Talentos! Mérito! Qual nada! Faça parte de um círculo.

Telêmaco

Assim, a ideia de um bispado era pela primeira vez misturada com a de Julien na mente de uma mulher que mais cedo ou mais tarde iria distribuir os mais belos cargos da Igreja da França. Essa vantagem pouco afetou Julien; naquele momento, seus pensamentos não se elevavam a nada que fosse estranho a seu infortúnio presente: tudo o redobrava; por exemplo, a visão de seu quarto tornou-se insuportável para ele. À noite, quando voltava para seus aposentos com sua vela, cada móvel, cada pequeno ornamento parecia assumir uma voz para anunciar-lhe amargamente algum novo detalhe de seu infortúnio.

"Tive trabalho forçado neste dia", disse a si mesmo ao voltar para casa, com uma vivacidade que havia muito tempo não experimentava. "Esperemos que a segunda carta seja tão enfadonha quanto a primeira."

Era mais ainda. O que copiava lhe parecia tão absurdo que acabou transcrevendo linha por linha, sem pensar no significado.

"É ainda mais afetada", disse a si mesmo, "que os documentos oficiais do Tratado de Münster, que meu professor de diplomacia me fazia copiar em Londres."

Só então se lembrou das cartas da sra. de Fervaques, cujos originais se esquecera de devolver ao sério espanhol D. Diego Bustos. Procurou por elas; eram quase tão anfigúricas quanto as do jovem senhor russo. Era tudo por demais vago. Aquilo ao mesmo tempo queria dizer tudo e não dizer nada. "É a harpa eólica do estilo", pensou Julien. "Em meio aos mais elevados pensamentos sobre o nada, sobre a morte, sobre o infinito, etc., só vejo como real um medo abominável do ridículo."

O monólogo que acabamos de abreviar foi repetido por quinze dias consecutivos. Adormecer transcrevendo uma espécie de comentário sobre o Apocalipse, no dia seguinte ir levar uma carta com ar melancólico, pôr o cavalo de volta na estrebaria com a esperança de ver o vestido de Mathilde, trabalhar, aparecer à noite na ópera quando a sra. de Fervaques não ia à mansão de La Mole, tais eram os acontecimentos monótonos da vida de Julien. Ela se tornava mais interessante quando a sra. de Fervaques ia ver a marquesa; então ele podia vislumbrar os olhos de Mathilde sob a aba do chapéu da marechala e era eloquente. Suas frases pitorescas e sentimentais estavam começando a ganhar contornos mais marcantes e, ao mesmo tempo, mais elegantes.

Ele sentia que o que dizia era um absurdo aos olhos de Mathilde, mas queria impressioná-la com a elegância da dicção. "Quanto mais falso o que digo, mais devo agradá-la", pensava Julien. E então, com ousadia abominável, exagerava certos aspectos da natureza. Cedo percebeu que, para não parecer vulgar aos olhos da marechala, era preciso antes de tudo ter cuidado com ideias simples e racionais. Ele continuava assim, ou abreviava seus exageros dependendo se via sucesso ou indiferença nos olhos das duas grandes damas às quais era necessário agradar.

No geral, sua vida era menos terrível que antes, quando os dias se passavam sem ação.

"Mas", disse a si mesmo uma noite, "aqui estou eu transcrevendo a décima quinta dessas abomináveis dissertações; as catorze primeiras foram fielmente entregues ao suíço da marechala. Terei a honra de preencher todos os compartimentos de sua escrivaninha. E, no entanto, ela me trata exatamente como se eu não as tivesse escrito! Qual pode ser o fim de tudo isso? Minha constância a deixa tão entediada quanto a mim? Deve-se admitir que esse amigo russo de Korasoff e apaixonado pela bela quacre de Richmond foi em sua época um homem terrível; impossível ser mais importuno."

Como todos os seres medíocres que o acaso coloca em presença das manobras de um grande general, Julien nada entendia do ataque executado pelo jovem russo ao coração da bela inglesa. As primeiras quarenta cartas destinavam-se apenas a se fazer perdoar pela ousadia de escrever. Essa doce pessoa, que talvez estivesse infinitamente entediada, precisava ser levada a contrair o hábito de receber cartas talvez um pouco menos insípidas que sua vida cotidiana.

Certa manhã, uma carta foi entregue a Julien; ele reconheceu as armas da sra. de Fervaques e rompeu o lacre com uma ansiedade que poucos dias antes lhe pareceria impossível: era apenas um convite para jantar.

Ele correu para as instruções do príncipe Korasoff. Infelizmente, o jovem russo quisera ser superficial como Dorat, quando deveria ter sido simples e inteligível; Julien não conseguiu adivinhar a posição moral que deveria adotar no jantar da marechala.

O salão era da mais alta magnificência, dourado como a galeria de Diana nas Tulherias, com pinturas a óleo nos lambris. Havia manchas claras nos quadros. Julien soube depois que os temas tinham soado pouco decentes para a dona da casa, que mandou corrigir os quadros. "Século da moralidade!", ele pensou.

No salão, ele notou três dos personagens que tinham assistido à redação da nota secreta. Um deles, o monsenhor bispo de ***, tio da marechala, era quem distribuía os cargos eclesiásticos e, dizia-se, não sabia recusar nada à sobrinha.

"Que grande passo dei", disse Julien a si mesmo, sorrindo melancólico. "E como isso me é indiferente! Aqui estou, jantando com o famoso bispo de ***."

O jantar foi medíocre, e a conversa, de fazer perder a paciência. "É o sumário de um livro ruim", pensou Julien. "Todos os maiores assuntos do pensamento dos homens são orgulhosamente abordados aqui. Ouve-se por três minutos, depois se pergunta o que prevalece, se é a ênfase do orador ou sua abominável ignorância."

O leitor sem dúvida esqueceu esse homenzinho de letras, chamado Tanbeau, sobrinho do acadêmico e futuro professor que, por suas calúnias grosseiras, parecia encarregado de envenenar o salão da mansão de La Mole.

Foi por esse homenzinho que Julien teve a primeira ideia de que bem poderia ser que a sra. de Fervaques, embora não respondesse às suas cartas, via com indulgência o sentimento que as ditava. A alma sombria do sr. Tanbeau ficou dilacerada ao pensar nos sucessos de Julien.

"Mas como, em contrapartida, um homem de mérito, tal como um tolo, não pode estar em dois lugares ao mesmo tempo, se Sorel tornar-se amante da sublime marechala", o futuro professor disse a si mesmo, "ela o colocará na Igreja de alguma maneira vantajosa, e ficarei livre dele na mansão de La Mole."

O abade Pirard também dirigiu longos sermões a Julien sobre seus êxitos na mansão de Fervaques. Havia ciúme de seita entre o austero jansenista e o salão jesuítico, regenerador e monárquico da virtuosa marechala.

Capítulo 28
Manon Lescaut

> *E assim, depois que ficou plenamente convencido da estupidez e da burrice do prior, geralmente conseguia chamar de preto o que era branco e de branco o que era preto.*
>
> LICHTEMBERG

As instruções russas prescreviam com rigor nunca contradizer verbalmente a pessoa a quem se escrevia. Não se devia deixar, sob nenhum pretexto, de fingir a admiração mais extática; as cartas sempre partiam dessa suposição.

Uma noite, na ópera, no camarote da sra. de Fervaques, Julien exaltava o balé *Manon Lescaut*. E sua única razão para falar assim foi que o achava medíocre.

A marechala assegurou que o balé era muito inferior ao romance do abade Prévost.

"Como!", pensou Julien, espantado e divertido. "Uma pessoa de tamanha virtude elogiar um romance!"

A sra. de Fervaques professava, duas ou três vezes por semana, o mais cabal desprezo pelos escritores que, com suas obras rasteiras, procuram corromper uma juventude lamentavelmente propensa aos erros dos sentidos.

– Nesse gênero imoral e perigoso – continuou a marechala –, *Manon Lescaut* ocupa, dizem, um dos primeiros lugares. As fraquezas e as angústias merecidas de um coração muito criminoso são aí, ao que se afirma, retratadas com uma verdade profunda, o que não impede seu Bonaparte de decretar em Santa Helena que se trata de um romance escrito para lacaios.

Essa palavra restaurou por completo a vivacidade da alma de Julien.

"Quiseram me arruinar perante a marechala; falaram-lhe de meu entusiasmo por Napoleão, incomodando-a o suficiente para ela se sentir tentada a dizer-me tais coisas."

Essa descoberta o divertiu e o manteve animado a noite toda. No momento em que se despedia da marechala no vestíbulo da ópera, ela lhe disse:

– Lembre-se, senhor, de que quem me ama não deve amar Bonaparte; pode-se no máximo aceitá-lo como uma necessidade imposta pela Providência. De resto, esse homem não tinha a alma flexível o bastante para apreciar as obras-primas das artes.

"*Quem me ama!*", repetiu Julien para si mesmo. "Isso não significa nada ou significa tudo. Eis aí os segredos de linguagem que nossos pobres provincianos ignoram."

E pensou muito na sra. de Rênal enquanto copiava uma carta imensa destinada à marechala.

– Por qual motivo – ela lhe perguntou no dia seguinte, com um ar de indiferença que Julien achou forçado – o senhor me falou de Londres e Richmond em uma carta escrita à noite, ao que parece depois de sair da ópera?

Julien ficou muito embaraçado; copiara a carta linha por linha, sem pensar no que estava escrevendo, e aparentemente se esquecera de substituir as palavras "Londres" e "Richmond", que estavam no original, por "Paris" e "Saint-Cloud". Começou duas ou três frases, mas sem a possibilidade de terminá-las; sentiu que estava prestes a cair na gargalhada. Finalmente, rastreando as palavras, teve a seguinte ideia:

– Exaltado pela discussão dos mais sublimes, dos maiores interesses da alma humana, a minha, ao escrever-lhe, deve ter se distraído.

"Impressionei-a", disse para si mesmo, "e posso me poupar o tédio do resto da tarde."

Saiu correndo da mansão Fervaques. À noite, relendo a carta que copiara na véspera, chegou rapidamente ao trecho fatal onde o jovem russo mencionava Londres e Richmond. Julien ficou surpreso ao descobrir que a carta era quase terna.

Fora o contraste entre a aparente leviandade de suas palavras e a profundidade sublime, quase apocalíptica, de suas cartas que o pusera em destaque. A extensão das frases era o que agradava especialmente à marechala, bem diferente do estilo saltitante posto em moda por Voltaire, esse homem tão imoral! Embora nosso herói fizesse de tudo para banir quaisquer resquícios de bom senso da conversa, esta ainda exibia um colorido antimonárquico e ímpio que não escapou à sra. de Fervaques. Cercada de personagens eminentemente morais, mas que muitas vezes não tinham sequer uma ideia por noite, essa senhora ficava profundamente impressionada com tudo que parecia novidade; mas, ao mesmo tempo, acreditava-se no dever de se sentir ofendida. Chamava a esse defeito "carregar o estigma da leviandade do século"...

Mas tais salões só são bons de ver quando desejados. Todo o tédio dessa vida sem interesse que Julien levava é, sem dúvida, compartilhado pelo leitor. São as charnecas que precisamos atravessar em nossa jornada.

Durante todo o tempo usurpado da vida de Julien pelo episódio de Fervaques, a srta. de La Mole precisou conter-se para não pensar nele. Sua alma estava às voltas com violentos combates; às vezes, ela se gabava por desprezar aquele jovem tristonho; mas não podia negar que sua conversa a cativava. O que a surpreendia acima de tudo era sua perfeita falsidade; não dizia uma palavra à marechala que não fosse mentira ou, pelo menos, um abominável disfarce de sua maneira de pensar, que Mathilde conhecia perfeitamente, sobre quase todos os assuntos. Esse maquiavelismo a chocava.

"Que profundidade!", pensava ela. "Que diferença dos simplórios enfáticos e dos patifes comuns, como o sr. Tanbeau, que falam todos a mesma língua!"

No entanto, Julien tinha dias terríveis. Era para cumprir o mais doloroso dos deveres que aparecia diariamente no salão da marechala. Seus esforços para desempenhar um papel acabavam esgotando todas as forças de sua alma. Muitas vezes, à noite, ao cruzar o imenso pátio da mansão Fervaques, era apenas por força de caráter e de raciocínio que conseguia manter-se um pouco acima do desespero.

"Venci o desespero no seminário", dizia a si mesmo. "E que panorama atroz eu tinha então pela frente! Ganhasse ou perdesse em matéria de fortuna, seria obrigado a passar toda a minha vida em íntima sociedade com o que há de mais desprezível e nojento sob o céu. Na primavera seguinte, apenas onze meses depois, eu era talvez o mais feliz dos jovens da minha idade."

Mas muitas vezes todos esses raciocínios refinados não surtiam efeito contra a terrível realidade. Todos os dias, ele se encontrava com Mathilde no almoço e no jantar. Pelas numerosas cartas que lhe eram ditadas pelo sr. de La Mole, Julien sabia que ela estava prestes a se casar com o sr. de Croisenois. Esse jovem amável já aparecia duas vezes por dia na mansão de La Mole; ao olhar ciumento do amante rejeitado, não escapava um só de seus movimentos.

Quando supôs notar que a srta. de La Mole estava tratando bem o seu pretendente, Julien, em casa, não pôde deixar de olhar suas pistolas com amor.

"Ah, como seria mais sensato", disse a si mesmo, "desmarcar minha roupa e ir a alguma floresta solitária, a vinte léguas de Paris, para acabar com esta vida execrável! Um estranho na região, minha morte passaria despercebida por quinze dias. E quem se lembraria de mim depois de quinze dias?"

Esse raciocínio era bastante sensato. Porém, no dia seguinte, o braço de Mathilde, vislumbrado entre a manga do vestido e a luva, foi suficiente para mergulhar nosso jovem filósofo em lembranças cruéis, mas que o prendiam à vida.

"Pois bem!", decidiu ele. "Seguirei a tal política russa até o fim. Como isso tudo vai acabar?

"Tratando-se da marechala, é claro, depois de transcrever cinquenta e três cartas, não escreverei mais nenhuma.

"Tratando-se de Mathilde, essas seis semanas de comédia tão dolorosa não vão mudar em nada sua raiva ou vão me render um momento de reconciliação. Bom Deus! Eu morreria de felicidade!"

E Julien não conseguia concluir seu pensamento.

Quando, após um longo devaneio, lograva retomar seu raciocínio, pensava:

"Então, gozaria um dia de felicidade e depois recomeçariam seus rigores, bem fundamentados, ai de mim, no pouco poder que tenho para agradar-lhe! E não me restariam mais recursos, estaria arruinado, perdido para sempre...

"Que garantia ela pode me dar com seu caráter? Infelizmente, meu pequeno mérito é a causa de tudo. Faltará elegância aos meus modos, minha maneira de falar será pesada e monótona. Grande Deus! Por que eu sou eu?"

Capítulo 29
O tédio

Sacrificar-se às paixões que se tem, vá lá; mas às paixões que não se tem! Ó triste século XIX!

GIRODET

Depois de ler as longas cartas de Julien, a princípio sem prazer, a senhora de Fervaques começou a interessar-se por elas. Mas uma coisa a afligia:

"Que pena o sr. Sorel não ser decididamente padre! Eu poderia então admiti-lo a uma certa intimidade; com essa cruz e esse hábito quase burguês, ficaria exposta a perguntas cruéis; e o que haveria de responder?"

Não concluiu seu pensamento, que seria:

"Alguma amiga maldosa poderá supor e até espalhar que se trata de um primo qualquer, subalterno, parente de meu pai, algum comerciante condecorado pela Guarda Nacional."

Até o momento em que vira Julien, o maior prazer da sra. de Fervaques fora escrever a palavra "marechala" ao lado de seu nome. Mas, depois, uma vaidade de novo-rico, doentia e pronta a ofender-se por qualquer coisa, passou a combater aquele início de interesse.

"Seria tão fácil para mim", dizia-se a marechala, "fazer dele um grande vigário em alguma diocese perto de Paris! Mas o sr. Sorel, tal qual é e ainda por cima secretariozinho do sr. de La Mole... É lamentável."

Pela primeira vez, essa alma que temia tudo ficava à mercê de um interesse estranho às suas pretensões de posição e superioridade social. Seu velho porteiro notou que, quando lhe levava uma carta daquele belo jovem de ar tristonho, desaparecia a expressão distraída e descontente que a marechala sempre tinha o cuidado de ostentar em presença de seus serviçais.

O tédio de um estilo de vida ávido por impressionar o público, sem que houvesse no fundo do coração qualquer prazer real por esse tipo de sucesso, tornara-se insuportável desde que ela começara a pensar em Julien. Assim, para as camareiras não serem maltratadas o dia inteiro, bastava que durante a noite da véspera ela houvesse passado uma hora com aquele jovem singular. Seu crédito nascente contrabalançava as cartas anônimas, que eram muito bem escritas. Em vão, o pequeno Tanbeau presenteou os srs. de Luz, de Croisenois e de Caylus com duas ou três calúnias muito engenhosas, que esses cavalheiros folgaram em difundir sem se preocupar muito com a veracidade das acusações. A marechala, cujo espírito não tinha sido feito para resistir a esses meios vulgares, confidenciava suas dúvidas a Mathilde e era sempre consolada.

Um dia, depois de perguntar três vezes se havia alguma carta, a sra. de Fervaques decidiu de repente responder a Julien. Foi uma vitória sobre o tédio. Na segunda carta, a marechala hesitou ante a inconveniência de escrever de próprio punho um endereço tão vulgar: "Ao sr. Sorel, na casa do sr. marquês de La Mole".

– É preciso – disse ela a Julien à noite, em tom muito seco – trazer-me os envelopes com seu endereço.

"Tornei-me amante e criado de quarto", pensou Julien, fazendo uma reverência e imitando jocosamente Arsène, o velho camareiro do marquês.

Naquela mesma noite, ele levou alguns envelopes e, no dia seguinte, bem cedo, recebeu uma terceira carta: leu cinco ou seis linhas do início e duas ou três do final. A carta tinha quatro páginas com uma caligrafia miúda e muito compacta.

Aos poucos, ela foi adquirindo o doce hábito de escrever quase todos os dias. Julien respondia com cópias fiéis das cartas russas. O estilo enfático tem suas vantagens: a sra. de Fervaques não se surpreendia de modo algum com a falta de nexo entre as respostas e suas cartas.

Qual não teria sido a irritação de seu orgulho se o pequeno Tanbeau, que se arvorara em espião voluntário dos atos de Julien, pudesse contar-lhe que todas aquelas cartas, não abertas, jaziam amontoadas na gaveta de Julien!

Certa manhã, o porteiro levou-lhe na biblioteca uma carta da marechala. Mathilde, que cruzara com o homem e vira a carta e o endereço com a letra de Julien, entrou quando ele saiu; o envelope ainda estava na borda da mesa; Julien, muito ocupado em escrever, não o colocara na gaveta.

– Isso eu não vou suportar – gritou Mathilde, apoderando-se da carta. – Você me ignora completamente, a mim, sua esposa! Sua conduta é abominável, senhor.

Ditas essas palavras, seu orgulho, paralisado ante a terrível inconveniência daquela atitude, sufocou-a; Mathilde se desfez em lágrimas e logo pareceu a Julien que ela não conseguia respirar.

Surpreso, confuso, Julien não distinguia com clareza tudo o que aquela cena tinha de admirável e feliz para ele. Ajudou Mathilde a sentar-se; ela praticamente se abandonou em seus braços.

O primeiro instante em que ele percebeu esse movimento foi de extrema alegria. O segundo foi um pensamento para Korasoff: "Posso pôr tudo a perder com uma única palavra".

Seus braços enrijeceram, tão doloroso era o esforço exigido pela política.

"Não devo nem mesmo me permitir apertar este corpo flexível e encantador contra meu coração, do contrário ela me desprezará e maltratará. Que caráter complicado!"

E, enquanto amaldiçoava o caráter de Mathilde, amava-a cem vezes mais; parecia ter uma rainha nos braços.

A frieza impassível de Julien redobrou a infelicidade do orgulho que dilacerava a alma da srta. de La Mole. Ela estava longe de ter o sangue-frio necessário para tentar discernir em seus olhos o que ele sentia por ela naquele momento. Não conseguia decidir-se a fitá-lo; temia encontrar em seu rosto uma expressão de desprezo.

Sentada no sofá da biblioteca, imóvel e com a cabeça virada para o lado oposto a Julien, via-se nas garras das dores mais agudas que o orgulho e o amor podem infligir à alma humana. Em que situação atroz acabara de cair!

"Estava reservado a mim, infeliz que sou, ver rejeitadas as iniciativas mais indecentes! E rejeitadas por quem?", pensou, com o orgulho trespassado de dor. "Por um empregado de meu pai." E em voz alta:

– Não, isso eu não vou suportar.

Levantou-se, enfurecida, e abriu a gaveta da mesa de Julien, que ficava dois passos à sua frente. Ficou paralisada de horror quando viu oito ou dez cartas fechadas, semelhantes em tudo à que o porteiro acabara de trazer. Em todos os sobrescritos, reconheceu a caligrafia de Julien, mais ou menos disfarçada.

– De modo que – gritou ela, fora de si – você não só está de bem com ela como também a despreza! Você, um homem reles, desprezar a senhora marechala de Fervaques! Ah, perdão, meu amigo – acrescentou, ajoelhando-se diante dele –, despreze-me se quiser, mas me ame, pois não posso mais viver sem seu amor. – E tombou, desfalecida.

"Ei-la então, esta mulher orgulhosa, a meus pés!", exultou Julien.

Capítulo 30
Um camarote na ópera-bufa

*Como o céu mais negro
Prediz a tempestade mais forte.*
DON JUAN, CAP. 1, EST. 73

Em meio a todos esses grandes movimentos, Julien estava mais surpreso que feliz. Os insultos de Mathilde mostravam-lhe como a política russa era sábia. "Falar pouco, agir pouco, este é meu único meio de salvação."

Ele ergueu Mathilde e, sem dizer uma palavra, recolocou-a no sofá. Aos poucos, as lágrimas tomaram conta dela.

Para recompor-se, ela tomou nas mãos as cartas da sra. de Fervaques; lentamente foi quebrando seus lacres. Teve um movimento nervoso bem acentuado quando reconheceu a caligrafia da marechala. Virou as folhas das cartas sem as ler; a maioria tinha seis páginas.

– Responda-me, pelo menos – disse Mathilde por fim no tom de voz mais suplicante, mas sem ousar olhar para Julien. – Sabe muito bem que tenho orgulho; é o infortúnio de minha posição e mesmo de meu caráter, admito; a sra. de Fervaques tomou seu coração de mim... Ela fez por você todos os sacrifícios a que esse amor fatal arrastou-me?

Um silêncio morno foi toda a resposta de Julien. "Com que direito", pensou ele, "ela me pede uma indiscrição indigna de um homem honesto?"

Mathilde tentou ler as cartas; os olhos cheios de lágrimas a privavam dessa possibilidade.

Havia um mês que se sentia infeliz, mas essa alma altiva estava bem longe de confessar a si mesma seus sentimentos. Só o acaso provocara essa explosão. Por um momento, o ciúme e o amor tinham feito com que superasse o orgulho. Ela estava instalada no sofá e muito perto dele. Ele podia ver seu cabelo e o pescoço de alabastro; por um momento, esqueceu tudo que devia a si mesmo; colocou o braço em volta da cintura dela e apertou-a quase contra o peito.

Ela voltou lentamente a cabeça para ele: Julien ficou espantado com a dor extrema que havia em seus olhos, a ponto de quase não se reconhecer sua fisionomia habitual.

Ele sentiu que sua força o abandonava, tão mortalmente doloroso era o ato de coragem que impunha a si mesmo.

"Esses olhos logo expressarão apenas o mais frio desdém", ele disse a si mesmo, "se eu me deixar levar pela felicidade de amá-la." Porém, em voz fraca e com palavras que mal tinha forças para terminar, ela lhe repetia naquele momento a certeza de todos os seus arrependimentos pelos passos que o excesso de orgulho a aconselhara a dar.

– Também tenho orgulho – Julien disse-lhe em uma voz apagada, e suas feições expressavam o ponto extremo do abatimento físico.

Mathilde virou-se rapidamente para ele. Ouvir sua voz era uma felicidade a cuja esperança havia quase renunciado. Nesse momento, ela se lembrava de sua altivez apenas para amaldiçoá-la; teria gostado de encontrar abordagens incomuns e incríveis para provar a ele o quanto o adorava e odiava a si mesma.

– Provavelmente foi por causa desse orgulho – continuou Julien – que você me distinguiu por um instante; certamente é por causa dessa firmeza corajosa, e que convém a um homem, que você me estima neste momento. Eu posso ter amor pela marechala...

Mathilde estremeceu; seus olhos adquiriram uma expressão estranha. Estava prestes a ouvir pronunciar sua sentença. Esse movimento não escapou a Julien; ele sentiu sua coragem enfraquecer.

"Ah!", disse a si mesmo, ouvindo o som das palavras vazias que sua boca proferiu, como se tivesse feito um barulho estranho, "se pudesse cobrir de beijos essas faces pálidas, para que você não sentisse isso!"

– Posso ter amor pela marechala – continuou ele... e sua voz continuava a fraquejar –, mas certamente não tenho nenhuma prova decisiva do interesse dela por mim...

Mathilde o olhou: ele sustentou esse olhar, pelo menos esperava que seu semblante não o traísse. Sentiu-se penetrado pelo amor até nas dobras mais íntimas de seu coração. Nunca a adorara tanto; estava quase tão louco quanto Mathilde. Se ela tivesse encontrado sangue-frio e coragem suficientes para manobrar, ele teria caído a seus pés, renunciando a toda inútil farsa. Ele teve força suficiente para continuar falando.

"Ah, Korasoff", ele gritou internamente, "por que não está aqui? Que necessidade eu teria de uma palavra para direcionar minha conduta!" Enquanto isso, sua voz dizia:

– Na ausência de qualquer outro sentimento, o reconhecimento bastaria para ligar-me à marechala; ela mostrou indulgência em relação a mim, consolou-me quando eu era desprezado... Não posso ter fé ilimitada em certas aparências que são, sem dúvida, extremamente lisonjeiras, mas talvez também muito pouco duradouras.

– Ah, bom Deus! – exclamou Mathilde.

– Pois bem, que garantia você irá me dar? – retomou Julien com entonação viva e firme que parecia abandonar por um momento as formas prudentes da diplomacia. – Que garantia, qual deus irá me responder, que a posição que parece disposta a dar-me neste momento vai durar mais que dois dias?

– O excesso do meu amor e da minha desgraça se você não me ama mais – disse ela, pegando suas mãos e voltando-se para ele.

O movimento violento que acabara de fazer deslocara um pouco sua capa: Julien viu seus ombros encantadores. O cabelo levemente despenteado trouxe-lhe de volta uma deliciosa lembrança...

Ele ia ceder.

"Uma palavra imprudente", disse a si mesmo, "e recomeço essa longa série de dias que passei em desespero. A sra. de Rênal encontrava razões para fazer o que seu coração ditava-lhe: essa jovem da alta sociedade não deixa seu coração comover-se até que tenha provado a si mesma, por boas razões, que ele deve ser comovido."

Ele viu essa verdade em um piscar de olhos, e em um piscar de olhos também recuperou a coragem.

Retirou as mãos que Mathilde pressionava contra as suas, e com notável respeito afastou-se um pouco dela. A coragem de um homem não pode ir mais longe. Ele então se ocupou em recolher todas as cartas da sra. de Fervaques que estavam espalhadas no sofá, e foi com a aparência de extrema polidez e grande crueldade naquele momento que acrescentou:

– A srta. de La Mole se dignará permitir que eu reflita sobre tudo isso.

Afastou-se rapidamente e saiu da biblioteca; ela o ouviu fechar todas as portas sucessivamente.

"O monstro não está de forma alguma perturbado", disse a si mesma... "Mas o que estou dizendo, *monstro*! Ele é sábio, prudente, bom; sou eu que tenho mais defeitos do que se poderia imaginar."

Essa maneira de ver persistiu. Mathilde estava quase feliz naquele dia, pois se sentia completamente apaixonada; dir-se-ia que essa alma nunca fora agitada pelo orgulho, e que orgulho!

Ela estremeceu de horror quando, naquela noite, no salão, um lacaio anunciou a sra. de Fervaques; a voz do homem pareceu-lhe sinistra. Não suportou a visão da marechala e afastou-se rapidamente. Julien, não muito orgulhoso de sua dolorosa vitória, temia seus próprios olhares e não jantara na mansão de La Mole.

Seu amor e sua felicidade aumentavam rapidamente à medida que ele se afastava do momento da batalha; já estava se culpando por aquilo.

"Como pude resistir a ela?", disse a si mesmo. "E se ela deixasse de me amar? Um momento pode mudar essa alma altiva, e deve-se admitir que a tratei de maneira terrível."

À noite, ele sentiu que era absolutamente necessário aparecer na ópera-bufa no camarote da sra. de Fervaques. Ela o havia convidado expressamente: Mathilde não deixaria de saber de sua presença ou de sua ausência indelicada. Apesar da obviedade desse raciocínio, não teve forças para misturar-se às pessoas no início da sessão. Falando, ele perderia metade de sua felicidade.

Soaram dez horas: era absolutamente necessário mostrar-se.

Felizmente, ele encontrou o camarote da marechala cheio de mulheres e viu-se relegado para perto da porta e completamente escondido pelos chapéus. Essa posição salvou-o de expor-se a uma situação de ridículo; as entonações divinas do desespero de Caroline no *Matrimonio segreto* o faziam chorar. A sra. de Fervaques viu essas lágrimas; contrastavam tanto com a firmeza masculina de sua fisionomia habitual que essa alma de grande dama, havia muito saturada com tudo o que o orgulho de alguém que subiu na vida tem de mais corrosivo, foi tocada por elas. O pouco que lhe restava do coração de uma mulher a fez falar. Ela queria usufruir do som de sua voz naquele momento.

– Você viu as damas de La Mole? – disse ela. – Elas estão em um camarote da terceira. – Julien imediatamente inclinou-se para a sala, apoiando-se de maneira muito descortês na parte da frente do camarote; viu Mathilde; tinha os olhos brilhantes de lágrimas.

"E, no entanto, não é o dia de virem à ópera", pensou Julien. "Que pressa!"

Mathilde convencera a mãe a ir à ópera-bufa, apesar da inconveniência da fileira do camarote que a gentileza da direção da casa apressara-se em lhes oferecer. Ela queria ver se Julien estaria com a marechala naquela noite.

Capítulo 31
Intimidá-la

Eis o belo milagre da sua civilização!
Fizeram do amor um assunto banal.

BARNAVE

Julien correu para o camarote da sra. de La Mole. Seus olhos encontraram primeiro os olhos lacrimejantes de Mathilde; ela chorava desbragadamente. Ali só havia subalternos, a amiga que havia emprestado o camarote e homens do seu conhecimento. Mathilde pousou a mão sobre a de Julien; era como se esquecesse qualquer medo da mãe. Quase sufocada pelas lágrimas, disse-lhe apenas uma palavra: "garantias!".

"Pelo menos que eu não fale com ela", Julien disse a si mesmo, muito emocionado, escondendo os olhos o mais que podia com a mão, a pretexto do lustre que ofuscava a visão na terceira fileira de camarotes. "Se eu falar, ela não poderá mais duvidar do excesso da minha emoção; o som da minha voz me trairá, tudo pode se perder de novo."

Seus combates foram muito mais dolorosos que pela manhã; sua alma tinha tido o tempo de comover-se. Temia ver Mathilde firmar-se na vaidade. Ébrio de amor e de volúpia, decidiu não falar com ela.

É, em minha opinião, um dos traços mais bonitos de seu caráter; um ser capaz de tal esforço sobre si mesmo pode ir longe, *si fata sinant*[59].

A srta. de La Mole insistiu em trazer Julien de volta para a mansão. Felizmente estava chovendo muito. Mas a marquesa fez com que ele se instalasse diante dela e, falando-lhe o tempo todo, impediu-o de dizer uma palavra à filha. Alguém poderia pensar que a marquesa estivesse cuidando da felicidade de Julien; não temendo mais perder tudo pelo excesso de sua emoção, entregava-se a esta loucamente.

Atrevo-me a dizer que, ao voltar para seu quarto, Julien ajoelhou-se e cobriu de beijos as cartas de amor que lhe tinham sido dadas pelo príncipe Korasoff?

– Ó grande homem, o que não devo a você? – ele exclamava em sua loucura.

Aos poucos, recuperou algum sangue-frio. Ele se comparou a um general que acabava de ganhar apenas metade de uma grande batalha. "A vantagem é certa, imensa", disse a si mesmo. "Mas o que vai acontecer amanhã? Um momento pode pôr tudo a perder."

Ele abriu com um movimento apaixonado as *Memórias*, ditadas em Santa Helena por Napoleão, e por duas longas horas forçou-se a lê-las; apenas seus olhos liam, ainda assim se forçava a isso. Durante essa leitura singular, a cabeça e o coração, elevados ao nível de tudo o que há de maior, trabalhavam sem seu conhecimento.

"Esse coração é muito diferente do da sra. de Rênal", dizia a si mesmo, mas não ia além.

– INTIMIDÁ-LA – gritou de repente, jogando o livro longe. – O inimigo somente me obedecerá na medida em que eu o intimidar, então não ousará desprezar-me.

---

[59] Se o destino permitir. (N.T.)

Ele andava para lá e para cá em seu pequeno quarto, ébrio de alegria. Na verdade, essa felicidade era mais por orgulho que por amor.

– Intimidá-la! – repetia a si mesmo com orgulho, e tinha razão de estar orgulhoso. – Mesmo nos momentos mais felizes, a sra. de Rênal ainda duvidava de que meu amor fosse igual ao dela. Aqui, é um demônio que subjugo, então é preciso subjugar.

Ele sabia muito bem que no dia seguinte, às oito da manhã, Mathilde estaria na biblioteca; pois foi até lá somente às nove horas, ardendo de amor; mas a cabeça dominava o coração. Talvez um minuto não tenha passado sem que repetisse para si mesmo: "Mantê-la sempre ocupada com esta grande dúvida: será que ele me ama? Sua posição brilhante, as lisonjas de todos que falam com ela a tornam um pouco segura demais de si mesma".

Ele a encontrou pálida, calma, sentada no sofá, mas aparentemente incapaz de fazer um único movimento. Ela lhe estendeu a mão:

– Amigo, eu o ofendi, é verdade; consegue ficar com raiva de mim?...

Julien não esperava um tom tão simples. Esteve a ponto de se trair.

– Quer garantias, meu amigo – ela acrescentou após um silêncio que esperava ver quebrado. – É justo. Rapte-me, vamos para Londres... Estarei perdida para sempre, desonrada...

Ela teve a coragem de retirar a mão da de Julien para cobrir os olhos. Todos os sentimentos de contenção e virtude feminina tinham voltado àquela alma...

– Pois bem, desonre-me – disse ela finalmente com um suspiro –, é uma garantia.

"Ontem, fiquei feliz porque tive a coragem de ser severo comigo mesmo", pensou Julien. Depois de um breve momento de silêncio, ele teve controle suficiente sobre seu coração para dizer em um tom glacial:

– Uma vez a caminho de Londres, uma vez desonrada, para usar suas expressões, quem me diz que continuará a me amar? Que minha presença no assento da carruagem não lhe parecerá importuna? Não sou um monstro. Arruinar sua reputação será apenas mais uma desgraça para mim. Não é a sua posição diante do mundo que cria o obstáculo; infelizmente é seu caráter. Pode dizer a si mesma que me amará por uma semana?

"Ah, se ela me amasse por oito dias, apenas oito dias", Julien sussurrou para si mesmo, "eu morreria de felicidade. O que o futuro importa para mim? O que a vida importa para mim? E essa felicidade divina pode começar neste momento se eu quiser, só depende de mim!"

Mathilde o viu pensativo.

– Então, sou completamente indigna de você – ela disse, pegando sua mão.

Julien beijou-a, mas instantaneamente a mão de ferro do dever apoderou-se de seu coração. "Se ela vir quanto a adoro, irei perdê-la." E, antes de deixar seus braços, havia recuperado toda a dignidade que convém a um homem.

Naquele dia e nos seguintes, ele soube esconder o excesso de sua felicidade; houve momentos em que recusou a si mesmo até o prazer de tê-la nos braços.

Em outros momentos, o delírio da felicidade prevaleceu sobre todos os conselhos relativos à prudência.

Era perto de um berço de madressilvas dispostas para esconder a escada, no jardim, que ele costumava ir colocar-se para olhar de longe a persiana de Mathilde e lamentar sua inconstância. Um carvalho muito grande ficava próximo, e seu tronco impedia que ele fosse visto por olhos curiosos.

Passando com Mathilde pelo mesmo lugar que lhe lembrava tão vivamente o excesso de seu infortúnio, o contraste entre o desespero passado e a felicidade presente foi forte demais para seu caráter; lágrimas inundaram seus olhos e, levando aos lábios a mão de sua amante, disse:

– Eu ficava aqui pensando em você; aqui, olhava para essa persiana, esperava horas inteiras pelo momento afortunado em que veria esta mão abri-la...

Sua fraqueza foi completa. Ele pintou com aquelas cores verdadeiras, que não dá para inventar, o excesso de seu desespero na época. Interjeições curtas testemunhavam sua felicidade atual, que colocara fim àquela dor atroz...

"O que estou fazendo, meu Deus!", Julien disse a si mesmo, de repente voltando a si. "Estou me perdendo."

Muito alarmado, já achava que via menos amor nos olhos da srta. de La Mole. Era uma ilusão; mas o rosto de Julien mudou rapidamente e ficou coberto por uma palidez mortal. Seus olhos se fecharam por um momento, e a expressão de uma altivez não isenta de maldade logo sucedeu à do amor mais verdadeiro e mais abandonado.

– O que você tem, meu amigo? – Mathilde perguntou-lhe com ternura e preocupação.

– Estou mentindo – disse Julien a contragosto –, e estou mentindo para você. Eu me culpo por isso, mas Deus sabe que a estimo o suficiente para não mentir. Você me ama, você é dedicada a mim, e não preciso elaborar frases para agradar-lhe.

– Bom Deus! São apenas frases tudo o que me disse de encantador nos últimos dois minutos?

– E me censuro fortemente por elas, querida amiga. Eu as compus uma vez para uma mulher que me amava e me entediava... É uma falha do meu caráter. Eu me denuncio a você, perdoe-me.

Lágrimas amargas inundavam as faces de Mathilde.

– Tão logo, por alguma nuança que me chocou, tenho um momento de devaneio forçado – continuou Julien –, minha memória execrável, que amaldiçoo neste momento, oferece-me um recurso e abuso dele.

– Então, acabei de cometer inadvertidamente algum ato que o terá desagradado? – disse Mathilde com encantadora ingenuidade.

– Um dia, eu me lembro, passando perto dessas madressilvas, você colheu uma flor; o sr. de Luz a pediu, e você lhe deu. Eu estava a dois passos de distância.

– O sr. de Luz? Impossível – respondeu Mathilde, com a altivez que lhe era tão natural. – Não tenho esses modos.

– Tenho certeza – respondeu vivamente Julien.

– Pois bem, é verdade, meu amigo – disse Mathilde baixando os olhos tristemente. Ela sabia com certeza que havia muitos meses não permitia tal atitude ao sr. de Luz.

Julien olhou-a com uma ternura inexprimível:

"Não", disse a si mesmo, "ela não me ama menos".

À noite, ela o reprovou, rindo, por seu gosto pela sra. de Fervaques.

– Um burguês amar uma arrivista! Corações desse tipo são talvez os únicos que meu Julien não consegue enlouquecer. Ela teria feito de você um verdadeiro dândi – disse ela, brincando com seu cabelo.

Durante o tempo em que se julgava desprezado por Mathilde, Julien havia se tornado um dos homens mais bem vestidos de Paris. Mesmo assim, ele tinha uma vantagem sobre pessoas desse tipo: uma vez que escolhia sua roupa, não pensava mais nisso.

Uma coisa irritava Mathilde: Julien continuava a copiar as cartas russas e a enviá-las à marechala.

Capítulo 32
O tigre

Ah, por que essas coisas e não outras?

BEAUMARCHAIS

Um viajante inglês fala da intimidade que viveu com um tigre; ele o havia criado e o acariciava, mas ainda em sua mesa segurava uma pistola engatilhada.

Julien somente se abandonava ao excesso de felicidade nos momentos em que Mathilde não podia ler a expressão em seus olhos. Ele cumpria rigorosamente o dever de dizer-lhe algumas palavras ásperas de vez em quando.

Quando a gentileza de Mathilde, que ele observava com espanto, e seu excesso de devoção estavam a ponto de privá-lo de todo controle sobre si mesmo, tinha a coragem de deixá-la abruptamente.

Pela primeira vez, Mathilde amou.

A vida, que para ela sempre se arrastara a passos de tartaruga, agora voava.

Como o orgulho tinha de manifestar-se de alguma forma, ela queria expor-se com imprudência a todos os perigos que seu amor pudesse apresentar-lhe. Julien era o prudente; e era somente quando havia uma questão de perigo que ela não cedia à sua vontade; mas, submissa a ele, quase humilde, ela mostrava ainda mais altivez para com tudo que a rodeava na casa, fossem os parentes ou os criados.

À noite, no salão, no meio de sessenta pessoas, ela chamava Julien para falar-lhe em particular e por um longo tempo.

Tendo o pequeno Tanbeau um dia se instalado ao lado deles, pediu-lhe que fosse buscar para ela na biblioteca o volume de Smollett em que se encontra a Revolução de 1688; e, como ele hesitasse, acrescentou com uma expressão de altivez insultuosa que foi um bálsamo para a alma de Julien: "Não se apresse".

— Você notou o olhar desse monstrinho? — ela lhe disse. — O tio dele tem dez ou doze anos de serviço neste salão, caso contrário eu o mandaria embora imediatamente.

Sua conduta para com os srs. de Croisenois, de Luz, etc., perfeitamente polida em termos formais, no fundo não era menos provocante. Mathilde censurava-se severamente por todas as confidências que fizera a Julien no passado, sem contar que não ousava admitir que havia exagerado as expressões de interesse quase completamente inocentes de que esses senhores tinham sido objeto.

Apesar das melhores resoluções, seu orgulho de mulher a impedia todos os dias de dizer a Julien: "É porque eu estava falando com você que sentia prazer em descrever a fraqueza que tinha de não retirar a mão quando o sr. de Croisenois, colocando a dele sobre uma mesa de mármore, acabava por roçá-la levemente".

Hoje, assim que um desses cavalheiros falava-lhe por alguns instantes, ela dizia ter uma pergunta a fazer para Julien, e este era um pretexto para mantê-lo perto dela.

Ela ficou grávida e, com alegria, contou isso a Julien.

– Agora você vai duvidar de mim? Isso não é uma garantia? Sou sua esposa para sempre.

O anúncio surpreendeu Julien profundamente. Ele esteve prestes a esquecer o princípio de sua conduta. "Como posso ser deliberadamente frio e ofensivo com essa pobre jovem que está perdida de amor por mim?" Se ela parecia um pouco indisposta, mesmo nos dias em que a sabedoria fazia ouvir a sua terrível voz, ele já não tinha coragem de dirigir uma daquelas palavras cruéis tão indispensáveis, segundo sua experiência, para que o amor pudesse durar.

– Quero escrever para meu pai – disse-lhe Mathilde um dia. – Ele é mais que um pai para mim, é um amigo: como tal, eu consideraria indigno de você e de mim tentar enganá-lo, mesmo que apenas por um momento.

– Bom Deus! Que pensa fazer? – disse Julien, assustado.

– Meu dever – ela respondeu com os olhos brilhando de alegria. Descobria-se mais magnânima que seu amante.

– Mas ele me expulsará vergonhosamente!

– É direito dele, deve ser respeitado. Eu lhe darei meu braço e sairemos pelo portão principal em pleno meio-dia.

Julien, espantado, implorou que ela aguardasse uma semana.

– Não posso – respondeu ela. – A honra fala, vi o dever; ele precisa ser seguido e instantaneamente.

– Pois bem, ordeno que adie – disse Julien por fim. – Sua honra está preservada, sou seu marido. Nossa condição será modificada por esse passo fundamental. Também estou no meu direito. Hoje é terça-feira. A próxima terça-feira é o dia do duque de Retz; à noite, quando o sr. de La Mole voltar, o porteiro lhe entregará a carta fatal... Ele só pensa em fazer de você uma duquesa, tenho certeza. Avalie seu desgosto!

– Você quer dizer: avalie sua vingança?

– Posso ter pena de meu benfeitor, lamentar prejudicá-lo; mas não temo e nunca temerei ninguém.

Mathilde submeteu-se. Desde que ela havia anunciado sua nova condição a Julien, era a primeira vez que ele lhe falava com autoridade; ele nunca a amara tanto. Foi com alegria que a parte terna de sua alma aproveitou o pretexto do estado em que Mathilde se encontrava para se desobrigar de lhe dirigir palavras cruéis. A confissão ao sr. de La Mole agitou-o profundamente. Ele seria separado de Mathilde? E com alguma dor ao vê-lo ir embora, um mês depois de sua partida, ela pensaria nele?

Ele tinha um horror quase igual em relação às justas reprovações que o marquês poderia lhe dirigir.

À noite, confessou a Mathilde esse segundo motivo de desgosto, e depois, desvairado por seu amor, também confessou o primeiro.

Ela mudou de cor.

– Realmente – ela lhe disse –, passar seis meses longe de mim seria uma desgraça para você!

– Imensa, a única no mundo que vejo com terror.

Mathilde ficou muito feliz. Julien havia desempenhado seu papel com tanta dedicação que conseguira fazê-la pensar que, dos dois, era ela quem mais amava.

A terça-feira fatal chegou. À meia-noite, ao regressar, o marquês encontrou uma carta com a orientação necessária para que ele próprio a abrisse e apenas quando estivesse sem testemunhas.

Meu pai,

Todos os laços sociais estão rompidos entre nós; apenas os da natureza permanecem. Depois do meu marido, o senhor é e sempre será a pessoa mais cara para mim. Meus olhos se enchem de lágrimas, penso na dor que estou lhe causando, mas, para que minha vergonha não seja pública, para lhe dar tempo para deliberar e agir, não poderia adiar por mais tempo a confissão que lhe devo. Se a sua amizade, que sei ser extrema por mim, quiser me conceder uma pequena pensão, irei me estabelecer onde desejar, na Suíça, por exemplo, com meu marido.

O nome dele é tão obscuro que ninguém reconhecerá sua filha na sra. Sorel, nora de um carpinteiro de Verrières. Eis o nome que tive tanta dificuldade para escrever. Por Julien, receio sua cólera, tão justa na aparência. Não serei duquesa, meu pai; mas eu sabia disso ao amá-lo; porque fui eu quem o amou primeiro, fui eu quem o seduzi. Vejo no senhor uma alma muito elevada para deter minha atenção no que é ou parece vulgar para mim. Foi em vão que, para agradar-lhe, pensei no sr. de Croisenois. Por que o senhor tinha colocado o verdadeiro mérito na minha frente? O senhor mesmo me disse quando voltei de Hyères: "Esse jovem Sorel é o único ser que me diverte". O pobre rapaz está tão aflito quanto eu, se é possível estar, com os problemas que esta carta lhe causa. Não posso evitar que fique irritado como pai; mas ame-me sempre como um amigo.

Julien me respeitava. Se falava comigo às vezes, era apenas por causa da sua profunda gratidão ao senhor: pois a altivez natural de seu caráter o leva a nunca responder, exceto oficialmente, a tudo que está tão acima de si. Ele tem uma percepção aguda e inata da diferença nas posições sociais. Eu, envergonhada, confesso ao meu melhor amigo, e jamais tal confissão será feita a outro, fui eu que um dia no jardim apertei o braço dele.

Depois de vinte e quatro horas, por que o senhor ficaria com raiva dele? Minha culpa é irreparável. Se o senhor exigir, será por meu intermédio que passarão as garantias de seu profundo respeito e de seu desespero por desagradar-lhe. O senhor não o verá; mas eu o acompanharei para onde ele quiser. É direito dele, é meu dever, ele é o pai do meu filho. Se a sua gentileza nos conceder seis mil francos para viver, irei recebê-los com gratidão; caso contrário, Julien pretende instalar-se em Besançon, onde iniciará a profissão de mestre de latim e de literatura. Por mais que parta de baixo, tenho a certeza de que irá subir. Com ele, não tenho medo do escuro. Se houver uma revolução, tenho certeza de que ele terá um papel de liderança. O senhor poderia dizer o mesmo de qualquer um daqueles que pediram minha mão? Eles têm lindas terras! Não consigo encontrar apenas nessa única circunstância um motivo para admirar. Meu Julien alcançaria uma posição elevada mesmo sob o regime atual, se ele tivesse um milhão e a proteção de meu pai...

Mathilde, que sabia ser o marquês um homem impulsivo, havia escrito oito páginas.

"Que fazer?", Julien dizia a si mesmo enquanto o sr. de La Mole lia a carta. "Onde estão: primeiro, meu dever; segundo, meu interesse? O que lhe devo é imenso; sem ele eu teria sido um patife da pior espécie, e não suficientemente patife para não ser odiado e perseguido pelos outros. Ele fez de mim um homem da sociedade. Minhas patifarias necessárias serão: primeiro, mais raras; segundo, menos desprezíveis. Isso é mais do que se ele tivesse me dado um milhão. Devo-lhe esta condecoração e a aparência de serviços diplomáticos que fazem com que me destaque.

"Se ele pegasse a caneta para prescrever minha conduta, o que escreveria?..."

Julien foi repentinamente interrompido pelo velho criado do sr. de La Mole.

– O marquês o requisita imediatamente, vestido ou não.

O criado acrescentou em voz baixa enquanto caminhava ao lado de Julien:

– Ele está fora de si; tome cuidado.

Capítulo 33
O inferno da fraqueza

Ao talhar este diamante, um lapidário desajeitado removeu alguns de seus mais vivos brilhos. Na Idade Média, o que estou dizendo?, ainda sob Richelieu, os franceses tinham a força de querer.

Mirabeau

Julien encontrou o marquês furioso: pela primeira vez na vida, talvez, esse senhor foi grosseiro; ele oprimiu Julien com todos os insultos que lhe vieram aos lábios. Nosso herói ficou surpreso, impaciente, mas sua gratidão não foi abalada. "Quantos belos projetos há muito acalentados nas profundezas de sua mente o pobre homem vê desmoronar em um instante! Mas devo responder-lhe, meu silêncio aumentaria sua raiva." A resposta foi fornecida pelo papel de Tartufo.

– Não sou um anjo... Eu o servi bem, o senhor me pagou generosamente... Fiquei grato, mas tenho vinte e dois anos... Nesta casa, meus pensamentos eram compreendidos apenas pelo senhor e por essa adorável pessoa...

– Monstro! – gritou o marquês. – Adorável! Adorável! No dia em que a achou adorável, deveria ter fugido.

– Eu tentei; pedi então ao senhor para partir para o Languedoc.

Cansado de andar furioso para lá e para cá, o marquês, dominado pela dor, atirou-se em uma poltrona; Julien ouviu-o dizer a si mesmo em voz baixa: "Este não é um homem mau".

– Não, não o sou para o senhor – exclamou Julien caindo de joelhos. Mas ficou extremamente envergonhado com esse movimento e levantou-se rapidamente.

O marquês estava realmente desvairado. Ao ver esse movimento, de novo começou a oprimi-lo com insultos atrozes e dignos de um cocheiro de fiacre. A novidade desses palavrões era talvez uma distração.

– O quê? Minha filha se chamará sra. Sorel? O quê? Minha filha não será duquesa?

Sempre que estas duas ideias se apresentavam com tanta clareza, o sr. de La Mole era torturado, e os movimentos de sua alma não eram mais voluntários. Julien teve medo de que ele lhe batesse.

Nos intervalos lúcidos, e quando começava a se acostumar com sua desgraça, o marquês dirigia a Julien censuras bastante razoáveis:

– Deveria ter fugido, senhor – disse-lhe... – Seu dever era fugir... É o último dos homens...

Julien aproximou-se da mesa e escreveu:

A vida tem sido insuportável para mim há muito tempo. Coloco um termo nisso. Peço-lhe, senhor marquês, que aceite, com uma expressão de gratidão ilimitada, minhas desculpas pelo constrangimento que minha morte em sua mansão pode causar.

– Peço ao senhor marquês que se digne de ler este papel... Mate-me – disse Julien – ou mande matar-me pelo seu criado de quarto. É uma hora da manhã; vou dar um passeio no jardim em direção ao muro dos fundos.

– Vá para o inferno – gritou-lhe o marquês quando ele estava saindo.

"Entendo", pensou Julien. "Ele bem que gostaria de poupar ao seu criado o trabalho de me matar... Que ele me mate, paciência, é uma satisfação que lhe ofereço... Mas, claro, eu amo a vida... Devo conservá-la para meu filho."

Essa ideia, que pela primeira vez surgiu com tanta clareza em sua imaginação, ocupou-a inteiramente após os primeiros minutos de caminhada em meio à sensação de perigo.

Esse interesse tão novo fez dele uma pessoa prudente. "Preciso de conselhos sobre como comportar-me com esse homem impetuoso... Ele está desvairado, é capaz de tudo. Fouqué está muito longe, aliás não compreenderia os sentimentos de um coração como o do marquês.

"O conde Altamira... Estou seguro de um silêncio eterno? Meu pedido de conselho não deve ser uma ação e complicar minha situação. Ah, só me resta o sombrio abade Pirard... Sua mente está estreitada pelo jansenismo... Um patife jesuíta conheceria o mundo, e seria melhor para mim... O sr. Pirard é capaz de me bater diante da mera enunciação do crime."

O gênio de Tartufo veio em auxílio de Julien: "Bem, irei confessar-me a ele". Foi a última resolução que tomou no jardim depois de ter caminhado por duas longas horas. Não achava mais que poderia ser surpreendido por um tiro de espingarda; o sono começava a dominá-lo.

Bem cedo pela manhã, Julien estava a várias léguas de Paris batendo à porta do severo jansenista. Descobriu, para seu espanto, que ele não estava muito surpreso com sua confidência.

– Talvez tenha censuras a fazer a mim próprio – disse o abade a si mesmo, mais preocupado que irritado. – Acreditei ter adivinhado esse amor. Minha amizade por você, pobre infeliz, impediu-me de avisar o pai...

– O que ele vai fazer? – Julien disse-lhe ansiosamente.

Ele amava o abade nesse momento, e uma cena lhe teria sido muito dolorosa.

– Vejo três possibilidades – continuou Julien: – primeiro, o sr. de La Mole pode me matar – e contou a carta de suicídio que deixara com o marquês –; segundo, fazer-me de alvo para o conde Norbert, que me desafiaria para um duelo.

– Você aceitaria? – disse o abade, furioso e levantando-se.

– Não me deixou terminar. Certamente eu nunca atiraria no filho do meu benfeitor.

"Terceiro, ele pode me afastar. Se ele me disser: 'Vá para Edimburgo, para Nova Iorque', obedecerei. Portanto, podemos ocultar a condição da srta. de La Mole; mas não tolerarei que suprimam meu filho.

"Esta será, sem dúvida, a primeira ideia desse homem corrupto..."

Em Paris, Mathilde estava desesperada. Tinha visto o pai por volta das sete horas. Ele lhe havia mostrado a carta de Julien; ela tremia porque ele teria achado nobre acabar com a vida:

"E sem a minha permissão?", disse para si mesma com uma dor que era de raiva.

– Se ele estiver morto, morrerei – disse ela ao pai. – O senhor será o causador da morte dele... Talvez poderá se alegrar com isso... Mas, juro pelos seus antepassados, primeiro vou chorar, e ser publicamente a sra. viúva Sorel, enviarei minhas comunicações de falecimento, pode contar com isso... O senhor não vai esperar que eu seja pusilânime nem covarde.

Seu amor ia à loucura. Por sua vez, o sr. de La Mole ficou perturbado. Ele começou a encarar os eventos com algum raciocínio. Na hora do almoço, Mathilde não apareceu. O marquês viu-se livre de um peso imenso e, sobretudo, lisonjeado, ao perceber que ela nada dissera à mãe.

Julien desmontou do cavalo. Mathilde mandou chamá-lo e jogou-se em seus braços quase diante de sua criada. Julien não ficou muito agradecido por esse ímpeto; saía muito diplomático e calculista de sua longa conferência com o abade Pirard. Sua imaginação fora apagada pelo cálculo das possibilidades. Mathilde, com lágrimas nos olhos, disse-lhe que tinha visto sua carta suicida.

– Meu pai pode mudar de ideia; por favor, eu lhe imploro que parta agora mesmo para Villequier. Monte de novo no seu cavalo e saia da mansão antes que nos levantemos da mesa.

Como Julien não abandonava o ar surpreso e frio, ela teve um acesso de lágrimas.

– Deixe-me cuidar de nossos problemas – ela gritou com impetuosidade, abraçando-o. – Sabe muito bem que não é voluntariamente que me separo de você. Escreva sob a responsabilidade de minha criada; que a escrita seja de mão estranha. Vou escrever muito para você. Adeus! Fuja.

Esta última palavra feriu Julien, mas ele obedeceu. "É fatal", pensou ele, "que, mesmo no seu melhor momento, essas pessoas encontrem o segredo para chocar-me".

Mathilde resistiu firmemente a todos os planos prudentes do pai. Nunca quis estabelecer a negociação em outras bases que não estas: ela seria a sra. Sorel e viveria pobremente com o marido na Suíça, ou com o pai em Paris. Recusava com todas as letras a ideia de um aborto.

– Então, a possibilidade de calúnia e desonra começaria para mim. Dois meses depois do casamento, estarei viajando com meu marido e será fácil presumir que meu filho nasceu na época adequada.

A princípio acolhida com rompantes de raiva, essa firmeza acabou por gerar dúvidas no marquês.

Em um momento de ternura, ele lhe disse:

– Veja! Aqui tem um título de dez mil libras de renda. Mande-o ao seu Julien, e que ele me ponha logo na impossibilidade de tomá-lo de volta.

Para obedecer a Mathilde, de que ele conhecia o amor pelo comando, Julien viajara quarenta léguas desnecessárias: estava em Villequier acertando as contas dos fazendeiros; esse benefício do marquês criou a ocasião para seu retorno. Foi pedir asilo ao abade Pirard, que, durante sua ausência, tornara-se o aliado mais útil de Mathilde. Cada vez que era questionado pelo marquês, ele provava que qualquer outra possibilidade que não fosse o casamento público seria um crime aos olhos de Deus.

– E felizmente – acrescentou o abade – a sabedoria do mundo está aqui de acordo com a religião. Poderíamos contar por um momento com o caráter impetuoso da srta. de La Mole, com o sigilo que ela não teria imposto a si mesma? Não se admitindo a franca solução de um casamento público, a sociedade se ocupará por mais tempo desse casamento entre pessoas desiguais. É preciso dizer tudo de uma vez, sem a aparência nem a realidade do menor mistério.

– É verdade – disse o marquês pensativo. – Nesse sistema, falar sobre esse casamento por mais de três dias será coisa de alguém que não tem ideias. Seria necessário tirar proveito de alguma grande medida governamental antijacobina para deslizar incógnito na sequência.

Dois ou três amigos do sr. de La Mole pensavam como o abade Pirard. O grande obstáculo, para eles, era o caráter determinado de Mathilde. Mas, depois de tantos belos argumentos, a alma do marquês não se acostumava a renunciar à esperança do tamborete[60] para a filha.

Sua memória e imaginação estavam cheias de todos os truques e falsidades que ainda eram possíveis em sua juventude. Ceder à necessidade e temer a lei parecia-lhe absurdo e desonroso para um homem de sua posição. Agora, estava pagando caro por aqueles devaneios encantadores que se permitia havia dez anos sobre o futuro dessa filha querida.

"Quem poderia ter previsto isso?", dizia para si mesmo. "Uma moça de caráter tão altivo, de gênio tão elevado, mais orgulhosa que eu do nome que tem, cuja mão foi-me pedida antecipadamente por todos os mais ilustres da França!

"É preciso renunciar a qualquer cautela. Este século foi feito para confundir tudo! Estamos marchando para o caos."

---

[60] *Tabouret*, no original, refere-se aos assentos que eram reservados apenas à alta nobreza na corte de Luís XIV. Se Mathilde se tornasse uma duquesa, como ansiava o pai, ela teria esse privilégio. (N.T.)

Capítulo 34
Um homem de espírito

O prefeito dando um passeio a cavalo disse a si mesmo:
– Por que eu não deveria ser ministro, presidente do
conselho, duque? Eis como vou fazer a guerra... Por esse
meio, colocaria os inovadores na prisão...

Le Globe

Nenhum argumento é válido para destruir o império de dez anos de devaneios agradáveis. O marquês não achava razoável ficar zangado, mas não conseguia se resolver a perdoar.

"Se esse Julien morresse por acidente", dizia por vezes a si mesmo... Assim, essa imaginação entristecida encontrava algum alívio em perseguir as quimeras mais absurdas. Elas paralisavam a influência dos sábios raciocínios do abade Pirard. Um mês se passou dessa forma sem que a negociação desse um passo.

Nesse assunto de família, como nos de política, o marquês tinha ideias brilhantes com as quais se entusiasmava durante três dias. Então, um plano de conduta não o atraía porque era apoiado em bons raciocínios; mas os raciocínios encontravam graça em seus olhos apenas na medida em que apoiavam seu plano favorito. Durante três dias, trabalhava com todo o ardor e o entusiasmo de um poeta para conduzir as coisas a uma determinada posição; no dia seguinte, não pensava mais a respeito.

A princípio, Julien ficou desconcertado com a lentidão do marquês; mas, depois de algumas semanas, começou a adivinhar que o sr. de La Mole não tinha nenhum plano fixo para o caso.

A sra. de La Mole e todas as pessoas da mansão acreditavam que Julien estava viajando na província para administrar as terras; ele estava escondido no presbitério do abade Pirard e via Mathilde quase todos os dias; a cada manhã, ela ia passar uma hora com o pai, mas às vezes eles ficavam semanas inteiras sem falar sobre o caso que ocupava todos os seus pensamentos.

– Não quero saber onde está esse homem – disse-lhe um dia o marquês. – Envie-lhe esta carta.

Mathilde leu:

> *As terras do Languedoc rendem 20.600 francos. Dou 10.600 francos para minha filha e 10.000 francos para o sr. Julien Sorel. Fica claro que faço a doação das próprias terras. Diga ao tabelião para redigir duas escrituras separadas de doação e trazê-las para mim amanhã; depois disso, não há mais relações entre nós.*
>
> *Ah, Senhor, como eu poderia esperar que tudo isso acontecesse?*
>
> *O marquês de La Mole*

– Muito obrigada – disse Mathilde alegremente. – Vamos nos instalar no castelo d'Aiguillon, entre Agen e Marmande. Dizem que é uma região tão bonita quanto a Itália.

Aquela doação surpreendeu extremamente Julien. Ele não era mais o homem severo e frio que conhecemos. O destino de seu filho absorvia de antemão todos os seus pensamentos. Essa fortuna imprevista e considerável o suficiente para um homem tão pobre tornou-o ambicioso. Já se via, juntando os recursos dele e da mulher, com trinta e seis mil libras de renda. Para Mathilde, todos os seus sentimentos estavam concentrados na adoração pelo marido, pois era assim que seu orgulho sempre chamava Julien. Sua grande, sua única ambição, era que seu casamento fosse reconhecido. Ela passava a vida exagerando a grande prudência que demonstrara ao vincular seu destino ao de um homem superior. O mérito pessoal estava em moda na sua mente.

A ausência quase contínua, a multiplicidade dos afazeres, o pouco tempo que tinham para conversar de amor vieram completar o bom efeito da sábia política outrora inventada por Julien.

Mathilde acabou ficando impaciente por ver tão pouco o homem que ela realmente passara a amar.

Em um momento de irritação, escreveu ao pai e começou a carta como Otelo:

> *Que eu tenha preferido Julien às amenidades que a sociedade oferecia à filha do sr. marquês de La Mole, minha escolha prova suficientemente. Esses prazeres de consideração e vaidade mesquinha são nulos para mim. Logo fará seis semanas que vivo separada de meu marido. Isso é o bastante para mostrar ao senhor o meu respeito. Antes da próxima quinta-feira, sairei da casa do meu pai. Seus benefícios nos enriqueceram. Ninguém, a não ser o abade Pirard, sabe meu segredo. Irei para a casa dele; ele vai nos casar, e uma hora depois da cerimônia estaremos a caminho do Languedoc e nunca mais reapareceremos em Paris, exceto por ordem sua. Mas o que fere meu coração é que tudo isso fará circular histórias maldosas contra mim, contra o senhor. Os epigramas de um público tolo não podem obrigar nosso excelente Norbert a buscar contenda com Julien? Nessa circunstância, eu o conheço, não teria controle sobre ele. Encontraríamos um plebeu rebelde*

em sua alma. Eu lhe suplico de joelhos, ó meu pai! Venha assistir ao meu casamento, na igreja do sr. Pirard, na próxima quinta-feira. O tempero da história maldosa será suavizado, e a vida de seu único filho e a de meu marido serão asseguradas, etc., etc.

A alma do marquês foi lançada por essa carta em um estranho embaraço. No final, portanto, uma decisão precisava ser tomada. Todos os pequenos hábitos, todos os amigos vulgares tinham perdido sua influência.

Nessa estranha circunstância, os grandes traços de caráter, impressos pelos acontecimentos da juventude, retomaram todo o seu domínio. Os infortúnios da emigração tinham feito dele um homem de imaginação. Depois de ter desfrutado por dois anos de uma fortuna imensa e de todas as distinções da corte, 1790 o lançara nas terríveis misérias da emigração. Essa dura escola havia mudado uma alma de vinte e dois anos. No fundo, ele estava instalado em meio às suas riquezas atuais, mais que dominado por elas. Mas aquela mesma imaginação que preservara sua alma da gangrena do ouro o lançara em um desejo louco de ver a filha ostentar um bom título.

Durante as seis semanas que acabavam de se passar, às vezes movido por um capricho, o marquês quisera enriquecer Julien; a pobreza parecia-lhe desprezível, desonrosa nele, sr. de La Mole, impossível ao marido de sua filha; e tinha-lhe atirado dinheiro. No dia seguinte, com sua imaginação tomando outro rumo, parecia-lhe que Julien ia ouvir a linguagem silenciosa dessa generosidade do dinheiro, mudar de nome, exilar-se na América, escrever a Mathilde dizendo que morrera por ela. O sr. de La Mole achava que essa carta fora escrita, e buscava seu efeito no caráter da filha...

No dia em que foi arrancado desses sonhos tão jovens pela carta real de Mathilde, depois de muito ter pensado em matar Julien ou fazê-lo desaparecer, ele sonhava em construir para ele uma fortuna brilhante. Ele o fazia tomar o nome de uma de suas terras; e por que não passar seu título de nobreza para ele? O sr. duque de Chaulnes, seu sogro, falara-lhe várias vezes, desde que seu único filho havia sido morto na Espanha, da vontade de passar o título para Norbert...

"Não se pode negar a Julien uma aptidão singular para os negócios, ousadia, talvez até brilhantismo", disse o marquês a si mesmo. "Mas, no fundo desse caráter, encontro algo assustador. É a impressão que ele causa em todos, então há algo real ali." (Quanto mais difícil de apreender era esse ponto real, mais ele assustava a alma imaginativa do velho marquês.)

"Minha filha me dizia isso com muita habilidade outro dia (em uma carta suprimida): 'Julien não entrou para nenhum salão, para nenhum círculo'. Ele não conta com nenhum apoio contra mim nem tem o menor recurso se eu o abandonar... Mas será isso a ignorância sobre o estado atual da sociedade?... Duas ou três vezes, eu disse a ele: 'Não há candidatura real e lucrativa, exceto a dos salões...'

"Não, ele não tem o gênio hábil e astuto de um procurador que não perde nem um minuto nem uma oportunidade... Não é de modo nenhum um personagem ao estilo de Luís XI. Em contrapartida, eu o vejo pronunciar as máximas menos generosas... Fico confuso... Ele repetiria essas máximas para si mesmo para servir de barreira às suas paixões?

"De resto, uma coisa sobressai: ele fica impaciente com o desprezo; posso pegá-lo por aí.

"Não tem a religião da nobreza, é verdade, não nos respeita instintivamente... É um defeito; mas, enfim, a alma de um seminarista deveria ser impaciente apenas pela falta de diversão e dinheiro. Ele, bem ao contrário, não consegue suportar o desprezo por preço algum."

Pressionado pela carta da filha, o sr. de La Mole viu a necessidade de se decidir:

"Enfim, eis a grande questão: a ousadia de Julien foi tão longe a ponto de comprometer-se a cortejar minha filha porque sabe que a amo acima de tudo e que tenho cem mil escudos de renda?

"Mathilde afirma o contrário... Não, meu Julien, este é um ponto sobre o qual não quero me iludir.

"Houve um amor verdadeiro, imprevisto? Ou um desejo vulgar de ascender a uma bela posição? Mathilde é clarividente, sentiu a princípio que essa suspeita poderia destruir a imagem dele junto a mim, daí essa confissão: a de que ela se atreveu a amá-lo primeiro...

"Uma jovem de caráter tão altivo teria se esquecido a ponto de fazer avanços materiais!... Estreitá-lo nos braços no jardim, uma noite, que horror! Como se ela não tivesse tido uma centena de maneiras menos indecentes de deixá-lo saber que o distinguia.

"Quem se desculpa acusa; desconfio de Mathilde..."

Naquele dia, os raciocínios do marquês foram mais conclusivos que de costume. No entanto, o hábito prevaleceu, e ele resolveu ganhar tempo e escrever para a filha. Pois eles se escreviam, um de cada lado da mansão. O sr. de La Mole não ousava discutir com Mathilde e enfrentá-la. Tinha medo de terminar tudo com uma concessão repentina.

> *Tenha o cuidado de não fazer novas loucuras; aqui está uma patente de tenente de hussardos para o sr. cavaleiro Julien Sorel de La Vernaye. Veja o que faço por ele. Não me contrarie, não me questione. Que ele parta em vinte e quatro horas, para ser recebido em Estrasburgo, onde está seu regimento. Aqui está uma ordem de pagamento para o meu banqueiro; que eu seja obedecido.*

O amor e a alegria de Mathilde não tinham limites; ela quis aproveitar a vitória e respondeu imediatamente:

> *O senhor de La Vernaye estaria a seus pés, perplexo de gratidão, se soubesse tudo o que se digna fazer por ele. Mas, em meio a essa generosidade, meu pai esqueceu-se de mim; a honra de sua filha está em perigo. Uma indiscrição pode fazer uma mancha eterna, que vinte mil escudos de renda não repararam. Mandarei a patente ao senhor*

de La Vernaye somente se me der sua palavra de que, no decorrer do próximo mês, meu casamento será celebrado publicamente, em Villequier. Logo após esse período, que imploro que não seja ultrapassado, sua filha só poderá aparecer em público com o nome de sra. de La Vernaye. Como lhe agradeço, querido papai, por ter me poupado desse nome de Sorel, etc., etc.

A resposta foi inesperada.

Obedeça, ou desistirei de tudo. Trema, jovem imprudente. Ainda não sei o que é o seu Julien, e você mesma sabe menos que eu. Que ele vá para Estrasburgo e pense em andar direito. Farei conhecer meus desejos daqui a quinze dias.

Essa resposta firme surpreendeu Mathilde. "Não conheço Julien"; esta frase a lançou em um devaneio, que logo terminou com as suposições mais encantadoras; mas ela acreditava que eram verdadeiras. "O espírito do meu Julien não vestiu o pequeno uniforme mesquinho dos salões, e meu pai não acredita em sua superioridade, precisamente por causa daquilo que a comprova...

"Porém, se não obedeço a essa inclinação de caráter, vejo a possibilidade de uma cena pública; um escândalo abaixa minha posição no mundo e pode me tornar menos amável aos olhos de Julien. Depois do escândalo... pobreza por dez anos; e a loucura de escolher um marido por causa de seu mérito só pode ser salva do ridículo pela mais brilhante opulência. Se eu morar longe do meu pai, na sua idade, ele pode me esquecer... Norbert vai se casar com uma mulher amável, inteligente: o velho Luís XIV foi seduzido pela duquesa da Borgonha..."

Ela decidiu obedecer, mas teve o cuidado de não comunicar a carta do pai a Julien; seu caráter feroz poderia ter sido levado a alguma loucura.

À noite, quando disse a Julien que ele era tenente dos hussardos, a alegria dele não teve limites. Pode-se imaginá-la pela ambição de toda a sua vida e pela paixão que agora sentia pelo filho. A mudança de nome o surpreendeu.

"Afinal", pensou ele, "meu romance acabou, e o mérito é só meu. Eu soube como me fazer amado por esse monstro do orgulho", acrescentou, olhando para Mathilde. "Seu pai não pode viver sem ela, nem ela sem mim."

Capítulo 35
Uma tempestade

Meu Deus, dai-me a mediocridade!

Mirabeau

    Sua alma estava absorta; ele respondia apenas pela metade à profunda ternura que ela lhe demonstrava. Permanecia em silêncio e sombrio. Nunca parecera tão grande, tão adorável aos olhos de Mathilde. Temia alguma sutileza de seu orgulho que viesse perturbar toda a situação.

    Quase todas as manhãs, ela via o abade Pirard chegar à mansão. Por meio dele, Julien não poderia ter penetrado um pouco sobre as intenções do pai? O próprio marquês, em um momento de capricho, não poderia ter-lhe escrito? Depois de uma felicidade tão grande, como explicar o ar severo de Julien? Ela não ousou questioná-lo.

    Ela não ousou! Ela, Mathilde! Daquele momento em diante, houve nos seus sentimentos por Julien alguma coisa de vago, de inesperado, quase de terror. Essa alma seca sentiu da paixão tudo o que é possível sentir em um ser criado em meio a esse excesso de civilização que Paris admira.

No dia seguinte, bem cedo, Julien estava no presbitério do abade Pirard. Cavalos dos correios entravam no pátio puxando uma carruagem velha, alugada na estação de correios vizinha.

– Uma carruagem dessas já não se usa – disse-lhe o severo abade, com ar carrancudo. – Aqui estão vinte mil francos que o sr. de La Mole lhe dá de presente; ele o exorta a gastá-los durante o ano, mas procurando ser o menos ridículo possível.

(Em uma soma tão grande, concedida a um jovem, o sacerdote via apenas uma oportunidade de pecar.)

– O marquês acrescenta: "O sr. Julien de La Vernaye terá recebido esse dinheiro de seu pai, que é inútil designar de outra forma. O sr. de La Vernaye poderá achar apropriado dar um presente ao sr. Sorel, carpinteiro de Verrières, que cuidou dele na infância...". Poderei assumir essa parte da comissão – acrescentou o abade. – Finalmente convenci o sr. de La Mole a chegar a um acordo com aquele abade de Frilair, tão jesuíta. Seu crédito é decididamente forte demais para o nosso. O reconhecimento implícito de seu nascimento nobre por esse homem que governa Besançon será uma das condições tácitas do acordo.

Julien já não foi mais senhor do seu entusiasmo. Abraçou o abade, via-se reconhecido.

– Pare com isso! – disse o sr. Pirard, empurrando-o para o lado. – O que significa essa vaidade mundana?... Quanto a Sorel e a seus filhos, oferecerei a eles, em meu nome, uma pensão anual de quinhentos francos, que será paga a cada um, enquanto eu estiver satisfeito com eles.

Julien já se mostrava frio e altivo. Ele agradeceu, mas em termos muito vagos e sem se comprometer com nada.

"Seria possível", disse a si mesmo, "que eu fosse o filho natural de algum grande senhor exilado em nossas montanhas pelo terrível Napoleão?" A cada momento, tal ideia parecia-lhe menos improvável... "Meu ódio por meu pai seria justificado... Não serei mais um monstro!"

Poucos dias depois desse monólogo, o décimo quinto regimento de hussardos, um dos mais brilhantes do exército, estava formado na praça de armas de Estrasburgo. O sr. cavaleiro de La Vernaye montava o cavalo mais bonito da Alsácia, que lhe custara seis mil francos. Foi recebido como tenente, sem nunca ter sido segundo-tenente, exceto nos controles de um regimento do qual nunca tinha ouvido falar.

Seu ar impassível, os olhos severos e quase malvados, a palidez e o sangue-frio inalterável originaram sua reputação desde o primeiro dia. Pouco depois, a polidez perfeita e contida e a habilidade com pistolas e armas, que demonstrara sem muita afetação, afastaram a ideia de brincar em voz alta a seu respeito. Após cinco ou seis dias de hesitação, a opinião pública do regimento declarou-se a seu favor.

– Há de tudo nesse jovem – diziam os velhos oficiais folgazões –, exceto a juventude.

De Estrasburgo, Julien escreveu ao sr. Chélan, o ex-pároco de Verrières, que agora tocava os limites da extrema velhice:

> *O senhor terá tido conhecimento com uma alegria da qual não tenho dúvida dos acontecimentos que levaram minha família a enriquecer-me. Aqui estão quinhentos francos que lhe peço que distribua, sem alarde nem menção alguma ao meu nome, aos pobres infelizes como outrora eu fui e que sem dúvida o senhor ajudará como outrora me ajudou.*

Julien estava embriagado de ambição, e não de vaidade; no entanto, dava muita atenção à aparência externa. Seus cavalos, os uniformes e as librés dos criados eram mantidos com uma correção que teria honrado a pontualidade de um grande senhor inglês. Mal se fizera tenente, por favor e havia dois dias, já calculava que, para ser comandante-chefe no mais tardar aos trinta anos, como todos os grandes generais, aos vinte e três teria de ser mais que tenente. Pensava apenas na glória e no filho.

Foi em meio aos ímpetos da mais desenfreada ambição que se viu surpreendido por um jovem lacaio da mansão de La Mole, que chegava trazendo uma mensagem.

Tudo está perdido – escreveu-lhe Mathilde. – *Venha o mais rápido possível, sacrifique tudo, deserte se necessário. Assim que chegar, espere por mim em um fiacre, perto do pequeno portão do jardim, na rua... nº... Irei falar com você; talvez consiga introduzi-lo no jardim. Tudo está perdido, e temo que sem remédio; conte comigo, me encontrará devotada e firme diante da adversidade. Eu o amo.*

Em poucos minutos, Julien obteve permissão do coronel e deixou Estrasburgo a toda brida; mas a terrível ansiedade que o devorava não lhe permitiu continuar a viagem dessa maneira para além de Metz. Jogou-se em uma carruagem do correio; e foi com rapidez quase incrível que chegou ao lugar indicado, perto do pequeno portão do jardim da mansão de La Mole. A porta se abriu e, instantaneamente, Mathilde, esquecendo qualquer respeito humano, precipitou-se em seus braços. Felizmente, eram apenas cinco da manhã, e a rua ainda estava deserta.

– Tudo está perdido; meu pai, temendo minhas lágrimas, partiu na noite de quinta-feira.

– Para onde?

– Ninguém sabe. Aqui está a carta dele; leia. E ela entrou no fiacre com Julien.

Eu poderia perdoar tudo, exceto o plano de seduzi-la porque você é rica. Eis, garota infeliz, a terrível verdade. Dou-lhe minha palavra de honra de que nunca consentirei em um casamento com esse homem. Garanto a ele dez mil libras de renda se quiser viver longe, fora das fronteiras da França ou, melhor ainda, na América. Leia a carta que recebi em resposta às informações que solicitei. Foi o impudente, ele próprio, quem sugeriu que eu escrevesse à sra. de Rênal. Nunca mais vou ler uma linha sua relativa a esse homem. Tenho horror a Paris e a você. Exorto-a a guardar no maior segredo o que vai acontecer. Renuncie francamente a um homem vil, e encontrará um pai.

– Onde está a carta da sra. de Rênal? – disse Julien friamente.
– Aqui está. Não quis mostrá-la a você até que estivesse preparado.

O que devo à sagrada causa da religião e da moral obriga-me, senhor, a dar o doloroso passo que venho cumprir junto do senhor; uma regra, que não pode falhar, ordena-me prejudicar neste momento ao meu próximo, mas com o objetivo de evitar um escândalo maior. A dor que experimento deve ser superada pelo sentimento de dever. É bem verdade, senhor, que a conduta da pessoa sobre a qual está me perguntando toda a verdade pode ter parecido inexplicável ou mesmo honesta. Pode-se ter achado conveniente esconder ou disfarçar uma parte da realidade; a prudência o queria tanto quanto a religião. Mas essa conduta, que o senhor deseja conhecer, foi de fato extremamente repreensível, mais ainda do que posso dizer. Pobre e ganancioso, foi com a ajuda da hipocrisia mais consumada, e pela sedução de uma mulher fraca e infeliz, que esse homem procurou estabelecer-se e tornar-se alguém. É parte de meu doloroso dever acrescentar que sou forçada a acreditar que o sr. J... não tem nenhum princípio religioso. Em consciência, sou forçada a pensar que um de seus meios para ter sucesso em uma casa é tentar seduzir a mulher que tem o crédito principal. Coberto por uma aparência de desinteresse e por frases de romance, seu grande e único objetivo é conseguir dispor do senhor da casa e de sua fortuna. Ele deixa para trás infortúnios e arrependimentos eternos, etc., etc., etc.

Essa carta extremamente longa, meio apagada pelas lágrimas, era de fato da sra. de Rênal; fora até escrito com mais cuidado do que o habitual.

– Não posso culpar o senhor de La Mole – disse Julien, depois de terminar de lê-la. – Ele é justo e prudente. Que pai gostaria de dar sua querida filha a um homem assim? Adeus!

Julien saltou do fiacre e correu para a carruagem do correio no final da rua. Mathilde, que ele parecia ter esquecido, deu alguns passos para segui-lo; mas os olhares dos comerciantes que avançavam para a porta de suas lojas, e dos quais ela era conhecida, obrigaram-na a voltar apressadamente para o jardim.

Julien partiu para Verrières. Nessa estrada rápida, ele não conseguia escrever para Mathilde como planejara, sua mão formava no papel apenas traços ilegíveis.

Chegou a Verrières em uma manhã de domingo. Entrou no armeiro local, que o cobriu de elogios por sua recente fortuna. Era a novidade do lugar.

Julien teve grande dificuldade em fazê-lo entender que queria um par de pistolas.

O armeiro a seu pedido carregou as pistolas.

Soaram três badaladas; é um sinal muito conhecido nos vilarejos da França e que, depois dos vários sinos da manhã, anuncia o início imediato da missa.

Julien entrou na igreja nova de Verrières. Todas as janelas altas do prédio estavam veladas com cortinas carmesim. Julien se viu alguns passos atrás do banco da sra. de Rênal. Pareceu-lhe que ela rezava com fervor. A visão daquela mulher que tanto o amara fez o braço de Julien estremecer de tal forma que a princípio ele não pôde realizar seu plano. "Não posso", disse a si mesmo. "Fisicamente, não posso."

Nesse momento, o jovem clérigo que ajudava na missa tocou para a elevação. A sra. de Rênal abaixou a cabeça, que por um momento ficou quase totalmente escondida pelas dobras do xale. Julien já não a reconhecia tão bem; disparou um tiro de pistola contra ela e errou; deu um segundo tiro, ela caiu.

Capítulo 36
Detalhes tristes

Não espere fraqueza alguma de minha parte. Estou vingado.
Mereci a morte e aqui estou. Reze por minha alma.

SCHILLER

Julien ficou imóvel, não conseguia mais enxergar. Quando voltou um pouco a si, viu todos os fiéis que fugiam da igreja; o padre havia deixado o altar. Julien começou a seguir com passos bastante lentos algumas mulheres que iam embora chorando. Uma delas, que queria fugir mais rápido que as outras, empurrou-o com força, e ele caiu. Seus pés tinham ficado embaraçados em uma cadeira derrubada pela multidão; ao se levantar, sentiu um aperto em torno do pescoço; era um policial de uniforme completo que o detinha. Maquinalmente, Julien quis recorrer a suas pistolas, mas um segundo guarda segurou-lhe os braços.

Foi levado para a prisão. Entraram em uma sala, algemaram-no, deixaram-no sozinho, a porta fechou-se para ele com duas voltas da chave, tudo foi feito muito rapidamente, e ele se mostrou insensível a isso.

– Bem, acabou tudo – disse em voz alta, voltando a si... – Sim, em quinze dias a guilhotina... ou se suicidar até lá.

Seu raciocínio não foi adiante; ele sentiu como se a cabeça tivesse sido espremida com violência. Olhou para ver se alguém o estava segurando. Depois de alguns momentos, caiu em sono profundo.

A sra. de Rênal não tinha sido ferida mortalmente. A primeira bala perfurara seu chapéu; quando ela se virou, o segundo tiro havia sido dado. A bala a atingira no ombro e, coisa espantosa, fora enviada de volta pelo osso do ombro, que contudo quebrou, contra um pilar gótico do qual fez desprender um enorme caco de pedra.

Quando, depois de um curativo longo e doloroso; o cirurgião, homem sério, disse à sra. de Rênal: "Respondo pela sua vida como pela minha", ela ficou profundamente angustiada.

Havia muito tempo, ela desejava sinceramente a morte. A carta que lhe fora imposta por seu atual confessor, e que ela escrevera ao sr. de La Mole, dera o último golpe àquele ser enfraquecido por um infortúnio demasiado constante. Essa desgraça era a ausência de Julien; quanto a ela, chamava-a de remorso. O diretor, um jovem eclesiástico virtuoso e fervoroso, recém-chegado de Dijon, não se enganava com isso.

"Morrer assim, mas não por minhas mãos, não é pecado", pensava a sra. de Rênal. "Talvez Deus me perdoe por me alegrar com minha morte." Ela não ousava acrescentar: "E morrer pelas mãos de Julien é o cúmulo da felicidade".

Mal se livrou da presença do cirurgião e de todos os amigos que se aglomeravam, chamou Elisa, sua criada.

– O carcereiro – ela lhe disse, corando muito – é um homem cruel. Sem dúvida, vai maltratá-lo, acreditando agradar-me dessa forma. Essa ideia me é insuportável. Poderia ir até o carcereiro e lhe dar este pacotinho que contém alguns luíses? Você lhe dirá que a religião não permite que ele o maltrate... Acima de tudo, ele não deve sair falando sobre esse envio de dinheiro.

É à circunstância de que acabamos de falar que Julien deveu a humanidade do carcereiro de Verrières; era o mesmo sr. Noiroud, firme partidário do governo, a quem vimos ficar muito assustado com a presença do sr. Appert.

Um juiz apareceu na prisão.

– Matei com premeditação – Julien lhe disse. – Comprei as pistolas e mandei que fossem carregadas por um homem... o armeiro. O artigo 1.342 do Código Penal é claro: mereço a morte e aguardo-a.

O juiz, espantado com essa forma de responder, quis multiplicar as perguntas para fazer de modo que o acusado se comprometesse nas respostas.

– Mas o senhor não vê – disse Julien sorrindo – que estou me mostrando tão culpado quanto pode desejar? Vamos, senhor, não vai perder a presa que está perseguindo. Terá o prazer de condenar. Poupe-me de sua presença.

"Ainda tenho um dever enfadonho a cumprir", pensou Julien. "Devo escrever para a srta. de La Mole."

> *Estou vingado. Infelizmente, meu nome aparecerá nos jornais e não posso escapar incógnito deste mundo. Morrerei em dois meses. A vingança foi terrível, como a dor de estar separado de você. A partir deste momento, proíbo-me de escrever e pronunciar seu nome. Nunca fale de mim, nem mesmo para meu filho: o silêncio é a única forma de me honrar. Para as pessoas comuns, serei um assassino vulgar... Permita-me a verdade neste momento supremo: você vai me esquecer. Essa grande catástrofe, sobre a qual a aconselho a nunca abrir a boca para ninguém, terá exaurido por vários anos tudo o que eu via de romântico e aventureiro em seu caráter. Você foi feita para viver com os heróis da Idade Média; mostre seu caráter firme. Deixe o que deve acontecer ser realizado em segredo e sem se comprometer. Você*

assumirá um nome falso e não terá nenhum confidente. Se precisa absolutamente da ajuda de um amigo, eu lhe deixo o abade Pirard.

Não fale com mais ninguém, especialmente com as pessoas da sua classe: os de Luz, os Caylus.

Um ano após minha morte, case-se com o sr. de Croisenois; eu lhe imploro, lhe ordeno como seu marido. Não me escreva mais, não responderei. Bem menos malvado que Iago, ao que me parece, eu lhe direi como ele: Deste momento em diante, não direi palavra.

Não me verão falar ou escrever; você terá recebido minhas últimas palavras, bem como minhas últimas adorações.

J. S.

Foi depois de enviar essa carta que pela primeira vez Julien, um pouco mais consciente de si mesmo, viu-se muito infeliz. Cada uma das esperanças de ambição teve de ser sucessivamente arrancada de seu coração por esta terrível afirmação: eu vou morrer. A morte em si não era horrível aos seus olhos. Toda a sua vida fora apenas uma longa preparação para o infortúnio, e ele não se preocupara em esquecer aquele que se passa pelo maior de todos.

"O quê?", disse a si mesmo. "Se em sessenta dias eu tivesse de me bater em duelo com um homem muito forte nas armas, teria a fraqueza de pensar nisso sem cessar com a alma cheia de terror?"

Ele passou mais de uma hora tentando se conhecer bem a esse respeito.

Quando enxergou claramente em seu íntimo e a verdade apareceu diante de seus olhos tão claramente como uma das colunas de sua prisão, ele pensou no remorso.

"Por que eu teria algum? Fui ofendido de maneira atroz; matei, mereço a morte, mas isso é tudo. Morro depois de ter acertado minhas contas com a humanidade. Não deixo nenhuma obrigação por cumprir, não devo nada a ninguém; minha morte só tem de vergonhoso o instrumento: só isso, é verdade, é amplamente suficiente para minha vergonha aos olhos dos burgueses de Verrières; mas, do ponto de vista intelectual, o que poderia ser mais desprezível? Resta uma maneira de ser considerável aos seus olhos: é atirar moedas de ouro nas pessoas ao ir para o suplício. Minha memória, ligada à ideia do ouro, será resplandecente para eles."

Após esse raciocínio, que depois de um minuto lhe pareceu óbvio:
"Não tenho mais nada para fazer na Terra", Julien disse a si mesmo, e adormeceu profundamente.

Por volta das nove horas da noite, o carcereiro o acordou trazendo o jantar.

– O que dizem em Verrières?

– Senhor Julien, o juramento que fiz perante o crucifixo da corte real no dia em que fui instalado em meu lugar obriga-me a calar-me.

Ele ficou em silêncio, mas permaneceu ali. A visão dessa hipocrisia vulgar divertiu Julien. "Devo", pensou ele, "fazê-lo esperar muito pelos cinco francos que ele quer para me vender sua consciência."

Quando o carcereiro viu a refeição terminar sem tentativa de suborno:
"A amizade que lhe dedico, senhor Julien", disse ele com ar falso e gentil, "obriga-me a falar; embora digam que é contra o interesse da justiça, porque pode ser útil para o senhor organizar sua defesa... O senhor Julien, que é um bom rapaz, ficará muito feliz se eu lhe disser que a sra. de Rênal está bem."

– Quê? Ela não está morta? – gritou Julien fora de si.

– Como? O sr. não sabia de nada? – disse o carcereiro com um olhar estúpido que logo se transformou em ganância feliz. – Será justo que o senhor dê algo ao cirurgião que, segundo a lei e a justiça, não deveria falar. Mas, para agradar ao senhor, fui à casa dele, que me contou tudo...

– No fim, o ferimento não foi fatal? – disse Julien com impaciência.
– Pode me contar sobre o estado dela?

O carcereiro, um gigante de quase dois metros de altura, ficou com medo e retirou-se em direção à porta. Julien percebeu que estava percorrendo um caminho ruim para chegar à verdade; sentou-se e jogou um napoleão para o sr. Noiroud.

À medida que o relato do homem provou a Julien que o ferimento da sra. de Rênal não tinha sido fatal, ele foi se sentindo dominado pelas lágrimas.

– Saia – disse bruscamente.

O carcereiro obedeceu. Mal a porta se fechou:

– Bom Deus! Ela não está morta? – gritou Julien. E caiu de joelhos, chorando lágrimas amargas.

Nesse momento supremo, ele era um crente. O que importam as hipocrisias dos padres? Eles podem tirar alguma coisa da verdade e da sublimidade da ideia de Deus?

Só então Julien começou a se arrepender do crime cometido. Por uma coincidência que o salvou do desespero, nesse exato momento acabava de cessar o estado de irritação física e semiloucura em que se via mergulhado desde sua partida de Paris a Verrières.

Suas lágrimas tinham uma fonte generosa; ele não alimentava dúvidas sobre a condenação que o esperava.

– Então ela vai viver! – falou para si próprio... – Viverá para me perdoar e me amar...

Muito tarde na manhã seguinte, quando o carcereiro o acordou:

– O senhor deve ter um coração famoso, senhor Julien – o homem lhe disse. – Por duas vezes, vim e não quis acordá-lo. Aqui estão duas garrafas de excelente vinho que lhe foram enviadas pelo sr. Maslon, nosso pároco.

– Como? Esse patife ainda está aqui? – disse Julien.

– Sim, senhor – respondeu o carcereiro, baixando a voz. – Mas não fale tão alto; isso pode prejudicá-lo.

Julien riu com vontade.

– No ponto em que estou, meu amigo, só você poderia me prejudicar se deixasse de ser gentil e humano... Será bem pago – disse Julien, interrompendo-se e retomando o ar autoritário. Esse ar foi imediatamente justificado pela doação de uma moeda.

O sr. Noiroud tornou a narrar com grande detalhe tudo o que soubera da sra. de Rênal, mas nada disse da visita da srta. Elisa.

Aquele homem era o quanto possível vil e submisso. Uma ideia cruzou a cabeça de Julien: "Essa espécie de gigante deformado pode ganhar trezentos ou quatrocentos francos, porque sua prisão é pouco frequentada; posso garantir-lhe dez mil francos se quiser fugir para a Suíça comigo... A dificuldade será convencê-lo de minha boa-fé". A ideia de um longo colóquio com um ser tão abjeto inspirou desgosto em Julien; ele pensou em outra coisa.

À noite, já não era a ocasião. Uma carruagem de correio veio buscá-lo à meia-noite. Ele ficou muito feliz com os policiais, seus companheiros de viagem. Pela manhã, quando chegou à prisão de Besançon, eles tiveram a gentileza de instalá-lo no andar superior de um torreão gótico. Ele examinou a arquitetura do início do século XIV; admirou sua graça e leveza marcante. Através de uma abertura estreita entre duas paredes para além de um pátio profundo, tinha uma vista soberba.

No dia seguinte, houve um interrogatório, após o qual, por vários dias, ele foi deixado sozinho. Sua alma estava calma. Ele via sua situação de forma extremamente simples:

"Eu queria matar; devo ser morto."

Seu pensamento também não se deteve mais nesse raciocínio. O julgamento, o tédio de aparecer em público, a defesa, ele considerava tudo isso como pequenos embaraços, cerimônias enfadonhas sobre as quais seria hora de pensar no próprio dia. O momento da morte quase não o ocupava mais: "Pensarei nisso depois do julgamento". A vida não era tediosa para ele, via tudo sob uma nova luz, não tinha mais ambições. Raramente pensava na srta. de La Mole. O remorso o ocupava muito e por diversas vezes o presenteava com a imagem da sra. de Rênal, principalmente durante o silêncio das noites, só perturbado, naquele torreão alto, pelo canto da águia-pescadora.

Ele agradecia aos céus por não a ter ferido até a morte.

"Coisa incrível!", disse a si mesmo. "Eu acreditava que com sua carta ao sr. de La Mole ela havia destruído minha felicidade futura para sempre, e, menos de quinze dias após a data dessa carta, não penso mais em tudo que antes ocupava minha mente... Dois ou três mil libras de renda para viver tranquilamente em um país montanhoso como Vergy... Eu estava feliz então... Não conhecia minha felicidade!"

Em outros momentos, levantava sobressaltado da cadeira.

"Se tivesse ferido de morte a sra. de Rênal, eu teria me matado... Preciso dessa certeza para não causar horror a mim próprio. Matar-me! Eis a grande questão", disse a si mesmo. "Esses juízes tão formais, tão encarniçados em relação ao pobre acusado, que mandariam enforcar o melhor cidadão para conseguirem uma condecoração... Eu escaparia de seu domínio, de seus insultos em francês ruim, que o jornal do departamento chamará de eloquência..."

"Posso viver mais cinco ou seis semanas, mais ou menos... Matar-me! Palavra de honra que não", disse a si mesmo depois de alguns dias. "Napoleão viveu..."

"Além disso, a vida é agradável para mim; esta estadia é pacífica; não me sinto entediado", acrescentou, rindo, e começou a anotar os livros que queria mandar trazer de Paris.

Capítulo 37
Um torreão

O túmulo de um amigo.
STERNE

Ele ouviu um grande barulho no corredor; não era a hora em que alguém subia para sua prisão; a águia-pescadora voou chorando, a porta se abriu e o venerável padre Chélan, trêmulo e com a bengala na mão, atirou-se em seus braços.

– Ah, bom Deus! Como é possível, meu filho... Monstro, eu deveria dizer.

E o bom velho não conseguiu acrescentar uma palavra. Julien temeu que ele fosse cair. Foi obrigado a conduzi-lo até uma cadeira. A mão do tempo pesara sobre aquele homem outrora tão enérgico. Para Julien, ele parecia apenas a sombra de si mesmo.

Quando recuperou o fôlego:

– Só anteontem recebi sua carta de Estrasburgo, com seus quinhentos francos para os pobres de Verrières; ela me foi entregue nas montanhas, em Liveru, onde estava em retiro na casa de meu sobrinho Jean. Ontem, fiquei sabendo da catástrofe… Ó céus! Como é possível? – E o velho já não chorava, parecia privado das ideias e acrescentou mecanicamente: – Vai precisar dos seus quinhentos francos; vim devolvê-los.

– Preciso vê-lo, meu pai! – gritou Julien, enternecido. – Dinheiro não me falta.

Mas ele não conseguiu mais obter uma resposta sensata. Vez por outra, o sr. Chélan derramava algumas lágrimas que lhe desciam silenciosamente pela face; então, olhava para Julien e ficava como que pasmo ao vê-lo pegar suas mãos e levá-las aos lábios. Aquele semblante, tão vivo no passado e que pintava com tanta energia os sentimentos mais nobres, só emanava um ar apático. Uma espécie de camponês logo veio buscar o velho.

– Não se deve cansá-lo – disse a Julien, que percebeu que se tratava do sobrinho. Essa aparição deixou Julien mergulhado em uma desgraça cruel que mantinha longe as lágrimas. Tudo lhe parecia triste e sem consolo; sentia o coração gelado no peito.

Esse momento era o mais cruel que ele experimentava desde o crime. Tinha acabado de ver a morte, em toda a sua feiura. Todas as ilusões de grandeza de alma e generosidade se haviam dissipado como uma nuvem diante da tempestade.

Essa terrível situação durou várias horas. Após o envenenamento moral, remédios físicos e vinho de Champagne são necessários. Julien teria se considerado um covarde caso recorresse a isso. Quase no final de um dia horrível, passado inteiramente vagando em seu estreito torreão:

– Como sou louco! – exclamou ele. – É no caso em que eu devesse morrer como outra pessoa que a visão desse pobre velho me teria lançado nesta terrível tristeza; mas uma morte rápida na flor da idade coloca-me precisamente ao abrigo dessa triste decrepitude.

Qualquer que fosse o raciocínio que tenha feito a si mesmo, Julien se viu tocado, como um ser pusilânime e consequentemente infeliz com aquela visita.

Não havia mais nada de rude e de grandioso nele, nenhuma virtude romana; a morte parecia-lhe estar a uma maior altitude e soava como algo menos fácil.

"Esse será meu termômetro", disse a si mesmo. "Esta noite estou dez graus abaixo da coragem que me leva ao nível da guilhotina. Esta manhã, eu tinha essa coragem. De resto, o que me importa, contanto que ela retorne para mim quando necessário." Essa ideia de termômetro o divertiu e finalmente conseguiu distraí-lo.

No dia seguinte, ao acordar, teve vergonha do dia anterior. "Minha felicidade e minha paz estão em jogo." Quase resolveu escrever ao procurador-geral para pedir que ninguém mais pudesse ir vê-lo. "E Fouqué?", pensou. "Se ele quisesse assumir a responsabilidade de vir a Besançon, qual não seria sua dor!"

Havia talvez dois meses que ele não pensava em Fouqué. "Fui um grande idiota em Estrasburgo, minhas ideias não iam além da gola do meu casaco." A lembrança de Fouqué ocupou-o muito e deixou-o ainda mais enternecido. Ele caminhava inquieto. "Aqui estou, decididamente, vinte graus abaixo do nível da morte... Se essa fraqueza aumentar, seria melhor me matar. Que alegria para os abades Maslon e os Valenod se eu morrer como um homem pedante!"

Fouqué chegou; esse homem simples e bom estava tomado pela dor. Sua única ideia, se tivesse alguma, era vender todas as suas propriedades para seduzir o carcereiro e salvar Julien. Ele lhe falou longamente sobre a fuga do sr. de Lavalette.

– Você me dá pena – disse-lhe Julien. – O sr. de Lavalette era inocente; eu sou culpado. Sem querer, você me faz pensar na diferença... Mas é verdade! Quê? Você venderia todos os seus bens? – disse Julien, subitamente tornando-se de novo observador e desconfiado.

Fouqué, encantado por ver o amigo finalmente reagir à sua ideia dominante, fez-lhe uma longa e detalhada lista do que obteria com cada uma de suas propriedades, com precisão de até cem francos.

"Que esforço sublime para um proprietário rural!", pensou Julien. "Quantas economias, quantas sovinices que tanto me faziam corar quando eu os via fazer, ele sacrifica por mim! Um daqueles belos jovens que vi na mansão de La Mole, e que leem René, não teria nenhum desses ridículos; mas, exceto aqueles que são muito jovens e ainda enriquecidos pela herança, e que não sabem o valor do dinheiro, qual desses belos parisienses seria capaz de tal sacrifício?"

Todos os erros de francês, todos os gestos comuns de Fouqué desapareceram; ele se jogou em seus braços. Nunca a província, comparada a Paris, recebeu uma homenagem mais bela. Fouqué, encantado com o momento de entusiasmo que via nos olhos do amigo, tomou-o como consentimento para a fuga.

Essa visão do sublime devolveu a Julien toda a força que a aparição do sr. Chélan o fizera perder. "Ele ainda era muito jovem; mas, na minha opinião, foi uma bela planta. Em vez de caminhar do terno para o astuto, como a maioria dos homens, a idade lhe teria dado uma bondade fácil de se comover; foi curado de uma desconfiança louca... Mas para que servem essas previsões vazias?"

Os interrogatórios foram se tornando mais frequentes, apesar dos esforços de Julien, cujas respostas tendiam sempre a abreviar o caso:

– Matei ou pelo menos quis matar e com premeditação – repetia todos os dias.

Mas o juiz era acima de tudo um formalista. As declarações de Julien não abreviaram de forma alguma os interrogatórios; o amor-próprio do juiz sentiu-se melindrado. Julien não sabia que tinham pensado em transferi-lo para um calabouço terrível e que fora graças aos esforços de Fouqué que o haviam deixado em seu lindo quarto a cento e oitenta degraus de altura.

O sr. abade de Frilair estava entre os homens importantes que encarregavam Fouqué de lhes fornecer lenha. O bom comerciante chegou ao grande e todo-poderoso vigário. Para sua inexprimível alegria, o sr. de Frilair comunicou-lhe que, tocado pelas boas qualidades de Julien e pelos serviços que anteriormente prestara ao seminário, tencionava recomendá-lo aos juízes. Fouqué anteviu a esperança de salvar o amigo e, ao sair, prostrando-se por terra, rogou ao grande vigário que distribuísse em missas, para implorar a absolvição do arguido, uma soma de dez luíses.

Fouqué estava estranhamente equivocado. O sr. de Frilair não era um Valenod. Ele recusou e até tentou fazer o bom camponês entender que era melhor ficar com o dinheiro. Vendo que era impossível ser claro sem ser imprudente, aconselhou-o a dar essa quantia em esmolas para os pobres presos, que, de fato, careciam de tudo.

"Esse Julien é um ser singular; sua ação é inexplicável", pensou o sr. de Frilair, "e nada deve sê-lo para mim... Talvez seja possível fazer dele um mártir... De todo modo, saberei o fim desse caso e talvez encontrarei uma oportunidade para assustar essa dona de Rênal, que não nos estima, e que basicamente me odeia... Talvez consiga encontrar em tudo isso um meio de reconciliação manifesta com o sr. de La Mole, que tem uma queda por esse pequeno seminarista."

A transação sobre o processo fora assinada algumas semanas antes, e o abade Pirard deixara Besançon, não sem antes ter falado do misterioso nascimento de Julien, no mesmo dia em que o infeliz assassinava a sra. de Rênal na igreja de Verrières.

Julien viu apenas um acontecimento desagradável entre ele e a morte: a visita de seu pai. Consultou Fouqué sobre a ideia de escrever ao procurador-geral para ser dispensado de qualquer visita. Esse horror de ver um pai, e em tal momento, chocou profundamente o coração honesto e burguês do comerciante de madeira.

Ele acreditou entender por que tantas pessoas odiavam o amigo com tanta paixão. Por respeito ao infortúnio, escondeu sua maneira de sentir.

– De qualquer forma – respondeu ele com frieza –, essa ordem de incomunicabilidade não se aplicaria a seu pai.

Capítulo 38
Um homem poderoso

Mas são tantos os mistérios em seus passos e elegância em seu porte! Quem ela pode ser?

SCHILLER

As portas do torreão abriram-se muito cedo no dia seguinte. Julien foi acordado com um sobressalto.

"Ah, meu Deus", ele pensou, "é meu pai. Que cena desagradável!"

No mesmo momento, uma mulher vestida de camponesa correu para seus braços; ele teve dificuldade em reconhecê-la. Era a srta. de La Mole.

– Malvado, só soube pela sua carta onde você estava. Isso que chama de seu crime, e que é apenas uma vingança nobre que me mostra toda a altivez do coração que bate em seu peito, só soube dele em Verrières...

Apesar de suas prevenções contra a srta. de La Mole, que aliás não admitia muito claramente, Julien a achou muito bonita. Como não ver em toda essa forma de agir e falar um sentimento nobre e desinteressado, muito acima de tudo que uma alma pequena e vulgar teria ousado? Acreditou ainda amar uma rainha, e, depois de alguns momentos, foi com rara nobreza de palavras e pensamento que disse a ela:

— O futuro estava se desenhando muito claramente para mim. Depois de minha morte, eu a casaria novamente com o sr. de Croisenois, que teria desposado uma viúva. A alma nobre, mas algo romântica dessa encantadora viúva, abalada e convertida ao culto da vulgar prudência por um acontecimento singular, trágico e grande para ela, teria se dignado de compreender o mérito muito real do jovem marquês. Você teria se resignado a ser feliz com a felicidade de todos: a consideração, a riqueza, a alta posição… Mas, cara Mathilde, sua chegada a Besançon, se suspeitarem dela, será um golpe fatal para o sr. de La Mole, e eis aí uma coisa pela qual nunca me perdoarei. Já causei a ele tanto desgosto! O acadêmico dirá que ele aqueceu uma cobra no seio.

— Admito que não esperava tanta razão fria, tanta preocupação com o futuro – disse a srta. de La Mole, meio zangada. – Minha criada, quase tão cuidadosa quanto você, tirou um passaporte para ela, e foi com o nome de sra. Michelet que viajei nas diligências.

— E a sra. Michelet conseguiu chegar até mim com tanta facilidade?

— Ah, você ainda é o homem superior, aquele que distingui! Primeiro, ofereci cem francos a um secretário de juiz, que alegava que minha entrada neste torreão era impossível. Mas, depois de receber o dinheiro, esse homem honesto me fez esperar, levantou objeções, pensei que estivesse pensando em me roubar… – Ela parou.

— E então? – disse Julien.

— Não se zangue, meu pequeno Julien – disse-lhe, beijando-o –, tive de dizer meu nome a esse secretário, que me tomava por uma jovem operária de Paris, apaixonada pelo belo Julien… Na verdade, estas foram as palavras dele. Jurei-lhe que era sua esposa, e terei permissão para vê-lo todos os dias.

"A loucura está completa", pensou Julien, "não pude impedi-la. Afinal, o sr. de La Mole é um senhor tão poderoso que a opinião pública encontrará uma desculpa para o jovem coronel que vai se casar com essa viúva encantadora. Minha morte iminente cobrirá tudo." E entregou-se com delícia ao amor de Mathilde; era loucura, grandeza de alma, tudo o que havia de mais singular. Ela sugeriu seriamente se matar com ele.

Depois desses primeiros ímpetos, e quando foi saciada sua vontade de ver Julien, uma viva curiosidade tomou conta de sua alma. Ela examinava seu amante, que encontrara muito acima do que havia imaginado. Boniface de La Mole parecia-lhe ressuscitado, mas mais heroico.

Mathilde falou com os mais importantes advogados do país, a quem ofendia oferecendo-lhes ouro de forma grosseira; mas eles acabaram aceitando.

Ela logo percebeu que, em termos de coisas duvidosas e de alto alcance, tudo dependia em Besançon do sr. abade de Frilair.

Sob o obscuro nome de sra. de Michelet, primeiro encontrou dificuldades intransponíveis para alcançar o todo-poderoso membro da Congregação. Mas o boato da beleza de uma jovem vendedora de moda, louca de amor e que viera de Paris a Besançon para consolar o jovem padre Julien Sorel, espalhou-se pela cidade.

Mathilde corria sozinha a pé pelas ruas de Besançon; esperava não ser reconhecida. Em todo caso, não considerava inútil que sua causa produzisse uma forte impressão no povo. Em sua loucura, pensava em fazê-lo se revoltar para salvar Julien a caminho da morte. A srta. de La Mole achava que estava vestida de maneira simples e apropriada para uma mulher que sofria; mas o fazia de modo a atrair todos os olhares.

Era o objeto da atenção de todos em Besançon, quando, após oito dias de solicitações, conseguiu uma audiência com o sr. de Frilair.

Por mais corajosa que fosse, as ideias da influência e da prudente vilania do dirigente da Congregação estavam tão entrelaçadas em sua mente que ela tremeu ao bater à porta do bispado. Mal podia andar quando teve de subir as escadas que levavam aos aposentos do vigário-geral. A solidão do palácio episcopal causava-lhe calafrio. "Posso me sentar em uma poltrona, essa poltrona agarrar meus braços, e terei desaparecido. A quem minha criada poderá perguntar sobre mim? O capitão da gendarmaria procurará não agir. Estou isolada nesta grande cidade!"

Após seu primeiro olhar para o aposento, a srta. de La Mole tranquilizou-se. Primeiro, fora um lacaio com uma libré muito elegante que lhe abrira a porta. O salão onde a fizeram esperar exibia aquele luxo fino e delicado, tão diferente da magnificência grosseira e que só se encontra em Paris nas melhores casas. Assim que viu o sr. de Frilair aproximar-se com ar paternal, todas as ideias de crime atroz desapareceram. Nem sequer achou naquele belo rosto a marca daquela virtude enérgica e um tanto selvagem, tão antipática à sociedade parisiense. O meio sorriso que animava as feições do sacerdote, que em tudo mandava em Besançon, anunciava o homem de boa companhia, o prelado culto, o administrador hábil. Mathilde achou que estava em Paris.

Demorou apenas alguns instantes para o sr. de Frilair fazer Mathilde confessar-lhe que era filha de seu poderoso adversário, o marquês de La Mole.

— Não sou a sra. Michelet — disse ela, retomando toda a altivez de seu caráter —, e esta confissão me custa pouco, pois venho consultá-lo, senhor, sobre a possibilidade de conseguir a fuga do sr. de La Vernaye. Em primeiro lugar, ele é apenas culpado de um desatino; a mulher em que ele atirou está bem. Em segundo lugar, para seduzir os subordinados, posso entregar imediatamente cinquenta mil francos e comprometer-me com o dobro. Por fim, minha gratidão e a de minha família nada encontrarão de impossível para quem tiver salvo o sr. de La Vernaye.

O sr. de Frilair parecia surpreso com esse nome. Mathilde mostrou-lhe várias cartas do ministro da Guerra, dirigidas ao sr. Julien Sorel de La Vernaye.

– Veja, senhor, que meu pai se encarregava de sua fortuna. Casei-me com ele em segredo; meu pai queria que ele fosse um oficial superior antes de declarar esse casamento um tanto incomum para uma de La Mole.

Mathilde notou que a expressão de bondade e alegria gentil desaparecia rapidamente à medida que o sr. de Frilair fazia descobertas importantes. Uma delicadeza misturada com profunda falsidade estampou-se em seu rosto.

O abade tinha dúvidas, relia lentamente os documentos oficiais.

"Que benefício posso tirar dessas confidências estranhas?", dizia para si mesmo. "Aqui estou de repente em uma relação íntima com uma amiga da famosa marechala de Fervaques, a sobrinha todo-poderosa do monsenhor bispo de ***, por meio de quem se podem tornar bispos na França."

"O que eu costumava ver como distante no futuro surge de improviso. Isso pode me conduzir ao objetivo de todos os meus desejos."

A princípio, Mathilde ficou assustada com a rápida mudança na fisionomia daquele homem poderoso, com quem se viu sozinha em um aposento remoto.

"Qual nada", logo disse a si mesma, "o pior teria sido não causar nenhuma impressão no egoísmo frio de um padre saciado de poder e de prazeres."

Deslumbrado por essa via rápida e imprevista que se abria diante de seus olhos para chegar ao episcopado, impressionado com o temperamento de Mathilde, por um momento o sr. de Frilair não se colocou mais em guarda. A srta. de La Mole o viu quase a seus pés, ambicioso e animado a ponto de ter um tremor nervoso.

"Tudo está esclarecido", ela pensou, "nada será impossível aqui para a amiga da sra. de Fervaques." Apesar de um sentimento de ciúme ainda muito doloroso, ela teve a coragem de explicar que Julien era amigo íntimo da marechala e quase todos os dias encontrava o monsenhor bispo de *** na casa dela.

– Quando se sortear quatro ou cinco vezes seguidas uma lista de trinta e seis jurados entre os habitantes notáveis deste departamento – disse o grão-vigário com um olhar rude de ambição e enfatizando as palavras –, eu me consideraria com muito pouca sorte se em cada lista não tivesse oito ou dez amigos, e os mais espertos da tropa. Quase sempre eu teria a maioria, até mesmo mais que isso para condenar; veja, senhorita, com grande facilidade posso fazer absolver...

O abade parou de repente, como que espantado com o som de suas palavras; confessava coisas que não se diz jamais aos leigos.

Mas, por sua vez, surpreendeu Mathilde ao informá-la de que o que espantava e interessava especialmente a sociedade de Besançon na estranha aventura de Julien é que ele outrora inspirara uma grande paixão na sra. de Rênal e a compartilhara por um bom tempo. O sr. de Frilair percebeu facilmente a extrema confusão produzida por seu relato.

"Eu tenho minha revanche!", ele pensou. "Por fim, aqui está uma forma de liderar essa pequena pessoa determinada; receava não conseguir." O ar distinto e difícil de dominar redobrava a seus olhos o encanto da rara beleza que via quase suplicante diante de si. Ele recuperou toda a compostura e não hesitou em revolver o punhal no coração dela.

– Afinal, eu não me surpreenderia – disse ele em tom despreocupado – se ficássemos sabendo que foi por ciúme que o sr. Sorel disparou dois tiros de pistola contra essa mulher outrora tão amada. Ela está longe de não ter atrativos, e recentemente via com frequência um certo abade Marquinot de Dijon, uma espécie de jansenista sem moral, como todos são.

O sr. de Frilair torturou voluptuosamente e à vontade o coração daquela bela jovem, cujo lado fraco ele havia surpreendido.

– Por que – disse ele, fixando os olhos ardentes em Mathilde – o sr. Sorel teria escolhido a igreja, senão pelo fato de que justamente naquele momento seu rival estava ali celebrando missa? Todo mundo concede inteligência infinita e mais ainda prudência ao homem feliz que a senhorita protege. O que poderia ser mais simples que se esconder nos jardins do sr. de Rênal, que ele conhece tão bem? Ali, com a quase certeza de não ser visto, nem apanhado, nem suspeito, poderia matar a mulher de quem tinha ciúme.

Esse raciocínio, tão correto na aparência, terminou por deixar Mathilde fora de si. Aquela alma altiva, mas saturada de toda aquela prudência seca que passa a pintar fielmente na alta sociedade o coração humano, não era feita para compreender rapidamente a felicidade de zombar de toda prudência, que pode ser tão viva para uma alma ardente. Nas classes altas da sociedade parisiense em que Mathilde vivera, a paixão só raramente dispensa a prudência, e é do quinto andar que as pessoas se jogam pela janela.

Finalmente, o abade de Frilair tinha certeza de seu domínio. Fez Mathilde entender (sem dúvida, mentia) que poderia dispor como quisesse do ministério público, encarregado de sustentar a acusação contra Julien.

Depois que o sorteio designasse os trinta e seis jurados para a sessão, faria uma abordagem direta e pessoal a pelo menos trinta deles.

Se Mathilde não tivesse parecido tão bonita ao sr. de Frilair, ele só teria falado tão claramente com ela no quinto ou sexto encontro.

Capítulo 39
A intriga

Castres, 1676. – Um irmão acaba de assassinar a irmã na casa ao lado da minha; esse cavalheiro já era culpado de assassinato. Seu pai, distribuindo secretamente quinhentos escudos aos conselheiros, salvou-lhe a vida.

LOCKE, VIAGEM À FRANÇA

Ao deixar o bispado, Mathilde não hesitou em mandar uma carta à sra. de Fervaques; o medo de comprometer-se não a deteve um segundo. Implorava à sua rival que obtivesse uma carta para o sr. de Frilair, toda escrita de próprio punho pelo monsenhor bispo de ***. Chegou a suplicar-lhe que viesse em pessoa a Besançon. Esse traço era heroico por parte de uma alma ciumenta e orgulhosa.

A conselho de Fouqué, ela tivera o cuidado de não mencionar o que fazia a Julien. Sua presença já o perturbava o suficiente. Mais honesto ao se aproximar da morte do que o fora durante toda a sua vida, ele sentia remorsos não só por causa do sr. de La Mole, mas também por causa de Mathilde.

"Será possível?", dizia a si mesmo. "Encontro momentos de distração e até de tédio junto dela. Essa mulher se perde por mim e é assim que a recompenso! Sou então um patife?"

Esse problema o teria ocupado muito pouco quando ele era ambicioso; na época, não ter sucesso era a única coisa vergonhosa a seus olhos.

Sua inquietação moral junto a Mathilde era tanto mais decidida quanto ele agora lhe inspirava a mais extraordinária, a mais louca paixão. Ela só falava em estranhos sacrifícios que queria fazer para salvá-lo.

Exaltada por um sentimento de que se envaidecia e que superava todo o seu orgulho, ela gostaria de não deixar passar um momento sequer de sua vida sem o preencher com algum ato fora do comum. Os projetos mais bizarros, mais arriscados para ela enchiam suas longas conversas com Julien. Os carcereiros, bem pagos, deixavam-na fazer o que quisesse no presídio. As ideias de Mathilde não se limitavam ao sacrifício de sua reputação: pouco lhe importava que a sociedade se desse conta de seu estado. Ajoelhar-se, para conseguir o perdão de Julien, diante da carruagem do rei a galope e atrair a atenção do príncipe, sob pena de ser atropelada mil vezes, era uma das fantasias menos disparatadas que aquela imaginação desmedida e corajosa arquitetava. Por meio de seus amigos a serviço do rei, ela tinha a certeza de ser admitida nos recantos íntimos do Palácio de Saint-Cloud.

Julien sentia-se indigno de tanta devoção: a dizer verdade, estava cansado de heroísmos. A uma ternura simples, ingênua e quase tímida é que ele se acharia sensível, ao passo que, para a alma altiva de Mathilde, eram sempre necessários um público e *os outros*.

Em meio a todas as suas angústias, a todos os seus temores pela vida desse amante a quem não queria sobreviver, sentia uma necessidade secreta de impressionar o público com o excesso de seu amor, com a sublimidade de seus atos.

Julien aborrecia-se por permanecer indiferente a todo esse heroísmo. Como seria se soubesse da loucura com que Mathilde oprimia a mente desprendida, mas eminentemente razoável e limitada do bom Fouqué?

Este ignorava o que poderia haver de censurável na devoção de Mathilde, pois ele também teria sacrificado toda a sua fortuna e exposto sua vida aos maiores acasos para salvar Julien. Ficou surpreso com a quantidade de ouro que Mathilde jogara fora. Nos primeiros dias, as quantias assim gastas impuseram respeito a Fouqué, que tinha pelo dinheiro toda a veneração de um provinciano.

Finalmente, ele descobriu que os planos da srta. de La Mole muitas vezes variavam e, para grande alívio seu, encontrou uma palavra para essa personagem tão cansativa: ela era "volúvel". Desse epíteto para "cabeça ruim", o maior anátema da província, havia apenas um passo.

"É estranho", pensou Julien um dia em que Mathilde acabara de sair de sua cela, "que uma paixão tão viva, da qual sou o objeto, me deixe tão insensível! E eu a adorava há dois meses! Li não sei onde que a aproximação da morte nos torna desinteressados de tudo; mas é terrível sentir-se ingrato e incapaz de mudar. Serei então um egoísta?"

Fazia-se, a esse respeito, as censuras mais humilhantes.

Das cinzas da ambição, morta em seu peito, surgira outra paixão; ele a chamou de remorso por ter assassinado a sra. de Rênal.

Na verdade, estava perdidamente apaixonado por ela. Encontrava uma felicidade singular quando, deixado completamente sozinho e sem medo de interrupções, podia se entregar por inteiro às lembranças dos dias felizes que havia passado em Verrières ou em Vergy. Os menores incidentes daquele tempo, que havia se escoado tão depressa, tinham para ele um frescor e um encanto irresistíveis. Jamais pensava em seus sucessos de Paris; estava farto deles.

Essas disposições, que se fortaleciam rapidamente, foram em parte adivinhadas pelo ciúme de Mathilde. Ela percebeu com muita clareza que tinha de lutar contra o amor à solidão. Às vezes, pronunciava com terror o nome da sra. de Rênal. Via Julien estremecer. Sua paixão não conhecia agora nem limites nem medida.

"Se ele morrer, morrerei também", pensava ela, com o máximo de boa-fé. "Que diriam os salões de Paris quando vissem uma jovem de minha posição adorar tanto um amante condenado à morte? Para encontrar tais sentimentos, seria preciso voltar à época dos heróis; tinham sido amores desse tipo que haviam feito palpitar os corações do século de Carlos IX e Henrique III."

No meio dos mais vivos transportes, quando pressionava a cabeça de Julien contra o peito, ela pensava, horrorizada: "Então esta cabeça encantadora está fadada a rolar? Pois bem", acrescentava, inflamada de um heroísmo que não deixava de ter uns laivos de felicidade, "meus lábios, que beijam estes lindos cabelos, estarão gelados menos de vinte e quatro horas depois".

As lembranças desses momentos de heroísmo e voluptuosidade assustadora envolviam-na em um abraço mortal. A ideia de suicídio, tão incisiva por si mesma e até então bem distante dessa alma alterada, entrou nela e logo ali reinou absoluta. "Não, o sangue de meus ancestrais não esfriou ao chegar até mim", pensava Mathilde, com orgulho.

– Tenho um favor a lhe pedir – disse-lhe seu amante um dia. – Ponha seu filho aos cuidados de uma ama em Verrières. A sra. de Rênal vigiará a ama.

– Isso que me pede é bem difícil... – E Mathilde empalideceu.

– É verdade, e peço-lhe mil perdões – exclamou Julien, saindo de seu devaneio e abraçando-a.

Depois de enxugar as lágrimas, ele retomou a mesma ideia, mas agora com mais habilidade. Deu à conversa um tom de filosofia melancólica. Falava de um futuro que logo não existiria mais para ele.

– Deve-se admitir, cara amiga, que as paixões são um acidente da vida, mas esse acidente só se encontra nas almas superiores... A morte de meu filho seria no fundo uma felicidade para o orgulho de sua família, e é o que os subalternos vão adivinhar. A negligência será o quinhão desse filho da desgraça e da vergonha... Uma coisa espero, em uma época que não quero fixar, mas que minha coragem prevê: obedeça às minhas últimas recomendações e case-se com o sr. marquês de Croisenois.

– Como? Desonrada?

– A desonra não afetará um nome como o seu. Você será viúva e viúva de um louco, só isso. Vou mais longe: meu crime, por não ter o dinheiro como móvel, não será desonroso. Talvez então algum filósofo legislador tenha obtido dos preconceitos de seus contemporâneos a abolição da pena de morte. Então, uma voz amiga citará como exemplo: "Vejam, o primeiro marido da srta. de La Mole era um louco, mas não um homem mau, um canalha. Foi um absurdo cortar aquela cabeça..." Então, minha memória não será infame, pelo menos depois de certo tempo... Sua posição no mundo, sua fortuna e, permita-me dizê-lo, sua astúcia farão com que o sr. de Croisenois, já seu marido, desempenhe um papel que sozinho não poderia desempenhar. Ele não tem nada além de nascimento e bravura; ora, essas qualidades sozinhas, que faziam um homem completo em 1729, são anacrônicas um século depois e alimentam apenas pretensões. É preciso mais para alguém se colocar à frente da juventude francesa.

"Você trará a ajuda de um caráter firme e empreendedor para o partido político no qual colocará seu marido. Poderá suceder aos Chevreuse e aos Longueville da Fronda... Mas então, cara amiga, o fogo celestial que a anima neste momento estará um pouco extinto.

"Permita-me dizer-lhe – acrescentou depois de muitas outras frases preparatórias –, daqui a quinze anos você considerará uma loucura desculpável, mas sempre como uma loucura, o amor que teve por mim..."

Interrompeu-se de repente e começou a devanear. Voltara-lhe aquela ideia tão chocante para Mathilde: "Daqui a quinze anos a sra. de Rênal adorará meu filho e você o terá esquecido".

Capítulo 40
A tranquilidade

> *É porque eu então estava louca que hoje sou sábia.*
> *Ó filósofo que não vê nada além do instantâneo, quão*
> *curta é a sua visão! Seus olhos não foram feitos para*
> *seguir o trabalho subterrâneo das paixões.*
>
> Sra. Goethe

A conversa foi interrompida por um interrogatório, seguido de uma conferência com o advogado de defesa. Esses momentos eram os únicos absolutamente desagradáveis em uma vida cheia de descuido e devaneios ternos.

– Há assassinato, e assassinato com premeditação – disse Julien ao juiz, assim como ao advogado. – Sinto muito, senhores – acrescentou ele, sorrindo. – Mas isso reduz seu trabalho a muito pouco.

"Afinal", Julien pensou, depois de conseguir se libertar desses dois seres, "é preciso que eu seja corajoso, e aparentemente mais corajoso que esses dois homens. Eles olham esse duelo infeliz como o cúmulo dos males, como o rei dos horrores, com que só vou me preocupar seriamente no próprio dia.

"É porque conheci um infortúnio maior", continuou Julien, filosofando consigo mesmo. "Sofri de forma muito diferente durante minha primeira viagem a Estrasburgo, quando pensei que tinha sido abandonado por Mathilde... E poder dizer que desejei com tanta paixão essa intimidade perfeita que hoje me deixa tão frio!... Na verdade, fico mais feliz sozinho que quando essa jovem tão linda compartilha minha solidão..."

O advogado, homem de regras e formalidades, julgava-o louco e pensava, tal como as pessoas, que fora o ciúme que lhe pusera a arma na mão. Um dia, arriscou fazer Julien entender que essa alegação, verdadeira ou falsa, seria um excelente meio de defesa. Mas, em um piscar de olhos, o acusado mais uma vez tornou-se apaixonado e incisivo.

– Por sua vida, senhor – gritou Julien fora de si –, lembre-se de não mais proferir essa mentira abominável.

O prudente advogado temeu por um instante ser assassinado.

Preparava a defesa, porque o momento decisivo se aproximava rapidamente. Besançon e todo o departamento só falavam dessa causa famosa. Julien ignorava esse detalhe, pedira para que ninguém falasse com ele a respeito.

Naquele dia, quando Fouqué e Mathilde quiseram lhe falar de alguns boatos públicos que acreditavam serem capazes de dar esperanças, Julien os detivera às primeiras palavras.

– Deixem-me com minha vida ideal. Suas intrigazinhas, seus detalhes da vida real, mais ou menos dolorosos para mim, me tirariam do céu. Morremos o melhor que podemos; só quero pensar na morte do meu jeito. Que me importam os outros? Meus relacionamentos com eles serão interrompidos abruptamente. Por favor, não me falem mais dessas pessoas: já basta ver o juiz e o advogado.

"Aliás", disse a si mesmo, "parece que meu destino é morrer sonhando. Um ser obscuro como eu, certo de ser esquecido dentro de quinze dias, seria bem estúpido, é preciso admitir, se interpretasse a comédia... É estranho, porém, que eu só tenha conhecido a arte de aproveitar a vida desde que vi o seu fim tão perto de mim".

Ele passou os últimos dias caminhando no estreito terraço no topo do torreão, fumando charutos excelentes que Mathilde mandara buscar na Holanda por um mensageiro, sem suspeitar de que sua aparição era esperada todos os dias por todos os telescópios da cidade. Seu pensamento estava em Vergy. Nunca falava da sra. de Rênal para Fouqué, mas por duas ou três vezes o amigo lhe disse que ela estava se recuperando rapidamente, e essa afirmação ressoou em seu coração.

Enquanto a alma de Julien estava quase sempre por inteiro na terra das ideias, Mathilde, ocupada com coisas reais, como convém a um coração aristocrático, soubera promover a tal ponto a intimidade da correspondência direta entre a sra. de Fervaques e o sr. de Frilair, que já a grande palavra "bispado" havia sido pronunciada.

O venerável prelado encarregado da lista de benefícios acrescentou como adendo a uma carta de sua sobrinha: "Esse pobre Sorel é um tolo; espero que seja devolvido a nós".

Ao ver essas linhas, o sr. de Frilair ficou fora de si. Não tinha dúvidas quanto a salvar Julien.

– Sem essa lei jacobina que prescreveu a formação de uma lista incontável de jurados, e que não tem outro objetivo real senão tirar toda a influência dos bem-nascidos – disse ele a Mathilde na véspera do sorteio dos trinta e seis jurados da sessão –, eu teria respondido pelo veredicto. Eu consegui fazer com que o padre N... fosse absolvido.

Foi com prazer que no dia seguinte, entre os nomes que saíram das urnas, o sr. de Frilair encontrou cinco membros da congregação de Besançon, e, entre os que eram estranhos à cidade, os nomes dos srs. Valenod, de Moirod, de Cholin.

– Respondo já por esses oito jurados – disse ele a Mathilde. – Os primeiros cinco são autômatos. Valenod é meu agente, Moirod me deve tudo, de Cholin é um idiota que tudo teme.

O jornal espalhou os nomes dos jurados no departamento, e a sra. de Rênal, para inexprimível terror do marido, quis ir a Besançon. Tudo o que o sr. de Rênal conseguiu foi que ela não deixasse o leito, para não ter o dissabor de ser chamada a prestar depoimento.

– Você não entende minha posição – disse o ex-prefeito de Verrières. – Agora sou liberal da dissidência, como dizem; ninguém duvida de que aquele descarado do Valenod e o sr. de Frilair obtenham facilmente do procurador-geral e dos juízes qualquer coisa que possa ser desagradável para mim.

A sra. de Rênal cedeu facilmente às ordens do marido.

"Se eu comparecesse ao tribunal", dizia a si mesma, "pareceria estar pedindo vingança".

Apesar de todas as promessas de prudência feitas ao seu diretor espiritual e ao marido, mal chegou a Besançon ela escreveu à mão a cada um dos trinta e seis jurados:

Não aparecerei no dia do julgamento, senhor, porque minha presença poderia prejudicar a causa do sr. Sorel. Só quero uma coisa no mundo e com paixão: que ele seja salvo. Não duvide, a terrível ideia de que por minha causa um inocente foi levado à morte envenenaria o resto da minha vida e sem dúvida a encurtaria. Como o senhor poderia condená-lo à morte enquanto eu mesma vivo? Não, sem dúvida, a sociedade não tem o direito de tirar a vida, e principalmente de um ser como Julien Sorel. Todos em Verrières sabem que ele passou por momentos de desvario. Esse pobre jovem tem inimigos poderosos; mas, mesmo entre seus inimigos (e quantos ele não tem!), quem é que questiona seus admiráveis talentos e seu profundo conhecimento? Não é um assunto comum que vai julgar, senhor. Por quase dezoito meses, todos nós o conhecemos piedoso, sábio, diligente; mas, duas ou três vezes por ano, era acometido por acessos de melancolia que chegavam ao desvario. Toda a cidade de Verrières, todos os nossos vizinhos em Vergy onde passamos o verão, toda a minha família, o próprio subprefeito, farão justiça à sua piedade exemplar; ele sabe de cor toda a Bíblia Sagrada. Um ímpio teria passado anos aprendendo o livro sagrado? Meus filhos terão a honra de lhe apresentar esta carta: são crianças. Digne-se de questioná-los, senhor, e vão lhe falar sobre esse pobre jovem todos os detalhes que ainda seriam necessários para convencê-lo da barbárie que seria condená-lo. Longe de me vingar, o senhor me daria a morte.

O que os inimigos dele poderão opor a esse fato? O ferimento, que foi resultado de um daqueles momentos de loucura que meus próprios filhos notavam no seu tutor, é tão pouco perigoso que, em menos de dois meses, permitiu-me vir de carruagem de Verrières a Besançon. Se eu souber, senhor, que o senhor hesita minimamente em tirar da barbárie das leis um ser tão pouco culpado, sairei de meu leito, onde apenas as ordens de meu marido me prendem, e me lançarei a seus pés.

Declare, senhor, que a premeditação não é comprovada, e não terá que se censurar pelo sangue de um inocente, etc., etc.

Capítulo 41
O julgamento

O país se lembrará por muito tempo desse famoso processo. O interesse pelo acusado foi levado ao ponto da agitação: é que seu crime era surpreendente, no entanto não era atroz. E, ainda que tivesse sido, aquele jovem era tão belo! Sua grande sorte tão cedo terminada aumentava a comoção. "Vão condená-lo?", as mulheres perguntavam a homens que conheciam, e via-se que empalideciam no aguardo da resposta.

Sainte-Beuve

Por fim, chegou o dia tão temido pela sra. de Rênal e por Mathilde.

O aspecto estranho da cidade redobrava seu terror e não deixava sem emoção nem a alma firme de Fouqué. Toda a província aglomerou-se em Besançon para ver julgarem aquela causa romântica.

Havia vários dias não se encontrava mais lugar nas hospedarias. O presidente do tribunal era assaltado por pedidos de ingressos; todas as senhoras da cidade queriam estar presentes ao julgamento; o retrato de Julien era apregoado nas ruas, etc., etc.

Mathilde reservou para esse momento supremo uma carta escrita inteiramente pela mão do monsenhor o bispo de ***. Esse prelado que dirigia a Igreja da França e fazia bispos dignava-se pedir a absolvição de Julien. Na véspera do julgamento, Mathilde levou essa carta ao todo-poderoso grão-vigário.

No final da conversa, quando se despedia, desatou a chorar:

– Respondo pela declaração do júri – disse-lhe o sr. de Frilair, finalmente saindo da sua reserva diplomática, e ele próprio quase comovido. – Entre as doze pessoas responsáveis por examinar se o crime de seu protegido é comprovado e, especialmente, se houve premeditação, conto seis amigos dedicados e os fiz entender que dependia deles levar-me ao episcopado. O barão Valenod, a quem fiz prefeito de Verrières, dispõe inteiramente de dois de seus administrados, os srs. de Moirod e de Cholin. Na verdade, o destino nos deu para esse caso dois jurados muito mal-intencionados; mas, embora ultraliberais, são fiéis às minhas ordens nas grandes ocasiões, e lhes pedi para votarem como o sr. Valenod. Soube que um sexto jurado industrial, imensamente rico e liberal falante, aspira secretamente a um suprimento para o Ministério da Guerra e, sem dúvida, não gostaria de desagradar-me. Fiz que lhe dissessem que o sr. de Valenod tem minha última palavra.

– E quem é esse sr. Valenod? – disse Mathilde preocupada.

– Se o conhecesse, não poderia duvidar do sucesso. É um orador ousado, atrevido e rude, feito para conduzir tolos. 1814 o levou à miséria, e eu vou fazer dele um prefeito. Ele é capaz de bater nos outros jurados se não quiserem votar de acordo com ele.

Mathilde ficou um pouco mais tranquila.

Outra discussão a esperava à noite. Para não prolongar uma cena desagradável, e cujo resultado era certo a seus olhos, Julien estava decidido a não usar da palavra.

– Meu advogado vai falar, isso basta – disse a Mathilde. – Apenas estarei exposto como espetáculo a todos os meus inimigos por muito tempo. Esses provincianos ficaram chocados com a rápida fortuna que lhe devo e, acredite, não há ninguém que não queira minha condenação, embora chorem como tolos quando me levarem à morte.

– Querem vê-lo humilhado, é verdade – respondeu Mathilde –, mas não acredito que sejam cruéis. Minha presença em Besançon e o espetáculo de minha dor chamaram a atenção de todas as mulheres; seu lindo rosto fará o resto. Se disser uma palavra na frente dos jurados, todo o público ficará a seu favor, etc., etc.

No dia seguinte, às nove horas, quando Julien desceu da prisão para ir ao grande salão do Palácio da Justiça, foi com grande dificuldade que os gendarmes conseguiram afastar a imensa multidão amontoada no pátio. Julien dormira bem, estava muito calmo e não sentia senão uma piedade filosófica por aquela multidão de invejosos que, sem crueldade, aplaudiria sua sentença de morte. Ele ficou muito surpreso quando, retido por mais de um quarto de hora no meio da multidão, foi obrigado a admitir que sua presença inspirava ao público uma terna piedade. Não ouviu um único comentário desagradável.

"Esses provincianos são menos perversos do que eu pensava", disse a si mesmo.

Ao entrar na sala de julgamento, ficou impressionado com a elegância da arquitetura. Era um gótico limpo e havia uma profusão de lindas colunas talhadas na pedra com o maior cuidado. Pensou que estava na Inglaterra.

Mas logo toda a sua atenção foi absorvida por doze ou quinze lindas mulheres que, colocadas em frente ao assento do réu, enchiam os três balcões acima dos juízes e jurados. Voltando-se para o público, viu que a tribuna circular acima do anfiteatro estava repleta de mulheres: em sua maior parte, eram jovens e pareciam-lhe muito bonitas; seus olhos brilhavam, cheios de interesse. No resto do salão, a multidão era enorme; havia brigas nas portas, e as sentinelas não conseguiam obter silêncio.

Quando todos os olhos que procuravam Julien perceberam sua presença, ao vê-lo ocupar o lugar ligeiramente elevado reservado ao réu, ele foi saudado com um murmúrio de espanto e de terno interesse.

Alguém diria naquele dia que ele não tinha vinte anos; estava vestido de maneira muito simples, mas com uma graça perfeita; o cabelo e a fronte eram encantadores; Mathilde cuidara ela mesma da sua toalete. A palidez de Julien era extrema. Mal sentou-se no banco do réu, ouviu dizer por todos os lados:

— Meu Deus! Como ele é jovem!... Mas é uma criança... Ele é muito melhor que seu retrato.

— Senhor acusado — disse-lhe o gendarme sentado à sua direita —, vê essas seis senhoras que ocupam aquele balcão? — O gendarme indicou-lhe uma pequena plataforma saliente acima do anfiteatro onde ficam instalados os jurados. — É a senhora prefeita — continuou o gendarme, ao lado, a sra. marquesa de N***, que gosta muito do senhor; eu a ouvi falar com o juiz de instrução. Depois é a sra. Derville...

— A sra. Derville! — gritou Julien, e um forte rubor cobriu-lhe a testa.

"Quando ela sair daqui", pensou ele, "vai escrever para a sra. de Rênal." Ele não sabia da chegada da sra. de Rênal a Besançon. As testemunhas foram ouvidas rapidamente. Desde as primeiras palavras da acusação feita pelo promotor-geral, duas dessas senhoras colocadas no pequeno balcão, bem em frente a Julien, desmancharam-se em lágrimas. "A sra. Derville não ficou tão comovida", pensou Julien. No entanto, ele percebeu que ela estava muito ruborizada.

O promotor-geral fazia um discurso afetado em mau francês sobre a barbárie do crime cometido; Julien observou que as mulheres vizinhas à sra. Derville pareciam desaprová-lo fortemente. Vários jurados, aparentemente conhecidos dessas senhoras, falavam com elas e pareciam tranquilizá-las. "Isso não deixa de ser auspicioso", pensou Julien.

Até então, ele se sentira invadido por um desprezo inconfundível por todos os homens que assistiam ao julgamento. A eloquência monótona do promotor-geral aumentou seu sentimento de repulsa. Mas aos poucos a secura de alma de Julien foi desaparecendo diante dos sinais de interesse de que ele obviamente era objeto.

Ele ficou satisfeito com a expressão firme de seu advogado.

– Sem frases – ele lhe sussurrou quando estava prestes a tomar a palavra.

– Toda a ênfase roubada de Bossuet, usada contra você, acabou favorecendo-o – disse o advogado.

Na verdade, ele não tinha falado por cinco minutos e já quase todas as mulheres estavam com o lenço na mão. Encorajado, o advogado disse coisas extremamente fortes para os jurados. Julien estremeceu, sentiu-se a ponto de derramar lágrimas. "Bom Deus! O que dirão meus inimigos?"

Estava prestes a ceder à emoção que o dominava quando, para sua sorte, surpreendeu um olhar insolente do senhor barão de Valenod.

"Os olhos desse pedante estão flamejando", disse a si mesmo. "Que triunfo para essa alma inferior! Ainda que meu crime só tivesse provocado essa circunstância, eu deveria amaldiçoá-lo. Deus sabe o que ele dirá de mim à sra. de Rênal!"

Essa ideia apagou todas as outras. Logo depois, Julien foi chamado a si pelos sinais de assentimento do público. O advogado havia acabado de encerrar sua defesa. Julien lembrou que era apropriado apertar sua mão. O tempo passara rapidamente.

Refrescos foram levados ao advogado e ao acusado. Só então Julien foi atingido por uma circunstância: nenhuma mulher havia saído da plateia para ir jantar.

– Bem, estou morrendo de fome – disse o advogado. – E você?

– Eu também – respondeu Julien.

– Veja, lá está a sra. prefeita, que também recebe o jantar – disse o advogado, apontando para o pequeno balcão. – Seja forte, vai dar tudo certo. – A sessão recomeçou.

Quando o presidente fazia o resumo, deu meia-noite. O presidente foi obrigado a parar; em meio ao silêncio da ansiedade universal, o toque da campainha do relógio encheu a sala.

"Eis que começa o último dos meus dias", pensou Julien. Logo se sentiu inflamado pela ideia do dever. Havia até então dominado sua comoção e mantido a resolução de não falar; mas, quando o presidente do tribunal perguntou-lhe se tinha algo a acrescentar, ele se levantou. Via os olhos da sra. Derville à sua frente que, sob as luzes, lhe pareceram muito brilhantes. "Ela choraria, por acaso?", ele pensou.

– Senhores jurados,

"O horror do desprezo, que eu pensava poder enfrentar na hora da morte, me faz tomar a palavra. Senhores, não tenho a honra de pertencer à sua classe; os senhores veem em mim um camponês que se revoltou contra a vileza da sua sorte.

"Não lhes peço perdão", continuou Julien, reforçando a voz. "Não me iludo, a morte me espera: será justa. Atentei contra a vida da mulher mais digna de todo o respeito, de todas as homenagens. A sra. de Rênal fora como uma mãe para mim. Meu crime é atroz e foi premeditado. Portanto, mereci a morte, senhores jurados. Mesmo que eu fosse menos culpado, vejo homens que, sem se deter no que minha juventude pode merecer de piedade, vão querer punir em mim e desestimular para sempre esses jovens que, nascidos em uma classe inferior e de alguma forma oprimidos pela pobreza, tenham a felicidade de obter uma boa educação e a audácia de misturar-se com o que o orgulho dos ricos chama de sociedade.

"Esse é o meu crime, senhores, e será punido com ainda mais severidade, pois, de fato, não sou julgado pelos meus pares. Não vejo nenhum camponês enriquecido nos bancos dos jurados, mas apenas burgueses indignados..."

Por vinte minutos, Julien falou nesse tom; disse tudo o que ia em seu coração; o promotor-geral, que aspirava aos favores da aristocracia, saltava da cadeira; mas, apesar da virada um tanto abstrata que Julien dera à discussão, todas as mulheres começaram a chorar. A própria sra. Derville estava com o lenço nos olhos. Antes de terminar, Julien voltou à premeditação, ao seu arrependimento, ao respeito, à adoração filial e sem limites que, em tempos mais felizes, tinha pela sra. de Rênal... A sra. Derville soltou um grito e desmaiou.

Soava uma hora quando os jurados retiraram-se para sua sala. Nenhuma mulher havia saído de seu lugar; vários homens tinham lágrimas nos olhos. As conversas foram a princípio muito animadas; mas aos poucos, com a demora da decisão do júri, o cansaço geral começou a acalmar a assembleia. O momento era solene; as luzes brilhavam menos. Julien, muito fatigado, ouvia as pessoas ao seu redor discutir se aquele atraso era um bom ou um mau presságio. Viu com prazer que todas as opiniões lhe eram favoráveis; o júri não voltava e, no entanto, nenhuma mulher deixava o salão.

Ao baterem as duas horas, um grande movimento se fez ouvir. A pequena porta da sala dos jurados se abriu. O sr. barão de Valenod avançou com um passo sério e teatral, seguido por todos os jurados. Ele tossiu, depois afirmou que em sua alma e consciência a declaração unânime do júri era que Julien Sorel era culpado de homicídio, e de homicídio com premeditação: essa declaração implicava a pena de morte; foi pronunciada um momento depois. Julien consultou o relógio e lembrou-se do sr. de Lavalette: eram duas e quinze. "Hoje é sexta-feira", pensou.

"Sim, mas hoje é um dia feliz para o Valenod, que me condena... Estou muito vigiado para que Mathilde possa me salvar como fez a sra. de Lavalette... Então, em três dias, nesta mesma hora, saberei o que devo esperar do grande talvez."

Nesse momento, ele ouviu um grito e foi chamado para as coisas deste mundo. As mulheres ao seu redor choravam; viu que todos os rostos estavam voltados para uma pequena tribuna instalada na coroa de uma pilastra gótica. Soube mais tarde que Mathilde se escondera ali. Como o grito não se renovou, todos voltaram a olhar para Julien, a quem os gendarmes tentavam fazer atravessar a multidão.

"Procuremos não dar motivo a esse patife Valenod para rir de mim", pensou Julien. "Com que ar contrito e hipócrita fez a declaração que implica a pena de morte, enquanto esse pobre presidente do tribunal, juiz que é há muitos anos, tinha lágrimas nos olhos ao me condenar. Que alegria para o Valenod vingar-se de nossa antiga rivalidade quanto à sra. de Rênal!... Então não a verei mais! Acabou... Um último adeus é impossível entre nós, sinto isso... Como ficaria feliz em lhe falar de todo o horror que sinto pelo meu crime!"

Apenas estas palavras: "Sou condenado com justiça".

Capítulo 42

Ao ser novamente encaminhado para a prisão, Julien foi colocado em uma sala destinada aos condenados à morte. Ele, que geralmente notava até as menores circunstâncias, não havia percebido que não estava sendo levado de volta para seu torreão. Pensava no que diria à sra. de Rênal se, antes do último momento, tivesse a sorte de vê-la. Pensou que ela iria interrompê-lo, e queria com sua primeira fala ser capaz de lhe descrever todo o seu arrependimento. "Depois de tal ação, como posso persuadi-la de que amo apenas a ela? Afinal, eu quis matá-la por ambição ou por amor a Mathilde."

Ao se deitar, encontrou lençóis de um tecido grosseiro. Seus olhos se entreabriram.

"Ah, estou na masmorra", disse a si mesmo, "como condenado à morte. É justo…

"O conde Altamira me contava que, na véspera de sua morte, Danton disse com a voz grossa: 'É interessante, o verbo guilhotinar não pode ser conjugado em todos os seus tempos; podemos dizer: eu serei guilhotinado, você será guilhotinado, mas não dizemos: eu fui guilhotinado'.

"Por que não", retomou Julien, "se existe outra vida?... Bem, se eu encontrar o Deus dos cristãos, estou perdido: ele é um déspota e, como tal, está cheio de ideias de vingança; sua Bíblia fala apenas de punições atrozes. Jamais gostei dele; nunca quis acreditar que o amassem sinceramente. Ele é implacável." (E lembrou-se de várias passagens da Bíblia.) "Vai me punir de forma abominável...

"Mas se eu encontrar o Deus de Fénelon! Ele talvez me diga: 'Você vai ser muito perdoado, porque amou muito...'.

"Eu amei muito? Ah, amei a sra. de Rênal, mas meu comportamento foi atroz. Ali, como em outros lugares, o mérito simples e modesto foi abandonado pelo que é brilhante...

"Mas, também, que perspectiva!... Coronel de hussardos, se tivéssemos guerra; secretário de legação durante a paz; em seguida, embaixador... porque logo eu teria sabido dos negócios... e, mesmo que não passasse de um tolo, o genro do marquês de La Mole teria alguma rivalidade a temer? Todas as minhas tolices teriam sido perdoadas, ou melhor, consideradas méritos. Um homem de mérito e gozando da melhor existência em Viena ou Londres...

"Não exatamente, senhor, guilhotinado em três dias."

Julien riu com vontade desse gracejo de seu espírito. "Na verdade, o homem tem dois seres dentro de si", ele ponderou. "Quem, diabos, estava se ocupando com essa reflexão maligna?

"Pois bem, sim, meu amigo, guilhotinado em três dias", respondeu ao interruptor. "O sr. de Cholin dividirá o aluguel de uma janela com o abade Maslon. Bem, pelo preço do aluguel dessa janela, qual das duas dignas personagens roubará a outra?"

Essa passagem do *Venceslas* de Rotrou voltou-lhe de súbito à mente.

LADISLAU
... *Minha alma está pronta.*
O REI, *pai de Ladislau.*
O *cadafalso também; leve sua cabeça até lá.*

"Boa resposta!", ele pensou, e adormeceu. Alguém o acordou pela manhã abraçando-o com força.

– O quê? Já? – disse Julien, abrindo os olhos bestificados. Ele acreditava estar nas mãos do carrasco.

Era Mathilde. "Felizmente, ela não me entendeu." Esta reflexão devolveu-lhe toda a compostura. Descobriu que Mathilde tinha mudado como se estivesse doente havia seis meses: estava realmente irreconhecível.

– Aquele infame Frilair me traiu – disse-lhe ela, torcendo as mãos; a fúria a impedia de chorar.

– Eu não estava belo ontem quando tomei a palavra? – respondeu Julien. – Improvisei, e pela primeira vez na vida! É verdade que é de se temer que também seja a última.

Nesse momento, Julien atingia a personagem de Mathilde com toda a frieza de um pianista habilidoso que toca seu instrumento...

– Sinto falta da vantagem de um nascimento ilustre, é verdade – acrescentou –, mas a grande alma de Mathilde elevou seu amante a ele. Acha que Boniface de La Mole foi melhor na frente de seus juízes?

Mathilde, naquele dia, estava terna sem afetação, como uma pobre jovem que mora em um quinto andar; mas ela não conseguiu obter dele palavras mais simples. Ele estava retribuindo, sem saber, o tormento que ela frequentemente lhe infligira.

"Não conhecemos as nascentes do Nilo", Julien disse a si mesmo. "Não foi dado aos olhos do homem ver o rei dos rios no estado de um simples riacho: assim, nenhum olho humano verá Julien fraco, até porque ele não é. Mas meu coração é fácil de tocar; a palavra mais comum, se dita com ênfase verdadeira, pode suavizar minha voz e até fazer minhas lágrimas rolar. Quantas vezes os corações secos me desprezaram por esse defeito! Eles pensaram que eu estava implorando por misericórdia: eis o que é preciso não tolerar.

"Dizem que a memória de sua esposa comoveu Danton ao pé do cadafalso; mas Danton dera força a uma nação de homens frívolos e impedira o inimigo de chegar a Paris... Quanto a mim, só eu sei o que poderia ter feito... Para os outros, sou no máximo um TALVEZ.

"Se a sra. de Rênal estivesse aqui, no meu calabouço, em vez de Mathilde, eu teria sido capaz de responder por mim? O excesso de meu desespero e arrependimento teria passado aos olhos dos Valenod e de todos os patrícios do país como um ignóbil medo da morte; são tão orgulhosos, esses corações fracos, que sua posição pecuniária os coloca acima das tentações! 'Veja o que é', teriam dito os srs. de Moirod e de Cholin que acabam de me condenar à morte, 'ter nascido filho de um carpinteiro! A pessoa pode se tornar culta, hábil, mas o coração!... O coração não pode ser ensinado'. Mesmo com a pobre Mathilde, que agora está chorando, ou melhor, que não pode mais chorar", disse olhando para os olhos vermelhos dela... e a abraçou: a aparência de verdadeira dor o fez esquecer seu silogismo... "Talvez tenha chorado a noite toda", disse a si mesmo. "Mas um dia, quanta vergonha ela sentirá dessa lembrança! Ela se verá como tendo sido desencaminhada, em sua tenra juventude, pela maneira baixa de pensar de um plebeu... O Croisenois é fraco o suficiente para se casar com ela e, acreditem, ele se sairá bem. Ela o fará desempenhar um papel,

"'Do direito que uma mente firme e vasta em seus desígnios tem sobre as mentes grosseiras dos humanos vulgares.'

"E essa agora! Isso é engraçado: como tenho de morrer, todos os versos que já conheci na vida voltam-me à memória. Será um sinal de decadência..."

Mathilde repetiu para ele em um tom de voz apagado:

– Ele está lá na sala ao lado.

Finalmente, Julien prestou atenção a essas palavras. "Sua voz está fraca", ele pensou, "mas toda aquela altivez ainda surge em sua entonação. Abaixa a voz para não ficar com raiva."

– E quem está aí? – ele disse suavemente.

– O advogado, para que assine seu recurso.

– Não vou apelar.

– Como assim? Não vai apelar? – ela disse, levantando-se, os olhos brilhando de raiva. – Por quê? Diga, por favor.

– Porque, neste momento, sinto a coragem de morrer sem fazer com que as pessoas riam demais à minha custa. E quem me disse que em dois meses, depois de uma longa estada neste calabouço úmido, estarei tão bem disposto? Prevejo conversas com padres, com meu pai... Nada no mundo pode ser tão desagradável para mim. Morramos.

Essa contrariedade imprevista despertou todo o lado arrogante do caráter de Mathilde. Ela não tinha conseguido ver o abade de Frilair antes da hora em que são abertas as masmorras da prisão de Besançon; sua fúria caiu sobre Julien. Ela o adorava, e, por um bom quarto de hora, ele redescobriu em suas imprecações contra o caráter dele, em suas lamentações por tê-lo amado, toda aquela alma altiva que antes o oprimia de insultos tão pungentes, na biblioteca da mansão de La Mole.

– O céu devia à glória de sua raça tê-la feito nascer homem – disse ele.

"Mas, quanto a mim", pensava ele, "seria bem tolo viver mais dois meses neste lugar nojento, exposto a tudo que a facção patrícia pode inventar de infame e humilhante, e tendo como único consolo as imprecações dessa maluca... Pois bem, depois de amanhã de manhã, vou me bater em duelo com um homem conhecido por sua frieza e notável habilidade... Muito notável, diz o partido mefistofélico; ele nunca erra seu golpe. Pois bem, na hora certa" (Mathilde continuava a ser eloquente). "Por Deus, claro que não", disse a si mesmo, "não vou apelar."

Tomada essa resolução, ele caiu em devaneio... "O correio, ao passar, levará o jornal às seis horas, como de costume; às oito horas, depois de o sr. de Rênal ter lido, Elisa, andando na ponta dos pés, irá colocá-lo em sua cama. Mais tarde ela acordará: de repente, ao ler, ficará confusa; sua linda mão vai tremer; ela vai ler até estas palavras... 'Às dez horas e cinco minutos, ele deixara de existir'.

"Ela vai chorar amargamente, eu a conheço; em vão quis assassiná-la, tudo será esquecido. E a pessoa de quem eu queria tirar a vida será a única que genuinamente lamentará minha morte.

"Ah, esta é uma antítese!", pensou, e, durante um bom quarto de hora em que a cena de Mathilde continuou para ele, pensou apenas na sra. de Rênal. Apesar de si mesmo, e embora sempre respondendo ao que Mathilde lhe dizia, ele não conseguia separar sua alma da lembrança do quarto de dormir de Verrières. Podia ver a gazeta de Besançon na colcha de tafetá cor de laranja. Viu aquela mão, tão branca, agarrando-a com um movimento convulsivo; viu a sra. de Rênal chorando... Ele seguia o caminho de cada lágrima naquele rosto encantador.

A srta. de La Mole, sem conseguir obter nada de Julien, fez entrar o advogado. Felizmente, ele era um ex-capitão do Exército da Itália de 1796, onde havia sido companheiro de Manuel.

Por formalidade, opôs-se à resolução do condenado. Julien, querendo tratá-lo com apreço, explicou-lhe todos os seus motivos.

– Bem, podemos pensar como você – disse por fim o sr. Félix Vaneau. Este era o nome do advogado. – Mas você tem três dias inteiros para apelar, e é meu dever voltar todos os dias. Se um vulcão se abrisse sob a prisão, daqui a dois meses, você seria salvo. Você pode morrer de doença – disse ele, olhando para Julien.

Julien apertou-lhe a mão.

– Obrigado, o senhor é um bom homem. Vou pensar sobre isso.

E, quando Mathilde finalmente saiu com o advogado, ele sentiu muito mais amizade pelo advogado que por ela.

Capítulo 43

Uma hora depois, enquanto dormia profundamente, foi acordado por lágrimas que sentiu correr sobre sua mão. "Ah, é Mathilde de novo", pensou ele, semidesperto. "Ela vem, fiel à teoria, atacar minha resolução com sentimentos ternos." Entediado com a perspectiva dessa nova cena do gênero patético, não abriu os olhos. Os versos de Belphégor fugindo de sua esposa vieram-lhe à mente.

Ele ouviu um suspiro singular; abriu os olhos, era a sra. de Rênal.

– Ah, eu a vejo de novo antes de morrer. Isso é uma ilusão? – ele gritou, jogando-se aos pés dela. – Mas, desculpe, senhora, sou apenas um assassino a seus olhos – ele disse instantaneamente, voltando a si.

– Senhor... venho lhe implorar para apelar. Sei que não quer... – Seus soluços a sufocavam; não conseguia falar.

– Digne-se de me perdoar.

– Se quer que eu o perdoe – ela lhe disse levantando-se e jogando-se em seus braços –, apele imediatamente de sua sentença de morte.

Julien a cobriu de beijos.

– Virá me ver todos os dias durante esses dois meses?

– Juro para você. Todos os dias, a menos que meu marido me proíba de fazê-lo.

– Eu assino! – exclamou Julien. – O quê? Você me perdoa? É possível? – Ele a abraçou; estava enlouquecido.

Ela deu um pequeno grito.

– Não é nada – ela lhe disse –, você me machucou.

– O seu ombro – gritou Julien, explodindo em lágrimas. Afastou-se um pouco e cobriu-lhe a mão de beijos ardentes. – Quem diria que a última vez que a vi em seu quarto em Verrières...

– Quem diria então que escreveria essa infame carta ao sr. de La Mole?...

– Saiba que sempre a amei, que amei apenas você.

– É possível? – exclamou a sra. de Rênal, igualmente encantada.

Apoiou-se em Julien, que estava ajoelhado diante dela, e eles choraram muito em silêncio.

Em nenhuma época de sua vida Julien experimentara um momento como aquele. Muito tempo depois, quando puderam falar:

– E essa jovem senhora Michelet – disse a senhora de Rênal. – Ou melhor, essa srta. de La Mole, porque na verdade começo a acreditar nesse estranho romance!

– Só é verdadeiro na aparência – respondeu Julien. – É minha esposa, mas não minha amada...

Interrompendo-se um ao outro uma centena de vezes, eles conseguiram, com grande dificuldade, dizer um ao outro o que não sabiam. A carta escrita ao sr. de La Mole havia sido feita pelo jovem sacerdote que dirigia a consciência da sra. de Rênal, e depois copiada por ela.

– Que horror a religião me fez praticar! – ela lhe disse. – E ainda suavizei as passagens mais terríveis da carta...

Os ímpetos e a felicidade de Julien provaram-lhe quanto a perdoava. Ele nunca tinha estado tão louco de amor.

– Mesmo assim, me considero piedosa – disse-lhe a sra. de Rênal enquanto a conversa continuava. – Creio sinceramente em Deus; também creio, e até isso me foi provado, que o crime que estou cometendo é terrível, e, a partir do momento em que o vejo, mesmo depois de ter disparado dois tiros de pistola contra mim...

E aqui, contra a vontade dela, Julien a cobriu de beijos.

– Deixe-me – ela continuou –, quero argumentar com você, com medo de esquecer... A partir do momento em que o vejo, todos os deveres desaparecem, nada mais sou que amor por você, ou melhor, a palavra amor é muito fraca. Sinto por você o que deveria sentir apenas por Deus: uma mistura de respeito, amor, obediência... Na verdade, não sei o que você me inspira. Se me dissesse para esfaquear o carcereiro, o crime seria cometido antes que eu tivesse pensado nisso. Explique-me isso muito claramente antes de deixá-lo, quero ver claramente em meu coração; porque daqui a dois meses vamos nos separar... A propósito, vamos nos separar? – ela lhe disse sorrindo.

– Retiro minha palavra – gritou Julien, levantando-se. – Não vou apelar da sentença de morte se por veneno, faca, pistola, carvão ou qualquer outro meio você buscar dar fim à sua vida.

A fisionomia da sra. de Rênal mudou repentinamente; a mais aguda ternura deu lugar a um profundo devaneio.

– E se morrêssemos já? – disse ela finalmente.

– Quem sabe o que encontraremos na próxima vida? – respondeu Julien. – Talvez tormentos, talvez nada. Não podemos passar dois meses juntos de uma forma deliciosa? Dois meses são muitos dias. Nunca terei sido tão feliz!

– Você também nunca terá sido tão feliz?

– Nunca – repetiu Julien, encantado –, e falo com você como falo comigo mesmo. Deus me livre de exagerar.

– Está me mandando falar assim – disse ela com um sorriso tímido e melancólico.

– Pois bem, você jura, pelo amor que tem por mim, que não vai atentar contra sua vida por qualquer meio direto ou indireto... Pense – ele acrescentou – que você precisa viver para meu filho, que Mathilde entregará a lacaios assim que se tornar marquesa de Croisenois.

– Juro – ela continuou friamente –, mas quero levar sua apelação escrita e assinada por você. Irei pessoalmente ao procurador-geral.

– Tome cuidado; você está se comprometendo.

– Depois dessa providência de ter ido vê-lo em sua prisão, sou para sempre, para Besançon e para todo o Franco-Condado, uma heroína de anedotas – disse ela com um ar profundamente angustiado. – Os limites do pudor austero foram ultrapassados... Sou uma mulher com a honra perdida; é verdade que é por você...

Sua entonação era tão triste que Julien a beijou com uma felicidade totalmente nova para ele. Não era mais a embriaguez do amor, era o extremo reconhecimento. Acabava de ver, pela primeira vez, toda a extensão do sacrifício que ela fazia por ele.

Alguma alma caridosa sem dúvida informou o sr. de Rênal das longas visitas que a esposa fazia à prisão de Julien; pois, ao cabo de três dias, enviou-lhe sua carruagem, com a ordem expressa de retornar imediatamente a Verrières.

Essa separação cruel havia começado mal para Julien. Disseram-lhe, duas ou três horas depois, que um certo padre intrigante, que, no entanto, não tinha conseguido impor-se entre os jesuítas de Besançon, tinha se estabelecido desde a manhã do lado de fora da porta da prisão, na rua. Estava chovendo muito, e ali aquele homem posava de mártir. Julien estava irritado; essa estupidez o tocou profundamente.

De manhã, ele já havia recusado a visita desse padre, mas o homem tinha metido na cabeça confessar Julien e fazer seu nome entre as moças de Besançon, por todas as confidências que afirmaria ter recebido.

Ele declarou em voz alta que passaria o dia e a noite na porta da prisão:

– Deus me manda tocar o coração desse outro apóstata...

E já o povo humilde, sempre curioso por uma cena, começava a se aglomerar.

— Sim, meus irmãos — disse-lhes ele —, passarei aqui o dia, a noite, bem como todos os dias e todas as noites que se seguirem. O Espírito Santo falou comigo, tenho uma missão vinda de cima; sou eu quem deve salvar a alma do jovem Sorel. Juntem-se às minhas orações, etc., etc.

Julien odiava escândalos e qualquer coisa que pudesse chamar a atenção sobre ele. Pensou em aproveitar o momento para escapar do mundo incógnito; mas tinha alguma esperança de ver a sra. de Rênal novamente e estava perdidamente apaixonado.

A porta da prisão ficava em uma das ruas mais movimentadas. A ideia desse padre enlameado, causando ajuntamento e escândalo, torturou sua alma.

— E, sem dúvida, a todo momento, ele repete meu nome! — Esse momento era mais doloroso que a morte.

Chamou duas ou três vezes, com uma hora de intervalo, um carcereiro dedicado a ele, para mandá-lo ver se o padre ainda estava na porta da prisão.

— Senhor, ele está com os joelhos na lama — o carcereiro sempre lhe dizia. — Ele reza em voz alta e diz as ladainhas pela sua alma...

"O atrevido!", pensou Julien. Naquele momento, de fato, ele ouviu um burburinho baixo; era o povo respondendo às ladainhas. Para coroar sua impaciência, viu o próprio carcereiro mover os lábios enquanto repetia as palavras em latim.

— Estão começando a dizer — acrescentou o carcereiro — que você deve ter um coração duro para recusar a ajuda desse santo homem.

— Ó minha pátria! Como você ainda é bárbara! — gritou Julien, bêbado de raiva. E continuou seu raciocínio em voz alta, sem pensar na presença do carcereiro. — Esse homem quer um artigo no jornal e com certeza o conseguirá.

"Ah, maldito provinciano! Em Paris, eu não estaria sujeito a todos esses aborrecimentos. Ali se tem mais conhecimento sobre charlatanismo."

— Traga esse sacerdote sagrado — disse ele finalmente ao carcereiro, e o suor escorria em grandes jorros por sua testa.

O carcereiro fez o sinal da cruz e saiu com alegria.

Esse santo sacerdote era horrivelmente feio; estava ainda mais enlameado. A chuva fria que caía aumentava a escuridão e a umidade do calabouço. O padre quis abraçar Julien e começou a se enternecer ao falar com ele. A mais baixa hipocrisia era óbvia demais; Julien nunca tinha estado tão zangado em sua vida.

Quinze minutos depois de o padre entrar, Julien se encontrou um covarde completo. Pela primeira vez, a morte parecia-lhe horrível. Estava pensando no estado de putrefação de seu corpo dois dias após a execução, etc., etc.

Ia se trair por algum sinal de fraqueza ou lançar-se sobre o padre e estrangulá-lo com sua corrente, quando teve a ideia de pedir ao santo homem que fosse dizer uma boa missa de quarenta francos para ele naquele mesmo dia.

Era quase meio-dia, o padre foi embora.

Capítulo 44

Assim que ele saiu, Julien chorou muito e chorou por morrer. Aos poucos, reconheceu para si mesmo que, se a sra. de Rênal estivesse em Besançon, teria admitido sua fraqueza para ela…

No momento em que mais lamentava a ausência daquela mulher adorada, ouviu os passos de Mathilde.

"A pior coisa na prisão", pensou ele, "é não poder fechar a porta". Tudo o que Mathilde lhe disse só fez irritá-lo.

Contou-lhe que, no dia do julgamento, o sr. de Valenod, tendo no bolso sua nomeação para prefeito, ousara zombar do sr. de Frilair e dar-se o prazer de condená-lo à morte.

– "Que ideia teve seu amigo", acaba de me dizer o sr. de Frilair, "de ir despertar e atacar a mesquinha vaidade dessa aristocracia burguesa! Por que falar de casta? Ele lhes indicou o que deveriam fazer em seu interesse político: esses idiotas não pensavam nisso e estavam prontos para chorar. Esse interesse de casta veio mascarar a seus olhos o horror de condenar à morte. Deve-se admitir que o sr. Sorel é bem novo no mundo dos negócios. Se não conseguirmos salvá-lo com recurso ao perdão, sua morte será uma espécie de suicídio…"

Mathilde não podia contar a Julien o que ainda não suspeitava: era que o abade de Frilair, vendo Julien perdido, julgava útil para sua ambição aspirar a ser seu sucessor.

Quase fora de si devido à raiva impotente e à contrariedade:

– Vá ouvir uma missa para mim – disse a Mathilde – e permita-me um momento de paz.

Mathilde, já com muito ciúme das visitas da sra. de Rênal, e que acabara de saber de sua partida, entendeu a causa do mau humor de Julien e desatou a chorar.

Sua dor era real. Julien percebeu, e isso só o deixou ainda mais irritado. Ele tinha um desejo imperioso por solidão, e como poderia obtê-la?

Por fim, Mathilde, depois de ter tentado todos os argumentos para enternecê-lo, deixou-o sozinho, mas quase no mesmo instante apareceu Fouqué.

– Preciso ficar sozinho – disse ao fiel amigo... E ao vê-lo hesitar: – Estou redigindo uma apresentação para o meu recurso ao perdão... de resto... faça-me um favor, nunca me fale sobre a morte. Se eu precisar de algum serviço especial no dia, você será o primeiro a saber.

Quando Julien finalmente conseguiu ficar só, viu-se mais oprimido e mais covarde que antes. A pouca força que restava nessa alma enfraquecida havia se exaurido para disfarçar sua condição diante da srta. de La Mole e de Fouqué.

Ao anoitecer, uma ideia o consolou:

"Se esta manhã, no momento em que a morte me parecia tão feia, eu tivesse sido chamado para a execução, os olhos do público teriam sido o aguilhão da glória, talvez meu passo tivesse sido algo rígido, como o de um gordo tímido que entra em um salão. Algumas pessoas clarividentes, se as houvesse entre esses provincianos, poderiam ter adivinhado minha fraqueza... mas ninguém a teria percebido." E sentiu-se libertado de parte de seu infortúnio. "Sou um covarde agora", repetiu cantando para si mesmo, "mas ninguém vai saber."

Um acontecimento quase mais desagradável ainda o esperava no dia seguinte. O pai vinha anunciando sua visita havia muito tempo; naquele dia, antes de Julien acordar, o velho carpinteiro de cabelos brancos apareceu em sua masmorra.

Julien sentiu-se fraco; esperava as censuras mais desagradáveis. Para completar sua sensação dolorosa, naquela manhã sentiu profundamente o remorso de não amar o pai.

"O acaso nos colocou próximos um do outro na Terra", disse a si mesmo enquanto o carcereiro arrumava um pouco a masmorra, "e nós nos causamos quase o máximo de danos possível. Ele vem no momento da minha morte para me dar o último golpe".

As severas reprovações do velho começaram assim que eles ficaram sem testemunhas.

Julien não conseguiu conter as lágrimas.

"Que fraqueza indigna!", disse a si mesmo com raiva. "Ele irá a todos os lugares exagerar minha falta de coragem; que triunfo para os Valenod e para todos os reles hipócritas que reinam em Verrières! São muito grandes na França, combinam todas as vantagens sociais. Até agora eu poderia pelo menos dizer a mim mesmo: eles recebem dinheiro, é verdade, todas as honras acumulam sobre eles, mas eu, de minha parte, tenho a nobreza de coração.

"E aqui está uma testemunha em quem todos vão acreditar, e que vai atestar para toda Verrières, e exagerando, que fui fraco perante a morte! Eu teria sido um covarde nessa provação que todos entendem!"

Julien estava à beira do desespero. Não sabia como mandar o pai embora. E fingir com o objetivo de enganar aquele velho tão sagaz estava naquele momento muito acima de suas forças.

Sua mente percorreu rapidamente todas as possibilidades.

– Tenho algumas economias! – ele gritou de repente.

Essa frase de gênio mudou a fisionomia do velho e a posição de Julien.

— Como faço para dispor delas? — Julien continuou com mais calma: o efeito produzido o privara de qualquer sentimento de inferioridade.

O velho carpinteiro ardia de desejo de não deixar escapar aquele dinheiro, do qual Julien parecia querer deixar uma parte para os irmãos. Ele falou por muito tempo e com ardor. Julien conseguiu ser zombeteiro.

— Pois bem, o senhor me inspirou para meu testamento. Darei mil francos a cada um dos meus irmãos e o resto ao senhor.

— Muito bem — disse o velho —, esse resto cabe a mim; mas, desde que Deus deu-lhe a graça de tocar seu coração, se quer morrer como um bom cristão, precisa pagar suas dívidas. Ainda há as despesas de sua alimentação e sua educação que adiantei, e em que você nem pensa...

"Eis portanto o amor de um pai!", Julien repetiu para si mesmo, com a alma desolada, quando finalmente ficou sozinho. Logo o carcereiro apareceu.

— Senhor, depois da visita dos parentes, sempre levo para meus hóspedes uma garrafa de um bom champanhe. É um pouco caro, seis francos a garrafa, mas faz as delícias do coração.

— Traga três copos — Julien disse a ele com ansiedade infantil —, e faça entrar dois dos prisioneiros que ouço andar no corredor.

O carcereiro trouxe-lhe dois presidiários que haviam reincidido no crime e que se preparavam para voltar aos trabalhos forçados. Eram uns canalhas muito alegres e realmente notáveis por sua sutileza, coragem e frieza.

— Se me der vinte francos — disse um deles a Julien —, eu lhe contarei com detalhes minha vida. É fantástica.

— Mas você vai mentir para mim? — disse Julien.

— Não — ele respondeu. — Meu amigo aqui, que tem ciúme dos meus vinte francos, vai me denunciar se eu disser mentiras.

Sua história era abominável. Ela mostrava um coração corajoso, em que só havia uma paixão, a do dinheiro.

Após a saída deles, Julien não era mais o mesmo homem. Toda a raiva que sentia por si mesmo desaparecera. A dor excruciante, envenenada pela pusilanimidade de que era vítima desde a partida da sra. de Rênal, havia se transformado em melancolia.

"À medida que as aparências fossem me iludindo cada vez menos", disse a si mesmo, "teria visto que os salões de Paris são povoados por pessoas honestas como meu pai ou por malandros astutos como esses escravos das galés. Eles estão certos, os homens do salão nunca se levantam de manhã com este pensamento pungente: Como vou jantar? E eles se gabam de sua probidade! E, chamados ao júri, condenam orgulhosamente o homem que roubou um talher de prata porque sentiu que estava desfalecendo de fome.

"Mas há um tribunal, é uma questão de perder ou ganhar um ministério. Os meus honestos homens de salão caem em crimes exatamente iguais aos que a necessidade de comer inspirou nesses dois condenados às galés...

"Não existe lei natural: a palavra é apenas uma velha tolice bem digna do promotor-geral que me acusou outro dia e cujo avô foi enriquecido pelo confisco de Luís XIV. Não há direito a menos que haja uma lei que proíba fazer tal coisa, sob pena de punição. Antes da lei, não há nada natural exceto a força do leão, ou a necessidade do ser que tem fome, frio, a necessidade em suma... não, as pessoas que são honradas não passam de patifes que tiveram a sorte de não serem pegos em flagrante delito. O acusador que a sociedade lança contra mim foi enriquecido por uma infâmia... Cometi um assassinato e estou justamente condenado, mas, salvo por esse meu único ato, o Valenod que me condenou é cem vezes mais prejudicial para a sociedade.

"Pois bem", Julien acrescentou com tristeza, mas sem raiva, "apesar de sua avareza, meu pai vale mais que todos aqueles homens. Ele jamais gostou de mim. Acabei por transbordar o copo, desonrando-o com uma morte infame. Esse medo de ficar sem dinheiro, essa visão exagerada da maldade dos homens que se chama avareza faz com que ele veja um motivo prodigioso de consolo e segurança na soma de trezentos ou quatrocentos luíses que posso lhe deixar. Um domingo depois do jantar, ele vai mostrar seu ouro a todos os seus invejosos em Verrières. A esse preço, seu olhar lhes dirá: qual de vocês não se encantaria de ter um filho guilhotinado?"

Essa filosofia podia ser verdadeira, mas era de natureza a fazê-lo desejar a morte. Assim se passaram cinco longos dias. Ele era educado e gentil com Mathilde, a quem via exasperada pelo mais vivo ciúme. Uma noite, Julien pensou seriamente em tirar a própria vida. Sua alma irritava-se com o profundo infortúnio em que fora mergulhado pela partida da sra. de Rênal. Nada mais lhe agradava, nem na vida real, nem na imaginação. A falta de exercícios estava começando a deteriorar sua saúde e a dar-lhe o caráter exaltado e fraco de um jovem estudante alemão. Ele estava perdendo aquela altivez viril que repele com um juramento enérgico certas ideias inadequadas com as quais a alma dos infelizes é atacada.

"Gostei da verdade... Onde ela está?... Hipocrisia em toda parte, ou pelo menos charlatanismo, mesmo entre os mais virtuosos, mesmo entre os maiores." E seus lábios assumiram uma expressão de nojo... "Não, o homem não pode confiar no homem.

"A sra. de ***, fazendo uma coleta para seus pobres órfãos, disse-me que tal príncipe acabara de dar dez luíses; mentira. Mas o que estou dizendo? Napoleão em Santa Helena!... Puro charlatanismo, proclamação a favor do rei de Roma.

"Bom Deus! Se tal homem, e mesmo quando o infortúnio lhe lembra severamente o dever, se rebaixa ao charlatanismo, o que esperar do resto da espécie?...

"Onde está a verdade? Na religião... Sim", acrescentou com um sorriso amargo do mais extremo desprezo, "na boca dos Maslon, dos Frilair, dos Castanède... Talvez no verdadeiro cristianismo, cujos padres não receberiam mais que o foram os apóstolos?... Mas São Paulo foi pago pelo prazer de mandar, de falar, de fazer, de falar de si mesmo...

"Ah, se houvesse uma religião verdadeira... Tolo que sou! Vejo uma catedral gótica, veneráveis vitrais; meu coração fraco imagina o padre desses vitrais... Minha alma iria entendê-lo, minha alma precisa dele...

Só encontro um pretensioso com cabelo sujo... salvo os enfeites, é um cavaleiro de Beauvoisis.

"Mas um verdadeiro padre, um Massillon, um Fénelon... Massillon coroou Dubois. As *memórias de Saint-Simon* estragaram Fénelon para mim; mas finalmente um verdadeiro padre... Então as ternas almas teriam um ponto de encontro no mundo... Não estaríamos isolados... Esse bom padre nos falaria de Deus. Mas qual Deus? Não o da Bíblia, um pequeno déspota cruel e cheio de sede de vingança... mas o Deus de Voltaire, justo, bom, infinito..."

Ele foi agitado por todas as lembranças dessa Bíblia que sabia de cor... "Mas como, se são três pessoas em uma só, podemos acreditar nesse grande nome, Deus, depois do abuso terrível que nossos padres fizeram dele?

"Viver isolado!... Que tormento!...

"Estou ficando louco e injusto", Julien disse a si mesmo, batendo na testa. "Estou isolado aqui nesta masmorra; mas não vivi isolado na Terra. Tinha a poderosa ideia do dever. O dever que eu havia prescrito para mim mesmo, certo ou errado... foi como o tronco de uma árvore sólida em que me apoiava durante a tempestade. Eu vacilava, estava agitado. Afinal, era apenas um homem... Mas não era levado.

"É o ar úmido desta masmorra que me faz pensar no isolamento...

"E por que ainda ser um hipócrita enquanto amaldiçoo a hipocrisia. Não é a morte, nem a masmorra, nem o ar úmido, é a ausência da sra. de Rênal que me oprime. Se, em Verrières, para vê-la, tivesse de viver semanas escondido nos porões da sua casa, será que eu reclamaria?"

– A influência de meus contemporâneos vence – disse ele em voz alta e com uma risada amarga. – Falando sozinho, perto da morte, ainda sou um hipócrita... Ó século XIX!

"... Um caçador dá um tiro de espingarda na floresta, sua presa cai, ele corre para pegá-la. Seu sapato atinge um formigueiro de meio metro de altura, destrói a casa das formigas, joga para longe as formigas e seus ovos... As mais filosóficas entre as formigas jamais poderão compreender esse corpo negro, imenso, assustador: a bota do caçador, que de repente entrou em sua casa com incrível rapidez, e precedida de um barulho terrível, acompanhado de centelhas de um fogo avermelhado…

"… Assim são a morte, a vida, a eternidade, coisas muito simples para quem tivesse órgãos grandes o suficiente para concebê-las…

"Uma mosca efêmera nasce às nove da manhã nos dias longos de verão, para morrer às cinco da tarde; como ela entenderia a palavra noite?

"Dê a ela mais cinco horas de existência, ela verá e entenderá o que é a noite.

"No meu caso, vou morrer aos vinte e três anos. Dê-me mais cinco anos de vida para viver com a sra. de Rênal."

E ele começou a rir como Mefistófeles.

– Que loucura discutir esses grandes problemas! Primeiro, sou um hipócrita como se houvesse alguém para me ouvir. Segundo, esqueço-me de viver e de amar, quando tenho poucos dias de vida… Ah, a sra. de Rênal está longe; talvez seu marido não a deixe voltar para Besançon e continuar a se desonrar.

"Isso é o que me isola, e não a ausência de um Deus justo, bom e todo-poderoso, nem mau, nem ansioso por vingança.

"Ah, se ele existisse… Ah, cairia a seus pés. Mereci a morte, diria a ele, mas, bom Deus, bom Deus, indulgente Deus, devolva-me aquela que amo!"

Já era muito tarde da noite. Depois de uma ou duas horas de sono tranquilo, Fouqué chegou.

Julien sentia-se forte e decidido como um homem que vê com clareza em sua alma.

Capítulo 45

– Não quero causar a esse pobre abade Chas-Bernard o incômodo de mandá-lo chamar – disse a Fouqué. – Ele não jantaria por três dias. Mas tente encontrar um jansenista, amigo do sr. Pirard e inacessível à intriga.

Fouqué esperava impacientemente essa abertura. Julien cumpriu com decência tudo o que se deve à opinião pública na província. Graças ao sr. abade de Frilair, e apesar da má escolha de seu confessor, Julien era em sua masmorra o protegido da congregação; com mais espírito de conduta, poderia ter escapado. Mas, com o ar ruim da masmorra produzindo efeito, sua sanidade diminuía. Ficou ainda mais feliz quando a sra. de Rênal voltou.

– Meu primeiro dever é com você – ela disse a ele, beijando-o. – Fugi de Verrières...

Julien não tinha mais a mínima autoestima: contou-lhe sobre todas as suas fraquezas. Ela foi boa e encantadora com ele.

À noite, tão logo saiu da prisão, mandou chamar na casa de sua tia o padre que se apegara a Julien como a uma presa; como ele queria apenas ganhar prestígio junto às moças pertencentes à alta sociedade de Besançon, a sra. de Rênal facilmente o convenceu a ir fazer uma novena na abadia de Bray-le-Haut.

Nenhuma palavra pode transmitir o excesso e a loucura de amor de Julien.

À força do ouro, e usando e abusando do crédito de sua tia, famosa e rica devota, a sra. de Rênal obteve permissão para vê-lo duas vezes por dia.

Com a notícia, o ciúme de Mathilde chegou às raias do desvario. O sr. de Frilair lhe confessara que todo o seu crédito não ia tão longe a ponto de desafiar todo o decoro de forma a permitir-lhe ver o amado mais de uma vez por dia. Mathilde mandou seguir a sra. de Rênal para saber de cada passo dela. O sr. de Frilair esgotou todos os recursos de uma mente muito sagaz para provar-lhe que Julien era indigno dela.

Em meio a todos esses tormentos, ela o amava ainda mais, e quase todos os dias fazia uma cena horrível para ele.

Julien queria a todo custo ser um homem honesto até o fim para com aquela pobre jovem que ele havia comprometido de maneira tão estranha; mas a todo momento o amor desenfreado que nutria pela sra. de Rênal acabava vencendo. Quando, por más razões, não conseguia chegar a convencer Mathilde da inocência das visitas da rival, dizia para consigo:

"Doravante, o fim do drama deve estar muito próximo. É uma desculpa para mim se não sei como dissimular melhor."

A srta. de La Mole soube da morte do marquês de Croisenois. O sr. de Thaler, aquele homem tão rico, permitira-se fazer afirmações desagradáveis sobre o desaparecimento de Mathilde; o sr. de Croisenois foi lhe pedir que as desmentisse: o sr. de Thaler mostrou-lhe cartas anônimas dirigidas a ele, e cheias de detalhes reunidos com tanta arte que foi impossível para o pobre marquês não vislumbrar a verdade.

O sr. de Thaler permitiu-se fazer piadas desprovidas de sutileza. Bêbado de raiva e infelicidade, o sr. de Croisenois exigiu reparações tão pesadas que o milionário preferiu um duelo. A tolice triunfou; e um dos homens de Paris mais dignos de serem amados morreu com menos de vinte e quatro anos.

Essa morte causou uma impressão estranha e doentia na alma debilitada de Julien.

– Pobre Croisenois – disse a Mathilde –, era realmente um homem muito razoável e muito honesto conosco; ele deveria ter me odiado quando de suas imprudências no salão da senhora sua mãe, e procurado uma briga comigo; pois o ódio que se segue ao desprezo geralmente é furioso...

A morte do sr. de Croisenois mudou todas as ideias de Julien sobre o futuro de Mathilde; ele passou vários dias provando-lhe que ela deveria aceitar a mão do sr. de Luz.

– É um homem tímido, não muito jesuíta – disse-lhe –, e com certeza será um dos pretendentes. Com uma ambição mais sombria e perseverante que o pobre Croisenois, e sem ducado na família, ele não terá dificuldade em se casar com a viúva de Julien Sorel.

– E uma viúva que despreza as grandes paixões – respondeu Mathilde friamente –, pois viveu o suficiente para ver, depois de seis meses, seu amante preferir outra mulher, e uma que é a fonte de todos os seus infortúnios.

– Está sendo injusta; as visitas da sra. de Rênal fornecerão frases singulares ao advogado de Paris encarregado de meu recurso de perdão; ele pintará o assassino homenageado com os cuidados de sua vítima. Isso pode ter um efeito, e talvez um dia você me veja como tema de algum melodrama, etc., etc.

Um ciúme furioso e impossível de vingar, a continuidade de um infortúnio sem esperança (porque, mesmo supondo que Julien se salvasse, como recuperar seu coração?) e a vergonha e a dor de amar mais que nunca esse amante infiel haviam lançado a srta. de la Mole em um silêncio morno e de onde as ansiosas atenções do sr. de Frilair, não mais que a rude franqueza de Fouqué, não a conseguiam tirar.

Já Julien, exceto nos momentos usurpados pela presença de Mathilde, vivia do amor e quase sem pensar no futuro. Por um estranho efeito dessa paixão, quando ela é extrema e sem pretensão alguma, a sra. de Rênal quase compartilhava sua inconsequência e sua doce alegria.

– Outrora – Julien lhe dizia –, quando eu poderia ter sido tão feliz durante nossas caminhadas nos bosques de Vergy, uma ambição ardente levou minha alma a regiões imaginárias. Em vez de apertar contra meu peito esse braço encantador que estava tão perto de meus lábios, o futuro me tirava de você; eu pensava nas inúmeras lutas que teria de sustentar para construir uma fortuna colossal... Não, eu teria morrido sem conhecer a felicidade se você não tivesse vindo me ver nesta prisão.

Dois eventos vieram perturbar essa vida tranquila. O confessor de Julien, embora fosse jansenista, não foi imune a uma intriga dos jesuítas e, sem que ele soubesse, tornou-se seu instrumento.

Um dia, veio lhe dizer que, a menos que caísse no terrível pecado do suicídio, ele teria de fazer todos os esforços possíveis para obter seu perdão. Ora, tendo o clero muita influência no Ministério da Justiça em Paris, um meio fácil se apresentava: era preciso converter-se de maneira estrondosa...

– Estrondosa! – repetiu Julien. – Ah, também o vejo lá, representando a comédia como um missionário...

– A sua idade – retomou o jansenista gravemente –, a imagem interessante que tem da Providência, o próprio motivo do seu crime, que permanece inexplicável, os muitos esforços heroicos que a srta. de La Mole está fazendo em seu favor, em suma, até a surpreendente amizade que sua vítima demonstra por você, tudo contribuiu para fazer de você o herói das moças de Besançon. Eles esqueceram tudo por você, até mesmo a política...

"Sua conversão ressoaria em seus corações e deixaria neles uma profunda impressão. Você pode ser de grande utilidade para a religião, e eu não hesitaria pela simples razão de que os jesuítas seguiriam o mesmo caminho em uma situação semelhante! Portanto, mesmo nesse caso particular que escapa à rapacidade deles, eles ainda causariam dano! Que não seja assim... As lágrimas que sua conversão fará derramar anularão o efeito corrosivo de dez edições das obras ímpias de Voltaire.

– E o que me restará – respondeu Julien friamente – se eu desprezar a mim mesmo? Fui ambicioso, não quero me culpar; então, agi de acordo com as conveniências da época. Agora, vivo um dia após o outro. Mas, diante dessa gente, ficaria muito infeliz se me entregasse a alguma covardia...

O outro incidente, que mexeu muito mais com Julien, veio da sra. de Rênal. Não sei que amigo intrigante conseguira persuadir aquela alma ingênua e tímida de que era dever dela partir para Saint-Cloud e jogar-se aos pés do rei Carlos X.

Ela fizera o sacrifício de separar-se de Julien e, depois de tanto esforço, o desagrado de oferecer-se em espetáculo, que em outras épocas lhe teria parecido pior que a morte, nada mais era para seus olhos.

– Irei ao rei, confessarei abertamente que você é meu amante: a vida de um homem e de um homem como Julien deve prevalecer sobre todas as considerações. Direi que foi por ciúme que tentou me matar. São muitos os exemplos de pobres jovens salvos nesse caso pela humanidade do júri, ou do rei...

– Paro de vê-la, fecharei minha prisão para você – gritou Julien –, e certamente no dia seguinte me matarei de desespero, se não me jurar que não dará nenhum passo que nos exponha à opinião pública. Essa ideia de ir a Paris não é sua. Diga-me o nome do conspirador que lhe sugeriu isso...

"Sejamos felizes pelos poucos dias desta curta vida. Vamos esconder nossa existência; meu crime é muito óbvio. A srta. de La Mole tem todo o prestígio em Paris; acredite que ela está fazendo o que é humanamente possível. Aqui na província, tenho todas as pessoas ricas e respeitadas contra mim. Sua providência azedaria ainda mais essas pessoas ricas e, acima de tudo, moderadas, para quem a vida é algo tão fácil... Não vamos nos preparar para rir dos Maslon, dos Valenod e de mil pessoas que são melhores."

O ar ruim na masmorra estava se tornando insuportável para Julien. Felizmente, no dia em que lhe disseram que precisava morrer, um lindo sol alegrou a natureza, e Julien estava em uma veia de coragem. Caminhar ao ar livre foi uma sensação deliciosa para ele, como um passeio em terra para o navegador que esteve no mar por muito tempo.

"Vamos, está tudo bem", disse a si mesmo, "não me falta coragem."

Nunca essa cabeça foi tão poética como quando estava prestes a cair. Os momentos mais doces que encontrara na floresta de Vergy voltaram-lhe à mente em profusão e com extrema energia.

Tudo aconteceu de maneira simples, adequada e, da parte dele, sem nenhuma afetação. No dia anterior, ele havia dito a Fouqué:

– Pela emoção, não posso responder; esta masmorra, tão feia, tão úmida, me dá momentos de febre em que não me reconheço; mas de medo, não, ninguém vai me ver empalidecer.

Ele havia feito os arranjos para que, na manhã do último dia, Fouqué levasse embora Mathilde e a sra. de Rênal.

– Leve-as na mesma carruagem – ele lhe disse. – Certifique-se de que os cavalos do correio mantenham o galope. Elas cairão nos braços uma da outra, ou darão mostras de um ódio mortal. Nos dois casos, as pobres mulheres serão um pouco distraídas de sua terrível dor.

Julien havia exigido da sra. de Rênal o juramento de que ela viveria para cuidar do filho de Mathilde.

– Quem sabe? Talvez ainda tenhamos sensações depois da nossa morte – disse um dia a Fouqué. – Gostaria bastante de descansar, pois descanso é a palavra na pequena gruta da grande montanha que domina Verrières. Várias vezes, eu disse a você, retirei-me à noite nessa gruta, e, enquanto minha visão mergulhava nas mais ricas províncias da França, a ambição acendia meu coração: então era minha paixão... Enfim, essa gruta me é cara, e não podemos negar que está localizada de uma forma que causaria inveja à alma de um filósofo... Pois bem, esses bons fiéis de Besançon ganham dinheiro com tudo; se souber como fazer, eles lhe venderão meus restos mortais...

Fouqué teve sucesso nessa triste negociação. Passava a noite sozinho em seu quarto, ao lado do corpo do amigo, quando, para sua surpresa, viu Mathilde entrar. Poucas horas antes, ele a havia deixado a dez léguas de Besançon. Ela tinha a expressão e o olhar alucinados.

– Quero vê-lo – ela lhe disse.

Fouqué não teve coragem de falar nem de se levantar. Apontou para um grande casaco azul no chão; ali estava embrulhado o que restava de Julien.

Ela caiu de joelhos. A memória de Boniface de La Mole e de Margarida de Navarra sem dúvida lhe deu uma coragem sobre-humana. Suas mãos trêmulas abriram o casaco. Fouqué desviou o olhar.

Ouviu Mathilde caminhar rapidamente no quarto. Ela acendeu várias velas. Quando Fouqué teve forças para olhá-la, ela tinha colocado a cabeça de Julien sobre uma mesinha de mármore à sua frente e a beijava na testa...

Mathilde seguiu com seu amante até o túmulo que ele havia escolhido para si. Um grande número de padres acompanhava o féretro e, sem o conhecimento de todos, sozinha em seu carro coberto, ela carregava nos joelhos a cabeça do homem que tanto amara.

Chegados assim ao ponto mais elevado de uma das altas montanhas do Jura, no meio da noite, naquela pequena gruta magnificamente iluminada por um número infinito de velas, vinte sacerdotes celebravam o ofício dos mortos. Todos os habitantes das pequenas aldeias serranas, atravessadas pelo comboio, o haviam seguido, atraídos pela singularidade daquela estranha cerimônia.

Mathilde apareceu entre eles com longas roupas de luto e, no final do serviço religioso, fez com que lhes fossem jogados vários milhares de moedas de cinco francos.

Deixada a sós com Fouqué, ela quis enterrar a cabeça do amante com as próprias mãos. Fouqué quase enlouqueceu de dor.

Por uma providência tomada por Mathilde, a gruta selvagem foi adornada com mármore ricamente esculpido na Itália.

A sra. de Rênal foi fiel à sua promessa. Não procurou de forma alguma atentar contra a própria vida; mas, três dias depois de Julien, ela morreu abraçando os filhos.

Fim